国家出版基金项目
NATIONAL PUBLICATIONS FOUNDATION

抢救出版工程

中国传统评书

主　编　　田连元
执行主编　耿　柳

# 评书聊斋

刘立福　编著

春风文艺出版社
·沈阳·

**图书在版编目（CIP）数据**

评书聊斋 / 刘立福编著. —沈阳：春风文艺出版
社，2025.1
（中国传统评书抢救出版工程丛书 / 田连元主编）
ISBN 978 - 7 - 5313 - 6392 - 7

Ⅰ.①评…　Ⅱ.①刘…　Ⅲ.①北方评书 — 中国 — 当代
Ⅳ.①I239.8

中国国家版本馆CIP数据核字（2023）第007859号

春风文艺出版社出版发行

沈阳市和平区十一纬路25号　邮编：110003

辽宁新华印务有限公司印刷

| | | | |
|---|---|---|---|
| 责任编辑：姚宏越 | | 责任校对：陈　杰 |
| 封面设计：黄　宇 | | 幅面尺寸：145mm × 210mm |
| 字　　数：430千字 | | 印　　张：13 |
| 版　　次：2025年1月第1版 | | 印　　次：2025年1月第1次 |
| 书　　号：ISBN 978-7-5313-6392-7 | | | |
| 定　　价：70.00元 | | | |

# 目　录

## 素　秋

## 王　成

素　秋

# 第一回

　　今天咱们说的这段书，名字叫《素秋》。故事发生在顺天府良乡县，有一个姓俞的人，名叫俞慎，字谨庵。俞谨庵是个秀才，三十多岁，老婆为韩氏。韩氏爹娘早故，从小跟叔叔婶婶长大，她的叔叔做过一任吏部尚书，已经退归林下了。这位韩尚书膝下无女，只有一子名叫韩权，这是后文书，暂且不提。

　　单说俞谨庵，本人是秀才，也已经考过举了，但是三场举人都没中。过去的封建科举制度，是先从童生考起，考中童生考秀才，中了秀才考举人，考中举人再考进士，只要中了进士了，就有资格做官了，就是说朝廷肯定给你安排官做，最小也是个七品知县。如果考中了前十八名，四个月以后还可以殿试，叫"殿选夺魁"，那就是皇上钦点状元、榜眼、探花了。俞家辈辈都是举人，举人又称"孝廉"，他们家门道里挂了好几块孝廉匾。到他这辈，弟兄一个，他恨不得把举人考下来，给祖上增光。一般来说，这些秀才要是连着两场都不中，第三场他就没有心再考了，自己也就放弃了。说什么呢？我没这个命，所以就算了。举人这关过不去，你就不能够会试，不能考进士。所以念书的秀才考不中举人之后，也就想别的办法了。要不教书，要不就干别的了，就不走仕途这条路了。俞谨庵三场不中还想考，说什么也得把这孝廉匾挣来。所以当地一些念书人都在观望他，看他第四场还去不去。韩氏大奶奶对他信心都不足了，"算了，大爷！您别去了。""我不服这个劲。考了不中，回家我就用功。我就不信我的学问不能够一天比一天长进。"结果第四场他又去了，大伙都管他叫举人迷。

这一次他来考举的时候，没有住在城里。因为他来得晚一点，城里的店房都住满了。您说考举在哪？过去讲究县考童生，府考秀才，考举人就得进京了。考场开在北京，他住在北京的彰义门外，有这么一个店房，店房没有城里的大，但是房间还算比较干净。俞谨庵报上名以后，进入考场里边的事，暂时咱就不提了，考完之后从考场里出来，等着看榜。六天后贴榜。如果真要中了的话，或者在你看榜之前，也可能在你看榜之后就可以见报录了。就在这个阶段，俞谨庵在店房里待着有点寂寞，自己就走出来，在店房门前站着东张西望，开心解闷。刚站不长时间，就见在他店房的对门有一所房子，只听门扦关儿响，那个门开了，从里边走出来一个人。俞谨庵仔细观瞧，这个人在二十多岁，光头没戴帽，拢发包巾，那年头都留长头发，把头发都拢上去，网一个发球，用一块绸子把它包上。往身上看，他穿了一件银灰色的义生氅，散腰没系丝绦，白纺绸水袖白缎子护领，红色中衣漂白布的高筒袜，青缎的福字履，白粉底。往脸上看，面如冠玉，肉皮细白，眉清目秀，齿白唇红，大耳垂轮。好俊俏的书生男子，长了一副女相，这叫男人女相主于贵。这个地方怎么有这么一个漂亮的书生？他没戴头巾，不知道他有没有功名。在此时节，这个人也看见他了，冲着俞谨庵微乎一笑并点点头。

俞谨庵就让了一句"这位贤弟，你在这住？""您在这！""我住的店房，怎么？请过来，请过来！房中一叙。""好、好！"年轻小伙就跟过来了！俞谨庵把他让到房中，叫出伙计给沏茶。"请坐。""嗯，没请教。这位兄台。您贵姓？""在下姓俞，名慎，字谨庵。贤弟，你呢？贵姓氏？""咱们倒退几百年是一家人，小弟我也姓俞。"俞谨庵听完这句话，跟着解释了一句。"也可能咱们是音同字不同。因为什么要这样说，因为姓于的姓干勾于的多。所以说咱音同字不同，可能你姓是干勾于。""一样一样，音同字也同！""那么贤弟你姓的是哪个？是不是人于余？""上面一个人字，底下一横，一个月亮的月加个立刀。""哎呀！贤弟，太巧了，我就姓这个俞！贤弟你台谱怎么称呼？""小弟名士忱，号叫恂九。您府上是？""顺天府良乡县，贤弟你原籍是？""金陵人。"金陵就是现在的南京。俞士忱一说，我是金陵人，两人把生辰一换，俞谨庵年长，俞士忱自称小弟。"您府上都有什么人?""哎呀!很孤单,只有夫妻两个人。""贤弟你?""彼此,现在只有我们兄妹二人,小妹名叫素秋。""嗯!金陵人。你怎么会来到北京?在这儿是暂住还是长期在此居住?""唉!我们留寓至此。"那就是说我们出来没有准地方,所以就在这住下了。不过交浅莫言深,不好意思多问,仅关心你是不是也赶考来的,就问了一句"贤弟有什么功名?"这个人一笑,见俞士忱一笑一摇头,俞谨庵脸上就红了。为什么?这个话不应该这样问。因为青年人又是个书生,他没有功名,总仿佛是自己的短处,哪能问得这么口冷,因为俞谨庵他是个举人迷,他重视这个东西,可是俞士忱反问了一句,"谨庵兄,您来到北京是复试?""对!前来考举!哈哈,别走了,在这吃个便饭!""小妹不放心,我明天来。""好,我就不留你了。"俞士忱就走了。

书不重赘。从这说,天天士忱往这来,连来了三天,两人很投脾气。第四天,俞士忱又来了,"谨庵兄,请您到我那去,到我那吃个便饭。""怎么好意思的?每天我留您,您都不赏脸!""唉……今天什么日子,哥哥您知道吗?今天是中秋佳节,八月十五。""你看看我都忘了。""小妹亲手做几个菜,谨庵兄也来尝尝。""也好也好!哈哈哈。"俞谨庵这时候得换换衣服,整洁一点到人家里去。想一想,初次跟人家见面,是个妹妹,人家做菜了,哪能不准备点见面礼。俞谨庵平常自己出来身上不总带零钱,回头就问了问,"贤弟,府上可有厮仆?"

您说这个人多小心。他问什么?问俞恂九,你家里有没有用人?有用人,我好带着钱,见面得给这些家人,尤其是过节,你多带点怕什么的。俞谨庵有一个特别的地方,跟别人不一样,也可以说是缺点。是什么?聪明一世糊涂一时。他这一生吃亏就在这了。后文书他聪明一世,蒙住一时耽误很大的事。您就说他们二位刚一见面,他问恂九姓什么,回答姓俞,他说恐怕音同字不同,恂九马上给他回答,音同字也同。在这个地方,俞谨庵他脑子里头就没有分析,也没有深思,他怎么知道是哪个俞?这不聪明一世蒙住一时吗?今天他又问人家有厮仆没有。俞恂九就告诉,只有我们兄妹二人!好好好,也就放心了,只带了一点黄金,好给素秋见面礼。两个人从店房出来,来到对门,恂九一推门就走进来了。俞谨庵一看这院子不大,比较整齐。

走进上房，恂九一推门，"哥哥，请吧！"谨庵一进屋，看看屋里是一明两暗间，里间屋挂着红色的夹门帘，迎面有一张八仙桌，两旁一边有一把太师椅，方砖墁地，落地罩靠在两旁，这个地方有个茶几，一边有一个墩子，桌上摆着茶具，其他的东西都没有。"您请坐。"俞谨庵就坐下了。"嗯！妹妹。"听里间屋里应了一声，从屋里出来一个小姑娘，这个姑娘也就在十四五岁。青丝发梳个大鬏髻，穿了一身红色对襟儿长衫，上绣团花朵朵。往头上看，满头的珠翠，长得俊俏。兄妹二人的相貌没有这么相似的，特点跟别人不一样，她肉皮特别的白，长得那么白嫩白嫩的，很规矩很大方地走在眼前，恂九给引荐。"这是俞慎，俞谨庵，俞大哥。这就是小妹，名唤素秋。""哦哦哦！俞大哥，小妹给您行礼了。"说话就跪倒了，那个时候讲行大礼，就是磕头啊。俞谨庵赶紧站起来，一转身冲着墙，也就说跟素秋磕头的方向一顺，作一揖。"不敢当"。这是那时候的礼节，您说站起来，对面还个一礼不行吗？不行！一男一女对脸一还一的话成拜天地了！素秋站起身，俞谨庵伸手从怀中掏出来一锭黄金，约有一两重。"愚兄，出来得慌促，区区不恬之物，望小妹勿见笑。""大哥给你钱了，你拿着！"一点都不客气，这证明俞恂九这个人非常坦率诚实。素秋就把这锭黄金拿到手了。二次行礼"谢谢大哥"。转身她就奔里间屋了。哥俩在这喝点茶。谨庵一看他们兄妹二人，两个人都加在一块儿不满四十岁，就有一种同情之心！"贤弟，你们兄妹二人老家还有没有什么人了？"恂九摇摇头。"那你们怎么能够生活？""凑合维持，凑合维持！""贤弟，愚兄家里也很孤单。如果你们没有什么向往的地方，我有一言不知当讲不当讲。""兄长，您请说"。"一者说我愿意跟你结为金兰之好。二者说，我愿意把你们兄妹接到我家去，我家的新房有的是，咱家有用人，小妹跟他的嫂子在一起，也省得寂寞。贤弟你跟我在一起，我也多了一个帮手，你看好不好？""如此说来，哥哥您朝上，小弟给您磕头了！妹妹，你出来。"素秋出来，"这是咱大哥"，素秋跪倒磕头！哎呀！俞谨庵高兴坏了，本来我家里头有钱有管家，又没有旁人，多认个兄弟妹妹，家中添人进口了，多好的事，喜不胜收，素秋进屋赶紧准备酒菜。

"咱们这就不是结拜金兰的事了，因为咱们都姓俞，咱们是一家人，这算互认本家。好吧！有人提起来，你是我的兄弟。跟手足能差多少？"哥哥！要是这样的话，我这名字得改。我得把我这个忄字去掉了？""为什么？""哥哥您叫什么？""我叫俞慎啊"。"好，您叫俞慎，那兄弟就得叫俞忧了！"俞谨庵这心里别提多高兴了。"好兄弟！话已至此，什么都甭提了！"

素秋出来了，把茶具撤了，摆上筷箸、酒盅、调羹。随后摆上了四个酒菜，这四个酒菜可都是凉菜。把酒给二位哥哥摆上。"来吧，大哥，您先喝着，二哥您给大哥满酒啊。"俞谨庵听素秋一称呼，心说这孩子太机灵了，这么说您听见了？他叫俞谨庵大哥，叫自己的亲哥哥二哥。这就是一家人了，叫俞恂九，二哥，您给大哥满酒，所以俞谨庵高兴。一尝那个菜，味道真好。"这是谁做的？""素秋做的，来吧！"素秋一撩帘，从屋中又出来了，端了一个热菜出来，一看炒鸡丝。"尝尝！""好好，妹妹有手艺啊！""嗨！她自己瞎鼓捣，她就爱做菜。"一会工夫一撩帘又出来了，炒虾仁放这了。一会儿工又出来又上一个菜，焦熘里脊。待会又上一个菜，扒海参。麻利劲儿，俞谨庵一边吃菜，一边咂摸滋味。不对！这个菜都是新出勺的，特别是那个里脊，炸里脊，如果要是预先做出来，拿碗扣上，隔一会再吃就没那么酥软了！既是新出勺的这些菜，这个里间屋跟外间屋就在两步远，没有退身，她在哪做的？如果她是新炒的菜，怎么没听响声？就算预先你都落好桌了，先切出来了，你下勺炒的时候不得响吗？怎么一点响声没有？那么这菜在哪做的？吃着菜喝着酒就有点出神。"哥哥，您喝呀！这都是小妹做的。"这么一来，酒喝得可不算少了。"妹妹，我们酒可差不多了，你坐这一块吃。""您吃，我在屋里吃了。""这怎么说的？""怎么了，哥哥？"俞谨庵不落忍，不落忍的原因是他在家的生活习惯是他们夫妻俩坐在这，有丫鬟往这来给他端菜，现在素秋给他端菜，她是主人的妹妹，这怎么说的！酒喝得差不多了，恂九说"上饭菜吧。""好嘞！"素秋端菜往这一放，每回都说一句"大哥您尝尝，口味重不重？""行、行、行，谢谢。"恂九看出来了，哥哥吃饭不踏实了。"妹妹，你快点，要不哥哥饭吃不好了。"屋里答了一声，这一次从屋中出来，把菜就放在这了，这回没言语转身就走了，俞谨庵还没道谢，一回头不是素秋，是个丫鬟。俞谨庵心说，我在店房还问你，你们家有没有用人，你告诉我你们兄妹二人，这出了个丫鬟，怎么回事？是不是怕我给你赏钱？哎呀！闹得俞谨庵是里外为难，心里想着，这就吃不下去了。这时又上来一个菜，俞谨庵一撩眼皮，再一看，老妈子！嘿！"我说恂九啊！""大哥"，"家中此辈何来？不早做事，而烦妹子？"你这既有丫鬟跟老妈子为什么不早点让她出来，让妹妹端菜做饭，是不是？怕我给赏钱的意思？丫鬟婆子这个时候上来，这饭俞谨庵可就算吃完了，不过这心里头莫名其妙是怎么回事。俞谨庵有个生活习惯，吃完饭要漱口。他刚一站起来，恂九就把手巾递过来了。"哥哥，您擦擦手，漱口水在这。"旁边茶几上有渣漏和一碗漱口水。俞谨庵把漱口水含到嘴之后，正在漱口的时候，就见里间屋软帘一起，走出丫鬟手拿着一个托盘，就把桌上的碟子、碗往上摞。俞谨庵看着莫名其妙，刚才这丫鬟走路，两条腿是直的，这个眼神是直的，哪有走道腿不打弯的！再看这胳膊有时候很少打弯，这怎么回事？就仿佛你练体操一样。一会她把这碟子、碗都摞在一块，越摞越高。心说这丫头怎么那么笨？你少拿点，你摞得这么高，你要摔了呢？你多走两趟不要紧，可这丫鬟还把碟子、碗端起来了。俞谨庵嘴里头含着漱口水，想把它吐出去，着急没找到刚才那渣漏！含着漱口水吐不出去，拿手比画着，告诉恂九，那意思你别叫她这么端那个碟子、碗，回头摔了，恂九也着急。"哥哥，您把水吐了再说不要紧。"他一着急，这漱口水喷到地下了。刚喷到地下之后就听噼里啪啦！"哎！得！我说什么了，我这话没说出来，还是都摔了。"

刚才丫鬟已经把碟子、碗端起来了，俞谨庵着急把漱口水都喷地下了，漱口水可就溅在丫鬟身上了，就看碟子、碗啪嚓都扔地下摔了，拖盘也掉地下了，再找刚才那丫鬟还没有了。嗯，丫鬟跑哪去了？俞谨庵可就愣了。这是怎么回事？手里头还拿着个手巾，恂九微乎一笑，"妹妹，素秋！出来看看，都摔躺下了。"俞谨庵心说，摔躺下了？哪有人这个时节！回头就看看恂九，俞恂九微乎一笑若无其事，就见软帘一起素秋从屋中出来了，右手拿着一条小手绢，她一躬身右手就出去了。俞谨庵眼光就顺着素秋这只右手，仔细观瞧，在地下放了一个仅四寸多大的丫鬟形象的纸人。素秋拿起来之后，拿手绢沾纸人身上的水点，就是刚才俞谨庵喷漱口水的时候，溅在丫鬟身上的水点！她一边沾，一边往屋里走，俞谨庵可就见傻，这屋里只有恂九知道这到底怎么回事，这句话还没说完，软帘一起，这丫鬟从屋里又出来了。

# 第二回

　　上回书正说到，俞慎俞谨庵，发现他屋里出来个纸人，正在问恟九，这是怎么回事，就见里间屋的软帘一起，刚才那个纸人又活了。这丫鬟又出来了，蹲在那拾这些个家伙，把破的烂的都拾起来了。俞谨庵一看更愣了，这丫鬟又进屋了。恟九过去拿手一扶俞谨庵，"哥哥，请坐请坐请坐。""哎哟我坐不住了，兄弟。这是怎么回事？你这屋里怎么跑纸人啊？""我不告诉您嘛，家中没有厮仆等，您不要多想。""是啊，这丫鬟跟这老妈子都是纸人啊，怎么活的呢？""小妹会卜紫姑术矣。"说我妹妹变戏法。

　　什么叫卜紫姑？这是过去民间的一个神话传说。说过去有这么姑嫂二人，这个嫂子叫曹姑，小姑子叫紫姑，跟着母亲过日子，婆媳不和，倒不是这媳妇不好，是婆婆看不上这媳妇。总在虐待她，非打即骂。有的时候这媳妇可以好受一点，就得等阴天下雨。一阴天下雨，婆婆就不在家了，跑到邻居家朋友家亲戚家串门去，大概是斗纸牌耍钱去了。这个时候她们姑嫂二人，说句现在话就解放了。俩人非常好，小姑子也好，又说又笑。只要他母亲一回来，得了，马上这空气又紧张起来，那小姑子也不敢说什么。后来这个曹姑实在忍受不了了，自己就上吊死了。曹姑死了以后，紫姑更寂寞了。等到他母亲一出去不在家，她在家里想来想去，就弄这么一个纸人，剪成了一个曹姑的模样。她把这纸人挂起来了，她小孩嘛，就把这纸人挂在门框。曹姑不就是上吊死的吗，紫姑就自言自语："曹姑啊曹姑，何不出来玩也？你出来吧。"那意思我妈没在家，你出来玩吧。时间一长了，这纸人活了。不过这是一个传说，说紫姑术就是紫姑有这么一点法术。

《聊斋》这个东西是蒲松龄老先生写的。神话寓言以鬼狐人物分类，有鬼类，里边有鬼，也有狐狸，也有神仙；还有物，物就是老鼠黄鼠狼，长虫是这类的东西；有的段子光是人，什么也没有。不过它不是以鬼狐为主，说《聊斋》这东西是《鬼狐传》，这样就错了。它不是什么《鬼狐传》，因为它借用鬼狐来揭穿了封建社会当中官场的黑幕，考场里的私弊。蒲松龄老先生本人是秀才，屡次考举人没有中，所以他一肚子怨恨和牢骚，当时贪官污吏横行霸道，特别是考场里的这些个黑幕太大。就从《聊斋》上这四百三十一个目录来说，第一回是《考城隍》，头一句是予姊丈。最后那段目录叫《花神》，最后的那一个字是恨。整个一部《聊斋》，一头一尾就是我恨。他恨什么，恨当时考场里的私弊太大，蒲松龄老先生他的才学高于考试官！没有中他。

俞谨庵问俞恂九，恂九说："小妹会卜紫姑术矣。"俞谨庵听完之后也就一点头，没有深思。吃过之后，俞谨庵说："怎么样？我打算把你们带走，一块儿走好吧？什么时候呢，我得看完榜，等我中完之后咱们就一起动身。"就从俞谨庵这句话，给他起"举人迷"这个外号就不假。你中了吗？"等我中完之后"，肯定这次我能中这意思。结果怎么样？没中。俞谨庵连考了四场失利，这是第五次。这一次失利没有考中，跟每回的心情不一样，因为认回本家一个兄弟、一个妹妹，没有白来。剪断接说，算清了店饭账，问问恂九："你这家怎么安排？""房子是租的，家具都是房东的，我们任啥没有。只有穿的戴的、自己的铺盖。""那就好。"把这都交接完了以后，他们从这雇了两辆车，素秋自己坐了一辆车，恂九跟俞谨庵坐了一辆车，从北京动身，出彰义门，一直回良乡县。

一路上无书，来到家门口。车辆一打住，管家一听外面有车响，估摸着主人快回来了，"大爷回来了"，正赶上俞谨庵下车。管家一看怎么两辆车？俞谨庵下车之后，随后下来俞恂九，后面那辆车下来了素秋。管家马上就严肃起来，垂手侍立，因为来了生人了。"把东西都搬进去啊！"管家出来搬东西，俞谨庵就陪恂九跟素秋进了家门了。早有仆人往里头回："大奶奶，大爷回来了。"这是个家里的规矩，大爷一回来，大奶奶必然从屋中出来。这就说他出远门，从外边回来就这样，站在廊檐这等着迎接。一看他进来身后还有生人，要想说话就没说。"韩氏啊，走走走，到屋里我给你介绍去。""哎。"一起来到屋中。到了屋里以后，俞谨庵给恂九介绍："这是你嫂子韩氏。""这是我在北京认回来本家的一个兄弟一个妹妹。他叫俞忱，号叫恂九。"俞谨庵说俞忱的时候，感觉自己这个得意。俞忱上前施礼，"嫂夫人！小弟俞忱恂九，给嫂夫人大礼参拜。"说话一揖到底，撩袍跪倒。韩氏大奶奶赶紧一转身，不敢直接接受。"兄弟，免礼快起来。"在还礼的过程中，韩氏大奶奶心说，怎么认来的不知道，可是一见面感觉这人不错。素秋过来了，"嫂子，小妹俞素秋，给嫂子您磕头了。"韩氏大奶奶抢行两步，伸出双手相搀，"妹妹，快起来。"大家非常高兴，俞谨庵一笑，"来来来，请里间屋坐吧。"大伙来到里间屋坐下之后，俞谨庵就把怎么认回兄弟和妹妹这些个事，跟大奶奶说了。但是屋里跑纸人，这个事他可没提。

　　一见面都非常投缘，俞谨庵说："兄弟，你跟我到前面看看。""哎。""你们说话吧。"恂九就跟俞谨庵从屋中出来到院中看看。"你看看，这是咱的里院，这是咱跨院，这是二大院还有前院。"哥俩就到了书房，"这是我的书斋。"俩人就在书房里头聊天，待会吃饭的时候到内宅坐在一块儿一起聊。那么里边俞素秋跟韩氏两个人说什么，他们就不知道了。由于非常的投缘，直到晚上安歇睡觉的时候，俞谨庵就让素秋跟自己的老婆韩氏在一起，他在前边跟俞恂九在书房同榻而眠，这个感情就别提多好了。

　　说书要简短。老妈、丫鬟和管家也特别高兴，都给介绍引荐了。素秋发现他家里头有两个老人，怎么叫老人？一个管家有七十多岁了，也姓俞谨庵这个俞。从小的时候就在这院，看着俞谨庵长大的，名叫俞福。另外有一个四十多岁的老丫头。这个丫鬟在过去来说，有写的有买的。什么叫写的？这家穷，家里有个孩子，就把这个丫鬟在十二三岁的时候，就写这家三年。我用多少钱，这三年在你家里当丫鬟，吃喝穿戴，主人要管。到了年限了，那么家长就拿钱把这孩子赎走。有的呢是卖身，十二三岁十三四就卖给这家当丫鬟了。这个孩子就属于本家的了，但是丫鬟到了成年了，十六七十七八了，主人需要给丫鬟找一个丈夫，还要陪送她一点。一般的人都是这样，唯独老丫鬟不愿意嫁人。俞谨庵过去说了多少次，"我就跟大奶奶，我们感情好，我谁也不嫁。"所以一直在这，到了四十出头还是个大姑娘。这是素秋发现的，跟老丫鬟也说也笑。

剪断接说，俞谨庵跟恂九哥俩坐在一块儿谈文、谈棋，琴棋书画。俞恂九才学不次于俞谨庵，俞谨庵看他这么高的才学就问："兄弟，你怎么不考？你要考秀才的话，准拿第一名。"现在哥俩不是在北京初次见面，所以就可以直言无隐了。恂九一笑，"哥哥，我的脾气不好。""赶考跟你的脾气有什么关系？""我要考，考试官他就得中我，不但中还得中我第一名。""那哪有准呀，功名自然有，只争与迟早。要不中，你该怎么办？你可以下场再考。""不行，要不怎么说我脾气不好呢。我要考，他要不中我，我能活活地气死，所以我不考。"俞谨庵一听跟着脸上发烧，心说你脾气也太大了，考了不中就气死。我这五场没中了，我还憋着再考，我这活得欢着呢。"兄弟，你脾气也太大了。"别的话没说出来，也说不出口来，我也太脸皮厚了不是。从这就再也不谈考场的事了。

有这么一天，俞谨庵从书架子上拿一套书一看，这套书很长时间没动，打开这书套一瞧里边净是土，一翻这书本里面都生虫子了。拿着书本一本一本地这抖楞，把土和书虫都抖楞出去。刚要抖楞的时候一开门，恂九进来了，"哥哥别动！""怎么了？""什么？""我这个书搁的日子太长了，里面都生虫子了。""给我。""干什么？"就见俞恂九找了一张纸，把书本里这虫子一点一点地都磕在纸上，事后弄干净了。这套书他不管了，他拿这张纸那么一兜。"干吗？""您甭管了，您甭管了，您看您的书。"他就走出去了。俞谨庵很奇怪，这是干什么？随后就跟着他，走来走去，就来到了小花园。他们家后面有个小花园，就在太湖石下边，俞恂九蹲下了。俞谨庵慢慢走到他身后，低头这么一看，恂九用手在地下刨了一个坑，把纸都搁在坑里头，随后把这个坑就埋上了。"哥哥您来了。""你这干吗？""虽然是书虫子，它也是一条性命，不要随便把它毁了。""哈哈哈，兄弟你赶明出家好了，扫地不伤蝼蚁命，爱惜飞蛾纱罩灯。"二人一笑，这个事情就过去了。

又过了一个阶段，俞谨庵感觉俩人成天在一起就这么闲聊，耽误我用功准备，来年开场的时候还要考举人。"兄弟，我跟你商量点事。""什么事？""每一天你给我一个时辰或者两个时辰的工夫行吗？""您要干什么？""我自己得准备功课了。你进内宅，跟嫂子跟妹妹去说话好吧。"用功这个事非清静不行，旁边有人在这搅和干扰自己的思路，做文章也做不下去，所以他对恂九这样要求。"何必呢，您用您的功，我陪着。""那敢情好。"俞谨庵为什么不让他一块儿温习功课？因为恂九他不想赶考，他脾气不好。是吧，我就别要求你了，你不感兴趣。他说："一块儿陪着念书不更好了吗，你准备看些什么书？""您甭管我，您该干什么干什么，我陪着您，我自己安排我个人的。""那行。"

　　俞谨庵就找了书搁在桌上，自己仔细看、研究。这看书不是说拿眼一过就完了，在这一句话当中，它要仔细琢磨琢磨里边怎么样发挥。可是就听身后噔噔噔噔，回头一看，恂九在地下来回地踱步。背着手遛，"我说兄弟你这干吗？""我陪您念书。""这么陪着我，你这不搅和吗？你说书架上都是书，你也拿一本书坐在这看看。""我看什么？我看那玩意干吗？""看那玩意干吗？我的兄弟岂不知阅卷有益呀？你打开书本看看就有好处。""您这书都在我肚子里装着呢。""什么，你再说一句。""您书架里的这些个书都在我肚子里装着呢。""风大，兄弟，别闪了舌头。还有这么大口气的。""您不信吗？""我当然不信。""您要不信，您可以试试。""我怎么试呢？""不管您拿什么书，我都能给您背下来，由头到尾咱们背通本。""我不信。""不信咱就试试。""好。"俞谨庵就拿了一本书，比如说这是《百家姓》。"你能背吗？""我会，但有个条件。""什么条件？""预先我得看看，您得让我看一遍。""看一遍。""对，看一遍。""你打头到尾都看下来，也不见得能背下来。那么你要看多长时间？一个月？""一个月干什么，我就现在看，看一遍就行，一会就得。""哼，你看。"俞谨庵把这本书给他，就见恂九把这书拿过去之后，一篇篇翻，翻一篇又一篇，翻一篇又一篇，眼睛就随着书本这么一转悠。看完事这本书就交给了俞谨庵。"哥哥给您吧。""你这是看完了？你这是翻篇儿，跟数篇儿一样。""您甭管了。""好。""您听着。"当然是什么书，我不见得都会。咱拿个《百家姓》来做个比喻。赵钱孙李，周吴郑王。冯陈褚卫，蒋沈韩杨。朱秦尤许，何吕施张。孔曹严华，金魏陶姜。戚谢邹喻……嘟喳喳喳，俞谨庵的眼睛都追不上了。一本书多半本都背下去了，连里边的小字小批儿一点都不落。"行了，你甭背了，这本书你太熟了。你呀，当初一定学过，不但学过不一定下多大的功夫了，你再换一本。""好。"又拿出一本来，"我看看。"唰唰这么一翻篇，翻篇之后，"给您。"按时间说一分多钟，俞谨庵拿这本书，再听恂九，喳喳喳一气呵成。"我的兄弟你真行，拿一本书就能背，拿本书就能背。"俞谨庵一赌气拿过本书，"兄弟，这是书不是？"恂九一看，是本皇历。"能背吗？""我看看，行。""这也行。"皇历有十二卦、金钱课呀，一点都不落，全都背下来了。"我的兄弟你这过目成诵了！"说有这种人吗？据传说有。不过他目下十行，过目不忘，说一字不差，都像俞恂九这样，这种人可能是没有。"兄弟，你这么好的学问，你要考场拿头名夺状元你都有富裕，你怎么不考呢。""没跟您说吗，我的脾气不好。我要考，他不中我第一名，我都能活活气死。您知道，所以我不考，我考它干什么？""咱这么商量行吗，兄弟。你别在地下来回溜达，你给我做个老师，你帮着我行不行？""行。""这多好。"从这说恂九帮他在家里头研究文章，俞谨庵的能力增长得更快了，哎呀他高兴极了。

书要简言，考场快开了。因为那时候考举人是三年一场，子午卯酉年必然开场。考场既然快开场了，就说恂九到这来已经将近三年了。"兄弟，这一次我又得赶考了。""您去。""我不挣这孝廉匾我誓不罢休，我不甘心。""您就去。""你在家里边跟你嫂子和妹妹在一起。""您何时走？""我明天走。"当天俞谨庵就跟韩氏说："我明天准备动身。""上哪去？""进京考举人。""吭。""你看你怎么着？"韩氏大奶奶一吭哧差点没乐出来。现在的韩氏活跃多了，有素秋跟她在一块儿。一听，心说还考，再考就糊了。可是俞谨庵郑重其事。"我一定去。""您去，兄弟自己在家？""嗯。""好吧。"剪断接说，明天早晨，恂九给他送行，俞谨庵进北京了。三天一场，九天三场，连出带进十一天。六天后贴榜。算上往返的路途，前后需要一个月的时间。

剪断接说，怎么去的怎么回来的，没中。一进家门，管家把他接进来，把东西给拿进来，恂九从里边出来迎接。"哥哥你回来了。"一看脸上那个难看，没进内宅，直接进书房。"怎么着，哥哥?""落榜，没中。"心说六场了。管家在旁边站着。"好难中的破举人。"管家一瞧，哎哟哭了，这么大的岁数，他干吗这是。"哥哥，不必难过。您说过功名自然有，只争与迟早。""不是不是，我哭的不是我自己举人没有中。因为咱们俞家辈辈都是举人，到我这就那么难中。""那么您哭什么呢?""我哭的是我个人孤单，如果我要有个哥哥或者有个兄弟。我没这个命，我学问再大，没这个命，我中不了，我哥也可以中，或者我兄弟也可以考个举人。倒是我们这辈儿有个孝廉匾。"俞谨庵并不是有用意地说这句话，因为他聪明一世蒙住一时。这个话俞恂九可吃味。人家对我们兄妹真是百分之百，我哥哥不好意思直接说，他知道我的才学过人。这个话是叫我考去，叫我给他挣这个孝廉匾去。我要是拾不起来归我不懂事。"哥哥，不必哭。这么说吧，我是您兄弟吗?""呃，是。""如果我要赶考挣了孝廉匾，算不算您这辈也有个孝廉呢?""算呐。""还是，您怎么孤单着呢?""你别当真我不是这意思，因为你说过考了不中你就能活活气死，我没把你算在里边。""您不必难过，从现在起我赶考，我给您挣这孝廉匾去，您放心吧。""那准能拿到手呀，没错了。""不过我可有个条件。""你说。""管家们在这了，您可嘱咐好了，任何人不准把我要赶考，要去考场考举人这个事情跟妹妹素秋说。如果要一说我可就不考了。""行行行，我让你们谁也别说，听明白了吗?谁也不能告诉小姐，谁要说出去，我跟你们玩命。""好吧好吧。"您说，这俞谨庵多糊涂。你赶考不是出去吃喝嫖赌去，你为什么怕妹妹知道?俞谨庵都没有走脑子，只要你去考，能给我挣个孝廉匾就行。所以嘱咐管家们，谁也别让内宅知道。不用说小姐，连大奶奶也不让知道。

　　书要简短，他这一赶考不是进门就考举人，他得先考童生。俞恂九开始进县考童生，到那去就拿了第一名，转过年来，他就考秀才。考秀才，又考了第一名，这是案首。所以这么一个过程，这就是二年多。转过年正好考举，哥俩就在家商量，"哥哥，可大比之年了，我该动身了。""兄弟，我跟你一块去。在这二年当中，我的学问大有长进，说不定咱哥俩都得中。"恂九准中那无疑了，可是秀才拿第一名童生拿第一名，这个举人俞恂九中得了中不了，是尚未可知。

# 第三回

　　上回书正说到，俞恂九要为俞谨庵进考场挣这块孝廉匾。俞恂九也是憋着口气，孝廉匾就这么难挣？我哥哥的文章不见得考不上，我去，我看看能不能考上。所以他这次开始进考场，考童生第一名，到手了，考秀才又是个第一名。说话就要考举人了，考举人的时间跟考秀才有所不同了。因为他得进北京，所以哥俩得商量商量。这次进考场，无论如何不能让妹妹素秋知道。既然不让她知道，如果一进北京往返得一个多月，而且这一次俞谨庵要跟去，哥俩一块儿都走。一个多月内宅不见他们两人，那该问了。如果一问的话，难免这个事就要说漏了，那多不好。俞谨庵一听，"好办，我去跟你嫂子说。""您怎么说？""那能怎么说，我说瞎话呗。我可以这么说……"恂九一听点点头，"可以。"就在当天晚上吃完晚饭以后，他们弟兄就来到内宅。一进屋，大奶奶跟素秋赶紧都站起来了。"你们来了。""坐下，啊，我们今天晚上来到这，跟你们说点事。""什么事？大爷，您说。""有同学约我们哥俩去个文章会，我们要到文社去，不一定到谁家，这一出去也许十天，也许二十天，不一定。家务事你们姐俩就多操点心。""好吧。"那有什么说的，都是念书人，外边有文章会有个棋会的，免不了。家里做夫人的能拦吗？说完之后，他们哥俩又坐了一会就来到前边，准备明天启程进北京前去考举人。安排了两个管家，就这两个管家跟着，带着书箱、食盒、行李，应该用的东西都准备好了。转天早晨让管家们鞴马。俩管家一个老张，一个老李。一人准备了一匹马，给他们二位雇车。剪断接说，从家里动身，去往北京。

　　这次来到北京，他们在前门外打磨厂，找了一家店房。来到店房门前，这车辆一打住，管家下了马。伙计一看来了客人，一瞧是赶考的举子，赶紧往里让。他们把东西搬下来以后来到里边，就包了一个跨院。随后伙计伺候他们斟茶、倒水、洗脸，写好了店簿子以后就安排完了。休息一天，转天弟兄前去报名。赶考的举子，报名时需要写三代，写自己的父亲祖父曾祖，写自己本身的经历。恂九跟俞谨庵报亲弟兄，三代就得按谨庵的写。这三代还有什么关系吗？封建时候考场里头，三代必须要念书的、做官的或者是商贾做买卖的、种地的，这可以。如果说是工人，那个时候叫手艺人，不行。干其他行业的后三辈不许进考场，特别是衙门里当差的不行。所以恂九和他报完名之后，领下了天字第七号第八号。在报名的时候得花钱，不花钱容易报不上。全省赶考的秀才来到这考举，这一场一般的来说是取三百六，所以考个举人也很难。

等到进场子这一天，管家留店房，他们两个人准备应用的东西，无外乎也就是个状元篮。说是状元篮，实际就是个书箱，里边许可带的东西：墨笔、墨、纸张、砚台、糨糊、竹刀、蜡、吃食。吃食一般是馒头这类的东西。一进考场头一道门要检查，检查什么呢？文章不能有，什么小抄啦、书本啦这些东西，违禁物品都不可以，多带个剪子，带个刀子都不行，检查出了有私弊的话不让你进场。如果身上检查出来，分在什么地方。在肚脐以上的逐出场外，在肚脐以下的公明斥责。到头一道门，这个地方有一个牌坊，上面写着四个大字"开天文运"，上联写"明经取士"，下联配"为国求贤"。再往里走到了第二道门，又有一副对联，"禹门三级浪，平地一声雷"。第三道门那个地方就叫龙门了，龙门里边叫至公堂，至公堂说句现在话也就是考试厅。这门外有一副对联，"门迎五经魁，诗书礼易春秋客"，下联配"堂前三进士，状元榜眼探花郎"。进去以后各入各的号，这叫监号。在至公堂的两侧后边，这为外帘。外帘里边住的都是一些个考场的工作人员。至公堂迎面的后边叫内帘，是考试官住的地方。在至公堂大道迎面的地方有一个台，这个台叫点到台，设摆香案。有主考，有司院，他们来到这个地方要烧香，跪请三界。还有跪拜什么七曲文昌啊，什么周仓寻场啊，也有一些迷信的说法。磕完头之后，大部分开场是在夜间子时，听炮响。头声炮一响，点到台上去一个拿着两个旗子的传旨官，一面是黑旗，一面是红旗，左手黑，右手红。咚，炮声响了，"哒！赶考的举子听真，奉天承运皇帝诏曰：'于某年某月某日开场，考一榜文举。所有进考场的举子，上至三代下至本身，如做过损阴丧德忘恩负义之事，或做过恩德之事，奉天承运，有皇帝诏准。'"说话这黑旗那么一晃，"准许冤鬼魂进考场有仇的报仇有恩的报恩呐！"咚，二声炮响了，他这黑红旗来回这么一摇呀，二声炮一响，您再听吧。"掩龙门喽！"龙门就关了。不有这么句话吗，望子成龙。说希望孩子将来好了变成龙，不是希望他做皇上，而是说如果你从这考场里头能够考出来第一名了，得了，你就成龙了。鲤鱼跳龙门也可以搁这用，叫龙门。龙门要是一关，拿锁头一锁，这钥匙拿下来，看场门的就得把这钥匙一直递到主考那去。像这场一正二副三个主考，把钥匙递给他之后，这场门就不能开了。什么时候开呢？三天一场，九天三场连出带进十一天。多久放场，十一天后开场。这些人就在里边吗？对了，在下来题目之前，这些赶考的举子可以随便交头接耳，互相谈谈。炮声一响，下来题目了，谁也不能说话。可是赶考的举子，谁也见不到谁，一人一间小屋。这个小屋宽也不过就是五六尺，站起来一抬手就够得到顶子。所以这个小屋在那个时候被赶考的书生叫格子窝。这个是通顶一拉溜打出断间来的，前面有个小桌，桌板是活的，后边座位的这个板也是活的。拆下来以后两张板可以搭上并在一块儿当床铺。那么把铺拆了前面可以当桌子，后面可以当个凳子。就在这考，两旁谁也见不到谁。对过那边也是一大溜监号，能看得见，离得很远，谁也不能跟谁说话。有监场的一正二副三个主考，四个监考，七个侍考，还有其他的一些工作人员。第三声炮再一响的时候，咚，"题目下来喽！"它也分五科，什么考《春秋》的、考《礼记》的、考《诗经》、考《书经》、考《易经》不一样，各报一科。这五门功课里边各报一门呢，它必须有一个第一名。考完了之后在被录取填榜的时候，主考填榜要从第六名填，从第六名一直填到第三百六十名，有的时候也超编，也可以多一点。那么最后再填这头五名，这头五名就是这五门功课里边的第一名。拿他们五人再对比，排哪个第一哪个第二、第三，这个名叫倒填五魁。所以过去喝酒划拳的时候，不有这么一句"五魁首"，"五魁首"就是前面的五名五魁。赶考的时候每个人住在监号里，吃饭得自己带，一般都是带馒头，带一点禁放的菜，或者带点咸菜。谁能带十一天的吃食？所以到里面花费大了，不够在里边买。有卖的吗？里边卖得贵呀，贵得多。带的那个蜡呀，你可得省着用，晚上点着灯。一般是晚上清净的时候写文章。

等到俞谨庵入号以后，题目下来了。俞谨庵接到题目一看，这个题可太浅薄了，跟自己前五次考的那个题都不一样。感觉前五次那些题目还深一点，所以不假思索，提笔而就。不是题目浅，是俞谨庵他的文化水平提高了。他跟恂九在一起待这长时间，恂九确实对他的帮助很大，所以他看着题显得浅了，容易做了。就仿佛一个小学三年级的你要给他一道四则运算的话，他看着很为难。如果是高中学生，你要给他来一道加减乘除的话，还叫事吗？所以俞谨庵的文章做得很得力。

剪断接说，这考场就算考完了，放场了。场门开了，个人把个人的底稿带出来。因为他三天一场允许带着白纸，头一天起草，第二天酝酿，第三天誊清，完事把末卷交上去，他们就把底稿都带出来了。出来之后，外面有车在等着了，管家来接他们了。车辆一直回到店房，到店房下了车，到了屋中喘口大气，可算考完了。在考场里这些天待着，睡不得睡，吃不得吃。受尽十年寒窗苦，还有这一关，就为了金榜把名题。来到店房喝点水，坐着歇一会儿。俞谨庵是举人迷呀，就问"兄弟，怎么样？你看看我这文章。"自己得意，恂九把文章接过来一瞧，"您文章写得是天花乱坠，看起来第一名举人您有望。"哈哈一笑，俞谨庵自己也默认了。"我看看你的。"恂九就把自己的文章底稿拿出来，给俞谨庵看了看。俞谨庵这么一看，唉，这就说句土话，不怕不识货，就怕货比货。一看他的文章，比自己强得多。"哎呀兄弟，我服气你了。看起来，你是第一名。""不见得，哥哥您可能是第一。""不不不，你第一我第二。"恂九一听，"不，我可能是第二。""您要第二的话，我第三。您的文章比我强。"这俩管家站在旁边一听也都笑了，他倒不是笑二爷恂九，他是笑这位大爷，您坐这屋子里自个儿又第一第二的，连这场您都六回了，你还第一第二了。管家对他的信心不足，当然他的文章好与坏管家不懂。

他们回归店房两天后，俞谨庵可就待不住了，六天以后才能张榜，也许第七天也许第八天，也许第九天，榜文一出去就见报录的。俞谨庵一想，我们准中无疑，如果等看完榜我们再回家去，家里就没准见了报录的了，或者有人来道喜，我们再请客，再搭棚再准备酒席就晚了，莫若我们先行一步。想到这跟恂九说："兄弟，我想咱们先走。""怎么的？""你想啊，等咱回去以后，净是道喜的，咱家里再准备酒席、搭棚，咱不就忙不过来了吗，咱回去先安排安排。""不得先看完榜再说吗？""把他们俩留下，叫他们看榜不就行了吗？"恂九稍沉了一沉没言语，就点点头，"好吧。"俞恂九没言语，点点头也就自己承认了，没错，准中。我中不了第一，我中第二都委屈，反正前三名跑不了了。因此告诉管家，给我们准备车，我们先行一步。管家到外边雇辆车，把他们应用的东西拿走的拿走，不拿走就留下了。俞谨庵告诉管家："你们俩先在店房住着，我把钱给你们留下，到了张榜的时候，你们前去看榜。我告诉你，看榜不用乱看，榜文一贴远去了，你就看前边。往前面走，你看二爷第一我第一。反正我们哥俩离得不远，知道吗？""哎，好您呐。"管家心说，您这意思，准中了。

　　管家把他们两人送走，俞谨庵和俞恂九两人坐着车从打磨厂出来一直出彰义门，出彰义门下吊桥，走养济院三义庙五显财神庙大井小井沸城卢沟桥长辛店赵兴店常乡良乡到了。这一趟线来到良乡，到了自己的家门口，车辆一打住，管家们就出来了。"大爷您回来了，老张跟老李呢？""他们还没回来，在后面了。""二爷回来了。""哎哎，把东西拿下来吧。"管家这通忙活。一进门恂九就问一句："内宅的大奶奶跟小姐知道我们去哪了吗？""不知道，前两天倒是问了，我们说没回来。""好吧。"就进了前面书房，来到书房，管家们很高兴，看着大爷这回回来跟每回不一样，每一次赶考去回来总是愁眉苦脸的。这回回来，满脸笑容。"大爷怎么样，中了吗？"管家也关心这个。"中了中了。"几个管家一听中了，高兴得差点没蹦起来，"大爷您考第几？""还不知道。"管家一听中了考第几都不知道，"您怎么不知道呢？""我叫他们看榜去了。"二爷准中没错了，他的学问管家知道，前者考秀才就拿第一名。"咱们到内宅去一趟，回头再说。""好。"哥俩进到内宅来，大奶奶跟素秋一看他们回来了，"回来了？怎么去这么些天。""大伙留着不让走，我们这是紧赶着赶回来了。""还去吗？"

"先不去了，不过这次在外边给人添了不少的麻烦。""是，我们也是这么说，在人家住着，你说说。""我们想回来也得请客，也得还还席。请了不少的人，前面准备要热闹热闹。你们尽量在内宅吧，我们得应酬朋友。""行。"说完这话哥俩就上前面来了。俞谨庵这个意思是什么？前边我们要搭棚，中了举了，有多少人前来道喜，内宅就认为我这是请客。孝廉匾挂上以后再告诉你，那时候也不晚。恂九也就没拦这个茬，因为准中了，肯定错不了了。

俞谨庵到前面把管家叫了进来，"你们进来几个人。""大爷您有什么事？""找棚匠。""找什么？""找棚匠搭棚。""什么事？""中举呀，先别跟内宅说啊。""我知道了，好您呐。""你去把棚匠找来，你去把酒席处找来，我定酒席。你去找木匠，跟刻字铺，把雕刻的给我找来。""好吧。"管家你看我看你，心说这么折腾中了没？"没错，准中了。""大爷连考了六场了，这回就中了？""你放心，大爷要不中的话二爷也得中。""对。"所以几个人就出去了，一会儿的工夫就全找来了。这几位师傅来到这，"您进来，"管家给领进来了，"这是我们大爷，这是我们二爷。""俞大爷、俞二爷，我是棚匠。""好，前院你给我搭棚，我们请客办喜事。""俞大爷您办喜事娶少奶奶？""废话！"棚匠说了这么一句，俞谨庵心说，我还没有儿子呢，我娶少奶奶哪的事。"你就甭管了，你们赶紧把棚搭起来吧，该多少钱回来给你多少钱。""好您呐。""酒席处来了吗？""来了。""你是掌柜的？""对，您说。""你给我准备二十桌上等的酒席。""什么时候用？"一算时间，六天后贴榜，我们回来几天了，报录的一来道喜的有的是。"三天以后，好吧。今天、明天、后天、大后天我们落桌。""行行。"一听是俞家，好办，人家有钱不能少给。随后就是木匠跟刻字铺，"俞大爷您有什么吩咐？""给我们做一块匾。""多大尺寸的？""看我们门道那个了吗？""行行，我知道。""刻什么字？""孝廉。""哎哟俞大爷，您中孝廉了，给您道喜。""好，回头给赏钱。"这管家一听在哪了？这就道喜中孝廉了，马上给赏钱，这刻字铺掌柜的也会说话。那么刻什么字，当然是刻孝廉，中了举人这块匾刻的是孝廉。要中了状元，这匾刻的是文魁。状元匾是文魁，哎说有状元匾写着状元的吗？有，那是武科场武状元。所以说一说是孝廉就知道是举人。俞谨庵一想，你把匾给我刻出来了，黑匾金字，它得有款。这款是某年某月某日乡试第多少名，这还不知道，现在抄手就得刻。"我跟你商量，你们刻完之后款上第几名能不能先别刻？""怎么您呐？""因为看榜的还没回来，中是准中了。你先把它悬上，等着看榜回来第几名你们搬高凳上去再拿刀子刻。再把它填上，行吗？""行行，您放心吧，那我们准办得到。"因为匾一悬上了，上面还有几个字没刻好，把它摘下来。不行了，悬上就不能摘。

一切安排好之后，匾已经悬上去了，拿一张粉红纸把它蒙上。俞谨庵跟恂九在家里头就等看榜的管家回来，越等越不回来。琢磨这个日子差不多，"唉，我说，老孙呐。""大爷。""你看他们俩回来没有。""我看了，没回来。""去迎迎，迎迎。""迎迎他们没来不也是没来吗？""这俩废物怎么回事，该回来了。"越等越不来。当天过去，转天一早晨俞谨庵可就睡不着了，跟恂九坐在屋里还在等着。两个人正坐在一块喝酒的时候，管家在门口眺望。一瞧，大爷问了好几回了，今早晨就问了六回，怎么还不回来？哎，来了！就见尘土飞扬哇哇哇哇。二位一窝蜂似的骑着马到门口，吁咳吁咳。刚一下马老孙沉不住气了，"我说，大爷第一呀还是二爷第一？"

# 第四回

　　上回书说到，俞谨庵把一切都准备好了，就等着老张老李看榜回来。到底是谁考第一谁考第二，前面的管家也在盼望。呵，这二位可回来了，骑马骑得满身是汗。到了门前翻身下马，这老孙就问："谁第一？""你先把马给我接过去。"有人把马接过去了，两人连吁带喘，登台阶迈门槛，进门道往里边那么一探头，"你看什么？""我说，咱这院里头怎么阴天呢？""院里头阴天，你真会说。搭棚了！""我说怎么那么黑，什么事搭棚？""什么事搭棚？大爷跟二爷赶考不中举吗？"老张和老李就看了看，一抬头，"这粉红纸蒙的什么？""匾啊！""什么匾？""孝廉匾。""好嘛。""怎么了？进来进来进来。"到门房坐下了，"给我先来口水喝吧。"有人给他倒了碗水，"怎么着？你们倒是说呀，大爷第一二爷第一？""大爷第一二爷第一？""啊，说怎么回事，都急死了，里边酒席都预备好了。"好嘛。""说到底谁第一！""我第一。""有你的什么？""有什么？没有我什么也没别人什么。""我问你他们二位怎么样？""没中。"大伙一听全愣了，哎哟，这么折腾没中啊！"哎哎，你们先别乱。我说二位，怎么办？""什么怎么办？""里边都急了，打昨天就等你们回来。大爷这个举人迷，琢磨自己不是第一就是第二。你们要一报信，这可就有个篓子。""有什么篓子？""你告诉大爷没中倒不要紧，顶多生口气就了不得了，这倒没有什么了不起。二爷那个脾气跟大爷可不一样，他的学问这么大，一告诉二爷'您没中'，真要是有个好歹的，万一要给气病了，甭说气死，你说说你们二位谁担得起？""哎，对。这怎么办？"

　　就在这个时候里边又问上了，"我说老丁，看他们回来没有？怎么这么废物，你们去找找他们。"老丁跑到前面来，"二位，别坐着了，里边一劲儿问了。丑媳妇难免见公婆，不给送个信行吗？""那怎么说呢？"有的管家就说了："我给你们俩出个主意，进门你先来个稳军计，进门碰头好。""怎么叫碰头好？""他听到谁第一谁第二不就稳当了吗？""他要问呢，谁第一谁第二。""你说谁学问大？""二爷学问大。""二爷第一，大爷第二，剩下的回头再说。这不就不至于把二爷气病了吗？不至于把他气死了吧？""哎，这主意也对。可是以大爷脾气一听他第二，二爷第一，匾就挂上了，字也刻上了。回头人家问'怎么回事？''请客，中举人了。'衙门口来人了，'我们没见公事，也没见报录的，你在哪中的举人？'告诉门房老张给中的像话吗？冒充举人？""麻烦了，麻烦了。"别管怎么样两人也得进去，老李一琢磨，"这么办，稳当了咱也得说。稳当住说，一个人说，别两个人说，说乱了麻烦。""那你听我的。""好，你说我别说好吗？""好吧。"你别管怎么着，这事也得告诉他。怎么着？里边还问了。"快点里边问了，快快。""来了。"

老张跟老李两个人都进来了，"大爷二爷。""哎呀，你们怎么那么废物。把你们俩留下看榜，看完就回来。其实我们那榜好看，就在前边了，看看谁第一谁第二就完了。""不是不是，大爷，是这么着。我们没贪玩，我们看榜去了。可是一贴出榜来一看吧，那人太多太多了，我挤不进去。""没告诉你往前走吗？""归其我到前面去了，我说'我借过，您让我过去。'那位还不让我过去，拿胳膊肘捣我一下子，这下捣得我，捣得我生疼。""你不用说这个了，怎么样吧，我考第几？""可大爷，我就看您一个人那榜，我就瞧了，结果挤了半天我才进去，挤了我一脑袋汗，那位还踩我脚了。""你哪那么些废话？我问你看见我的名字没有？""我看了，我一看第一。""啊，我考第一？""第一姓于呀。""当然了，俞慎怎么不姓俞。""我一看，不是您那个俞，是干勾于。""废话，干勾于你说它干吗？""是，我一看姓于我这脑子一乱，干勾于，第一不是。""第二呢？""第二也不是。""到底是第几你看见了吗？""我得仔细看，人太多，一挤我眼都花了。我打前面就看到后边，我一看我给拉下来，我又给翻过来了。""废话，到底第几？""回来我打头里看到后边，打后边看到前边，我恐怕没找着。

您的姓名笔画太多，我可是……""怎么？""大爷，您没中。"说了半天，这嘴里净拌豆腐，最后告诉您没中。俞谨庵喘了口大气，"唉，这不完了吗。说那么些废话干什么？我知道我中不了，我没那个命。"说着话打着咳声这眼泪可就下来了。二爷恂九端着个酒杯，就看这管家回报他怎么说的。"我呢？""对呀，我是没中，二爷恂九呢，考第几？""这个，可大约是这么着，我呢就看您的。我说话直嘴巴，就看俞慎名字来着。可是我就没管二爷，二爷老李他看的。"

老李一听，你好缺德了，合着把要紧的事都搁到我身上了。可是俩人虽然一块儿商量好了，万一这贴膏药在屋里啪给它贴上了，它也算呐。"老李，二爷考第几？""大爷，是那么的，我看吧，我们俩到时候谁也顾不了谁了，可是一看那人太多，我就往里挤了。我看我打头里挤不进去……""又来了，你哪那么些废话？"二爷是一句话也没有，端着酒杯，两只眼睛目不转睛看着老李，"怎么着？你快说！""是，我打头里看到后边，打后边看。人太多，我离着老远的，后来……我那么一找呀，考试官就说了……""什么，你说什么，这里边有考试官的事吗？""不是，大爷您不是没中吗。""是，我知道我没中，问你二爷。""您没中，您跟二爷是亲哥俩，可是考试官说，'哥哥没中兄弟要中了，对不起哥哥。'可是……""你到底要说什么，我中了没有？"二爷端着酒杯就哆嗦了，管家吓哭了，"您也没中。"俞谨庵一听哥俩都没中，就抖搂了。心说，好难中的破举人。

他净看老李了，再听旁边啪嚓，酒杯掉地下了。再一回头，"哎哟，兄弟！"恂九溜桌了，酒杯一掉地下他就打椅子上掉到桌子底下去了。"兄弟兄弟！"外边的管家全都进来了。那几位管家能不在外边听着吗？一听里边出事了，赶紧进屋把二爷就扶起来了。"架到屋里去，别放平了，后面拿被子给顶上，把他放在床上，垫个被窝，把二爷后背给他拖到这儿半倚半卧。""兄弟！""呜！"这口气喘不上来。"兄弟。"一个劲儿给他捶，给他扑打胸口。"兄弟，别着急，不中不中吧，咱也不等这举人吃，咱也不等官做。算了吧，别生气。""您别生气，二爷您中了。""哥哥。""兄弟。""咱哥俩一场，到了现在，什么话也甭说了，我要求您件事。""兄弟你说吧，有什么话你说。你别着急，别生气，咱先吃点东西。""不，您把装裹给我拿来。""什么？

兄弟，你说什么？""把装裹寿衣给我拿来看看，让我看看好不好。""不像话，挺好的人，你要装裹。""不，哥哥我说过，我要考了不中，我就活不了。到了现在，我确实是不久于人世，您可千万别耽误，最好让我看看装裹。哥哥，别让我着急了，您快点吧。"老李拿手一推大爷俞谨庵，俞谨庵一看，推我干什么，老李一使眼神俞谨庵跟他出来了。

来到外间屋，"干什么？""大爷。""你怎么这么说？""我说什么？""没中都没中。别说了，你叫我干吗吧。""二爷是着了点急，没什么太了不起的。""不，他要装裹。""依我说不定对不对，把装裹给他拿来。""凭什么拿装裹？""我姥姥当初就这样，她一看要死要活，把装裹给拿来，装裹一拿来在那包袱里头塞棵大葱。""干吗？""这名叫'冲一冲'，一冲就好了。""哦，还有这么说的？""你就给他拿过去。"俞谨庵聪明一世糊涂一时，当时脑子都乱了，就听管家的了。管家就出去了，来到寿衣庄跟掌柜的一说："我们是俞家的，俞家庄俞大爷那儿。""哦，您有什么事吗？""要一套寿衣。"寿衣庄还得问问这是谁用，怀疑是俞谨庵。您看这买卖他乐意多卖钱，但是还有一个，他倒不希望人家死，那意思怎么说的？得表示。"好吧，您给我们拿一套上好的袍罩靴帽、铺金盖银、陀罗经被、海裤海被、头枕脚枕，一切应有尽有。多少钱不问，日后跟俞家算账，那么你给送去吧。"就去了两个小伙计，拿着几个大包袱，有帽盒、荷叶枕，这些乱七八糟的都装好之后跟着管家就来了。

来到俞家门口，有管家告诉："你等一等。"进去拿了几棵大葱，一个包袱里面掖了一棵大葱。"你进来吧。"就给他领进来了，来到南房的外边，管家就进去了。"大爷，您出来。""嗯。""装裹可来了。""掖大葱了吗？""掖了。""你先叫他进来。""进来进来。"他们就把东西拿进来了。俞谨庵一看包袱眼泪都下来了，唯独这个东西多值钱，看着也腌心，难受。"看这怎么说的。""哥哥，哥哥，来了吗？""什么？""装裹。"已然来了，怎么说，就拿起来吧。就给拿进来了。"我看看。""看看吧兄弟，你这没有的事。"把这包袱放在桌上，一个包袱一个包袱地打开，帽盒打开瞧瞧帽子，看看靴子，瞧瞧荷叶枕，瞧瞧被卧褥子。"哥哥，买这好的装裹，这得多少钱？"俞谨庵不答复他，我哪是买装裹，这不是为了让你好一点吗。“行啊，哥哥。棺材呢？把棺材给我搭来。”“你怎么还要棺材？”“没有棺材我躺在哪？”“你这不是胡闹吗？我说我的兄弟，你好好的人，你又要棺材，又要装裹。”“别耽误我呀哥哥，您别让我着急，您让我看看。”管家老李拿手一推大爷，“大爷您出来。”俞谨庵就出来了。“怎么着？”“哎，您看了吗？这装裹一来，二爷的精神见缓。他不是要棺材吗？干脆，把棺材搭来。搭棺材不是什么不好的事。”“怎么？”“这叫进财，另外棺材里面放一棵大葱，一冲就好。”“是啊，那就去吧。你去棺材厂要口棺材去，要柏木材。”“哎。”管家就去了。

来到棺材厂，“掌柜的！”掌柜的一看来了个管家，“您里边坐里边坐。”意思是不是买棺材的就别往里边坐，你不能进门。唯独卖棺材和卖装裹的没有和气的。你要进门买什么都行，“您买什么？”你买袜子买手绢，买胰子买香皂是吧？到棺材厂去来用什么？用棺材。男的死了女的死了？用大的用小的？您看这块怎么样？您这身正常人大概合适。没有这么合计的。他进门先问问您里边请有什么事吗，所以棺材厂跟寿衣庄做买卖跟其他的行业不一样。来到里面，“您有什么事吗？”管家说：“我们看口材。”他问问哪口材，就说卖给你，他心里有根，是家里有钱的还是家里没钱的，家里是著名家还是不是著名家。表示还要关心哪位过去了，所以管家告诉了：“我是俞家庄俞家的。”“唉，是吧。您用什么材？”“阳材。”男人死了用阳材，女人用阴材。“我们二爷有些不舒服，先看口材，进材再说。”“哦，那行。您看看要什么的。”“大爷说要柏木的。”为什么要柏木的？老人死用楠木材，晚一辈死了就得用柏木的。你要是用楠木的，这叫欺祖，不许。如果自己的子女给你预备楠木的这倒可以，所以要柏木的。“您看了吗？这口是柏木的，这口也是。”“你甭让我看了，我也外行。要一口好的，来个柏木独板。多少钱不问了，日后到那去该多少钱给你多少钱。”随后他们就派了六个人搭着这口棺材，四个人搭着大盖。没有搁到一块儿的，搁到一块儿搭那是废物。那多沉呢，光这大盖就得四个人搭。这口棺材中间四个人，两头打横各一个，六个人，旁边还跟着一个伙计。

管家领着一块儿来到俞家门口。这时候管家进去弄了两棵大葱，真的假的把这大葱给放在棺材里头了。随后棺材就算进来了，进来之后叫他搁在南房的窗户外边，廊檐下边。管家老李进来了，"大爷，棺材可来了。""兄弟，你要的棺材可来了。""我看看。"恂九说声我看看，一挺身就慢慢坐起来了。两个管家架着他，行步跟跄，脚步仓皇往外走，俞谨庵在后面跟着眼泪汪汪地。来到外间屋把外间屋房门推开以后，站在廊檐这看了看，"哥哥，你买这么好的棺材。""兄弟你快进来吧，怎么说的？"

　　二次把他架到屋中来，又躺在这了。"兄弟，你歇会儿吧，你渴不渴呀？"俞恂九摇摇头，"哥哥，我这口气还没有咽，您把杠房给我找来。""把杠房找来床板一来的话你都上床了。"老李过去一推大爷，"您出来。"来到外间屋，"这么着，他不是要床板吗？依我说就叫杠房拿床板来。"刚说到这俞谨庵这嘴巴给管家打的，现在有点明白过来了。"大爷您打我干吗？""还他妈冲冲！""您不冲不要紧，您别打我呀。我其实也是为了二爷好。""再冲的话，都他妈上床了，一会装棺材里了。混蛋！""大爷，我跟您说，其实我也是好意。您看，人家杠房掐尸入殓的人家懂，这人是要紧还是不要紧。如果来到这看看二爷，人家说不要紧，您心里有个数。万一要不行了，也别耽误了。"俞谨庵一听有理，"要不就叫杠房的头来。""您看看，对了吧。那么他来的时候拿床板不拿？""先别拿。""万一人家一看二爷要不行了不就耽误了吗？""要不就拿来。"一点主意也没有，脑子方寸已乱。

　　管家出去把杠房叫来了。杠房头带着俩伙计拿俩凳子、俩板来到这。一进屋，俞谨庵从屋里出来。"俞大爷，怎么着？""我这个兄弟生口闷气，自己说胡话，我看不至于。我问问你吧，如果这人真要是不至于死的话，你看得出来看不出来。""俞大爷我跟您说，不是说句大话，我要说这人不要紧，准不要紧；我说这不行了，连一个时辰都过不去，他准过不去。""那你就进来看看吧。"把杠房头领进去了。杠房的说："您可千万别说我是杠房。""这是二爷。""二爷您好，我跟您是邻居，我进来看看，听说您不舒服，来串个门。"恂九一撩眼皮，"我明白，你是杠房。好，你来得好。""二爷你。"这个杠房的看看俞恂九说两句话，随后跟大爷说："大爷，这是谁出的主意？又进棺材又买装裹的，又叫我们来，怎么了？二爷这样再活三年也死不了。我不应该说这愣话，二爷您别傻闹了。"听见了吗兄弟，你听见了吗?""不，杠房你不懂。""什么您呐，我不懂，我干了四十多年了，我们干好几辈子。"刚刚说到这，说着说着一看不行，说:"哎哟不行，快搭!""什么?""快搭板，把床板赶紧搭上。"一看二爷抬头纹也开了，七窍也塌了，刚才好好的，一会儿工夫再晚了就死在炕上了。那还了得!

这通忙活，就给二爷把衣服穿好停在床板上，把枕头也给放到这了。再晚一会儿真要咽气了杠房有责任。就这么一会儿工夫都放好了，杠房再一看二爷，热病，有缓，又不要紧。也邪门，要看现在的俞二爷，再活三年也不要紧。"我说怎么着?"俞谨庵就问。你看这人，"俞大爷我一点能耐都没有了。""你不四十多年了吗?""我一年也不年了，我没见过这么上床的。您这人现在不要紧了，我们先走。"说着带伙计就走了。可是这人已经穿好装裹了，躺在床上。"哎呀，这可怎么办?"管家说:"咱请个先生看看。""哎也好。"说话又从外边请先生，把当地这几个著名的大夫都请来了。先生一进屋这气大了，"都上床你们还请先生。"都火了，"你们这是哪的事?"过去治病大夫都腻歪这个，结果没开方子就全都走了。俞恂九急了，"哥哥不用了，谁也不用。我自己的事我知道。""兄弟，你怎么能这样?""您赶紧把嫂子跟妹妹给我叫来，我见个面说两句话。"俞谨庵一听不亚如万丈高楼失足一般，心里头暗叫到自己的名字。俞慎啊俞慎，你好糊涂。恂九跟你虽然情同手足，毕竟不是一母所生。人家有亲妹妹，倘若晚一会儿的话，真要咽了气，亲妹妹没见着活面儿这个责任怎么担?"管家，赶紧去。把大奶奶跟小姐叫出来。"

管家就跑到里面去了，"大奶奶，小姐。""干什么?""您上前面看看去。""我们上前面干吗去，前面请客了。""不是，二爷不行了。"大奶奶没气死，"你怎么了? 同着小姐逮什么说什么? 馒头把你撑的?""不是不是不是，二爷不行了。""你还说?"素秋一听，"嫂子先别乱，怎么啦?""别听他的话。""不，管家我问你，你说明白了，怎么回事不行了? 是不是最近我二哥去考场了?""对。""嫂子走。"素秋很沉着，"干吗?""我二哥要死。""你怎么知道?""到前面您就知道了。"

素秋跟韩氏大奶奶来到前面，一进屋韩氏大奶奶就埋怨大爷，"人都这样了，怎么不早告诉我们。""你快看看，呵我的大爷。"因为现在韩氏大奶奶跟素秋的感情好极了，来到恂九的面前，"兄弟。""嫂子，不必难过，人活百岁终有这一天。"在他身旁站着俞谨庵和韩氏大奶奶，在脚下边站着素秋。这个时候俞恂九就跟嫂子说了几句话："小妹给您添了不少的麻烦。""哥哥。""兄弟。""你对我们兄妹是天高地厚。虽然咱们情胜过手足，但是毕竟不是同族。我们兄妹对您无恩可报，我死之后哥哥你把小妹收在身旁，作为……""别往下说了，兄弟，你这纯粹是乱命。"什么叫乱命？就是临危的时候说的胡话。"你这样说等于骂我，我是人面的畜生，那还是人吗？小妹在我这，将来我一定给她择配人家，我得对得起你们兄妹。"恂九打了咳声，不能再往下说了，看看素秋，"妹妹，我死之后哥哥嫂子给你择配人家，找个什么样的丈夫就是什么样的丈夫，不许让哥哥嫂子为难。"素秋点点头。"倘若不对你的心思，出嫁以后，你自己再拆兑去。"旁边的管家一听出了门子还拆兑，旧社会不讲离婚，可是素秋就点头了。"还有，我死之后，一切你盯着，别管任何人想我。"说到这他拿眼睛看看俞谨庵，"你可千千万万别让他把棺材打开看看！"

# 第五回

上回书正说到，俞恂九床前立遗嘱，告诉素秋："我死之后，一切一切你要盯着，别管任何人想我。"话说到这，拿眼一看俞谨庵，"你可千千万万别让他把棺材打开看看！"素秋点点头。可是这句话俞谨庵已经听明白了，认为他说的是胡话，人要死的时候啊，语言就乱了，胡话也没往心里去。"唉，妹妹，我不行了。""哎，二哥。瓦罐不离井口破。"素秋就说这么一句。俞恂九就答应一句："我走了。""二哥你走啊，我不送啊。"管家一听啊，哟，人死了你还送，就这么一会工夫，再看俞恂九就与世长辞！这一家人是放声痛哭。可是得留个纪念啊，那个时候又没有照相片的，马上把画像的找来，追脸，画了张像。随后这个棺材已经来了，把杠房找来，赶紧入殓。书要简言，入殓之后应该接三、念经，这棚就改了白事棚了。在这时候俞大奶奶心中难过，"大爷，您这举人迷真是要了命。"也就明白是怎么回事了。

这白事一起来，应该得知会亲友，棺材就停在里院了，在棺材的前面搭出一个灵棚来。撒出帖去，应该招待亲友，其他人都不在话下。主要有一门亲戚，就是大奶奶的娘家。起初咱开书的时候说过，这个韩氏从小没有爹娘跟叔婶长大，叔叔是做过一任兵部侍郎退归林下，赏食悬俸。老伴已经死了，只有一个儿子，他的儿子名叫韩荃。可是儿子太不争气，是个忤逆子，而且他在外面寻花问柳，吃喝嫖赌，浪荡逍遥。但是韩侍郎已经老了，就把家务都交给儿子韩荃了，由他当家。韩荃已经成了家了，没有儿女。今天这个符文就到了，管家拿来就得交给他呀。"大爷，您看看。俞家来符文了。""哟，谁过去了？”"您看。"打开这符文一瞧啊，韩荃知道俞谨庵他家一个兄弟叫俞忱俞恂九，还有一个妹妹叫俞素秋。这已经好几年的事了，可是他始终没上那边去。原因是什么？起初，俞谨庵见着他，还劝了几句，应该好好念书，应该怎么学好，可韩荃开始不好意思的，后来就起了反感了。心说我玩去也好，怎么也好，花我们家的钱，花你们家的钱了吗？你劝我可以，可你不能见面老跟说大儿大女似的，干吗，我也不指着你吃，也不指着你喝。打那他就跟他不来往了。后来他听说素秋长得好，早就想看看，始终没有台阶。可今天他接到这符文了，他一看，借这个机会我去看看，如果素秋真不错的话，想办法我娶了来给我做二房。他总认为他爸爸做过大官，说哪哪灵，是这么个想法。于是就派管家买个纸盘给那送去了，随后他去吊孝。在这个时候他换了换衣服，拾掇得漂亮一点讲究一点，车马轿人就来到俞家庄。

到俞家门口一下车，管家们一看，韩荃来了。门口有吹鼓手，他们一敲打，唔唔唔。这是来了吊孝的了，再说这灵棚里边，靠棺材前面搭灵棚。灵棚上边有供桌，供桌上摆了有素供，有香炉，有蜡扦。迎面供着恂九的像，就是追脸画的那个像，旁边素秋披麻戴孝在那跪着陪灵。灵台的下边旁边有一个条桌，桌上放了一个小吊钟，庙里撞的钟，小型的，红木架子架着。茶师傅在这敲着，敲吊钟支会后边。守在棺材旁边有吹鼓手奏哀乐，吹那横笛。在棚的旁边有茶几，有桌子，在茶几侧面坐着俞谨庵，盯着给人道劳驾道谢。就听外面人声嘈杂，走进来吊孝的了，俞谨庵赶紧站起来给人家道谢，站起来，双手一抱拳，一看，呵！是韩荃。心说我们去帖请的是韩侍郎。谁请你了？当时一转身，一甩袖子，就给他来个后脑勺。韩荃一瞧他刚站起来一抱拳，心说这还不离。怎么说呢，人敬人高，你何必一见我面就鼻子不是鼻子眼不是眼的丁吗，没想到俞谨庵一掉脸，啪一甩他。韩荃这火就大了！心说我要问问你，姓俞的。今天韩大爷上你家来，我不是自个来的，是你红白帖请来的。你们家办白事，你罪孽深重，你这是干吗？可又一看在灵棚旁边跪了一个陪灵的披麻戴孝的姑娘。不用问这准是素秋，我要跟你一火，我就没法看素秋了。得了，我忍气吞声。就在这时候茶房过来了，"韩大爷您免吊吧。""不用，我们这是亲戚我得吊吊去。"

说着话他上灵棚了，来到灵棚上，茶师傅一敲这吊钟，后面奏哀乐的吹鼓手就吹横笛了，唔哩唔哩唔哩唔，唔唔哩唔。他上去应该作个揖行个礼就下来。没有，他上去以后先看了看这像，随后拿了一股香来。他搁蜡灯上烧着香，烧着了香。他自言自语："哎呀恂九啊，恂九，我跟你没见过面，咱们亲戚可不远。"他两手举着香，顺他的胳肢窝底下，他嘴里念叨着看这个素秋。素秋跪在旁边低着个头，不知这是谁。韩荃两只手拈香，眼看这个素秋，他嘴里可就说："恂九啊，咱们可不远，我跟你虽然没见过面，现在提起我了，要提起我爸爸来。在良乡县来说，连朝上都是赫赫有名，我爸做过兵部侍郎现在退归林下，赏食悬俸。我姓韩，名叫韩荃，俞谨庵的老婆是我的姐姐，俞谨庵是我的姐夫，我是俞谨庵的小舅子。"素秋一听他就是我嫂子常跟我说的娘家那个不争气的兄弟，是他！韩荃这还往下说，我爸爸如何如何。说着说着这股香已经都燎手快烧袖子了。茶房在底下看气大了："我说韩荃，你烧手了！"他一抖手感觉热了，把这股香给扔在台板上了。这个灵台上面铺的是地毯，那都是毛毯啊。这茶房赶紧过去用脚就踩，要不然着火了！俞谨庵在下面坐着一偏脸，不乐意看他。他一听台上这么乱，一回头，"快去看看，要放火是怎么着？""大爷您怎么了？""不问你们这香太短。"茶房心说香短，麻秆香长，那像话吗。茶师傅给他点着这股香，"行了，您上香吧。""你下去，你别在这。"茶师傅就下去了。这个时候韩荃拿着这股香，他嘴里头还不停地念叨："我呀，哎恂九啊恂九，今后我还得多上这来，虽然你活着时候咱没见面，我这心里头万分难过。"说着把这香插那香炉里，他眼睛净看素秋了。茶师傅在下边一看，鼻子都气歪了。"我说韩大爷，您把香搁哪呢，香都插进碗里头了。您快拿过来。""你们这香炉太小。"茶师傅心说，怎么这样。俞谨庵生气，就不乐意看他。您说怎么往外轰他？"您请这边坐，这边坐。"韩荃从灵棚上下来，他在磕头的时候，脸一偏，已经看见素秋了。素秋也在陪着磕头。他从灵棚里下来，回头还看了一眼。他有心坐在这，跟他姐夫整对脸，没好。他就钻到后面去。

来到内宅。韩氏大奶奶在内宅了，一拉门进来，"姐姐！""兄弟来了，坐下，怎么你来了？""给我们那去帖了，我能不来吗？爸爸这么大岁数他能来吗？""噢，怎么样？老爷子好啊？""还行。""你怎么，不错？""我不就这样吗？""弟妹呢？""别提了。""怎么了？""病了。""哟，什么病？""紧七慢八，十个月到家。""这叫什么话？""快死了。""别这么说，不挺好的？有病给她看。""看什么看，不是那么回事。诶我说姐姐，恂九什么病死的？""急病。""他妹妹？""干吗？""叫什么叫素秋，他妹妹素秋怎么办？""怎么办？跟着我们。""哎，她多大了？""二十了。""呃有主吗？""你问这干吗？""我说您甭说别的，姐姐，您就说您的弟妹跟我这么些年了，到了现在，也没个小孩，不管姑娘小子，你给我生一个。你哪怕下个小狗呢。""你说你真说出口来。""我就为求后。您能不能跟我姐夫说，说把素秋嫁给我。我两头帷大花红轿娶，到那时候……""别说了，住口吧。""兄弟，一者说，妹妹素秋现在根本不谈嫁人，再者一说这什么时候？这办着白事你提这个，叫你姐夫听见以后，还不把你骂出去？""要不我就跟你说，我的姐姐，我怎么不跟他说。你跟我姐夫说。""你走，还有事吗？""没事啊。""赶紧走。少提这个。我告诉你说，为什么你姐夫看不起你？好好念书就是了。告诉你素秋别说不寻人，寻人也轮不到你。""好，我的姐姐，你吃水可忘了挖井的了。""谁挖井啊，谁挖井？""你爹娘没有了以后，你跟我爸爸跟我娘长大的。到了现在这些年，你甭说吃饽饽饭，你吃得吃多少？""你说的都是废话。没吃你的，你走吧。""行了，你可放着我的，我告诉你，我要不把素秋琢磨到手，姓你们姓！"他一甩袖就走了。

您听听，他说的这都是什么话？韩氏大奶奶气得直哆嗦。韩荃走之后，大奶奶贤惠，这个事就没有跟俞大爷说，更不能跟素秋说，这事过去。家里的办白事念经这些事都不在话下。这几七过去之后有不念经的时候，俞谨庵自己在前边书房里头睡不着觉。就在这个时候，只听当当，鼓打二更。俞谨庵就出来了。一人从屋中出来，在院里来回溜达，走来走去，走到大门这看过，门闩已经上上了，管家们都睡觉了，又到里面瞧瞧，似乎他担心怕失火，他又到厨房，瞧瞧厨房火已经封上了，他溜达来溜达去，他就到了灵棚。自己的两条腿上了灵棚，来到供桌前边，在供桌的正面就供着俞恂九这相片，临死前追脸画的那个像。拿着蜡灯那么一照，眼神正看着俞谨庵。下来之后，俞谨庵的思想有些波动，恂九啊恂九，咱哥俩没好够。想当初，我跟你在北京一见如故，所以认回本家的兄弟，你跟着把自己的士字都去掉了，俞士忱改俞忱。咱们来到家中，每天在一起。你好大的才学。过目成诵，目下十行。你为了哥哥，先去挣这块举人匾，怎么你就没中。这么好的才学没中，就这么气死了。你死得好快，我怎么也没有想到。要棺材，要装裹，说不行就不行。他想来想去就想到临死时的床前遗嘱。你怎么告诉素秋说，别管谁想你，千万别让他把棺材打开看看。竟没想到你死得太快，而且怕人家看看，是真死了，是假死了。不对。俞谨庵所想的这些事越琢磨越不对。你死的时候说这些话。是你怕看？而且看到妹妹素秋，不像我们哭得这么痛，还说什么，"二哥，你走，我不送。"谁讲死了以后活人再送？不对头。现在想来想去，他就认为恂九一定没死。可能这里头有什么原因，你是不是躲我了？我得看看你。我要不看我能糊涂死。为什么你说这种遗言？可是想到这又想到素秋，在他眼前头已经答应了二哥，我一切盯着。我跟人家不是同族，毕竟没有直接血统的关系。我一开棺材素秋要知道了，出来看见问我，大哥，我二哥临危的时候怎么说来着，您不是在眼前，为什么你要开棺？死人二次躺的棺材见天了，那么不好。所以想到这慢慢从灵棚下来，他就绕到内宅去了。来到内宅看看各屋里的灯，全都黑了，特别到了上房的窗外，听听屋中已经睡着觉了。

他又绕回来了，院里头静悄悄的，只有俞谨庵一个人，绕来绕去，又绕到棺材前边。看他的棺材头里写的字，一阵眼泪旺旺，拿手一扶那棺材盖。其实我即便想开棺，也不易开开了，算了。想到这自己懒洋洋地一步一步地往回走，回到自己的书房，闷闷不乐。躺下以后他睡不着了，就想恂九。后半夜迷迷糊糊就算过去了，直到大天大亮，萎靡不振。管家进来伺候他漱口洗脸，说："您吃点什么？""什么我也不吃。"无精打采的，就往后面走。再有几天就要出殡了，这棺材就要搭出去了。心里头真跟热油煎心一样，无意中已经进了上房，老丫头看见了，"大爷。"里间屋还是大奶奶跟素秋在这，赶紧就站起来把软帘子一撩。"大爷。""哎，你们坐下。"韩氏大奶奶一看自己的丈夫，脸上气色不好，搭着这几天办白事，吃不好，睡不好，也见瘦了。这眼棱都青了，眼睛都抠了，熬夜熬的。"大哥您怎么了？""妹妹，自从你二哥这一死我对不起他。""哥哥您别这么想。""现在我不得不跟你说实话，只因为我连考了六场举人没中，你二哥的才学过目成诵，所以一生气他为我挣这块举人匾，就把他给气死了。你二哥好大的气性，我真想他。我要见不着他，我能想死，可是他已经死了。"

俞谨庵这个话是引素秋，因为恂九临死的时候告诉素秋，叫她盯着别管任何人想我千万别把棺材打开看看。所以俞谨庵才说这话，我要看不见他一面的话，我能自己想死。仿佛那意思，我要开棺看看他，你可别怪我！素秋在旁边，听完这话之后，"大哥，别这么想了，别着急。真要想他，您想怎么着您就怎么着，您可别想出病来。""话虽如此，我能怎么着。""大哥您喝碗茶。我二哥已经没有了，哥俩不错。您自己心里明白。我们也知道，只要您心里痛快，您爱怎么办怎么办，千万您可别有病。""好妹妹！谁能知道我的心呢。"韩氏大奶奶看这样也跟着掉泪。"得了，大爷，别这么想了，人死不能再活了。是不是？你想我这该怎么办？看着妹妹，妹妹也这么大了。啊，咱得说，顾死的也得顾活的，以后替妹妹着想，这是真的，得多疼妹妹，也就对得起兄弟了，是不是？"

哭了会子，俞谨庵没有什么可说的，就走了。当天也没吃好饭，只盯到晚上自己安心睡觉的时候，哪能睡，迷迷糊糊心里倒腾素秋的话。素秋说了，大哥您只要别有病，您不是想我二哥吗，您爱怎么办，随您便。我想看看他，我想怎么办？我想再见他一面。可是恂九又不让看，可素秋这话是不是想让我看？我想她既然有这话，我开棺看他的话，素秋知道，她也不能怪我。

从屋中出来，自己壮起来勇气来到棺材旁边，心说，这棺材我开得开吗？他想到这，自己无意中一伸手，看这棺材有多沉。他两手往怀里这么一来，真没想到搬起来了。不但搬起来，大盖拿下来了。拿下来之后他把棺盖立着拿，拿手这么一掂分量，如果要是上秤，棺材盖也就四两多沉。说这是不是棺材厂把我们骗了。柏木的棺材大盖没分量，这怎么回事？他想着就把棺材盖拿起来，一步一步走到墙根，戳在墙根这了。他翻回来又看这棺材，一看盖子是虽然盖得挺严，拿手这么一摸，盖子上面有俩眼，有个绳。这绳怎么出来了，他拿手一提这个绳，盖子也开了，再拿盖子也没分量，仿佛拿着一个纸夹子片相似，这是怎么回事？再看棺材里头，可是棺材架得高里边也黑，他站在外面想看看不见。他就过去搬了一个凳子搁在旁边，回头他就用左手端起棺材，前面放蜡灯，上了凳子以后，右手避着灯光往棺材里瞧。仔细观瞧，不看则可，看完之后不由得大吃一惊！

# 第六回

　　上回书正说到俞恂九死了以后，俞谨庵对俞恂九的遗嘱有所怀疑，所以他要开棺检验。等他把棺材打开一看，哎哟，他左手端了个蜡灯，右手蔽住灯光，一看棺材里头，这衣裳帽子枕头全有，脑袋没了。啊？这人头哪去了？这怎么回事？拿手一摸，他摸这衣服，哎哟，人没了。衣裳是瘪的，这怎么回事？这才慢慢地把衣服的这些个系带子全都解开，打开衣服一看，又是一惊。人虽没有了，在这棺材里头躺着的，有一尺多长，二寸多宽，两头是尖，浑身上下与白醭相似，也不知哪边是头，哪边是尾。这什么东西？好像一个大虫子。说哪是脑袋啊？是死的，是活的？怎么恂九没了？棺材进来那么大虫子，就在那趴着不动。哎哟，俞谨庵端着蜡灯，把手递过去了，想拿手摸他一下，看他动不动。他刚把这只右手往这一递，忽然间身后有人拍他肩膀一下，这下可把俞谨庵给吓着了。"哎哟！"一害怕差点没把手里的蜡灯扔在棺材里头，等他回头一看，"哎哟，你可吓死我了！"原来，是素秋。

　　"大哥，您这干什么了？""妹妹。"说着，俞谨庵从凳子上下来，"请你原谅哥哥吧，我确实想你二哥，我要不看看他，我能别扭死。到底是怎么回事，为什么他死这么快。虽然你二哥临危的时候有遗嘱，别管任何人想他，不让他把棺材打开看看。可是昨天我跟你说，你也跟我说了，您只要心里头不别扭，您爱怎么着怎么着。所以你大哥我就壮壮胆量开开棺材看看。妹妹，你原谅。""大哥，我没怪您。""可是今天我虽然开棺了，倒是件好事。""怎么呢？""你二哥没有了。他哪去了呢？里面有大虫子。你说，这个人是不是死了？""大哥，我二哥已经没了，死了，我二哥没丢。"没丢？是死人没了。""棺材里躺的就是我二哥。""啊？这到底是怎么回事？""您呐，先把棺材盖上，回去再说。""不是，你告诉我。""我告诉您什么？大哥，我二哥早就知道您是非想他不行。因为你们兄弟感情太好了，所以怕您想他要开棺看的时候，您开不开这棺材，嘱咐我帮忙。""不对不对，他临危说的话我还记得了。""您记得什么？""他不让开棺材。""错了。我再说一说，您回忆是不是这么说的。说：'妹妹我死以后你盯着，别管任何人想我，'他说到这拿眼睛一看，您还记得吗？""对对对。""随后就告诉我：'你可千千万万，别让他，'说到这喘了口气，'把棺材打开看看。'他让我盯着什么呢？把棺材打开看看，怕您开不开这棺材。""妹妹，你别给哥哥遮羞脸了。""不能吧，我问问您这口棺材是什么的？""柏木的。""哦，棺材盖多沉呐，您怎么打开的？""哎，妹妹，我想起来了，咱叫棺材厂把咱骗了。这棺材盖怎么没分量？""我在旁边帮忙了。""不能吧，你帮忙我怎么没看见你？""我不让您看见，您能看得见吗？您不信吗？""我不信。""要不信呐，您再搬一回这棺材盖，您看看搬得动搬不动。""当然搬得动，没有多沉。"俞谨庵说到这，自己又走过去了，俩手一搬这棺材盖，啊？是纹丝不动，好沉了。"这怎么回事？""您再搬一回试试。"俞谨庵伸手又一搬，咦？起来了。"奇极了，这怎么回事？"就听脚底下有人说话了。"慢点，放下，放下，轻轻地。"俞谨庵低头一看，就见素秋蹲在这，用两根手指头托着棺材盖那头，往上一颠一颠的，这棺材盖一起一起的。"哎呀，放下，放下，放下。"素秋一撒手，这棺材盖就放下了。"妹妹，你……这是怎么回事？""我帮您忙了。您哪，先甭问了，咱先把棺材盖上。""哦哦。""您来搬来。"俞谨庵伸手一搬这棺材盖，素秋拿手这么一粘。这棺材盖子很轻，把这棺材盖就算盖上了。"素秋你……你这手……到底是怎么回事？""此处不是讲话之所。哥哥，您跟我屋中去说。"

把这归置好了，俞谨庵跟素秋就进到书房。来到书房坐下以后，俞谨庵就问："妹妹，你们到底是怎么回事？闹得哥哥我是糊里糊涂。""大哥，今天跟您说实话，我们兄妹非人也！""啊？非人也？那么妹妹，你们是何许人也？到底是什么？""就是棺材里躺的那个东西啊。"什么？""哎哟，您不认识啊？""我怎么会认识那是什么大虫子？""您还是秀才念了这么些年书，蠹鱼啊！""蠹……哦，哎呀！"俞谨庵一听是恍然大悟。

说蠹鱼是什么东西，蠹鱼跟黄花鱼带鱼都不一样。这个蠹字要写出来，轻易用不着它。一横，底下一个扁口，一竖，底下不出头，在下面有一个秃宝盖，秃宝盖底下是一个石头的石字，在石字底下有两个虫字，这个字念"蠹"。说蠹鱼是什么？书虫子。所以今天素秋一说，我们兄妹是蠹鱼得道，俞谨庵哦了一声是恍然大悟。"那我怎么能认识呢？我看见的书虫子都是书本里头那根线头大小的东西，要想把它看清楚了，那得拿放大镜。"可是那个时候又没有。当时就回想起来，当初一日自己发现书本里头生虫子的时候，俞恂九一步就进来了，马上就拿了一张纸，把书虫子倒在纸里头，随后去到后花园太湖石底下把它埋上。他这个举动就是兔死狐悲、物伤其类，因为它本身就是蠹鱼。后来他拿过书本一翻篇儿的话，过目成诵，就背通本，对！他生在书里，长在书里头，吃书喝书。他那个书本还不都在肚子里装着？现在明白了，他进考场前去赶考，那个书是恂九的粮食，他要什么有什么。那个考试官不中他，你想他还要中谁呢？得多高的学问才能胜过蠹鱼？

俞谨庵听素秋这么一说，"哎呀，妹妹，我明白了。我后悔了，当初你们怎么不跟我说呢？""大哥，当初要跟您说了，唯恐您对我们有些个异类见疑也就是了。""那么应该怎么办呢？""应该怎么办呢，您别想了，他是死了，已经气死了。赶紧出殡，把棺材入土为安就完了。可有一节，今天我跟您说这话，无论如何跟任何人您可别说，连我嫂子您也别告诉。如果您要说出去了，小妹在这可就待不了了，我马上就得离开。""我知道我知道，好吧。""您赶紧歇着吧，我也走了。"

当天就分手了，俞谨庵一想莫怪素秋当初对他哥哥说，瓦罐不离井口破呢，明白了！这件事情说完了之后，不久可就出殡。这大殡怎么出的就不在话下了，入土为安了。都完了事了，可休息休息了，这些天太累了。俞谨庵的脑子里边想的事也挺多，慢慢也就冷静下来了。

事过有这么十几天，管家进来，"大爷，外面有两位绅董前来求见。""哦，请吧。"俞谨庵就出来把这两位绅董接进来了。"您屋坐吧，管家给倒茶去，贵姓啊？""我姓陈。""我姓孔。""俞大爷。""不敢当，不敢当。二位到此有何见教？""我们小哥俩受人重托。""哦。""令妹，今年多大了？""二十了。""哦，我们前来为令妹提亲。""噢，好啊。"俞谨庵一听，这也是个心事。男大当婚，女大当嫁，应该给她找个主。"我得打听打听是谁家啊？本人多大岁数啊？""哎呀，俞大爷，这门亲呐您要是做了，可是太好了，亲上做亲啊！""哦，谁家？""兵部侍郎韩大人的公子韩荃，是您的内弟。"俞谨庵一听无名火起，岂有此理。"二位老人家大概您还不知道呢，韩荃已经成了家了。""不不不，这个他倒跟我们说了，我们知道。他是这样说，因为这样亲戚的话，您令妹不是您一母所生，另外他打算说这个亲，两头帷大花红轿娶。""您别往下说了。""俞大爷，您听我说。他说了您不是榜上失利吗？如果这门亲您要答应了，他想办法给您办块举人匾，进考场准能中了。"这俩老头还想往下说，俞谨庵火得站起来，"住口。""二位老人家，你们不知详情，我只能说是不知者不怪。韩荃，吃喝嫖赌、浪荡逍遥，他是个忤逆子。另外来说他成家了，就冲他这话，他是骂我俞谨庵。我俞谨庵想要举人，我凭我文章去考，考得不中，我自己认命。我拿妹妹换举人，岂有此理？二位请吧！管家，倒茶、送客。"俞谨庵一甩袖子就走了，把这两个老头给晾在这。管家过来，"二位，您走吧。""瞧这出……"

可他们两人怎么来的？韩荃给托付来的。韩荃说他举人迷，我负责给弄举人匾，那准行。两头帷大花红轿娶，那不是他亲妹妹，他在外边捡来的。和这俩老头在这吃顿饭，喝点酒，认为这个事到那准成，他哪知道俞谨庵的人格？这不等于骂出去一样，俩人就这样回来了。

回到侍郎府见了韩荃之后，"韩大爷，您另请高明。办事不成，不算无能。""他说什么了？""把我们俩轰出来了，人家怎么怎么说的。""呵，不对，您坐下。""我们不坐，我们走了，回见吧。"俩老头走了，韩荃一跺脚，"好，俞谨庵啊俞谨庵，搁着你的放着我的，我要不把素秋琢磨到手，我姓你那个俞，你这点能力又算什么了？"

韩荃怎么想，咱先不提。来这俩提亲的，可给俞谨庵提了个醒，俞谨庵对于前面这个事没有说，因为自己老婆韩氏是韩荃的叔伯姐姐。这天晚上到了内宅，跟她们二位坐在一块儿，俞谨庵可就提起来了。"呃……妹妹。""大哥。""我想跟你说几句话。""您说吧。""你二哥也没有了，你也这么大了，应该给你择配人家。"说到这儿韩氏大奶奶就给拦下去了，"大爷您这怎么了？""不，我问问妹妹想嫁个什么样的丈夫？""哎哟，我大爷您这是怎么了？这话您能说吗？"韩氏大奶奶心说，有这个心你跟我说，我们是姐俩，我跟她说呀，我们都是女的多好说呀！你个做哥哥的觍着脸，就问她想嫁什么样的丈夫，你叫她大姑娘怎么说，合适吗？素秋说了话了，"嫂子，别拦大哥，让大哥说。""哎哟一张纸画个鼻子，您好大脸呐。"这个姑嫂二人背地还有个玩笑，素秋有点嬉皮笑脸的劲儿。"说什么啊，都这样嘛，当初你不也出过门子吗？""好，您说吧。"俞谨庵没说出来，心说你不懂，她是蠹鱼，这话必须问她。"妹妹，我就问问你。""哥哥您甭说了，您乐意给我找主，我看我还是不嫁人的好，我就跟我嫂子在一块儿，多好了。""不像话。""得了得了，那么大姑娘谁老养活你一辈子！""哟，往外轰我？行了，哥您乐意找主，您给我找去吧，找什么样都行。""不，妹妹，经打佛口出，得问你个人。""您呐，看着办。""我看着办，我听你的。""您要非听我的不可，这么办。您给我找一个家里人口轻的。""行。"任什么什么没有就一个娘，过门就一个婆婆。"行。""要念书的。""行。""吃早晨没有晚上进门就挨饿的那么个穷秀才。""哎，大爷，您听了吗，像话不像话？谁不乐意嫁人以后进门享福，吃早晨没晚上进门挨饿，您听吧，不像话。""不像话哈，怎么像话您别问我。""你这个人。"等于呢，开玩笑了，说句土话打岔了。"

　　俞谨庵他没走脑子，这个事应该怎么办？俞谨庵把素秋叫到一边去，背地里问，说："你们讲缘，你跟谁有缘，你告诉我应该嫁谁。"素秋就告诉他了。他同着韩氏这么问，素秋就嬉皮笑脸半真半假。俞谨庵不理解站起就走了，开始托人给素秋说亲。

　　时间一长，有一个朋友就找俞谨庵来了，"俞兄，我给令妹提门亲吧。""好，我听听谁家。""提起这家来，可不简单，某尚书之孙。"

原文上没有姓名，就提了一个某甲。"这个某甲他爷爷过去做过尚书，已经死去了，现在家里就一个娘，孤儿寡母。家里很有钱，很阔气。本人二十一二，人长得是不错，忠厚老实。就一点，俞大爷您得原谅，念过书没有功名，考秀才他没中。可能家里养得盛吧，本人又老实。""行了，这么办吧。贤弟啊，您说的话我完全相信，不过我想我能不能见见本人，对于功名不功名的话，我倒没有什么要求。"俞谨庵为什么这么想呢，我吃亏就吃亏在功名上，恂九死就死在功名上了。得了，算了，咱不要功名，只要本人不错，家不错就行了。"您把本人能不能给我陪来？""可以呀，可以，您说什么时候。""明天，明天您把他陪到这来，我一见面咱们再商量。""好吧。"说话这媒人就走了。

当天晚饭以后，俞谨庵把来的那人跟自己老婆连素秋一块儿说说，今天来了个同学。他老同学，怎么回事，把这经过一说。"某尚书之嫡孙某甲，本人不错，但是我自己不能做主。明天他来了，我想办法把他让进内宅。妹妹你跟你嫂子在里间屋，把帘子撂下来，你偷偷地看看，你看着要如意的话，咱就把这门亲定了，如果不如意咱就吹了，咱们另行择配，你看好吗？""大哥，我不用看。您看好，您就给我说这不就完了嘛。"还是大奶奶心说这个姑娘可是真行，"让你看你看就完了。""行啊，大哥您看着办吧。"俞谨庵就走了。

明天到了下午，媒人就来了。管家往里一回："大爷，昨天来的那个提亲的可来了，还领一个人来。""哦哦。"俞谨庵从书房出来迎接，就见媒人领着年轻小伙子来。"俞兄，谨庵兄。""好好好。""来，我给引荐引荐。这位是某尚书之嫡孙某甲贤弟，此公就是我说的俞慎俞谨庵，我们是至交。""哦，原来是俞兄，小弟给俞兄施礼。""免礼免礼。"俞谨庵一看见某甲，这小伙可真好，长得面白如玉，圆脸，重眉毛，大眼睛，可是带着一个忠厚的样子，像个书呆子似的。头上戴着浅绿色，也就说平绒绿绣花的公子巾，身穿平绒绿大缎子，上绣团花朵朵，这么一件文生氅。散腰系丝绦，白纺绸水袖。红中衣白布袜子，脚下穿双朱履。就给让屋里去了，"屋坐屋坐。"

来到屋中，落座之后，说了几句闲话，就问问某甲贤弟，"府上都有什么人？""只有家慈了。""哦。"过去定过亲没有？某甲脸一红，

"没有。"实际他定过亲，新娘没娶就死了，所以他只能说是没有。又谈了一些闲白以后，俞谨庵想我怎么把他让进内宅呢？"某甲贤弟，你对于这个书画有没有兴趣？""我略有一点心得。""好，我内宅有一些软片儿，咱们到里边看看。"明眼人知道，这是上里边去叫别人偷着也瞧瞧。走吧，顺坡下一块儿就走了。

来到内宅进堂屋，一进堂屋，上下里间屋，大红缎子夹门帘都撩着了，把某甲让到上首，俞谨庵坐的下首，媒人坐在茶儿的旁边。进门先看看墙上挂着的这些个字画，挑山，对联，说了几句闲话。俞谨庵就听那里间屋叽叽喳喳，有女人打岔的声音，软帘在那动，就明白了素秋在屋里看了，随后就把他们送到前面去了。

他们三个人来到前面书房，"请坐请坐。"坐了一会儿俞谨庵就站起来了，"你们二位，稍候片刻，我告个便。""好好，您请您请。"媒人知道，人得商量商量。俞谨庵就走进内宅，挺高兴地来到内宅，一进屋，"怎么样，妹妹？"先问素秋。"你看行吗？""不错，行啊。""哎，我说……"还是要想说话，素秋就给拦下来了，"嫂子你……怎么意思啊？行啊，您给定吧。""那我可以定了。""你去吧。"俞谨庵就从屋里高高兴兴来到前面，送他们二位走的时候，跟人背地就说了，"行了，这门亲咱定了。过几天咱放定，你就准备吧，择日子让他娶人，那该怎么办怎么办。"

一切定完之后，俞谨庵高高兴兴来到内宅，"得了妹妹，我总算对得起你。""哎哟，我说大爷你对得起谁？""怎么了？我对得起妹妹。""你对得起她，你问她看了没有？""哎？你不是看了吗？""我看什么？您看好不好？""不是，你不是看了吗？""我让她看，她不看，把她推到帘子那去，把眼闭得死死的，连眼都不睁，我们打了半天就是没看。""你怎么不看看呢？""大哥，我看什么？您看好吗？""我看不错。""不就完了嘛，您看好，我就点头了。""哎呀。"俞谨庵又犯脾气，"不管你，定了！""这不就完了吗？"素秋心说我不让您为难，定好了以后出了门子不合适，我个人再拆兑去。

# 第七回

　　上回书说到，俞谨庵给素秋说亲，把她嫁给某尚书之嫡孙某甲。这门亲定下以后，跟素秋商量："你都需要什么，我得陪送你啊。"素秋一听，一摇头："哥哥我什么也不要。""那像话吗，哪有说出门子，不陪送东西的？""您什么也甭陪，行吗？""我给你安排二十四抬嫁妆。""哎哟，什么都不要，您不多余吗？""得了得了，大爷。您就别问她了，您给安排不就完了吗，回来咱商量商量。""别说，大哥，我跟您要一个人。""要人？要谁？""我要这老丫头。"俞谨庵家里有个四十多岁老丫头，"你要这老丫头干吗？""跟我去啊。""哎呀，陪房的去找个妈妈，她是个大姑娘，我就要她。""好！""来了！""哎！""姑奶奶出嫁以后打算让你跟着过去，你去吗？""我去啊。"老丫头挺高兴的，就那么办吧。

　　剪断接说，给素秋陪送了不少的东西，这些个东西嫁妆咱就不细说了。择吉时选良辰，某甲花轿发过来，把素秋迎娶过门，老丫头跟过去。过门之后，拜天地，合卺交杯婚后之事，不必细表。什么原因呢，后文书另有交代。

　　单说俞谨庵，把素秋聘出去之后，韩氏大奶奶自己掉了几滴眼泪，感觉冷清了。盼吧，盼什么呢，四天了，第四天要回门啊，四天回四，六天回六，九天回九，一个月住头趟家。所以到了第四天家里头准备了酒席，派妈妈带着礼物，坐着一辆车接姑奶奶回门。老妈都去了，老妈子去到那以后，某尚书府一看亲家来人了，老妈妈下了车，把东西拿进去，先见亲家太太，跟亲家太太寒暄几句，把礼物放到这，接姑奶奶走，那是个规矩。素秋来到上房跟老丫头一起到这来，给婆婆行个礼，跟妈妈就回来了。坐着车辆来到俞家庄，到俞家庄一下车，这些个管家们："姑奶奶回来了""姑奶奶回来了""姑奶奶您好""姑奶奶您好"……"哎哎哎"……

俞谨庵夫妻俩从上房出来接她，还是那样一看，到底是新娘子，不像在家那样，开了脸了。"哥哥嫂子。""哎哎哎。"来到屋中磕头行礼，落座之后，老丫头旁边一站，素秋看看管家们，给他们赏钱，都走了，俞谨庵只问了一句："妹妹，婆婆好吗？""好。""妹夫呢？""好。""得，我这就放了心了。"坐这又敷衍几句，"你们说话吧，我前面还有事。"哥哥不能在这，他就躲开了，她们可随便说话。嫂子说了几句笑话，素秋站起来了："老丫头，看外面有人吗？"老丫头一看，"没人"。"把门关上。""哎！"韩氏一看："关门干什么？""你甭管了。"老丫头把里间屋门关上以后，素秋告诉老丫头："拿出来吧。""哎。"老丫头从怀里头解下一个包袱来，这个包袱皮裹着一个长条在怀里系着，韩氏大奶奶目不转睛地瞧着："这什么？"素秋把这个包袱给它拆开一看，"哎哟！我的姑奶奶你这是干什么？"珍珠、玛瑙、钻石、翡翠，嚯，这些东西！"你这是干吗？""我们家呀有的是，嘿嘿。""那你弄这些玩意干吗？""我拿回点来，给嫂子你没事自个解闷。""哎哟我的姑奶奶，新娘子回四您就开始底漏啊，就往娘家偷东西，这犯七出啊！""带走，我们不要！我们嫌髷！""留下留下，留下吧。""得了，这是姑奶奶拿回来的，大奶奶您就收下吧。""我怎么往回拿是吧，其实这我们有的是。""还是大奶奶，您看没办法收下吧。""咱可说明白了，就这一次，下次可不行，这要叫你哥知道能气死。"这个事就算过去了。这个晚饭很早就得吃，为什么吃这么早呢，太阳不落山就得回去。素秋走了，六天又给接回来了，嫂子想九天又得回九，书不重赘，只要一回娘家，准拿东西来。拿的都是值钱的，她为什么要偷呢？不是偷，俞谨庵问过妹妹，"你要什么，我陪送你。""我什么都不要。"非给不可嘛，二十四抬嫁妆，单夹皮棉纱、金银首饰珠宝都有啊。俞谨庵的意思，我对不起俞恂九了，我不能对不起你。素秋一看这个呢，哎价值差不多都给偷回来，不到俩月就全给拿回来了。

咱们再说说这个某甲。某甲确实是个老实人，他从小的时候在他母亲眼前头也溺爱，现在成了家了，这就是一个准则了。慢慢地也活跃起来了，一点一点地，他就往外边玩去。哎哟，敢情学好要吃功夫，学坏容易极了。认识一些坏人，开始就耍钱，就赌博、嫖妓院。特别是对于赌，可是他手里头没有钱，过日子当家了，财产都在老太太手里了。他输了以后，谁都知道他们家的宅门——某尚书府，敢借给他，拉下账怎么办？他就得回来。回来他就跟素秋说，"你给我俩钱吧，我外边短账了。"素秋就给他，打这说是越耍越凶越耍越凶，钱没有了，素秋就给他衣裳，你去当去吧，去卖去吧。瞒着老太太，把衣裳也当了，当票也卖了，把首饰也卖了。好，不到半年的光景，这个某甲就把他自己屋里的东西是当卖一空。这一天他跟素秋说，你再给我三百两银子。"哎哟我的大爷，我哪还有钱啊，你看看，什么都没有了，哪有值三百两银子的东西呀？""那怎么办呢？""实在没办法，你可就得把我卖了，那怎么办呢？"挤对得素秋说了这么一句话：实在不行，你把我卖了。"哎呀，不像话那个。"可是他又出不去门，外头有要账的。就在这个阶段，某甲在书房背着手，皱着眉来回那么溜达，管家进来了："大爷，您看有请帖。""哦。"某甲把请帖接过来一瞧：韩侍郎府，韩荃，请他过府赴宴。"韩荃？我不认得这个人呐，您不认怎么给您下请帖呢？""谁送来的？""人家一个管家。""你叫他进来。""哎。"这管家就把韩侍郎府的管家叫进来了。"你哪的？""侍郎府。""韩荃是谁？""是我们大爷。""我跟他不认识啊。""您不认得我们大爷，我们大爷想必是认识您。不认识您怎么请呢，您见面就认识了，您去吧。""好吧，那个你先走吧。""哎好，我先走了。"这个管家就走了。某甲一想侍郎的少爷，我要认识他呢，他能帮我忙，借我俩钱，我先把账还了，下回我就不赌了，他就溜溜达达去了。

来到韩侍郎府，到了门前有管家伺候着。"噢，您是？""我名叫某甲，这的韩荃，请我到这来。""哦哦哦，您请您请。"管家往里回，韩荃从里边出来迎接，二位一见面。韩荃看看某甲的相貌，某甲一看那韩荃没见过，高个儿瘦巴儿小条子脸儿、尖脑袋、瘪太阳、高颧骨、嗑腮、尖下颏儿、一双斗鸡眉、一对绿豆眼、单眼皮没眼睫毛、高鼻梁、鹰鼻子、薄片子嘴儿、耷拉嘴角、一嘴碎板儿牙还都黑牙根儿、俩扇风耳朵、干有耳朵边儿、没耳朵垂儿、大耳朵帽儿、端肩膀、细脖圈、大颏勒嗉。嗬！好模样。这人怎么这样？"您贵姓？""你是某甲贤弟？""不错，在下某甲。""哈哈哈哈……我叫韩荃，哈哈哈哈……请请请请。""不是，您……""屋里说屋里说屋里说……"就给他让到屋去了。"坐下坐下。""韩荃大哥……""岂敢岂敢。""咱怎么认识的？""你先甭说别的，你不来了吗，你看了吗，酒席准备好了，咱一边喝着一边聊着。"某甲这糊涂，我不认得你啊，"来坐坐坐。"就给他倒了盅酒，"你先喝着。""不，您告诉告诉我，您怎么认识我，找我有什么事？""某甲贤弟，你要不认得我呀，可叫别人笑话。""为什么？""咱们是亲戚。""亲戚？什么亲戚？"某甲一想我哪有那么门亲戚，"咱是三环套月的好亲戚。"怎么叫三环套月，"我提个人你知道吗？""谁啊？""俞家庄的，俞慎，字谨庵。""那我知道。""跟你什么关系？""他是我的大舅子。""哎，这不就结了吗，俞谨庵是你大舅子，我是俞谨庵的小舅子，这不是三环套月吗！"某甲一听这么个三环套月，"原来如此。""来来，喝喝喝喝，不是外人吧，喝酒喝酒。"某甲是个老实孩子，这一让酒，琢磨这门亲戚，多少有点喝多了，空心酒再没吃什么东西，有点晕。"某甲贤弟，""韩荃大哥，""咱们亲戚可不远啊，我听说，最近你有点狗熊挨打啊。""什么？什么叫狗熊挨打？你甭坏了。"嗬，某甲多咱听过这种俏皮话，"在外边，耍得够呛，最近点背，不好，输了不少。""有账吗？""有点账。""欠多少钱？""二百来两银子。""不要紧不要紧，嗐，某甲贤弟你放心，不就二百两银子吗，哥我给你拿五百两银子还账，够不够？"某甲一听，感情这三环套月好亲戚这么管用，"好，我谢谢，日后我如数奉还。""别提这个，咱自己的亲戚，你还提这干吗，来喝酒喝酒，没事。""好好……"这么一来，他喝得更多了。

正在喝着，"来来来"，一开门，从外面进来俩丫头，这俩丫头都在十七八岁，一个胖一点，一个瘦一点的，嚯！花枝招展，擦胭脂抹粉，一进屋，"来来来，我说我给你引荐一下，这位是某尚书府的孙少，某甲大爷。这我们家俩丫头，她叫冬梅，她叫秋菊。""某甲大爷，我们给您行礼了。"某甲一看这叫什么事，一句话说不出来，韩荃说了话了："过来过来，你给这位某甲大爷敬酒。"这个丫鬟就敬酒，那个丫鬟就给布菜！某甲心说你这侍郎府成什么了，哪有这种举动啊，啊？闹得怪不合适，汗也下来了，不敢抬头，"行了行了，去吧去吧去吧。"这俩就走了。"韩荃大哥您可……这岂有此理……""怎么了？咱们三环套月好亲戚啊，这怕什么的，外人我能叫丫鬟前来给你，给你斟酒布菜嘛。来来喝酒喝酒……某甲贤弟，你看这俩丫头，行吗？""什么行吗？""好不好？""这不像话。""什么不像话，嘻，没关系，咱们好亲戚，你看这丫头你爱不爱吧，说，你要爱这么办，我送给你，你收房，别不好意思的，我交朋友就这样，我跟任何人都这个，吃的喝的花了没关系，我不在乎，这俩丫头归你了，归你，来来来喝酒喝酒……"给某甲啊灌得是晕乎乎，"某甲贤弟。""韩荃大哥。""咱俩商量商量。""五百两银子还账给你治头疼了，俩丫头给了你了，这个交朋友，可是我觉得粽子巴结月饼，一盒来一盒去。""额当然当然当然。""如果我要求你点事，你能答应吗？""嗯嗯，万死不辞。"就冲这句话，就是没有经验一个老实人，什么事你就万死不辞啊。"好，够朋友，咱这么商量，来而不往非礼也，五百两银子给你还账了，我把俩丫头给你，能不能把素秋换给我？"某甲一听，"岂有此理，那是我的妻室，能……""别说这个那个，我跟你说，你素秋不是一个吗，我这丫头不是俩吗，你今儿进屋的素秋，明年进屋的素秋，老是素秋。我给你俩呢，你这屋一个那屋一个，你不换着还新鲜嘛。""就不像话……""怎么着？俩换一个贴五百，来喝酒喝酒……你先喝了你先喝了。"某甲又喝了，"你琢磨琢磨，如果你要不换的话，你的账还不了，出门人家跟你要账。成天守着这素秋，你看着不腻了？"拿这话那么一捅咕他，"拿钱去！"有人就拿了五百两现银子搁桌上了，"你看怎么样？"某甲再喝点酒，低着头那么一琢磨，五百两现银子，俩丫头，这俩丫头长得还不错，俩换一个贴五百，要说倒是换得过。您听听这位狗少不变傻了吗？不过后边有祸呀，想到这他就跟韩荃说："韩荃大哥，你要说俩换一个贴五百两银子倒是行，他不过换完了以后，人家娘家哥哥俞谨庵是秀才，人家要是不干，打官司告状去，你说那不麻烦吗？""嘻，我告诉你，俞谨庵怎么回事我知道。我再告你个实底，这个素秋不是他的亲妹妹，他是认后本家来的，以前她还有个兄弟了，她那兄弟叫俞忱俞恂九，是素秋亲哥哥，死了。这些事你没我清楚，事后如果俞谨庵真告了，由我韩荃一面承挡。你放心，有家君在，何畏一俞谨庵在哉？"嗬！说这话这个狂傲。某甲当时喝得再多点，他外边有账主跟他逼账啊，他一看桌上有银子，"行！那咱就换了。""这就对了，来，把笔墨纸拿来。"把笔墨纸拿来放在桌上，"某甲贤弟，咱们头回共事，写上字据，空口无凭，咱是立字为证，有事能好说话。""哎好。"拿来笔来就写，"我怎么写啊，没写过这个。""我说你写，立字人某甲，以两名侍妾，纹银五百两，情愿将嫡娶之妻，俞氏素秋兑换给韩荃名下，做妾做小，概不闻问。空口无凭，立字为证，立字人某甲，年月日。画押。""不行，回头俞谨庵要告了……""再写上点再写上点，朋友俞谨庵进衙告状，有韩荃一面承挡。""哎好，这对了。""写完了吗？摁手印……喝完酒吃完之后这么办吧，你呀先回去，明天我派人把这俩丫头跟五百两银子给你送去，咱是两手换。"某甲就答应了，喝得迷迷糊糊从里边出来，韩荃派一辆车把某甲送回去，离家门口没多远，叫某甲下车，自个回家了。某甲回来，躺在自个屋里可就睡了，睡醒了转天就琢磨这个事，俩换一个五百两银子，他准备拿这五百两银子再还账，再琢磨这两个丫头又不错，他净想一面的了。

　　再说韩荃，他怎么开始这样做？上一次不是派媒人去叫俞谨庵给撅了吗？他就打听，素秋嫁给谁了，后来一听嫁给某甲了，时刻派手下的管家就打听某甲的活动。一听某甲欠了债了，耍了钱了，在外面又当又卖，他琢磨了半天就想出一条计来，我给他这么办。他先跟那俩丫头说："我说秋菊、冬梅。""诶，大爷。""跟你们说点事，你们也老大不小的了是吧，我想给你们找个主，如果给你们俩人找俩丈夫的话，你说一个好的一个坏的，我对得起她，对不起她。你们姐俩不错，我想给你们找一个丈夫。""哎哟大爷，那叫什么事。""听了，现在有茬，尚书府的某尚书的孙子。你琢磨琢磨这位少爷好不好？""人家要我们吗？""我给你保，你说我给冬梅找了尚书府孙子了，回来秋菊我给人找个做小买卖的，那怎么办，你们姐俩儿好寻一个人就完了。明天啊他就来，我给你们请来，你们俩人都捯饬捯饬，到跟前给他斟点酒见个礼，你们看看，准保对得起你们好不好？""行。"这么样子捅咕这俩丫头，这俩丫头也不知道怎么回事，一看某甲不错，回头某甲走了以后，韩荃一想：我把俩丫头给某甲送去，把素秋接来。俞谨庵呀，韩大爷我今儿个我还要入回洞房，我还要吹打吹打，我寻思寒碜寒碜你。

这一想，我爸爸知道怎么办呐，他虽当家，有些事他爸爸一问怎么办？他又想了个主意，进内宅了。他父亲自己在屋里头正喝茶呢。"哎爸爸。"他爸爸一看他那样真没法，"你干吗？""跟您说点事。""什么事？""咱前面这俩大丫头，一个冬梅一个秋菊都不小了，十七八十六七了。""你这是怎么说话？""我嘴说话有时候没根，反正这么大了，我想给她们找个主把她们聘出去。""这不就对了，你也办点人事。""爸爸您别这么说，我怎么不办人事，您真是，那么大丫头，你说老留在家干吗，明天找个主，我还吹打吹打让她们心里高兴高兴就完了。"

他打了个谎，就上前面去了。转过天来，他把赶车的找来了，两个赶车的："哎我告诉你，这俩丫头回头我交给您，这五百两银子交给你，你把车套好了，俩丫头跟五百两银子一块儿送到某尚书府，要见某甲大爷，不见本人，你别说话，见着本人，把这俩丫头给他，这五百两银子给他，叫他给我写个收条，听见没有。事后你要素秋，你就跟他说你把素秋接回来吧，我们大爷要我接回去，听见没有？把素秋换回来。"赶车的一切安排好了，这两个丫鬟光拿着自己的衣服，别的东西没有，出来一看，连轿都没有啊，谁叫是丫鬟呢，上车吧，接着赶车的把式就摇起鞭儿来，一个赶车的，跟车的，拉着俩丫头一直就来到尚书府。到尚书府门前："吁！咳！管家！"某甲的管家出来了："我说把式，有事吗？""某甲大爷在家吗？""在，您哪的啊？""您甭问了，我们找他有事，您赶紧出来吧，侍郎府的。""哦哦哦。"某甲正在屋里了，"大爷！外边有赶车的找您，说是侍郎府的。"某甲跑出来了，"哦你们是？""您是某甲大爷？给您的，五百两。""哦哦。""来下来吧。"管家一看从车上下来两个丫鬟，这干吗？"给您吧。""哎好好。""哎，您给我写个收条。""哦哦，来吧来吧。"把这俩丫头领到跨院去了。来到跨院，"你们先在那待着。"等于这两个私货一样，五百两银子他收起来了，来到屋里写了收条：今收到韩荃名下，纹银五百两，丫鬟两名。底下写上某甲，把这收条拿出去给那赶车的，"给你们吧。""哎好您了，我说某甲大爷，您把素秋叫出来，我们接着走啊。"某甲一听啊，哎哟对了，人家还要素秋了，心说坏了，我跟素秋可怎么说呢，说你上车，我把你换出去了，这不像话啊，可是外边等着，里边不知怎么回事，这买俩丫头，急得某甲是不知所措。

# 第八回

　　上回书说到，韩荃派两个赶车的把这两个丫鬟给某甲送去了，跟某甲要素秋。某甲收下了两个丫鬟、五百两银子，给他写了个收条。回头一要素秋呢这某甲可为难了，自己来到空房里来回转悠。心说，我跟素秋怎么说，哎呀，我真糊涂，不是白给我们银了跟这俩丫鬟。告诉素秋你走，素秋就得问哪去，我说我把你换出去了？肯定不行啊，唉这怎么说？真为难。外边的两个赶车的是越等，某甲越不出来。"我说管家，您受累看下。问问你们大爷怎么着？我们这等着接素秋呢。"管家一听这是怎么回事，就问："我说，这怎么回事？""你甭管，告诉你，问问大爷去。"这个管家就进来了，"大爷怎么着？看外面这俩赶车的是哪的？怎么跟您要大奶奶，您这到底是怎么回事？""你们别管。""我们不管人家问我们，跟您要人呢。""告诉他等着，告诉他等会儿。""好，您呐。"管家就出来了。"你们等着吧。"这几个管家就商量，"这什么事？这还不能说，你要跟老太太一说，老太太非气歪嘴不行。"这也是因为他耍得厉害，东西都拿出去了，谁也不敢跟老太太说。

　　可外边越等着，某甲越不出来。赶车的把式催了好几次，管家往里跑了好几次，某甲就为难了。"你们先去，我告诉她就来。"某甲在屋里头一转，实在不行了，想起来，哎，只能这样了。噔噔噔蹬蹬往自己屋里跑。

　　咱们再说说素秋。素秋从昨天晚上某甲没在家，就跟老丫头说："老丫头，我跟你说点事。""什么事，您说。""如果明天大爷要进来。不管他说什么，他要让我走，我就跟着走。""我的姑奶奶您上哪去？"

"你别问，听见没有？他说什么话，你也甭惊。说什么厉害的事你也别害怕，我就跟他走。我走了以后你自己在这。""我自己在这，我等谁？""听着，多咱等我娘家来人了，你就跟我娘家人回去。明白吗？""行，我听您的。"老丫头还要问，似乎她知道这姑奶奶又要什么心眼，就听了素秋的话了。

今天某甲跑进来了："嗯，素秋素秋。""怎么了？""快走。""什么事？""你娘家哥哥俞谨庵得大头瘟了！"这句话把老丫头给吓坏了，"我们大爷得大头瘟了，这怎么说的？""快走。""谁来了？""来车接你了，你赶紧回去看看，回去晚见不着了。""怎么会得这病？"素秋也哭了，老丫头也吓傻了。"我拿点什么？""你什么也不用拿，你先回去。"素秋就这样拿着手绢捂着脸跟某甲出来了，老丫头在后头哭。某甲从头间屋走到外间屋门口，素秋那么一回头："怎么说的？来了，我先走了。"老丫头哭着哭着一看素秋，跟她这样一说话就明白了，昨天跟我说了，不管说什么话不让我害怕，这不定怎么回事了。素秋捂着脸就出来了。"别哭了，走吧走吧。"某甲忽悠着，素秋从里边出来，捂着脸是连看也没看。"来，上车。"赶车的把式把板凳捅下来，素秋蹬板凳上车辆，把式把板凳一收，轿子帘一撂，某甲告诉赶车的："我可不管了，交给你了。""行，你甭管了。"一个赶车的一个跟车的，"驾驾！"就赶车走了。

这赶车的往回走着，就感觉在眼前头有一些个线头大小的碎虫子糊赶车的两只眼，就在眼前转悠，跟车的也这样，左边一个右边一个。这些个碎虫子围着转悠是哪都不去，就糊这赶车跟车的这四只眼睛。"呵，去去！"轰是轰不开，睁眼睁不开，一会儿工夫一折腾，一摇晃，这个困呐，都睁不开眼了。往车上这么一倚，就仿佛八辈子没睡觉似的，俩人全睡了。车往前走着，走着走着迷迷糊糊，跟车的先醒了。感觉有这么一阵凉风，一飕他的脖颈和耳边。"你怎么睡了？""困极了。""哎可要了命。"睁眼一看，眼看着天黑下来了，跑山环里来了。"我说你怎么不叫我？""我睡着了。""哎你也睡了？这车自个走着也没掉沟里头，跑山环里头找不着道了。漆黑的这怎么弄？这都这么晚了，大爷还在家等着。想法走，得出去！"拉过车来，"驾，吁吁。出不去不行。""你先等会儿，这个坐车的一天天在这坐着，她怎么不叫咱？先别动，掀开帘看看。"赶车的把这车帘掀起来，一瞧这个坐车的。就见素秋躺在车上左手托着自己的腮，蜷着个腿，也睡了。连赶车的带坐车的三个人睡着了一对半。赶车的可就不敢惊动，准要把她惊动醒了，她一闹的话不更麻烦吗？赶紧得找到路回家。

把这车帘撂下来以后，就在山里转，是怎么转也出不去了。跟谁打听去啊？离良乡县有多远？全不知道。"噢，行了。""什么行了？""看，那边来人了，来了二位。"说黢黑的怎么能看出是二位呢？来了两盏灯。封建时代没有路灯，何况在山环里头，如果走夜道都是自己打着纱灯，一个人能打俩灯吗？最起码是两位。"我说，兄弟，你跟他们打听打听上良乡县从哪走，找找方向。"这跟车的就过去了，他还睡得迷迷糊糊的。他就走过来，一低头，眼睛还睁不开，到了灯眼前头一作揖，"劳驾您二位，上良乡县怎么走？"这句话刚说完，感觉自己的脑门上凉飕飕的，他一抬头，拨头就跑。是什么东西？这个大脑袋就有一尺多，身子又一丈多长，一条大蟒。刚才看见那两盏灯是蟒眼，他冲这蟒一作揖，"劳驾，我上良乡县怎么走？"蟒一吐它那大舌头照着脑门舔了一下子，"蟒来了，兄弟快跑！""娘啊！"兔子都不如他快，赶车的和跟车的哧溜一下就钻草地里去了，来到草地蹲着直哆嗦。"哎哟，哎哟。"扒开这个草就看蟒晃晃悠悠，晃晃悠悠把这身子起来了，这大脑袋来回晃，两只眼睛闪闪地发光，一下子奔着车来了。如果这时拉车的牲口一惊拖着这个车跑，把坐车的给摔出来，摔死了，摔个好歹怎么办？俩赶车的就看着这个蟒来到车前面。说也奇怪，牲口没惊，连动都没动，这个蟒就围着车子忽前忽后忽左忽右，来回这么转悠。

俩赶车的蹲在草地里头，就这么看着，直到天蒙蒙亮一错眼神的功夫，这个蟒没了。哪去了？钻车里头去了？两人慢慢从草地里出来，蹑足潜踪，一点点地往前凑合，一看这蟒不知去向。"我的娘，行了。可好了，天已经蒙蒙亮了，找着山道好出去。你看这坐车的还睡着了。"一撩车帘，"哪去了？"素秋没了。"人哪去了？""哎我说，叫蟒吃了吧。""不对，这要叫蟒吃的，车上一点痕迹没有，它得有血，不能吃得这么干净，应该有衣服有头发，车上干净极了。说走吧，车帘没动，她哪去？出来个人还看不见吗？""奇怪了，找吧。"

两人赶着空车，在山里就转上了。找来找去也没有，最后找着山道了，"咱哥俩怎么办？""回去吧，只能这样交代，好在还有收条。"

翻回头来，咱们再说说韩荃。把这两个丫头交给赶车的，走以后韩荃就坐在家里想，一会儿素秋可就来了。俞谨庵啊俞谨庵，不用你瞧不起我，你把我的媒人给撅回来，还甭说，今儿我把素秋接来。嘿，我到底寒碜寒碜你。"管家。""哎大爷。"到外边给我叫几个吹鼓手来，到我家里吹一通。"好您哪。"您说这些个狗奴才，在外边找来五六个吹鼓手。"大爷，您有什么事吗？""你们给我吹一通，我一会儿娶个媳妇。""哦。"吹鼓手一看娶媳妇，家里不像办喜事的样。"你们在这待着也是待着，给他们沏壶水，你们先喝着。"估计着时间差不多了，素秋一来，我这一响。内宅要听见那也不要紧，他爸爸听见知道他是聘俩丫头出去。"你们先吹一个。"吹了半天了，还没来。"等等她，先歇会儿。"越等越不来，越等越不来。"再吹一个，来个《花得胜》。"吹了半天，"累了，歇会儿。还不来？"告诉管家看着，"你们再吹一个，来个《喜临门》。"又吹《喜临门》。打早晨就吹吹到晚上天黑了，吹鼓手的腮帮子都吹肿了。"我说，大爷，您这花轿还来得了吗？""呵，算了，给你们钱，走走！"韩荃一琢磨，这赶车的不是东西，不可能到现在还接不来，他们接哪去了？"哎，我说，门房谁在了？老王，你骑着马去某尚书府去问问，找某甲大爷，问问赶车的来了没有，人给他送去没有。问明白了赶紧回来。"这管家就去了。

来到尚书府一问，管家一听，"你是哪的？""我们是侍郎府的。""我们不知道，您等着。""大爷大爷。"某甲在跨院跟这两个丫头又说又笑，从屋里出来了。"您去看看，外面有人找。""谁？""您出去吧。"某甲出来，"我是侍郎府的，我们大爷叫我来问，我们赶车的来了吗？""来了，俩丫头给我了，钱给我了，素秋让他接走了。""走多半天了？""早走了。""回见吧您呐。"侍郎府的管家就回来了，回来告诉韩荃。"怎么说的？""赶车的早走了，把素秋接回来了。""呵，好嘞！不用问，这两个小子把素秋给我接走了，拐走了，我狼叼来喂你这狗了。好，有什么话咱们再说。"今儿个一晚上也没见回来，转天天一亮。韩荃心里难受，只有他自己知道这件事，管家知道，里边都不知道。

直到天蒙蒙亮，这俩赶车的回来了。"吁。"门房的管家出来了，"二位，还回来？"一看他们俩浑身都是土，一宿都没睡，在山里头滚的。"怎么着？""把车赶进去吧。""车赶进去，人呢？""人啊，呵呵。"把空车赶进去了。"大爷找你们了，来吧。"两个赶车的进来了，"大爷。""你们干吗去了？""大爷您听我们说。""我问你，素秋呢？""您听我说。""我问你素秋呢？""您听我跟您说。""你说。""昨儿个我们两个丫头都给了某甲大爷了，五百两银子也给他了，他给写了个收条，您看看。"把收条就递给韩荃了，韩荃一看是送到了。"我们跟他要素秋，等了半天素秋来了，上车了。我们俩赶着这个车，也不是怎么回事就那么困，就睡着了。合着一睁眼到山里头了，都黑了天了。我们在这遇见一条蟒。""什么，你说什么？""您听我们说，我打听道打听不来，看前面来了两盏灯，是蟒眼。这蟒舔了我脑门儿一下，吓了我一跳，我们藏草地里去了。这个蟒就围着车转悠，轿车帘也没动，牲口也没惊。转了一宿，这蟒没了。我们出来一看素秋丢了，我们赶着空车怎么找也没找着。""别说了，胡说八道。你们一个赶车的一个跟车的一睡，都睡了？""我也睡了。""车自个走没掉沟里头？素秋在车上坐着，一天天坐着？""我们一撩帘一看，素秋在车上也睡了。我们在山里转了一宿。""胡说八道，你们俩是看着素秋不错，给我藏起来了，憋着把她卖了。跟我说实话，把素秋藏哪了？说！""没有大爷，真没有。""我他妈打死你。""打死我们说的也是实话。"急得韩荃在屋里蹦。"行了。"韩荃想我打你也没有用，"这么办。"叫管家把这俩赶车的送到花园去，花园里有一个空屋子把他们俩锁起来。谁也别给他送吃的，谁要给他吃的给他水喝，我饶不了你们。我饿着你们俩。多咱把你们实话饿出来咱们多咱算完。好，这俩赶车的叫管家带到花园，锁到空屋子里。韩荃心堵啊，俩丫头给人家了，五百两银子给人家了，素秋也没见着。某甲在家里边偷偷地跟这俩丫头又说又笑，那五百两银子他出去把账还了，还了二百还留三百。

咱们现在再说说俞谨庵。这些天没见姑奶奶回来，也没见老丫头。有朋友给俞谨庵送了点时鱼来，他可就想起姑奶奶来了。派老妈拿着时鱼，裹上一点，给亲家太太送去，就手把姑奶奶接回来。这老妈就准备一辆车，拿一个蒲包装了一点时鱼，从家里动身前去接素秋。一路上无书，来到了尚书府，车辆一打住，"管家。""老奶奶您找谁？""我是俞家庄的，亲家太太在吗？""在。""好，我见您亲家太太。"管家一听啊，来了，人家俞家来人了，我们管这干什么呢，就把他领进去了。"老太太，亲家那边来人了，您看看。""哦哦哦，进来吧。""亲家太太，您好。""妈妈，你来了。""啊，我们大爷说有点时鱼，刚送来，叫我给您送来了。""哎呀，俞大爷真是还惦着我们。他们挺好的？""跟亲家太太说，叫我接姑奶奶回趟娘家。""哦，行行行。丫头，你去看看去，让少奶奶来，人家娘家来人了。"小丫头就出来了，到这屋一看少奶奶没了，老丫头在屋里了。"哟老姐姐，俞家来人了。""谁来的？""来了个妈妈，您去看看。"老丫头跟来了，"老太太，大娘您来了。""老姑娘，姑奶奶呢？""姑奶奶不回去了吗？""什么时候回去的？""前好几天了，不说咱大爷病了吗？""没病。""没病？说大爷得了什么大头瘟了。""哪有这事，没这个事。"老太太一听怎么回事，老丫头就把这经过说了，某甲的母亲也不知说什么好。老妈一听，"这么办吧，咱们先回去。"她们做不了主，回去跟俞谨庵说去。"我跟你走吧。"老丫头拾掇拾掇跟老太太打了个招呼就走了。可是这边老太太不能不问，问管家："大爷呢？"管家就跑到跨院找某甲去了。"大爷，老太太叫您。""你告诉她我没在家，听见没有。"净弄这事。

单说俞谨庵。老妈带着老丫头坐着车辆就回来了，回到俞家庄往里走，来到里边。"大爷。""姑奶奶呢？""姑奶奶不是接回来了吗？""什么时候接回来的？"老丫子来到屋里一说这经过，俞谨庵可就火了。"这是怎么回事？我问你，老丫头，听说某甲最近要钱了是吗？""大爷，您可别提了，屋里都卖了，连卖带当。您知道吗？要得可凶了。""那姑奶奶为什么不管？""姑奶奶管得了吗？他瞪俩大眼要啊，挤对得姑奶奶都说这话，实在没有卖的了，不行你把我卖了。""那么说，他把姑奶奶卖了？""谁知道呢，反正他这么说，说您病了。"俞谨庵就火了，韩氏大奶奶又不敢拦，怎么劝也不行。这是个事，俞谨庵躲开内宅来到前边，到了书房一想，不用问，他是赌博输急了，把老婆卖了。想到这自己在屋里就写了张呈状，写完之后谁也没告诉，就够奔良乡县的县衙。

来到良乡县，"班头们，你们辛苦。""哦，您请进来。您有什么事？""我来告状。""您贵姓？""姓俞名慎字谨庵。""哦俞先生，您在俞家庄住对不对，您告谁？""我口诉不便，有呈文当堂投递。""那您等等。"公差给回进去了，来到里面跟县官一说，县官一听来的是秀才俞谨庵，听说是当地的名士。"升堂吧。"梆点升二堂，良乡县官升堂之后，"带告状的俞谨庵。"俞谨庵气势汹汹跟着来到堂上，"大人在上，生员俞慎给大人行礼。"大人还要客气客气，微微一欠身，"免礼。呃俞谨庵，你来到我这状告什么人？""现有呈文，请大人您观看。"县官一看呈状，告谁啊？告某尚书之嫡孙某甲，因赌博变卖小妹素秋。"俞先生，这件事情你怎么知道的？""有这么一段，我怎么把老丫头接回来老丫头说的。您想我没把妹妹接回来，他怎么说我病了接她回来呢？是不是他在外面当卖一空，老丫头亲眼所见。屋中任什么也没有了。那么小妹哪去了呢？""好吧，俞先生，你就先回去吧，听传。""大人，我听传？您为什么不把某甲传来，我可以跟他当堂对质。""俞慎，你告某甲，没凭没据，我怎么能传他？容本县我案后访察。""有我家的老丫鬟她可以作证。""即便她作证的话，她不是你的丫鬟吗？不是旁观者，那怎么能算呢？"俞谨庵这才抱拳，"父师大人，虽然如此，事本有事本无，我俞谨庵绝不能妄告。要求大人您当堂把某甲传来，我与他当堂对质。"县官一想，我要不把某甲给他传来，他也不甘心。于是写了一张传票，派两名公差，"立即到某尚书府，把某甲给我传来。""是。"

公差接着这个公事之后出了衙门。因为尚书府离良乡县衙没有多远，到了某甲的门口，"管家。""哎您是？哎哟呵，官人来了。"心说这事抖楼出来了。"某甲在家吗？""啊，在。""让他出来吧，等着过堂。""哎好您呐。"这管家不敢掺和，来到里边，"大爷，外边来俩官人传您过堂。"某甲一听，坏了！

# 第九回

上回书正说到良乡县，派两个公差，前去传某甲过堂。

这两个公差来到某甲的家中。管家往里一回呀，某甲一听，可坏了！没有别的事，准是俞谨庵告了。"我说管家，你跟他们说，就说我没在家。""大爷。人家问我，我说您在家了，现在我告诉人家没在家？""可要了命了，你，你帮帮忙行吗？""我怎么帮您忙，大爷？您这倒是哪出啊？""我告诉你……你别问了。""我不问，我问这干吗，人家找您来了。""你让他们先回去。""人家那么听话，人家是衙门的公差呀。您，您这，我问你，少奶奶哪去了？""不是，简直要了命了。""您出去吧，您出去吧。""不是，少奶奶没丢。""少奶奶没丢哪去了呢？""我我，我换出去了。""什么！"管家一听是这么说，"人家告了怎么办？俞大爷告了，您赶紧出去。您哪，想办法把这事给人圆上，听见没有？您手里有钱没有？有钱，给公差俩钱。你把他打发走，想法儿，少奶奶得给人找回来，听见没有？"某甲一听，对呀，在韩荃那儿哪。现在他就胆小，他只能这样，好在他手里还有钱。拿了二十两银子，从屋里出来了。"呃，二位。"公差一看这某甲，哦，是这么个人。堂上的事儿这俩公差知道。"走吧您哪！""不，我，我跟你们说，你告诉我什么事。""告诉你什么事？俞谨庵把你告了，对吧，俞谨庵你认识吧？""认得认得，他是我大舅子。""走吧走吧。""呃，不，二位帮帮忙，你们回去给说说。""我说什么，我说什么？""他为什么告我呀？""你自个不知道吗？""我跟你说呀，我这老婆，素秋没丢。""我们不管，您堂上说去。""你们二位回去帮帮忙，我有下茬，我把素秋找回来。给你们。"说着话就拿出二十两银子，一人给了十两银子，"你们带着，帮帮忙吧。"两公差一看见钱了，你看我，我看你。你说要不要？不要吧。一人十两。你说要吧，这个事，一琢磨，是传票。传票怎么了？传票可以不在家，三堂你要不到，算你输。他有这么个说法。拘票捕票可不行。另外某甲说了，这个素秋没丢。堂上呢，俞谨庵告的，是他把素秋卖了。他说没丢。"好吧，我问你这人丢了没有？""没丢，我赶紧找去。""我们回头给你搪搪啊，搪过去以后，咱算过去了，搪不过去，回来还找你。听见没有，你赶紧找去。""哎哎哎。"这个十两银子，拿到手了，挺沉的，俩人就掖在怀。两个公差就这样回来了。为什么说这银子挺沉的，他是现银子十两啊。在当时那个时代，衣服上没有口袋，也就直接掖在怀里头了。所为的是，回头有空了，再想法子把这银子拿走，现在，俩公差没机会解赃，直接地上堂了，因为县官当场立等。

"下役交差。""可曾把某甲带来？""呃，跟老爷回，某甲没在家，我们就回来了。""哦，俞慎，听见了吗？某甲没在家，你先回去吧。日后传你过堂。""父师，某甲没在家，您手下的公差就这么回来了吗？""啊?!俞先生，依你说呢。本县下的是传票传的，他不在家，下次传到他再来，那么不回来怎么办？""据我知道某甲他轻易不出去，他就在家。他把小妹卖了，他能上哪去呢？你说怎么办？"说着话俞谨庵他不信哪，拿眼睛看这俩公差。这俩公差当然要看俞谨庵。俞谨庵一看这两个公差的眼神不对，"父师大人，我请求跟您的公差说两句话行吗？"县官一听，我要不让你说，仿佛我手下的公差跟我，这里有什么私弊，你说吧，我看你说什么。"好，你说吧。""二位上差。""哎，俞先生。""您到了某甲的家，谁告诉您他不在家了？""他们家的管家。""见面就告诉您不在家？""他进去看了，没在家，他出去了。""没说上哪去吗？""没说。不知什么时候回来，也许待会儿回来，待会儿不回来，反正明儿回来。""据我知道，这个某甲他是哪都不去，难道说您就不进去看看吗？""哎，俞先生，这话可不能这么说，太爷下的是传票。不是签票，不是捕票，那我们能进去搜？那传票，他三堂不到啊，那他官司输了，刚好没在家，我们就回来，你看……""俞先生。""父师。""你这样问我的公差，难道说我手下的公差，这里还有什么私弊吗？"县官不吃这个，这怎么了这是，你就是秀才不是嘛!"我没说他有什么私弊。"说着话,俞谨庵上下一审视这俩公差。这公差怀里这十两银子,有点发鼓发沉,不由得那个公差,俩手这么一抱肩,往上这么一紧他这裤腰带,那意思,嗯,往上一端肩膀,他怕这银子掉了。嗬,这俞谨庵更看他这怀里了。一看这个,那个也有点嘀咕。"父师大人,俞慎我不相信,某甲不在家,您公差这么快就回来了。这是什么官司?!他把我妹妹卖了!说不定我妹妹就有性命之忧。二位上差……""俞先生,你在衙中可有点放肆。""生员不敢。我观上差您……""怎么着你怎么着?""恐怕不是那么回事,某甲给您多少钱?"哎!嚯!俞谨庵给撩出来了,这县官的气大了。在我堂上你敢这么问!"住口!""太爷,您可别听他的,他胡说八道,好,你这挟官告吏。""你呀,不用这么说,我看恐怕二位手脚不干净。""俞先生,如果你这么说,我手下没有吃私,又该如何呢?""嗯……"俞谨庵嗯了一声,就看他那怀里头。这俩公差脸上变颜变色。俞谨庵可就逮着理了。"您搜吧,他身上准有赃银!如果没有的话,我俞谨庵打个妄告。""好,俞先生你不这么说吗?我问你们,某甲是不是贿赂你们了?""没有您哪,您,您别听他的。""把怀解开,搜!"县官心说我搜不出东西来,于是我要不斥责你一通才怪了,你挟官告吏,妄告不实。后边的公差过来了,"来来来,把怀解开吧。""没有没有!""解开解开,你这是怎么了你们……"过去一解,哗啦,银子掉出来了。"跟太爷回,俩人一人十两。"县官这个气呀,"嗬,"啪——他一摔这惊堂木,"混账!哪去!"公差还没答上来,两人跪下了。俞谨庵顶了一句,"父师大人,您手下的公差出去办案,一人身上能带十两银子,足见得这任够富裕。"这任富裕,说谁呢?!县官没话可说。"俞先生,你少说两句吧。把他们扯下去,摁倒当堂,一人给我重责十板。"摁倒了以后,掌刑的这个打呀,"哎哟哎哟,哎哟……"啪啪啪——"哎哟哎哟……慢着慢着,不是他妈上回借钱没借你,你干吗,哎哟哎哟……"轻打也够呛,慢说重打,"哎哟,太爷,打死我了……""说实话,哪的钱!""某甲给的。""某甲在家呢?""在家呢。""为什么你要受贿?""他跟我们这么说,他说,他这老婆素秋没丢,在别处了,他找去,给我们十两银子,我们一想又是传票,人又没丢,我们今天传不来,明天去,把人圆上不就完了吗。我们接他十两银子。""回去！把某甲赶紧给我锁来，锁不来某甲的话，砸折尔等狗腿！快点！"县官这还不给俞谨庵做主？俞谨庵现在才顺点气。

两公差由打衙门出来，好嘛，这十两银子，一人挨顿揍。二次翻回来，就到了某甲的家中。"管家！"管家出来了，"呦，二位怎么回来了？""我们不回来？某甲呢？""某甲走了。""啊？哪去了？""不是您走他就走了。""他哪去了？快说。""你别说我这说……""我干吗不说你，你把某甲放跑了。""不是放跑的，他说他一会儿回来。""他哪去了？""我们不知道。不是找下茬去了吗？""这个，哎呀……""您看这不来了吗？"

某甲哪去了？这俩公差走了以后，他站那愣了。家里管家多少也得护着他一点。"大爷，您站这干吗？倒是怎么回事？"某甲不得不说了，告诉管家有这么这么一段。"您还不找韩荃去，您站这干吗？万一回头人家衙门再来呢！""哎哎哎。"某甲就找韩荃去了。来到韩侍郎府啊，"管家。""啊？"韩荃的管家一出来，看见某甲了，气也气不得，乐也乐不得，心说你还来呀！"啊，怎么着你呀？""韩荃大哥呢？""干什么？""你跟他说说吧，俞谨庵告了。告了，传我过堂。韩荃大哥说有他一面承挡，是把素秋给人圆过去怎么着？那俩丫头还在我那哪。""那您等着吧。"这管家就进去了，"大爷！"韩荃在屋里，心里头这个气大了！"都丢了。"他自己在屋里腻歪看书。这管家进来喊声大爷。"干吗？！""某甲来了。""呀，他还来了？他干吗？""他说俞谨庵告了。""我管不着！叫他滚着。""您不管我们跟他这么说？""我不见他，让他走！"管家就出来了。"哎，某甲大爷，我们大爷说了，管不着！您走吧。""哎？不对啊？""什么不对？""他管不着行吗？当初我们有字据啊，有手续啊。""哎哟！"这管家一听，当初有手续，那可不敢瞒了。"我说，大爷。"来到里边找韩荃哪。"干吗？走了吗？""没走。他说，您跟他当初有手续啊，写了字据了。""哼，他要说有字据，叫他把字据拿出来，拿出字据，我就顶着打官司！去。""好嘞。"管家又出来了。"我说，字据呢？""我给他立的。""那你说他干什么！废话。走吧走吧，我们大爷不管。""别呀您……"某甲就哭了，跟小孩子一样，"你不管我怎么办，当初他怎么说……"

"我们不管。快走吧走吧。""谁叫他是侍郎子，我是尚书孙哪，您叫他帮帮忙，我那怎么办？"他苦苦地哀求，管家一看我们也别掺和了，赶紧跟大爷说一声吧。"我说大爷，他是这么这么说的，您看，您怎么着这个？""叫他给我走！他要不滚着的话，你告诉他，我这侍郎子专揍他这尚书孙！我揍他！""好吧您哪。我看看，某甲大爷，您走吧，您要不走，我们大爷这么说的，回头要揍您哪。您……""哎哟呵……""走吧走吧！"连轰带哄啊，就把他轰出去了。

他只能这样回来。来到家门口，正看见公差，跟管家这说话呢。这管家说："这不来了吗？""嗬，你还回来。"这公差一伸手，锁链出来了，"哗楞——嘎嘣！"一翻手就把他胳膊给挦上了。"哎，哎，我说你锁我干什么？我给你们一人十两啊！""什么？！""给你们一人十两。""对喽，我们一人十板，走吧你！别废话了。"拉拉拽拽就把他带到县衙。

来到堂上，"跟太爷回，某甲带到。"县官这个气呀！"哼，一人打你们十板，你们把人也给锁来了！""跪下！""老爷在上，小人某甲给您磕头。""老爷您验刑。""把刑具挑了。"俞谨庵在旁边站着，一看见这某甲跪在这，无名火起呀！不过不问他，这时候他不能言语。"某甲。""有。""现在俞慎把你告了。""嗯。""嗯，你是否把你的妻子素秋变卖了？"在这个时候，某甲倒冷静了："太爷，没这个事！"说着一偏脸就看了看俞谨庵。"我问你……"俞谨庵一看他看他了，就跟他对质了，"素秋呢？""素秋？你接走了！""什么？！我什么时候接的，嗯？""就是那天，你派赶车的来的。赶车的说你病了，得大头瘟了。""胡说！""胡说呀，我知道吗？他说俞家庄的，我能不让去吗？""根本没这个事！""我知道吗？""父师大人，您听，无缘无故我把小妹接回家去，我把她变卖了，能吗？""这个事……""你说那不行啊！"县官还没说话呢，这某甲说话了，"你说那不行啊，无缘无故我说我老婆让你接走了，我凭嘛卖老婆，谁没事卖老婆玩？""正因为你在外边大赌特赌，有没有？我的老丫头回家说的，你屋里当卖一空，有没有？""啊？啊，对呀。""什么对呀？""我，我要钱要我们家的钱，我卖我们家东西，你管不着。""那我妹妹呢？""你妹妹，你妹妹你接走了。""我接走了？有什么为凭？""你说我卖有什么为凭？"

"我家老丫头就是证明，我根本没病。""你老丫头，没用，把她传来也没用，老丫头是你家的。你……我明白了。""你明白什么？"县官问他，你明白什么？"我最近是好要钱，我也知道，你呀，有意跟我悔婚。""胡说。""不胡说。你要没有意悔婚，为什么你把素秋接走以后，你还告我变卖呀？"得。县官一听呀，又一个没凭没据。这才叫胡打官司乱告状。"我看这样吧，俞先生，你也回去，他也回去，案后访察。如果找着素秋的下落，素秋一到，此案便清楚了。""父师大人，不可能！""什么不可能？""我并没有把小妹接回来，他诬告！""你说我变卖了，你不是诬告？我卖给谁了？有什么凭据？""如果说小妹在我家了，咱这么办，你上我家搜去，要搜出来我妹妹素秋，那就算我有意悔婚，我诬告了他。""太爷，甭搜，他打算把素秋藏起来了，搜也搜不着。一人搁东西，十人找不着。甭说一大活人，哼，甭搜。"俞谨庵这个气大了，他心里明白，他要钱，要得凶，一定是卖了。这些事只有俞谨庵清楚，但是没凭没据。现在某甲胡打官司乱告状，瞎咬。俞谨庵一着急，"父师大人，生员有言，不敢冒讲。""说。""这种赌博玩钱贼，您这样问不行。""俞慎，呵呵……"良乡县心说打刚才你就藐视我，现在你又这么说，"本县这样问不行，依你说呢？我应该怎么办？""打！非动刑不可，一打他就招。他怎么回事我清楚。只不过他卖到哪了，我不知道。一定是卖了。您打吧。""凭嘛打我？凭什么打我！啊？！""某甲，没问你，不准你多口。"县官心说这话你甭说，用不着你说，我就说了。"俞先生，官打凭据，没有凭据，不能妄动刑具。随便你这么一说，就能动刑打人吗？""父师大人，生员我与他请刑。如果您要打屈了他，我领妄告不实。""还有这么说的？板子没眼，一下就走手了，或者他挺刑不过，当堂杖毙，这是人命啊！随便一说吗？""父师大人，我可以给他抵偿。""啊？！空口无凭。""我给您具结。"县官犹豫，因为俞谨庵他是个秀才，又因为这官司没凭没据吧，他说得仿佛条条有理，他既请刑了，打算具结了，如果再不答应他这个要求的话，县官唯恐俞谨庵多想，"好，你给我具结！"干结给他，俞谨庵就写了，如果打屈了他，自己领妄告不实；打死他，我给他抵偿兑命。具完干结之后，搁在那了。"某甲！""啊？""你说实话，素秋哪去了？""他接走了。""不对。你在外边耍钱对吗？""对，耍了，我卖东西了。我不能卖老婆。""你要不说实话，本县我可要打你。""父师大人，您就甭问了，您就打吧！这样一打就招。问不出来。""好，不说哈，扯下去！""哎哎，哎哎，别动……"公差过来一拉这某甲，某甲，他多少都懂点事啊，怎么着？咱们一过堂的时候，他懂得这些手续，"没凭没据，凭什么打我？！啊？""不，现在俞慎给你请刑。""打我，我，我……我胡说。""打屈了你，他领妄告不实；当堂打死你，他给抵偿。你说实话吧！""我，我没什么可说，要是这么着，太爷，我给他请刑！您打屈了他，他把素秋接走，他有意悔婚，他藏起来了，您打他，打屈了，我领罪，要打死了我给抵偿。""不行，你说晚了。他请刑在先。你先说。""我冤枉……""扯下去，打！"掌刑的把他拉下来之后，说打，可是没吩咐怎么打。那个县官得往下扔签。不扔签，那掌刑的不能动。俩公差拉着某甲的胳膊就把他拽下来了。俞谨庵看着着急，这样一打他就秃噜，甭对付了。可这县官有点手软，因为没凭据。后来他还不招，县官就把签拿起来了。拿这个签往桌上那么一撤，三个手指头捏着这个签的紧底下这头，这就告诉掌刑的，是最轻的二成刑。"与我掌嘴，二十！"俞谨庵一听什么？掌嘴二十？那个封建时候官府要动刑，打人，女人才掌嘴呢，这种类型的案子，打男人的话，最轻的也得是打板子，是个小伙就挺你二十嘴巴。有心拦吧，显得自己要求太甚。干脆，我不拦，让你打，打完了不招，我再跟你算账。我那干结具的不是打嘴巴。在这个时候，掌刑的把这千层底抄起来了。"老爷验刑。""打！"啪啪啪，啪啪啪啪，这照嘴巴上啪啪刚这么一打，一，二，三……一二三哪，第四下还没下去呢，"哎哟，招了招了，招了！"这掌刑的这个气啊，心说，你这样你还不招，等什么呢？还等非受刑？三下半就招了！"跟老爷回，他有供。""推上来。""哎哟——哎哟，老爷——""说！把素秋卖到哪了？""啊——老爷，这素秋啊，我没卖……""二十嘴巴没打齐你，啊？刚说招了，现在又不招！""不是，我招了，我招了。""你卖哪了？""我不，我说没卖……""没卖，人呢？""我卖是没卖，我把她换出去了。"县官一吭，差点没乐出来。"换老婆？怎么换出去？换给谁了？""没换给外人，换给我们亲戚了。"俞谨庵一听，这怎么回事？换给亲戚了？俞谨庵可就不言语了，听县官怎么问。"什么亲戚？""三环套月的好亲戚。""这嘴里说这什么话，什么叫三环套月？""跟老爷回，我换给兵部左侍郎的少爷，韩荃了。"县官那么一听哪，头发根子发乍，吓了一跳。说县官干什么害怕呀？因为这兵部侍郎就在他本地住啊。他儿子犯了罪了，这怎么传？他得罪不了啊。俞谨庵旁边一听啊，嗬，好狗子！韩荃！你净办这个事！某甲的口供还没招全呢，俞谨庵一气之下一抱拳，"父师大人！""俞慎，干什么？""这个韩荃是韩侍郎的儿子。""本县知道。""韩侍郎是我的叔丈人。这个韩荃乃是个吃喝嫖赌酒色之徒，绝非善类。请父师大人，您是赶紧得审，您赶紧得问。""俞先生，你不要这么说，本县我这没闲着，这不问着呢吗？某甲，那么现在，素秋呢？""在韩侍郎府呢。""那俩丫鬟呢？""在我家呢。""嗯，好吧。你给我画供。""您今天吧，到那把韩荃传来，把素秋给要回来，要回来，我这俩丫头我退给他，嗯，那钱，我会慢慢给他。""行了行了，你甭说了，画供！"让某甲画完供之后，"来呀，押下去，收监。"

先把某甲收监，押起来了。俞谨庵在旁边站着，心说我看你怎么办。"俞先生，"现在县官只能够跟俞谨庵说些好话。"刚才某甲所供，你也听见了？他说，把素秋换给韩荃了。这只不过是他一面之词。是真是假，还得等，把韩荃传来。""是是是是。""所以，俞先生，您先回去。回去以后，你听传。""父师大人，我回去，您怎么办呢？""我设法传韩荃。""什么？传韩荃就传韩荃，他侍郎府离此不远，您怎么还设法呢？"县官一看，你说的正是要害。"俞先生，没有你不明白的。韩侍郎是你的亲戚，本县多少有点礼节吧。不过你放心，王子犯法与庶民同罪。""请问父师，什么时候您把韩荃传来？""呃，今天，明天，最迟后天。""好吧，我明后天来，您把韩荃传来，传来他，跟某甲，他们当堂打官司，俞谨庵，要求上堂旁听！"

# 第十回

　　上回书，正说到俞谨庵去到良乡县，状告他的妹丈某甲，变卖素秋。某甲在堂上受刑不过，招了实供。他招出来了，把素秋抵换给兵部左侍郎之子韩荃了。俞谨庵一听啊，怒从心头起，是气从胆边生。因为他对韩荃太清楚了，马上就跟县官就盯了。无论如何把这案赶紧给问清楚了，把素秋的下落得找着。县官把某甲押下去以后，告诉俞谨庵，你先回去听传吧，本县设法传韩荃。他这句话已经露出来了，设法传韩荃，就是说不是这么简单，因为韩荃他是兵部左侍郎的少爷。俞谨庵也听出来了，要求县太爷马上传。您这传韩荃就传韩荃，他都没说逮韩荃，他告诉你传韩荃。那么您还设法怎么讲？韩侍郎府就离此不远，不是多远的路途，您设什么法？"是这，俞先生，你是秀才，对官场的事，大概你多少也知道一点。我跟你说句实话，韩侍郎现在虽然退归林下，不过本县也得深思。虽然说是王子犯法与庶民同罪，但则一件，总得有个礼貌吧，所以，俞先生，你听传吧。""父师啊，我可以跟您说，韩侍郎的侄女是我的妻子韩氏，韩侍郎是我的叔丈人。对于他，我最清楚，那个人深明大义，绝不纵子胡为。您尽管传，越快越好。""好吧。你回去吧，啊，我一定马上传他就是了。"

　　俞谨庵这样下去以后，这几句话给县官可起了作用了。说俞谨庵在堂上跟县官等等表现，不传韩荃我怎么着。县官就这么窝囊？不是窝囊，这个县官也权衡利弊，一个说俞谨庵本身是个秀才，他占着理。俞谨庵也不敢在堂上咆哮公堂，他本身是个书呆子，他没打过官司，他就懂得王子犯法与庶民同罪，当然我就说理，我不犯法，我怕什么？我该怎么说？他可不知道官场当中势力的厉害。可这县官一开始的时候，认为他是原告，一传某甲，这俩公差受贿，当场给县官丢丑。你公差在外边，一人吃私十两银子，县官没责任吗？所以他对于俞谨庵在堂上说话有些过头了，放肆也就不深究了。后来已经知道了，通过某甲的口供已经知道，这个俞谨庵是兵部左侍郎的侄女女婿，哎呀，他更不敢顶这个俞谨庵了，所以尽量地说服他。所以俞谨庵也只好就这样下去。

花开两朵，各表一枝。现在咱们说说某甲的母亲。某甲被锁走之后，这个管家们，你看我，我看你的，这可不敢瞒了。老太太如果再问下来，说我们少爷哪去了？总不见面，管家再不说，他们也担不起。几个人商量商量，就进内宅了。老太太是个老实人，很少见什么世面，在屋里头跟这个小丫头正在商量，说怎么亲家那边来人，接少奶奶，少奶奶，说不回去这可怎么回事呢？怎么找少爷也找不着呢？正说着，软帘一起，从外边进来两个姑娘，"娘。"老太太一看，"你们是谁呀？"这俩姑娘都在十八九岁，都穿着红的，不认识啊。"你们找谁啊？""娘。""啊?! 怎么管我叫娘啊？你是谁呀？""娘，我们给您磕头了。""起来起来，起来孩子，是谁呀？"丫头在旁边，不敢言语。怎么？小丫头看得明白，谁敢多说话啊！这俩丫头就站起来了。这是韩侍郎府韩荃那俩丫头。因为某甲被锁走之后，有的管家就告诉这丫头了："你们是哪的?""我们是侍郎府的，我们大爷跟我们怎么怎么说的。""哎哟，我们的大爷某甲给锁走了，人家告了，你们还在这待着，嗯？你去吧，见见我们老太太去吧。干脆，打自个主意。"所以这俩丫头叫管家领着来到上房这，管家就没进去，两丫头自个儿进来的，才知道自己上了当的。但是进门也叫娘啊，当初韩荃跟她俩这么说的，叫她们姐俩，都嫁给这个某甲。老太太哪知道怎么回事，"快起来。""娘啊。""怎么回事，你们是哪的，怎么管我叫娘啊？""我们是侍郎府的，我们家的员外爷是侍郎，我们大爷叫韩荃，他跟我们说的，叫我们姐俩都嫁给您的少爷某甲。哎，您少爷上我们那去了，我们也见着，他也看见我了。回头拿车就给我们送来了。可是谁想到，我们嫁了丈夫了，我们俩只关在跨院里头，见不着人。今儿个听说您的少爷被锁走了。我们也问过家有什么人，他们说有老太太。可是我们也没看见您呐，娘啊，无论如何您得给我们做主。""哎哟，不对呀，我儿已经成家了。我那儿媳妇娘家姓俞，叫素秋，刚才人家娘家来人接来了，没接着，说已经接走了。闹得我糊里糊涂啊，这是怎么回事？"娘哎，您看我们怎么办哪？""那个，我说，管家们呐，这倒怎么回事？你怎么不跟我说。"管家在外面一听，这不得不进来了。"老太太，老太太，我们跟您说啊，您可别生气，最近这几个月，少爷在外面耍钱来着，把他屋里东西都卖了，我们不敢跟您说，怕您气个好歹的。回来，这个，这个……""你说吧。""他们俩来的时候是一赶车的把式送来的，把少奶奶接走了。我们跟少爷说，少爷，他不让我们管，我们也不敢管，刚才哪，官人来了，把少爷也给锁走了。老太太，您别着急，我们一定想办法，不就完了吗？""我的……嗯哼……"说得这位老太太这脑子里晕晕乎乎，我这儿子可不是这个坏人呢，怎么现在变得这样了。这一家子，呵，这老太太跟这某甲，这两个窝囊。某甲是最近学坏的，"哎呀，这倒是怎么回事呀，你们赶紧看看少爷去，怎么着了？问问去啊？""天已经晚了，都这晚了，明天去吧。""今儿晚上他回不来了？""谁知道吗？"就这样的老太太把这两个丫头就留在内宅，问问这丫头的经过。这丫头一五一十，把侍郎府的事都说了。老太太一听，这韩荃是这么样个人，就知道没好事了。这一宿啊，没闭眼哪，昏昏沉沉，脑子疼，哭啊。您想一想，亲儿子，叫人家给锁走了，每天都在家里，今儿一宿不回来，那个做亲娘的，什么心情哪。转天一早晨，起来就叫他们把管家叫进来了，"管家们。""哎，老太太。""少爷回来了吗？""没有。""赶紧上衙门去，啊，去看看去。他要出不来呀，你先给他送点吃的，啊，给你钱。""哎。"给管家拿俩钱，管家就去了。

从家中出来，一直够奔良乡县。半路途中啊，给他买什么吃的呢？买点点心吧，准知道出不来啊。这买了盒点心。这个管家也没打过官司，没进过衙门，这是第一次。来到良乡县县衙，"几位老爷们。""干吗你呀？""我，我打听点事。""打听什么？""我们少爷是不是在这哪？""你哪的你呀？谁是你少爷？""我们是尚书府的。""哎哟，来，进来进来。"这个时候就把这管家叫进了班房。这管家进去以后，"我们少爷某甲，昨天哪，被官人儿给逮来了，一宿没回去。我们老太太不放心，叫我上这来看看。""哦，不错，在这哪，知道怎么回事吗?""听说是俞家告的。""哎,对了,大概跟你们是亲戚,俞谨庵告的,啊,告他把老婆卖了。这个事还没问清楚。行了,去吧!""我能不能跟他见个面?""不行不行,告诉你不行。这官司还没头绪呢,懂吗?"这个公差这个话呀,他说怎么这样呢,那意思,你太不懂嘛。衙门口冲南开,有理没理,你拿钱来,你看看,站在这你光拿嘴对付,你看,"走走走走。"这个管家不懂这些事。"是这么着吧,您不行,您看我给送点东西,我这东西送进去……""送东西啊,送东西行。什么?""送点吃的。""看看,看看,打开看看,送的什么?瞧瞧吧。""哎。"这管家伸手就把这点心给打开了,那点心盒儿打开以后,"您瞧瞧吧。""我说你哪的你呀?""我,我某尚书府的。""某甲是你家主人吗?""没错。""不是跟你,仇人?""那怎么会仇人,我能给接见吗。""我们这里什么事都有啊,我说,你送这点心里边有毒药没有?""我给我们大爷吃的点心能下毒药?!""有的人!借这机会,花钱雇人来冒充他们家人,给送点吃的来,里边下点毒药,在里边药死了。这什么事都有。""不能。""给你给你。"这公差说着话,一伸手,拿出一块点心来,"来来,你咬一口我看看。""呵您怎么这么说?"这管家拿过来一张嘴,就咬了一口,"您看看,里边有毒药吗?""嗯,行了,搁这吧。""不是,您,您给拿进去。""拿进去?嗤……告诉你哈,想给他拿进去吗?""想拿进去。""买去,哈。""不是,我这不买了吗。""这盒?这盒给我们。懂吗?不懂这规矩。送他吃的先给我们,刚才没让你吃一块吗?吃一块,看看里边有毒药没有,不是怕把某甲药死,是怕我们哥几个药死,懂吗?买去吧,去吧,啊!"这管家一听还有这规矩?这公差为什么要这样?就因为刚才告诉你好几个不行,你不往前递钱。你要递钱的话,虽然见不着,也得告诉你点消息。这个,就给你来明的了。"我们吃的,懂吗?""嗯……""走走,走走!什么玩意!"把管家给轰出来了。"呀,大老远来一趟,没见着大爷,反而给他们送盒点心来,就这出,嘿。"就这样回去了。

回去以后到了门房,"怎么样,见着了吗?""见着谁了?"怎么来怎么去跟前面管家一说,"好倒霉。""哎呀,你不懂这个,我听人说了,衙门口得要钱,没钱不行。""那跟老太太说说吧。"这管家进了内宅了。"老太太。""怎么样，看见他了吗？他出得来吗？""没看见。衙门口好厉害了。"怎么来怎么去，把这经过一说，"哎呀，行，给钱，要多少钱都给他，你看看，能让他出来才好了。""好您嘞。"老太太又拿出银子交这管家，这管家到前面跟他们这几位一说呀，"你别去了，我来吧。行吧？""我我，我还去，我还去。"都憋着看看某甲现在什么样了。结果这管家拿着钱二次就去了。

这回好，一进门，这银子在手里托着，拿了五两银子。"几位老爷们？""怎么着？没买点心。""不是，我忘买了。""忘了买你干吗？""给你们钱。"嗬，几位公差心说，给钱，有这么给的吗！哪的事！"这多少？""五两。""你给钱干吗？""我跟我们大爷见个面。"有一个公差呀，一看，他确实不知这里事，"来，你们躲开躲开。管家，过来过来。我告诉你，我们这衙门口啊，大堂不种芝麻，二堂不种谷子。不种芝麻，我们得吃香油；不种谷子，我们也吃小米。懂吗？跑坏鞋自个买。就得这样。你五两银子，到这什么也办不了，你要想见某甲的话，带着多少钱？就带五两吗？回去拿钱去。""不，我还有。""还有吗，拿出来吧。"管家一伸手，把这钱都掏出来，大约有十来两，都是老太太给的。"我领你进去，到里边见得着见不着，我可不敢说。""怎么哪？""里边还有牢头呢！牢头那你得花钱哪。还有吗？""没有了。""没有了，这钱我们先留下。明天买点吃的来。回头多带俩钱来，给这牢头，要不然你见不着。""合着，白来了又。""就这个！"往返跑了三四趟，花了好几十两银子。最后这才让他进去。来到里边跟牢头一说，又给牢头钱，牢头这才把门开开。"来吧来吧。我告诉你啊，今儿可不是接见的日子，他这个官司根本也不能接见。只要我们给你个面，说两句话就完，听见没有。""哎哎哎。"这管家直接往里走，来到里边，这牢头告诉："就在这屋呢。哎哎，某甲，有人给你接见。"

再说这某甲，从小的时候娇生惯养，哪受过这个？在监牢里头押了这么两三天哪，哎呀，成天光剩了哭了，给了牢食，自己也吃不下去。到了第三天，饿了这才吃一口窝头。一听有人接见，"谁呀，谁呀？""少爷，我呀。""老李呀，你怎么来了？""老太太叫我来看看您来呀，怎么着呀？""跟我娘说，赶紧把我救出去吧，他们告我啊。俞谨庵告我把他妹妹卖了，其实哪，少奶奶我换给韩荃了，就在侍郎府呢，叫我娘啊，找韩荃去。啊，把少奶奶要过来。"您听听这个某甲，他惹出祸来，叫他娘找去。这管家一听，"嘻，您这叫什么事。现在怎么着了？""他打我，嘴巴都给我打肿了，到现在也不问了，你，我娘想办法给我办办吧。管家你修好吧。""啊？那俩丫头怎么回事？""那俩丫头韩荃的，管家啊，退给他啊，咱退给他，我还拿他五百两银子，叫我娘把钱拿出来，给他，啊，把素秋接回来。呃哼哼哼……"净剩下哭了。"行了行了，"那牢头过来，"走吧走吧，走吧，啊！"所以不让接见，有的时候就怕串供。所以把这个管家就给轰出去了。

管家从衙门出来回家，来到家，把这经过跟老太太一说。老太太一听这些个事呀，哎哟，又是着急，又是生气，放声痛哭。告诉这俩丫头，"你们回去吧，不是韩家的吗，还回韩家就完了。""老太太，我们不走，我们就在这。我们回去也好不了。我们那大爷，我们知道他，他那人不怎么样，我们就伺候您就完了。"弄得老太太现在束手无策，想了半天，找谁哪？哎，他们有个本家，他本家论起来，是某甲的一个叔叔，叫管家去找去吧，"你赶紧把他找来，替我想想办法。"到这个时候，正是用人的时候。他们家里头烦人、花钱，不在话下。

咱们说一说这个良乡县的县官，自从让俞谨庵走了以后，自己想，我怎么传这韩荃？因为某甲告了，把这个素秋换给韩荃了，可是，也是一面之词。韩侍郎那儿子，如果到那传不来，侍郎真要一瞪眼，没办法，俞谨庵又盯得紧。如此耽误了一天，耽误了两天。俞谨庵的催呈到。派个管家送封书信来。县官接过来催呈一看，就是催这县官赶紧追小妹素秋的下落。实在没办法，就想起来传某甲的那两个公差，把他们叫进来了。"给老爷您行礼。""我问你们，上某甲家中去，你们一人受贿纹银十两。""太爷您不也打了我们了，您饶了我们吧。""这十两银子，你们还想要吗？"俩公差一听啊，还有这个事？"老爷，嘿嘿嘿，您高高手吧。有的，我们，不敢说。""什么不敢说？""打了不罚，罚了不打，老爷您，您高高手，您多可怜我们得了。""还想要哈？好，这一人十两，还给你们。""谢谢老爷您赏！"

"别忙，你们俩把韩荃给我传来。""啊?"公差一听，上侍郎府传他少爷，"那，那他要不来呢?""哎，所以跟你们俩说这十两银子还要不要。啊，看见了吗?"马上给他写了一张传票，不敢拘，也不敢逮。"传韩荃，到那去，如果想办法把韩荃给我传来，一人十两银子还给你们，倘若传不来，你可小心。十两银子不但不给，我还饶不了你。""囉，好吧您哪，我们……""还有一节，到那去。如果你要得罪了韩侍郎爷，韩侍郎爷要震怒，小心尔等项上头颅! 传不来韩荃我砸折尔的狗腿。给你!"公事一给，"去吧!"

两公差接着传票就出来了。"哎哟我的娘哎。"心说有这么不讲理的吗? 传不来韩荃砸折我们俩的狗腿! 传来韩荃，得罪侍郎爷要我们脑袋。这差事，我说。公差说你有这么不讲理的? 实际他们在外边也不讲理呀。俩人不敢马上就走，到前面班儿上了，跟大伙发牢骚。有的班头不错的，就告诉他们了，"我告诉你们哥俩，宁可传不来韩荃哪，也别得罪了韩侍郎爷，懂吗? 这个意思就是说，宁可腿折了，也别掉脑袋，明白吗? 俩人脑子活点啊。""好吧您哪。"嘿，骑虎难下，捆着发麻，吊着发木，怎么都好受不了。两人带好了铁链，腰里头掖着这传票，由打这动身，就够奔侍郎府。一路正走着，俩人商量，怎么办?"怎么办哪? 到那说点好的吧。""说好的，怎么说呢?""咱哪，先求见侍郎爷，他是个头啊，你得找主人哪，侍郎爷允许咱们传走，咱就把他传走; 侍郎爷不答应，咱拨头就回来。""话说得这么面的，咱想见侍郎啊，咱这个脑壳不行，人家不见哪?""实在见不着啊，咱就回去!"

两个公差来到侍郎府，"回事!"门房管家出来了，"哎哟，二位头儿，有什么事啊?""呃，我们哥俩奉了我们太爷的命，到这来求见侍郎爷。""嗯? 求见我们员外爷，干什么?""不是，有要紧的事，您给回一声吧。""等着。"这管家就给回去了。韩侍郎在内宅呢，自己坐在屋内看书呢。管家说:"跟员外爷回，衙门来俩公差，奉太爷的命令，到这求见您。"韩侍郎一听，县官派公差求见? 糊涂! 有什么事你可以来呀。"叫他们进来。"哎，这就叫进来了。两公差跟进来了。来到里面东张西望，一看来到紧内宅了，一进屋，哦，那坐个老爷子。员外巾，员外服，挺善净的。"侍郎爷，下役给您行礼了。"

"你们俩人是良乡县的，有什么事？""奉太爷堂谕，到这来求见您的，有点事，因为，俞谨庵哪，俞秀才，把他的妹夫某甲告了。告某甲哪变卖他的老婆素秋，也就是俞谨庵的妹妹！""哦，你上我这干吗来？""我，可这某甲在堂上受刑不过哪，他就顺嘴胡说八道，胡说八道呢，我们太爷也知道胡说，所以叫我们来……""你说的是什么乱七八糟的！""是，侍郎爷您息怒，他说的是这个，他没卖，他换出去了，他没换给外人。侍郎爷，可是没这么回事啊，这是他胡说，他这个，他说换给令郎公子韩荃，哎，韩少爷了。""什么？！""他说换给您少爷韩荃了。我们太爷不相信这个事，所以叫我们哥俩来请示侍郎爷，您能不能高抬贵手，让令郎公子，跟我们上衙门，我们可天胆不敢传人。我们到这来请他去，到那质对某甲，把某甲问完了以后的话，我们跟着就把他送回来，侍郎爷，您要让去哪，我们就请他去，回头送回来。您要不让去哪，我们哥俩就回去。"俩公差说完这话，就看韩侍郎拿手一捋胡须，体似筛糠，浑身颤抖，是面如死灰！

# 第十一回

上回书说到，良乡县的两个公差来到侍郎府，前来传韩荃。把这件事跟韩侍郎一说，韩侍郎直气得浑身颤抖，体似筛糠，面如死灰。

两公差一看，坏了，要崴泥！怎么把他弄回来，说完之后气个好歹的，我们两人怎么交代。"不是，侍郎爷，侍郎爷，不是，我们这是胡说，没这事，您别着急。""嗯——不要说了，不要说了。你们说的这些个，只不过是一面之词。""对对对，侍郎爷，您别着急，您不让去，我们哥俩就回去，不就完了吗。您着那么大急干吗？"你们哪，先到前面去。管家。""哎。"管家就进来了。"把他们俩带到前面门房去。你们先到那等着去，听见没有？""哎哎哎。""二位跟我来。"两公差吓得，"哎哟，我说，我刚说完了一看把侍郎爷气得这样。"实际上韩侍郎不是跟他们，是跟自个儿子。俩公差被他们带到门房，"二位，您先坐这等会儿吧。""哎。完了咱哥俩还回得去吗？""谁知道呢。"

这两人嘀咕，咱先不说，单说韩侍郎。稍沉了一会儿，把管家叫进来，"去看看小荃去，在哪呢，把他叫进来。""哎哎。""告诉你，不要跟他说有公差找啊！听见没有。叫他进来。""好了，您哪。"这管家到前面找韩荃去。韩荃现在心里头一肚子火啊。"大爷。""干什么？""员外爷请您呢。""找我干什么？""您看看去吧，您能不去吗？""这都没有的事，我告诉你。"韩荃就来了。一进屋，"哎，爸爸，您找我有事吗？""你先坐那，我问问你，咱那俩丫头给了谁了？""嘻，您给……您问这个干吗，俩丫头，你问他干吗？""我再跟你说件事。俞谨庵把某甲告了。""您跟我说干吗，有我的事吗？""听着。告他把素秋卖了。而某甲说换给你了，嗯？你给他俩丫头，有这事吗？""他胡说八道！爸爸，别听他的！哪有那个事！凭我韩荃，我给他俩丫头我换一个，啊？能有那事吗！别听他的！""没这事哈，我相信，也没这个事。不过衙门里头来俩公差，前来传你，叫你到衙门去与某甲当堂对质。既然没这个事，把这俩公差给我叫进来。""哎哎哎，等会儿！管家别去！没这个事，您叫他们干吗？""你跟他去呀，上衙门对质去。""我，我费那工夫？我不去！""他随便诬告行吗？！嗯？你就忍受着吗？去吧。""我我我，我不去。""小荃，你听我说，这件事是非同小可。这里有你的姐夫俞慎俞谨庵，那可是个正经人哪！啊！你叫我抬不起头来。告诉我实话，倒是怎么回事？要没这事，你就跟人走；如果有这个事，你跟我说实话，我好给你办。咱不能在当地里叫人家看不起呀！""那个。"韩荃想到这，心说我说就说，反正我没得着素秋，俩丫头也丢了，五百两银子也没了，说就说吧。"那我跟您说啊，我跟您说，您可给我办。我才冤呢！""你怎么冤哪？""这个俞谨庵哪，他跟我呛着火呢。""他跟你呛什么火？""其实，我这个事也是为了您好。"韩侍郎一听这里还有我的事？"怎么为我好？你胡说八道。""您听我说啊，您这儿媳妇到现在也不生养，您连个孙子都没有，我就托人跟俞谨庵说，把素秋嫁给我呀，做个妾，为了……""啊呸！""您这怎么了！这还没说完呢，您又啐！你看。""你瞧你办的这个事！""咱还不说了？""你说。""你看看，这还得说。其实呢，俞谨庵你答应人情，不答应本分，他连我派去的媒人给骂出来了，所以我就呛着火。后来我听嫁给某甲了，某甲在外边大赌特赌，好，家里当卖一空，我就派人把某甲给请来了。""你请他干什么？""我冲着我姐夫的面子的话，我帮他忙啊。""哦，你还做点好事。""哎，对啦，我能净做坏事吗您哪？我一问某甲，某甲外面有账。得了，我说我给你几十两银子还账吧，哈。后来他看咱这俩丫头不错，我心说话，我这俩丫头送给你吧。""你怎么送他两丫头啊？""不冲着我姐夫面儿吗？您说是吧。以后他不落忍了，得了，这么办吧，我把我媳妇素秋给你吧。""不像话！胡说八道。你把人家素秋姑娘给接到这来？""没有没有。不是那么回事！我就派咱这把式啊，把俩丫头给他送去了，给他送五百两银子，他给我写了个收条。"韩侍郎一听，这什么事！还弄收条？"结果你把素秋接回来？""俩赶车的走了以后，丫头给人送走了，家里吹鼓手这一劲儿吹，打早晨起来到晚上，腮帮子都吹肿了，这俩赶车的没回来。转天早晨回来，他们说什么呢，两人赶上车，睡着了一对，连坐车的也睡着了，遇见蟒了，结果呢，这个牲口也没惊，轿车帘也没动，他们俩藏草地里头，再一撩这车帘啊，坐车的没了。也不是喂蟒吃了，也不怎么着的。结果这俩赶车的回来，我就把他们俩搁到花园，我饿着你。哼，我现在甭说素秋，我赔了夫人又折兵，我连素包我也没看见！我的爹呀，您说我多冤哪！他还告？！叫他告去吧，有我的嘛？！"韩侍郎一听啊，好孩子！你办的这几个事，啊？你叫我怎么做人哪！哼！我管你这干什么？"把公差叫进来，跟人家走！""啊？怎么着，您说说完实话，您给我办，您不管我了？！""我没法跟你丢这个人！""要知道这么着，我走，我叫他们跟您要人，我看您怎么办！"韩荃站起来，拔腿往外就走。韩侍郎一看，坏了，他真要走了的话，衙门口不说我把他放走了，我落一个我宠着儿子。"你回来你回来你回来。""怎么着？""你先坐那。我跟你说啊，我给你办可是给你办，如果把这件事情给你办完了以后，今后，你还惹祸吗？""您只要给我办完了，下回我再也不敢了，是吧？您看，我还办这事？我这回就倒着霉了，我什么都没得着。""你坐那等着吧，你可别言语，听见没有！这是公事，你不懂。""那行那行。"

"管家们，到前边去，把那两个公差呀，给我叫进来。""啊是。"管家来到前头，"二位头儿，我们员外爷让你们进去。""哎，好您哪。"俩公差有点嘀咕啊，心说，别回来把员外爷气个好歹的，我们再担责任。两人来到里边，"侍郎爷，给您请安了。""你们俩上我这传我儿子韩荃来了？""啊，呵呵，不敢，嘿嘿，还是那句话，您让去就去，不让去，我们哥俩就回去。""认得我儿子韩荃吗？""不认得。""这就是，他就是韩荃。"韩侍郎那个意思说呀，你不传韩荃的吗，他就是，带走！就这么句话。这俩公差一看侍郎爷他害怕，马上冲着韩荃："啊呵呵，公子爷。下役给您行礼了。""嘟！胆大的公差！你……""哎哎哎，小荃，小荃小荃，你干什么，你别说话！不是我给你办吗？""哎，好好。""哦，你们两个在衙门当差多少年了？""跟侍郎爷您回，我十二年。""你呢？""我十六年了。""哼，老经验了。传某甲，谁去的？""也是我们哥俩。""到那就传吗？""呃，也，到那可不就是传吗。反正……""我问你，如果某甲他要不跟你们去怎么办呢？""他敢！嘿嘿，他不跟我们去哪，那不讲理，我们手管干什么的，我们是脚踢手打，亮链就锁。""既然是这样，为什么到我这，你们这么老实呢？"这个话不就递给这公差了吗？嗯，那你还不锁他？可这俩公差吓傻了。"我说您这，这个……""哎，爸爸哎，我说您跟他说这干吗？揍他……""你别言语，我给你办，你别言语，听着。""侍郎爷，您说这话就是这么着，他这，您这不是侍郎府嘛，嘿嘿嘿，我们不敢放肆。""某甲家中还是尚书府呢，尚书是天官，比我这侍郎大得多呀。""他，是这么着，他那尚书不是死了吗！""哎呀，呵呵，哦，我还没死。""哎，侍郎爷，您多想，卜役我们不敢。""哦，我问你，你们上我这来是奉公而来啊，还是个人想往我这来？""不敢您哪，我们奉公。""打算传我的儿子韩荃，就凭你们这么一说吗？！"韩荃一听，美！把胸脯那么一腆，一仰脸，呵，我爸爸这话有劲。"嗯，我们这是……""有公事没有？""有。""拿过来。""哎。"公差战兢兢把这传票掏出来了，双手往上一递，单腿往地下一跪。韩侍郎把这传票接到手了。公差站起来了，垂手侍立，站在一旁。刚一看这传票，韩荃说了话了，"爸爸，给他撕了！""别撕……"他一说给他撕了，这公差一回手，这个手，就搁在自己后胯这，逮那铁链。说逮铁链干什么？今儿个你敢撕我的传票，我敢锁你！您别看公差刚才害怕，这时候他明白。那传票虽然是县官的，等于圣旨。你要是藐视县官的话，传票你给撕了，那可不行。韩侍郎把这个传票往后边一藏，看了看韩荃，没言语。"给你们吧。"把传票就递给公差了。公差就接过来了。"我问你们，当差这些个年，有一句话，你们懂不懂？""侍郎爷您吩咐。""王子犯法，底下那句是什么？"韩荃一听啊，"哎，爸爸，您问他的这个干吗？"先说办，您给我办，回头您再把我给办进去。心里有点嘀咕！"呃。"两公差一听这句话，也不知道自己怎么回答好，他们两人净剩害怕了。其实韩侍郎这句话就递给他了，王子犯法怎么讲，王子犯法与庶民同罪。那意思还不锁他！何况我侍郎之子。"跟侍郎爷您回，王子犯法，不知道。""什么？！怎么讲，说！"

"王子犯法一律没罪。""混账！王子犯法与庶民同罪，何况我侍郎之子！我给你稳住了，你不锁等待何时！"韩荃一听，哦，这么给我办哪。撒腿就跑，夺门而出。韩侍郎一看，"你们俩废物！他跑了。""侍郎爷，只要您赏话，干脆，您说让他去不让他去。他走不了！""锁他！""谢侍郎爷您恩典！"噌！呵，这公差真快。拿差办案的马快，过去一打千啊，"谢侍郎爷您恩典！"一转身，噌一下从屋中出去了。嘞，好快家伙！到身后一揪他的后衣领，往后边一抡，后边公差一伸手，哗楞——嘎嘣！一翻手把他胳膊掐住了，"走吧小子！"他这一拉他，韩荃往前一掖脖，他顺手一着急，那个意思啊，刚才在屋把我们吓得胡说八道，今儿可把你锁上了。"走吧小子！"那个公差拿脚一端他，"侍郎爷在那儿站着呢，你管他叫小子行吗！""啊？走吧，啊，大爷。"呵。"嗯咳！回来！""没走。""告诉你们，我把小荃交给你们俩了，你们俩告诉县官，就提我说的，叫他给我按公择断。倘若有偏差，要小心他的纱帽！""谢侍郎爷！"说话拉拉拽拽，就把他带出侍郎府。书说到这，就得说韩侍郎这个人比较明白。儿子做这个事的话，爸爸做这么大的官，现在退归林下，你还给我脸上抹狗屎，就得这样教育他！所以这两公差放心大胆，就把韩荃拉拉拽拽带到良乡县。

　　来到良乡县，一进班房啊，其他的公差都吓了一跳。"传票，你怎么把他锁来了？""进来吧你！""好嘞，小子，搁着你们的，放着我的，我告诉你，我爸爸可是侍郎！""嘿嘿，韩少爷，您甭这么说了！老爷子有托付，告诉按公择断。""哎呀，"心说我倒霉就倒霉在您那托付上了。公差往里回，"跟老爷回，下役交差。""怎么样？""把韩荃锁到。""啊？！怎么锁来了？！""跟老爷您回，我们去了，是如此这般这么这么一段，这么这么办的，侍郎爷是这么这么说的。"就把这经过跟县官都说了。县官一听了，叫就放了心喽。莫怪俞慎说，这韩侍郎深明大义。"好！"不敢怠慢，"吩咐下去，梆点升二堂。""喳！"棒棒棒棒……三阵梆点，升坐二堂。县官转屏风入座之后，"来，带韩荃！""好您啦，上堂吧。"韩荃还梗梗着脖子的，那个意思，满不在乎的那个劲儿。来到二堂口，"报，韩荃带到！"威——武——韩荃也是第一次打官司，不过呢，有他爸爸这个势力，他还能壮点胆。

"上上，上上！""哎，兵部左侍郎之子韩荃，给太爷叩头。"县官一听，多可恶！你打官司就打官司就完了，你提你爸爸干什么。兵部左侍郎之子？要没有公差刚才那几句话，说韩侍郎怎么怎么说的，县官是真有点害怕。"把刑具给他去了。""可恶！你提你父亲干什么！韩荃。""有。""抬头！""抬头就抬头。"韩荃那么一抬头。县官一看，呵，面目可憎！"低头！""怎么了，又抬头又低头的。""我问你，你跟某甲怎么换的素秋？从实招！""谁说的？您别听他胡说。没那事。""没有这个事？哼，素秋呢？！""不知道，我哪知道。""带某甲。"县官这样问他被动，没凭没据，他只能把某甲带上来以后，使他们当堂对质。有公差下去，到牢里头提某甲。某甲被提出之后，这几天押得够呛。"哎哟——"一个劲儿哎哟。"走走走！"来到堂上，"跪下跪下，跪下。""某甲给太爷叩头。""某甲，认得他吗？""认得，怎么不认得，三环套月的好亲戚。""呸！你他妈胡说八道，你自个做自个当。嘿，你告我干吗？""说吧，你把素秋换给谁了？""就换给他了。""嗯？谁换的？谁换的？"他俩人就对质，就咬上了。县官听他们说了半截，"住口吧，韩荃，说实话。""他说我换素秋，我说太爷。您听听：俩丫头贴五百两银子换一个，有这事吗！有这便宜事吗！有这便宜事我还要呢您的！啊？没这个事。""你要说没这事，俩丫头在我家呢，您可以把这俩丫头传来。啊，就是他们家的。""好。"县官马上派公差去，"到某尚书府，把这两个丫鬟给我带来。"

这公差就去了，去了两个公差，来到尚书府。到这跟管家一说，管你一听，好，这俩丫头正没法处置呢，带走带走吧。管家到了内宅，跟老太太说，"前面来官人儿了，要这两个丫头过堂。"这俩丫头守着老太太，哪都没去，"哎哟，我们还跟着打官司。""姑娘们，谁叫这个事那么乱哪，你们去说两句吧，啊，好让我的儿子回来呀。"两个丫头只好跟管家出来，来到外面，看见公差。公差把这俩丫头带走了。到外边给他抓辆车，让她们上车，公差跨着车辕，一直来到良乡县衙。

下车之后，"来吧来吧。"那当堂立等呢，把这两个丫头就带上来了。"太爷在上，小丫鬟给您磕头。"韩荃一看这俩丫头，他就有点哆嗦。他办了亏心事了。某甲一看她们来了，"太爷，您问吧，就这两个丫头，你问就都知道了。"你们叫什么？""我叫冬梅。""我叫秋菊。""你们是哪的丫鬟哪？""我们原来是侍郎府的。""怎么会到了某尚书府呢？""跟太爷回，是我们大爷韩荃说的，叫我们姐俩嫁一个人，就嫁给他。我们也不知道。那天就来辆车，把我们送到那去了。可是我们到他家呢，一直就见他一个人。家里有老太太也没让我们见，押了我们这么好几天了。今儿我们才知道是怎么回事。这都是实话。""韩荃。你还有什么话说？""您别听她的啊，这，这他都买好了，对，这都是他的人，嘿，他花钱买的，别听他那个。""哼！"他这么一咬，这算不算铁证。就在这么会工夫，公差上来了，"跟老爷回，俞谨庵到，要求上堂。""让他上来。"俞谨庵来了？来了好几趟了，一听还没传韩荃来，他都没上来。今天来到这以后，一听过堂了，要求上堂。马上这回把他带上来了。来到堂上一看，都在这跪着呢。"父师大人在上，生员俞慎与父师大人行礼。""免礼吧。""父师大人，请您执公吧。"那就是说您问吧。俞谨庵有个想法，什么想法？我呀，是某甲的原告，我就告他，我不管韩荃，我跟韩荃直接我们过不着话。"您问吧。"他不是换给他了吗，把我妹妹找出来是真的。所以他不问，他说您执公吧。"韩荃，说实话，素秋在哪呢？"县官的目的就是先把素秋追回来再说。"我不知道，我哪知道！"某甲又说了话了，"跟太爷您回，您别这么问，这么问他不招。""啊？你说怎么问哪？""打吧，一打就招。当初不打我呀，我也不说实话。"俞谨庵在旁边一听啊，对！打狗儿的！应该打他。"胡说。官打凭据。没有正式凭据那能动刑吗！""太爷，没凭据怎么打我的？当初俞谨庵给我请刑啊，我也给他请刑，打屈了他，算我变卖素秋；打死他，我给他抵！"俞谨庵在旁边站着呢。如果俞谨庵不在这站着，县官有顾虑，可不敢接受这个，不敢打韩荃。您别听这么说，多少对韩侍郎的儿子，他心里头有　点惧意，有点害怕，有点顾虑。是吧。说现在俞谨庵在这站着呢，某甲照方吃，你说怎么办？"嗯咳，嗯咳……"俞谨庵在旁边那咳嗽一声。"好，就凭你这么一说吗？""我给您具结呀，对吧，他怎么给我具结来着。""具结！"某甲可就给具结了。"你往旁边跪。韩荃，你说不说？""干吗，干吗？打人哪？嘿嘿，我乃兵部侍郎之子，打我不得！""呸！王子犯法与庶民同罪！把他扯下去！"公差过来一拉这个韩荃，好，往下一提拉他。"哎哟哎哟！""打你了吗?! 没打你哎哟什么！下来！"把他帽子给他摘下去了。俩人提拉他胳膊之后，"有招无招?""没，没我，没的可招，我招什么你了，你打我，我爸爸要知道……"他越说这个，县官越有气。县官一想啊，我怎么打的某甲，我怎么打你，咱是照方吃！把签拿过来往底下一墩，"与我掌嘴二十！"掌刑的把鞋底子拿过来，刚往上一举，"老爷验刑。""打！"说声打，那鞋底子还没沾着他嘴巴呢，"哎哟，招了招了招了！"这掌刑的这个气啊，就这骨头啊，一下没来就招了。他还不如那某甲呢，某甲还挨了三下半呢！"跟老爷回，他有供。""哦，把他推上来。""哎哟——哎哟——""没打你哎哟什么你，啊！跪下！""哎哟，让他打我，这一来我就够呛了。我说你……""从实招来。""您叫我说什么?""素秋呢?""我哪知道！""还得打。没打上你的。""没有，你看我这不是说了吗?""为什么你说不知道? 素秋哪去了?""素秋呀，我才冤呢，我呀……""说！""这不说呢吗。我派赶车的把这俩丫头给他送去了，送五百两银子去，我把素秋接过来。我整打早晨等到晚上黑天，这俩赶车的也没回来。""没回来?"俞谨庵这时候可就注意听了。"素秋呢?""我叫他们把素秋接来，他们没回来。转天早晨他们俩回来了。""我问你现在的素秋。""他们俩说了，赶着赶车，他们俩都睡着了，连坐车的也睡了，到山里头已经半夜了，可他们出不来山了，就遇上一条蟒，这个蟒呢，围这个车转，他们说牲口也没惊啊，轿车帘也没动，他们俩藏在草地了，天亮那蟒走了，也不知道哪去了，一撩这轿车帘啊，这素秋没了！"县官一听啊，坏了，要出人命。俞谨庵说了话了："父师大人，小妹素秋倘有一差二错，俞谨庵绝不能善罢甘休！"

# 第十二回

说到良乡县审问韩荃，韩荃招出来了，两个赶车的，遇见蟒了，素秋不见，说这肯定是人命。俞谨庵就急了，跟着往上盯，"如果素秋有个一差二错，俞谨庵不能完。"

县官点了点头没言语。不过这场官司来说，韩荃是韩侍郎的儿子，俞谨庵是韩侍郎的侄女婿，县官是哪头都有顾虑，随后就问韩荃，那么究竟素秋的下落呢？"我哪知道，我不知道，俩赶车的说人丢了，他们俩把空车赶回来了。""那么现在这两个车夫呢？""在我家里头，我一听，哼，不像话！""我问你，他说素秋下落不明。那么究竟上哪去了，他说出了没有？""没说出来。""是不是让蟒吃了？""如果要让蟒吃了，他们说车上没有血痕，任什么也没有，干净极了。""这两个车夫这么说，你信吗？""我不信哪，哪有这个事，我琢磨，他不定把素秋藏在哪了，他憋着给我卖了。我把这俩赶车的押在后花园空屋子里头。我心说，我饿着你，多咱饿出你实话来，我多咱放了你。""那么说了实话没有？""到了现在也没说。""几天了？""现在？哼，八天了。""给他吃的没有？""没给啊。"县官一听，得，又两条人命。"死了没有？""不知道。""你给我画供。"县官就有点为难了，真要出来好几条人命，这个案最后怎么办？韩荃画供之后，"把韩荃给我押起来。""走，下来！""哎，这把我放回去……""走走走，别废话，走走走。"两公差押着他就把他送进监牢。"牢头，把这个人号，押单间，听见没有？""我告诉你，我爸爸可是侍郎。""你别说废话了，进来进来进来。"那个牢头把他押进去以后，到牢里一问，还不明白吗？随后牢头问问公差，这个韩侍郎的少爷是怎么回事？公差就把这个经过跟这牢头说了，这个牢头就明白了。再说这堂上呢，县官告诉："某甲也带下去，押起来。别跟韩荃押在一块儿。""是。"某甲也进了牢了。这两个丫鬟，"呃，你们俩先回去吧，以后有什么事，听传。""哎。"这两个丫鬟画完供之后也就下堂，出去雇辆车回家了。"俞慎。""父师，小妹下落不明，生死也不知，要求父师大人，赶紧想办法，追出小妹的下落。人活着，把人给我找回来，人死了，我要死尸。""好吧。""我必须传这俩赶车的，把这俩赶车的找来，啊，问明下落。你先听传吧。"俞谨庵没办法，只好这样作揖，就下堂回家了。

　　您别看县官这么说，我传那俩赶车的，心说这俩赶车的，死活还不知道呢。俞谨庵走后，"传韩荃的这两公差，过来。""是。""你们去侍郎府，跟侍郎爷说，要这俩赶车的，听见没有？如果这俩赶车的要死了，问问什么时候死的，怎么死的，问明白了，是饿死的，是怎么着？如果没死，把这俩赶车的赶紧给我带来。""是。"两个公差拿着公事直奔侍郎府。来到侍郎府，跟管家一说，"让我们带走，不让带走？"这个管家又进来了，说："员外爷，衙门里头来两个公差，说公子爷呀，招出那两个赶车的了，上这来带这赶车的，问这赶车死了没有，您让带不让带。"书中暗表，韩荃一被锁啊，那个管家们哪能不向着这赶车的，他们都是用人，已经偷偷地给他们吃的了。虽说不给他们吃的，谁都有恻隐之心，暗地里给他扔个馒头来啊，是到现在没死。没死也够呛，押这七天到八天最多也就吃了三天饭。"所以现在请示侍郎，说让不让带走。"韩侍郎一听啊，我儿子都让你们锁走了，我留俩赶车干什么？"带走带走带走。""是。"这管家们到花园把门开开了，"二位。走吧你呢。""哪去啊？"都没底气了。"过堂去。""还过堂啊？""不去不行。"把这个经过跟他们俩一说，俩人只好就出来了。"来吧。"这两个公差在这等着呢。"这就是我们这俩车把式。"好嘛，这两个人都不是人样了。"走吧。""我们可都拉了胯了，走不了了您哪。饿了我们好几天。""那怎么办哪？""您受累吧，我们要打官司，得来辆车。""你这谱还不小呢。"公差上下一打量，仔细一看，确实是够呛。那就外边给他抓辆车，就这两个赶车的坐着车，一块儿就来到县衙。

到了县衙，下了车，把他们带进去，等一等，跟县官一回。县官一看，升堂吧。这场官司这么紧，这里有人命啊，俞谨庵那紧着追，这还敢沉着？马上升堂，就把这两个车夫押上来了。这俩车夫一上堂啊，县官一看俩人都这样的。"给老爷您磕头。""你们是侍郎府的车夫？""对。""我问你们俩，素秋上哪去了？""我们真不知哪去了。""找了，没找着吗。""没找着？素秋上哪怎么不知道呢?！素秋是不是交给你们了？""是啊，某甲大爷把素秋就交我们了，我们赶车不睡着了吗，到山里头遇着蟒了。""遇上蟒了，没把你们吃掉？""我们俩人藏草里头了，那蟒围着车转悠，天亮时候一岔眼神就没了，再找这人就没了。""说实话，藏什么地方了？"这个话谁也不信。遇见蟒，你们俩人没死，车上人也没死，不知去向。县官不能信。"我们，真不知道，要知道他这么，这么饿着我们，我早说了您哪。""哼，是不是？藏起来了？""没有您哪，我们冤枉您哪！""扯下去，一人给我重责二十！"县官有气，把这签拿过来，十成刑，一人擂二十板。其实他俩赶车的根本就委屈。这通打，"哎呀……"打完之后，"老爷验刑。""推上来。""哎呀，我们冤哪，真不知道哪。""押下去，收监。"

把他们俩收监之后，县官退堂，回到自己的书房，就看赶车的这口供。怎么看，这个素秋在哪，这俩赶车的知道。他是不肯说，根本不像话，遇见蟒了，人没死，车上挺干净，人不知哪去了，不对。先押着他再说，先叫他熬刑。什么叫熬刑，受刑的时候，有时候你能挺，挺过去以后，到监牢里，一宿都受不了，转天上来他就招，这叫熬刑。可是这天下去，转天一早晨，还没等坐早堂的时候，俞谨庵的催呈到。有公差送了一封信：俞谨庵，要求县太爷，赶紧把素秋的下落追出来。县官一看，他紧着催，他这么催，县官怎么办？就得找这两个车夫。"升堂！"一升堂，"把这两个赶车都给我带上来。"把俩赶车的带上来之后，问他们素秋哪去了。这俩赶车的还是这么说。确实不知道。"打！"来个当堂揭盖。县官心里有个想法：我不敢打韩荃，韩荃是侍郎的儿子，我可敢打你，你是他妈俩赶车的。好，这一个当场揭盖，龇牙怪叫，打完之后还是没口供。"收。"又收起来了。又隔了两天，俞谨庵的催呈到。催呈那一到，没辙，"带赶车的。"上来就要打呀。这俩赶车的在监牢里押着呢，公差下去找牢头，提这俩车夫。这牢头答应一声，来到里边一开这牢门，上里边带人，再这么一瞧啊，"哎，二位？"二位呀，嘿，一位都没有了。气绝身亡。死在监牢了。说怎么死的？各位请想啊，俩赶车的在侍郎府押了有八天，只不过吃了几顿饭，就有限，他们俩自己认为也委屈，所以已经就病了。来到衙门过堂，他说这话谁都不信，上场就挨二十板，这人就够呛。又来一个重茬，又一个二十。回去以后，俩人委屈，再受刑，肚子再饿，死了，那还不死！公差一看人死了，赶紧往上回吧，"跟老爷回，两个车夫在牢里监毙了。"县官一听啊，得，这两条人命。他死了，这个线可就断了。没办法。"退堂。"只好退堂。

退堂之后，这县官回到书房，就不知怎么办好了。怎么办？说那有什么，有什么?！现在别看韩侍郎这么说，说把我儿子交给你们了，按公择断，虎毒不吃子！说不定韩侍郎要我怎么办，最后怎么也得护着他儿子一点。可这两个车夫一死了，要是死他家里头，没事，死在我衙门里头。如果韩诗郎要捏上我这一款，我的人犯什么罪了，你给我监毙了。何况这两车夫他再有家属，所以这县官担不起啊。直顶到晚上，这一宿睡不着觉，没办法了，"请师爷。"有人就把师爷请来了。师爷来到房中，"大老爷，您把书办唤来，有何吩咐？""哎呀，师爷，你快坐下。现在，侍郎府这俩赶车子已经死了。还不明白吗，你看这事怎么办？韩侍郎倘若怪罪下来，本县如何答复？他的儿子韩荃还在这押着，俞谨庵追得又这么紧，啊？""是这，书办我倒有一个办法，""嗯。""叫韩荃哪写封信。""给谁呀？""呃，给侍郎。要求侍郎爷把这俩赶车的死尸收回去，您先免去这监毙的罪名。""那哪成啊，那韩侍郎能收尸吗？""书办我有办法叫韩荃给他爹写信，准能够让他收尸。""那师爷你就多受累吧。""您甭管了。"师爷从这房出来以后，回到自己的书房，派一公差，"你把韩荃哪给我带到这屋来。"这公差就去了。来到监牢把牢门叫开以后，"叫韩荃。"韩荃这两天啊，刚一进衙门那点威风就没喽，"哎哟，哎哟呵……"他没受过这个，"来来来，走走走走……""上哪去？""你跟我来吧。"公差带着他往里走，韩荃一看，这把我带哪去这是？"你来来来，我们师爷找你。""哎哎哎。"一听不是过堂，还好点啊，真过堂，他是真害怕。"这屋里，进来进来。""哎。""这是我们师爷。""师爷，您好啊。"还问好呢还。"韩荃，你坐在一边。""哎哎哎，师爷，您看着我爸爸面儿，您把我放了吧。""你先等着。这几天在监牢里待着怎么样啊，好受吗？""监牢里好受？！怎么也没家里美啊，是吧。""想出去吗？""我哪能不想出去，你要让我出去的话，我请客。"师爷心说，这小子说这话都可笑。"这么办吧。我把事告诉你啊，你好好听着。""哎。""这俩赶车的，叫你在家里这一饿给饿了八天哪，啊？一个人能饿八天吗！饿五天他也不行啊，就死了，知道吗？他已经是半死了，可是你招出来，我们太爷不能不传他，传他得问他。来到这，还没怎么过堂呢，进监牢了。到监牢这个人就不行了。嗯？俩赶车的死了你知道吗？""活该，死了死了吧，嘿，自作自受，早就该死。""你想出去吗？""我怎么不想出去，您说这话，我还不想出去吗？""想出去，你给你爸爸写封信。""我写信，我怎么写？""我说你写，好不好？你写完之后，我想办法放你。""行，我写。"从此看来，这个韩荃哪，没有什么知识，他就听喝了。把笔墨纸搁在这，让韩荃写，师爷给他念叨。说这信怎么写的呢？主要的内容就是韩荃告诉他父亲，我一时做了错事，这两个车夫叫我饿的，已经要死了，来到衙门，在监牢里还没过堂呢，就死了。孩儿我在监牢里边已经病了，看看我也活不了，要求他父亲把这两个赶车的死尸收回去。啊，而且我就能回家，太爷就可以放我。念在父亲，念在自己的父子之情吧，就这意思。告诉他，韩荃就写了。那么他写完之后呢，这个师爷看了看，告诉他信皮怎么写，告诉他，"你先回去吧。""您把我放了。""一定一定，你去吧。"这不是糊弄他吗？这封信写完以后，师爷拿来给县官看，县官一看，说："韩侍郎爷能相信吗，你答应放韩荃？""先让他把死尸收回去再说，咱再做第二步。""只好如此了。"就派了一名公差，拿这封信，给韩侍郎送去。

单说送信这公差，来到侍郎府，到了门房，跟管家一说，"这有封信，是你这公子爷给的。"管家把这封信拿进来交给韩侍郎。韩侍郎接过这封信来，心里头好难受。您别听韩侍郎说那些横话。当然，自己的儿子不争气，生气是生气，恨也恨，他毕竟是自己的亲儿子。把韩荃押走了以后，这几天当中，韩侍郎心里头这个难受。小子在监牢不定怎么受呢！所以疼得慌。今天这封信来了，手里有点哆嗦，接过这封信，一看这信皮，"送呈父亲大人安启，内详。"是他儿子的亲笔。心说宝贝，瞧你这笔字根，哼，螃蟹爬似的。可是掉了泪了。撕开这信皮抽出信瓤，这么一瞧：韩荃病了，俩赶车的死了，叫我去收尸。而他说嘛，县官说了，只要我收了俩赶车的死尸，就能够放我的儿子。拿这封信，韩侍郎就抖了手了，哼了一声：你这个方法也就骗我这傻儿子！你骗我哪骗得了。明明这两个赶车的死在你衙门里了，你有监毙的罪名，你怕我追这个，谁道，你也不好说。我准把这两个赶车的死尸收回来以后，你放我儿子韩荃，你敢吗?! 俞谨庵饶吗！唉，琢磨了半天，打了声唉，我明知道是个当，我得上。我知道他是圈套，我也得往里钻。谁叫为了儿子？我就收尸。我把两个赶车的死尸收回来之后，良乡县哪良乡县，我看你怎么放我的儿子小荃。告诉管家，"你们哪，把那两个赶车的死尸给收回来吧。""哟，员外爷，咱那车把式死了？""嗯，死在衙门里了。你们跟他去，啊。"管家们当时都出来，到前面，哥几个一商量走吧，去吧，管家们跟着公差到衙门，就把两个车夫的死尸就领回来了。领回来之后继续搁在花园，跟侍郎一说，先搁在那，拿芦席苫上，随后找他们家人来，这就不在话下了。

单说这个良乡县，一听他收尸了，随后又请师爷。"怎么办呢？倘若是侍郎爷要怪罪下来，这韩荃怎么办？"师爷想："我有个办法，我已经想到了，叫韩荃再写封信。""给谁呀？""还给他爹。这么这么这么写。""那你办去吧。"这县官就告诉这师爷，委托师爷办。师爷呢，又找韩荃，把韩荃又找到他这房来，跟韩荃说，"现在呀，你给你爹写封信。你不想出去吗？""我怎么不想出去啊。""写吧。""我怎么写？""我说你写。"二次这封信写的是什么呢？"你这么这么这么这么写。""哎。"他呀，唯命是从，叫怎么办就怎么办。写完这封信，把韩荃又收起来了，随后派公差二次把这封信送到侍郎府。韩侍郎爷见到这封信，一看，写的内容是要求韩侍郎派人去找俞谨庵说情，叫俞谨庵哪，别递这催呈。俞谨庵撤销，您别告了，啊。设法找素秋。里边的意思说，你再告，这个素秋的下落也没有，赶车的已经死了，我也得找他。先把韩荃保出来，给韩家留后。韩侍郎一看，哎，怎么样？我没想错吧。这不是赚我的傻儿子吗？我要是托俞谨庵哪，撤销的话，我烦人上那说情，我领俩赶车的死尸干什么！我不领，不一样办吗！唉，去去吧，我跟一个七品的县官，较这个劲干什么，他也为难。韩侍郎就受了，这个事。托谁去呢？自己也想，怎么也得找着俞谨庵，想办法把素秋给圆回来呀。想了半天，就在俞家庄附近这地方请来四位老人，这都是当地的所谓名人，绅董啊，请了这么四位。这四位一听是韩侍郎找，那就来了。来到这儿，进了书房以后跟韩侍郎一见面，"哦，侍郎爷。""四位，请坐请坐。给他们倒茶。有点事情，拜托你们老四位。""您说吧。""现在我家里边哪，这个狗子小荃办了一件见不得人的事。""哦，什么事？""有如此这般，这么这么这么一段。现在这场官司到这种程度，要求四位，到俞家庄去一趟，见见俞慎。俞慎呢，是我的侄女女婿，这个人非常的正。你们四位跟他说，要求俞大爷，这官司先别告。你紧着没完没了，素秋的下落也没有。要求俞大爷给我留后。我这孩子已经病在监牢，眼看就要死。先把我的孩子保出来；咱们找素秋。他那也找，我也找，衙门也找啊。咱把素秋找着了。问问俞谨庵，您说怎么办，咱怎么办？你点哪我唱哪。如果素秋要是没有，或者是死了，把小荃绑出去，给他抵偿。我说话算话。如果素秋有，我赔偿损失。四位老人家你们就多帮忙吧。""哎哟哟哟，侍郎爷，""你可别这么称呼我，我可不敢当。"哦，既然办事，就不能够两头光传话，你得动动脑筋。四位你看我我看你，"侍郎爷，我们有个想法。""四位说吧。""一则说，跟俞谨庵俞先生这样说，我们就凭四个人这小面子，唯恐不行。""嗯，怎么意思？""因为您说了，如果找着了素秋，啊，您赔偿损失。我们空口说空话，您可别多想。第一则，您要保韩荃，他答应了，咱这某甲呢？""某甲？""啊。""某甲我不管。""您还不管？侍郎爷，嘿嘿，你要不管某甲可错了。某甲是您少爷的原告。俞谨庵告的是某甲，你要把少爷保出来了，某甲还在牢里押着。俞谨庵即便这次答应了，他一想起来，他就还告某甲。某甲就在监牢呢，把他提出来之后一咬，把您少爷又咬进去了。""那么依着你们的想法是？""连某甲一块儿保。""哦。""那么连根就烂了。连某甲一块儿保出来之后，俞谨庵再告得重告。您明白吗？""哦。""先把这场官司整个给他结了。""哦，也行。行。还有什么？""再有，您哪，得拿俩钱。我们一手托两家。""拿多少钱呢？"

"这个钱还少不了。因为说赔偿损失，您拿一千，我们找某甲的母亲去，叫他母亲再拿一千两，我们拿两千两银子给俞谨庵。跟他这样说呢，我们好说话。"韩侍郎一听，"这……"欲言而又止。原因，心说，你要不拿钱哪，可能还好办一点。你要拿钱去，俞谨庵是准不答应。但则一件，我要不答应，显得我小气，好，我先给你，看看试试，行与不行！

# 第十三回

上回书，正说到韩侍郎，找人去找俞谨庵去说情。

说这四位老人说叫韩侍郎拿一千两银子，叫某甲的母亲再拿一千两，没有钱不好说话。实际韩侍郎心里明白。俞谨庵的为人，那韩侍郎深知，对他十分的敬重，你不拿钱哪，要凭人情面子拽，俞谨庵或者能点头；准要把银子搁在这，是准不成。不过这个钱的事，不能不答应。如果不答应，显得我对这四位不相信，"好，我给一千两。你们四位就多受累吧。"韩侍郎是这样想的。你们先去，到那撞了，回来了，咱们再说。那怎么办呢？所以办事，就很难很难了。一千两银子先给你，准知道，十成，看八成得撞。他们四位呢从这出去，就找某甲他母亲去了。

咱们再说说某甲他的家中。他这个母亲哪，找来自己当门家族这个兄弟，可就为了难了，托人弄钱，到衙门去烦人，想办法把得儿子保出来啊。左一次，右一次，这个钱都花远去了。究竟外边烦的是谁呢？老太太也不知道。家里现钱没有了，没有了拿东西出去卖呀，已经一千两挡不住了。回来呢，他这个本家兄弟就告诉，已经托衙门人了，说先等一等，不那么容易，因为这里头还有韩侍郎的儿子。老太太只有在家里头哭。后来想了个办法，也是打算求一求俞谨庵。叫俞谨庵哪，您松松嘴吧，让我儿子先出来。随后呢，就让他本家的兄弟把这俩丫头给送去。这俩丫头搁我家里干什么呢，给了俞大爷呀，让他做押账，咱们找素秋还不行吗？也好。这么样跟俩丫头一说，"你们走吧。""我们上哪去啊？""上俞家庄。当初拿你们换的素秋，你们哪先上那去，俞大爷不会亏待你们。"俩丫头只好听喝啊，坐辆车，叫人家把他们送去。

到了俞家庄，"呃，管家们。""啊，您是？""我们是某尚书府的，求见俞大爷。""您等一等。"管家就进去了。现在俞谨庵打这场官司，回家之后，韩氏大奶奶不能不问。韩氏大奶奶一问怎么回事，俞谨庵很为难。"我告诉你，某甲呀，把素秋给换出去了。""哟，这怎么回事，换给谁了？""哼，换了你娘家兄弟小荃了。""啊？！"韩氏大奶奶一听这脸通一下子红了，多给我丢人哪！好在我这丈夫知道他，要不然连我也拐里头，"那可怎么办？""听着吧，那怎么办呢。是吧，慢慢打官司吧。"从这儿说俞谨庵，可就不跟自己的老婆再说了。因为现在他告的是某甲，咬的是韩荃。如果跟自个儿老婆也说，他的老婆也为难，是以很少进内宅。大奶奶韩氏一阵一阵自己在屋里掉泪。今天俞谨庵在前边，管家进来说："某尚书府来人求见。""不见！让他回去，告诉我挡驾。"管家只好出来，"我们大爷说不见。""别您哪，求求，求求俞大爷吧，我们怎么来怎么去，"一说，把丫头给他送来了。回头管家跟俞谨庵一说，"不要啊，叫他领回去。我不收，我收丫头干吗！我妹妹丢了，我留俩丫头？不要！"再说也不要，没办法。他们只好回去了，把俩丫头就领回去了。老太太正为难的时候，这四个了事人到。老太太一听，有四个老头来了，为这件事来的。"好，请吧，请他们进来。"就这样子，这个老太太这么大岁数还得出来迎接。"哎哟嗬，哎哟，老太太，老太太，老太太您好您好。""屋里坐吧，屋里坐吧。四位请坐。""哦。""四位贵姓啊？"四位说出自己的姓名，把自己来意说了，"韩侍郎爷让我们来的。让我们去找俞谨庵，让他们撤销这状，也好保您的儿子出来。""哎哟，韩侍郎爷修好积德吧。""您看见了吗？"说话一伸手，掏出这一千两银票来，"这是侍郎爷给的了，了事钱。不过俞大爷收不收，还在两可之间。您哪，也得拿一千。您看这个事您办不办？你要不办，我们可都不管您儿子了。""我办我办我办，不过家有万贯，一时不便。四位老人家您能不能缓我两三天哪？""越快越好。您这耽误一天，您的少爷在衙门里头多押一天。""我知道我知道，我一定想办法。""呃，这么办吧，您看看，我们明天来行不行？""明天下午？""明天下午，行行行。你们四位在这吃完饭再走。""不了，跟您告假了。"他们四位走路不说。老太太一听要一千两，我哪弄去啊！只好把自己的叔伯兄弟找来呀，商量商量，拿出了房地契，先把它押出去。卖是不行了，卖也来不及，商量好再写字，典三卖四不就麻烦了。先押出去，之后一押房地契，少数就不行了，拿不了一千。所以他家这边产业倒腾也差不多了。当中叫人再赚他的钱，再吃他的，他可不是吗？所以这一千两转天就算准备出来了。这四位就来了。来到了以后跟老太太一见面，老太太说，您看看吧，一千两银票。"老太太，您放心哪。如果管事不成，也不算无能，把钱还给您退回来。""我不希望把钱给我退回来，我希望我的儿子早一点回来。""但愿如此吧，我们走了您哪。""哎哎，你们多受累吧。"单说这四位拿着两千两银票，坐着这车辆。说这车哪的？侍郎府的车。侍郎府派他们出来的，管接管送。就来到了俞家庄。

"吁——咳。"车辆一打住，四位下车，咣咣咣。向前一叫门。"谁您呢？""我们啊，开门吗您哪。"管家一开门，一看不认得。"您找谁啊？""呃，俞大爷在家吗？""您哪啊？""我们就是当地的绅董，哈哈哈……管家，您给回一声吧。""您等一等啊。"管家进来，跟主人一说，"外边有四位绅董求见。""请。"俞谨庵说声请，从屋中出来迎接。管家到外面，"您请进吧。""哎，好好好。"四位老人家从外边走进来了，走到二门正看见俞谨庵，"哦，俞大爷，俞大爷！""不敢当，不敢当。呵呵，四位老人家，恕我未曾远迎，请请，请请，屋里坐，屋里坐。"来到屋中，落座之后，"哦，四位老人家到此有何见教？""俞大爷，我们小哥儿四个，受韩侍郎的重托。"刚说到这，俞谨庵这脸上可就不好看了。"哦，什么事呢？""这您还用问吗？现在韩荃押起来了。押在监牢里头，嘿，病得够呛。""这是自作自受。""这个话虽是这样说，这场官司您最清楚。那两个车夫已经死了，死在监牢里。说到令妹呢，是这两个车大赶着车给丢的，下落不明。你要想追令妹的下落，就得从这车夫的嘴里边去要，但是他们已经死了，那咱们只好各处去找。韩荃现在眼看也要死。所以韩侍郎爷把我们小哥儿四个找出来，叫我们小哥儿四个跟俞大爷说，要求俞大爷高抬贵手，给侍郎爷留后。""四位，我拦您清谈。我并没有害韩荃死。""不不，您别别别，别想错了，不是这个意思。""那不是这个意思。

他自己做的事，他应该如此。""话虽这么说，现在咱们这场官司最终的目的是先把素秋找着，对吧？你找不着素秋，不是您也不甘心吗？说韩荃里头押着呢，不也得找素秋吗？您让韩荃哪先出来。""我让他出来？""您只要一点头，先让侍郎爷把韩荃保出来。出来了到家，好治病啊。您这也找素秋，侍郎爷那也找，我们呢也帮着找，衙门里也找，某甲家里头也找、是吧？咱找着素秋以后，有什么损失的话，您点，您点哪侍郎爷唱哪，何况还有某甲家他的母亲，您那亲家，是吧？""如果找不到。""找不到这事，我想，只要有心人，世上无难事，这事好办。是吧？如果令妹素秋……""如果倘若，我妹妹素秋真要是喂了蟒，或者是死了。""这话我没说完。侍郎爷说的，我们小哥儿四个担保，如果真正令妹有一差二错，把韩荃绑出去，给令妹抵偿。俞大爷，韩诗郎说这话可咬着牙，直掉泪。他这么大岁数，您高抬贵手，何况还是至亲，衙门里头这官司您先撤下来，好不好？""不行。""您别这么说，是不是？您说押着他不也得找素秋吗？保住了不也找素秋吗？而且侍郎爷说了，真有意外，又把韩荃绑出去，你还要怎么样呢，是不是？"说到这，俞谨庵直摇头，心里有点活。可为什么又说不行呢？因为侍郎爷这来说的话，应该这样求他，他就点头了。可是心里活就活在这，不行的原因，我对不起我妹妹素秋，我对不起恂九！这怎么说的？一劲儿摇头。这四个了事人一看哪，是节骨眼了，把这两千两银票端出来了。"俞大爷，韩侍郎爷说，如果找着素秋有什么损失，一切我们赔偿。现在这么办，纹银两千两先搁在这。""你们这干什么?!"他还要往底下说，俞谨庵就急了，"你们这干什么？""这个算赔偿令妹的损失费，这个不算。以后您说，您说怎么办就怎么办。这是那么点意思。""四位老人家，恕我俞慎口冷一点。""您说。""我俞谨庵，还不至于人格这么低。我不卖妹妹！甭说两千两，你搁这多少升金子。我不卖妹妹。对不起，管家，倒茶！送客！"俞谨庵站起来一甩袖子出去了。刚才我说了，俞谨庵他心里头正在模棱两可，唯恐对不起素秋，他这银钱一拿出来，俞谨庵火就大了，正是个台阶，啪，一甩袖子走了。管家站在旁边，"得了四位老人家，您请吧。""对，好，真赶点儿啊。嘿，瞧这出。你……""您走吧。""走吧，那怎么办哪。"你看我，我看你，这真落了那句话了，管事不成，不算无能。两千两银票带起来，四位就出来了。外边还有车等着呢，上车吧，回去吧。这么大岁数搁一块二百多岁，瞧这窝脖吃的！

　　车走轱辘响，来到侍郎府，车辆一打住，四位一下车，韩侍郎在屋里，等着他们回来了。"怎么样，四位？""哎哎，侍郎爷侍郎爷，给您给您。"把两千两银子拿出来了。"怎么着？""嘿嘿，我们小哥儿四个无能，有如此这般这么这么这么一段，最后把银子拿出来，俞大爷火了，给我们来个倒茶送客，晾在这了。您是另请高明，跟您告假吧，跟您告假。""四位，请留步，等一等。""怎么您哪？""坐下，坐下。从刚才呀，我就要说。你要不拿银子，倒好办；你这一拿银子去，他是准不成。""那侍郎爷您怎么不跟我们说呢？""四位，请想，这个主意是你们出的，如果我要不拿钱，是不是，你认为我小气。""哎呀，不是那个。""你们四位再来一趟。""我们还去呀，人家倒茶送客了。""你听我说，应该呀，头一次不能拿钱，坏事，坏事在这两千两银子身上了。""不，这两千两银子我们给退回去。给某甲的。""不不不，不用不用，你们四位再来一趟，到那你就说，我只有这么一个狗子，要求俞大爷给我留后。如果他要真不点头，我也就没法了。你替我多说几句好话吧？主要想办法得见着他。这个钱的事先甭提了，只能够苦苦地哀求，把利害跟他讲喽。你不点头，韩荃在里头押着的话，如果他死在里头，不也这么着了吗！""好吧。"四位你看我，我看你，这么一转眼睛，似乎有点主意。说这个主意是怎么想的呢？因为韩侍郎说俞谨庵的人品，所以他们有了办法了。"那我们就再来一趟。要是这么着，这两千两银子我们还拿着，拿着您甭管了，我们有办法，实在不行我们高起高落。好吧，绝不能把事情给您办砸了。""好好好，有劳四位，有劳四位。"四位二次又出来，"那个把式呢？""怎么着？""我们再去一趟。""好，这车刚卸了。""您再套上吧。"把车套好了，四位上了车，把式一摇鞭，又回到俞家庄。

　　来到俞家庄下了车，叫开门，见着管家。"管家，您受累给回一声吧。""您怎么又回来了？不是刚才我们大爷都倒茶送客了，您再回来干吗呢？""我烦劳你给通禀一声。无论如何，我们这一次得再见一下俞大爷，怎么也得见我们。无论如何，哪怕不行也不要紧，我们得见个面。求求管家您……""您别这么说，您求我干吗？我给您回去吧。"管家往里走啊。这四位一看，准告诉他没在家。怎么办？进去！进去。四位已经在车上都商量好了，这次去，到了咱这么这么这么说。所以他们心里有点底啊，跟着就跟进去了。没等管家回来。管家都进屋了，"呃，大爷，刚才那事人可又来了。""不见。""他说无论如何再见你一面。""你告诉他我没在家。"这句话刚没说完了，门一开，这四位进来了，"俞大爷，您在家呢。""哎，你这怎么意思？这还……""得了，俞大爷，俞大爷。""四位老人家，甭说了。这件事了不了。""您让我们跟您说几句，行吗？"这管家就撤出去。连倒茶也没倒茶，连让都没让他，四位自己坐下了。"俞大爷，您坐您坐。我们哪，回去了，跟侍郎爷说了。侍郎爷那哭得都成泪人了。您是亲戚，您还不知道吗？"俞谨庵把眼这么一闭，都不乐意听了。拿定主意了，说什么我也不了。这四位就说吧，"你们说。""您看看他跟我们这么样的话，我们也没办法。我们想不管了，这个事我们高起高落。可韩侍郎他说，叫我们再来一趟，跟您说说。他就这么一个儿子。儿子是不好，用他的话来说，儿子狗食。但是呢，毕竟还有一个。准要犯了法了，死了就完了。他还没到那个时候。现在在里边，这不还得找您的妹妹吗？先把他保出来，给他治病，让您给他留后。""不行。""不是不是，您听我说，如果您再三不肯答应的话，韩侍郎爷可说了啊，哎，三位，你们听着，是不是这么说的。侍郎爷要领着儿子媳妇上这跪门来。真要韩荃死在里边，说儿媳妇守了寡了，他就剩一个公公，您说那怎么过这日子？准要到这一跪门来，你不答应他不起来，我说，俞大爷，到那个时候，您可是买一面，饶一面。你现在一点头呢，还比较好点。我们不是吓唬您哪。我们愿意来的，我们一看侍郎爷都哆嗦了。俞大爷，您高高手就完了。如果您……"他说到这，俞谨庵把话就给他拦住了。"官司说官司，事说事，用不着这个，跪门干吗？那么大岁数，我不管这话谁说的。"换句话说，俞谨庵也不信，韩侍郎爷说不出这话来。"我不管这话谁说的，用不着这个。你弄这套干吗？""俞大爷，"这四位一看，他说这个，用不着这个，他是怕这招。这四位也逮着理了。"要是这么，俞大爷，我们可就不管了您哪。啊，咱走吧，如果侍郎爷真要跪门来，到那时候，我们也没办法。话说到这了，俞大爷，你这……""不是，几位几位，先别走，先别走。"四位一看，行，有点意思。"你们说的是实话，是瞎话？""反正我们是了事人，为了两家，都为了好，是不是，我们瞎话也好，实话也好，您自个儿琢磨着，这事没准儿啊，这个事没准儿。俞大爷，俞大爷……"有去好的，有去歹的，这个就作揖，"得了，俞大爷，您高高手吧，您看，本来不就这么个事吗？保住他给他治病，咱们找素秋不就完了吗？怎么也得找他不是吗？想着就不会没有什么下落，真要是有什么坏处的话，有什么不好，怎么来怎么去……"哎哟哎哟，这么一说啊，闹得俞大爷没办法，俞大爷说："这么办吧，四位先回去，容我三天，给你们答复，行吗？现在你叫我答复，我想不好。""三天？好吧您哪，行了行了，我看您哪……""你别说了，你别说了。俞大爷，今天一天，明天一天，后天早晨。""你别这么说啊，明天后天大后天，行吗？""行行。"只好也就如此了。四位临走时候把这两千两银子拿出来了。"俞大爷，这两千两银子先存在这？""不行！你们带起来。如果你要把钱搁在这，那就了不了了。我跟你说，现在我想的是什么，你们不知道。如果想好了以后，三天后我给你答复。钱你要搁在这，一点商量没有，拿走。""哎，好您了，好您了。"这四位只好这样，一看，好，俞大爷这人格可真了不得。这两千两银子要换别人，他非拿不行。"那个，我们就后天来了。""最好晚一天。""好吧好吧。"四位走了。

　　俞谨庵为什么要答应三天？因为素秋现在下落不明，倒是怎么着？我不能对不起死去的俞恂九啊，我又不敢对不起韩侍郎。所以很为难，容他思考思考。所以俞谨庵在前面，不敢进内宅的原因，就是里边那个老婆韩氏，他是韩侍郎的侄女。你说犯罪的罪犯是他亲叔伯兄弟，他又跟侍郎长大的，不叫我老婆为难吗？所以了事人走了以后，当天夜晚他自己还是在书房睡的。谁想到转过天来，下午他还没进内宅，门一开，老丫头进来了。"大爷。""老丫头，你怎么上前面，有事？""大奶奶叫我请您。""哦。"这怎么说?！说我不进去？没办法了，只好进去吧，一直来到内宅。韩氏站起来，"大爷，您来了。""有事啊？""您坐下。老丫头也不是外人。这些天您不进来，我明白，您心里为难了。我也听说了，我叔叔派了事人来了。这场官司倒是怎么着?"说到这,韩氏这两只眼睛是眼泪汪汪。俞谨庵就怕这出。这个人情我应不应。这边是老婆,那边是叔丈人,我应这边,我对得起妹妹素秋吗?实际韩氏她心里也难受,她跟素秋感情很好啊,所以她也为难。"倒是怎么着了?""唉,贤妻啊,我跟你说实话,有如此这般这么这么这么一段。你说我怎么办?"韩氏听完了以后,知道自个儿丈夫为难。"大爷,到了现在,我不是不疼妹妹,我不是不想她,我如果要不顾全这个,叫人家说,我搬这不疼的牙,妹妹不是亲的吗?可是我叔叔把我养大的。他的儿子不给他争气,到了现在,确实就这么一条根。大爷,您想,能高高手,先让他把小荃保出来,咱一定找咱妹妹素秋不就完了吗?是吧,您别这么固执了。大爷,我,我怎么办呢?如果真找到我这,你说叫我怎么说呢,我不是替他们说话,准要素秋死了的话,我就不管了。真把韩荃给抵偿,我也不管了,好吧。"说到这,这么一哭啊,俞谨庵也掉泪。"行,我琢磨琢磨。"还没答应呢!

俞谨庵站起身形,就够奔前院。真使俞谨庵为难哪。答应人家三天,准要人家来了,怎么办?所以俞谨庵到转天,想起来,跟管家出去,到外边找一找去。哪找去?可是转过天来,跟管家骑着马到山沟去找,来到山沟里,琢磨这趟道,从尚书府,到侍郎府,一直怎么错的山沟?没有!下落没有。直盯转悠一天,才回来。回来之后,当天晚上又没有进内宅。在屋里点着灯自己睡不着觉了,明天唯恐这了事人就来呀。背着手来回地溜达。如果我不答应,真要韩侍郎,带着儿媳妇,拿着垫子,在外边一跪门,我出去不出去,不出去,不合适;一出去,我答应不答应?韩氏再拿着垫子跪在我身后头,把我夹当中间。哎呀,这可怎么好!俞谨庵正在里外为难呢,听到外边,哪、哪、哪,咚、咚、咚,鼓打三更,三更天了。忽然间就看这屋里边,嗯?似乎出了这么一种云烟相似,房门一开,"什么人?""我。"原来是素秋!

# 第十四回

上回书，正说到俞谨庵对了事人的回答是这样：你容我三天，我给你答复。直到如今，已经两天了，明天就到日子。俞谨庵当天夜晚不知所措。我怎么说好呢，说我答应他了，我对不起妹妹素秋，我答应他不了，我又对不起韩侍郎和自己的老婆，就在为难之际，大约有三更时分，忽然间房门开了，从外边走进一个人来。俞谨庵仔细观看，呀！素秋！

"妹妹，你，怎么这时候回来了？""大哥，我不回来成吗？您现在正为难呢，我能不回来吗？""哎呀，你上哪去了？你可急坏了我了。现在打这场官司你知道不知道？""我知道。""你告诉我你怎么回事？""现在不能说。""怎么呢？""门外还有人哪。""还有人，谁啊？""您一个朋友。"我的朋友？俞谨庵一听，奇怪呀，我的朋友怎么会跟你走一块儿去了？"在哪呢？""在门外呢。""那咱走走走。"说话两人从屋中出来，来到门道里，素秋就没有了。"呀，人哪去了？"就听着外边，咚咚咚咚。叫大门。"开门哪。"俞谨庵一听啊，妹妹，你真行！似乎现在恍然大悟，因为她是蠡鱼啊。啊，这么会功夫，她跑门外去了。俞谨庵赶紧进门房，叫管家，"起起起起，起来，起来，快起来。""哎哟，大爷，您哪？怎么这时候您还不睡呀？""姑奶奶回来了。""我的大爷，您想姑奶奶您都想疯了，深更半夜能回来吗？""你起来吧，在外边叫门呢。""哦。"管家赶紧就起来了。一听门外可不正叫门呢吗？把门闩落下来，门扦关捅开，门开开。就见素秋在门外站着呢，门外还停着两辆轿车。管家赶紧给素秋行礼，"姑奶奶，你哪去了？呵，可把我们急坏了。""管家们你们好啊，大哥。""哎，妹妹。这是谁呀都啊？""来吧，下车吧。"在这时候从轿车上下来一个老太婆，后边那辆车呢，下来一个文生。这个文生的年岁也就在二十多岁，不到三十。头戴青色的文生巾，迎面镶嵌美玉，身穿深色的文生氅，白色的护领，白水袖，红中衣，白布高筒袜子，青缎子福字履鞋，腰中扎着一个二蓝丝绦。相貌没看清楚。此人走到俞谨庵的面前，抱拳施礼，说："谨庵兄，还认识小弟否？""你是？""仔细看看，还认得吗？""哎呀，贤弟，原来是你呀。"

　　说这是谁呀？说评书，有七笔，明笔、暗笔、惊人笔、倒插笔、伏笔、补笔、叉笔。说这一笔叫惊人笔，在惊人笔后边，必然有一个倒插笔。现在咱就说一说素秋她是怎么来的？这个书从哪说呢？这得从素秋上车起。素秋预先在家里跟老丫头说好了，不管某甲进来报什么信，你别害怕，我就跟他走。告诉老丫头，娘家来人，你跟娘家人回去，咱们娘家见。素秋没上车以先，在家里就准备好了两张纸。说多大张的纸啊？也就是包茶叶，这么大张的纸，就揣在怀里头了，什么也没带。来到外边，哭着个脸，那是假的，不是真的。所以没有问问这赶车的把式，你们是哪的。她就上了车了。实际呀，素秋知道，这是韩荃家的把式。上车辆之后，这两个车夫，一个赶着车，一个跟着车。这个车走到半路途中啊，这个素秋就拿出来一张纸来，坐在车里，把这张纸啊，撕成了碎末，最后把这车帘撩出来一点缝，把这些个碎末就都吹出去了。"啊噗——"吹出去之后，这些个纸末就变成了一些个碎虫子。素秋在里边掌握着，这些个碎虫子哪都不飞，专门糊这赶车的四只眼。所以他们就睁不开眼喽，怎么睁也睁不开。他跨着这车辕啊，车走这一摇晃，他再闭上眼，难免就困了。在他们俩都睡着之后，说这个车怎么办？素秋赶着呢！要不是素秋赶着这个车，这个车没准就掉沟里头。这素秋在里边指点着这个车，走来走去，就走到山谷之中。到了山环了，素秋就冲这跟车的脖子后头，"啊噗——"吹了一口气。所以这跟车的睡着，就感觉后边来一阵凉风，那么一抖楞，"啊——"醒了。他一打哈欠，醒了，"吁——"再叫这跟车的。俩人都醒了。醒来以后一看跑山环来了。他说这坐车的怎么一天一天坐着？撩车帘看看这个坐车的。素秋一听，他要看自己，马上往车上这么一躺，也装睡。随后他们俩就找道路嘛，出山，怎么走去良乡县，这道在哪？就在这个时候，素秋就把那张纸拿出来了，坐在车里头慢慢地用手撕，撕来撕去呢，就撕了那么一条蟒，就把这个蟒从这轿车这个帘子缝，就撒出去了。撒出去之后一吹气，"啊噗——"这蟒这个儿就大了，越吹越大，吹得老远去，这个蟒慢慢地让素秋就给吸过来，晃悠悠晃悠悠这个大脑袋，所以蟒眼跟两盏灯相似。那个赶车的过去打听路，说："劳驾，我上良乡县怎么走？"说那蟒还舔他脑门一下，那不是真的。准要是真的蟒啊，那准把那赶车的给吃了。所以这赶车吓跑了，"哎哟——"吓得两人就跑草地去了。结果呢，素秋就把这个纸蟒，也就是说假的变成活的了，吸到这个轿车这来。围着这轿车这转悠。说这牲口没惊？素秋这掌握着呢，不让你惊，你惊得了吗？直转悠来转悠去，就为挡着这两个车夫。天快亮了，在这个时候素秋就把这蟒收回来了，因此这个赶车的就找不到这蟒了。在这个时候，素秋从车里就走了。说这赶车的没看见？不让你看见！你看得见吗？说这赶车的，赶上空车他就回去了。

单说这个素秋，说上哪去了呢？她自己走来走去，来到了宛平县。到了宛平县，这个时候，天刚亮。有这么一户人家，仿佛外边像个柴扉，这个柴扉里面有这么个小院，这个小院里边有三间房。素秋看了看，是这，拿手一推这柴扉。"有人吗？里边有人吗？""谁呀？"随着话音，这门就开了，从屋中走出一位老太婆。看这位老太婆这年岁大约有六七十岁，面目慈祥，衣着朴素。"哎哟，"这老太太一看这素秋，"这位，大嫂子，您找谁呀？"一身华丽的服色，虽然不是簪环首饰全有吧，耳朵上还戴对金钳子呢。"您找谁呀？""我，我是逃难的。大娘啊，您帮帮忙吧，后边有坏人追我，如果追上我，我就活不了。我在您这避避难。大娘您多帮忙啊。"老太太不知道是答应好啊，不答应好。在这个时候就听屋中有人说话了，"娘啊，这年头，可什么事都有啊，咱少管闲事。""哎哎哎。这位大嫂子，嘿嘿，我们家里头也不太方便。就是我们娘儿俩，你还是上别处去啊，啊，太对不起了。""大娘。我是好人家的姑娘，我娘家的哥哥是良乡县的秀才，名叫俞慎号叫谨庵。您多帮忙吧。"素秋这个话刚说完，就听屋里头说话了。"娘啊，娘您请进来，娘您请进来。""哎哎。"这个老太太就进去了。"怎么回事呀？""您问问他。是不是俞慎的亲妹妹？如果是俞慎的亲妹妹，您就让进来。""怎么着？你不是说不让我让进来吗？""我跟俞慎俞谨庵，我们是朋友。准要是亲妹妹您就让进来。""哎哎。我说，这位大嫂子，你说的那个俞，俞什么？""俞慎哪。""他是你的亲哥哥吗？""是啊。""哦哦，那你就进来吧。"就这样的，把素秋就让进来了。素秋跟着来到屋中一看，一明两暗间，老太太把她让到上里间去，下里间那个夹门帘撂着呢。不用问，那个书生，准在下里间呢。"大娘，您贵姓啊？""我姓周。"

书中暗表：这家只是母子娘儿两个，是宛平县的周秀才。原文说是宛平周生。这个周生啊，跟俞谨庵曾两次考举人没有中。他们同场，在店房当中两个人一见如故，很了解，很同情。俞谨庵曾几次让周生到自己家里去。周生因为自己家贫呢，所以就不好意思往那去，似乎有些高攀。他很自量。所以他两次考举人没有中，自己家里头再穷一点，也就认了，先不考了，跟娘这过这个日子。那么今天素秋来了，一提她娘家哥哥是秀才俞慎。哎哟，周生一听是他的妹妹，是真的吗？所以问问是不是亲妹妹，就让进来了。素秋一问这老太太，老太太说："我姓周，我的儿子他也是秀才，跟你娘家哥哥啊，他们同场。回来跟我说过，赶考去啊，回来跟我说了，遇上一个朋友姓俞的，叫，叫俞慎是吧？哎，这人怎么怎么好。我可说了，咱可跟人家来往不起啊，咱家吃饭还为难呢。""大娘，您别这么说。""我问问你，大嫂子。你这是怎么回事？后边谁追你呢？""大娘，我哥哥呀，给我找个主儿，是尚书府的一个少爷。""嚯，瞧这家，那一定错不了。""哎，别提了。他是尚书的孙子，可是过门以后啊，不久他就学坏了，在外边要钱，啊，吃喝嫖赌，把屋里东西都卖了。都卖完以后什么都没有了，他要卖我。""他怎么能这样呢，这还是官宦后？""您说这官宦后啊，官宦后他就出这样的，您说我怎么办呢？我一听啊他要卖我，我就跑出来了。我跑了以后我琢磨，他在后面得追，我也没看东南西北，我整跑了一宿啊，哎哟，我实在没地方去了，一看天亮了，我就到这了。""哦，是这么着。他们不会追到这来？""我想他找不到。大娘，我在这给您添添麻烦吧，何况您这边稍微跟我娘家的哥哥他们还都认识。嗯，我先避难在这待几天行吗？""行行。"老太太一看素秋，这人真好。"你还没吃饭呢吧？在外边跑了一宿，来，我先给你倒点水喝。""您甭管了，我自个儿倒吧。"老太太给她倒碗水喝，一会儿，天不早了，他们这个地方讲吃早饭，老太说："我做饭去。""我来吧，大娘。"素秋挽挽袖子，这就要做饭。她就在外间屋啊，外间屋有锅台。老太太跟她讲："你不知道。""我知道，我来我来。"一伸手拿过这面盆来，把面盆刷干净了，就在八仙桌底下，那有个面缸，素秋过去就舀这面，一看是玉米面，把这面舀出来之后，弄点水就和面，回头到院里就抱柴火，就烧火，把锅刷干净后倒点水，跟着就贴饼子。贴完这饼子，老太太一看见这小手，真利索嘿。老太太也糊涂，你们家盆碗瓢勺在哪搁着，棒面在哪搁着，她怎么知道的，伸手就是地方。一会儿工夫，这饼子贴得了，跟着拿出那菜来就切菜，切完菜就熬菜。菜也熬得了，把屋中这座放好了以后，就给老太都盛出来了。"大娘，您吃吧。""哎哎，哎呀，多好的一个媳妇。你这丈夫叫什么，某甲？缺德了！这么好的媳妇把她卖了。""大哥在那屋里呢吧，您给他端过去。""哎哎，哎哎。"老太太一看这个素秋，想得真周到，把这个饭菜就给那屋端过去了。"儿啊，快吃吧，这是她做的。你看看多好。"那个年头男女有别，瓜李之嫌。周生在下里间就不敢出去，不但不出去，而且连看都不敢偷着看，文人墨客嘛。可是外面说话他可听见了。"娘啊，让人家吃吧，如果咱要慢待人家，叫人家吃不饱，我可对不起俞慎俞谨庵哪。""行行行，你也得吃啊。""您照顾好人家啊。"素秋跟老太太在这屋吃饭。老太太一看素秋，举止端方，这个儒雅，这个稳当啊，好啊，不愧是大家之秀。老太太可就爱她。吃完了，素秋把残肴剩馔都拾掇完了，刷干净以后，该是哪的放哪。不用老太太告诉，素秋就知道。随后来到屋中就拾掇桌子，扫地，呵，这个利索。事后老太太这一坐啊，素秋一看干什么呢，老太太要做活儿。素秋把纺车就拿过来了，坐在旁边，跟着纺线。哎呀，心说，这么好的媳妇儿，这个缺德的爷们怎么会把她卖了呢！你看看，这怎么说的。没事啊，娘儿俩可就说闲话了。"那么，你打算怎么办呢？""怎么办呢，先叫他们这样去。我想早晚，我娘家哥哥还不会找吗？一接我接不着，这就是事。多咱事情完了再说。"娘儿俩说会儿话，天不早了，安歇睡觉的时候，周生的下里间，老太太跟素秋在上里间。

这么一来呢，这个说话的时间可就长了，无话不说。但是素秋所说的事，她知道，该说的说，不该说的不说。转天早晨，老太太还没起床呢，素秋把地下活儿都干完了，而且把周生该洗的衣服也洗出来了，该缝的衣服也缝出来了。老太太看着这个爱啊。晌午没事了，娘儿俩一坐。素秋在旁边不是做活儿就是纺线，老太太就把活计撂下了，看着素秋这么爱，心说，我要娶这么个儿媳妇啊，哎呀，我这个晚年哪，可就是幸福的。真不错。可是都好啊，就是嫁过人，是个活人妻，你看，人长得也好，过日子也好，也懂得礼节。这个谁知……唉。我说的这些话都是周老太太自个儿想的。她想来想去，她就想，但愿得，人家不嫌我们穷吧，哎呀，自个儿心里的矛盾重重。心说，真的假的，行与不行，我呀，先打听打听，蹚蹚路。"我说，闺女。""哎，娘。"嘿，瞧叫着这亲嘿，这叫闺女，那就叫娘。"我可不是招不得你啊，那么你怎么办呢？在我住着不要紧，反正咱们家里的就是这个粗茶淡饭，你这得住顶多咱去？""是这么着，我想长了，他们一定得打官司，那么我娘家哥哥跟嫂子，找不着人了，那不得告他吗？他没地找我去。先让他们打吧，打完再说！""哦，那个，以后呢，你再回去呢？这还得，寻这个某甲？""哎哟，我的娘啊，我还跟他？！我跟他干吗！我不能再跟他了。""那要是不跟他的话，那就回到娘家去？我可不应该说，我的闺女，年轻轻的，你说，就在娘家待一辈子了。""那个，那有合适的，只好再醮吧。"说再醮就是再嫁回人。"哦。那个，闺女，要是再嫁人哪，那个，还得寻个做官的后人，是吧？""哎哟，娘啊，我可不寻这做官的后人了。官宦之后，他们，你别看有势有财，吃饱了喝足了，净是无事生非，什么事都干，叫他卖我去？我可不去。""这咱娘儿俩说闲话呢，我的闺女。这是远事，咱们近了聊，以后你要再寻，得寻什么样的？""我要再嫁呀，我想了，最好，寻个穷点的，人口别多了，这一家哪，就是一个娘，哎，我过门就一个婆婆，那么一个小院不大呢，有那么三间房，吃早晨哪，晚上为点难，哎，这个小穷日子过着才有意思呢。"老太太一听啊，哎呀，心说，这不说我吗？"那个，呵呵，你怎么还这么想着呢？""娘啊，患难的夫妻啊，那才能长久哪。不患难，日子里头没有甜。"哎呀，我的闺女，真好。可有一节啊，准要那样的话，你娘家哥哥跟嫂子他们愿意吗？""我也想了，先嫁由父兄，后嫁由自身。""是啊，这不是吗，我呀，就是，一个小院，这么三间房，我没别人了，就我这儿子，我儿是秀才，这个，跟你娘家哥哥呀，他们……""娘，娘啊，娘啊，您请过来，您请过来。""啊？哎，哎。"周生把娘就叫过去了，他在下里间都听见了。"您是什么乱说啊，啊，别跟人家乱说。""不错啊，这小媳妇儿多好啊，我告诉你，儿啊，准要说这么个媳妇儿，你享福了，娘我也享福了。""不是。人家避难，您跟人逮什么说什么，将来叫谨庵兄知道，咱们怎么见得起人啊，咱对不起人啊。""好，这不随便说话吗，我们都老娘儿们的，你甭管了。""您可千万别乱说啊。"老太太舍不得，跟着就回来了。"那个，呵，我说，你叫素秋啊？""啊。""素秋啊，那个，你看我这说半截儿，我这小子，比你大点，叫我说，你这大哥吧，秀才，跟你娘家哥哥两次同场。家里穷哦，我们考不起，也没这命啊，所以就忍了。小伙好着呢，你是没看见。啊，这不是就我们娘儿俩吗？吃了早晨，我可不是撺你啊，我们就吃了早晨，晚上就为点难。""呵呵。"素秋就笑了，"啊，要说这个意思呢，你，你看，啊，怎么样？"老太太说到这儿，不知怎么说好了，东一句西一句，语无伦次。素秋一笑，"娘啊，您说这话，我明白。""啊？哎，闺女你明白什么？""行啊。""啊？行啊？""啊，行。行可是行，我能答应。嗯，不过有这么一句话，水大水小不能漫过桥去。几时我回去以后，我也得跟我娘家的哥哥和嫂子说一声。即便我个人的亲事，我自己做主。我自己的事我做主了，可是我也得尊敬我哥哥和嫂子。""对对对对，好。"周生在下里间听着，心里边直紧张，怦怦怦直跳。心说，这个，合适吗？但是从他自己的心里头完全乐意，因为他们三个人住着二间房，一明两暗间，这几天的过程中，虽然没有正面看见素秋，也难免打头碰脸的，看个偏脸，不过总避免一点就是了。周生愿意，又恐怕叫俞谨庵对自己有些多想。这个事情周生在那屋就不荐言了，说娘您怎么怎么着，不谈了，就忍了。老太太就跟素秋在一块儿，素秋就忙这家务，做得了饭以后，老太太给那端过去，没事就做活儿。是家里的活儿素秋都做了。又过这么两三天，老太太就问，"我说，闺女，咱这门亲事定了，什么时候办呢？""这个，得等官司完了啊。他们一定打官司。""那官司什么时候完咱也不知道啊。""娘啊，您放心，时间长不了，是就在眼前。"

# 第十五回


　　上回书正说到周老太太问素秋，说："咱们这个事得多咱能办呢？"素秋说："我估计他们打官司呢，得等他们官司完了。""那么什么时候完呢？""嗯，可能就在眼前。"

　　为什么要这么说呢？您想啊，素秋这一出来几天了，他心里有个数啊。可是老太太沉不住气，又不好意思再跟素秋说，就来到下里间。"我说儿啊。""娘。""你都听见了吗？""我听见了。""你看看，是不是，你给打听打听去。""哎呀，娘啊，您说我怎么打听去？""就上衙门，你觉得搁那，他们是不是打官司了？他打官司了。还离得了衙门口吗？你想法给打听打听，官司完了，我早一点给你们成全了。娘哪，我也有个儿媳妇使唤了。""嘻，娘您别提这个。"周生虽然是这样说，可是满心里头愿意。"好吧，"周生说，"娘，那我就去一趟。家里还有多少钱呢？""钱还有。"老太太拿出来几百钱给他，周生偷偷地就走了。

　　来到良乡县，周生还害怕碰见了俞谨庵。准要看俞谨庵以后，素秋在自己家里，跟俞谨庵怎么说呢？当然事实经过可以说，不过在自己说这个话，可是有口难分诉。所以躲着他，直接打听良乡县的县衙。来到良乡县县衙附近，跟谁打听去?！他也没过官司，就看出来进去的官人儿，啊，这些个打官司的人可是不少。转悠半天，没地儿打听去。就在这个时候，从衙门里头出来个公差。"嗯，这位公差，我跟您打听点事。"这公差一回头，一看是个书生，迎面镶嵌美玉，是个有功名的人，那个寒酸点就是。"干什么，问什么？""是不是咱衙门有一场官司，是因为卖老婆的？""不知道，啊，不知道，去吧。"

周身碰了个软钉子。你这么打听能告诉你吗？没名没姓，再又说你不花钱哪成？周生在那个时候感觉肚子有点饿了，一转身离着衙门没有多远，一看这趟街挺繁华，往前走，走里边找了一个小饭铺，他就进去了。您别看饭铺小，做买卖非常和气，"先生您来了，您请里边吧。"哎哟，这屋里边高朋满座，就在角儿上这地方闲着一张桌，那么周生他就坐下了。跑堂给他拿双筷子，拿个匙碟来。"您吃什么？"周身告诉他："我随便来一点吃的行吗？来碗面吧。"就坐这了。他刚坐下。随后又进来两位，"您这边坐，这边坐。先生，对不起，你往那边匀一匀。"搬了个凳儿，又来两位坐在这，要酒要菜。周生呢，等着这碗面来了，自己慢慢吃这碗面的工夫，就听这二位喝着酒就说上了。"我说，兄弟，你说这个事啊：遇见了蟒了，遇见蟒这个事，你说这俩赶车的愣没死，没叫蟒吃了。你说这个坐车的吧，生死不知，生不见人，死不见尸，下落不明。""我说，这里不定怎么回事呢。""你说尚书府这位孙少，他能卖老婆吗？""他不是卖，他是换出去的。"周生一听啊，是不是说素秋啊？可这个面就吃不下去了，慢慢地吃，把耳音啊，可就给他俩。就听这两人就聊起来了。"我说，你说一个侍郎府的少爷，一个尚书府的孙子，俩人换老婆玩，我说这官胆也大了，愣把这个韩荃逮走了。""小点声吧，小点声说。""听说侍郎爷，人家深明大义让带走的。""那怎么办？""怎么办？都受刑了，全押起来了。我说他这个，这个这个，这姑娘他叫什么来着？他某甲这媳妇，听说，叫什么，叫素包？""没听说过，有叫素包的吗！""哦，对对，叫素秋！叫素秋。"周生一听没错了，就是她。所以他这碗面条且慢慢吃呢，就听了。俩人这么一说，感情素秋到现在下落不明，这韩荃给押起来了，啊，某甲也给押起来了。四外还找素秋呢，这场官司还悬着呢。再往下听啊，又有人说了，"我说，二位，二位，别瞎聊，知道吗。这是什么地方？五子的买卖：澡堂子、饭馆子、戏园子、窑子、挑担子，就这地方藏龙卧虎！你知道谁跟谁认识？说出祸来。""哎哟，好您了，大哥，我们这随便聊聊。""小点声，干吗这是。""哎哎，我听说出来了事的了。""谁了事？""韩侍郎托付出来的。找了四个绅董，去求俞谨庵。俞谨庵脾气好轴了，不答应啊，听说这了事的还拿钱去，俞谨庵也不要，人家说什么呢，俞谨庵说你给我多少钱，我也不能把我妹妹卖了。找不着妹妹。我跟你们完不了。把这四个老头愣给撅出去了。""是，你这听谁说的？""我听俞家的管家。他们在酒馆的那天念叨，我听说的。"周生一听啊，哦，是这么个事。在这，这碗面吃完了给了这饭钱，自己就出来了。再想打听打听，哪那么巧，还有说这个事的！周生只好就这样回去了。

　　一路上无书。回家之后，到家一推这柴扉，里面就问："谁啊？""娘啊，我。"素秋在上里间屋没出去。周身一进屋，老太太就扶他一把，把儿子推到下里间。"怎么样？""娘啊，我打听了，呃，有人说闲话说的，现在这场官司还没完，有些人押起来了。"周生说到这可有些顾虑。顾虑什么呢？据素秋个人说，是她的丈夫某甲要卖她。可是听外面说闲话呢，是侍郎子尚书孙要换老婆，所以话说着呢，碍口。而且周生在下里间说话的时候，这个声音还特别大，是诚心给那屋的素秋听。所以说话的前后，他都有些顾虑了。"现在怎么样了呢？""现在这场官司已经出来了事人了。据说有个，是侍郎是谁的，呃，派出几个老头去，还都是当地的绅董，去求俞谨庵。可能是俞仁兄，不答应。这官司就到这了。我以后就打听不出来了。看这意思还得些日子，究竟怎么办，了是不了，还不知道。""哦。""娘啊，您请过来。"您说说，封建时代男女有别，就这个界限，你们都见过面怕什么的？是听书的着急也不行，说书的也不能着急，他就是那时候那种习惯，那种制度。男女他不那么公开地见面，老太太只好就过来了。"娘，我都听见了。嗯，这就好办了。""怎么呢？""在这两三天当中咱可以回去了。""行吗，闺女？""行。您看看怎么走好？""哦，这我得跟他商量商量。""娘，您请过来。"好，老太太一听，这屋也叫过去，那屋也叫过去，你就坐在一块儿说吧，不行吗？都有这么顾虑吗？老太太又来到下里间。"怎么着？""如果真走的话，您说怎么走？""让素秋自己走。""不行。得把人家孩子送回去！半道出点事怎么办？""那谁能送呢？你不是跟她娘家哥哥俞谨庵不错吗，你送去，不大熟人吗？""哎呀娘啊，那可不行啊！您岂不知，瓜田不纳履，李下不正冠，男女，瓜李之嫌哪。""不是，他已经许了亲了吗？""这不行啊，娘。我跟您说：一则说，您跟他说的这些事别人不知道；再者一说，她这官司现在还没有完。那她既然官司没有了，她还是某甲的妻子，娘啊，您懂吗？我送合适吗？""那么，儿这怎么办？我送去？咱家里都没人了。我跟俞谨庵也不认识啊。""娘。""啊。"说到这儿周生这声音就低了，"有道是无媒不成婚，您得找个媒人哪，是不是？找个媒人到那，我可以去见俞谨庵。媒人好说话，我怎么说呀？""哎，对。谁去合适呢？""娘，您看，找咱借壁儿那赵大娘行不行？""对对对对对。"他们邻居有位赵大娘，有时候不断地到这院来跟老太太研究个活计什么的，"那么你就去吧。""我去怎么说？""你就说我找她。""哎。"周生就去了。来到那院里头，一叫门，"大娘。""谁呀？""我呀。""哎哟，老贤侄，有事吗？""我娘请您过去一趟，有点事。""哎，我就去啊。""我先走了"。周生就回来了。工夫不大，这赵大娘就来了。"哎，我的老姐姐。""哎，来呀来呀。你看……""哎？这是谁呀？""我给你引荐引荐。哎，这个，那个……"老太太刚要说这是我没过门的儿媳妇，这个话真说不出口来。"这是我干闺女，姓俞啊。""哎呀，我可没见过。""没来过吗。这是赵大娘。""赵大娘，您好。""好好，哎哟，你有这么好的干闺女。""坐下吧，来了，我求你点事。""咱们老姐们了，有什么话你就说吧，怎么还求点事。""我告诉你啊，她姓俞。她的娘家哥哥是良乡县的秀才，她娘家哥哥跟我儿子，他们是年兄年弟，挺好的。啊，这个……"老太太说这，看素秋，不好意思往下说。素秋呢，微乎脸一红，"娘，您就说吧。"呀，她倒挺大方。"合着我们娘儿俩商量好了，她避难来着，有这么这么这么一段，"大概其跟赵大娘一说，"她是我没过门的儿媳妇。可是我们这个亲事呢，我们都说好了，现在打算让她回去。我儿呢，打算见见他们那个年兄俞谨庵，就手儿送她回去，他们俩这样回去不方便。另外也没有个媒人，不合适。我求老姐们你呀，做个现成的媒人。到那，跟俞大爷俞大奶奶说说。嗯，要说我们这家跟人家比呢，差得远的远，不过他们都愿意，你看看能帮这忙吗？""哎呀，哈，这个现成的月下老我乐意做，不过我可没出过远门。""这不远，坐车一块儿去，好不好？""行，我回去归置归置。多咱走啊？"老太太问素秋，素秋说："明天吧。""哎，明天走，行！"赵大娘就答应了。当天过去之后再转天早晨，周生就安排。安排跟素秋动身。赵大娘也拾掇好了。之后，老太太一想怎么办呢？告诉自己儿子："雇两辆车。"不用跟他说,周生一定雇两辆车。到外边去就雇两辆轿车。动身的时间是在傍着晚饭吃完了那时候。怎么这么晚呢?这是素秋的主意。"这么晚不黑天了吗?娘啊,因为这官司没完。倘若白天回去,要有人看见我一回家了,有诸多不便。他官司完了,这个好办了。所以黑天没有人看见比较好。""哦,哦哦,对,对对。"老太太一听啊,素秋这心眼可真多。两辆车雇好了,周生自己坐着一辆车,赵大娘跟素秋坐着一辆车。周老太太送他们出来,到门前看他们走了,嘱咐几句。

赶车的把式一摇鞭儿。周生的车在后边,因为素秋得指给他这道路。赶到的时间是二更半天过。赶车的把式说连夜赶,哎,就到了。"你们停这吧。"素秋一指点他,停在这,离自个家门口还老远的呢。"怎么停这啊,在哪啊?""你甭管了,我先下去。"素秋自己下车告诉赶车的把式:"这等着,我不叫你们过去,你们别过去。"素秋就到了门口的时候,一晃身,她都进去了。说这大门开了吗?没开。没开,她怎么进去?没跟您说她是神仙吗?她蠡鱼得道啊。她一进院儿啊,她知道俞谨庵在这屋里。俞谨庵不正为难呢吗,她一步就插进来了!哦。俞谨庵一说,"谁来了您出去看过吗?"素秋领着俞谨庵出来,到门道,素秋先出去了。她在门外,到门外跟这赶车的把式一摆手,"车辆前上。"这两辆车才赶过来,她才叫的门。就这样跟俞谨庵见面了。

周生过来一抱拳,"谨庵兄,还认识小弟否?""谁呀?看不清。""我家住宛平。""哎呀,是你!快来快来快来。"虽然俞谨庵看见周生,非常高兴,知道这个人,他是一个正派的秀才,跟我一样命运不强,两次考场,乡试举人没有中。可是他脑子里面就想,莫名其妙,我妹妹怎么跟他走在一块儿了?后边还一个老太太。这时候把车辆打发走了,俞谨庵就告诉管家:"去告诉大奶奶,啊,姑奶奶回来了。""哎。"管家往里跑,来到内宅啊,"谁那个,老姑娘,老姑娘。"喊老姑娘谁?老丫头啊。"老姑娘。""啊?""去告诉大奶奶去,姑奶奶回来了。""哎呀,我说你,你怎么着你,撒癔症是怎么着?""是的,你看看。"就听院中有人说话,老丫头赶紧起来了。"哎呀,姑奶奶来了。"不用告诉韩氏了,韩氏大奶奶在屋里已经醒了,听院里说话了。

老丫头这个闹啊，"姑奶奶您哪去了？"她们的感情不言而喻了。"哎，老丫头你好啊，屋里坐，屋里坐。"屋里灯跟就亮了。韩氏已经从屋中出来了，一看见素秋啊，真是悲喜交加，眼泪汪汪的，可是从嘴型来看，已经乐了。"妹妹，呜，你怎么这时候回来了？""嫂子，您好。""好。"心说怎么不好啊。说她哭什么？就因为你呀，我娘家的叔叔，和我的兄弟，和我的丈夫，这里头出了多大的风波啊！但是又疼素秋。"这是谁啊？""屋里吧，屋里来。"屋里是明灯蜡烛。"周贤弟，我给你引荐吧，这是你的嫂子韩氏。"周生向前施礼，"嫂夫人，小弟周生与嫂夫人行礼。"说话一揖到底啊，跪倒行礼啊。这是对俞谨庵的尊敬，似乎老嫂比母，韩氏一转身，不敢直接受大礼。就还了一个万福，"兄弟，快起来吧。"周生站起身形。素秋说了话了，"嫂子，大哥，我给你们引荐引荐，这位是赵大娘。""哦哦。""哦，赵大娘，赵大娘您屋里坐。"这俞谨庵跟韩氏心说，哪那么个赵大娘啊。呵，我的妹妹，你到底是怎么回事啊？大家落座之后，"哦，周贤弟，你，你……"心里那话说不出来，我妹妹怎么跟你上一块儿去了呢？韩氏大奶奶沉不住气了，"我说你哪去了？妹妹，啊？叫我们好找啊。""是，这不就回来了吗？""周贤弟。""啊。""你请过来。"不能在这屋说，就把周生就让到书房去。告诉管家书房点灯。周生与俞谨庵来到书房，二位落座之后，俞谨庵再问："贤弟，这是从哪来啊？""从家里来。呃，谨庵兄，可能你还不清楚，令妹怎么会到的舍下？""啊，啊啊，对，我正想问问这个事。""因为在数日之先，令妹在一早晨到舍下前去避难，那么家慈起初不肯收留，后来知道是谨庵兄，您的令妹，所以把她收下了。直到如今，在家里头受点委屈，数日之后，她才要求回来。那么来的这位赵大娘呢，是个邻居，她陪同令妹一起来。因为赵大娘跟您也不认识，我又怕路途之上再有偏差，所以我亲自送来的。""哎呀，贤弟啊，想不到给你添了这么些个麻烦。""理应如此，哈哈哈，谨庵兄您何必客气。""大哥。""嗯？""大哥，您请出来。""哦。"素秋在院里头叫俞谨庵。俞谨庵就站起来了，"贤弟，你稍候片刻。""好好，您请，您请您请。"俞谨庵来到院中，"有事吗？""您过来过来。"素秋一摆手，把俞谨庵叫到配房去了。"什么事？""您还坐这聊啊？""怎么了？""天一亮，了事人来了，您跟人怎么答复?""哎，对了，我还忘了。""不是明天到日子吗。""妹妹你都知道。""我怎么不知道?""那么，怎么办呢?""您打算怎么办?""这还不好办吗，妹妹? 你已经回来了，这事都完了。我就要你呀。你丢了，生死不明，你琢磨能完得了吗?""您不能这样!""怎么呢?""他们不说是还赔偿您的损失吗?""啊，他们拿两千两银子我没收下。""了事人来了，您先别告诉我回来了。他把钱给您，您先把钱收下。收了以后呢，过两天，您再跟他们说，你说已经回来了，那个钱还能退回去?""嘻，不不不不。咱可不办这个事。我告诉你，妹妹，我不是为了钱，我是为了人。跟他们没完没了，因为找不到你。现在你居然安全无恙，所以就完了。这个钱不要!""您可真厚道。吃饱了喝足了，没事让他们换媳妇玩，啊? 就这么便宜他?!""算了吧，算了吧，一分厚道一分福，算了吧。我再问问你，你怎么上那去了?""这个话以后再说吧，好吧。""不，我糊涂啊。""您先把天亮这件事办完再说，好吧? 他们准来。""行，""您先陪着说话去。"

　　书要简言，让周生这休息了一会，素秋进内宅，这一宿也没好好睡，也休息一会儿。俞谨庵呢，陪着周生。转天一早晨，梳洗已毕，太阳出来了，辰时已过。果不其然外边叫门。管家出来一开门，一看门前，正在那下车呢。叫门的是把式，这辆车就是侍郎府的车。"您怎么着?""啊，管家管家，管家，"这四个了事人下车了，"管家管家。"和气极了。跟管家那么和气? 这是求人的事。"俞大爷呢，俞大爷呢，我们来求见俞大爷。""好，您等会儿吧。"管家就进去了。"大爷，四位绅董来了。""哦。"把周生让在内书房，俞谨庵就把四位老人家接进来，"请进请进。"这四位了事人一看俞谨庵脸上的神态呀，心说，行，有门! 乐了。不跟上次来的一样了。"俞大爷，我们给您作揖了。俞大爷，高抬贵手您哪，无论如何把这点面子您得赏给我们小哥儿四个，啊?"就怕他不答应。"四位老人家。""别这么说，别这么说。""呃，我原本打算这件事情啊，先不能了。""别介别介，还是那句话，您不了的话，您说能怎么着呢? 不也得找令妹吗。""现在小妹已经有了下落了。""哦? 在哪? 您告诉我们，我们可以烦人去把她接回来。""这些个事您就甭管了。我就告诉你已经有下落了。呃，不是韩侍郎爷想保他的儿子韩荃吗? 叫他保去吧。""哎，谢谢您哪，谢谢您哪。这个某甲，就一块儿让他出来吧。""随你们便吧，随你们便吧。""谢谢俞大爷，呵，您功德无量啊，功德无量。完了，我们是话归前言，这有纹银两千两，您先把它收起来。""不不不不，不要不要不要。""不，等令妹回来，我们赔偿损失。""不不不不，你拿走，拿走。好说，好说好说。"四位老人家一看，"俞大爷，莫怪您是当地名士。"这个人真慷慨，真大方，而且人家做事深明大义。万分感谢。四位了事人就回去了。

回去以后来到侍郎府，见着韩侍郎，把这经过一说。韩侍郎心里也是万分感激，直掉泪。那保韩荃吧。那还用保吗?! 韩侍郎写一张字条就行啊。有侍郎府的管家，拿着韩侍郎这封信，到了良乡县。跟公差一说，"我们侍郎府的，有封信，给你们官儿，领我们少爷回去。""哦。"公差拿着这封信进去，跟县官一说。县官打开这封信一看，师爷这个办法成了。侍郎爷保韩荃，保某甲出去，给自己卸了载了。马上吩咐下去，"升堂。"把韩荃带上来了。韩荃往堂上一跪，"给太爷您磕头。""韩荃，现在我将你释放。""多谢太爷。""释放之后，你可不能满处走。啊，现在还继续地找素秋。如果找不着素秋，几时传你过堂，应该是传唤不误，知道没有!""知道知道。""具结吧。"马上叫他具结。画了个手续。有管家上堂之后把他领下去。在这时候，又带某甲。某甲刚一上堂就跪在这了。县官还没等问话呢，就听噔噔噔一阵脚步声，"跟大老爷回。""什么事?""俞谨庵到。"

# 第十六回

上回书说到，良乡县正要释放某甲，俞谨庵到。哟，良乡县一听怎么这时候他来了？"让他上堂。"公差到下面就把俞谨庵带上堂来。

"父师大人在上。俞慎与父师大人叩头。""噢，谨庵，我告诉你，现在韩侍郎来了一封信，保某甲与韩荃出去。这场官司暂告一段落。咱们几方面去找素秋，找出素秋以后再做商量。""嗯，父师大人，生员有个要求。""你说吧。""倘若找回了素秋以后，再也不能够属某甲所有。""那么如果找不到素秋呢，或者素秋有一差二错，俞慎，你还有什么说的没有？"县官得问问他，你最后的要求是什么？打官司有个理由，最后有个要求。俞谨庵一听啊，得了，我送人情吧。"启禀父师大人，只要素秋不属某甲所有了，以后找得到，找不到，一差二错也好，怎么也好，与他们无关，由我俞谨庵个人负责。""好，俞先生，你慷慨圣明，具结。"马上具结。俞谨庵就回去了，某甲呢就被释放了，这些都不在话下。韩荃回家如何，某甲回家如何，当然家里对他有份教育，这就不提了。

单说俞谨庵回家之后，到家见到韩氏，"怎么样了？""我是这么这么这么办的。""得了，总算了结了，完了吧。"那么俞谨庵哪，就在前面跟周生在一起，琴棋书画，一通闲聊。素秋呢，就跟韩氏大奶奶她们姐儿俩在一块儿。说说这些经过吧，当然素秋不会把实情都告诉韩氏。她知道嫂子并不知道自己是蠹鱼。那么赵大娘每天在这跟着一块儿吃，吃完饭之后，好睡午觉，就那屋去睡去。一住就住了好几天哪。素秋也不言语，这位赵老太太也不说话！周生呢就跟俞谨庵在前面。可是韩氏大奶奶看这个素秋，她回来了，成天在家里头做活儿，姐儿俩说笑。长了怎么办？这周生也不说走。这位赵大娘陪着天天睡午觉。俞谨庵在前面跟周生聊来聊去，脑子有个想法：现在妹妹回来，跟某甲已经断了，周生这个人除去的家里贫一点，人穷，这可不算穷。怎么不算穷？他是经济方面差点，他这学问可不错，这个人前途很有希望。如果把妹妹要给他的话，那可太好没有了，谁知道妹妹愿意不愿意？想到这，就背地里跟自己的老婆韩氏商量。"我说，贤妻啊，我看这周生可不错。某甲现在跟妹妹已经亲事断了，你问问妹妹，她愿意不愿意？她要愿意的话，这门亲给她保着。""哎，我看也是这么点意思。"韩氏也有这个想法。"那我问问他去。"事后，韩氏大奶奶就来到屋中，姐儿俩坐一块做活儿，说闲话。她做着活她嘴不闲着，"哎，我说素秋，""嗯？""你，就这样了？""什么就这样了？""人家出了门子了，都归了人家了，女的大了外姓人哪。你这可好，出了门子以后，完了又回娘家了，可就吃我们娘家？啊？老这样吃定了我们俞家了？""那怎么办？俞家人嘛。""还是俞家的人啊？出了门子外姓人了？""谁叫这么吃饱了没事换媳妇玩的？"素秋一说这话，韩氏脸上一红，情知这是韩荃的事。"哎，我跟你商量商量，我看这周生可不错，啊？家里就一个娘，你嫁给他怎么样？你要愿意的话，我跟你哥哥说说，叫你哥跟他说去，好不好？""呵呵。""你乐什么？""您等着。""哎呀，我等什么？""那个，我去……""你干吗去？"到了套间去了，把老太太叫起来了。"赵大娘。别睡了。""哎。""请过来。""哦哦。"老太太就过来了！"那个，赵大娘，我嫂子要问您点事。""哎哎。""您干吗来了？您得跟我嫂子说吧。"这么一说韩氏一愣。"怎么回事？""哎，我呀，嘴笨点儿，没保过亲。可是我在家里头，这个，我们的老姐姐呀，就是周生他娘跟我说，他们都商量得差不多了，叫我来当这现成的媒人。这个事，我到这来，我也是，确实的，有些个，不知怎么说好，一直到现在，老找不着这话头。呵呵。""哎哟。"韩氏一听啊，"哦，你们都商量好了，合着。""啊。""啊，合是我们瞎闹，这简直的。你等着吧。大娘啊，让您受累了！"赵大娘一五一十把这经过一说，韩氏乐的。到前面去，把俞谨庵找出来了。两个人来到厢房了，"我说，你知怎么回事吗？人家这位赵大娘啊，上这来，人家是做现成的媒人来了，他们在家都商量好了。"是啊？好啊，我的妹妹。你怎么不早说呢，这下可好了。我还担心呢，人家周生嫌咱妹妹是二婚呢。""那好，你放心吧，你去问问人家。""我跟他聊聊去，我跟他聊聊去。"俞谨庵就到了前面了。"周贤弟。""谨庵兄。""我刚听赵大娘说来着，你们把亲事都说好了？"周生脸闹个通红，"是。啊，谨庵兄，这乃是家慈的主意，只能够我从命。""好好好。要是这样说，能不能把令堂接来啊？""是这……"周生很为难，因为自己家里的经济条件跟俞谨庵比差得太远太远了，我们在这添麻烦，如果把娘再接来，那不又多一口人，另外来说这棚喜事应该怎么办呢？所以他刚那么一答不上来的时候，"是这……""贤弟啊，你放心吧，一切一切由愚兄我来承担。好吧？你就多辛苦吧。""好好好，那就恭敬不如从命。"商量好了，在这边给他雇了一辆车，让周生回去。

书要简短，周生坐车回到自己的家，下车之后来到家中，见了自己的母亲，"娘啊！""你怎么回来的！""我来接您来了。谨庵兄叫我接您去，这个事情已经都办好了。""我别去了。""娘您不去可不行。您要不去的话，有些事咱不好办。您没看见谨庵兄那个人哪，非常的慷慨。"怎么商量？老太太一想，不去，将来也娶不起，到那一块儿商量，老太太把家安排安排，随后娘儿俩就锁上街门，雇了一辆车就一起来到俞家庄。到了俞家，下了车辆，管家往里一回，俞谨庵跟韩氏大奶奶，连素秋带赵老太太，亲自出来迎接。把老太太接进去了。"呃，"周生给介绍，"这就是家慈。""伯母，晚生俞慎，与伯母施礼。""哎哟，俞大爷，不敢当不敢当。""您可千万不能这么叫，我跟周生我们是自己的年兄年弟。"来到屋中，互相介绍完了之后，就落座了。坐下以后，在闲谈的过程中，就提他们这门亲事。"啊，我有个想法，伯母大人，您看是不是就在这院里给他们完婚？""哎呀，我说，俞秀才呀，您跟我的儿子你们都不错，我们家境呀，可是您也知道，我们确实是高攀。""不不不，就不谈这个了。只要您愿意的话，日后再一起回到您的家，您看不好吗？""哎，好好，也就这样吧。"这叫什么？人贫志短。实际人家志并不短，不过暂时情况没有办法。

书要简言，他们就安排这棚喜事。择吉期选良辰，把这个洞房就安排到原来恂九住的那个宅院，那个房里边，拾掇那就是，可以说无微不至。家里挺高兴的，就把这个素秋跟周生两人拜天地，合卺交杯，入了洞房。全家人都高兴。从这起，他们成全之后，老太太一直在这住着，想要走啊，多长时间了？才十几天。俞谨庵留着。住了一个多月。赵老太太说："我得回去了，我不能在这。"素秋还留，留来留去又住了一个月，这一天说让她回去了。跟俞谨庵说我应该把她送回去。"您就别走了，家里不是什么都没有吗，何必还得回去？""应该回去。派个人跟我们去。""谁去呢？""前面有个老管家叫老俞福，让老俞福跟去。""好吧。"俞谨庵就买了一些个东西，把他们雇好的车辆都送走了。送走了到家没有五天，老管家翻回来了，说："大爷，亲家太太故去了。""啊？这么快？""回去就病了。"这一点说明什么呢？素秋预先有预见：看出他婆婆现在要死。准要死在这，不麻烦吗？马上俞谨庵就派人去给他那边料理白事。白事都料理完之后，那边的房子也都处理了，在这个时候就把周生跟素秋接回来了。就在他们家里头，跟他们一起生活。

　　闲着没事，就是周生与俞谨庵在一起，韩氏跟素秋在一起。时间也长了，说点闲话，这个韩氏大奶奶就问，姑嫂二人平常又说个笑话，"哎，我说素秋，""嗯？""现在我问问你，你跟某甲在一块儿一年了吧？""嗯。""你现在你就一点感情没有吗？你就不留恋着某甲吗？"这也是姑嫂二人在一起，无话不说了，想嘛说嘛。素秋微乎一笑，"呵，你问这个？你别问我。""哎呀，我不问你，我问谁去？""我给你找个主儿你问问。""我问谁呀？"素秋站起来了，"老丫头，老丫头。""哎哎哎，你叫人家干吗？""你等等。老丫头，""哎。""来来来。大奶奶问了，我呀，跟某甲这一年，问我跟他有没有感情，你说呢？""嗨，大奶奶您怎么问这个？打一过门那天起，就是我替她，一直一年。""啊？呵，你可真行。"素秋一乐没言语。大奶奶这件事啊，可放在心里了。这一天有工夫，问俞谨庵，"哎，我说大爷，咱这妹妹怎么回事？""怎么了？""有这么这么这么一段，老丫头这么这么说的。这是怎么回事？怎么一年了，这个某甲就没看出来这是谁呢？"俞谨庵一听啊，"哦，原来如此。既然你问到这了，我就实情跟你说吧。在想当初，我进京赶考的时候认识了俞恂九，八月十五到他家过中秋节，他屋里边怎么怎么怎么跑纸人，一个丫鬟一个老妈，是纸的。后来跟我怎么怎么说的？""哦哦哦。""来到家里头，这个俞恂九为我赶考怎么气死的，他是蠹鱼。""哦。""要不是这样的话，能有今天吗？他怎么回来的？你可别跟他说啊，他不让我说。""我知道，知道。"韩氏大奶奶点点头，就明白了。可是这个话不说呢，心里又别扭。

有这么一天哪，她跟素秋在屋里头，两人做着做着活儿，韩氏大奶奶想起来了，"哎，我说妹妹。""嗯？""我听你哥哥说，你会变戏法。""变戏法？变什么戏法？""说你弄张纸，剪个纸人就能活。"素秋一听，微然一笑，心里明白，这是我哥哥把我的事，都告诉嫂子了。"嗯，不错，我会变。""咱俩商量商量，给我变一个行吗？""嗯，行。你拿张纸来吧。""哎。"韩氏大奶奶就拿张纸递给她了，素秋就拿在手里头，这张纸慢慢地撕撕撕。"你干什么呢？""别看啊，别看。"一会儿的工夫，"来了啊。""什么玩意？"一撒手这张纸啊，哎哟，这下没把韩氏大奶奶吓死。怎么了？变了一个只耗子，就在身旁边，"哎哟，哎哟，哎哟哟。"哟，她刚那么一害怕，一看，一个纸的，"哎呀，刚才还是活的，一个纸的。""呵呵，有意思吗？""哎哟，吓我一跳。还能变什么？""想变什么变什么。""哦。""您还记得他们想换我的时候。""行了行了，别提了。""您不问吗？问想变什么？当初遇见那蟒了，就是我拿这纸撕的，没有真的，知道吗。"哎呀，心说，你可还真是神出鬼没。"教给教给我行吗？""不传人。""面子事，教给教给？""不行不行。""你告诉我。""不不不，告诉你，你也会不了。"韩氏大奶奶怎么要求教给她，都不教给她。这件事情就过去了。

有这么一天，俞谨庵背地里问素秋。"妹妹，我听你嫂子说，你……""您甭说了。这话您也不好说。我告诉您，当初一日您问我，你要嫁个什么样的丈夫，我不跟您说了吗？我找一个吃早晨没有晚上，进门就为点难，有个老太太，啊，过过穷日子，那么个穷秀才，我说的就是周生！""哦。""我跟他有缘，我跟某甲没缘，您明白吗？""这就是了。"俞谨庵也就明白了。

从此往后起，再也不提别的了。这个变戏法的事呢，素秋也不教。忽然间有这么一天，"嫂子，你不学戏法吗？我教给你。""嘿，你看看。央告你吗，你不教。不央告你吗，你倒想教。"学不学吧？""学啊。""拿张纸来。"拿一张纸，素秋就告诉她，你想变什么，你就拿这个纸，你剪个什么，拿剪子剪也行，拿手撕也行。事后把这东西撒手了，你用嘴一吹气，这东西就大，越吹越大。"哦？""您来个试试吧。"韩氏大奶奶就照她说的，就这么办了。结果呢，撕了一个猫，这个猫一撒手就活了，一吹就大了，好，这个猫变来变去变得跟狗那么大。"哎哟，这可有意思。"拿手那么一动弹，完了，纸的。"啊，""会了吗？""会了。"那位说，用的什么法？她究竟怎么变的？素秋教给韩氏的，这个方法是什么？听众，您问谁呀？您问刘立福啊？刘立福可得知道。《聊斋》原文也没有，根本就没那么回事。这是蒲松龄写的《聊斋》。啊，一个神话寓言。真拿纸撕就活了，哪有那个事！我天天外面变去，还卖票啊？那不过就是一个故事，您别当真地听，这是个笑话。那么韩氏大奶奶会了以后，素秋就告诉了，"啊，我可告诉您哪，会了可是会了，说我没事就变着玩可不成。""哎哟，那我学它干什么？""三年以后，良乡县有一场刀兵之苦。那个时候您不用慌，不用忙。就用纸啊，剪一个韦陀，您就把他撒出去，就搁到院里头，保您这一方无灾无祸。记住了吗？""哦哦。""三年以后的今天。"素秋说完这话，韩氏大奶奶一转眼睛，心说她是仙家。"明白了？""明白了。"这个事情就过去了。

又过了些天，素秋跟俞谨庵和韩氏说，"哥哥，嫂子，跟您说点事。""什么事？妹妹说。""我们要走了。""你们上哪去啊？""您不必问，我们走了。我跟您要个人。""我知道。""您知道谁？""你要老丫头。""不不不。我要您门口看门那老俞福。""哟，你要他干什么？""叫他跟我去。""你，你要个年轻的跟你们不是更好吗？""不不不。我就要他。""好。老俞福啊，俞福！""哎哎哎。""来，姑奶奶说了，他们要走。我也留不住。打算让你跟去，你去吗？""我去，我跟姑老爷跟姑奶奶去。""好吧。""你什么时候回来？"韩氏大奶奶舍不得，你什么时候回来，问她。"您不用问了，该回就回来。"因为俞谨庵他们夫妻俩知道她是蠹鱼得道，所以也就不太深问。从这说呢，就给他们安排。你说带什么东西，所有他们铺的盖的穿的戴的这些东西，准备几个箱子，给他雇了两辆车。这个老管家呢，鞴上一骑马，又给他们带了多少钱。送他们走了。临走的时候问他上哪去，他不说。

他们头前下去，俞谨庵就派了两个管家，备上两骑马，鞴着路费，跟着素秋他们的车辆，在后面尾随。告诉管家，他们在哪落户之后，你看准那个地方，回来告诉我，好吧。这个管家就鞴上马，带上路费，随后就跟在他们的车辆后边。两个管家跟出很远去了，前面如果要是打尖的话，他们在后边，也在打尖；他们住了店了，他们在后边也在住店。一启程之先，这俩管家老早就在路途之中就等着他们。非只一天，走来走去，来到了这个地方。这是哪？前面有，有多少人哪？没有多少人哪，怎么看不见他们了。一会工夫看不见影了，刚那么一追，呜——前面尘土飞扬，吹得俩管家睁不开眼了，呱呱呱呱，骑着马往前走，少时间走到前面一看他们没有了，出来一个三岔路口。俩管家就分头去追，追来追去，结果还没有，就回来了。"哟，丢了。"只好回去吧。回去一见俞谨庵，"跟大爷回，我们把他们追丢了。""怎么呢？""出来这么些尘土，怎么怎么怎么找不到了。"俞谨庵就明白。妹妹，你是见首不见尾呀。算了吧，这个事情就算过去了。但是俞谨庵跟韩氏一阵阵想她。

事过了。有这么二三年了。在俞家庄这个地方啊，有一个商人，姓高，跟俞大爷见面总在说话，可是总不见了。忽然间这一天，他从外边回来，求见俞谨庵。俞谨庵一看是他，"哎哟嗬，高掌柜的，有什么事吗？""我告诉您件事：我呀，出门刚回来。在海上那个地方啊，看见一个人，像您家的老管家。""谁？""俞福。""看见他了？""啊。""你问他在哪呢吗？""您听啊，他呀，胡子黑了，眼眉也黑了，头发也黑了，牙也出来了，我说你，是你吗？是俞福？他说是啊，他说这是姑奶奶对他的造就。回去啊，叫我问您的好。他们姑奶奶给您捎好来了。""他在哪？""我问啦，我说你们在哪啊，过来上哪找你去？他就走了，回头告诉我：远矣远矣。""在哪？""远矣远矣。究竟在哪，我也不知道。""啊。""回见吧您哪。"俞谨庵一听啊，妹妹真行啊，莫怪要老俞福了，这是你把他造就的！回想起来当初素秋跟俞谨庵说过，您别看这老俞福啊，他是个管家，他脑子里什么都没有，他的根基比您好。您哪，是尤在富贵中。起先，俞谨庵不理解这句话，现在明白了。因为自己当初一日还总想考举人呢，你考中举人不就考进士吗？将而不就憋着做官吗？你老求这些个功名利禄，所以不如老俞福。可是自己想了想啊，还是想素秋。跟韩氏大奶奶商量商量，鞴上一骑快马，多带银两，前去寻找。哎呀，海上啊，胶莱啊，哪都去了。各县城，离这附近，全找了，几个月，甚至找了一年，这位素秋姑娘是渺无踪迹！

书说至此，这段《素秋》就算全始全终。

王　成

# 第一回

　　今天咱们说的这段《聊斋》名字是《王成》。说在平原县那个地方有这么一户人家，住着有那么年轻的两口儿，男的姓王叫王成，王成的老婆杨氏。提起王成来他的家底儿可真了不起。他的爷爷叫王柬之，是衡公王府的仪宾。说什么叫仪宾？这个皇上的女儿叫公主。公主的丈夫就说皇上的姑爷叫驸马都尉，而王爷的闺女不能叫公主，叫郡主。她的丈夫也就是王爷的姑爷叫仪宾。就说王成的爷爷是衡公王府的女婿，可是已经死去了。他的父亲叫王佑之，过去是个秀才，没做官。王成小的时候他父母已经给他定了亲了，后来就娶了这位杨氏，家里边的生活一天比一天的没落。

　　由于王成自幼富里生、富立长享受惯了，所以这人虽然有点文化，却没有功名，也没有什么一技之长，每天的生活就指着卖着吃，坐吃山空。现在两口子穷到什么份上呢，独门独院住这么三间灰土房，家里全卖光了，日有断炊，余夜无隔宿之粮——没饭！就指着卖，这屋里全卖得没什么了，仅仅就剩一床破棉被。

　　可是王成他又不会干什么。但是这人非常的好。怎么好？规矩、诚实、正派，不懂得什么叫坏心眼，损人利己，这些坏习惯都没有。一天到晚为了吃跟穿，现在能得到饱食暖衣都没有办法。王成成天躺在那睡觉，早晨起来就没揭锅，晚上那顿饭更没辙了，琢磨了半天没什么可卖的，破桌子烂板凳卖出去以后一文不值。王成现在是躺下就睡。他老婆急了。"哎哎，起来别睡了，莫怪人家说了。穷吃急要倒霉睡，真的。你真睡得着啊！晚上饭吃什么？粮食一点都没有。连柴火也没有，甭说菜了。怎么办？""怎么办？我知道怎么办？""你怎么不知道？”“你看，咱还有什么卖的？”“缺德了，全卖光了。身上连第二件衣裳都没有，哪件不是破烂的，还想卖，你看还卖什么，你得想想主意。”“你跟我要主意，我跟谁要主意去？”“嫁汉嫁汉，穿衣吃饭，不穿衣服不吃饭，我嫁你何干？”“那是你这么说，要我说娶妻娶妻，挨饿忍饥，不能挨饿忍饥，你就不是贤惠的妻。”“你有你这样男子汉吗，什么能力都没有，一天到晚成天在屋里就那么穷睡！缺大德的……”“你别闹行不？你闹我脑子都昏了。”“不闹怎么办？今晚上没饭吃。”

杨氏这么一嚷，王成也有点着急，但是着急是着急。他有个轴脾气拧脾气，他老婆给他起外号叫老牛筋。王成一甩袖子，“行行，我不听你的，我走。”“走。你死了外丧，你别回来了，我告诉你，没辙你甭回来。”王成一甩大门走了，他老婆一赌气把门给插上在屋里痛哭。他出去上哪去？没地方去，无精打采溜溜达达走来走去，前面有个花园。您别听是花园，里面任什么花没有。原文上说这是“周氏废园”，过去有这么个大户人家姓周，自己家有花园年久失修，已经不用它了作废了。什么花草都没有了，墙都坍塌倒坏了。有的时候这天热经常有一些个闲人，太阳一落山往这乘凉来，因为里边还有个亭子。

王成顺小道往里头溜达，旁边长着些乱草，溜达来溜达去就到这亭子里了，一看见亭子里头还有四五位都在这坐着，说话天就黑下来了。已经是晚饭以后了，王成肚子也饿，上哪去？他就在亭子里头自己往旁边一坐！就听那几位海阔天空，聊着聊着天可黑下来了，他们这几位有的拿凉席的，有拿砖头的，躺着睡觉。书中暗表他们是干什么的？都是些劳动人民，靠卖力气生活的。因为家里边一间屋子半拉炕，天热好几口人没法睡就上这来了。这也凉快，拿把破凉扇一扇。等天亮起来找地赶紧挣钱去。他们几位躺在旁边，王成坐在旁边一看天也不早了，接着睡，他还真行！饿着肚子还真睡得着。

王成正迷迷糊糊的，哪睡得着啊！心里也在着急。我怎么就挣不出这两顿饭？真想回家，可是老婆，他又惹不起！一边想一边唉声叹气，唉……

那几位刚睡着又坐起来了。“哎哎，我说，大兄弟别闹行吗？你一个人怎么回事？你那么唉唉的我们还睡不睡了？"对不起，您睡吧"王成躺下了不知道自个儿把别人闹醒了，自己想，凑合到天亮再说，再想辙去。他能想什么辙？琢磨家里还有什么东西可卖。

说这种人能够到这样，完全是家庭给他造成，可是不由己地越想越没路，越想老婆闹腾，脑袋越慌！"哼，唉！这怎么办啊……""我说？你怎么回事？你还让不让我睡了？""对不起，我没闹，""还没闹，你打算怎么着。"这一宿他闹了三四回，天快亮了那几位一赌气，就走了。

可这个时候破花园里边就剩下王成一人了，我也走，我在这干吗，太阳都出来了。站起了身形掸掸身上的土，溜溜达达往外走，破花园里头一个人没有，就剩他自己打里面往外走，走到这一小道，太阳正照在草地就发现在草窠儿里金灿灿的，什么东西冒金光？王成就走过来了。一猫腰就捡起来了，原来是一支金簪子。

谁的金簪子呢？是金的吗？是不是能看出来？因为金首饰银首饰后边它都有字。在今天来说是图章，翻过来一看"足赤"。没错赤金的，往下面一看还有字"仪宾府造"。王成一瞧后边这个字。原来我们家当初那些个首饰，还有一些物件都有这种字号。这不是我们家东西嘛。是不是我们家的？我没记得我卖过这种东西。这是谁丢的？他正纳闷的时候，就见从花园那破门进来一位老太婆，这位老太婆看年岁已经不小了，鬓发黪白，穿了一件土黄色的长衫，皱着眉压低头往地下巡视，满处乱找。找来找去就看见王成了，"这位先生。""哎，这个老妈妈，您有什么事？""您是早来了还是刚来。""我早来了。"王成心里说从昨天我就来了，"您可曾看见地下有一支金簪子吗？""噢，是这支吗？"王成连犹豫都没犹豫，就把这金簪子拿出来了，"谢谢。这位先生你可真好心眼，唉，想不到拾金不昧。谢谢您，其实这一支金簪子能值几何？不过这是我先夫留下那么点纪念物。"王成一听金簪子是她丈夫给他留下的。"那么……我不应该这么说啊老妈妈。这位先夫他姓字名谁？""他姓王，叫王柬之。""那是我的爷爷，我爷爷就叫王柬之，衡公王府的仪宾。""你叫什么？""我叫王成。""真是大水冲了龙王庙，一家人不认识一家人，我是你奶奶！咱们是一家子。"王成一听我哪那么个奶奶，奶奶是有，早死了，我爷爷早死了。"您？""我是你奶奶没错。你的父亲叫幼之。""对。""你怎么上这里来了？"王成心里说，我跟老婆抬杠不能告诉她。"奶奶，我昨天在这睡的觉。""你家在哪住？""离此不远。""走走，我上你家里看看去。"好吧，王成虽然答应了，但是心里面想，我哪来的奶奶呢？我奶奶早死了！"你家里还有什么人？""只有我那老婆。"有心要告诉你，只有您那孙子媳妇。我不知你是怎么个奶奶。说话到了门口了。

王成过去一叫门，门开了，王成老婆一边开门一边抱怨，"臭挨刀的，缺德了！死了外丧的你还回来……"一捅门扦关儿门开了，刚要骂她自己丈夫两句，一看身后有个老婆儿，她就往旁边一闪。

"奶奶，您请进来。"杨氏一听，气大了，家里没饭，这又领一个奶奶来。老太婆进来一进院，看看这院里头七零八落，锅腔子也不冒烟了，连点柴火都没有，看起来没做饭，一进屋屋里头任什么东西都没有了，不像过日子样，真是家徒四壁，想不到王柬之之孙一贫如洗。

"杨氏！这是咱奶奶。"杨氏心里这气大了……过去万福，杨氏说"奶奶，您看我们家打昨天就没辙了，这个穷小子……您是奶奶，您看看顶到现在没揭锅了，从昨天没吃饭。"杨氏说这些话的意思是，你看了吗，我们家没饭。万一你要有钱给我们点，我们先吃一顿，即便没钱给我们的话，你就别上我们这来了，我们还没饭呢。

"杨氏快给奶奶沏茶去。"杨氏说，"还沏茶呢，有茶叶吗，哪有茶叶？"这时候老太太说话了，"算了，甭说了，你们还没吃饭吧。""打昨天就没揭锅。""你跟奶奶说这个干吗！""你还穷耿直！你甭穷耿直。你是吃饱了，我还饿着呢。""我哪吃了。""还是的，我这不是说的实话嘛。""得了，这么着吧，我这支金簪子也没有用。你拿出去把它换了，换完之后买点粮食先吃。""奶奶，我们怎么好意思花您的钱啊。""行了，你别耿直了，既然奶奶给你换你就去吧。"杨氏一看能用金簪子换钱吃饭心里非常高兴。这不有这么句俗话"金钱的儿女、柴米的夫妻"。"给你口袋。""这口袋都漏了，我买粮食怎么买，你给我缝缝。""缝啊，没法缝，光窟窿就六十七了，我怎么缝。""那我拿什么买粮食去呀。"杨氏在屋里找了半天，有条破单裤，这单裤补得倒挺严实，拿着裤子去。"拿裤子？我怎么买粮食去啊。""你把裤腿系上，这个裤腿装米，那个裤腿装面。"

王成出去到外面把金簪子找个首饰摊换了大概有二十多两银子，买了米面，买了鸡鸭鱼肉虾蟹，您说他这么穷怎么还买这些个呢？是不是应酬奶奶？其实啊他奶奶不来，他有钱他也这么吃。过去花惯了。买回来之后，杨氏去做饭，这顿饭就算吃完了。王成一边抹嘴一边跟奶奶聊天，奶奶说，"小成啊，今儿个吃完了饭明天你怎么办？""奶奶，明天咱还有吃的了！我买得多。""是你买得多，明天吃完了，你这点东西都吃完了，以后你们两口子怎么过？"说到这里杨氏插话了，"哎，奶奶您说得有理，您就——问问他吧。"

# 第二回

书接昨天，王成他奶奶问他，你今天吃完饭了，这点东西这俩钱你也吃光了，花光了，今后你怎么办？王成低头无语答不上来。王成这个人忠厚老实，就拿把金簪子马上还给这位老太婆这件事来说，他有高尚的品格，一般人做不到，特别是在极困难的时候拾金不昧。但是这个人的缺点是什么？其性懒惰，最懒不过。那么他懒怎么形成的？就是过去他家庭优越的环境，从小的时候把他惯成的，所以现在没有一技之长，好吃懒做，所以他坐吃山空，净讲卖着吃。今天老太太问的问题整问到节骨眼上，杨氏的气大了说："奶奶问你怎么办？""我能干什么啊，肩不能担担，手不能提篮，家里也没什么可卖的了。""您听见了吧，一说他就憋着卖东西，还卖，再卖连人都卖了。"

奶奶说："你做个买卖不成？卖个力气不行？做个小买卖不行了？""做买卖还得有本钱啊，我现在什么都没有。"王成说。

说句现在话，王成是在找客观，他不研究做什么买卖，那时候做买卖不得本钱嘛。"哎，你这人真没办法，这么着吧，我呀先走，明天我来我给你想个好主意吧。""奶奶您说走就走了，您在哪住？""我离这不算远，我明儿来，你们歇着吧。"老太婆说着就走了，"别走，奶奶您再住几天……""哎呀，臭挨刀的，你连你老婆都养不起，你还留着奶奶，哎奶奶我可不是招不得您呐！""不介不介，我不能在你们家待着，你还留我，嗨，真是，你老婆说这话对，你连自己老婆都养不了，我不能在这给你添麻烦，我明儿来……"说话他们两口子把他奶奶送走了，"奶奶您慢走。"

杨氏能说什么？不管哪来那么个奶奶的，一支金簪子扔在那了，卖了二十多两银子。今儿又买那么些好吃的，进了屋里纳闷，"哎我说，哪那么个奶奶？""我也不知道。""不知道你怎么领来一个奶奶？"王成就把早晨在花园里面遇到奶奶的经过那么一说，杨氏纳闷啊，"你有这么个奶奶吗？""我奶奶早死了，我爹娘都没了，死了怎么能又出来呢，你说不是吧她说是我爷爷的老婆，那个金簪子是我爷爷给她留下的。你说是吧我没那么个奶奶，他不管怎么说着，奶奶对我不错。"这件事糊里糊涂就过去了。

转过天来，早饭以后他们刚吃完饭，"小成啊，你奶奶来了！"王成听奶奶来了就出来了。"奶奶您来了，请进。""你甭扶着我，架着我干什么，我还走得了。""哟，奶奶来了！"老太太进屋坐下了。"我呀这个人急脾气，我回去琢磨怎么办？我那么一打听有点办法，给你，"说着从怀里掏出沉甸甸的，"现在我有二百两银子"。嚯，杨氏一看这奶奶真有钱啊。"奶奶你别都给他。""你别乱说，这些钱是给我的吗？""是给你的，你听我说，我听人家说啊咱这个地方买这夏布便宜。北京那地方夏布贵。那边正缺这种东西。如果在这买走拿北京卖去，可以赚好钱。"

《聊斋》原文说是葛布，葛布就是俗话说的夏布。这种东西在现在很少有穿的了。在过去旧社会的时候，一到了夏天都做件夏布大褂，老太太说这个地方夏布便宜北京贵，你拿二百两银子去买夏布去，留点路费，剩下运到北京到那卖去，可能对半还得拐弯能赚好钱。

"奶奶我成吗？""你怎么不成，谁干不了这活儿，拿钱买，然后运到那边去卖去吗？"杨氏说了。"你看看什么都不成，就坐屋里睡觉行，奶奶给你钱了，叫咱们做点小买卖。"王成一想我真要是说不成再不干，叫人看不起，一个男子汉怎么了。"奶奶，我多咱买去？""还等什么，快去吧，越快越好，听见没有，快去。""哎！"王成就出来了到布铺一打听，他也没做过买卖呀，也不知道贵贱就买了五十匹夏布，奶奶给的二百两银子还富裕那么四十多两，王成把这五十匹夏布买完之后就存在布铺自己回家了，跟奶奶一说买了多少还剩下多少钱，这些钱正好作为盘费，现在家里的吃喝不太为难了，剩下这些银子足够吃喝，"小成啊，你赶紧走，雇车把他拉走。一刻别等，我再嘱咐你几句要紧的话，宜勤勿懒，宜急勿缓，迟之一日，悔之已晚。"

这话可太明显了。告诉王成别懒惰，宜勤勿懒，勤奋一些，宜急勿缓，干什么时期别拖延，迟之一日，悔之已晚，如果晚到一天你后悔就晚了，这就是奶奶说这几句话的意思。"你走吧，家里头我这也待不住我还得回去，我还有事。""您这钱都给了我了您怎么办？""这是当初你爷爷给我买花粉的钱，我都这么大岁数了我用不着这些个，你甭管了。"杨氏说："奶奶嘱咐你的话你可记住了，早点回来。"王成从街上找了一辆车带着五十匹夏布这才赶奔北京城。

一路上无书，离北京还有一天的路途，天可就黑起来了，赶车的把式说天可不早了，咱们得快点走，要不赶不上住店了。到了前面的镇店王成找了一间店房，叫这个车把式把车赶进去，两个人包了两间房，王成在店房里写好了店簿子，吃点喝点住这么一宿。转天一早晨王成起来了。唉坏了，下雨了。

赶车的把式说："我说大爷，您才知道啊！昨天下多半宿了，雨现在不算很大问您看看能走吗？"王成出来一看地上净是泥，他想万一把车陷在泥里面不就走不了了吗，其实呢克服一下能走，因为王成没吃过苦。"那就算了吧，等会儿雨住了再走吧，耽误一天也不要紧。"人家把式没说什么，因为你不少给我车钱耽误几天都没事，喝点酒王成又睡了。

转过天来一看这天还不算晴，不过雨是不下了。"怎么样才能走吗？""嗯，行。咱凑合走吧，要等着路上干了，那三天也干不了。"王成这时候想起奶奶的话，宜勤勿懒，宜急勿缓，赶紧走！王成给完店饭钱跟着把式上路了，自己摸摸腰里的钱还有那么三十来两银子，这一天来到北京了，把式问："大爷，咱们住哪啊，东西往哪送？""我第一次来北京，我也不知住哪，我是卖东西来了，车上拉的都是夏布。""您甭管了，这里我熟悉。"这车把式赶着车一直来到前门外，直奔打磨厂。打磨厂这里都是大栈房，赶车的把式就把他赶到一家店房门口，上面写着"天丰店"，王成一看这个店房可不小，这时候从里面跑出来俩伙计帮着王成把五十匹夏布卸下来之后，王成算了车钱车把式回去咱们先不表。王成在店里包了两间房，把五十匹夏布都搁在屋里，伙计进来给他写店簿子，店簿子上无非是写上王成平原县人，多大岁数，到北京做买卖，来卖夏布。写完之后给了几两银子当饭钱，其实从这一点看王成这个人没有什么社会经验，花钱太铺张。

伙计进来和他闲聊。"哎，老客儿，您是第一次来北京？""是。""您这货是到这来打算卖是怎么着？""是卖的。""哎呀，您来的时候不好啊，您知道现在是什么行市吗？您看，我们前面住的都是卖夏布的。店房前面就是布市。""伙计，我上哪卖去呢？""你要想卖我给您找主。""好的，你费心吧。"一会儿伙计领进俩人来，"您看，这位姓王，从平原县来北京卖夏布，您二位看看。"这两位问王成，"东西不错怎么着？您卖多少钱？这是多少？""五十匹。""五十匹合五件儿，你要多少钱吧？""我不知道多少钱。""你晚了一天，你要是昨天来一匹能卖四两五。"王成一算可以，我三两多一点一匹买的，要是卖四两五除去路费可赚了。"四两五我能卖出去？""我说是昨天，你要前天来了价还高，现在货来得太多了，知道吗？今一早晨都堆满了，行市就下去了。""那么现在卖多少钱？""现在最多不过三两二，"王成一听三两二没赚头了，赔路费那还行，我回去没法交代啊，就差一天工夫就差那么多钱。"还能多卖点吗？""王掌柜的告诉您，甭说卖三两二，现在有货，买的没有。您知道吗？你要买的话三两一就可以买了。""我买干吗？我卖！""那就没办法了，要不然您再等一天看看明天。"人家二位是客气话，"再等一天"的意思王成没懂，他不会做买卖，结果这两位就走了。

当天吃完喝完睡觉了，转过天来，"伙计你看看买布的给我找他们去吧。"那两位又来啦，"怎么着王掌柜的？""今天怎么样，能多卖点？""多卖？今儿个二两七成交，现在二两七有货。买的低二两三。"王成想了想不太懂，琢磨琢磨也明白了，"还能够再多卖点吗？""您怎么不明白呢？二两七成交现在有的是货，您怎么能多卖呢？""怎么那么便宜呢？""没跟您说吗，您晚来一天，你要早来行了，其实昨个来了我们不应该说，您就应该把货卖了。""卖了我不赚钱哪，我一百五十多两银子买的，到这卖一百五十多两我赔路费。""嗨，您这话没听明白，大概您头次做买卖吧，昨天你要卖的话您能卖三两。今天二两七有货，您二两五能买回来。您还是那五十匹夏布你不就赚了吗？您琢磨琢磨吧，没准明天行市还得小。你要卖我们就拉走。"王成一想反正我也不懂卖就卖吧。结果把这些都卖出去之后除去中间的手续还剩八十两银子，王成心里面别扭就把八十两银子放桌子上了。自己越想越别扭，回家怎么跟奶奶交代，坐着坐着不知怎么好，要哭，躺下可就迷迷糊糊睡觉了。睡着睡着就醒了，大概睡了有一个时辰，一翻身他起来了，"奶奶给了二百两银子，叫我做买卖，现在还剩八……哎呀！"定睛观瞧这八十两银子是不翼——而飞。

# 第三回

　　上回书正说到王成把这点夏布卖了以后，这回可赔了，仅仅剩了八十两银子，心里面这个腻歪啊。奶奶给了二百两银子来到北京，现在剩了八十，我再回去刨去路费还有什么？我有什么脸去见我那个奶奶，叫杨氏也看不起呀，想着就把这八十两银子搁在桌上躺下他就睡觉了，他这觉来得也快，睡醒午觉以后起来睁眼一看这八十两银子不翼而飞。银子哪去了？就剩这八十两还丢了。我搁错地方了？桌上地上床上全找了都没有。"伙计，伙计啊……"他这么一喊伙计赶紧跑进来了，"王爷，您有什么事？""我这银子哪去了？""银子？您搁哪了？""就放桌子上了。""多少？""八十两。""您去哪了？""我哪也没去，哪都没去。""没去，您那银子怎么没了？""我躺下睡觉了，睡醒了之后银子就没了。""嗬，您想想放错地方没有，怎么丢的，您关门了没有？""我忘了关门了。""好嘛，那怎么办啊？""我就这八十两银子了，呜呜呜……"王成那么一哭一闹所有店房的人全都进来了，怎么回事，怎么回事？掌柜的也来了问怎么回事。伙计说了："掌柜的，您看了吗，这位王爷把八十两银子放桌子上了，躺下睡午觉等醒了之后银子都没有了，他正着急呢，你看哭成这样。""我奶奶给我二百两银子叫我到北京做买卖，没想到到这就赔了就剩了八十两，我放桌上睡觉，结果全没了，呜呜呜……"

　　王成这时候就跟小孩似的娇生惯养惯了。他过去在家里富里生富里长，没吃过苦，这回感觉委屈又没有办法，他那么一哭别人看着怪可怜的，掌柜的半天没言语。"您贵姓？""我姓王。""王先生，您这银子怎么搁在桌子上呢？""我不搁在桌上搁哪啊？""您这是住店，住店银子可不能放桌子上，您得把它收起来或者交给我们存在柜上。"王成哪懂啊，一听掌柜的那么说哭得更厉害了，这时候这些看热闹的在旁边就说话了，"掌柜的别这么说，你看他丢了钱多着急啊，咱们帮着他找找。""咱们这店里那么多闲人，哪找去啊？"王成这个人最老实，听他们七嘴八舌的他一句话不说，掌柜的一看这个人真是老实，就说了，"王爷，你先别着急，您不是还没吃饭吗，叫伙计给您打盆水您洗洗脸，然后我请您喝茶，咱们从长计议。"

"王先生您从哪来？""我从平原。""北京有熟人没有？""没有，我头一次上北京来，亲戚朋友一律没有，我就是上北京做买卖来了。""好，您这么着，您呢先吃饭，吃完饭该睡觉您睡觉，钱呢咱先记账，您千万别着急，慢慢再想办法，实在找不着我也想办法给您拆兑点路费让您回去。"掌柜的说完之后打发伙计去给王成打水、沏茶，掌柜的就撤了。王成心里说，"你能给我拆兑路费，可是我回去有脸见奶奶吗，我还不如死了呢。"这时候伙计来安慰他了。"王先生别着急了，您先喝点茶，晚上想吃什么我给您叫去。""我吃不下去，呜呜。""您哭也没用，别着急了，听我的往开处想。"到晚饭时候这伙计就给弄两个菜来，又给他烫了一壶酒，"王爷，什么事您都别想了，先喝点儿，完事我们掌柜的给您慢慢找那八十两银子……"王成听伙计那么一说心情舒畅了一点，跟着就喝了壶酒吃了点菜，吃完喝完往床上一躺就睡着了。

书要简言，第二天天刚亮王成坐床上又哭起来了。掌柜到这来一看，"王先生，您别着急了，您想想北京有熟人吗，或者有什么好朋友，叫他们想想办法。""没有，我一个认识的都没有。""那您怎么办？""我知道怎么办啊？我奶奶给我二百两银子叫我出来卖夏布，到这也怨我，临出门她还嘱咐我宜勤勿懒，宜急勿缓，迟之一日，悔之已晚！""行了行了，您别说了我都知道，回头您该吃吃该喝喝，甭着急您先在这住着，慢慢咱们再想办法。"掌柜的走了以后伙计就来安慰王成，"吃住都不要钱，您就先在这待着。"

话是这么说，可是王成不行，他一点出路都没有心里胡思乱想，在店房里待了两天到第三天是日渐消瘦，脸也不洗了，忽然这一天掌柜的迈步进来一看。"哎哟王爷您怎么这样了，我不说叫您先别着急吗，我这有五两银子，这五两银子可不是柜上的，这是我个人的，您住在这虽然吃饭不跟您要钱住店不要钱，可是您也得有点零花钱啊，这五两银子您先花着好吗？花完了咱们再拆兑，有办法更好，没办法您就接着在这住着。您先歇着吧，我先走啦。"

诸位听众您问了掌柜的怎么这样呢？这是邀买人心，掌柜的回去琢磨了，他看王成这人非常的善良，你跟他着急或者把他轰走都不行，对老实人要横是缺德，所以给他来个软托儿，先给你五两银子叫你零花，你心里要是不落忍呢，五两银子花完你自己就走啦，这间房子呢自然就腾出来了。这是掌柜的心里想的，也是买卖人的一种生意经。

王成拿着五两银子什么话也没说，这时候伙计又进来了，"我说王爷，我刚才听说了我们掌柜的给您五两银子，您别着急了，您家里现在有几口人？""就两口。""还是的，两口子没有孩子您就更别着急了，您先住着吃饭哪要钱，住店不要钱，我们掌柜的包了，到时候给您零钱花，您这一住，您这就养老了怕什么的，我不应该说啊，您的大儿大女也未必这么孝顺您。""不像话。"一下就住了五天。

王成心想也不能成天在屋里待着吧，在外面溜达溜达，看见店房侧面墙边下蹲着一堆人，干什么？干吗蹲那？王成就看看里边都能看什么？哟这可新鲜。在平原的地方没见过。地上面放罗圈，好多人蹲着，两个人为主对面蹲着以后就看到罗圈里头放那么两个像鸽子的东西。什么玩意？一会儿那个人往里头扔几个小米什么的，这东西跟斗鸡似的咬上了。一会儿仿佛那就胜了，这就败了，追着满处乱跑，待会儿哈哈一笑把罗圈拾起来，那个东西拿走了。干什么这是？王成一转身就回来了。他一进店房柜房里掌柜问："王爷，看见什么了？""刚才有人弄那么一个大木头圈，有俩鸟搁里边咬，一会儿就走了，仿佛一个说输了请客。""您进来吧，我告诉您这不是鸟，这是鹌鹑。"鹌鹑王成只听说过没见过，"哎我说王爷，我想起来了。您那五两银子花了没有？""没有。""没有好办了，明天您买点鹌鹑卖。""我卖那个干吗？""您那地方没有斗鹌鹑的，北京可大行其道。你要买点鹌鹑卖，买了之后在咱们打磨厂口零着卖就行，整着买。这个对半利还拐弯呢，卖得好的话不少挣钱，时间长了您的钱还没准就赚回来了。您没干过好办，明天我给您找个帮忙的，我找个伙计去，他懂行，帮您买去，明天开始买去好吗？"王成一想我一点办法没有就听天由命吧，说着就回房去了。

待会儿到晚上掌柜的来了，"王爷，我找个伙计来，叫他明天带着您去买鹌鹑，买完了之后就在打磨厂鲜鱼口这领着您卖，他帮您两回您自己就会干了，慢慢地这八十两银子能捞回来。""王爷，您这事情交给我吧准没问题，保准您一本万利。""您贵姓？""我姓夏，叫夏德海，人家都叫我瞎摸海，明天早上您早点我跟您去。"王成就答应了。

转天天不亮夏德海就来了。"王爷，咱们走吧？咱们买鹌鹑去。"王成一想事到如今只有听着了，他哪干过个啊。今天夏德海领着就去了齐化门脸儿了，那边有鸟市，鸟市卖什么都有。来到齐化门脸儿一看一个摊一个摊的，王成什么也不懂，夏德海就问他，"您有多少钱？""五两。""您给我吧，我给您买去。"

这个卖鹌鹑不是一只一只地摆着，而是一个长方的笼子里边分开隔，一个隔断一个隔断的，每一个隔断就是一个窝，窝里面放一只鹌鹑，这一个笼子是五十只。

夏德海问了，"掌柜的，多少钱？""这一笼子都拿走，说银子您给二两五。""二两五太贵啊，一两五行吗？""一两五，您有多少我收多少。""干脆二两银子行吗？""二两行，但是您得都要了。""都要了没问题，四两银子这两笼都给您。""好嘞，您买了之后怎么拿走呀？这个笼子可不给您。"夏德海从旁边买了两个装小鸡儿的篓来，"装这里吧！""怎么着，倒这里？行，你说倒咱们就倒。"卖鹌鹑的一看到这好，呼噜五十个倒这个篓里，那五十个倒另个篓里了，一边倒心里一边乐，你这四两银子不是扔在大河里——听不着响吗。

# 第四回

　　上回书正说到王成跟店房伙计夏德海到齐化门花四两银子买了一百只鹌鹑，又买了两个装小鸡儿的篓子，王成是能吃不能干，自己雇了一辆车把这两篓子鹌鹑就带回了打磨厂天丰店，来到店房下了车给了车钱他那五两银子也花差不多了。

　　来到王成住的这个屋子，把这两个篓往屋里一放，王成问夏德海："我说，咱们买那么多鹌鹑怎么办？""明天早起咱们卖去，告诉您这东西利大，一天卖几个就能把本钱赚回来。这么一卖您就赚钱了，您放心，明儿我跟您卖去，准拿！""好吧，你受累吧。"当天无书，该吃吃该喝喝，晚上睡觉的时候就听鹌鹑在篓子里嘞哩噗噜嘞哩噗噜地折腾。王成迷迷糊糊到后半夜才睡着。睡醒以后，天亮了，王成起来赶紧到篓里看看鹌鹑，这些鹌鹑折腾一宿不知道什么样了……哎呀，坏了阴天了！王成赶紧跑出来，站在屋门口喊，"瞎摸海，瞎摸海！""王爷，今天这个天可够呛，外面阴天了说话就下雨，您看了吗说话雨就来了。""那咱们还摆得了摊吗？""今天够呛啊！""不是，你看……这鹌鹑怎么都死了呢？""我看看。"夏德海猫腰一看这两篓鹌鹑死了有一半，"怎么死的？""我不知道啊！""王爷您放心，赔不了。您别看死了一半，一半咱还得赚他一多半，咱怎么也得赚他五两六两的，您放心。""那怎么办？""您甭管，把这死鹌鹑拿出来，搁在一个篓里头。这些活着的咱们放一个篓里得了。今儿咱出不去了，明儿见。您看这下雨了，没法摆摊。回头您吃什么给您叫去，您甭管了。"说这话夏德海就把这些死鹌鹑拿出去扔了。

　　今天这一天啊王成心里特别别扭，就听见鹌鹑篓子里面还是嘞哩噗噜乱响，王成也听惯了。等第二天醒来一看，好嘛连阴雨，"瞎摸海。""怎么着王爷，今天连阴雨咱们还是出不去，你看……鹌鹑又有死的。""啊？还剩十几个，这回可赔了。""我告诉您赔不了，起码咱们也得赚个本钱，这可真邪门啊，怎么都死了呢？您放心，今儿咱出不去明儿去。"说着他又把这些死鹌鹑用围裙兜着给扔了，"王爷，还是那句话该吃就吃该喝就喝，我给您叫菜去。明儿晴天，咱这十几个鹌鹑咱也得卖个本钱，您放心。"

这天过去了，转天一早晨，王成醒来一看，天亮了，出太阳了，再一看鹌鹑，"瞎摸海……""怎么着王爷，今天天气可不错，咱们赶紧走，卖鹌鹑去。""你看都死了，全完了。唉！就还剩一个，全都死了。怎么着？这还赔不了钱吗？这下……"这回夏德海没话说了，蹲在这把这死鹌鹑拣出来，拿围裙兜着自言自语："这是怎么回事呢，跟得鸡瘟似的死了，这鹌鹑还得传染病吗？"。他自言自语兜着十几个死鹌鹑往外走，正走到店房门口迎面碰见掌柜的了。"瞎摸海，你这是干什么？""掌柜的，您不说叫王成做买卖吗，我跟着他到齐化门买了一百个鹌鹑，这不邪门了吗，几天都死了，就还剩下一个。我琢磨是得了什么病啦，全死了。""没听说过鹌鹑得什么病的啊，你拿什么家伙盛来着？""鸡篓。""宝贝儿啊，你多爱人儿啊，鹌鹑跟蛐蛐一样好斗，放在一起就咬。你都搁一块儿还不咬死。你呀……"

掌柜赶紧进屋看看王成，只见王成坐在屋里两眼直勾勾地瞪着那只鹌鹑，"我奶奶给我二百两银子做买卖，到现在只剩下这一只鹌鹑，我怎么回家啊，我的奶奶，鹌鹑，鹌鹑，奶奶……""王爷，您这怎么来着？""全完了，你给我的五两银子完了，我自己的二百两也完了，都死了……"掌柜的过来先看看这两个篓，然后又拿起仅仅剩下的那一只鹌鹑。这个鹌鹑不大，就仿佛跟咱们平时养的画眉鸟差不多，掌柜的一伸手就把鹌鹑拿在手里了，拿手里仔细一看，"王先生，我告诉您，我啊喜欢斗鹌鹑玩。""你喜欢你拿去吧。""我跟您说，您把这只鹌鹑交给我您放心吗？""我有什么不放心的，我全完了，还在乎这个鹌鹑吗？""您听我说，我回去看看！咱们六七天以后我跟您再见面，没准您的路费，您的挑费吃喝穿戴都可以找这只鹌鹑要。""什么？我连路费吃喝穿戴，我找鹌鹑要？要它给吗？""你看，我就这么一说，您这么一听，那九十九只鹌鹑没准就是它咬死的。"掌柜的把鹌鹑拿走了，王成还坐在屋里发呆呢，这时候伙计进来了，"王爷，我们掌柜的说了您想吃什么我们给您叫去，他叫您别着急，您住几天都行想吃什么吃什么，您就放心在这住着。"王成这时候也豁出去了。

剪断接说，过了七天掌柜的进来了，手里拿着那个鹌鹑，"王爷，给您道喜啊！""掌柜的，您啊纯粹拿我开玩笑，还给我道喜。""您看这个鹌鹑了吗，这是好种您不懂，我给您出个主意，我们北京这地方都讲究斗鹌鹑，你们平原县没有吧，您看大街上的行人，腰里面挂个口袋的都是鹌鹑，您现在还有零钱吗，有零钱买个口袋把鹌鹑装在里面，您就门口一转悠有跟您斗的，您就跟他斗，多少挂一顿饭钱准保您赢，如果今后时间长了赢了钱做盘缠，也够您吃饭了，也够您住店了，鹌鹑都能给您赢得出来。这个鹌鹑可了不起。"王成一听不像话，我穷不是的，过去我爷爷是王府的仪宾，我们家里头过去是财主，现在只落得我跑这没事斗鹌鹑了。"王爷您多咱买口袋去？"王成一看脚底下这双袜子，好多天了也没洗，袜子虽然破前面倒是给补上了，他把这袜子脱下来了，然后冷不丁，咚，就把鹌鹑扔在臭袜子里面了，掌柜的吓了一跳，"王爷，您别摔它呀，行，您就把它搁袜子里吧。您先试试，您先别着急，您去门口待会儿。您往门口一站准有人跟您斗，有斗的您就找我，我出去准能赢。我跟您说我玩这个东西的话有年头了，我这眼力恐怕看不错。"

王成听着，现在没办法又没钱，又没路费，只好按照掌柜的的安排拿着臭袜子到门口去了。他站着正发愣了，就从那边来了两个年轻小伙子，说说笑笑一眼就看见王成了，只见王成有二十多岁，光头没戴帽子绾了一个发髻，身上穿着一件灰色的长衫，挺文气的，脚底下没穿袜子，穿双旧鞋，手里提着一根破袜子。"嘿，我说您拿的那是什么，袜子里是什么呀？""鹌鹑！""哈哈哈，鹌鹑放袜子里？，怎么样，斗斗吗？""你们先等会儿，掌柜的……有斗鹌鹑的来了。"掌柜的应声而出，手里拿着一个圈，把这个圈往地上一放，从怀里掏出一个小口袋来，这小口袋里面是什么呢？书中暗表这是苏子，喂鸟的鸟食。掌柜的一边说一边布置现场，"来来来，二位，咱们先说好了怎么个赌法。""你们说吧。""好的，咱们打个哈哈凑个趣，赌顿饭，咱们有一位是一位行吗？咱们四位，你们哥俩，我们哥俩，谁输了谁请客。就吃二两银子的。""好嘞，一言为定。"

　　说好之后，人家一伸手从屁股后头这地方拿个一口袋。王成一看，这个白布口袋有一尺五长，直径约有四五寸，口袋底部是圆的，底下有这么一个藤子片做那么一个圆圈，鹌鹑就是在底下。人家往那口袋里一伸手就给鹌鹑拿出来放在圈里头了。王成一瞧他们的鹌鹑比自个的个头大。王成左手提着袜子口，右手往那圈里一抖，人家赶紧用手捂住自己的鹌鹑，"您别砸呀！我说您这是鹌鹑吗？"掌柜的说话了，"您甭管大小，关键看最后的输赢，输了可得请客。"掌柜的捏了几个苏子往里一扔时，鹌鹑一见食就抢，平时都饿晕了，一抢食大鹌鹑过去就咬王成的小鹌鹑，小鹌鹑拨头就跑，"嗨，我说，您这是什么鹌鹑啊，不出斗啊。"斗鹌鹑不对嘴，跑了不能算输赢，必须得对嘴才算，小鹌鹑在圈里面转悠，王成一看，"这还斗什么劲啊？我说掌柜的，趁早把它搭出去吧。"掌柜的心里有根，"王爷，您别着急，胜负就在此——一回。"

# 第五回

　　书接上回，王成跟天丰店的掌柜的在店房门外跟两个年轻人一起斗鹌鹑，可是王成这个小鹌鹑放到圈里之后它不咬，大鹌鹑追得满处乱跑，人家一看你这完了，还斗什么劲啊。它不张嘴、不出斗，他这个小鹌鹑不张嘴，大鹌鹑追着它满处跑，小鹌鹑就在这圈里头转悠，但是它不出去。一会儿就瞧这小鹌鹑往里圈边上那么一贴，大鹌鹑一叮它，小鹌鹑一下蹿起来，照着大鹌鹑腮帮上就是一嘴，这时候看热闹的人全都注意了，当当的没完了，一会儿工夫就把对方大鹌鹑给叮跑了。

　　"掌柜的说怎么样？""我认输了，不过我今天输得窝心，我这个鹌鹑输给臭袜子里装的小鹌鹑了。"说着掌柜的和王成说说笑笑就把圈收起来了，王成把鹌鹑往袜子里面一摔，别人看了吓一跳，人家收鹌鹑的时候是把口袋打开，这只手慢慢地把鹌鹑送到里边去，最后往腰带上一掖，他可好整只臭袜子拿手提着，咚，装里头了，他们几位一块儿进饭馆吃饭去，坐在那足吃足喝，吃完之后掌柜的跟王成回来了。

　　进了店房掌柜的说："王爷，怎么样？""别叫王爷了，我……""王爷，我告诉你，这个小鹌鹑跟谁斗都能赢，您就来吧，我现在给您点本钱，您跟人家赌去，我不能老陪着你，我还告诉您，您缺什么都跟它要。"王成经过这次斗鹌鹑也有点感兴趣了，掌柜的这时候又给了他两吊钱，王成心想，"反正也这样了，您对我这么好，这么长时间都没问您贵姓？""我姓黄，要不这么着吧，今天咱们论弟兄吧。"掌柜的其实是在哄着他，叫他能凑够盘缠钱，换双鞋赶紧回平原，也

145

体会到王成确实是个忠厚老实规矩人。

转天，王成在店房吃饱了带着钱提着这只臭袜子就溜达出来了，就在打磨厂这么一转悠，敢情北京大街小巷都有斗鹌鹑的，这里头斗鹌鹑的也分三六九等，有小孩玩的，有大人玩的，有讲究的，有不讲究的，甚至宦官他们都玩，王成街上那么一走，提着这只袜子找到一个斗鹌鹑的他就过去了。王成分开众人，"几位，斗斗吗？""斗啊，你带着鹌鹑了吗？您这个是？啊？臭袜子里装鹌鹑。""你管我这个袜子干吗？就问你斗不斗。""斗啊，赌多少钱？"王成这时候也豁出去了，他就带着两吊钱，"咱就赌两吊钱的。""行！"说着王成就把这个袜子口往下一放，扑棱，就把鹌鹑倒在圈里了。"哎我说，你别砸呀！""你管我砸不砸干吗，赢了给你钱不就得啦。"王成心里说这钱也不是我的，我这回试试。

众人一看，"好嘛，这么小的鹌鹑，两吊钱准撂这了。"这小鹌鹑也怪，刚一搁在圈里头也不摇，工夫大了，一会儿就赢了，赢了两吊钱王成就有兴趣了，其实这个斗鹌鹑讲究可深了。

行家玩鹌鹑是这样的，鹌鹑买到手以后，讲究"撑、空、使、把、崩"几个字，也就是要一点点地培养这个鹌鹑，把鹌鹑锻炼好了之后还要饿着它，鹌鹑要是吃饱了绝对不能斗，所以说两个人斗鹌鹑的时候把它往圈里一放，撒上苏子之后鹌鹑要抢食，所以就斗上了。这些讲究王成很快就熟悉了，没有几天他就跟掌柜的说我一共赢了多少钱多少钱了，这回可以暂时保证温饱了。又过了几天王成拿着这个臭袜子转悠一圈，没鞋换鞋、没袜子换袜子，想吃什么饭馆门口一站，斗完了准吃上。王成天天有活儿干了，就在前门外这一待一个来月，是玩鹌鹑的都知道他了，要提王成没人认识，要是说"臭袜子"没人不知道。你别跟他斗，跟他斗准输，这个小鹌鹑不大，你跟它斗准完。

王成最早就是在前门这一带全赢遍了，然后又到顺治门这里转悠，他是越玩越精，连西单一带也照样去，时间不长他手里存了有这么十几两银子了，要说路费也够了，但是他不想走，如果走啦一者说不够二百两银子的本，再者说出来这么些天我奶奶跟我老婆在家，我回去还这模样怎么对得起他们呢？再说我要是回去我这个鹌鹑就没用了。我还是在这待些日子吧。

王掌柜的在这时候也不断地教王成怎么调养鹌鹑，告诉王成，"您就不会买个口袋吗？光搁在袜子里还成？"王成买来个口袋发现这个小鹌鹑不待，最后还是得放臭袜子里面，估计是小鹌鹑习惯了。王成呢现在跟那掌柜的吃喝不分，现在给他算店钱算饭钱也就差不多了，可是他也不想走了。荏苒之间就到年底了，掌柜就问："怎么着，兄弟，这就过年了，眼看就祭灶，还不回去吗？""您说我回去干什么？回去就这模样，另外我还舍不得我这个鹌鹑，我一回平原这个鹌鹑就没用了，你说要是把它卖个百八十两的我还真舍不得，算了，我呀先不回去了。""不回去也行，在我这里过年，正月里面也正好忙，前门这地方过年也热闹，比你们平原热闹多了。"

话说王成在北京过了一个年，也赶上了北京的热闹，眼看这就到正月十四了，现在的王成可不是过去了，通过这半年来在北京斗鹌鹑，社会常识、人情世故等等都不一样了，说话现在也会说个笑话，找个乐什么的都行了。掌柜的问他，"我问你点事，你最近听见什么消息了没有？""什么消息？""明天什么事情知道吗？""不知道！""我有心不告诉你，但是又怕耽误你的事，我有心要是告诉你，又怕你戕火"。"什么事您说，您说这话？叫我不疼不痒的。您要想说您就说，您要不告诉我您又跟我说这个干什么呢？到底是什么事？""就在大亲王府里面每年正月十五与民同乐斗鹌鹑，你没听说吗？我告诉你，你去不去？王府的鹌鹑跟你斗的鹌鹑可不一样，人家有把式，好种好鹌鹑有的是，你要是有好的鹌鹑进王府你输了也是丢，赢了也是丢，王府可不同前面大街，所以我不敢告诉你，我怕你这个鹌鹑没了。那么我又告诉你是什么道理呢，王府的鹌鹑咱们不能赢，如果赢了王府非得买你这个鹌鹑不可，王爷要是买你敢不卖吗？如果卖了你的鹌鹑就没了。"

这个鹌鹑不能输，如果输了鹌鹑就废，一输就完，鹌鹑跟蛐蛐一样，您看多好的蛐蛐一输就完了，人家讲究的人也就不要了，往边上一扔另外换别的。

王成一想，我就在北京待着算怎么回事？别管怎么说。我们家里不还有老婆吗，怎么着我们也是髻鬟夫妻呀，另外我还有一个奶奶呢，毕竟她承认我这个孙子对我有好处，我不能老不回家，老在这一家不一家两家不两家，如果上王府去一趟，鹌鹑要是赢了那俩钱我就回家，鹌鹑要是输了我这点钱也够路费了，有道是"水流千遭归大海"，我早晚也得回去，王成这时候跟掌柜的说："大哥，干脆明天您跟我去一趟吧！早晚我也得回家，赢了输了我都得走。""好吧，明天早晨天不等亮你来找我，我跟你一块儿去，我还有一个事情跟你商量，倘若你这鹌鹑要是赢了的话，这是万一，如果赢了，王爷非买不可，那个时候你可别轻易地要价，他给你价你也别点头。""怎么？""傻兄弟，这是一锤子买卖，你看我的眼神行事，我一摇头你就别卖，我一点头你就卖给他，知道吗？懂吗？""懂。"二位商量好了之后，当天晚上安心睡觉，转天还没天亮呢他们哥俩拉着手带着鹌鹑一同够奔——王府。

# 第六回

书接昨天。王成跟天丰店这位黄掌柜的两个人带好了鹌鹑，天不亮的时候，从店房出来一直够奔大亲王府，离王府有多远的时候一瞧，这些人啊，都是往王府里去，有二十上下岁的，有三十多岁的，也有五十多岁的，还有六十来岁的，有的是商人模样，有的还是文生打扮，各行各业的都有，但是服装都挺整齐。因为服装不整王府也进不去，看看身后都鼓鼓囊囊的，看起来在他们身后挂的不只是一只鹌鹑，因为没有鹌鹑王府不叫进去，你要是想到这里看热闹不行，既在江边站就有望海的心，都堆在王府的门口。

王成跟黄掌柜的到这来一瞧，门外站了一百口子不止，王府大门还关着，有的见面熟悉就说话，"今儿怎么着？今儿想发财吗？拿点什么？""拿什么，开个眼算了，还别听这么说，没准就有赢的。""怎么着，赢啊，你先准备着输再说……"你听吧，高谈阔论嚷嚷，一会儿工夫天大亮，咕噜咕噜门开了，王府的门那么一开，王成注意观瞧，起脊的门楼儿，青堂瓦舍。虎座门楼，兽口衔环，门钉密排，门前九层台阶，上下马石，一对石狮列摆两旁分为左右，八字砖影壁，四棵龙爪槐，王成一看这王府是讲究，从里边出来两名武士，跨马服箭袖袍，带着腰刀，一边一个站在门的两侧，随后从里边出了一个管家模样的打扮，看着岁数也有个五十来岁，"我说兄弟们，父老们不要乱，今天是好日子。我们往年与民同乐，大家伙既然来了，咱们就找个痛快，进来的时候不要往里拥挤，进来，这五个人进来！"随后进来五个人。"还有一节，进王府以后，不准满处乱去，告诉你往哪去就往哪去，随便乱走不行。不要满处乱看，如果要是随便乱走的话我们要逮着了，王爷可不客气，我说的话口冷点。诸位父老们，兄弟们，乡亲们，听见没有？来吧，别急，还没让你进来，你挤什么？"

这么多人得进一会儿了，一道门道的时候只见门道里头有两张桌子，两张桌子后面坐着四个人，桌上有笔墨纸，有个人负责登记，叫什么名字，哪的人多大岁数都写完之后让你进去。到了王成这跟黄掌柜的两人紧挨着来。这时候过来一个像当官的，威武至极，"你姓什么？""姓王。""哪的？""平原县的。""啊？平原的？上北京来斗鹌鹑？""我就在北京住。""带着鹌鹑了吗？""带着了！"王成说声带着了可没往外拿，那位也没看，一看王成是个规矩人，像个念书的也就放进去了。真要是把臭袜子拿出来，还不一定进去进不去呢。

这个时候王成跟人家进去了，随后也进了不少的人，有人领着他们来到这么一个跨院，看着好像这么一个花厅似的。院子可真不小，四周围都是走廊，迎面北方五间，走廊上头站满了人，全是些斗鹌鹑的，有些个武士站在廊檐的角上，在迎面那个地方有一个茶几，茶几的旁边放着有一把太师椅，茶几上面摆着有一个盖碗，太师椅的下面前面有个脚搭，此外在两旁边一边有四把椅子，看起来当中间那座可能是王爷的。他没有作陪的。在廊檐下边一边有两张条桌，这边的条桌上面放了一个天平，称什么的不知道，下面有箱子后边站着好几个管家，那边条桌上面有笔墨账本，不知是怎么回事，就在院中当中的地方，拿砖垒的有这么一个小台，直径约有三尺多，高也就有二尺多，在上边放了一个圈，这台的形状是圆的，这个圈跟他们平时斗鹌鹑的圈不一样，好像是个红木雕刻的非常讲究，里边垫的是沙土，在旁边放了一个小茶几，高装的茶几上放着一个小盆，盆里可能就是苏子。这套东西摆在这非常的精致。周围走廊上站满了这些个老百姓，下边站了不少的武士。少时间都进了王府大门关了，再想进来不易了，随后都站起以后，一个喘大气都没有，少时间就有人喊了："请王爷！"

说声请王爷，一声咳嗽从屋中走出一个人来，高个挺魁梧，满面红光。三缕花白胡须，红扑扑的脸庞，看着就那么富态，精神百倍，头戴四块瓦员外巾，身穿紫缎子团龙的员外氅，腆胸叠肚地就走出来了，而且身后跟着好些位呢，这些位虽然都穿着便服，但起码也是不小的官员。他们陪着王爷坐在两厢，王爷往当中一坐，有从人前来献茶。

一儿工夫有人就把这花名册递过来，"启禀王爷，今年来的百姓一共多少多少名。"王爷拿过来大概一过目就完了点点头，"把式呢？传吧！"说一声传把式，就从东面走出来三个人，王成站在廊檐的西面注目观瞧，前头走的这位大约有个七十来岁，胡须都白了，高个挺魁梧，看起来会练两下子，挺精神，脚底下穿着薄底对缉脸快靴、灯笼裤，真跟武士一样。身后的两位一个在四十多岁一个在三十多岁，最好看的是在腰间一人带着一个白绫子的口袋，不用问准是鹌鹑。三个人来到王爷的前面，"王爷，给您叩头。""大把式，今天就看你们的了。""王爷您放宽心，今天咱们下去咱一阵也输不了，他们带多少钱都得留在这。""哈哈哈……好，你就下去跟他们说说。""是。"话说三个人站起来了，这老把式一转身冲大伙一抱拳，"诸位远亲近邻们，父老们，乡亲们，今儿个什么日子，知道吗？今儿正月十五，我们亲王开天地之恩，跟大伙儿要斗鹌鹑，这叫与民同乐。所有一站一立的来了你们就别客气，带着多少钱，你们瞧见没有！这个箱子里没别的，除了金子就是银子。"说声打开，身后的管家把这些箱子盖一掀，大伙注意观瞧，嗬！秋后的螃蟹顶盖肥，白花花的那是银子，有五十两一个的元宝，有拿纸包包好，一包一包的是五十两一封的银子，还有银条，黄澄澄的那是金子，一根的金条有十两的有二十两的，还有金元宝，王府可真有钱啊。

老把式接着说，"来的这些人们瞧见了吗？王府里有的是黄金白银，可就怕你们拿不走。伙计们，谁来头一阵？""我先来来！"身后一位年轻的就来到这个圈的边上，老把式就撤回来了，"诸位诸位，刚才我们师傅说了半天了，哎哪位想较量你们就下来。我先给你们亮亮范儿。"说着把这白绫子的口袋打开，右手伸到这口袋里头去，就拿手握住一个鹌鹑，把鹌鹑拿出来往那圈里头这么一放，大家定睛观瞧。嗬，这个鹌鹑跟小鸽子似的真好看，一身银灰色的毛，在圈里特别精神，把式说："诸位，有不怕输的吗？下来试试，不拒多少……"这句话还没说完，从里边走出一位来，"我来吧，我来试试。""你先上账去"。

上账就是登记，把式冲着这位一扭嘴，这位就过来了。"你姓什么？""我姓付。""在哪住？"诸位听众问了，问住处干吗呢，将来你这鹌鹑真要是好，把王府的鹌鹑赢了，想买你的你不卖，要是把你的住址留下他能找到你家里去，所以说得登记。

登记的人一伸手把这口袋拿出来了。一个灰色布的口袋掏出瞧瞧，看看是不是鹌鹑，如果不是，万一带着凶器可了不得。所以说登记的时候得检查一下，"你赌多少钱？""赌一两。""一两？王府里不哄孩子，懂吗？留着那一两银子回去把坟地修出来，我告诉你起码五两。"五两银子在老百姓身上可是不少钱，如果一个人出去卖个苦力去，或者做个小买卖的话，一天能挣二百五十钱，家里有三口人四口人，一天的挑费就够了！到王府这里斗鹌鹑一张嘴就要五两银子啊，这位一咬牙，写账的就给写上了某某人五两。回来就来到天平把银子往上面一放，正好五两。随后他又拿出五两搁在这边一平了，一边称银子一边说："赢了回头都归你，输了那就完了，下去吧！"就见这位钱也交了，也登记了，临完了走到把式跟前一鞠躬，这是个礼节，随后把鹌鹑拿出来往圈里一放，这把式往圈里撒了几个苏子。两个鹌鹑这一顶嘴时间可不小了，一会儿的工夫就听把式喊了："搭出去，五两——入库"。王成在边上一瞧，你们好洋气啊，跟黄掌柜的一使眼神，心说——我来。

# 第七回

上回书正说到王成来到王府参加这次斗鹌鹑的大会，这是大亲王每年正月十五要与民同乐，开始在他家里头有这么一次斗鹌鹑的大会，听起来好听，叫与民同乐实际上他一直是为他个人找乐趣。另外他还能赚很多银子。为什么说他能赚多少银子呢，因为他家里头养鹌鹑都有鹌鹑把式。就这三个把式每个月他们的工钱就不少，一天三顿饭鸡鸭鱼肉又有酒。虽然王府的金银有的是，似乎他生活当中挥金似土，可是有的时候他也算计，他每年正月十五灯节这天与民同乐，其实呢，他养活这些鹌鹑每年的正月十五都能给他挣不少的银子。

今年的正月十五，王府来了有二百多老百姓，都挤在花厅里面。其中就有王成跟黄掌柜，三个把式出来摆好了圈，放上一个鹌鹑，嚷了半天出来一个百姓跟他斗鹌鹑，赌五两银子，起码是五两。结果很快这五两银就算输了。这把式一阵喊嚷搭出去，这时候记账登记的跟着就接腔"五两，入库"，嗬，再一看这王爷一捋自己的长髯，哈哈一笑，得意扬扬！两旁厢陪着的那几个官员阿谀奉承，闹得这些老百姓站在边上都不敢下去了。说实的这些人来到这有的是家里有钱的阔少，好玩，今天到这来憋着赢点，也有的真没钱。养活这些鹌鹑就等这天，但是你得有本钱，在外边借高利贷到这来，兴许能捞个千八百两的。但是王府这个钱你不容易拿走，有的时候把鹌鹑放下去了，输得丢盔卸甲，最后这账还不了，结果自己投河或者是跳井或者悬梁自尽，就在这斗鹌鹑当中不知道害了多少人。

王成在这看着他们，他也想下去，拿眼睛看了一下黄掌柜的刚要往下一迈步，黄掌柜伸手一拦他，"你干什么？""我跟他斗一回。"王成想什么呢？别看我臭袜子里头这只鹌鹑，从来没输过，在北京将近半年了，我缺什么我这鹌鹑就给我赢来，今天我就不相信王府这鹌鹑我赢不了他。可是黄掌柜的拿手一拉他的衣服："你先别下去，再看看，你知道这一站一立都是什么人啊？人家的鹌鹑是好种，王爷家有的是好鹌鹑，你看边上的把式，人家是专门摆弄这个的。你这个鹌鹑刚到这还不知怎么回事你就下去了，下去你这个不见得准赢得了，即便你赢了他这一阵的话他后边还有他接第二一阵，你不就输了吗？你先看看"。

　　这么会儿工夫又下去一位，这位也是先上账，赌多少银子等等都写上了，银柜一上天平称完之后，让你下去，下去把鹌鹑放在圈里头，没有一会儿的工夫准输，书不重赘，连着六七个都输了，有赌十两的，有二十两的也有赌一二百两的，其中还真有一千两的，您就听吧，"五百两入库，搭出去，三百两入库，搭出去……"这钱跟流水似的，就这一个鹌鹑就赢了这么多。这时候后面二把式说话了："哎我说兄弟，差不多了，咱们换换吧。""师哥，没关系，我这鹌鹑赢他们十个八个的没问题，盯得住"。他有点贪不下来，行业里面管在场上斗鹌鹑不下来就叫"贪场"，后面这大把式跟二把式也惦着在王爷府人群当中，特别是在王爷眼前头显示自己，他不给这个机会，可也估计到了所来的这些人，带这些鹌鹑没有次货，有的人带两鹌鹑进来之后不打算斗，就为来看看热闹，就在这么会儿工夫又下了一位，"把式，我跟您斗一回。""去那边上账。""先生您给我写上。""姓什么？""我姓班。""叫什么？""班不动。""班不动？你怎么叫这个名字？""这是我们家给取的小名，后来叫响了也就叫班不动了。""带几个鹌鹑？""一个。""拿出来看看。"他伸手在后面就摘下他的口袋，顺手在口袋里头把鹌鹑掏出来看了看，"赌多少？""四十两。""给他写上。""在哪住？""草场九条"。他提着这个鹌鹑来到这边把这四十两银子放在天平上了，管银子的家将拿了四十两银子也往天平上一放，等一会谁赢了归谁。"下去吧！"你看马上他到这里一看圈里的鹌鹑矫健极了，他一伸手把他的鹌鹑拿出来往那圈里头这么一放，这三把式抓了几粒苏子就扔在圈里头，这俩鹌鹑就咬到一块儿了，说实在的，一个赛一个这回可较上劲了。总有一碗热茶的工夫，最后就听三把式说了："搭出去，四十两入库"。完了，班不动这回也搬动了。就见班不动垂头丧气："完了，四十两银子送人了。"一边走一边想，"我憋了半天了，这四十两银子我琢磨拿了……这一下完了，半年未必挣得回来啊。"搬不动这回也给搬动了，垂头丧气就回到人群之中。二把式这上来把三把式替下去了，其实这三把式不想让，二把式上来之后把他的鹌鹑拿出来往圈里一放，这时候来个山东口音的人："好家伙，我说把式，啊我来来，我先上账去，我赌一百两。"这个山东往身后拿出一个白布口袋，右手进了口袋从口袋里面拿出一个鹌鹑，上账的问："你姓什么？""我姓窦，叫全胜，窦全胜。""听这名字看来这些银子全得归你啊。""也不一定，多少赢点吧。"上完账了鹌鹑往圈里一放，把式在里面撒了几粒苏子，这俩鹌鹑也斗上了，咔嚓咔嚓……这工夫可不小了，一会儿的工夫山东一瞧这个圈里头没别的，竟是羽毛了。这两个鹌鹑身上羽毛掉都不少，就见有一个鹌鹑一下子从圈里蹦出去了。王府这把式一看自己刚上就输他了，半天没言语。山东把自个的鹌鹑拿起来之后装他口袋子里头，"我说王爷，我这二百两银子赢了吧？"王爷看着也没言语，到了给银子这地方，"你赢一百两，按照王府的规矩坐你一成的水，你懂吗？给你九十两。""好家伙啊，输了我输一百，赢我就赢九十啊。""就这规矩。"王爷这时候搭话了，"咱那个水钱咱们就别坐了，你们这钱回头我给，赢多少给他多少，听见没有？谁下来斗鹌鹑赢多少钱给人多少，别坐水了。"由于山东那几句话，王爷说了这么一句。山东马上搭茬，"你看看，还得是王爷。"随后他得了一百两，他刚一转身要走，二把式说话了："我说窦全胜别走，我还有鹌鹑呢，"伸手从后面又摘一个白绫子的口袋来，"你把那一百两搁上，你再多赌点，咱们再斗一局。""真对不起，我见好就收吧，这一百两银子我赢了，我不赌了。""别走啊，你还怕赢是怎么着？""我不斗了行吗？""多叫你赢几个不好吗？""我不斗了。"王爷这时候又发话了："我说二把式，不管是谁赢了以后人家不斗了不能强迫，愿意斗就斗不愿意斗，何必强迫，让人家去！"王爷就这两句话。老百姓当中纷纷议论，嘿，还得说人家王爷，人家多厚道。莫怪人家做王爷！

　　王爷说这几句话实际上是邀买人心，听完王爷的话二把式灰头土脸地就下来了，大把式走出来马上跟大家说："诸位，里里外外，一站一立的，来到这的乡亲父老们没有外人，王府的金银有的是就怕你们拿不走。来吧。我还有个鹌鹑大伙先看看，我先给大家亮亮范儿。"老把式一伸手把鹌鹑掏出之后往圈里一放。王成此时节定睛观瞧，这个鹌鹑真是与众不同，身上羽毛乌黑锃亮，黑得冒油，小红嘴两只眼睛闪闪的发光，在圈里头来回地走动，看出来两条腿很矫健精神，老把式又说了："哪位下来，十两二十两的别说话了，下来瞧瞧我这鹌鹑，咱们斗一阵，诸位，买个马个人骑，舍不了孩子套不着狼！"老把式话还没说完了忽然间就有人高喊一声："老把式——我接着您"。

# 第八回


　　上回书正说到这老把式把它这只鹌鹑放在圈里边，正在跟大家叫阵的时候，忽然间有人高喊一声，"老把式别说了，我接您的。"就这句话说完之后大家注意观瞧，见此人从廊檐上迈下来，一看这个人与众不同，是个文生打扮，看年岁也就在二十多岁，头戴方巾，身穿蓝色的文生氅，腰中系着二蓝丝绦，大红中衣白布高筒袜子，青色的裤子福字履，白粉底，往脸上看，白润润的面皮长圆脸，五官端正。有的人认识，有的人不认识。"这是谁呀？像个秀才，可他的帽子上没有镶嵌帽正啊？"没有帽正就是没有功名，"这是王成，王成没听说过吗，臭袜子那个"。好多人了，都在交头接耳。

　　老把式看了看从廊檐下走出一个文墨书生，王成说："您给我写上吧""姓什么？""姓王叫王成，住在前门外打磨厂天丰店。""什么？住店？你哪的？""平原县的。但是我在北京住了很长时间了。""带了几个鹌鹑？""就一个。""拿出来看看。"一伸手王成从身后就把这只臭袜子摘下来了往上一举，"你什么玩意这是。你这弄着袜子搁着干吗。""我这鹌鹑就在袜子里装着。""你这样的鹌鹑还敢往这拿？赶紧走……"就听周围廊檐上这些个斗鹌鹑的在这里窃窃私语，"臭袜子出来了，臭袜子，这回王府的银子估计都得归他。""没那个事，他那是跟咱们行，人家王府里头的鹌鹑都是什么种？他这个不行。"王爷身边这些随从马上说了："你们闹什么这是，前面你们管干什么的？什么人都放进来了？要看这个人的外形可不错，他带着臭袜子来了，你们也让进来。"王成说了："您管我这袜子干什么？我这袜子里有鹌鹑。""你这个鹌鹑还能好？你敢往这拿？""我们这里不管哄孩子。"

王成一听王府里头你们这些个管家可真是盛气凌人，哪有这么说话的，哄孩子！"先生，咱们来斗的不是鹌鹑吗，您管我鹌鹑放在哪呢？是不是，我这个鹌鹑就是在这里长的。换口袋它还不待呢。"王成一伸手从袜子里头把小鹌鹑掏出来了，"您瞧。""这是鹌鹑吗，这，这么个小玩意，你这个干吗呀，走走。"他这一轰王成，这时候两旁看热闹的人说话了，"我说管家让他下去吧，臭袜子鹌鹑可厉害了，他可吃遍了前门一带，我说，您让他下去，你别看这金刚钻小，他可能碾瓷器。""这谁这么说话？""是，您看他脚下那双鞋是我输给他的。""对，他头上那帽子是我输的。""你们都嚷嚷什么？"好些个武士就圈过来了，别人就不敢言语了！王成把鹌鹑咚就放在这袜子里了，别人一看怎么那么狠，人家拿鹌鹑都轻拿轻放，他满不在乎。"您不用管我的鹌鹑大小，输银子我给不就完了吗？""下去下去，走走。不跟你这样的斗鹌鹑，走走，别跟着起哄，怒恼了王爷没你的好。""我说元顺呐，"那个王爷说话了，"让他下去，赌多少给他多少。"这王爷怎么答应了？他在那坐着一看大伙都纷纷议论，也说臭袜子里鹌鹑厉害，也说他已经赢遍了前门脸儿。再看王成这满不在乎。好，先让你下去斗去。我倒要看看你臭袜子里养的鹌鹑怎么厉害。所以这个王爷叫元顺给他上账。这位姓元，叫元顺。

"你赌多少？"元顺问，"我赌十两。""十两？留着你的十两银子过摆渡吧。""要不我赌二十两？""二十两，交钱去吧。"王成提着这只臭袜子就来到收银的这张桌上。"哎管家，我赌二十两的。"把二十两银子搁桌子上了，对方拿二十两银子往天平上一放，随后又搁着二十两银子，回头他输了人家就收到银柜里头了。这时候王成说话了："我说管家，您可别给我现银子，您给我银票行吗？""你赢了吗？你不还没赢吗？你得赢了我才给你了。""我知道，我告诉您一声，我赢的时候您给我银票。""行，你只要赢了我就给你银票，你先下去吧。"

王成这时候就下来了。老把式站在上面听了半天了，但是他那个小鹌鹑老把式没看见，"你干吗？""我跟您斗一场。""多少银子？""二十两。""行，拿来吧。"王成左手一提这袜子口，右手一逮这个袜子尖，一下就把这个小鹌鹑倒到圈里了，老把式过去就把自己的鹌鹑

圈起来了，圈到自己怀里，"我说，你别愣磕呀，""那什么，我这个
鹌鹑历来就是这么出来的。""不像话。"说着话老把式低头一看王成
的鹌鹑，"老家贼啊？赶紧拿出去吧。""怎么了？我赌二十两银子。"
"你赌二十两银子啊，你这个鹌鹑跟我这个不对范儿，我大你小。我
赢了算是欺负你，你根本就赢不了。""这么办行吗，您要准赢我这
不算您欺负我，恐怕您赢不了。"老把式这个气啊。心说我先拿你这
二十两，把式把自己的鹌鹑放下去了，随后抓了几粒苏子就扔在里
头。大伙目不转睛都看这圈里头。就见这小鹌鹑过去一吃食，这大鹌
鹑过去就一嘴，这俩鹌鹑从外形来看没法比，老把式那个黑鹌鹑比他
那大一半，黑鹌鹑的羽毛黑中透亮亮中透黑，小红嘴儿，两条腿那个
矫健啊，那两只眼睛那有神呐，这么一比较这小鹌鹑就不显了，也看
不出什么来了。它往里头一吃食，这个大鹌鹑过去一嘴，一般的鹌鹑
来说它只要一咬，这种鸟是斗鸟，俩就盯在一块儿跟斗鸡一样，唯独
王成这鹌鹑等大鹌鹑一叮它，哧溜它跑了，一跑大鹌鹑就追，小鹌鹑
在圈里头转悠大的在后边追，这老把式气得鼻子都歪了。"我说你这
个是什么玩意？搭出去吧，这不对嘴啊，出去出去。"这样子可不能
论输赢，因为只有对上嘴才能算输赢呢，"您别忙呐，您别看现在它
不动，沉一会儿……""我哪有工夫陪着你……"正说着小鹌鹑就贴
在圈边上了，大鹌鹑过去吃食小鹌鹑过去"当"就抢了口食。这大鹌
鹑一追它围着这个圈转悠了三圈之后，往圈边上那么一贴，大鹌鹑蹦
起来之后俩翅膀那么一扑棱，"当"过去就一嘴，小鹌鹑往前那么一
缩脖哧溜就跑了。这么一跑大鹌鹑可上当了，这一口就啄到圈边上
了，这个圈是硬木的，不是薄木头片的，这一嘴啄在硬木圈上身体一
抖，就在大鹌鹑一抖的时候就见这小鹌鹑蹦起来照着大鹌鹑的腮帮子
"当当当……"就是三四嘴，借这个机会这两个鹌鹑可就斗上嘴了，
上下翻飞，这个小鹌鹑正因为小所以大鹌鹑不好逮，这个小鹌鹑忽前
忽后忽左忽右，有的时候上大鹌鹑的身上去了叫你转悠逮不着。照着
大鹌鹑脑袋上"当当当……"急得大鹌鹑着急找不着，抖也抖不下
去。老把式一看气不打一处来，"你这叫什么鹌鹑，哪有这样的。"
"我就这鹌鹑，您看这也算斗鹌鹑，我的鹌鹑跟别的鹌鹑不一样。"正
说着呢，就见小鹌鹑从大鹌鹑身上跳下来一劲追，把大鹌鹑追得在圈

里边转悠，王成一看这回大鹌鹑不能还嘴了。"搭出去，我说管家，我要银票。"管银子的一听气大了，"好，给你银票"。

王成把自己这二十两银子拿走之后还拿了二十两银票，这时候老把式心里窝火啊，我输了不要紧，我输给这臭袜子这家雀了多难受，"王成，你别走，还斗吗，斗的话我这还有。"老把式一回手从身后他又摘下来一口袋来，把鹌鹑掏出来放在圈里头，看这个鹌鹑一身银灰色的羽毛，鹌鹑跟黑虎差不多少。黑虎就是刚才斗败的那个鹌鹑，这个银灰色的羽毛比那个还精神。可以说好玩鹌鹑的主一般看到的都是褐色的、浅驼色这样子。没见过这种鹌鹑。"怎么着？咱们再比比，这个要是赌二十两我可不陪你，全搁上四十两行吗？"把式那个意思是你赢多少你拿不走，最后还得撂着。"行。"王成说着把四十两银子放下了，管银子的又给他写上四十两，"我说管家，一会儿您给我银票。""废话，你赢了吗，赢了我给你银票，还想要银票，别觉得刚才你赢了，这回连废纸都不给你。"

王成交完钱下来一抖这个臭袜子，扑棱又把这个小鹌鹑倒下去了，老把式又说了，"我说您别砸行吗。""把式你不知道，我这个鹌鹑不这样它不出来，它不斗"把式心想这都叫我赶上了，随后老把式往圈里扔了几粒苏子，到里边之后这个小鹌鹑跟上次一样，它抢完食大鹌鹑就追，大鹌鹑只要追它就跑，等得了空再回来抢食，逮了机会它就跟它斗一嘴。工夫一大把这大鹌鹑给累得差不多少了，它这斗劲上来了，叮当地咬起来没完，时间不小了大伙看得目瞪口呆，王成一瞧差不多了，马上就喊："搭出去，我赢四十两，给我银票。"管家窝火说不出话来，想不到让你赢了，"给你，加上这个四十再给你四十，一共八十拿走吧。"王成刚把这八十两银子拿到手，老把式又说话了："王成咱们还斗吗？""斗！您还有多少我都包了。"看热闹的一听啊，"嚯，真狂啊，大概其王府这点金银都得归他。"也有人说不见得，王府有的是好种，别看王成赢了两阵，后面还有好的呢，早晚他赢这点钱还得叫王府赢回去，"你们没看出来吗，老把式急了，你们瞧着吧。"

王成提这只袜子又过来了，老把式一伸手又拿出一个鹌鹑往圈里一放，这个鹌鹑是胡色的毛，黑嘴头锃亮。"我这叫铁嘴，你还敢斗吗?"老把式是跟王成有点较劲。"嘿,您甭说铁嘴,就是钢嘴、铜嘴我这个鹌鹑也不在乎。""好,赌多少。""您说吧。""我说越多越好。""这么办吧,咱们饹饹加饹饹八十两银子都搁上。"王成把这八十两银子搁在天平上随后管家说,"你要银票是吧?您先——等会吧"。

# 第九回

上回书正说到这老把式连输了两阵，最后拿出一个好鹌鹑来。这个鹌鹑其名叫铁嘴。王成一看这个鹌鹑确实不错，赌上八十两。还没赢呢他就憋着要银票。这管家心说你先别忙你得赢才能拿走呢。因为他们有经验，每次斗鹌鹑都是这样不见得赢，这些人都输。不过赢得少。你赢了你也拿不走，有几个像刚才那窦全盛似的赢完了不斗的。这回放下去以后，跟上次一样没有多会儿工夫小鹌鹑把这鹌鹑给叮的，围着这圈里头转悠就差往外蹦了。王成这时候说了话了："搭出去，给我银票。"

这回连王爷都生气了，大伙这乐呀，这一笑场老把式脸上有点不挂，连箱底都拿出来全让他赢了。"老把式。""是，给王爷您行礼。"老把式有点上气不接下气，太栽跟头了。输了没关系分输给谁？输给臭袜子里的鹌鹑了。跟家雀一样，"去，把玉鹌鹑给我取来。"老把式听完有点哆嗦。这王爷养了一只玉鹌鹑。这只鹌鹑那可以说爱如至宝，不但这鹌鹑长得好看，而且还厉害。当然没输过。书中暗表只要是鹌鹑一斗过，他们叫过一过，跟某一个鹌鹑一过一输了鹌鹑就摔了，不要了。不管在哪输一次就完。这玉鹌鹑轻易不往外拿。今天王爷有点生气了，老把式是不敢违抗，到后面就把这玉鹌鹑拿出来了。拿绫子口袋的时候有点哆嗦了，"下去问问他，还敢斗吗？"老把式在手里提着这个口袋。"王成你先别走。""我赢了。""我知道你赢了，我们王爷这还有个玉鹌鹑，你还敢斗吗？""老把式，您别说是玉的，您就是石头的翡翠的。我也敢斗。"王成有点豁出去了，自己知道我这鹌鹑从来没输过，今儿个全包了。"好吧，可有一节，少了可不跟你斗，别弄几十两银子搁着。"老把式这话什么意思？你只要不敢斗了，就算把这面子找回来了，随后你这鹌鹑我们买回来就算完了。"您说赌多少？""一百两银子起码，多了不拒，几百两都行。""好，我就跟您赌这一百两。"王成想我跟你赌一百两，这鹌鹑准错不了，如果我赢了我再拿你一百，如果要是输了我还赚你几十，我这鹌鹑我也就不要了，有这几两银子我就凑点盘缠赶紧回家，现在的王成可不是刚来北京卖夏布的王成了，因为他在前门脸儿这一块已经待了半年了，到处去斗鹌鹑接触的人也多了，经验也丰富了，话口来得也快了，不像过去那么窝囊那么老实，不敢说话那么胆小。

王成交完一百两银子，管家说你甭管了，赢了给你银票，再说你这回也赢不了，老把式把玉鹌鹑掏出来往那圈里一放，心里可有点嘀咕，万一要输给他跟王爷怎么交代啊！王成一瞧这个鹌鹑可真是与众不同，浑身上下的羽毛跟雪白鹭鸶一样，红嘴头，两只眼睛也是红的。在里边一伸脖一伸脖两只腿矫健非常，比一般的鹌鹑个头都大，这个好看啊。是玩鹌鹑的主都看着出奇，没见过。王成一伸手把这小鹌鹑就拢住了，往袜子里装，老把式一见很高兴，看起来王成不敢斗了，这回把面子找回来，鹌鹑给他留下，给他几两银子就完了。王爷一看王成，"怎么着？"王成就来到王爷的面前一跪，"给王爷您磕头。""你胆小了，你害怕了。""对，王爷我害怕了，不敢斗了。""你怕什么？""怕……您这个鹌鹑太好了，跟王爷回，我怕我这个小鹌鹑把您的鹌鹑给咬死赔不起。"王爷这个气啊，"王成你放心，如果你把我这个玉鹌鹑咬死，我不找你赔。""谢王爷开恩。"王成说着就下来了，那这个口袋"扑棱"就把这个鹌鹑倒里面去了，老把式拿手一拢，随后赶紧往里面撒了一把食，这两个鹌鹑到圈里头之后，这回小鹌鹑跟每次都不一样，俩眼珠子就定住了，两条腿撒在圈里头不住地盯着玉鹌鹑，玉鹌鹑一看也愣住了，这两个鹌鹑就对峙上了，愣了半天猛然间他们就玩了命了，突突突地一蹦老高，就跟斗鸡一样，唰唰唰地蹦起多高，少时间您再看这个圈里面的羽毛跟雪片似的。工夫一大没有言语的，也没有喘大气的全看圈里这两个鹌鹑，就见玉鹌鹑过去一叮这小鹌鹑，这时候小鹌鹑猛地往下一缩脖撒到旁边去了，说时迟那时快，就见小鹌鹑照着玉鹌鹑的腮帮子"当"就一嘴，哎哟，眼

163

瞎了一个，血呼噜就下来了，老把式看了没给疼死，我怎么跟王爷交代啊！跟着小鹌鹑就蹦到玉鹌鹑的头上照着脑袋"当当当"，疼得这个玉鹌鹑在圈里直蹦，待会儿这个小鹌鹑从上面下来了，玉鹌鹑这时候在圈里面乱撞，还瞎了一只眼，王成这时候说话了"搭出去"，就这一声再看看周围这些看热闹的哗全炸了窝了，好臭袜子，好家伙……闹得老把式是目瞪口呆！

王成一伸手把小鹌鹑拢来之后，往臭袜子里一装，随后到银柜这，"你给我银票。""给你银票，好，这回你算赢到家了。"王成把银票揣在怀里转身就走，就在这么会儿工夫身后有人说话了，"王成啊，"王成一回头一看是王爷，赶紧转身给王爷磕头，"你把你那个小鹌鹑拿出来给我瞧瞧。"王成站起身形提着这只袜子就过去了，王爷说："我不要你那袜子，你把鹌鹑拿出来。""是。"王成伸手把小鹌鹑掏出来把这袜子往他的腰带上一挂，双手就把小鹌鹑递给王爷，王爷把鹌鹑拿在手里仔细观瞧，瞧了瞧这鹌鹑的头，看看它的眼，瞧瞧它的嘴，随后一偏脸，就看看他手下这三个把式，拿卫生球的眼珠儿看了他们一眼。"王成啊，你这个鹌鹑卖吗？"王成一听心里说我早就料到准有这么一招儿。"回王爷的话，小人我不敢卖。""怎么，为什么不敢卖，这么着吧你这个鹌鹑卖给我，我给你一百两。""王爷您开恩，小人我不敢卖。""一百两可不少了。""跟王爷您回，因为我们全家几口人都指着它吃。"王爷一听哈哈哈一笑，"就知道你想多要钱，再给你加上一百，二百两怎么样。"当时这二百两银子很值钱了，没想到王成一摇头，"给王爷您磕头，您开恩，小人我不卖。""二百两还不卖，不少了。"王爷一边说一边拿着这个鹌鹑爱不释手，"二百两不卖，行，给三百。"王爷琢磨着三百两还不卖吗？王成一想三百两不能卖，我这一局就赢你一百两，这个鹌鹑三百两我可不能卖，摇摇头，"跟王爷回，您开恩，小人不卖。"其实说起来三百两银子在王府里不算什么，但王爷是爱之欲其生，恶之欲其死，只要把这小鹌鹑买回来就算完了。"王成啊，你可太不知趣了，行，给你五百两，王成一个鹌鹑五百两这回给你加了二百，差不多吧。"王成这时候就想起黄掌柜说的话了，叫我看他的眼神行事，王成站在旁边微微一偏头就看了看黄掌柜的，就见黄掌柜的把眼睛一眨微微一点头，王成心里明白了——不能卖，马上回禀王爷，"王爷，我给您磕头，小人我不敢卖。""五百两银子你还不卖？给你六百。"王爷说完这个王成一偏脸又看了看黄掌柜的，黄掌柜冲他微微一点头。"跟王爷回，我不卖。""六百两银子你还不卖？不卖你就拿走吧！"王成站起来伸手接鹌鹑，王爷又说，"咱们这么着，商量商量如果你要是卖，我给你七百两，不卖你就拿走。"王成连含糊都没含糊把鹌鹑接过来之后转身就走，大伙看得真而且真，心说臭袜子要发财啊，七百两银子还不卖！如果你要再不卖，怒恼了王爷说不定连人都给你留在这，王成走下去之后王爷又把他叫住了，"王成啊，你把鹌鹑拿过来我再看看。"王成又把这个鹌鹑递过去了，王爷把鹌鹑拿在手里说，"王成啊，七百两银子可不少了。"王成在这时候一偏脸又看黄掌柜，王爷一见心说我给他添钱他怎么老往后边看呢？啊？王爷一眼就看见黄掌柜冲王成摇头，哦，原来毛病在这呢。"我说管家，你们把这个大个子给我——叫过来。"

# 第十回

　　上回书正说到王爷跟王成说想买鹌鹑，就觉得王成不断地回头往廊檐上瞧，王爷心想这是看什么呢？这时候正看见黄掌柜在那里摇头，原来王成不卖我鹌鹑毛病在这呢，"我说，那个人个子你怎么回事？管家把那个大个子给我叫过来。"两旁看热闹的心说这个大个子要倒霉，惹恼了王爷可是死罪。下面这正议论呢，王府的管家上去就把黄掌柜揪起来了，黄掌柜上前给王爷磕头，"给王爷您磕头。""我问你，我这买王成的鹌鹑，他总看你，你摇头他就不卖，这是怎么回事？你跟他认识吗？是不是你在后面给他出主意，说！""给王爷您磕头，小人是前门外天丰店的掌柜的，我姓黄，这个王成他就在我的店里住。""他住你的店你就给他出主意了？""启禀王爷，这位王成他原籍是平原县的，他夏天的时候来到北京住在我的店里卖夏布，结果把卖的钱给丢了，他家境贫寒再加上银子丢了，在北京又举目无亲，所以小人就把他收留在我的店中打算给他凑几两银子叫他回去，这才想起叫他卖鹌鹑，结果他买了一百个鹌鹑两天就死了九十九个，就剩下这只小鹌鹑，我一看这是个好种，打这起我给他出主意叫他在前门脸儿这一带斗鹌鹑，没承想他每天还真能凭着这个鹌鹑挣些钱糊口，直到今天也有半年多了，今天我把他带来到王府斗鹌鹑主要是叫他开眼，他的小鹌鹑赢了王爷您的玉鹌鹑，小的想您一定要把这个小鹌鹑留在王府，所以我想他这个鹌鹑如果卖出去之后就断了他的生财之路，所以我希望他能够多赚点银子好回家度日。这就是以往从前的事情，王爷您开恩。王爷您老人家绝对不在乎这点钱，您就只当是可怜穷人了，我这里不要他一分钱。""王成啊，他说的是实话吗？""回王爷，他说的句句实言。""你是哪的人，家里还有什么人？""回禀王爷我是平原人，家中还有奶奶与糟糠之妻，我奶奶叫我出来做买卖，没想到卖夏布赔钱了，赔完了之后剩下八十两银子结果放在店房里丢了，我欠了黄掌柜很多的店饭钱，我现在就靠斗鹌鹑活着。""好吧，既然如此你说吧，这个鹌鹑给你七百两行了吧？""王爷，我确实舍不得卖，不过王爷您喜欢，小人也不敢不把它割舍，您就赏我一千两吧！""王成啊，你可真说得出口啊，一个小鹌鹑竟敢要我一千两银子！""回王爷的话，这个鹌鹑在您的眼里是鹌鹑，要是到我这里就不是了，在我眼里它价值连城，不亚于和氏璧。""王成啊，你这个也太夸张了吧，这小小的鹌鹑也敢比古年间的和氏璧？"说到这里王爷似乎还要加价，旁边的老把式过来了，因为刚才把式斗败了鹌鹑自觉面上无光，所以马上过来回话，"启禀王爷，这个鹌鹑不值那么多钱，您别上当。""混账，你们三个人一天在我的王府里边吃着喝着拿着，我要你们干什么？你们没看出来这个鹌鹑你们不能斗么？你看看！"王爷说着把鹌鹑往手里一举，"给你看看，这种鹌鹑的眼睛里有怒纹，这样的鹌鹑万里也挑不出一来"。

王爷说的有怒纹怎么讲呢，这个小鹌鹑是宁死不败！任何鹌鹑跟它斗它准玩命，宁可死也不能败下来，并且这种鹌鹑心眼特别多，所以这么长时间没有输过。这也说明了老把式对鹌鹑研究得不深，如果老把式认识这种鹌鹑他绝对不斗。

王爷一边看着鹌鹑一边说："这样吧，给你八百两。"说着话就把小鹌鹑递给老把式了，老把式仔细观瞧，这个鹌鹑眼睛里面还真有纹路，也是自觉惭愧，然后把鹌鹑放到口袋里告诉总管给王成拿八百两银子。王成这时候也就不说什么了，上前行礼，"谢谢王爷。"说完拿着八百两银票和黄掌柜的出了王府。

王成和黄掌柜出了王府，王爷这时一边埋怨这三个把式一边又把小鹌鹑拿出来端详，王爷是越看越爱看，心说这个小鹌鹑要是经过把式训练还得漂亮。王爷正端详鹌鹑呢，只见这个小鹌鹑在王爷手里一扑棱，然后拿嘴往王爷手上狠那么一叨，王爷手一抖只听噗噗噗小鹌鹑飞了，哎！这八百两银子算没了，王爷手也破了，急得差点半身不遂。结果这次斗鹌鹑就那么收场了。

那位说了王爷可以再把王成找回来啊！那怎么可能呢。单说王成与黄掌柜回到店房王成说："好险！差一点这八百银子就拿不下来了。""王成啊，你真是的，你就是太嘀咕，如果稳住了，这一千两银子你就拿下来了。""大哥啊，说实在的我认为七八百两就已经不少了，再说倘若怒恼了王爷，鹌鹑卖不成再给自己找了麻烦……算了算了，这八百两已经不少了，从此我也就告一段落，我收拾收拾也该回家了，我老在外面待着也不是个事。""你家里究竟还有多少人？""我跟您说实话我家中一贫如洗，只有我们夫妻两个每天坐吃山空，后来遇上了一个奶奶……""什么？遇上个奶奶？""这个奶奶我都纳闷，也不知哪来的。""这叫什么话？""因为我在一个破花园子里睡觉，早晨起来捡了一支金簪子，不知道是谁的，我那时候正没饭呢，我一看捡到这个金簪子好像是我们家以前的东西。""你怎么知道的？""后面有字啊，仪宾府造。""谁？你说仪宾府的东西是你们家的？""黄掌柜的实不相瞒，过去我的祖上是恒恭王府的仪宾。"黄掌柜的心说这个王成举止端方、言语不俗，原来是王府的后人，这时候王成把自己经过说完了。"兄弟，既然是这样，你出来这么长时间了，家里肯定不放心，你赶紧走，看看什么时候合适。""我明天就动身。"说到这里王成就把赢的一千多两银子都掏出来了。"掌柜的，没有您的帮助我也没有今天，这些银子在这呢，您自己看着留。""岂有此理，你家中一贫如洗，我哪能要你的银子，我绝对不能要！""不，我欠您的店饭钱可不少了，你怎么也得留下一些，要不这么着，我给您留下三百两。""你呀，叫我怎么说呢，这么办吧，我留一百行了吧！"就这样说着掌柜的留下一百两银子。

王成把剩下的银子收起来之后当天晚上无书，转天早晨黄掌柜为王成准备了饯行酒，两个人吃点菜、喝点酒又聊了聊，黄掌柜说："你赶紧回家，我就不留你了，日后有机会来北京咱们哥俩再聚会。"王成收拾自己的行囊包裹、雇了一辆车，王成上车哥两个洒泪分别。一路上饥餐渴饮、晓行夜住就来到了平原，到了平原县的时候王成坐车上就想，自己的奶奶怎么样了，家里什么样子了，老婆怎么样了，自己如果没有这些钱我还怎么回家。

等王成到了自己的家门口，下车拿着自己的包袱给了车钱把车打发走，向前叫门，里面开门了，王成一看自己的老婆穿了一身新棉裤棉袄，他老婆一看王成穿了一身新衣服手里拿着一个大包袱赶紧把王成让进来了，王成走进屋中把包袱放下四外那么一瞧，他老婆说话了："咱奶奶走啦。""走啦？什么时候？""早晨走的，她也不回来了！"这是怎么回事呢，书中暗表王成到北京卖夏布走了，他的奶奶跟他老婆在一起生活，奶奶的一切都是他老婆照顾，到了年底下奶奶拿出钱来过年，给她们做衣服，他老婆还埋怨呢，说王成是不是死在外面了，腊月二十三还没不回来，奶奶说了，"他死不了，你放心死不了，这时候不回来叫他在外面见识见识也好，他太懒了，这也不能怪他，当初他爹娘娇生惯养把他惯坏了，肩不能担担，手不能提篮，自己都不能养活老婆，这回叫他到外边锻炼锻炼也可能快回来了！"说话过了正月十五，这一天早晨他奶奶拾掇拾掇整理自己的衣服，"我说孙媳妇啊，奶奶可要走啦。"这句话把王成的老婆说得一愣，因为娘儿俩在一起每天生活已经半年多了，一切都由她奶奶周济，娘儿两个处得非常好，想不到忽然间说了这么一句，"奶奶您去哪呀？""上我的去处。""您为什么现在走，您走了剩我一个人怎么办？""王成快回来了，马上他就到家。""您就不等见他了。""我不能见他的面，如果我见他，他就有了依靠，我告诉你他到外边自己见世面好，过去为什么成天坐吃山空，为什么成天卖着吃，没有卖的就挨饿，不就是因为他爹娘从小把他娇生惯养，把他养成废物了，这孩子是好孩子，我这一次是叫他到外面见见世面锻炼锻炼，等他回来之后你告诉他，就说我说的买点地，把房子修理一下，买点家具。""奶奶，我们拿什么买呀？""这个你不用顾虑，他自然会有钱，叫他回来之后自己去耕种锄刨，你帮他在家中过日子，如果不这样的话今后他还有罪受。我要在这，回头他就有依靠了，那可就了不得了，我赶紧走。""奶奶您别走……"说话间老太太往外就走。您想想王成老婆舍得吗？"奶奶您不能走，您多待一天不行吗？"老太太一句话没有已经出房门了，随后大奶奶就追出来了。

　　等老太太出去，大奶奶赶到门外，再找这位奶奶是渺无踪迹，这是怎么回事？"奶奶！奶奶您上哪去了，奶奶……"咣当就昏过去了。等缓过来一看奶奶在自己面前了。"你何必这样啊，我实话跟你讲吧，我非人也，我是王谏之的如夫人，乃是得道的狐仙，曾经跟王谏之有一段姻缘，现在我不得不来搭救王成，别哭了，别难过了，我去也！"说话间这老太太就走了。王成的老婆回到房中刚在屋里头待了没有一个时辰，王成就回来了。

王成老婆把这经过跟王成那么一说，王成这才恍然大悟，紧跟着就按照奶奶的吩咐置办了地亩、织布机、纺车，修了房子，每天下地耕种锄刨，他老婆在家中纺织，由于他们的辛勤劳动，一点一点富裕起来，最后就成为小康之家。这段《王成》书说至此告一段落。

# 胭　脂

# 第一回

　　咱们今天说的这段书，是《聊斋志异》里的，名叫《胭脂》。这个故事发生在山东东昌府聊城县的城外西乡，进西乡的东口，路北头一个门，这家姓卞。卞家老夫妻两个，跟前有个姑娘，一共三口人。住着独门独院，这么一个三合的房子。说什么叫三合啊？三面有房，一面没房。北房一明两暗三间，东房年久失修了，里边存点破烂东西，有一些个草药什么的，南房一明一暗，靠着西面是一面短墙，墙外头是个小死胡同，在南房和东房这个地方有个二道门，弄个木头板盖的。

　　这个卞家老爷子是个兽医。当时啊，给这个马牛羊治病的先生都称为牛医，因为农村以牛为主。卞牛医夫妻两个，对这个姑娘是爱如掌上明珠，起名叫胭脂。当年十七岁了，长得十分的貌美，嗬！这个小姑娘，真是比花花解语，比玉玉生香。从小跟他父亲又念过二年书，非常聪明。胭脂就住在前院的南房，原因呢，她父亲有的时候出去啊，给人家的牲口看病去，家里就剩她们母女了，如果从外边一回来的时候，胭脂出去开门，就省得她母亲出来了。嗯，对于这个姑娘，是他们老夫妻俩生活当中的一件大事，没有家庭之乐还行吗？他这个家庭之乐就在闺女身上。这个姑娘别提多好了，在家里做个活儿，帮着母亲干个什么的，孝顺老人哪……

　　可是姑娘大了，女大不可留，需要找个婆家。卞牛医对闺女，爱如掌上明珠，就恨不给姑娘找一个念书的、官宦后啊，就不乐意寻一个农村的、什么小商贩。原文上说"珍宝爱之，欲占凤于清门"。

　　这天卞牛医没在家，胭脂在屋中做活儿呢。绣着这枕头，沿个边儿吧，缺点清水的丝线。就听门口哗，哗，哗，来了个卖线的，摇弄着拨浪鼓，那时候白话叫"喝楞子的"。

胭脂出来买线，来到门口买完了线之后，转身刚要进来，就发现对门邻居家那个门开了，从里边走出了一个少妇。在二十出头，胭脂拿眼看了一眼，哟，这少妇长得可真俊：个头不甚高，黢黑的头发，前面四字跟刀裁的一样，梳着个盘头。雨过天晴毛蓝布的裤褂罩，一看那两只脚非常的周正。往脸上看，瓜子脸，尖下颏，两道细眉毛，黑中亮，亮中弯，两只大眼睛，皂白分明，黑眼珠多，白眼珠少，嗬，这两只眼球啊，跟卡道白线相似，双眼皮，长眼睫毛，通官鼻梁，高颧骨，还俩酒窝，元宝口，两个大耳朵，长得俊！

噢，明白了。这是谁呢？书中暗表：对门矢户这家邻居，原来就是光棍一个人，姓龚，叫龚老大。他从小的时候，在首饰行里头学过徒。那么十几岁呢，父母双亡，他自己就干买卖了，背着个木头箱子，走街串巷，去收买金银首饰。那个时候，说白话管这行买卖叫"喝杂银儿的"，北京有时候叫"打鼓儿的"。他买了金银首饰，买来之后他去作坊，那么给这个作坊之后呢，它这个成色就不一样了，从中取利，是这么行买卖。这个人很诚实，比较忠厚，一个心眼的。

这一天呢，他一出来锁门的时候，旁边有人叫他："哎我说，老大，干吗呢？"龚老大那么一回头，"哎哎，大娘，是您呐。"一位老太婆，过去跟他母亲不错，很长时间没有来往。"我上街，我找你有点事。""哦，大娘您有什么事？是想寻副镯子是怎么着？""不不不，我上你那说去？""来，进来吧。"龚老大就把门开开了，二次把大娘就让到屋里了。来到屋中，二位坐下以后，"您有什么事啊？""我问问你，小子，你天天不在家，谁给你看家啊？""哈哈，锁头呗。""哎哟，那哪成啊，男子无妻家无主啊，老一个人过日子？锁头，挡君子都不挡小人。""嘿嘿，您这意思……""不离儿嘛说个家下。""大娘，我这样的谁寻呐？""还有这么说的？有剩下的姑娘没有剩下的小子。大娘给你保门亲。"说到这，龚老大就想了：您给我保亲是行啊，不过我这就一个人，常不在家，弄个老婆，这个老婆要不是那么回事，我还是真不敢要。"我听听谁家的？我告诉您实话，得是规规矩矩过日子人，不是那么回事了，您说我长期不在家，这长了……""你放心。我先告诉你这家，念书的后人，爹爹是贡生，拔贡。"那个时候那个秀才啊，考中以后，再考可以考贡生，学问大了以后还可以提拔，提出来以后叫"拔贡"，说她是拔贡的闺女。"老两口的一闺女。""哦，人家寻我吗？""事办来人啊！嗬，大娘我给你办呐，那怎么不行呐。""在哪住？""南乡的。""这姑娘多大了？""二十、二十一呀，大概是二十一。""这么大了还没主啊？"那个年头啊，十六岁的姑娘叫年已及笄，就应该说婆家，十八岁叫破瓜。这个意思就说，十七岁应该出门子，十八岁就应该生孩子，怎么这二十一岁还没主啊？

"哈，二十一岁没主啊。小子，我告诉你啊，因为人家就这一闺女，所以也得挑挑拣拣，拿过来就寻主吗？这么一来坏了，挑花眼喽，就找不着合适的了，耽误到现在。""哦，要是那样的话，人家寻我吗？""事办来人呢，我给你办，那怎么不行啊？准成！""即便成的话，我也娶不起啊。""你要愿意，小子，大娘我给你说去，到时候甭你花什么，说不定还许连聘带娶呢。"龚老大一听，哪有这便宜事？"不，哎，大娘，这本人怎么样？长得怎么样？是不是有残疾？""还有这么说的？我告诉你，你是没看见，要是看见，哎，小子，乐得你并不上嘴。头上脚下，那个小模样，头儿脑儿，嗬！要哪有哪。过日子一把好手，上炕一把剪子，下地一把铲子，知道吗？""哦。"龚老大听这事都新鲜，"大娘，要这么着您给我搭咯搭咯，只要人家愿意，我可就这么大能耐了，我可办不了什么。""你放心吧，听信吧。"

这个大娘走了以后啊，嘿嘿，没两天回来了，告诉龚老大，成了。哟，说这家姓什么呢？"家住南乡，姓王。""那我得怎么办呢？人家陪什么？""你呀，尽着你的力量，能办多少办多少，人家还不挑不拣。""大娘，我可有点犹豫。""你犹豫什么？""为什么人家寻我个喝杂银儿的？""人家啊，图你没有爹娘，没有哥们，没公公没婆婆没妯娌，没大姑子没小姑子，一个杏核儿砸两瓣——就图你这人（仁）儿。明白吗？""好吧！"

三言两句，这件亲事成了以后，择吉期选良辰，把王氏迎娶过门。王氏过门之后，龚老大一瞧，这新媳妇可真好。书中暗表：花烛之夜，龚老大，可就逮了个苦子。说怎么呢？敢情这个王氏不是处女。龚老大一想，莫怪了，把这个姑娘给我了。可有心人找媒人吧，又有点犹豫，嫌寒碜，不然的话我吃个哑巴亏。犹豫来犹豫去，那么一耽误，事过好几天，哎，自己感觉生活当中有很大的安慰。早晨一起来，屋子也拾掇了，衣服啊，什么乱七八糟的，都给洗了，破的烂的也给缝了，也给补了，到时候热茶热饭，自个儿也吃上了。"唉！"又一想：要不是这样，人家能寻我个喝杂银儿的吗？算了，去去吧。哎，这件事情就不言语了。但是龚老大又不好意思的，问问自己的老婆，这个事怎么说呢？时间长了他也考验考验，回门就回去一趟，跟着就回来了，一个月住头趟家，在娘家也没住下，一看呐，这王氏还挺好，也就放了心了。龚老大在家待上一两个月，待不住了，我出去得挣钱去，就是这么个过程。

可是王氏过了门，对门的胭脂，也知道这个事，但是没见过。今天一开门，看见了，噢，大概这就是龚大哥新娶那媳妇儿。可是王氏平时自己也很骄傲，因为自己长得漂亮。今天一看对门开开了，平常听见自己的丈夫龚老大说过，卞牛医有个姑娘叫胭脂，长得大美人相似。那么一打量：哎哟，我觉着我就不错了，我要跟这小丫头一比呀，嘿嘿，我还在第二把金交椅上了。

只见胭脂姑娘：满头的青丝发，抿着顶，没开脸，梳着个大鬏髻。瓜子脸，尖下颏，嘀，这小模样长得，真有沉鱼落雁之容，闭月羞花之貌。穿着一身红的，那时候那姑娘都爱穿红的，红色的小圆旗袄，上绣团花朵朵，下穿百褶湘裙。虽然是个兽医的姑娘，这身衣裳穿得可不像小家碧玉，而且这个眼眉一动一动的，举止端方，是一丝不苟。

"哈哈，我说大妹妹，你在哪住啊？""啊，您是……龚大嫂子吗？""啊——你看看，咱们邻居，你叫胭脂对吗？""对。""远亲不如近邻呐，近邻可不如对门，对门矢户的，你说说，咱没见过面，真是的。妹妹，家里头就你嫂子我，一个人，来吧，跟我这串个门，咱姐俩聊聊啊。""那个……"胭脂心说：我多咱串过门啊？"龚大嫂子，我不去了，我那做活儿呢，嗯……"胭脂说到这啊，稍许一沉思，来而不往非礼也，心说我跟人家客气，"龚大嫂子，""哎！""这么办吧，哪天呐，您有时间，您上我这来串门来。""哎，你等着，我锁门啊。"

胭脂一看，这位真诚实啊。龚王氏进去，拿锁头把街门锁上，就上胭脂这院来了。进来之后，把街门一关，龚王氏进来，东看看西瞧瞧，"哦，妹妹你在南房住？""啊。"来到屋中坐下，"做什么活儿呐？""我做枕头，这不绣的花嘛。""哎哟——妹妹，你这手可真巧啊！哎哟，生了这么一对巧手……"

"胭脂啊，闺女——""哎，娘。""谁跟你说话了？"老太太在里院听见了，有人跟闺女说话，那可不能不出来。看看我闺女接近谁了？所以隔着窗户喊了一声。

"娘，是对门的龚大嫂子。"说话老太太就进来了，龚王氏站起来了。"啊——您是，卞大娘。""啊，您是龚大嫂子。""啊，咱们对门街坊，可没见过面。我今儿跟我大妹妹碰上了，我说我来串个门。""啊，她比你小，啊，你多照顾她。""没说的，我们跟亲姐俩似的，您今年高寿？""哈，还高寿，我今年快六十了。""不像，像三十多岁的。"老太太一听，有这么说人的吗？六十多岁像三十多岁的，别跟你们掺和了。年轻人在一块儿说话，老人有的时候跟她们没有共同语言。"你们姐俩说话吧，我还有点事。""哎哎，您忙去，有什么活儿您言语啊。""短不了麻烦。"老太太就走了。

从这来说呀，这个龚王氏每天到胭脂这来串门，一待就一天。吃完早饭，撂下饭筷她就来了，傍着快到晚饭她又走了。说天天来，她干吗呢？聊斋原文上有几个字，"闺中谈友"，闺阁之中谈话的朋友，这可要不得。为什么？当初那种社会，女人大门不出，二门不迈，可以作为闺阁之中做活计的朋友。如若不然，竟串门去，到那张家长李家短，这个谈话就是论人非呀。三个女人到一块儿没好话，这个话从哪说出来的？因为写出这三个"女"字，是个"姦（奸）"字，那就是说，有一些个不可以同着男人说的话，她们就逮什么说什么了。那么这龚王氏说什么呢？她没词儿可说，她给胭脂说笑话。都说什么笑话啊？什么《玉簪记》呀，《西厢记》呀，哎，开始竟说这些个言情的，越说越深。说她怎么会说这个呢？因为她娘家的爹是个贡生，从小的时候被她爹教育过，而且龚门王氏她念过书，他爹对她的文学方面要求得还比较严格，也因为就这么一个闺女嘛。可是长了以后呢，这个王氏自己在屋里头也看小说，她就看这类的书。看多了，这个王氏的性格也有发展。在原文上说这个王氏四个字，"善谑佻脱"。这四个字怎么解释呢？不庄重，满不在乎，大大咧咧，好说好笑，俏皮话来得还不少。所以现在她跟胭脂在一块儿，她说得胭脂心花怒放。

不是一天了，有时说着半截就走了，回家该做晚饭啦。"明天您早点来。"明天吃完饭了，撂下筷了，只要丈夫没在家，就跑这神聊来。

这天呐，龚王氏给胭脂说什么呢？《挑帘裁衣》。说这潘金莲呐，拿着竹竿，挑这窗户上面的竹帘，一伸手，这竹竿没拿住，从楼窗上掉下来了，一下子就砸在楼下路过的一个男人的脑袋上了。那么这个小伙长得怎么怎么好，拿手一扶脑袋，一抬头，看看是谁砸的，哎哟，跟潘金莲那么一对眼光，潘金莲一看他，他一看潘金莲，扑哧一笑……说到这，王氏就不说了，"那个，哎哟，大妹妹，坏了，我得回去做饭去了，不早啦。""哎哟，嫂子，您再告诉我，怎么着？那男的是谁？他看见又怎么样了？""不行不行，明见明见，明说。""您告诉我两句再走不行吗？""明见明见。"她说话从屋中出来，胭脂就送她。胭脂这个着急啊，"您跟我说两句呗。""不行嘛，明说。"说话到了门道，胭脂有点发牢骚，"您看，龚大嫂子您这么损，说还不说完了，到节骨眼儿您还留个扣儿。"敢情这龚王氏跟说书的学的。

来到这一开门呐，龚王氏从里边出来了。站在门口阶石上，胭脂呢，站在门里头，门开一扇，一个手推这扇门，右手敞着这扇门，扶着，说："嫂子，您走，明天您可早点来。""哎。"说到这，胭脂往右边看了看，往左边一偏头，正是她这个巷口，从她这个东口外边进来一个人。这个人：年岁也就在十七八岁，中等的身材，低着头往里走啊。他这身穿着打扮呢，是青粗布的文生巾，顶镶汉白玉的帽正，青粗布的飘带。灰粗布的文生氅，白粗布的护领，白粗布的水袖，腰中系着白丝绦，白鞋白袜子，青中衣，穿着一身重孝。

胭脂就看见了。她想什么呢：这个小伙儿年岁不大，这是给谁穿孝？可能不是给爹穿就是给妈穿，要是爹死了有娘疼还好。这是女人的心理嘛，能死做官爹，不死叫花娘，娘死了跟爹过日子，这孩子可苦了。未免看着有点出神，可是没看清相貌。

龚王氏刚要跟胭脂说话，说妹妹你进去吧，一眼就看见胭脂紧着往巷口外边瞧。嗯？王氏这么一瞧哇：哈哈，人大心大呀，这是叫我给说笑话说的，看见小白脸了。嗬，王氏就不言语了，来个坐山看虎斗，瞧瞧能怎么着。哎，这个小伙儿越走越近，王氏一瞧认得，是他呀！还不知道我们这站着呢。

这年轻小伙儿已经走到她们门口了，王氏心说呀：嘿嘿，我叫你们俩见个面，对对脸吧。在这时候，王氏掐着脖子那么一咳嗽，嗯哼嗯哼，嗬！这种怪声怪调的，人走到这一听这调，哪能不抬头哇？这个小伙儿那么一抬头看见胭脂了。胭脂一看，哟，这个小伙可真漂亮。当时就见这个年轻的秀才，脸这么一红，低头噔噔噔……就跑过去了。

书中暗表，这个年轻人家住南乡，跟王氏住邻居。孝廉之子，姓鄂，名叫秋隼。鄂秋隼十七岁了，他父亲死了，办完了白事，奉母命出去谢父丧，回来的时候路过这。他可见过这个王氏，对王氏一切他也有耳闻。他低着头往回走，正想回去跟母亲怎么说。一听有人咳嗽，一抬头，哟，鄂秋隼心想：我可不知有女的，我知道有女人，我多绕二里地我不从这走，已经到这怎么办呢？一低头噔噔噔……就跑过去了。

胭脂一看呐，哎，我们这年轻的姑娘看你，我们还没害臊呢，怎么你先害臊啊？不由得就看看他的后影。王氏一瞧，还有这么看人的？往后一闪身，心说让你看，就把视线给闪开了。

鄂秋隼走远了，王氏拿手一挡胭脂眼，"哎，妹妹，看人不许这么看，死皮臭虫——往肉里盯。""嫂子您别胡说。""你这干吗？看了半天认得吗？""我怎么会认识人家？""问嫂子我。""您认得？""啊，我娘家跟他住街坊，南乡中的秀才鄂秋隼，你看什么？""我看他穿着这身孝，不知给谁穿。""你猜呢？""爹娘呗。""不。""那么您说谁穿？""以妻服而未阕。""哟！"这个意思给媳妇穿孝没穿满。"怎么能给媳妇穿孝？""人家说啦，男人死了，女人披麻戴孝跟死爹娘一样，女人死了，男的一天不穿，于理不合，多了不穿，少了不穿，要穿一百天。这孩子，天生的情种。哎，妹妹，以妹丽质得配良人，妹妹心愿无憾。"就凭妹妹你这小模样，寻这么个丈夫，大概就遂了你的心愿了。

把胭脂给说得，臊了个大红脸。嘿，王氏这乐呀，"怎么样？妹妹，有心气吗？有心气嫂子给你保这个媒。"胭脂拿手一推她，"您快去吧。"一害臊把门关上了，这就相当于默认了。龚王氏回家这个笑哇：臭丫头片子，人大心大，嘿，行，明儿我就有题了，我且拿你开心呢。

可是王氏回去，转天一早晨，外面有人叫门。王氏出来一开门，一看是自己丈夫同事，一块儿做买卖的。"怎么有事吗？""嫂子，我大哥给您捎五两银子来，告诉您叫您给拆那个棉裤棉袄，拆洗好之后，临走时候我捎着。""哦，行了，几天呐？""四五天。""你甭管啦。"他走了，王氏把门关上，胭脂那她可没去。拆洗棉裤棉袄，在家里头整整五天呐。棉裤棉袄拆得以后，这小伙子来了，拿了给他带走了。

这个王氏呢，可松快松快喽，这天一开门，正看见卞老太太回来，拿着个碗，好像打的什么东西。"大娘，您干吗去了？""哎呀，她嫂子，你怎么不来了呢？胭脂病了，有时间看看你妹妹去。""哦，您买什么去啦？""她呀，想吃点素的，我买块酱豆腐。""哦，病几天了？""两三天了，怎么没来呀？""我这两天忙活呢，您呐，别关门，您头里走，我随后就到。"

龚王氏回来，拿锁头钥匙，锁门时候自个就想：怎么早不病，晚不病，单在这个时候病了？是不是因为想鄂秋隼？如果不是因为这个事还好说，要是因为这个事呀，臭丫头，嫂子且拿你开心呢。您听听，龚王氏这个人多损呐！不许这样呀！跟人家一个姑娘家。

龚王氏把街门一关，可就到胭脂这来了。一看胭脂躺在这啊，病歪歪的。"妹妹。""哎哟，龚大嫂子，您来了。""啊，怎么啦？""病了。""什么病啊？""朝点凉。""噢，来吧，嫂子我给你号号脉。""龚大嫂子，您还会号脉？""哎，要不怎么叫能人呢。""那您摸摸吧。"龚王氏假装地给她号脉，装模作样地转着眼睛，"我说，你这是什么病？""龚大嫂子，您摸了我的脉了，您说我什么病？""妹妹，我摸着你的脉头哇，像相思病。""什么叫相思病呀？""你就是想一个人。"胭脂脸一红，"哪有这个事。""说实话，啊，有病可不能瞒先生，是不是想门口路过那个鄂秋隼？"胭脂说："我不是想这个人，我是怕这门亲事，不成不要紧，人家小瞧我这兽医的闺女……""不是那么回事……"龚王氏就把这做棉袄的事跟她那么一说,"妹妹,麻烦了。""怎么了?""你这个病啊,吃黄了药铺也好不了。""为什么呢?""必须想谁把谁找来,跟你一见面就好了。啊,这么办吧,你呀,别睡觉,三日之内,晚上我叫鄂秋隼跳墙到你家来,你点上灯,搁窗台上,叫他到这叠指弹窗,他一弹窗户,你问他是谁,他要说是鄂秋隼,你就开开门,叫你们俩见个面,你的病就好了。""嫂子,不行!您要成全我前去保媒行,深更半夜私开门户事关苟且,这断断不可!""嗨!傻妹妹,玉泉山的水甜——远水不解近渴,你就赔好吧!"

# 第二回

上回书说到，龚王氏戏耍胭脂，许给胭脂在三日之内的夜晚，让鄂秋隼跳墙来到胭脂家中，以叠指弹窗，使胭脂姑娘跟鄂秋隼相会。可是龚王氏，说完之后她回家了，她怎么也不相信，胭脂姑娘在这三天的夜晚她能睡觉。固然，胭脂没有答应，说让鄂秋隼上这来这件事情。龚王氏心想呐：这臭丫头的片子，嘿，在这三天的夜里，她要睡觉才怪呢，虽然她没答应我，她也害怕鄂秋隼往那去。

龚王氏吃完了晚饭，自己干点家务活儿，等到晚上睡觉，大约在定更多天，听她那墙外头，啪、啪、啪，有人捶她那墙。龚王氏轻轻地起来，把衣裳穿好了，来到门道这，就听门外边，"喂……喂"，说这嘴里头怎么了？凡办这种亏心事的人呐，他说话都这样。龚王氏轻轻地把门那么一开，就把他让进来了。进来之后，慢慢地把门关上，两人蹑手蹑脚地来到屋里头，这个主儿往那一坐，龚王氏就问他："今儿你想起什么来了？""趁着他没在家，我能来我多来两趟。""那成吗？""没事，老哥哥给我等门呢。"

说这个主儿是谁？嚯，这个主儿可了不起。他有个外号叫东国名士。究竟他是什么人？此人姓宿，单字名介。他的家跟龚王氏的娘家是一墙之隔的街坊。他现在是东昌府府考的头等的案首。说这"案首"怎么解释？秀才分三等，一等二等三等，头等第一名的秀才称为"案首"，所以说秀才为同案的弟兄，举人为同年的弟兄。宿介是山东东昌府府考的头等第一名的秀才，他确实有点海外奇才，出口成章，对答如流，所以在山东这个地方，他得了一个外号叫东国名士。他跟龚王氏小的时候是孩童厮守，稚齿之交。因为他们两家是通家之好，宿介他的父亲是个举人，与龚王氏的爹，也是莫逆弟兄。所以两人小的时候在一起呢，从三岁四岁就在一块儿玩，虽然是一个小姑娘，一个小小子，没人怀疑，没人猜疑，到了七八岁的时候还在一块儿，十几岁时候还在一起。这样子，岁数一大了，情窦初开了，知识开化了，两人慢慢地就成为青梅竹马，两小无猜，后来私下两人海誓山盟。没有不透风的篱笆，时间长了以后啊，叫家长知道了。十六七了，哎哟，这可了不得。龚王氏的爹这通闹，"老宿家，你们教子无方，你的儿子跟我的闺女……"可是宿介他的父亲跟他的母亲也埋怨他们王家，"我们这是小子……"光说这个不成，怎么办？从这拆断他们两人的姻缘。所以把这王氏就给耽误到二十一岁，才嫁给龚老大。王氏嫁给龚老大之后，不是原身处女的原因就在于宿介。当时的社会背景，就是婚姻不能自主，所以造成他们一对美鸳鸯，棒打两离分。宿介怀念旧情，当初两人海誓山盟的时候，一个是非郎不嫁，一是非卿不娶。但是花轿到门了，娶龚王氏的时候，龚王氏违抗不了父母之命，委里委屈地也得上轿，既嫁了龚老大，自己也就认头了。有的时候呢，家里得做饭，得买菜，她又不在乎，又是这么个懒怠人儿，出来门口买个菜呀，买个针头线脑的，就在门口站那么一会儿吧。

这个宿介不死心，事后不断地从她门口过，这天一眼就看见王氏了。王氏一看他来了，心里就一跳。宿介一瞧旁边没人，就埋怨她："你怎么回事？你跟我怎么说的？""你说那个干什么？你说怨我吗？你说我怎么办？"龚王氏一瞧，旁边虽然没有人，待会儿要是过来一个人看见，这叫怎么个茬啊？一摆手就让宿介进来了，"你进来。""你家有人吗？""废话，有人我能让你进来吗？"宿介进来之后，把门关上，两个人见了面，一解释这个事，坐在一块儿这个哭啊。哪能不哭呢？王氏愿意嫁给宿介，宿介愿意娶王氏，可是父母之命，媒妁之言，婚姻不能自主，怎么办呢？哭着哭着两个人互相都有个理解，互相有个同情，由此追念旧情。宿介就跟她有二次……所谓的通奸。怎么叫"所谓的通奸"，现在王氏已经嫁给龚某人了，所以宿介就趁着龚老大不在家的时候，有的时候往这来。可是，宿介的父亲管得非常严，没事老嘱咐他，"我可不准你私自往王氏那去，倘若要出了意外，你说说你在这个地方，东国名士，你这个名誉可就付于东流了。"宿介点头，"我知道"。他家里是孝廉府，很有钱，家里有个老管家，名叫宿福。这个老管家溺爱，喜欢他们的少爷，同情他，有的时候就偷偷地给宿介等门。等老爷、老太太都睡着觉了，宿介坐到屋里，就跟老管家商量，"我上那看看去。"老头呢，溺爱不明，有些个宠着他，"你可别给我惹了祸，听见没有，别等天亮你就回来。"你这不糊涂吗？从这宿介就趁着龚老大不在家的时候，就往这来。

今天来了，王氏看他来了也高兴，知道自己的丈夫现在先回不来，所以两人就宽衣解带，共入罗帷。躺在床上以后，龚王氏自己暗笑，她笑什么呢？她笑这个胭脂：这个胭脂在家里头可能点着个灯，还在等着鄂秋隼了。傻丫头片子，叫你等着去吧。我呀，我这还有个做伴的呢，可想着想着，她笑出声来了。宿介就问她："你笑什么？""哼，我笑对门那个傻丫头。""胭脂？""嗯。"说宿介认识？宿介不认识胭脂，可他知道，当地卞牛医的姑娘胭脂，十分的美貌，早有耳闻。为什么那么出名呢？因为卞牛医这个人，他是个行医的，既是个兽医，他就能接近群众，接近群众的人就容易叫人熟识。宿介一听："你笑胭脂什么呢？"龚王氏就把戏耍胭脂这个事跟宿介说了，"我许给她，今天晚上到明天晚上、后天晚上，在三天之内，叫鄂秋隼跳墙到她家去，叫他叠指弹窗，你别睡觉，你点这个灯啊，你坐那等着。他要一弹窗户，你问谁，他要说是南乡中鄂秋隼，我说你就把门开开，你们俩先见个面，你的病就好了。"

宿介一听，哎哟，胭脂跟王氏两人经常来往，她送她到门前，看见了鄂秋隼，对鄂秋隼钟情，根本王氏跟鄂秋隼他们俩不说话呀，她哪能够把鄂秋隼给胭脂打发去？明明是戏耍胭脂。宿介一想啊：我老上这来，王氏又嫁给了龚老大，时间长了这算哪出啊？胭脂姑娘不错，我来一趟吧。所以他想到这啊，他心细呀：我去到那，不知道胭脂在院里住哪间屋啊。我说的慢，可当时快。宿介脑子里头这么一转弯，"嘿，我说，你这话也就骗小孩子。""怎么呢？""人家信吗？""谁不信？除非你不信。""你想啊，你跟胭脂说，让鄂秋隼跳墙往她家去，到那弹窗户，胭脂给开门，让他进。你想想，人家胭脂不得琢磨琢磨，鄂秋隼来了一弹窗户，她爹在屋里出来了，他知道了，这怎么办？""废话。人家那么大姑娘，能跟爹妈在一块儿睡吗？""那不住一个屋，不也得住连房吗？""就你聪明。人家爹娘在里院北房，胭脂在前院南房。""哦，这就是了。"无意中他把住家儿套弄过去了。说完这话，又扯点闲白啊，他们就睡觉了。

天不亮，宿介走了。走了以后，转过天来，他就惦着胭脂这茬。跟他家老管家说："老哥哥，今儿我再去一趟。""哎哟，我的公子爷，您别去了，万一要叫人家龚老大堵上，这不麻烦吗？""没事，我就今儿再去这一回还不行吗？老哥哥，你给我等着门。""您可别给我惹出祸来啊。"就这样，跟老管家说完了以后，宿介可就出来了。出来之后，他直奔西乡，今儿个可就不上王氏那去了，紧在王氏她的大门的斜对过，就是胭脂家门的西面，旁边有个死胡同。上回书咱们不是交代了吗？胭脂家里住的房是个三合房，西面没房子是一面短墙，短墙外边是个死胡同。这个死胡同里头呢，有一些个碎砖头脏土什么的，可能是拆房子堆在那没拿走，正好是个贼道。

宿介来到这，把文生氅的底襟撩起来，蹬着这堆土，可就上墙头了。等他上了墙头，这是里院，紧靠着北房的西房山，宿介慢慢地一骗腿，来了个张飞骗马，可就跳过来了。轻轻地溜下来，他知道地点，胭脂住在前院南房。所以他蹑足潜踪，穿过这木头的二道门，一瞧窗根那点灯了，有灯亮。

说胭脂睡了没有？没睡呀。就是龚王氏所想的那个，胭脂心说：我可告诉她了，龚大嫂子，您要愿意成全我，您可以前去提媒。如果说深更半夜叫他来，叫我私开门户，事关苟且，至死我也不能答应。可是，王氏临走时候怎么说的？"妹妹你放心，玉泉山的水甜，远水不解近渴，你呀赌好吧。"她就这么走的。万一这个鄂秀才，他要来了呢？可是又一想，鄂秋隼在门前经过的时候，见了我们脸一红，低头就跑了，这样温婉的秀才，他不能来。可万里有一，可就麻烦了，所以胭脂不得不点着个灯，坐在灯后头。就在这个时候，就听外头，啪，真有人弹窗户。"谁？""我。""你是谁？""小生南乡中鄂秋隼。"噗！胭脂把灯吹了。说吹灯干什么？姑娘想啊：隔着一层窗户纸，如果不吹灯，他把窗纸捅破了，往里边一看的话，我在明处，他在暗处，男女有别，瓜李之嫌。

里边一吹灯，宿介在外边了。他是个假的鄂秋隼，他心里一跳啊，哟，这怎么意思？随后就听屋里头问，"鄂郎，你，前来干什么？""小姐，小生自那日门前经过，得见小姐丽质，时刻挂怀，又闻龚大嫂子对我言讲，小姐为小生染病在床，因此深夜之间不顾嫌疑、不顾奔波，我逾垣而来，望小姐开绣户，我是有探贵恙。"胭脂一听，不愧是秀才，他一嘴的四六八句的。姑娘心里头有这么一种压力，这种顾虑是什么呢？自己的志向很高，但是我出生在一个兽医的家庭，他父亲打算给她找一个念书的、做官的，这些个后人，今天遇上外边这个鄂秋隼这样说话，如果用随随便便的语言去答他，未免叫他小瞧自己。所以，给他回答是这样说的："鄂郎，妾爱君所为长久，非为一夕尔，君果爱妾，请速归，差冰人前来为媒，我父母不能不允。深更半夜，私开门户，事关苟且，妾至死也不从。"

胭脂的话，宿介是没想到。他想得有点天真，我到这一弹窗户，胭脂把门开开，我们俩就到一块儿了。一想没那么简单，胭脂这话很有分量。我爱你，为了做长久的夫妻，不是为了今天夜晚这一会儿。如果你真爱我，你回去，可以派媒人前来说亲。深更半夜，叫我私自把门开开，这个事，略一失足，廉耻倒丧，我至死也不能答应。这话说得多绝呀。

"你快走吧。"可是这个鄂秋隼不是真的，真要是真的话也不能来，即便来了，有这几句话，他也就走了。宿介听完之后，"小姐，小生既来者则安之。望小姐，您开门吧，我没有非礼的要求，得揽纤腕，心愿无憾。"你把门开开，我绝没有非礼的要求，我只要握握你的手，得了，我也就不遗憾了，我这趟没白来的意思。

"不行，瓜田不纳履，李下不正冠，男女瓜李之嫌，不能私自授受。你回去吧，你回去派媒人来吧。鄂郎，你快走。"

"小姐，请你开门吧，小生既读孔孟之书，必达周公之礼，非礼不做，非礼不为，非礼不视，非礼不听，我绝没有非礼的要求。"话虽这么说，可是，胭脂不敢给他开门，可一再劝他，他又不走。时间久了，万一卞牛医要是起来，知道这个事，那我跳到黄河里也洗不清啊。

胭脂一想啊：在门前路过的时候，看见我们脸一红，低头他跑过去了，今天他又这样说，既读孔孟之书，必达周公之礼。我想开开门，人有个见面之情，我再当面劝他两句，他也就走了，绝不会有什么非礼的要求，所以才跟窗户外头这个假的鄂秋隼回答："鄂郎，我给你开开门，你可马上离开。""好吧。"宿介连声诺诺，慢慢就走到胭脂的门前。胭脂一开门，万也没想到，从外边闯进来一人，给她来了个饿虎扑食，两个膀子张开以后，俩手一搂她。胭脂姑娘赶紧地往后倒退，他那么一抓弄，胭脂一躲没躲开，逮住了胭脂这两只胳膊，他是连着袖子一块儿抓。胭脂往后一撒手，他就揽住了胭脂这两个袖子。胭脂往回夺，他往回里拉，说："你过来。"胭脂说："你撒开。""你过来。""你撒开。"

在这个时候屋里可没有灯啊，屋里漆黑。胭脂吓坏了，宿介也吓坏了，他还是第一次办这种流氓的事。就在这个当口，胭脂脑子那么一动：那天门前走你那样，今天晚上你这个举动，所以说出这么一句话来："君今日如此猛浪，非同那日门前经过之鄂郎矣。"这句话是什么意思？就说今天你这种举动跟那天门前走不一样。可是宿介不是真的鄂秋隼，他有亏心呢，他一听这话：她看出假来了。搁谁也这么领会。

"君今日如此猛浪，非同那日门前经过之鄂郎矣。"差就差在这个"同"字上了。不然的话，你就听成了不是那天门口那个鄂秋隼。所以宿介急忙就撒手了。宿介那么一撒手，胭脂正往怀里夺呢，她来倒蹬儿，噎噎噎噗，就坐地下了。这下给摔的，摔得生疼，跟着捂着脸就哭上了。

宿介转身要走，走到屋门口呢，一听后面没喊，她也没嚷，哭起来了。嗯？她倒是看出假来，没看出假来？当然他不敢直接这样问，他投石问路："小姐，你别哭。我走，别哭。"胭脂害怕，哪经过这个事啊，"你快走吧，你快走吧！"

"我，我多咱来？"他那个意思，就是拿话引你，看你瞧出假来没有？胭脂害怕啊，认为他在这是个祸啊，"你快走吧。""我多咱来？""你十天后再来吧。"顺口这么一说。

可是这个宿介还不想走，他总憋着找便宜呀，又不知道看出假来没有。"好，我十天后再来。小姐，你给我一点表记。""你这人怎么这样？我们女人之物不能随便给你们男子。你走不走？你要不走我喊了……""小姐你别喊，我走我走。"一看实没办法了，他怕她喊，万一卞牛医出来不麻烦吗？所以宿介转身往外走。

宿介刚一出门口，胭脂害怕，站起来了，直接奔里间屋了。这都是不明白事的姑娘。你上里间屋去，那就保险了？你把外间屋门关上啊，她没关门，她觉着里间屋还比较保点险似的。

她一进里间屋呢，这个宿介走了以后，出了门，他回头看看。他怕胭脂嚷，一看那个影啊，进了里间屋了，外间屋门没关，他又回来了。回来之后，这个胭脂刚坐在自己的床上，宿介一撩软帘进来了。虽然屋里没有灯，可是进来个人影也能看见。胭脂姑娘一瞧：坏了，他进来，不用说他对我别的无礼，准要跟我一拉一争一夺，我们俩在这一滚，我是死我是活呀？

宿介往前一扑，胭脂一想，实没办法，自己倒下了，抬起这两只腿来，拿脚打算把他蹬开。可宿介一看她脚起来了，拿手这么一抓挠她。那个意思啊，今天这个便宜我是找不上了。在这一点判断上，宿介聪明，一看胭脂说出话这么坚决，这种举动，准知道不行了。在这个时候，她拿脚这么一蹬他，他一想蹬上我也麻烦，伸手那么一抓，可是胭脂穿这双鞋呀，是软帮软底的睡鞋，她睡觉穿的，它前面有四根带系着呢。她这鞋带子开了，他这么一抓呢，胭脂往回一撤这个脚，他一伸手抓住了胭脂这脚上鞋的鞋带子了，拿右手抓住她左脚的鞋带子，胭脂往回一撤脚，正把这鞋夺在了手。

当时他脑子一动，"小姐，十日之后以此鞋为信物，我是前来赴约。"转身要走，"鄂郎，你回来。妾身下体之物已入君手，料不可返，但妾身已许君。君持得此鞋，对于我的终身之事你不理，任意在外胡言，妾身唯有一死而已，你懂吗？"宿介听完之后，是连声诺诺，"我懂，我懂，我懂。"转身他就走了。

宿介借走了之后，胭脂担心，想他不会来的。是不是派媒人来？可是在这几天也没人来，七天八天，九天十天，十一天。到十一天夜晚，胭脂想：万一他十天后要来了，今天可是十天后，要来了，我这要不点着个灯，叫我爹知道或者碰见，不麻烦吗？所以胭脂把灯就点起来了。定更以后，到二更天，忽然间就听院中，"你哪去？你甭走，我让你送鞋乎。"他爹出来了。一会儿就听"叮了咣了"，再听，他母亲嚷："别出去，让他走吧，哎，丢点东西就丢点东西吧。"再等一会，就听啊，"我的天儿……哎……""哟！我爹死了！"

# 第三回

上回书说到，胭脂在夜晚等着鄂秋隼，唯恐怕他来。忽然间听里院"叮咣"有一种杂乱的响声，又听她母亲哭，哭的是天啊。那丈夫死了一层天，女人哭天，儿子要死了，做娘的哭肉，所以肯定说是他爹死了，这倒是怎么回事？

花开两朵，各表一枝，翻回头来，咱们再说这宿介。他抢走胭脂的鞋以后，顺着原道跳墙出来了。出了胡同，他很害怕，他怕他出来了，胭脂喊他爹，卞牛医出来追他。他要是顺原道一回南乡，准把他追上。当时的灵机一动，龚王氏就在对门，我先到她家躲一躲。他来到后墙这一捶墙啊，这个时候已经二更天过了，龚王氏都睡觉了。心说：臭挨刀的，要来就早来，这时候才来。赶紧起来，把衣裳穿上，轻轻地就来到门这，把门给他开。开开门之后呢，王氏是埋怨他今天来得晚，就往旁边那么一站，准备给他来个突然袭击。而宿介他这只鞋，拿他洋绉的手绢就裹起来了，放着左袖子的袖口里头了。他又害怕后面有人追，又怕胭脂家里开门。龚王氏刚一开门，他往门槛里一迈腿，后边这腿刚迈进来，王氏抬起手来，啪！照他脑袋上给了他一下子。这是年轻人，特别是他们这层关系，这是难免的这么个举动。

可是宿介他害怕，哟！打了他一下子，第二次又来了，他拿胳膊一招架，整碰了龚王氏的手腕上。"臭挨刀的，长得这么瘦，你瞧硌得我这下子。"所以王氏这手又起来了，左手又打他，他就两只胳膊，左一搪右一搪。"你打我干吗？""你要来就早来，都八更天了你才来，你干吗来？""我……我爹不没睡觉嘛。""你爹没睡觉，你不许不来吗？"他两个人说着，打着岔往里走，可是这大门呢？呵呵！二位，没关。他既然没关门，她更没插门嘛。

两人就到了屋了，来到屋里头，宿介心里头稍许踏实一点，在旁边一坐，龚王氏绾着个怀坐在床上。"你干吗去了？你这时候才来？""我爹没睡觉，我不敢出来。""既是不敢出来就别来，你这时候，你看看什么时候了，二更多天了，你还干吗？""得了，我已经来了。""真是的。"说话他们两人解衣宽带，宿介这个衣服啊，就盖在被上了，可是当时他把他袖子里的鞋，可就忘了。因为两头一夹攻，他心情矛盾，紧张害怕。可是躺下以后呢，他心里头稍许平静平静，王氏就问他，"你今儿个上哪去了？""我哪都没去。""不对，你不定认识谁了。"实际上王氏这是一种嫉妒话。这一句话给宿介可提醒了：哟！我这袖子里头，可有我那手绢裹这只鞋，待会儿要叫她发现可就麻烦了。他一边说着话，一边打着掩护，他这两只手，就摸他这袍袖，"你别胡说了，我除非跟你，到了现在……我始终……对你……是如一的……"哎，他说到这，他拿手一捋这袖子，打上边捋到下面，没有。心说：可没有啊。他翻回头来，他又捋这只袖子。在说着话打着掩护当中，一摸这只袖子也没有。哟！可能掉在床上了，他拿手这么一摸呀，王氏可就发现了。

他这摸摸，那摸摸，他找这只鞋啊。"你这干吗？怎么回事？找什么？"宿介可就沉不住气了，马上这找那找。王氏一看他找什么这是？跟着把衣服穿好了，就站在连三桌子前边。宿介起来就翻腾，被窝上、褥子上全找了。王氏心说：他丢这个东西，背着我，他要是能让我知道，他就问我了，他丢什么东西了，我看见没有，他不问我，他一定是不让我知道，我问他，他也不会告诉，我先瞧着。就瞧宿介这找那找，找了半天，急得脑袋上汗都出来了。王氏心说：我要不叫你不打自招，算奶奶没道行。

"我告诉你啊，丢什么东西了，要找你可快找。到天亮了找不着。可许姑奶奶不承认。"宿介一听，这东西让她捡去了。准要是她捡去了，没丢到外头，还好一点。"得了，姑奶奶，您给我吧。""给你，没那么容易。你得告诉我，你哪来的这东西？这个东西怎么会到你手？""你给我再说啊。""你告诉我实话，我就给你。"宿介一想，不说实话，她是不给我，这东西要惹了祸，不麻烦吗？一不做二不休，索性就说了吧。

"我告诉你，王氏，不是你跟胭脂说的叫鄂秋隼，在这几天晚上上她那去吗？所以我想……""怎么着？你去了？""嗯。""嘿！你真爱人儿你！"王氏又是生气又是害怕，"怎么着吧？说。""嗨。""你把人胭脂给侮辱了？""没没没……准要……""怎么回事？说呀倒是。"书要简言，宿介就把这个经过，一五一十、详详细细，就跟王氏说了。

王氏一听啊，"好哇，你可真行！我跟人胭脂姑娘，我们都是女的，随便说个笑话，你跟着掺和什么？啊，你瞧你办这事，你缺德不缺德了？""得了奶奶，您把这鞋给我，我再也不去了，不就完了吗？不行当着面咱把它毁了。""谁看见了？""你不说你捡去了吗？""谁捡去了，哪个王八蛋才看见了！""哎哟，那刚才你说这话怎么回事？""我是拿话诈你。"宿介一听，"哎哟我的娘！快找吧，真要丢了这不麻烦嘛！"连王氏也害了怕了，两人就在屋中床上床下全找了，没有，从里间屋到外间屋，没有，端着灯来到院中找了，也没有。

这个时节天可就不早了，说话天就快亮了。这二位您可到门道瞧瞧啊，嘿嘿，没上门道去。王氏一瞧够时候了，"别找了，我的大爷，你啊快走吧，天亮了你怎么出去啊？叫别人看见，这算哪出啊？""行了，我先回去，我告诉你，如果你要发现只鞋跟我那手绢，你、你可把它收好了，要不你把它毁了。""谁要你那个干吗！你快走吧。"

宿介慌里慌张就出来了，他临出门的时候，你看看那大门是敞着的，是关着的，还是插着的？他也没顾得看，噔噔噔就跑了。他走到半路，把脚步停下了，心想今儿都天亮了，我要是回去别再出事，想了半天，我怎么办呢？

他有个叔伯哥哥，是他叔叔的儿子。当初分了家以后没在一块儿过。他哥哥对他跟龚王氏的事很清楚，而且很庇护他，帮助他。所以他想：我先上那躲一躲。他就来到他哥哥家，到这一叫门，他哥哥出来把门开开，一看他这样，"怎么了？小介。""哥哥，您赶紧关门。"

"谁啊？""小介来了。"那是宿介他的嫂子，"这么早就来了？"

"我们哥俩有事，你先去吧。"宿介他这个叔伯哥哥就问他，"从哪来？""哥哥，可坏了！我惹了祸了。""你上王氏那去了？让人家龚老大给堵上了？""不不，准要那样就好了。"他哥一听啊：哟，那就说比这还糟啊，"到底怎么回事？你说。""我倒是往王氏那去了，可是王氏跟卞牛医那个女儿，胭脂啊，她们俩开玩笑，胭脂对于鄂秋隼在门前过的时候，她看见他钟情，有如此这般……这么这么一段。"书不重赘，就把这经过说了。"这只鞋我怎么丢的，我担心，一者说我现在回家，怕我爹发现我出去了；二者说我又怕这鞋丢了，叫别人捡走，十天后，万一要有人冒充鄂秋隼去找胭脂的便宜，这个娄子可就大了。

他哥哥想了半天，"哼，你呀，这么大学问的人，你怎么净办这个事呢？""哥哥您就别埋怨我了，到了现在，您看，您给我帮帮忙吧，我在您这躲两天行吗？"他哥哥想怎么办呢？到这时候你得帮助他啊，"这么办吧，你呀，哪都别去，就在我这待着，回头啊，我去跟大爷请假去，我就说你给我帮忙了，行吗？""行行，您可千万别给我说漏了。""你等着吧，那谁，我说，她嫂子，你看看他，他吃什么不吃？""我不饿，一点不饿。""我出去趟啊。"

宿介他的大哥，就来到宿孝廉府。老管家这正着急了，一看他大哥来了，"大爷，您从哪来？""我从家来。""您看见公子爷了吗？""在我那了。""哎哟，我的娘啊，可好了，我真急坏了。回头老爷子起来一问，不麻烦吗？""不要紧，你放心吧，老爷子起来了吗？""起来了，刚起，在内宅了，我怕他找公子爷啊，回头准得问我呀。""我去。"宿大爷就来到里边，一进门就喊，"大爷，大娘，您早起了？""谁呀？哎哟，老大，这么早啊？你从哪来？""有点事，跟您说说。我呀，给别人管点闲事，办了一个买卖，写点合同，写点手续，立点账，这手活儿我还真弄不了，我就把我兄弟找去了，让他给我帮帮忙，可能得忙个十来天。您放心，什么事没有，在我那了，我给他请假来了。""噢，准要是给你帮忙啊，这倒不要紧。我告诉你，你可不能够让他往王氏那跑啊，要出了意外那可了不得。""这您放心，在我这没事。""那行，我就把他交给你了。"

说完这个，宿大爷安慰老太太几句，他就走了。回去到了家就嘱咐宿介，"你在我这忍着吧。""哥哥，我越琢磨这个事越害怕。""你怕什么？""回头十天后，别人要把鞋捡走了，再出了意外……""你哪都甭去，你就待着吧，不会的。这个鞋，即便别人捡走了，也不会知道你们从中定约会的事，可是你不能出去。""哎，您给我打听打听。""你放心吧。"

这个宿大爷，现在弃文而就商，做买卖。经常出去，每天出去了，中午回来一趟，下午回来一趟，就是这样。宿介在这一待，一天两天，三天四天，五天七天八天，到了九天。"哥哥，外边有事吗？""没事，你看有事吗？你是贼人胆虚。一过十天没事，你就回家。听见没有，我把你送过去。"到了十天还没事，十一天还没事。"没事吧？放心了吧？""哥哥，我跟她订规的，可是十天后，拿着鞋前去赴约会，要是有事就在这一两天。""没事没事，你放心吧。""我先不能回家，我先在这待会儿吧。"

到了十二天一早晨，宿大爷出去的时候，宿介还嘱咐："您到西乡打听打听。"等宿大爷走了，没有半个时辰，啪啪啪啪，外边这一叫门，宿介就吓坏了。"嫂子，您听谁叫门？""你别闹，别慌，谁啊？""我，开门。"大奶奶赶紧把门开开了，一看是宿大爷回来了，慌里慌张进来，"赶紧关门，关门。"大奶奶赶紧把门关上。"怎么样？哥哥？""你呀！兄弟，你这娄子捅上了。""怎么？""我走的西乡，到那一瞧，围着那些人，官府来了，县官到了，好多的公差，围着好多的老百姓。昨夜晚，卞牛医被杀，身旁遗落菜刀一把，雪青洋绉手绢一条，绣鞋一只。""哎哟，我的妈呀！这倒怎么回事？"

书中暗表：就在第十一天的夜晚，卞牛医夜里起来起夜，他手里头用的是夜壶，这东西有叫夜起的。在外间屋，正在解手呢，就听外边嘣嘣有人敲窗户。老太太醒了，老太太醒了以后，就听到外面说话，"谁？"一会儿工夫，就听她的丈夫卞牛医，"我让你送鞋乎……""别出去，别出去，丢点东西丢点东西吧。"这就喊上了，一会儿就听院里叮了咣了，这通闹。啪嚓一下子，夜壶摔了。老太太跟起来，一会噔噔噔脚步声，嘡啷。"哎哟！"等赶出去以后，一看人躺下了，有一个人影，从墙头跑出去了。到眼前头的一瞧，人死了，那还不哭吗？胭脂正在屋里呢，一听他母亲这哭劲：我爹大概死了，这怎么回

193

事？端着灯就出来了，可是老太太出了时候没端灯，院里只有月光，还不甚亮。胭脂出来一看呐，也跟着一块哭。

"爹呀……爹……"哭了半天，胭脂就问娘，"娘，我爹这是……叫谁杀的？""闹贼了。刚才我说了，你别出去，丢点东西不要紧，你爹不干。你看他正解手了，夜壶也摔在外头了，拿着菜刀出来的，菜刀不是扔那了吗，把你爹剁了。""哎哟，那贼从哪跑的？""从墙头。""啊？"说从墙头跑的，一眼看墙根下有一物，老太太就走过去了，一猫腰捡起来了，拿手一摸呀，软软乎乎的，借着月光一看，是条手绢，雪青洋绉的手绢，打开这手绢那么一瞧，里边有只鞋，这只鞋老太太可认识，是她亲手给闺女做的，大红缎子绣花软帮软底的睡鞋。

"胭脂啊，这只鞋，不是你的吗？怎么会跑到院来了？""啊，娘，我看。"老太太就把这手绢连上面这只鞋一块递过去。胭脂连鞋带手绢接过来之后一瞧，"哟，我的妈呀，爹……"

"闺女，这倒是怎么回事啊？""娘，我知道杀人凶手是谁。""你？""娘您别问了。""倒是怎么……""您别问了，您给我报官吧，我饶不了他。"

老太太一瞧，闺女一定有难言之处，也就不想让闺女再为难了。直闹顶天亮，老太太开了大门，出去喊："街坊，邻居，哪位受累把地保给我喊来吧。"一会儿工夫地保就来了。"怎么回事？老太太？""我们家出人命了，我们老头子出去追贼，叫贼拿刀给剁了。""哟。"地保一听这地方出人命，他有责任呐。马上到里边看了看，"别动啊。"随后找来伙计，拿着芦席先把死尸苫上。死尸不离寸地，地保前去报官。来到聊城县县衙，进了班房，"您辛苦。""怎么了，地保？""西乡地保，昨天夜晚卞牛医被杀，人家报案了。""哦，现场呢？""没动，您给回一声吧。""好嘞。"公差一听出人命了，赶紧往里回。

再说这个聊城县的县官，到任不久，是个捐班出身。什么叫捐班啊？他不是通过念书赶考，考中进士，来做的县官，而是花钱买的那么个官。这官姓什么？姓沈，叫沈步青，私下里都叫他"审不清"。他还没经过这么大的案子，公差进来跟他一报，他一听出人命了。他这官有些个事不明白，就得仗着师爷，把师爷找来了，吩咐外边顺轿，三班人等齐备，传仵作。车轿班把轿子准备好之后，他换好官服出来上轿，带着仵作、带着公差等，铜锣开道，打道肇事地点。

那么地保头前下来，就得准备尸场。带着伙计们呐，到了卞家，找来卞老太太，要来了桌子、椅子，摆在院中，旁边来个茶几、来个凳子或者来个椅子都行，那是师爷录供用的地方。这个沈步青来到这，下了轿往里走，这时候看热闹的老百姓可就多了。

这官坐在这，"去验尸。"仵作前去验尸。验尸用的东西呢，芦席、烧酒、笤帚、簸箕、棉花、筷子。把芦席掀开了，把死尸的衣服扒去，拿棉花蘸烧酒，拿着筷子夹着，把死尸身上全给擦干了，拿笤帚把周围都扫干净了，把簸箕戳到一边，拿到手里这银探子，就是银尺，量完了尺寸，回来交代：今验得男尸一具，年约七十上下，由泥丸宫到涌泉穴六尺一寸三，肩宽一尺一寸二，正骨穴磕伤，手掌有戗伤，臀部有蹾伤，其腹有踹伤，涌泉穴有蹾伤，致命伤顶门三道，刀刀入骨，皮吞肉卷，躺卧尘埃，舍此之外，并无别的伤痕，请爷复验。"

"仵作画供。"仵作画完供之后，今后再验出别的伤，由仵作负责。说身上哪这么些个伤啊？后文书咱们一揭开了，这些伤完全都得符合上。

这个沈步青，告诉他把死尸拿芦席苫上，"苦主呢？""苦主——""唉，唉。"卞老太太上堂，"太爷在上。小妇人给太爷您叩头。""你姓什么？""我姓卞。""死的是你什么人呐？""死的是我丈夫。""叫谁杀的？""昨儿晚上，他起来了走动，我就听了他跟外边说话，可能是家里闹贼了，我就不让他追，他就出来了。出来以后啊，我就听叮了咣了，等我赶出来以后，我丈夫就死了。我就看墙头跑了一个人影，其他的我就不知道了。""啊，那么，这个贼，什么样你看见了吗？""我没看见，可是……我闺女说，她知道。""啊，你画供。你姑娘呢？""姑娘啊，胭脂。""哎，太爷在上。民女胭脂给太爷叩头。""你叫什么？""我叫胭脂。""死的是你什么人呐？""是我爹。""那么，他叫谁杀的呢？你知道啊？""太爷，我知道。""你说说，是谁？""南乡中的秀才，姓鄂，叫鄂秋隼。"您说哪庙没有屈死鬼？鄂秋隼都不知怎么回事，胭脂把他给告了。"你怎么知道？杀你爹的凶手是南乡中的秀才鄂秋隼呢？""太爷，您听我从头说。因为有一天，我在门口买线，我……”

说到这怎么不说了呢？胭脂脑袋一动啊：我要说可就得把龚大嫂子说出来。人家龚大哥没在家，龚大嫂子天天往我这来，给我说笑话也好，门前看见鄂秀才，许的给我保亲也好，这些完全是为我好啊。既然出了人命了，把龚大嫂子拉出来，让人家出衙门进衙门，跪起八拜，对不起人。倘若人家龚大哥再回来，那怎么说呢。我说得慢，当时她的想法快，所以她把龚王氏摘开了，这场官司她错就错在这点了。

“有一天我在门前买线，我看见从我们那个巷口外边，走进了一个秀才，穿着一身孝，所以我也不知道他给谁穿。那么样在门口说了两句话，他说他是南乡中的秀才鄂秋隼，他就走了。事隔几天后，有天晚上啊，有人弹我的窗户，我问他是谁，他说他是南乡中的秀才鄂秋隼，我不给他开门，后来他非让我开。没办法，刚一开门，嗯……他进来了，我就躲他，他抢走我一只绣鞋，跟我说十天后前来赴约，他就走了。可今天出事呢，整是十天后，我父亲被杀，身旁有这个菜刀，有这手绢裹着这只鞋。太爷，所以我知道，杀人的凶手是南乡中的秀才鄂秋隼。”“噢，是这么着。那你就画供吧。”把口供拿过去递给胭脂，胭脂就画了供了。

书中暗表，胭脂这套口供在打官司当中，可是交代不下去啊，因为她遇上这官了，这官是捐班出身的“审不清”。所以画供之后，这案就暂时告一段落。“嗯，你们先收尸。来呀，告诉师爷，马上写公事，把捕票写完之后，派两名马快，去到南乡，捉拿秀才鄂秋隼——归案。

# 第四回

上回书说到，卞牛医被杀，聊城县的县官，来到尸场验尸。这胭脂姑娘啊，就把南乡中的鄂秋隼给告了。这县官糊里糊涂，下了一份公事，派两名公差，去到南乡，锁拿秀才鄂秋隼。县官完事，顺轿打道回衙。

单说这两名公差，一直来到南乡，找到当地的地保，说："你们这有个姓鄂的秀才，叫鄂秋隼吗？""不错，有。""在哪住？""离这不远。""领我们去。"地保领俩公差来到鄂家门口，"二位头，这就是鄂家。""你闪开！""头儿，这鄂秋隼是个挺老实的秀才，他什么案子？""少打听，打听心里是病，别掺和，躲开！""哦。"

俩公差来到门口一看，大门关着了，过去叫门，"开门您呐。"工夫不大，门扑关儿一响，门分左右，开门的是个老管家。借这个机会，两个公差往门道里一瞧，上面有匾，这还是个孝廉府。

"管家。""噢噢，您是？""当地县衙的。"老管家上下打量着二位，头戴燕翎帽，身穿箭袖，腰系大带，足蹬官靴。"二位班头，您有事吗？""鄂秋隼是在这住吗？""对，那是我们公子爷。""管家，您给回一声吧，我们老爷让我们来的，有点事，跟鄂先生说几句话，打听点事，哈哈，没别的意思。""好好，二位您进来。"老管家就把这俩公差让进门道了，随后往里回。

翻回头，来咱们再说这鄂秋隼。自从他父亲死了之后，出完殡，圆满坟，奉母命前去谢父丧。回家以后，杜门不出庆吊。当时在封建社会里，像他这个家庭，如果穿着孝了，门口贴个条："本宅孝服在身，杜门不出庆吊。"那就是说你有喜寿事、白事给我送帖，我一概不应酬。所以鄂秀才在家里边，就知道念书写文章，孝顺母亲。

老管家进来了，"公子爷，门外来两公差，找您呐，说县官让他们来的，打听点事。""哦。"鄂秀才就出来了，从里边往外走，来到门道这，两公差一看，老管家领着这年轻人：头戴青粗布的丝绒儒巾，顶镶美玉，身穿一件灰粗布的文生氅，白粗布的护领，白粗布的水袖，腰系着白丝绦，青中衣，白布高筒袜子，青布的夫子履鞋，白粉底。往脸上看，眉清目秀，长圆脸，也就十七八岁，那么一个年轻的秀才。

"二位您是……""二位头儿，这就是我们公子爷。""噢，您贵姓啊？""我姓鄂。""您大号怎么称呼？""学名秋隼。""请您把帽子摘了。""啊？我摘帽子干什么？""您摘了，跟您有句话说。"秋隼是一个老实巴交的书呆子，对于社会上这些个知识没有，他都是书本里的知识。他不知所措，伸手把头巾摘了。

刚一摘头巾，哗棱嘎嘣，锁链给锁上了。"哎哟！二位头儿，我们公子爷怎么了？""没得话说，这有公事，您看看，跟我们衙门说话。"说为什么让他摘帽子，他是个秀才。帽子上有帽正，戴着那个帽子相当于县官戴的乌纱一样，不摘帽子，不敢锁他。锁上以后，拉拉拽拽把鄂秋隼就带走了。

鄂秋隼一边被他们拉着走，一边问，"我怎么了？""您别跟我们说，看见了吗？捕票，跟我们走吧。"一路上，好多人看呐。到前面，抓了一辆车，把秋隼搁到车上，一直来到县衙。

到县衙进门房了，"等着。"有人看着鄂秋隼，俩公差往里回。"回事。""进来。""给太爷行礼，下役交差，南乡中的鄂秋隼锁到。""嗯，在哪了？""在前面班房了。""吩咐下去，升堂。""是。""鼓吏，梆点二堂。"说话鼓吏出了三阵梆点，升坐二堂。聊城县的县官，换好了官服，转屏风入座，三班六房各入各位。"来，带杀人的凶手，鄂秋隼。""是。"原办两公差下来，到了班房，一带鄂秋隼的锁链，"走，过堂了。"

鄂秋隼这冤呢：我招谁惹谁了？我大门不出二门不迈的，把我锁来了。自己拿着头巾看了看，掖在怀里头了。"走吧。""我怎么了？""堂上说去，别跟我们说。"俩公差拉着秋隼来到二堂口，"报，杀人的罪犯鄂秋隼带到——，上堂上堂。"鄂秋隼一听呐，杀人罪犯？这都哪跟哪啊？怎么了这是？"走走走。"鄂秋隼被拉到堂上。"跪下跪下跪下。"他要不上锁，不摘这头巾，鄂秋隼见了县官可以不跪。这个没办法，叫他跪，就跪下喽。鄂秋隼见着县官，他是秀才，不能称老爷，称父师，这是简称，全称应该称父母老师。要是见了府官应该称公祖，见了巡抚称抚台。所以他称："父师大人在上，生员鄂秋隼给父师大人叩头。"

"嗯，你叫鄂秋隼吗？""是。""你有什么功名？""府考的秀才。""在哪住啊？""在南乡。""你既是秀才，就应该读书知礼。为什么在人家胭脂门前经过，跟人家说了话以后，你跑人家去，跳墙到人家里头，你弹人家窗户，还抢走人家的鞋，定规十天以后赴约会。你把人家的爹卞牛医也给杀了。啊？丢鞋弃凶逃走，这也是你秀才所为吗？说！"

"啊？父师，我不懂您这话。这是从哪说起呀？我哪都没去。""胡说八道！没去？你怎么杀的人？说！""我、我既读孔孟书，必达周公礼，我、我在家中侍母至孝，我哪能杀人呢？太爷。""哎，抄手问事，谅尔不招。左右，看刑伺候。""等等，父师，我无缘无故地被锁到县衙，即便您说我是杀人凶手，官打凭证，他不得有个证据吗？哪是凭哪是据？""哼，这只鞋，这条手绢就是凭据。""哎哟，父师，我知道那是哪的？""胡说，你不知道，胭脂怎么不告别人单告你呢？""我不认识她呀。""非打不行。来，摁倒当堂，与我重责二十。"

他这一扔签，掌刑的不能不打。刑班过来，把鄂秋隼摁到堂上。哎哟，鄂秋隼从小的时候，在家里头没挨过他母亲和父亲一笤帚疙瘩，今儿个俩头儿过来这么一摁他，把俩膀子给他盘上，一人过去把袍子给他撩起来之后，把中衣往下一扒，立掌叠裆，把腿给他叠上，一人攥着脚脖子，腰上还上去一个，骑马蹲裆式，拤着他的腰。这二十板子给撺的，啪啪啪啪啪。"说！说不说？招不招？"一边打着，一边问着。

实在受不了了，"我说我说，哎哟，我说。"打得皮开肉绽。"跟老爷回，他有供。""住刑，推回来。"把鄂秋隼拉起之后，把中衣给他披好了，"说！"一撒手咣当就躺下了，跪不住。"起来。"有公差把他拉起来了，"说吧！""父师，您叫我怎么说？""混账，怎么说？你从胭脂门前经过了没有？""是，经过了。""说啊，招！""您说吧。""我说，你看见胭脂没有？""看见了。""说话了？""啊，说话了。""你后来跳墙上人家家去，对吗？""对对。""怎么着了？跳墙以后呢？""太爷您说吧。""还用我说？你跑人家胭脂家去，你诓开了门，连拉带拽地，临完了你抢走人家一只鞋，对不对？""啊？啊？""还得打你。""对、对，我不说对吗？""定规赴约会了哈？""啊，啊？""是不是？""是、是。""怎么去的？""是，是去了。""怎么去的？""您说呢？""混账！明知道你是不说呀，这个事就在这摆着。你跟人家定十天以后赴约会，你去到以后，在院里头你撞什么？是不是？你怎么看见卞牛医？""对呀，看见了。""混账，你说！""哎哟，父师，疼死我了。""疼啊，不疼你说吗！""你走错屋了？""对，走错屋了，是我走错屋了。""走谁屋去了？""您说呢？""混账，明明你走胭脂他爸爸屋里去了，你还问我？你说。""对，走到她爸爸屋里去了。""是你杀的不是？""父师，我……"鄂秋隼难受，要说什么？我冤，不是。他一看这县官沈步青，那俩眼瞪得一边圆。"嗯，是是。""那把菜刀，是卞牛医追你的时候，在屋里拿出来的，对吗？""对对。""杀完人以后，你这鞋怎么丢在这了？""就丢在那了，没留神丢的。""哼！画供。"

就这样问案？哪个庙没有屈死鬼呀，一五一十都是这县官给说的，临完了鄂秋隼就画供。打怕了，没挨过打，这二十板打得皮开肉绽，实在受不了了。画完供之后，聊城县县官吩咐，"钉枷收监。"喊哩咔嚓，手铐脚镣脖锁，三大件带上以后，俩公差把鄂秋隼架下去，掐监入狱，压在后牢。

这县官沈步青得意扬扬：错非本县，断案如神，如此的迅速，否则的话，就费了事了。不打他的话，他能招吗？看了看他的口供，一想，这得圆案啊。"来呀，到西乡，把卞胭脂给我传来，快来，我这等着。"这县官坐在堂上等着。去了两名公差，到外边抓辆车，奔了西乡。来到西乡胭脂前，向前叫门，卞老太太出来了。"哟，二位班头，您……""老太太，传你们胭脂姑娘过堂。""哦，现在就去呀？""啊，我们官还坐在堂上等着呢，不去怎么着？""哎，胭脂，闺女——""娘。""衙门里来人了，传你过堂去，去吧，闺女。"说老太太哭什么？一者说自己的丈夫被杀死了，刚有地保帮忙给入殓了。二者一说，十七岁的姑娘出衙门、进衙门、跪起八拜，心里难受啊。但是胭脂没有办法，只能从里边出来了。"二位公差。""姑娘，跟我们过堂去吧。""二位，我闺女没出过门，也没进过衙门。道上啊，你们多照顾吧。""老太太，您放心。外面我们有车，事后啊，回头我们给送回来。没什么事，到那圆案，凶手逮着了。""噢，这么快啊。""好，我们这老爷，办案如神您呐。"两个公差说这话，多少有点讽刺性。因为公差在衙门里当差多年了，见得也多，但是他手中无权。带着胭脂姑娘，从家中出来，到巷口外边抓了一辆车，叫胭脂姑娘上车，两公差跨车辕，赶车的在地下走，就这样带到县衙。让胭脂下车之后，把车就打发走了。说给车钱，谁给呀？抓车，车钱？不打你俩嘴巴就好事。

把胭脂带进来了，一直带到堂上。"报，跟老爷回，卞胭脂带到。""上堂。"公差那么一威吓上堂，胭脂低着头就来到堂上，"跪下跪下。""老爷在上，民女卞胭脂给老爷磕头。""啊，胭脂姑娘，你父亲被杀，你告了南乡中的秀才鄂秋隼，本县已经把凶手抓到，现在画供承认了，那么你给我具个结吧，这官司就算完了。我走公事，往上详文，随后让鄂秋隼与你爹卞牛医抵偿它命，画供。""哎。"把口供拿去以后，也就是具个结，叫胭脂画个十字按个箕斗。胭脂把笔接过之后，心中暗想：哟，我真没想到，这个鄂秀才那天从门前经过如此的温婉，看见我们脸一红，比个大姑娘还腼腆，就跑过去了。他怎么会持刀杀人呢？但是一边想，结她可就给具了。不具不行吗？她告的。这些脑子想了半天，就是他呀，我的鞋落他手了，我不告他告谁呢？也是自相矛盾。具完结之后，"行了，你回去吧。"就这样子下堂了。

出了衙门了，说给他送家去，谁给送？公差就这么一说，胭脂只能自个出来，到外边找了一辆车，花俩钱坐车回去。鄂秋隼被押在监牢，县官这案算结了。不久叫师爷走公事，往上详文，等投文批回来，秋后斩决。胭脂回家跟他母亲办理丧事，赶紧自己做衣服，穿孝，这都不在话下。

现在咱们说一说鄂孝廉府。鄂孝廉死去之后就剩老太太了，孤儿寡母，只有这么一个儿子。现在家里边还有个女仆，伺候老太太，前面有一个多少年的老管家，还有一个厨房大师傅。鄂秋隼被锁之后，这个老管家，可以说这院的忠心耿耿的老人了，吓坏了。这都无缘无故的事，我们公子爷怎么了？一想这事怎么办呢？马上要告诉老太太，老爷子又刚死日子不多。老太太一着急，回头再歪了嘴，再来个半身不遂，这可怎么办？不告诉吧，纸里包不住火，这不麻烦吗？自己又一想，不管怎么说，我是个管家，帮腔的上不去台呀，合着主人就是老太太一个人，想来想去就想到了：鄂秋隼有一个当门家族的哥哥，是他本家，做买卖了。过去不断地到这院来，逢年到节，有的时候不到年不到节也来一趟。因为鄂家有钱，到这来有点什么事呢，求求孝廉，叫声叔吧，帮帮忙。再者一说，他跟秋隼，是跟一个老师念的书，他们感情不错。今天这老管家想到，派他们家厨房大师傅把鄂大爷找来。到鄂大爷家跟他一说，说老管家请他去，这鄂大爷一听就直接跟来了。来到这，"老哥哥，您找我？有什么事吗？""大爷，家里出事了。""什么事？你快说吧。""您进来，公子爷叫俩公差带走了。""为什么？""不知道呢，无缘无故的，来到这说话，说得挺好的，客客气气地，一见面把帽子摘了，就给锁上，拉着走了。""老太太知道吗？""不知道。""我没敢说呀，我一说我怕老太太着急，您看这事怎么办？您得帮忙，这时候可得用您了。""好吧，我先打听打听。如果老太太要找他的话，你就告诉我找他了，我把他约出去了，要不找你先别言语，我先上衙门打听打听。"

说到这，这位鄂大爷从家里出来，一直奔聊城县了。来到聊城县，一进班房，"您辛苦。""找谁的？""我姓鄂，我在南乡住。""干吗？""我有一个兄弟叫鄂秋隼，是不是带这了？""你有个兄弟鄂秋隼？干吗？怎么意思？""我来打听打听，为什么把他锁起来了？""废话，为什么锁他？太爷给我们的公事，叫我们锁他就锁。""不知道他犯什么罪了？""你说呢？这都没有的事。走吧走吧走吧，不知犯什么罪呀，回家你问鄂秋隼去。""他没在家呀。""是没在家，没在家你上这找来？我把你领进去？这是什么地方？这是你们家？别逛了，这不是庙，听见没有？"鄂大爷一想啊，衙门口冲南开呀，忘了这茬了。

一摸身上没带什么钱，"二位头儿，您给帮帮忙吧，我今天出来得慌促，我只打听打听怎么回事，这有点小意思。"大概有个吊八七的，就拿出来了。"干吗你这个？弄这俩钱，你这逗狗呢是怎么着？""不、您、您包涵吧，我确实没带钱，我来得慌促。我只打听打听，您跟我说两句都行。""行了行了，告诉你吧，他呀，打西乡过，看人家卞牛医的闺女好看，跟人家搭咯了半天，后来跳墙上人家去了，抢走人家一只鞋，定约会也不怎么个茬，以后赴约会，叫卞牛医碰见了，卞牛医拿刀剁他，他夺刀把卞牛医给杀了，明白吗？杀人的凶手，是你那兄弟，去吧去吧去吧。"

鄂大爷一听啊，哎哟，这纯粹胡说八道啊。哪有这个事？秋隼不是那样孩子啊，"那现在？""现在押起来了。""他办不出这个事来。"因为他跟秋隼这种关系的，必然有这么一句"他办不出这种事来"。"废话，他都招了。"鄂大爷也只能从衙门里出来，回来跟老管家一说这件事，老管家也是一惊。说这件事还瞒不得，因为什么？秋隼进了监牢了，现在出不来，只能跟老太太说一声。就这样子鄂大爷就去了内宅了。

"婶啊。""谁来啦？""我呀您呐。""哎哟，老大来了？你从哪来？看着你兄弟了吗？""婶啊，我跟您说点事，您可别害怕。""什么事啊？""我兄弟，在家里头坐着，叫衙门口来俩公差给带走了。""哎哟，为什么？""我刚打听来着，说摊上点嫌疑，可能别人认错人了，今儿个不回来也不要紧，我去给打听打听，我托人给办办。婶啊，我兄弟这件事有我了，您放心吧，绝对没事。您可千万别着急，自己的孩子您还不知道吗？""哎哎，我这没人了，就得靠着你了。""您放心，我去办去吧。"说完之后他出来了，出之后跟老管家商量找谁呢。"我告诉你，这件事，应该给他上告。""您告……您上哪告去？""那就得去东昌了。"鄂大爷一想，我得跟老师商量去。他这个老师姓秦，秦老夫子不但是他的老师，还是鄂秋隼的老师。当初开蒙入学的时候，都是这位秦老夫子。因为秦老夫子，对于秋隼这孩子的为人，他尽知，所以很赞成这孩子，因此鄂大爷就找老师去了。

来到老师的家，向前一叫门，老师把门开开了，"哟，你来了。""老师，我找您来了。""进来进来。"来到屋中坐下，"你有什么事啊?""老师呀，秋隼出点事，您知道吗?""出什么事了?""无缘无故的，叫聊城县的公差给锁走了，说他是杀人凶手。""胡说八道！这从哪说起呢?""卞牛医被杀。""啊，我听说了这件事。怎么扯到他那去了?"……有这么这么一段。"嗬！那你打算怎么办呢?""我想给他上告。""上东昌?""不，老师，我想上济南。""啊?"秦老夫子一听想上济南府，说东昌府也是府，济南府也是府，为什么非得去济南舍近求远呢? 济南府是山东的省头，就等于过去包公坐开封一样，那是个省头，他管着东昌和聊城县。这么一来叫越衙告状。为什么鄂大爷要说上济南府呢? 济南府的府官，姓吴名叫吴南岱，有个外号叫"铁案——如山"。

# 第五回

上回书说到，鄂秋隼本家的这个大哥，打算到济南府为鄂秋隼上告鸣冤。他这个想法是越着东昌走，这叫越衙告状。他想去济南府告状的话，这不是偶然的，因为他的老师秦老夫子过去跟他们说过闲话，就提到济南府的府官吴南岱。吴南岱当年跟秦老夫子，他们是同年的弟兄，也就是说一块儿考的举人。后来，吴南岱做了知府了，可这位老师的脾气也不太好，一直就设帐授蒙，开始教学了。他很爱惜这些年轻的孩子，在他教导下出了不少有功名的学生，平常跟鄂大爷说闲话的时候，就谈到了吴南岱。这个老家伙，好脾气了。在他手下打官司了，你不用打算取个巧，不承认是你办的，你耍花招，门儿都没有。他自己的亲侄子犯了罪，他都秉公按律则断，甚至升堂在堂上打，他是这么个人。也就是说断一百件案子，在他手里不可能断错一件。别的衙门里头断冤了，到他这准能问清楚。一方面是他的智慧，他的聪明，一方面是他的经验，所以他得了个外号叫"铁案如山"。外号在官场当中，以至于当今皇帝都知道。鄂大爷过去在说闲话当中，有这么个印象，吴南岱又跟秦老夫子有这层关系，所以他找老师来的目的就在这了。

"我想去济南府，越衙告状。""你找吴南岱去？那能成吗？我的老贤契。"说称贤契，师傅称学生、称徒弟为贤契。所以说"不成啊，我的老贤契。""怎么？""你越着东昌走的话，到济南越衙告状，他不受理呀，你到那越衙告状的话，上去先打你二十板，回头再给你解回东昌。你还得去东昌告去，那不成，你再去济南。""老师啊，因为我兄弟秋隼被屈含冤，受了刑了。倘若我去东昌的话，要告不成呢？"

"怎么见得呢？""您还不知道聊城县这官吗？这官是个糊涂虫，姓沈外号叫'审不清'，他是捐班出身。我想他跟东昌府，他们在官场之中，必然官官相护。如果一耽误，我兄弟在监牢里，不用说挨打，就关在监牢里头受这个苦，他也受不了，打小的时候他哪受过这罪？在监牢里头，死不了的话也得病重。所以我去济南，吴公南岱，他老人家跟您有这层关系，您给我写封信不行吗？他还能不受理吗？这封信也就托个人情，也就证明秋隼是个好孩子。"

说到这，秦老师把这脑袋一摇就半天啊，"怎么了？""老贤契啊，我要不写信，你就这么撞去，就凭这件事，说不定还许能够撞上。虽然打个越衙告状，你挨几十板子，他看看确实冤枉，一犯他那耿直的脾气啊，这吴南岱就许受理了，不过希望也不大。你要叫我给你写封信，托个人情，他是准不受理。""那这样吧，您的笔迹吴南岱能认出来吗？""嗯……他能认出来。""您给我写张呈状，别提您的名字，什么也甭写，就写张呈状，我拿您的呈状去告去行吗？""这个意思是？""我的意思他能认出您的笔迹来，就证明您为秋隼，打这场官司说话，您就可以说话了，他是您的学生，可以证明鄂秋隼是好人。""好吧，那么你见他，你提我不提？""只字不提。""行。"就这样子，秦老夫子就为他写了一张呈状，但是上边并没有秦字。鄂大爷拿到这张呈状，秦老师说了又说，嘱咐了又嘱咐，这才告辞出来。

出来之后，返回去见老管家。跟老管家一说，我是怎么怎么办的。"我去济南府，先别跟老太太说，你给我拆兑俩钱。"老管家想办法给他拆兑了一部分银子，备上一骑马。鄂大爷回家，到家里头安排自己的家，都安排完了，骑着马，马上就去了山东济南府。

来到济南府，找个店房先住下。住店之后，跟这伙计打听，说济南府的府衙在哪。顺着方向，他就来到了府衙附近。到了府衙了，一看这衙门口跟聊城县倒是不一样。"您辛苦。""干什么？""我前来上告。""告状，进来。"他跟着公差，来到班房了。"哪的你呀？""聊城县的。""什么县？""聊城县。""说错了吧，历城县吗？""聊城。""聊城属哪管啊？""嗯，东昌府。""不，你怎么回事？""我来告状。""你这案子在哪了？""案子在聊城县了。""东昌府去了没有？""没有。""东昌府没去，到这来了，回去，东昌府告去。""头儿，这有张呈状，您……""废话废话，你没去东昌，到这来越衙告状，我也没法给你往里回。我给你回进去以后，你得挨二十板，你懂吗？""是，头儿，您把这张呈状拿进去，给吴公老大人看看。我兄弟……""你甭说了，没法给你往里回，你不懂吗？"鄂大爷一想有那经验，拿出十两银子就搁这呈状底下了。"头儿，您把这个接过去。"当公差的还看不出这个来，"这也不成。""您拿过去。"公差接过来拿手一掂，大约有十两。"怎么着，你说吧。""因为我久慕铁案如山的吴公南岱老大人，能够断案如神，所以我宁可越衙告状，挨二十板，只要吴公大人能受理的话，我感激您的好处，您给帮帮忙，我兄弟有如此这般这么一段……"公差一看，"好吧，咱可这么说，如果要不成的话，你可别埋怨我。""行，您尽力而为吧，修好积德。""行，您甭废话了，你给我吧。"这十两银子管用了吧。

公差拿着他这张呈状，就往里走，来到书房，"回事。""进来。"公差走进来，"给大人您请安。""什么事？""外面来了个姓鄂的，上告鸣冤。这有张呈状，请大人您过目。"吴南岱伸手，把这张呈状接过来看看，"这是哪的？""他说是聊城县的。""聊城县没去东昌，上这告来了，越衙告状，你怎么给递进来的了？""回大人的话，因为他知道这是越衙，他说知道老大人您铁案如山，断案如神，他的兄弟确实被屈含冤，屈打成招。倘若耽搁了，他兄弟有性命危险，所以宁可担着越衙之罪，他前来上告，希望大人您受理。"谁都这样，尊敬你，奔着你来的，担多大的风险都干，你能不管吗？说良心话，按官场当中的规律来说，这案子不能受。可是吴南岱也没打算受理，先到东昌看看，不行再说，谁有责任谁负。不过看着这张呈状，他既是聊城的，就想起了他的同年秦老夫子来了。一看这笔迹好像是他的，可是从文字上找呢，找不出他的名字来。"这人在哪了？""在班房呢。""你叫他进来。"公差一听有门儿，还真见面了。吴南岱叫鄂大爷进来的原因，是问问这张呈状是不是秦某人写的。

公差出来了，"先生，大人让你进去，你还真走运。""多谢班头。""来吧。"领他来到里边，打帘栊，"你进来。"鄂大爷低头进来之后，"大人在上，草民给您磕头。""起来，起来。"这不是过堂，"起来。""是。""你姓什么？""我姓鄂。""这张呈状是你写的？""不

207

是。""谁写的？""是我的老师，也是我兄弟鄂秋隼的老师。""他姓什么？""姓秦。""哦，那你为什么上这告状来，不去东昌府呢，聊城县属东昌府管。""因为我兄弟确实被屈含冤，他父亲死了以后，杜门不出庆吊，无缘无故的在家里边，叫公差锁走了，带到聊城县，上堂就打，说他杀人凶手。他根本什么也不知道，给屈打成招。倘若我去东昌告，要是耽搁了时间，我兄弟在监牢之中，恐怕他忍受不了这铁窗之苦。希望吴公老大人，为我的兄弟鄂秋隼平冤。""哦，那么你的老师跟你说了什么了？""没说什么。""是他自己要给你写的这张呈状，还是你找他写的？""是我求他写的。"说到这吴公，就不言语了。为什么呢？旁边站着公差，如果鄂大爷说了，我老师说了，主动给写这张呈状，或者我老师叫我到济南府来的，这张呈状不受理，拿去。所以这个劲儿在里面含着呢。

"这样吧，你先回去吧，回头我给你问问。""多谢老大人。"鄂大爷高兴，一下打都没挨出来了。说管了吗？管了。吴南岱说了，"回头我给你问问。"这就叫管了。要不管就没有这话了，所以鄂大爷也就走了，暂时回归店房听信。

单说吴公南岱，看这张呈状，沉思良久。准知道这鄂秋隼冤枉，如果他要不冤，秦公绝不给他写这张呈状。不管怎么说，当着公差的面你没说出来，是秦某人叫你到这来的，这官司我可以给你问问。聊城县的县官呐，你怎么问的这个案子？马上提笔写公事，派两名公差，去到东昌府挂号，聊城县提胭脂这案。两名公差接到了公事之后，收发处去领盘缠，随后他们两个动身，由济南府去东昌。

一路上无书，来到东昌府，"我说有人吗？""哪的？二位。""济南府。""哎哟，上差。""您有事？""奉我们大人的堂谕。有公文当堂投递。""好，您请里边。"把他们二位让到班房，给他们倒茶。大份儿压着小份儿，济南府管着东昌了。所以有公差照顾他们之后，就往里回。"回大人，济南府来了二位上差，有公文当堂投递。""吩咐下去，升堂。"东昌府升堂之后，传济南府的公差。济南府的公差被传到堂上，一个人身上背着公事呢，两人一边站着一个。"大人在上，下役济南府的公差，给大人您行礼。"那个公差呢，也是这么说，可说可是说，行礼不一样。那个跪下了，背公事的这个公差可没跪。其原因是，我身上有公事，有济南府的大印，不能给你哈腰，等把公文递上去之后，再跪倒行礼。"二位上差，有何公干？""奉大人的堂谕，有公文投递。""呈上来。"把包袱解下来之后，把公文取出来，递上去了，行完礼之后，站在一旁。

东昌府打开这个公文一瞧：嗯？聊城县的案子，到济南府告去，那还要我东昌干什么？应该给打回来呀？嘿，吴公啊，老兄，您就是铁案如山不是了，也不应该这样。心里想：我要是给你顶回去，你是一点辙没有。你不应该要，应该给我送来。真要签字了，给他顶回去了。万一我要问不清楚呢？想到这啊，干脆我给你来个坐山看虎斗，马上就给批票盖上印了。"二位上差，执公吧，你们走吧。"那意思是：让你问去，你要问清了这个案子啊，我不言语了，爱怎么的怎么的，如果你要问不清楚的话，将来吴公南岱，我要搬搬你这个铁案如山，我看你以何言答对。所以济南府的两个公差，接了公文之后，裹好了，下堂就走了。

从东昌出来以后奔聊城，一路上无书，来到聊城县。进这衙门口跟进东昌又不一样了。"嘿嘿嘿，有喘气的吗？出来一个。""这是哪位这么说话呀？都喘气，不喘气那是死鬼。哎哟，哪的？哎我说，咱们都六扇门的，别这么着，干吗这是？""我们济南府的。""哎哟，上差，您请里边。"心说：我说他这么横呢，济南的。"您屋里坐，几位，济南府的二位头儿。""哎哟，上差，您坐。""甭废话了，跟你们官回，奉济南府大人堂谕，有公文投递。""噢好，您等等。""跟大人回，报。""怎么着那么乱啊，干吗这是？脸都白了，干吗？你们俩。""济南府来了二位上差，有公文投递。"从济南府到聊城县来公差投文，这是第一次，一般根本到不了这。"济南府给我投公文，干什么？""不知道您呐。""那让他们进来。""不行，您得升堂，您得堂上接。"上级来了公文，下级得升堂接公事，你叫他进来不行。如果要是县官去府官里头投公文的，府官可以在屋里坐着，你进来吧。

"好、好，升堂。"这沈步青有点撞笼了。升堂之后，叫济南府的俩公差就上堂了，"大老爷在上，下役济南府的公差，给老爷您行礼。"伸手把公事解下来，递上去了。沈步青打开公事瞧了瞧，"嗯，那个师爷你看，上面写着什么？"他怎么给师爷看呢？他不认字。这师爷一看，"大老爷，济南府吴公大人要胭脂和鄂秋隼这案。""哎，那咱不都断完了吗？""咱是断完了，可人家要啊，想必是人家鄂家有人上告了呗。""嗬，那咱告诉他，咱不给行不行？""不成您呐，那哪成啊？上司衙要，您就得给呀。""那、那怎么办？""怎么办？您把原告传来，把被告带上来，交给人家，连公事给人家。"师爷心说：像这样你还坐县官？凑合俩钱他就走人了，他花钱捐的这么个官，他做买卖来的。当时他沉住气了，琢磨琢磨，"好，二位上差，你们先下去等着，回头我把胭脂传来，传来交给你们，连她这口供都交给你们。这个你们把他俩带走，好吧？"济南府这俩公差也看出来了，心说呀：就冲这官，那鄂秋隼准冤。

济南府俩公差下去之后，聊城县县官这才派两个公差去到西乡传胭脂。公差下去以后，来到胭脂家门口，"开门您呐。"卞老太太从里边出来了，"二位头儿，有事吗？""太爷传胭脂过堂。""还过呀？不完了吗？""这我们不知道，您让姑娘去一趟吧。""胭脂，你出来。"胭脂姑娘从里边出来了，"有什么事啊？""传你过堂。""还过啊，不完了吗？""姑娘您跟我们辛苦一趟吧，给您叫辆车，一会儿就回来。"胭脂一想，没办法，咱也没打过官司啊，不就这个事吗？去说两句话就回来，她把这个事看这么容易了。跟着公差出来，到外面抓辆车，胭脂上车了，两公差跟着把她带到衙门。下了车之后，带到堂上。

"民女胭脂，给老爷叩头。""胭脂，你这场官司本县已经都断得水落石出，可是济南府的府台爷派俩公差来，要你这案，本县不能不给。我把你交给济南府的二位公差，这场官司你到济南府打去。""啊？老爷，我，我还去济南府啊？""不去怎么着？人家要你啊。""不是完了吗？""完了不行啊，上边要啊。""那我娘不知道。""你娘不知道不要紧，你先走，回头我给你娘送信去。"这官还真好说话。

胭脂没办法，低着头，自己净想自己的事了。随后，把上差叫过来。"来吧，这就是胭脂，看着吧，还有被告，监牢之中提鄂秋隼。""是。"有人下去，到监牢里提鄂秋隼。再说，鄂秋隼在监牢之中，戴着手铐子脚镣子脖锁，他哪受过？这两天呐，饭也吃不下了，觉也睡不了，想自己的娘，想自己这场冤枉的官司，再加上自己的伤口疼。今天要带他要过堂了，倒是还能够回家不能回家？真就这样冤枉死吗？"鄂秋隼，过堂了。""哎！"稀里哗啦稀里哗啦，趔着镣就出来了。把他带到堂口，"鄂秋隼带到——上堂。"稀里哗啦稀里哗啦，"父师大人，生员鄂秋隼，给您叩头。"哗楞，镣铐一响就跪倒了。"老爷验刑。""免刑。"把刑具给挑了。

"鄂秋隼，你这场官司，本县已经断得水落石出。现在，济南府来了公差，要你这案。我把你这案，交给济南府的公差，我可告诉你，你应该在我这怎么招的，到济南府怎么招。在我这怎么说的，到济南府怎么说。如果到济南府府衙里边，跟我这说的不一样，那可是四品的府衙，官比我大，打上你比这还厉害。你听见没有？"

"啊，父师大人，我不都招了吗，我宁愿低偿就完了，我就别去济南府了，还上那干吗去？""不行，这不能由你，也不能由我，我说了也不算。听到没有？""听见了。"鄂秋隼心想：该着哪死啊，这死不就完了吗。无缘无故地把我押在监牢里，我还来趟济南府干吗？哎！吃亏了。怎么呢？他哥哥给他上告，告完了以后，回店房等信了。如果他哥哥回来，到监牢里给鄂秋隼接见，告诉他一句，说我给你上告了，秋隼就明白了。他不知道他家有人给他上告，所以在这个时候，又叫县官又给吓唬一顿。

把济南府的两公差叫来，"这个就是鄂秋隼，这就是胭脂。""你叫什么？""我叫胭脂。""姓什么？""我姓卞。""起来，跟我走。""你叫什么？""鄂秋隼。""你叫鄂秋隼。我说，借我们副上手子。"跟聊城县的公差借了副上铐，"抬手。"哗楞，就把手铐给鄂秋隼砸上了，戴一个上铐。随后，把公文给他了，原被告的口供，验尸的尸格，搭上那公文，还有杀人的凶器，菜刀一把，物证，雪青洋绉手绢一条，大红缎子软帮软底的绣鞋一只。验明白之后，拿他这黄布包袱皮都裹好了，往身上一系，两个人一人带着一个，从堂上就下来了。下来之后，这是一个原告一个被告，不能给他们俩放在一起，一个搁在门口懒凳上，一个带进了班房。随后叫聊城县的公差，"您给我们抓辆车吧。""哎。"公差出去以后到外边，得找辆敞车呀，不能坐两辆，就得一辆车。找了半天，就看那边来个拉柴火的车，"喔，驾，呱呱。""站住。""吁——老爷，怎么了？""给我们拉趟……""不，我走了。""哪去你？过来。""不，我忘了。""什么忘了？""这不单行路吗？"

"没听说过，快，把柴火撤了。""我上哪去？""一会儿让你回来。""哪？""济南府。""哎哟我娘啊，我去济南府还回得来吗？""甭废话，道上找车去，快快，上差等着要，快！"再慢一点打上了，赶紧抓着人之后，把柴火给卸了，扔在边上，拉着空车就过来了。"等着吧。上差，车来了。"

鄂秋隼跟胭脂姑娘，被济南府的公差带出来之后，把他们放在车上，两个人斜吊脚，一边坐着一个，斜吊脚一边坐着一个公差，车走轱辘响，呱呱呱呱，一直够奔——济南府。

# 第六回

  上回书说到，胭脂姑娘和鄂秋隼，被济南府的两名公差，带到车上，车走轱辘响，够奔济南。这一路之上，鄂秋隼跟胭脂姑娘是斜吊角坐在车上，两个公差也斜吊角。四个人占这大车的四个角。赶车的把式在地下走着，一边走着，这赶车的把式一边嚷，"我说老爷，你这到哪里？""到济南府。""不行您嘞，我那还好些个柴火，我出来还没赚嘛。""别废话，快走。""这得多咱回来？""前面倒车去不行吗？""快快快点。""好了，老爷您多赏饭吧。"

  说话往前赶，这车走到大道上，这胭脂可就想了：这鄂秋隼自从在我门前经过，看见他那一次，我怎么也想不出来，他会把我爹给杀了。我怎么看不出来呢？她就回忆到那天晚上，到她家弹窗户，抢她那个鞋，就这个人，可真看不出来是这么个人。你说不是他吧，眼睁睁我那只鞋是他给抢走了。我爹被杀，身旁就有手绢裹这只鞋，想着想着，自己就有个琢磨：可不是我们女人不规矩，我看看你，不由得眼睛可就斜过去了，要看鄂秋隼一眼。通过她的思想，这也很自然嘛。

  花开两朵，各表一枝，咱们再说说这个鄂秋隼。戴着手铐子，盘着腿，坐在大车右边这个角上。鄂秋隼就想了：我招谁惹谁了？无缘无故的，把我就锁到衙门去，上堂就打，愣说我什么跟人家女的说话了，抢鞋了，杀人了，这都哪的事？这多冤枉。可想来想去呢，就想到，聊城县县官说的那句话，"胭脂怎么不告别人，单告你呢？"鄂秋隼心说：我跟胭脂根本没见过面，我也不认得，可不算我们念书的秀才不规矩，我看看你吧，我在哪见过你？为什么你告我？

可是他想看她，嘿，胭脂这也想看他。这四只眼睛的眼光都碰到一块儿了。哟，互相一对眼光，跟着把头都低下了，俩人都臊了个红脸。当时各有所思。胭脂想什么呢：这个人哪像杀人的凶手？嗬，看起来知人知面可不知心呐，自相矛盾，就是自己也解释不开。再说鄂秋隼呢，看完了胭脂一眼，跟着臊了个红脸，跟着把头上一低，心说：哎呀，我怎么看这丫头好眼熟？好像在哪见过？怎么就一时想她不起？

这车摇晃着，跟着往前走着，公差哪知道他们的心理。一个年轻的姑娘，一个年轻的学生，他们能怎么样啊？放心大胆地往前走吧。半道上打尖，休息倒车，一路上无书，就来到济南府。

到了济南府了，车辆打住，把他们两人带下来，都低着头跟着进衙门了。带到两侧，谁也见不着谁。有公差互相客气客气，"您回来了，辛苦您了。""辛苦辛苦辛苦。""怎么样？大人还问来着。""好，我们回进去吧，您受累给关照点。"这两名公差，一个姓张，一个姓李，两人就来到里边了。"跟大人回，下役张德胜，下役李德彪，前来交差。""你们回来了。""这公事在这了，验尸尸格，原被告的口供，杀人的凶器，物证，手绢一条，绣鞋一只。"吴公南岱，把这东西搁在这，打开瞧了瞧，一件一件的。没得细看，就数数数就完了。"人犯呢？""原告卞胭脂，被告鄂秋隼，全在前面呢。""把杀人的凶手鄂秋隼送进监牢，押在单间里，不准难为他。""是。""你去，把胭脂姑娘交给女禁卒，浮押着，听候过堂。""是。"两名公差出来了。

"鄂秋隼，跟我来。""哎。"鄂秋隼戴着手铐子，跟着公差往里走，一看又进监牢了。"牢头，开门。""怎么着？您呐。""聊城县来的，杀人的罪犯，姓鄂叫鄂秋隼，大人说了，押在独牢。"鄂秋隼听这话这难受啊，我成杀人凶犯了。可这种犯人的话，瞒不了牢头他们那两只眼睛，一看呐，还真没见过这样杀人的。"进来吧进来吧，小伙子什么不能干？怎么这单干这个？"鄂秋隼掉着眼泪，心说：我干什么了？"进来进来。"进监牢是这样，打那个不老实的。像他这样的，牢头也不打。里面还有个牢门，"里边了。"鄂秋隼就被关起来了。那个公差带着胭脂，"姑娘，跟我来。""女禁卒，开门。""噢，来啦。""这姑娘是聊城县来的，这案的原告，还没过堂呢，浮押着，别难为她。""哎哎，来吧，姑娘。"胭脂姑娘长这么大，第一次进监牢，尤其她这一道上，到了现在，她被带到济南府，她母亲不知道，您说她什么心情？

一进来就哭了。"大娘，我怎么上这来了？""叫你来，你就来，你别哭，哭你也出不去。""我没怎么样，我爹被杀了。""你别跟我说了，来吧来吧。"女禁卒见过太多了。哪那么大心气儿净问这个，把胭脂送到一个小屋了，就算浮押着，也没给她锁门。

再说吴南岱，把这些东西拿来之后，当时没有急于非看不可。吃完晚饭之后，其他的公事都办完了，在睡觉之先，屋里点了盏灯，随从二爷给他沏了壶茶，在外间屋伺候着他。把胭脂这一案，就放在桌上了。先看了看这把菜刀，嗯，这是一个普通人家，做饭切菜用的菜刀，估计这把菜刀起码用了几十年了。说这菜刀还不一样，有菜刀，有厨刀，有背厚的，有刃薄的，底下有月牙式的，有圆式的，有瓶式的，有长方的，不一样，还有片刀。这个刀都黑了，一看不定用了多少年了，上面有血痕。把菜刀放在一边了，再看看这只鞋，是大红缎子绣花软帮软底四根带的睡鞋，那就说睡觉的时候穿着这只鞋。在那个社会，女人裹脚啊，就怕这个脚走形，所以穿这么只鞋，这鞋上面已经有了泥土了，脏了，把它放在一边了。再看这条手绢，这条手绢嘛，见方大概有八寸到一尺，这个颜色，是鸭青的，这个质地是洋绉的，周围有清水丝线锁着狗牙儿。这条手绢，如果说女人用，一则说大点，二则说素点，而男人用又有点花哨，上面也有泥土，把它放一边了。

再看看这原告的口供。吴南岱问案是这样，按现在的话说，先找到第一手材料，从他的文件当中找出漏洞以后，问案的时候，自己好有把握。一看原告的口供：卞姓妇，就是胭脂她的母亲，一天晚上，她的丈夫卞牛医起夜，发现外边有贼，他听见了，她丈夫去追贼，她喊他，不让他追，一会儿听外面有响声，等她追出来，卞牛医已经被杀，随后胭脂姑娘出来了，胭脂说杀人凶手是谁她知道。这是卞老太太的口供。

再看胭脂的口供：一天在门前发现了秀才鄂秋隼，两个人在门前

215

交谈说话。后来夜间，有人弹窗户，是南乡中的鄂秋隼，抢走她一只睡鞋，跟她说十天以后前来赴约，而十天以后，发现他父亲被杀，身旁遗落有菜刀一把，手绢一条，绣鞋一只，所以说杀人凶手，是南乡中的秀才鄂秋隼。吴南岱看到这摇头啊，直嗑牙花子：胡说八道啊，这叫什么口供？这口供就给人家立案了？

再往旁边放了放，瞧了瞧被告鄂秋隼的口供：一天从胭脂门前走，跟胭脂说话了。后来到胭脂家去，跳墙进去的，抢走胭脂一只绣鞋，定规十天后赴约。这不胡说八道嘛！你干吗去了？你当天干什么去了？十天以后嘛，跳墙到她家去，走错屋了，卞牛医从屋中出来了，拿刀追他，他夺刀杀死卞牛医，丢鞋弃凶逃走。

吴南岱越看越糊涂，这叫什么口供？那么头一次到胭脂家去倒走对了，第二次倒走错屋了。胡说八道！实指望打从口供里边找出漏洞，找出矛盾点来，明天问案的时候好有把握。不看则可，越看越糊涂。所以就没法看了，把这些东西搁在一边，喝点茶，稍休息一会儿，躺下睡觉了。

一夜晚上无书，转天一早晨，老早地起来，二爷伺候他梳洗已毕，准备早点。这顿早点把它吃饱饱的，这一堂不一定过到什么候。换好了官服，"来啊。""嗻。""吩咐下去，梆点升堂。""嗻。"二爷出去，到外面找鼓吏，"大人吩咐，梆点二堂啊。""是。"梆梆梆……三阵梆点，升坐二堂。头阵梆点一响，三班六房集中。二阵梆点一响，皂班快班壮班是为三班，吏、户、礼、兵、刑、工这为六房，各入各位。三阵梆点一响，上首起威，下首起武，喊喝堂威，"威——武——威——武——"吴公南岱换好了官服，戴好了乌纱双展，转屏风入座，压住人声。"来，带原告，卞胭脂。""嗻。"有两名公差下去，为什么去两名公差？因为带的是姑娘。"女禁卒，提卞胭脂。"把牢门开开，两公差跟着进去，叫胭脂姑娘："过堂了。"

胭脂这一宿啊，那还睡？睡什么？心这个乱。一则是想家，第二则不知这场官司怎么回事。不过她心里放心的是什么呢，我是原告。我爹被杀，我没犯罪，不就是过堂吗？已经在聊城县过过了，这有什么了？哎，她把这个过堂，不管什么衙门什么官，都认为跟聊城县一样。所以跟这公差，很放心地就来到二堂口。

216

为什么说升二堂呢？因为一般的案子，都升二堂。这个二堂跟大堂有的时候就是这一个地方。分六扇门，正门两扇、东门两扇、西门两扇。所不同的地方是，升大堂要击鼓，开六扇门。升二堂的时候要梆点，只开东角门，出入都走东角门。说什么案子升大堂？出红差、接钦差、接圣旨、充军发配、学使案临，除去这五样，平常没有升大堂的必要。那个西门呐，许出不许进。什么人出去呢？红差、充军发配。比如发配云南，充军不回了，从西门出去。杀人了，挨砍的那个主，出西门。平常有的时候说个玩笑话呀，"嗬，你这脸上冒霉气，快出西门了。"哎，就是这个西门。平常升二堂走东角门。如果不是这个案子，也不一定非得升堂不可，下边就问了，就是调解了，这个案子可不能不升堂。是衙门口都是冲南开，面南背北，所以堂口也是面南背北，打东角门带进来，把胭脂带到了上首。

胭脂低着头往堂上一走的时候，吴公南岱捋着自己的颏下绦，用目观看，一瞧这个姑娘：十七八岁，黢青的头发，抿着顶没开脸，簪环首饰一概没有。穿着一身灰粗布的裤袄，能看出是个白粗布的里子。脚下穿着白鞋白袜子白腿带子，在她大襟头上戴着一个白粗布的手绢。清水脸，没有粉，没看清模样。低着头从东角门打他这公案前面这一走，吴南岱心说：什么？这样的姑娘，在门外跟一个年轻的男的，而且不认识的人在一起说话？不对，不对，其中必有隐情。一句还没问了，刚一见面，还没看清模样，就看出漏洞来了。

"跪下跪下。""大人在上，小民女卞胭脂，给大人磕头。""你姓卞，对吗？""对。""叫什么？""我叫胭脂。""在哪住？""聊城县。""聊城县什么地方？""西乡，进西乡的东口路北了头一个门。""你父亲被什么人杀死？""南乡中的秀才鄂秋隼。""嗯，你怎么知道杀人的凶手，是南乡中的秀才鄂秋隼呢？""跟大人回，是因为有一天，我在门前看见鄂秋隼，从我门口路过，我问他……""等等，你家里头还有什么人？""没别人，就是我跟我母亲，我父亲现在死了。""你自己上门外去干吗去了？""买线去了。""买线去，买什么线？""青水丝线。""做什么活儿？""我绣枕头。"

说吴南岱问这干什么？无缘无故一个姑娘跑门口去了，她不是那样的姑娘。说买线去了，一问她，要是瞎话，当时答不上来。实话好说，瞎话难说。可是她怎么答得这么痛快？不错，是买线，买青水丝线，不是那天的事。所以胭脂把这话给借回来了，这点吴南岱没看出来。

"买线时在门前看见的鄂秋隼，往下说，你跟他怎么说话来着？""是这样，他那一进来呀，我看他穿着一身孝，我不知道他给谁穿。""他穿着什么样的孝？""戴着青粗布的方巾，灰粗布的袍子，白鞋白袜子。他走到这，我无意中的话，我就说出来了，我说你给谁穿孝啊？"胭脂说到这自相矛盾，她不打算把龚王氏给说出来。因为认为龚王氏对她不错，倘若把她招出来以后，对不起人家龚大嫂子，所以自己都兜起来就完了。所以到这她话里有些矛盾了。

"你说他给谁穿孝，你认识鄂秋隼吗？""不认得。""不认识的男人，你就跟人家说话吗？""是我心里的话，我说出来了。""你为什么心里要这样想呢？""因为我看到穿这身重孝，不知道给谁穿。""这叫什么意思？""我是说，他要死了娘啊，跟爹过日子可就苦了。他死了爹，有娘疼还好一些。所以我说这年轻人给谁穿孝，可是我给说出来了。"

"噢。"吴南岱一听啊，这点也近乎情理，"说出怎么样呢？""不想他就站住了，他说您问我呀？""啊？他认识你吗？""他不认得。""哼哼哼哼，俩人都不认得。他就说了？你说什么了？""我一看他说这个，我就没办法了，我说'啊'。他说'我以妻服未阕'。"

"住口！什么？他说什么？""以妻服未阕。""这句话你懂吗？""我懂。""什么叫以妻服未阕？""给媳妇穿孝没穿满。"吴南岱一听，这事可新鲜，哪有给媳妇穿孝的？"你说什么了？""我说，哪有给媳妇穿孝的？""着哇。""他说，男人死了女人穿孝，跟丧父母一般，披麻戴孝的。那么女的死了，男的不穿，这不合理。我多了不穿，少了不穿，我得穿一百天。""曜，真有这么说话的。你呢，又说什么了？""我就说您贵姓啊？""噢，这么问的他。他呢？""他说我是南乡中的鄂秋隼。""说完了还说什么了？""我就没说什么，他就走了，我就进来了。"

"等一等，他走了，你就进来了，没说别的？""没有。""那么当时在门前说话的时候，有别人听见吗？""没有啊。""没有？你怎么发现鄂秋隼上你家去抢鞋呢？"事隔几天后，那天晚上有人弹我的窗户。""晚上？什么时间？""定更多天吧。""你在哪呢？""我在屋里了。""睡觉了吗？""没有。""定更多天，你不睡觉，胭脂姑娘，你干什么了？""做活儿呢。""做什么活儿？""我绣那枕头。""那你怎么发现外面有人弹窗呢？想到了没有？""没有。""当时你怎么想来着？""当时我就琢磨我做的这活儿，我忽然间发现有人叠指弹窗……"

"住口！"胭脂就愣了，心说：在聊城县问案的时候，可没费这么大事，这怎么问得这么细呀？有些话是瞎话，有些话是实话，实话也不是她说的。你像这"多了不穿，少了不穿，我得穿一百天"都是龚王氏的话。她说到这，吴南岱说"你住口！""嗯？"她愣了。

"你发现外面有人什么弹窗？""叠指弹窗。""怎么叫叠指弹窗？"胭脂说到这，拿手那么一比画，一揣摩这句话，把中指和食指叠在一块儿，一碰，这不叠指弹窗吗？

"哦，这么个叠指弹窗，胭脂姑娘，当时弹窗户的人在哪了？""在窗户外头了。""你呢？""当然我在屋里头了。""隔着窗户纸，你看不见他，他许不许拇指跟食指那么样弹呢，你怎么知道他叠指弹窗？说！"哟，胭脂一听，坏了，这个官跟聊城县不一样。哎呀，心说这是龚大嫂子跟我说的，我说这么句话也是事啊？

"老大人，我不过是这么想的。""你怎么就想出来叠指弹窗？是不是有人告诉你了？说叠指弹窗？""没有啊，哪有那个事。""是不是你在门前跟他定约会了，他告诉你叠指弹窗？""没有没有，那哪能够啊。""那么说，这个叠指弹窗是你想出来的喽，往下讲。""当时我就问，我说谁呀？他说小生乃南乡中鄂秋隼。""哦？你呢？""我跟着把灯吹了。""为什么要吹灯？""我要不吹灯，我在明处，他把窗户纸捅破了，不就看见我了吗？我吹了灯呢，他看不见了，他在明处我在暗处。""好聪明的姑娘，往下讲，吹灯之后？""我说，鄂郎，你前来做甚？他说自小生那日门前经过，得见小姐丽质，时刻挂怀。因此深夜间不顾嫌疑、不顾奔波，逾垣而来，望小姐开绣户，我得揽纤腕，心愿无憾。""这话你懂吗？""我懂。""你念过书？""念过。""你就给他开门了？""我哪能够？""你说什么了？""我说鄂郎，妾爱君所为长久……"

"住口，你爱他？胭脂，说！"吴南岱这话什么意思？你要是爱他，在门前你不肯跟他没有别的话。胭脂闹了个红脸。"老大人，我说了姜爱君，这是我们女人心里的话，我下边还有话，您怎么不往下听呢。""哦？那么你——往下说。"

# 第七回

　　上回书说到，山东济南府的知府吴南岱，审问胭脂。在审问的过程中，胭脂说出来"妾爱君所为……""住口，我问你，你爱她？"胭脂这话没有说完，叫吴南岱把这话给打断了。"你爱鄂秋隼吗？"为什么要打断她的话？这是看胭脂的心理，如果你要爱鄂秋隼，那就说鄂秋隼上这来那就不是单方面的，你是不是跟他有什么话？

　　"老大人。"胭脂被吴南岱这一问，问得个脸通红啊，"我们一个姑娘家，即便心里有话，我们没说出来，这也不算是无耻吧？""我没说你无耻，我问你是不是爱鄂秋隼？""我认为自古嫦娥爱少年，才子喜风流，一个女人家，从心里头爱上一个男人，我们也没跟别人说呀，这也不算我们无耻吧？""哈哈哈哈……你接着往下说。""我说鄂郎，妾爱君所为长久，非为一夕尔，君果爱妾请速归，可差冰人前来为媒，我父母不能不允，深更半夜，私开门户，事关苟且，妾身至死不从。"

　　吴南岱一听胭脂回答这个话，她不是一般小家碧玉的姑娘，"胭脂，我问你，你念过书吗？""念过。""念过几年书？""二三年吧。""你为什么要跟他这样的回答？而用之乎者也矣焉哉的语言。""老大人，只因为，我生在一个兽医的家庭，我父亲是个牛医。而鄂秀才，他又是个黉门的秀士，唯恐，我要用粗俗的语言跟他回答，我怕他轻视我。""噢，所以他说的话你懂喽？""嗯。""那么你说这话，他走了没有？""没有。他说小姐，我乃爷家秀才，既读孔孟之书，必达周公之礼，非礼不做，非礼不为，非礼不视，非礼不听，望小姐开绣户，得揽纤腕，心愿无憾。""嗯，你就给他开门了？""没有。我跟他说，我说鄂郎，我深更半夜私开门户，事关苟且，这个事断断使不得。如果你要是喜欢我，您就回去派媒人来，我说我至死不能开门。""那他怎么进去的呢？""后来他说，我既来者则安之，小姐，我绝没有非礼的要求。因为我一想，时间一长了，要叫我爹妈要知道，这事好说不好听。我说我就给你开个门，我说你可见个面就走。""什么意思？你为什么要给他开门？你不是至死不从吗？""他不走，我想人有个见面之情，见了面以后，我再跟他说两句，他能走。""你就没想到他有轨外的行动吗？""因为他在门前走的时候，看见我们，那个时候挺温婉的，脸都红了，我想他不会。""我再问你，他说既读孔孟之书，必达周公之礼，非礼不视，什么非礼不闻了，这些个话你相信吗？说，当时你信不信？""我……信。""嗯，你要不相信他的话，你就不给他开门了。可是胭脂啊，你想了没有？一个秀才，深更半夜到人家家里头去，还是跳墙进去的，弹你的窗户，找一个女人，他还非礼不视？他还既读孔孟之书、必达周公之礼吗？"哎哟，胭脂一听啊：我的妈呀，怎么当时我没想到呢，莫怪了，对呀。

"那么你给他开开门，说什么了？""没得说话，开门以后，他进去他愣扑我，我这么一躲，他伸出两只手，把我的胳膊抓住了，我的手往回一撤的话，就抓住我的袖子了。他往怀里拉我，我就往怀里拽，我说你撒开，他说你过来。我……我就说，君今日如此猛浪，非同那日门前经过之鄂郎矣。他急着忙就撒手了。"

"等一等，你看出假来了？嗯？你看出假来了？""什么？""你看进来这个人不是鄂秋隼。""不，是他。""那么刚才你这句话怎么讲？""我说你今天这么莽撞，跟那天门前走时怎么不一样呢？那天门前走的时候，你看看我，脸都红了，今儿个你怎么这样的举动？""你把你刚才说那句话再重复一遍。""君今日如此猛浪，非同那日门前经过之鄂郎矣。""哦，非同，不是看出假来了？""不是。""他急了忙就撒手了，我再问你，进到屋里头，拉你袖子这鄂秋隼，他这个相貌你看清了没有？""没有。""为什么？""屋里没灯啊，我把灯吹了。""那么这个人的个头高矮呢？""我也没太注意，因为我慌了，他拉着我的袖子，他夺我，我又害怕，我又着急，他一撒手呢，我整坐在地下。"

"事后这只鞋怎么到他手的？""当时我就哭了，哭着哭着，我这

222

手蒙着脸，他过来说，小姐，你别哭，我走我走。我说你快走吧，他说我多咱来呀？我说你十天后再来……"

"嗯？住口。这个十天后，时间是你给的。你为什么给他日期？""老大人，当时我害怕，我恨不得叫他快出去，我说你走吧，他问我多咱来，我随便这么一说，你十天后再来吧。是这样的，我并非是有意跟他定约。""噢，他就走了吗？""他当时没走，他跟我说，小姐您给我点表记，我说我女人之物不能随便给你们男子。""那么这只鞋怎么到他手的？""后来他抢的。""往下讲，怎么抢的？""嗯，说完这话，我说你走不走？你不走我嚷了。他害怕我嚷，他说您别喊，我走，他就走了。因为我摔了一下子，摔得我挺疼，我就站起来了，站起来我就往里间屋走，刚到了里间屋坐在这，他又回来了。"

"外间屋门你关了没有？""我忘了关了。""回来以后？""回来以后，他进了屋，他扑我，他一扑，我一想坏了，不用别的无礼呀，准跟我一拉一争一夺的，我们在这一滚，您说我是死我是活呀？我一看这不行，我手不管用了，我躺在床上拿脚往外蹬他，可是我穿的是睡鞋，我那鞋带子开了，他伸手一抓，拽着我鞋带子了，我那左脚的鞋就叫他给拽走了。"

"就这么走了？""我把他叫回来了。""为什么？""我说鄂郎，妾身已许君。我下体之物已入君手，料不可返，君持得此鞋，对于我的终身之事不闻不问，在外任意胡言，妾身唯有一死而已。"吴南岱一听啊：这个姑娘可不是一般的姑娘，她能把事情的发展看透了。因为有一些好色的男人，他拿着这个东西走了以后，这个东西是女人的，他就胡说八道，甚至于不为长久打算。而胭脂一张嘴就告诉他了，妾身已许君，你拿我的鞋了，我可嫁给你了，如果你不提亲来，你要到外面去胡说八道，我就死，就这么句话。所以看胭脂这个姑娘不一般。既是这么个姑娘，怎么会惹得她父亲被人杀了呢？

"胭脂，你说完这话，那么这个鄂秋隼，抢了这只鞋之后，他说什么？""他就哎哎哎，好吧好吧，他就走了。""那么他走了以后呢？""他走以后，我就害怕这个事，我就想他是不是还来。可是算算那日子，到了十天后，我又怕他还来。因为在这几天，我就盼他派媒人到这来说亲，始终也没见有人提亲了。可是，到了十天后，那天的夜晚，也就是事过十一天，我不敢睡觉，我怕他还来，我就听院里叮咣响，我娘就哭上了。她一哭我心说坏了，出事了，我端灯出来，我父亲被杀，顶门剁了三刀，身旁有菜刀，我娘看见有手绢裹着那只鞋。我一瞧手绢裹着这只鞋，我就知道是鄂秋隼，因为这个把鄂秋隼就告了。县官就验尸，随后就把我传到衙门去，就说已经找着凶手了，是鄂秋隼，就完了，谁知道我今儿又上这来。"

"胭脂，我再问你，那么在当天夜晚，你父亲被杀的时候，你看见这凶手了吗？""没有。"说到这吴南岱，翻来覆去地看她这口供。不对，这里有第三者。

"胭脂姑娘。""老大人。""你在门前说话的时候，就是你跟鄂秋隼吗？""就是我们俩人。""你以前见过鄂秋隼吗？""没有。""那你怎么跟人家说话？""我不说过了吗，我心里话说出来了，没办法了，泼出去的水收不回来了。""那么他跟你说话的时候，你门口有人路过吗？""没有。""嗯？鄂秋隼在你屋中抢走鞋这件事情，事后你跟谁说了？""我谁也没说。""你家里有邻居吗？""没有。""跟你母亲说了没有？""这个事我能跟我娘说吗？多害臊，谁想到会出这事。"吴南岱一想，那么第三者是谁呢？

"我再问你，你在门前，跟鄂秋隼说话的时候，你怎么出去的？你不在家里边，你跑门外干什么去？""我不说过吗，我买线。""买什么线？""青水丝线。""那么当时卖线的走了没有？"胭脂一听了啊：哎哟，我的妈呀，心说哪有卖线的？那不是送龚大嫂子出去吗，当时脸上就转颜色了。

"说！""走了。""什么？""走了。""卖线的走了？""走了。"吴南岱看出来了，其中必有隐情。"好，你先画供。"马上把供词拿下去，叫胭脂画供。胭脂画了供之后，按上箕斗，这算一个阶段。

"把胭脂带下去，暂时浮押。""是，胭脂姑娘，跟我来。"胭脂站起来之后，颤巍巍战兢兢，因为她没打过官司。在聊城县那一堂很简单，遇上那官沈步青。到这可不行了，铁案如山的吴南岱，眼里不揉沙子，所以她有点害怕。两公差把她带下去之后，暂时浮押在女禁卒那。

吴南岱看了看这个口供之后，"来，带杀人的凶犯鄂秋隼。"

"是。"两名公差，打这下去，够奔监牢，来到这找牢头，"提鄂秋隼。""啊？""昨儿带来那个，聊城县的。""哦。"赶紧把牢门开开，两公差进来之后，到里边把这单间牢打开，"鄂秋隼。"鄂秋隼戴着手铐子，在监牢里待这一宿啊，这人都晕乎了，吃东西根本吃不下去，无缘无故地遭此不白之冤。今天又过堂了，从里边就出来了，两公差把他带到堂口，"报，跟大人回，杀人的凶犯鄂秋隼带到。""上堂、上堂。"大伙这么一威武，鄂秋隼就想到聊城县的县官告诉他的话，这是府衙，这衙门比那衙门大，如果说的不一样，到这打上比那还厉害。低着头往上走，可是问官吴南岱瞧目观瞧，这样的孩子是杀人的凶手啊？不像，从他的举动就不像。发髻蓬松，穿着一件灰粗布的面、白粗布里子的文生氅，脚下穿着青鞋白袜子。

"跪下跪下。""公祖大人在上，生员鄂秋隼与公祖大人叩头。""大人验刑。""挑刑。"把刑具给挑去，鄂秋隼低着头在下边一跪。"你姓什么？""姓鄂。""叫什么？""鄂秋隼。""多大了？""十七岁。""口称生员，你有什么功名？""爷家秀才，但是在聊城县被革。""抬起头来。""有罪，不敢仰视公祖大人。""恕你无罪，抬起头来，我看看你。"吴南岱一瞧，这鄂秋隼长得五官清秀，脸上带着难容，绝无有一个凶恶的样子。

"鄂秋隼，我问你，你怎么样与胭脂在门前说话，逾垣钻隙，诓开门户，抢走绣鞋，杀死卞牛医，丢鞋弃凶逃走，讲！"怎么这么问呢？可不这么问嘛。他家里有人上告了，鄂秋隼不知道，问案官不能给他翻供，得让他自己翻。哪能说问案的官一上来就这样问，杀人是你杀的吗？我看你冤呐，哪有那事了？

可是鄂秋隼一听这个问法，撩眼皮一看这吴南岱，吓坏了他了。问案的脸上严肃，瞪着两眼瞧着他。"公祖大人，我、我已经都招了，愿意抵偿，您就别问了。"

"啊？你说，怎么跟胭脂说的话，怎么到人家里去的？""那天，我在胭脂门口路过，我看见胭脂了。""说什么了？""我说，你是胭脂吗？""什么？你认识胭脂吗？""不认识啊。""不认识，你怎么说她是胭脂。""我看她像胭脂。""哈……，胭脂说什么了？""胭脂说我是胭脂，她说你是谁？我说我是鄂秋隼。""就这样？还说什么了？""没说什么。""说完以后呢?""就走了。""那你怎么又到她那去了呢?""后来我就上她那去了。""你从哪进去的?""我、我从门那进去的。""大门关着的吧?""没有。""哼,深更半夜她不关门。""啊,我不知道。""那你上那干吗去了?""不还抢鞋了吗?""你问谁呀?你怎么抢的鞋?""我、我都招了,您就别问了我。""我问你,杀死卞牛医,你怎么杀的?""就这么杀的。""你从哪进去的?你怎么看见的卞牛医?""不、我、不那天走错屋了吗?"说鄂秋隼这供怎么回事?他回忆呀,在聊城县县官那堂,那不是县官给他招的吗?想县官他那个词,所以他说一句,他琢磨一句。""不还、不还是走错屋了吗?""走哪屋去了?""走卞牛医那屋去了。""你说什么了?""说我、我叫门呐,他问我是谁,我说我是我,他说你干吗?我⋯⋯我杀你。""那刀呢?""刀?⋯⋯""刀不是他们家的吗?""是,他说我给你刀。"吴南岱差点没乐了,哪有这事啊?胡说八道,"把他带下去。"连供都不画了。

　　把鄂秋隼带下去之后收监,在这个时候,吴南岱一看没法问了,胭脂的口供这里头有出入。而鄂秋隼呢,他不翻供,什么原因不知道。鄂秋隼他不敢翻呐,那么聊城县当初带他的时候,告诉他了,你在我这怎么招的,到那怎么招,在我这怎么说的,你到济南府怎么说。如果你到了济南府,跟我这说的不一样,那个官比我这大,打上你比我这还厉害,他怕挨打呀。打小的时候没挨过一条笤帚疙瘩,到了现在这二十板打得皮开肉绽,他怕了。他脑子里还有一种东西,就是我情屈命不屈,我该着这么死,就认了。他翻什么供?

　　把鄂秋隼掐监入狱之后,二次把胭脂带上来了。胭脂这一上堂,"大人,民女胭脂给您磕头。""胭脂姑娘。""老大人。""我问你,杀死你爹的凶手是谁?""南乡中的秀才鄂秋隼。"这句话,戳了吴南岱的心了,根本不是他。已经问过鄂秋隼了,能看出来了。铁案如山的吴南岱要是看不出这点来,这个外号就来不了了。在他手下断案,几乎没有错过。胭脂怎么就强调是鄂秋隼呢?

　　"胭脂。""有。""你凭什么告鄂秋隼?""那⋯⋯跟大人回,我在门前看见鄂秋隼,那天弹窗户是鄂秋隼啊,可是⋯⋯""对啊,弹窗户的是鄂秋隼,抢鞋的是鄂秋隼,会不会这里头有第三者,别人冒充鄂秋隼到你家去,杀死你爹卞牛医呢?""那我就不知道了。""不知道你随便就妄告吗？胭脂啊，一条人命关乎于上天，这可不是儿戏呀。"

"老大人，我就知道门前跟我说话的是鄂秋隼，弹我窗户的是鄂秋隼，抢鞋的是鄂秋隼，我的鞋落在鄂秋隼手了。我爹被杀，身旁有这手绢裹着这只鞋，您说我不告鄂秋隼，您叫我告谁呢？"

"噢，你是凭这只鞋告。我再问你，这把刀是哪的？""我不说过吗，是我们家的。""你爹拿刀出去追他，是吗？所以被他夺去杀的。""可能吧？""这只鞋呢？是你的吗？""是我的。""他抢走的，这个手绢呢，是谁的？"胭脂看了看，雪青洋绉的手绢，摇了摇头，"老大人，我不知道。""不是你的？""不是。""这只手绢从哪来的？""它裹着那只鞋了，掉到我们院里，叫我娘捡起来了。""那就是说，这个手绢是杀人凶手的。""嗯。""哼哼，胭脂，你认识鄂秋隼吗？""我说过，不认得。""在门前为什么要跟他说话呢？""因为我看他穿的这身孝，不知道给谁穿，我一时犹疑。""噢，穿着一身重孝，那么，他告诉你给谁穿呢？""他说以妻服而未阕，他说给他媳妇穿孝没穿满。""当时你信吗？说良心话，胭脂，说实话。"吴南岱这么一追她，胭脂脑子里头可就不能想别的了，"他说以妻服而未阕，我不信。""那么你认为他可以给谁穿这么重的孝呢？""我想他不是给爹穿，就是给娘穿。""嗯，这就是了。哎，你给谁穿孝？""我给我爹呀，我爹不被杀了吗？""那么你……哎，你那戴着什么？""哪啊？"吴南岱拿手一指，她身上那个大襟那，有一块白布，"这是手巾啊。""什么的？""白布的。""你怎么不拿绸子的？""老大人，我父孝在身，我哪能拿绸子的手绢？""着哇，那么你知道给你父亲穿孝，不能拿绸子的手绢，鄂秋隼那孝不是给爹穿就是给妈穿，他哪来的雪青洋绉的手绢，说！"

"哟！"胭脂一听，我的妈呀！对呀，对呀。"呜……可是老大人，虽然他不能拿这样的手绢，我的鞋落在鄂秋隼手了，那不是他还有谁？您叫我告谁呢？""哈哈……我叫你说实话。""我说的都是实话。""把她带下去。"有公差把胭脂带去之后，交与女禁卒，吴南岱抖袖退堂。

退堂之后，休息了一会儿，把原被告的口供翻来覆去来回看。看来看去就断定了，杀人凶手绝不是鄂秋隼。那么不是鄂秋隼，从中必有第三者，凶手是谁呢？为什么鄂秋隼家中有人上告，他不翻供呢？

为什么胭脂口供里边有些个矛盾？不说实话呢？这倒是什么原因？最后想了又想，看了又看，分析了又分析。

"来呀，请师爷。"随从二爷出去，工夫不大，把师爷请来了。师爷来到房中，深施一礼，"老大人，书办这厢有礼。""师爷，请坐。""老大人把书办唤来，啥个事情？""现在堂上有如此这般这么一段……，有的地方你也看见了，为什么鄂秋隼在堂上他不喊冤，你看杀人的类不类鄂秋隼？""据书办我看，杀人的不像鄂秋隼。""着哇，他为什么不喊冤呢？""这书办就不晓得了。""你有没有办法，使他喊冤？""嗯，老大人，书办我倒有一计。"

# 第八回


　　上回书说到，吴南岱请来了师爷，两个人在分析胭脂与鄂秋隼一案。同时，他们二人有个共同点，认为鄂秋隼绝不是杀人的罪犯。那么为什么他不翻供，他不喊冤呢？最后跟师爷研究，师爷说他倒有一计。"那么师爷，你有什么办法能使鄂秋隼翻供？他要喊冤，本府我就有办法，追出来真正杀人的凶犯。""是啊，老大人，您要在堂上问他，叫他在堂上翻供，他说不出心里话来。我想办法得到牢里边，私自去跟他谈话，叫他轻松一下，说出心里话来，杀人的凶手不是他。没翻供的原因是什么？他就可以讲了。暗含着告诉他，上堂叫他喊冤。"师爷这种做法是在吴南岱的领导下，那是格外恩施，真替受冤的来做主了。

　　吴南岱听完之后点点头，"嗯，师爷，这件事那就请你代劳了。""书办应尽之责。"商量好之后，到了晚上，吃完晚饭之后，这个时间，吴南岱告诉手下的公差，去到牢里边，给牢头个话，今天夜晚给师爷留门。因为那个监牢啊，如果在晚上，预先大人没有话，任何人进监牢不给开门。那么公差下去以后，告诉牢头，"牢头，大人有话，今天夜晚给师爷留门。""是。"

　　再说吴南岱跟这位师爷，在书房里边，耗够了时间，大约有定更天，叫二爷陪着师爷去监牢。"师爷，你就多辛苦了。本府我静候佳音。""老大人，我去去就来。"随后跟着随从，来到监牢之中，一叫牢门，"牢头。""怎么着？""师爷到。""哦。"咕噜咕噜，牢门就开了，"师爷。""把门关上。"牢头把门就关上了，"您有什么事？""白天带来那个姓鄂的，聊城县的，在啥个地方押着呢？""后边。"牢头领着师爷来到后牢，"就在这间房。""把门开开，告诉师爷到。""是。"牢头拿着钥匙，把锁头捅开，把牢门开开。"鄂秋隼，我们师爷到。"

鄂秋隼一听啊：我这场官司麻烦了。白天府官过完之后，夜晚师也还过堂，上这过堂来了。"赶紧就站起来了。一看从外边进来个人，他这个监牢不大，屋里头漆黑，靠墙上有那么个小墙洞，宽呢，大约有那么三四寸宽，深有的四五寸深，高下有一尺五高，那么一个墙窟窿，在窟窿里头卧着一盏小油灯。这油灯不点小火，挺暗的。要不怎么说坐黑屋子呢。房顶挺高，屋顶的蜘蛛网、塔灰，又骚又臭。借这点灯火，能看见外边进来这位师爷：个头儿不甚高，头戴青儒巾，身穿青色的文生氅，腰系蓝色丝绦，青鞋白袜子。往脸上看，瘦么拉纤儿的，不那么胖，可是两只眼睛挺有神，两道重眉毛，三缕墨髯，稀稀拉拉的，挺精神，微乎有这么一点端肩膀。

"师爷，罪犯给您磕头。""起来、起来、起来。"师爷把他扶起来了，"你坐下，我又不是过堂，用不着这么害怕，坐下坐下。我问你，你叫鄂秋隼是吧？""是。""你还认得我吧？"这一句话把鄂秋隼问愣了。"我怎么会认识您呢？""我……不敢认了。""嘿嘿，你在聊城县的南乡住，对吧？你爸爸是孝廉，是吧？我看见你的时候，你才两三岁，哎，你两三岁也就是。我跟你爸爸把兄弟，我们多少年没有见了，啊，我问你，你父亲好啊？""没有了。""怎么？""他去世了。""什么时候故去的？""到现在，还没有四个月。""噢，嗬，这怎么说的，我们是老朋友了。你小时候我看着你很聪明了，哎呀这个，你父亲比我小一岁，嗯，他今年是……""他今年六十一。""啊，对对对，我六十二嘛。"嗬，这个师爷可有办法，他比他小一岁嘛，他六十一，他六十二，他要六十三呢，他就六十四了。

闹得鄂秋隼糊里糊涂。"你母亲好啊？""还好。""你是个秀才，从小时候我看你很有出息。那么，你这个孩子，你怎么会办出这个事情来？""啊？""你啊什么？我今天来说，我跟你父亲，我们是情同手足，我要替你父亲来教育教育你。啊，你有弟弟吗？""没有。""是嘛，就弟兄一个是吧？我记得是一个。""就是我自己。""还是嘛，你杀人要抵偿，你们鄂氏门中千顷地就你这一根苗，你真给人家抵偿了，你的妈妈怎么办？将来什么人接续你们后代的香烟？不孝有三，无后为大。鄂秋隼，你怎么回事？秋隼啊秋隼，你个孩子啊，嘀！""师爷。""我不是你师爷，我是你的大爷，晓得吗？""噢，大爷。""你告诉我实话，你为什么要杀人？为什么要跟一个不认得的姑娘去讲话，去抢鞋？""呜……呜……""不要哭，跟我讲实话，你的大爷给你做主，好吧？""大爷，我得知道怎么回事啊，我不知道啊。""什么不知道？你怎么不知道？你认得胭脂吗？""我不认得，我哪认得胭脂，我连扑粉我也不认得。""你不认得她，那么她怎么告你咪，他不告别人的咪？""哎，大爷，我这场官司，我挨打就打在这句话上了。""怎么？""就是聊城县的父师跟我说，你不知道？胭脂怎么不告别人单告你呢？我没话说呀。我哪知道啊？打！"

　　"那么说你跟她根本不认得，不认得你怎么在门前跟她讲话？""没讲话。""那么抢鞋的事？""我不知道。""杀人的事你更不知道了？""我不知道。""那你怎么被锁去了？""我就在家里待着好好的，来俩公差，把我叫出去，叫我把帽子摘了，我把头巾刚一摘，就给我锁上了，锁上以后把我带走了。到聊城县，就问我这事，我不知道，不知道就打。""凭什么打？不得要凭据吗？没有凭据说你就打？""我也说来着，官打凭据，官打见证，您没凭没据无缘无故锁来我，说我是杀人凶手，您打我，您为什么？他说那手绢跟那鞋就是凭据，我说我不知哪的。你不知道？他说我知道，打！就这么打的。""屈打成招？这不对，不是你杀的，不是你干的，这个口供你怎么造出来的？你不晓得怎么回事嘛。你怎么说出来的？""他一打我，我受不了了，我说您说吧。他说你跟胭脂讲话了吗？我说说了。在门口过吗？我说对呀，你跳墙了？我说行啊，抢鞋了吗？我说抢了。杀人了吗？我是杀啦，还不行吗？他说你怎么拿着刀、怎么杀的、怎么怎么着……，我说对了，我就画供了，就这样。"

　　"哦，聊城县替你招的？嘀，这可恨了！什么东西！这叫什么父母官！那我再问你，既是冤枉，今天在堂上，老大人您来问你的时候，你怎么不喊冤呢？你说老大人我冤，杀人凶手不是我，你怎么不讲呢？""我不敢说。""为什么不敢说？""因为在聊城县带我的时候，那县官跟我说了。""他讲什么？""他说你在我这怎么招的，到那怎么招，在我这怎么说，到那怎么说，如果说的不一样，说这是府衙，这官比他大，打人还厉害，我怕挨打。"

"打怕了，这这这，哎呀，这个事，我告诉你，济南府的知府姓吴，吴南岱，他的外号叫铁案如山，连万岁爷都晓得，你知道吗？明天上堂去，你就喊冤，没有错。""回来他打我怎么办？""不会打你，绝不会打你。还有一节，我在旁边坐着，你看着我，你这个大爷保着，不会打你。你只要喊冤，老大人就能问出真正的杀人凶手，放你回家，把你的秀才给你补上，晓得吗？你不喊冤，你在这里冤沉海底了，那不麻烦吗？""他不打？""不会打，我告诉你，你娘在家里还想着你，你不要难过，很快你就可以回家了，你一定要喊冤，听见没有？你要说实话，你不要按聊城县的县官招的那个口供那样说，那样说我们大人就没有法子问了，你明白吗？""我明白了。""就这样子吧，啊，明天过堂的时候想着喊冤，不要害怕。牢头，进来进来。告诉你，这个鄂秋隼，他是我的一个盟儿。他爸爸跟我不错，你要好好照顾他，听见没有？不要难为他。""是，我知道。""师爷您放心，鄂先生来到这，您问他，到时候要个水了，放茅了，都没限制。""我晓得了，赶紧把门关上，我走了。"师爷这样跟牢头说，一则因为鄂秋隼还不能完全相信，这位师爷跟他父亲是把兄弟；再者一说，鄂秋隼确实是冤，所以告诉牢里头照顾照顾他，另外说给鄂秋隼听一听，就得相信我是你的盟父。所以师爷出去以后，牢头把牢门关上，师爷就回去了。

来到书房，见着吴南岱，"老大人。""师爷，多辛苦了。""应该的，应该的。""请坐，怎么样啊？""老大人，你说他不喊冤，你知道因为什么吗？""我问问你，他怎么说的？他承认是杀人凶手吗？""不是他，他能是杀人凶手吗？""那他怎么不喊冤呢？""他在聊城县，叫县官给打怕了。聊城县告诉他，你在那怎么说，到这怎么说，都得一样了……"师爷就把在监牢当中的经过，一五一十跟吴南岱都说了。

吴南岱一听，真这么可恶！真有这样父母官。作为一个县官，一县之首，称为父母官。怎么叫父母官呢？那就是说你得有疼儿女的心，说百姓叫子民百姓，等于你的儿女。像聊城县这样的官，你有疼儿女的心吗？杀人凶手不是他，你替人家招供，临完了你嘱咐人家到这还别翻供？所以吴南岱嘴里头就说他可恨。哪有这样官？"那么最后呢？""我跟他讲了，叫他翻供。明天您老人家升堂的时候再问他，他就把口供翻过来了。""好吧，你辛苦了，回去休息吧。"吴南岱不要别的，只要鄂秋隼一喊冤，一翻供，吴南岱自信，我就有办法问出第三者。

当天晚上就睡了个舒服觉，一切都不用想了，就得等待鄂秋隼翻供以后，顺这个线头往上捋。次日早晨，起床之后，梳洗已毕，吃罢这顿早饭，吩咐下去，梆点升堂。少时间下面梆点二堂，"梆梆梆梆……威——武——"三阵梆点，升坐二堂。吴南岱换好官服，戴上乌纱，转屏风入座。"来，监牢之中，提鄂秋隼。""是。"有两名公差去牢里，叫牢头把门开开之后，把鄂秋隼带上来了。"鄂秋隼，过堂了。""哎。"鄂秋隼跟着两公差，戴着手铐子来到堂上。

"公祖大人在上，生员鄂秋隼，与公祖大人叩头。""把刑具挑了。"这位师爷就坐在侧面了，鄂秋隼跪在这，低着个头。"鄂秋隼。""有。""你在胭脂家中，怎么样杀的卞牛医？从实招来。"

鄂秋隼都想好了，今天憋着喊冤。说到这当然是理直气壮，他那么一抬头，撩起眼皮，一看吴南岱，"老大人，我……""说！""我……我不都说了吗，您就别问了。"吴南岱一听啊，这怎么闹的？拿眼看看师爷，师爷也感觉着有点尴尬，都说好了，今天怎么不喊冤了？因为问案子主啊，他脸上总是严肃的。问案的不管多年轻，打官司的不管多大岁数，他不可能冲你乐着商量，他不是事。问案子的他手里有权，所以他脸上这种严肃态度，说句现在的话，也是一种职业病。那么鄂秋隼抬头一看，吴南岱这个府官，那两只眼睛，他就害怕了。所以要喊冤的不敢喊，"我不都说了，得了，您就别问了。""啊？你说什么了？""我不是都招了吗？""那么杀人凶手是你？""是我。""你怎么杀的？""就那么杀的，我有……""你从哪进去的？""我跳墙进去的。"

吴南岱可就着了急了，看了看师爷，师爷瞧瞧吴南岱。吴南岱那么一摇头，那意思你怎么办的？"哎，鄂秋隼。"当差的在旁边站着，一看这堂可有意思了，问案这个事只能由主官来问，师爷不应该插话。现在师爷说话了，可是吴南岱也就没拦他。"鄂秋隼，我们老大人问你，怎么样杀的人？你要说实话，听见没有？"说着拿手一捋自个的胡子，往自个胸口这比画，那意思有我了。"啊，我、我、我说的是实话。"真给打怕了，他就翻不过来。

在这个时候，师爷递给吴南岱一个眼神，言外之意，就是您别跟他瞪眼，别吓唬他，您脸上的意思太严肃了，他害怕。吴南岱就领会了。"鄂秋隼。""有。""往上跪。"说着鄂秋隼往前跪爬了几步。"抬起头来，看着我，我问你，你怎么跟胭脂说话？怎么跳墙到她家里去？甚至弹窗、抢鞋，怎么杀的人？我让你给我说实话，明白吗？"说着拿手一拍这惊堂木，这话点他，你跟我说实话，不让你瞎话，要你的实话。

"我、我、我说的都是实话。""鄂秋隼呐，我再跟你讲，杀人者不能逍遥于法外，被屈者不能冤沉于海底。明白吗？被屈者不能冤沉于海底，你明白吗？你怎么样杀死的卞牛医？你给我说实话。"这话还要多明白？杀人的跑不了，被屈的、你冤枉了，也不能就这样下去了，你说实话，还叫吴南岱怎么说？绝不能叫吴南岱说出来杀人的不是你。因为你在聊城县都承认了，你怎么不喊冤呢？可是鄂秋隼一看吴南岱，他就害怕他那眼神。你叫吴南岱跟他乐，乐不上来，叫他眼神缓一缓，哎呀，他有个习惯呐。

"我问你，鄂秋隼，你说实话，懂吗？""我……""鄂秋隼，抬头。"鄂秋隼那么一抬头。"我告诉你，杀死卞牛医的凶手，如果不是你，你也说。"嗬！就这个问案的问法破天荒了。两旁边站班的三班六房人等都看出来了，谁也知道杀人凶手不是鄂秋隼，但是鄂秋隼不翻供，这官没法问。到了现在，大家对他不但没有埋怨，而且都挑大拇哥，赞成这是好官，你不得从事实出发吗？

"如果杀人凶手不是你，你也说。""噢……""说吧。""公祖大人，我……我冤！"吴南岱喘了口大气，心说你可喊了冤了，师爷就放心了。"有什么冤枉，只管朝上回，本府无不给你做主。""谢公祖。"

鄂秋隼不是不会说话，因为他被打怕了，所以胆小。他现在一听给他做主了，他才说"谢公祖"。"从实讲。""跟公祖大人回，我冤枉，我不知怎么回事，无缘无故的就把我锁到县衙，上堂就问我怎么样杀人，怎么抢鞋了，怎么跟胭脂说话了，我都不知道，把我屈打成招。""哦，那我再问你，胭脂为什么不告别人，为什么单告你呢？""是啊，我就输在这句话上了，县官也是这样说，我不知道哇，到现在您问我，我还是不知道。""你跟胭脂认识吗？""不认识。""不认识，为什么她知道你呢？""那我就不知道了。"

这句话，吴南岱可就琢磨了，世上没有无缘无故的事，事出有因，无风浪不起。可就想到胭脂的口供，把她的口供打开，仔细看了一看：胭脂说鄂秋隼有一天从西乡的东口进来，往西走，路过她门前，胭脂到门前去买线，她看见了鄂秋隼，看他穿这身重孝，心里话说出来了。

就抓住这一条线，"鄂秋隼，你说你没见过胭脂？""没有。""你想一想，你从胭脂门前路过，有没有？""没有。""不能。""怎么？公祖大人，您怎么说我不能？""有一天你穿着一身孝服，从聊城县的西乡进东口往西走，有这么一天吧？""没有，公祖大人，我父亲死了……""你给谁穿孝？""我给我父亲。""真可恶！""老大人，我给我父亲穿孝有错吗？""我没说你。"吴南岱这可恶说的是谁啊？说的是胭脂，他心里的话，嘴里头骂出来了，可恶！人家给他爹穿孝，你怎么说以妻服而未阕呢，给媳妇穿孝，这不骂人吗？

"那么你穿这身孝从胭脂门前过了吗？""没有，我父亲死了，我孝服在身，杜门不出庆吊，喜寿事一概都不应酬，我穿着孝服不满处去。"在过去旧的社会里，如果这家死了人了，穿着孝服了，说你到门口那油盐店，就是杂货铺，现在叫副食店，说你给我买包烟去，穿着孝袍子不能进去。那时候那掌柜的也不让进，不许。穿着孝服，过去有钱的人家，大门都不出，严格一点的，守孝得在坟地里待几年。所以他说我孝服在身，家里又是孝廉府，关上大门，我哪都不去。我怎么会从胭脂门前路过？因此鄂秋隼才回答，说我孝服在身杜门不出庆吊，根本不可能出去。他这样一答，跟胭脂的口供就矛盾了。

吴南岱看胭脂的口供，说鄂秋隼穿这身衣服，跟他现在穿的这身衣服完全一样，只不过是没有头巾，跟那双鞋有差别。那天穿的是白鞋，今儿穿的是黑鞋。那么他没在门前经过，怎么会说出穿的这身衣裳呢？"鄂秋隼，你再想一想。""没有。""你父亲出殡以后，你就没圆坟吗？""圆坟是圆坟了，我坐着车了，我坐车去，坐车回来的。"
"那么圆坟以后，你出去了没有？""圆坟以后……""好好想想，不要
着急。""哎，圆坟以后出去一趟。""干什么去了？""我奉母命出去谢
父丧。""到谁家去？""我舅舅家、我姑妈家，因为办白事的时候，人
家在这待这么些天，去给人家道道谢，问候问候，累着没累着。""从
哪走的？""我从家里头出来，奔东走。""回来的时候呢？回来的时候
走西乡了没有？""哎，回来时候走西乡了。""对，你不可能没从她门
前过嘛，穿的这身衣裳吧？""对。""进西乡的东口是吗？路过胭脂门
前，那么你怎么跟胭脂说话来着？""没说话，要不……哎呀，对了。"
"什么对了？""我说从聊城县带我们来的时候同车，老大人您原谅，
我偷着看她一眼，我心想她怎么会告我呢？可是我看着眼熟，就想不
起来。对了，那天在她门口看过。公祖大人，可是我看她那个时候，
她穿着一身红，不是穿的这身。""对，那个时候她父亲还没被杀了
嘛，说什么了？""没说话。""没说话？"吴南岱一听他要没说话，胭
脂这些个话从哪出来的？什么您给谁穿孝啦，什么以妻服而未阕啦，
怎么会没说话？"是你没说话？是她没说话？""我们俩都没说话，我
一看她，我心说我要知道这有女人，我多绕二里地，我也不从这走，
我就低头跑回去了。"就是胭脂一个人吗？""不，她门口啊，还有一
个少妇。"

# 第九回

上回书说到，在济南府的堂上，鄂秋隼招出来了，从胭脂门前经过，在胭脂门口不止她一个人，门口还有一个少妇。"哦。"吴南岱一听啊，不可能没有第三者嘛。"我问你，这个少妇在哪待着？""在胭脂的门口阶石那站着。""那么当时你说什么了？""我什么都没说。我就这么想啊，嗯……我给我母亲办这件事，回去我跟我母亲怎么说，可是我低头走来着。""那你怎么抬头看见她们呢？""我不知这站着有女人呐，可是我走到她门口，有人掐着脖子咳嗽。""怎么掐脖子咳嗽？""嗯哼，那么怪声怪调的，我那么一抬头，哟，我才看见了胭脂在门里头站着，那站着个那少妇，我一看，嗨！是她呀。我再想回去已经晚了，莫若我就走过去，我低头就跑过去了，就完了。走到家里以后，我什么也没说，我就跟我母亲说，我到我舅妈家说什么了，姑妈就说什么了。事情过去了，后来就把我锁走了。"

"等一等，这个少妇你认识吗？""我认识。""你认识，你这么一嗨嘛，是她是吧？认识？""认识。""她是谁呀？""跟我们家住得不太远，不过那是她的娘家。""她姓什么？""姓……""怎么了？""姓……就在嘴边。她跟我们住街坊不太远，都知道这人。她娘家姓……""想不起来了？那婆家姓什么呢？""婆家……""你知道吗？她嫁给谁了？""知道，我听管家们说闲话，我也没问过，他们随便一说，我顺耳那么一听，可能是在西乡。""姓什么呢？怎么了？知道不知道？那么她娘家姓什么，你应该知道啊。""知道。""想想姓什么？""老大人，就是想不起来。"这个还真没办法，说过去土话叫鬼打墙，遇上事了当时就想不起来。可是吴南岱明白，这样逼着他想也不行啊，"我再问你，那么你回家以后，什么时候把你锁走的呢？""回家以后隔了好多天了。""你算算这个日子，大概是多少天？""嗯，回家以后，回去以后，我想想啊，大概是隔了有这么十几天吧。""就把你锁走了？好吧？你呀，好好想想，现在能想起来吗？""其实，知道她娘家、婆家我都知道，就是想不起来。"

"来呀。""嗻。""在大堂口的外边搬一个凳，把鄂秋隼带下去，让他坐在这，你们两人守着，给他倒碗茶，叫他慢慢地想，不要着急啊，几时想出来了，回头告诉我。""是，来吧，鄂先生，您跟我来。"您听公差的称呼都变了，鄂先生。鄂秋隼这才放了心，站起来，跟着公差，从二堂角门出来，来到大堂的外边。大堂正面，也就是南门，那关着呢，在外边角上搬了个凳，给他倒了碗茶，俩公差守着，"您别着急，慢慢想，想起来了，您告诉我。"

随后吴南岱吩咐，"带胭脂。""嗻。"有人下去把胭脂就带上来。"民女胭脂，给大人叩头，""胭脂。""有。""我再问你，鄂秋隼从你门前经过的时候，你怎么跟他说话来着？"胭脂一听不都问完了吗，怎么还问呢？吴南岱是看看你那瞎话怎么说。"我不跟您说了吗？看他穿着身孝，不知给谁穿嘛，我心里话说出来了，我说你给谁穿孝，他说您问我呀……""等等，你说你给谁穿孝，他就说您问我呀？""嗯。""哼哼……哈哈……"吴南岱这一冷笑，心说：臭丫头片子，你这瞎话从哪来的？不知道。"我再问你，你跟鄂秋隼门前见面的时候，有第三者吗？""啊？""你念过书，你怎么不懂得这话呢，你啊什么？我问你旁边有人没有，有第三个人没有，除去你跟鄂秋隼，还有旁人吗？""没有。""没有？你出来干什么？""我买线了。""卖线的走了吗？""走了。""还有人吗？""没有。"

"胭脂，这可是人命。你父亲被杀，一条人命，关乎于天，你懂吗？"说这一条人命，关乎于天怎么讲？因为当时那种年月，如果说死了一个人，生了一个人，从衙门里边一点点走这个公事，最后到皇帝那，皇上见这个公事，他有个交代。到了冬至了，去天坛祭天，他祭天的话得焚表，他那意思得跟老天爷交代，今年生多少死多少，再有其他的事情，有这么一个祭天的仪式。到地坛去扶犁耕地，比画比画，那意思皇上还种地了，老百姓你得种地。所以到天坛去祭过天之后了，他再回来了，这是一年的事完了。因此有这么一句话，叫"一条人命，关乎于上天。"惊动了皇上，甚至于到玉皇大帝那。

说这么大的事情，"姑娘，一条人命关乎于天，没有的可不许你胡说，有的你不说也不行。""是，有的我都说了，我不敢胡说。""你跟鄂秋隼门前见面，旁边有人吗？""没人。"

"胭脂，这可是为你父亲报仇，我问你，如果说我要调查出来旁边有第三者，你应该怎么办？说。"胭脂一听，我是知道有个龚大嫂子，我不敢说呀。我说出人家来，叫人家出来进去的，都是为了我，人家丈夫回来怎么办？既在聊城县，没招出龚王氏，到这就不能说。到这一说，这官多厉害，这跟那说的不一样，而把龚王氏招出来，我还对不起人家，还落个我说瞎话，还隐瞒。所以我要不说，他没地方调查去，谁能知道？他看不见呐。所以胭脂认定这个道理。

"您调查，没有，绝对没有。""如果我要查出来了，又应该怎么办呢？""您、您要查这有第三个人，那我就领罪。""你领什么罪？你领什么罪？你随便告鄂秋隼，你准知道杀人凶手是鄂秋隼吗？你不用说那个，我问你诬告你懂吗？""那我就领妄告之罪，算我妄告不实。""哼，哈……，你知道妄告不实应该怎么样？""算我爹白死。"

吴南岱这个气呀。气什么？气胭脂。姑娘挺聪明，为什么在这时候，她咬住后槽牙，她有错误她不认，而是为他父亲报仇哇，她怎么会这样呢？"算你父亲白死，拿你父亲的性命你来打赌，开玩笑！""老大人，没有就是没有。您非挤对让我说有，我说谁呢？""哈，我挤对你，让你说有，你刚才说了，如果我要查出来有第三者，你敢领妄告不实之罪，胭脂，你敢给我具结吗？""我敢。""具结！"胭脂为什么说敢呢？我不说没人知道，谁看见了，谁看有个龚王氏，你没地查去。

把甘结给她了，"画供。"公差接过来拿笔，把甘结给她，只要拿笔画个十字，按个箕斗就行了。胭脂一咬牙，喊咔就画了。公差拿过来，递给老大人看了看，把它放在一边。"好吧，把胭脂带下去。""嘬，胭脂姑娘，走。"俩公差把胭脂带下来，当然不能跟鄂秋隼见面，带到一边去。

"你们去看看，鄂秋隼想起来没有？""怎么样？"公差摆摆手，没想起来那意思。"不忙。"吴南岱坐在这，就看这口供，分析这个道理，叫鄂秋隼慢慢想去。就不明白这个胭脂为什么不招出那个第三者来，那个少妇。

再说这两个公差，问鄂秋隼："怎么样？""就想不起来呢。"俩公差守着他一边一个，"我再给您倒碗茶去。""不渴。""这么说，您认识那少妇吗？""认识。""姓什么？""我要知道姓什么，不就想起来了嘛。""反正她得有个姓吧？""人嘛，怎么没姓？""鄂先生，我给您提个醒儿，您念过《百家姓》吗？"没把鄂秋隼气死，我一个秀才没念过《百家姓》？"嗯，那不像话，哪能……""您背《百家姓》，反正她这姓啊，出不了《百家姓》。""那太废物了，哪能那样，我在这背《百家姓》？""这么办，你别让他背，我给背。"俩公差一人一句的。"我告诉您呐，您门口站那少妇我知道姓什么。""你知道姓什么？""姓赵？""不对？""怎么？不对？不姓赵姓钱？"他这一说，鄂秋隼就知道他背《百家姓》。"不对。""不姓钱？姓孙？""你别搅和我，让我慢慢想不行吗？""姓李对吗？""不是。""姓周？""你这个人怎么了？嗨，不对。""姓吴，对不对？""你看你这个人。""姓郑？姓王？""对，姓王。""怎么样？想起来了吧，你看看。是婆家姓王啊，是娘家姓王？""她的娘家姓王。""行，那先给他回上去。跟大人回：鄂秋隼想起了一头来。""怎么叫想起一头来？""光想起她娘家来了。""好，不着急，叫他慢慢想去。""是。"

吴南岱不急于问他姓什么，早晚他得想起来，他想起这一头，那头就快了。说想人想不起来，提笔忘字，老太太坐牛车——到不了，钓鱼不上钩，这没辙。定约会不到，完全被动。七点半的约会，您等吧，等到八点没来，怎么办？干着急。提笔忘字，这没办法。想不起来，所以告诉他不着急，你慢慢想。

公差回来了，"鄂先生，您甭着急，想起一头来了，有了娘家就有婆家，婆家姓什么？""你看看，又忘了，想不起来。""不要着急，咱这么办，您跟这女的说过话吗？""我们邻居，没说过话。我跟他说话干吗？""看见过吗？""有时候走街上，看见过一两次。"为什么鄂秋隼这样说呢，他这脑子里有东西，就说王氏跟宿介这码事，他脑子里有印象，他听说过，他不参与这些个事。对于王氏这个人的人品，他也有个印象，所以给他脑子里头装了不少的东西，我就是想不起来。"那么这个女的还常出来？""我不知道。""咱说实话，鄂先生，您跟他是邻居，您就不知她嫁给谁了？她多大岁数？""她二十出头了吧。""二十多岁了，寻谁了？""反正……""不要紧，这个女的怎么回事，您只管说。""我听人说，她其实……""她家干什么的？""她家里是念书的，她父亲是拔贡。反正都这么说她，挺好个姑娘，嫁了一个喝杂银儿的龚……对，姓龚。"说闲话说出来了。"喝杂银儿的姓龚。""娘家姓王，婆家姓龚。""好吧您呐，您来吧。"俩公差带着鄂秋隼就上堂了。

"跟大人回，他想起来了，您问吧。""给大人磕头。""鄂秋隼，这个少妇姓什么叫什么，知道吗？""想起来了，她的婆家姓龚，娘家姓王。""在哪住？""她娘家跟我们住街坊，在南乡。婆家大概是在西乡。""那么你认识他？""我见过她一两次面，因为是街坊，有时候我出去，有时候我到朋友家去，路过碰见过她。""那么这个少妇，在胭脂门前站着的时候，你看准是她了？""是她。""说什么了？""什么也没说，我低头就走过去了。""走过去以后，事隔十几天你就被锁了，一直没说话？""没有。""好，画供。"让鄂秋隼画供之后，把鄂秋隼带下去，"不要难为他。"有公差把鄂秋隼带下去之后，送到牢里头，那个牢头不会难为他，因为师爷已经给他托付了。

吴南岱吩咐一声，"带胭脂。"有人把胭脂带上来了，"大人在上，民女胭脂给大人叩头。""胭脂。""有。""我再问你，你跟鄂秋隼门前见面的时候，说话也好，没说话也好，门前有第三个人吗？"这个问法，吴南岱已经点给胭脂，你说话也好，没说话也好，就说掌握你的情况。可是胭脂她认定，我不说龚大嫂子，谁也不知道。你在济南府了，这是聊城县的事，你没地方查去。所以她说，"没有。您还问，要是有我还不说吗？没有，老大人您……""你不要着急。胭脂，我再问你，你可给我具了结了。你要说实话，你跟鄂秋隼门前见面的时候，在阶石上有人吗？""没有，哪有人啊，就我们俩。""胭脂啊，这可是人命，我希望你自己说出来。""老大人，没有。"

吴南岱一看她不会说了。"胭脂，在你阶石上，可有个少妇？""没有。""什么？你再说一句。""老大人，没有什么少妇。""在你阶石之上，当时可站着有个龚门王氏？""呜……呜……"就这句话，一点破之后，胭脂浑身颤抖，体似筛糠，痛哭流涕，昏过去了。那还不昏过去？

"起来起来起来。"两旁边公差威吓胭脂起来。胭脂手一扶地，"老大人。""不要害怕。"把胭脂具的甘结拿起来了，"胭脂，抬头，抬头你看。"不敢不抬头，这眼泪哗哗的，泪如涌泉往下掉，睁开两只泪眼，看看吴南岱手拿着她具的甘结。"这个甘结是你具的吗？""嗯。"她不敢答应，微乎一点头，"睁开眼，你看。"唰唰唰，把甘结给她撕了，往她眼前那么一摔。胭脂跟着把这些碎纸拿过来了，攥在手攥得紧紧的。

"既往不咎，给我从实招！""谢大人。"要不说铁案如山的吴南岱高呢！你给我具了结了，要查出来有第三者，你要领妄告不实之罪，算你爹白死。今天查出来了，但是叫你具结领罪，这不是目的，目的是追查出真正的杀人凶犯，这是个手段。所以你得懂得目的和手段的关系，你不能把这手段当成目的了。所以吴南岱带就把这甘结给她，叫她放心，好招出真正的实供，好追出真正凶手。

胭脂千恩万谢，磕头如同鸡啄碎米，"谢大人！"擦擦眼泪，"不要哭，从实招，这少妇是谁？""龚王氏，龚大嫂子。""嗯，你怎么不说呢？""老大人，是因为龚大嫂子都为我好，人家丈夫不在家，我打官司要把这个事说出来，让人家出衙门进衙门，跪起八拜，等人家丈夫回来，对他们不好。没有她的事，所以我就没有说她。""在聊城县说了吗？""没有。""到我这为什么不说？""我想在聊城县，没说出龚大嫂子，来到这再说，显着我这人不诚实。""错了，错了，真是的。哪应该这样？这是人命。这龚王氏跟你怎么认识的？""我们是对门街坊。""她常上你家去吗？""常去。""她上你家干什么去？""上我那串门去。""天天去吗？""嗯，差不多吧。""跟你那干吗呢？""没事给我那说笑话。"

吴南岱一听啊，这妇道给胭脂那说笑话，心说：这妇道不是善类，能白话。"嗯，都说什么？"说问这干什么？摸透了思想啊。"给我说什么《金瓶梅》《玉簪记》《挑帘裁衣》。"吴南岱心说：嗯，瞧说的这玩意。"那么在门前看见鄂秋隼的时候，是怎么回事啊？""她那天说到半截儿她不说了，我送她出来，我说龚大嫂子，明儿来呀，到门那一开门，不由得我往那巷口外边瞧瞧，我就看见鄂秀才穿着这身孝进来了。可这个时候，就见他低着头走到我门口，我说的那也是实话，我心里想这给谁穿孝，不是给爹穿，就是给妈穿，在这时候，龚大嫂子在门口站着，她那么一咳嗽，鄂秀才一抬头，臊了个大红脸。"

"我问你，你怎么跟鄂秀才说话来着？别哭，哭什么？""老大人，妾身虽是兽医之女，我也懂得男女瓜李之嫌，我岂能跟一个不相识的男人说话。""着哇，我看你也不会那样做嘛。哈哈哈……那么，这些话从哪说出来的？""是龚大嫂子，她看见鄂秋隼脸一红，跑过去了，我还看了看人家后影，我心说，这个人看见我们女的了，他先害臊了，可是不由得我的眼神就跟过去了。龚大嫂子拿手一挡我的脸，她就说妹妹，看人不许这么看，死皮臭虫。""怎么这还臭虫？""我不懂这话，她说我往肉里盯。"通过这两句话，吴南岱就能意识到这龚王氏是何许人也。这问案呐，有的时候从一个小节、一个细节就能判断出这个事情的内容和发展。

"你说什么了？""我说嫂子您别胡说，她问我你看什么？我说我看看这人给谁穿孝。她说你看了半天，认得吗？我说我怎么会认识人家，她说你问嫂子我呀，我说嫂子您认识，她说他跟我娘家住街坊，他是南乡的秀才，姓鄂，叫鄂秋隼。她说你猜他给谁穿孝？那怎么猜呀，我说他不是给爹穿，就是给妈穿。她说不对，她说以妻服而未阕。""哦。这个以妻服而未阕，是龚王氏说的，你信吗？""我不信，我才说，哪有给媳妇穿孝的？她说人家说了，男人死了，女人披麻戴孝，如同死爹娘一样，女人死了，男的一天都不穿，与理不合，多了不穿，少了不穿，他说要穿一百天。""这些话都是龚王氏的话喽？"吴南岱知道，胭脂不可能无缘无故说出这么些瞎话，她得有根据。"那么你说什么了？""我就没言语，她还说，妹妹，以妹丽质得配玉人，妹妹心愿无憾。""这龚王氏认识字？""他娘家的爹是贡生。""哼，这点学问都搁这了。你说什么了？""我嫂子您别胡说，她说妹妹有心气儿吗？嫂子我给你保这门亲，我拿手一推她，我挺害臊的，我说您快去吧，我就把门关上了。""关上门之后？""我就进来了，我听听她明天跟我说什么。可是没想到龚大嫂子走了之后，一直四五天没见。""每天都上你那去，这回四五天她没露面？""嗯，我着急。"
"你着什么急？""我不知道龚大嫂子说去提亲，为什么不来了？她不
来的原因，想必是人家不愿意。不愿意我倒不怕，我怕人家轻瞧我这
兽医之女。就这样子，我一着急，朝点凉，我就病了。可是那天白
天，龚大嫂子就来了。""她来说什么了？""她说怎么了？妹妹，你病
了，说什么病？我说我朝点凉。她说，我给你号号脉。""哦？她会号
脉？""我不知道，我说嫂子您还会号脉，她说要不怎么叫能人呢，她
摸完了脉，她说你这叫相思病。""你没问她吗？什么叫相思病？""问
了，她说你这是想一个人。我挺害臊的，我说您别胡说。她说麻烦
了，你说实话吧，有病不能瞒先生。""哼，她是什么先生？""我不知
道，我就告诉她怎么回事，我倒不是想别的，我怕人轻瞧我，她说你
这病不好办，吃黄了药铺都好不了了。""哟，她这么说，你没问她怎
么好吗？""我问她了，我说怎么？她说除非想谁把谁找来，两人一见
面就好了。"吴南岱一听啊，不用问，杀人凶手龚王氏知道！

# 第十回

上回书说到，胭脂招出来，龚王氏给她探病。在探病当中，说她是相思病，说你这个病啊，吃黄了药铺也好不了。这些个话，都不是一般的妇道能说出来的。胭脂说，那怎么能好呢？除非想谁把谁找来，跟你一见面，就好了。所以吴南岱一听啊，这杀人的凶手龚王氏准知道。

"那么你说什么了？胭脂。""我说要是那样的话，龚大嫂子，您就去给我提亲。她说这几天她丈夫在外边派人给她捎信，要棉衣服，所以她没去提亲去，她根本还没呢。所以我说您给提亲，如果要成了呢，不更好吗？要成不了，我也就死了心了。""龚王氏给你提亲了吗？""没有，她说这样子，提亲来不及了。""噢？那怎么样？""她说我再给你提亲，成了以后再放定，你的病可就厉害了。莫若啊，我先告诉鄂秋隼，在这三天以里的晚上，叫他到你这来，跳墙进来，你别睡觉，你点着灯在这等着。她说叫他到这来，叠指弹窗。"

"哦，这叠指弹窗也是龚王氏说的，还说什么了？""她说你问他是谁，他要说是南乡的秀才鄂秋隼，你就把门开开，你们两个人就可以见个面，她说你要如何都行，到时病就好了。""你就答应了？""没有，老大人，那哪能够？我说龚大嫂子，您要成全我，您给我提亲，这是正理。深更半夜，私约这个事情，事关苟且，我说我至死也不能答应。她说妹妹你甭管了，我告诉你玉泉山的水甜……""什么？"吴南岱听完这句话，心里很糊涂，怎么这里头还有玉泉山呐？"这话怎么讲？""她说远水不解近渴。"吴南岱差点没笑出来。通过胭脂的口供，就能认识到龚王氏是何许人也。怎么一个少妇啊，怎么这么一嘴俏皮话，这好，说话当中，你看这俏皮话一个跟着一个的，比说相声的还厉害。

"我再问你，那么她说完这话呢？""说完这话，她就走了。""她走了以后，又去了没有？""没有。""那什么时间，你发现有人弹窗？""她走了以后，她不说三天之内，我心说人家鄂秀才绝不能来。人家那样的人，他能深更半夜来吗？可是我又害怕。""你怕什么？""万一他要来了呢，所以我如果不点灯，他不知道是哪屋里头，再走错了屋，他来了，我劝他，我也能把他劝走了。我就点着灯，在灯后边坐着。转天的晚上，就在定更多天，就有人弹我的窗户，就吓了我一跳。""你说什么了？""我就问他是谁，他说我是南乡中秀才鄂秋隼，我跟着把灯就吹了。"

"我再问你，你吹灯以后所说的话，跟你回的供，有不一样的吗？""有。""那你往下说。""我说你干什么来了？他说自小生那日门前经过，得见小姐丽质，时刻挂怀，又闻龚大嫂子对我言讲，小姐为我染病在床，因此深夜间不顾嫌疑，不顾奔波，我逾垣而来。望小姐开绣户，我有探贵恙。""这就对了。"吴南岱怎么说这就对了呢？他这个鄂秋隼是听龚王氏说的，就是说这个凶手是谁，是龚王氏打发去的。

"你说什么了？""我说鄂郎，妾爱君所为长久，非为一夕尔，君果爱妾，请速差冰人前来做媒，我父母不能不允。深更半夜，私开门户，事关苟且，我至死不从。但是他就一个劲儿让我开门。""我再问你，弹窗户这个鄂秋隼，他告诉你是龚王氏让他来的？""他是那样说的。""胭脂呀，既是这样，为什么你不招龚王氏？""我想人家龚大嫂子都是为我好，何必把人家拉出来呢？""错了，错了。还有，他进到屋中，拉你的袖子，跟你一争一夺的时候，你看出假来没有？""没有。""那么你说那句，君今日如此猛浪，非同那日门前经过之鄂郎矣，不是看出假来了？""不是，我说你今儿这么愣，那天门前走，看着我脸一红，你就跑过去了，如此的温婉，今儿你怎么会这样，这人变得怎么不一样呢？""不是看出假了？""没有。""看清模样没有？""没有，屋里头黑，我把灯吹了。""我再问你，屋中抢你鞋的这个主儿，跟弹窗的那个主儿，当然是一个人了。""对。""跟门前路过那个人是一个人吗？""我没看出来。""说话的声音一样吗？""在门口我根本没说话，我怎么知道他什么声音呢？""胭脂，你琢磨会不会是有第三者，冒充鄂秋隼上你家去？""那我就不知道了。"

现在胭脂心里头明白了，不是那天门前经过的那个鄂秋隼。通过吴公南岱这样问她，她可以想到了，但是不敢判断。怎么分析鄂秋隼也不会杀死她爹。另外来说，说我没看出假来，实际她有点犹豫了，内心矛盾了。如果她要说不是，她告了鄂秋隼，她本身有罪，她想到这了，所以她不敢承认，说我看出错来了。现在已经告了鄂秋隼了，她就听其自然了，尽量躲重就轻。

"我再问你，胭脂，龚王氏后来，往你家里去了没有？""一趟没去。""你父亲被杀以后呢？""她也没见面。""你往旁边跪，带鄂秋隼。"有公差到了下面，去把鄂秋隼带上来了，鄂秋隼来到堂上，"生员与公祖大人叩头。"当时鄂秋隼就不上刑喽。"鄂秋隼。""有。""你先跪在这，听着啊，胭脂。""有。""我问鄂秋隼的话，你仔细听。我问你，鄂秋隼，你姓什么？""我姓鄂。""叫什么？""鄂秋隼。""在哪住？""在南乡。""你回答，你是南乡中的鄂秋隼。"鄂秋隼不明白什么意思。"你就照我这样说。""跟公祖大人回，小生乃南乡中的秀才鄂秋隼。""好，胭脂，你听见了吗？""听见了。""他说话的声音，跟你那天晚上弹窗户抢鞋那鄂秋隼，说话声音一样吗？""不一样。"却又来！他不能一样。不是他嘛，杀人凶手不是他，能一样吗？

"把鄂秋隼带下去。"有公差把鄂秋隼带下去。胭脂哭得，她哭什么？惭愧，对不起人家鄂秀才。人家招谁惹谁了？

说怎么不一样？他没个一样。一则说鄂秋隼今年十七岁，是个童男子的秀才。宿介，二十一二了，他跟龚王氏同岁，他跟龚王氏已经有了夫妻之实，他声带不会一样，一听就听出来了。

"你说你咬定是鄂秋隼，他冤不冤？你只顾了不招龚王氏，惜惜乎屈死一个鄂秋隼呐，胭脂？""是。大人，我有罪。""你不要害怕，画供吧。"胭脂画完供之后，"来，把胭脂姑娘带回去，交于女禁卒，不要难为她。"还在安慰着胭脂呢。有人把胭脂带下去，交给女禁卒收起来了。

当时吴公南岱，提起笔来写公文。"张德胜，李德彪。""有。"

"命你二人拿着我的公事，收发处领盘缠，东昌府挂号，聊城县给我捉拿龚王氏。""是。""不要忙，龚王氏是案中的主要人犯，她是个女流，可不能放跑了她，你们要小心一二。如有一差二错，拿你们是问。""跟大人回，下役明白。"把公事给了他们，抖袖退堂了。

单说张德胜跟李德彪，下堂来领了盘缠之后，到了前面班儿上安排安排，两人从这动身。一路上无书，先到东昌府。来到东昌府了，"辛苦您哪，济南的。""噢，上差。对，上次您来过一趟。""对。""给回一声吧，有公文投递。""好嘞您呐。"公差往里回，"跟大人回，济南府来了二位上差，有公文投递。"东昌府一听啊，又来了，那就看看吧，"升堂。"升堂之后，"传。"传二位上差上堂，两公差行完礼之后，把这包袱打开，公文递过去了。东昌府的府官接过一瞧啊，心里头就有点后怕呀：上次来我这挂号，聊城县提胭脂跟鄂秋隼这案，我给了，那算对了。当时我要给顶出去，我把这案要过来，我未准能问出第三者来，人家就问出来了嘛。没话说，给人家签字，盖上印拿走。

两公差下去以后奔聊城，来到聊城县了，"我说！""哎哟，二位上差，看您眼熟。""济南府的。""对，我说眼熟嘛，您请里边。您坐一坐，给您倒茶去。""别废话，告诉你们官，升堂接公事，听见没有？""呃好。"噔噔噔噔，有公差往里跑，"报！跟老爷回，济南府来了二位上差，有公文当堂投递。""怎么又来了？不上次来了一趟吗，都给他了。""老爷您别跟我说，您升堂。""找师爷。"急得他，没辙就找师爷，升堂。升了二堂之后，"把济南府的两个上差给我带上来。"这都不像话，上差只能够传上来，不可能带上来。公差下来不能这样说，"请您二位上堂。"张德胜跟李德彪来到堂上，把公文解过去之后，行完礼了，就站在这了。"师爷你看，看看怎么回事？"师爷一瞧啊，问出第三个人来了，"跟老爷回，他要带龚王氏。""我这没有哇。""是胭脂那招出来的，就在西乡胭脂的对门住。""噢，龚王氏，好吧，那二位，你们这……""跟老爷回，您派人去领着我们，您给我们盖上印，批上票，我们拿走，人我们带走。"应该说什么呢？让济南府来的公差这坐等，叫聊城县的公差去逮龚王氏，逮着龚王氏，交给他们两人，从衙门把她带走，他是上司衙嘛。可是张德胜和李德彪是吴南岱手下的公差，对这个事负责任，要求他们的公差领着自己去。所以就派了一名公差，领着他们二位，把公文给他盖上印、批上票，让他们拿走。

聊城县的公差领着二位上差，"离这多远？""不算太远，您跟我来吧。"到这个地方，先找地保，来到更房了，"地保。""有！""哎头儿。""这是济南府的二位上差。""哟，上差，给您请安，您有什么事？""你们西乡里，住着有一个叫龚王氏的吗？""龚王氏……""说她丈夫是个收买金银首饰的。""有……跟卞牛医住对门。""对了，你领我们去吧。"叫聊城县的公差先回去，叫地保领着他们，来到西乡胭脂的门口，"这就是。""这个门是胭脂家？""对，甭言语，你往那边站。"叫地保站在西乡口那，这两公差，一个张德胜，一个李德彪，"我说兄弟，听胭脂在堂上说了吗？这果食可有点扎手啊，你呢？咱俩人呢？得念着点，不能直入……"

他们俩说什么话？他们说的是行话，一般当马快的都得懂。突然在外边如果遇上土匪了，办案了，这些调坎儿他们都得懂。所以他们两人说的这些话呢，是防止有旁人听了去，不知他们说的是什么，他们就好办事了。说这"果食"是什么？"果食"就是妇道，年轻的妇道，大姑娘他叫"抖花"。"扎手"这个好懂，知道这龚王氏不好惹，两人不敢单刀直入，要使个花招。所以说的这个意思，"怎么办？""我给你量活，你上纲。对，你听着啊，咱别乱了，别乱纲。"说"别乱纲"就是别抢话，你要抢话，她歪上你麻烦。轻轻地向前一叫门。

翻回头来，咱们再说说龚门王氏。自从宿介从这走了以后，也没见面，卞牛医被杀，她就害怕。对门实户的，她已经知道这件事了。把鄂秋隼给告了，哎呀，她坐在屋就想了，哪个庙没有屈死鬼呀，小鄂这多冤呐。可是顾己不为偏呐，她也不敢串门了，管那个干吗。可是没有几天，把胭脂传走了，她出去到门口，看见胭脂她母亲了，"大娘，您干吗去？""哎，她大嫂子，这不家里就剩我一个人了嘛。""哎哟，我大妹妹呢？""衙门给带走了，后来衙门来了差人，给我送个信，说的上济南府打官司去。哎呀，这怎么说的？你说我这口材还没出去呢，孩子又去济南府了，你看，她大嫂子，咱们对门实户的，有些事短不了麻烦您。""没说的，大娘您放心，我还有事，您走啦，回见您哪。"她跟躲开了。

哎哟，怎么上济南府了？后来一打听，好几天没回来，就知道鄂家上告了。从这她是吃不下去饭，睡不着觉。丈夫又没在家，要在家更麻烦。成天担心，怕胭脂把她招出来。起初刚一出事的时候，她就担心胭脂招出她来，后来没找她，她就念佛了：嗬，老佛呀，姑奶奶，你在我身上可积了德了。今儿个在屋里头做着活儿，外面敲门，她就出来了。

"谁啊？""我，您呐。""找谁的？""这院姓龚吗？""啊，你找谁啊？""龚大嫂子在这住吗？""你谁啊？""龚大嫂子，您开门一看就知道了。"龚王氏把门扦捅开，那么一开门，哟嘀！一看俩公差，头戴燕翎帽，身穿箭袖，腰系大带，怪吓人的。"啊，二位，您找谁？""龚大嫂子，您是龚大嫂子吗？""啊。"俩公差上下一打量这龚王氏，得看是什么人，看其外知其内呀：二十多岁，黢黑的头发锃亮，前面这个四鬓刀裁的相似，后边梳着盘头。身上穿着雨过天晴毛蓝布的裤褂罩，脚下三寸的金莲，青靴子，漂白布的袜子，对缉脸儿，跳三针儿，穿在脚面上锃绷锃绷的，一拃多宽清水丝线腿带。往脸上看，瓜子脸，乍脑门，两道眼眉黑中亮、亮中弯，两只眼睛水汪汪的，黑眼珠多，白眼珠少，周围卡道白线相似，通官鼻梁，元宝口，高颧骨，俩酒窝，尖下颏。嗬，一看这小妇道，大模大差、大袖大褂、窝脚面儿、折腿弯儿、塌腰板儿、大屁股蛋儿。

俩公差一瞧，够呛！她把我们要了可就够呛，当时就稳住了。"龚大嫂子，我们是济南府的……""济南府呀。"王氏一听可要了命了，怕谁有谁，"干吗？""胭脂不是跟您住对门吗？""对，她就在那住，他娘在家了，你去找她娘去。""不是，您等会儿关门，您听我们说。胭脂到了济南府打这场官司，他父亲被杀了……""是啊，她就在对门，你找她娘去。""不，您听我说。她到那去还没过堂，一个小姑娘家的，没出过门，着点凉，病了。她这一病呢，这牢里头，您说没人照顾她啊，那怎么办呢？一堂没过，她又病得这样，您说把她送回来吧，那边还有事，另外道上也不方便。所以问胭脂你家里还有什么人？胭脂就说了，家里就一个娘……""对呀，她就在那住，她娘在家了。""不，您听我们说呀，她娘再去，他父亲刚死，那怎么办？

她就提了，有一个好朋友，好邻居，对门实户的龚大嫂子，就是您。"
"啊，干吗？""所以我们老大人叫我们哥俩来，请龚大嫂子，您跟我们辛苦一趟。""哎哟，我可去不了，我家里没人。""您听着，我们这话还没说完呢。没别的事，到那照顾照顾胭脂的病，能把她照顾好了呢，我们拿车把您送回来。好叫她给她父亲打这场官司。""不成啊您呐，我说二位大兄弟。""哎，嫂子。""我爷们没在家，我家就一个人，我也出不去，你们最好还找他娘去。""我的龚大嫂子，没您不圣明的。您是这么说呀，您可得替我们想。我们是奉命差遣，到这来找的是您，不把您请去，我们回去不好交代。""我不行，我爷们没在家，我出去，我家里没人。""没人不要紧，您锁门。""破家值万贯，我丢个马勺都得买。""这你放心，什么也丢不了。"一摆手，那地保就过来了。"您看了吗？地保，龚大嫂子跟我们走，有点事，得麻烦她，这门锁上了，她这家可交给你了，家里要是丢根柴火棍儿，可朝你说。""二位头儿，您放心，龚大嫂子，您走您的，家里头您丢根柴火，我给您立根旗杆。""废话，我要旗杆干吗？我家里我也不扎旗，没影的事。""您看了吗，地保负责，行了吗？""不行，我告诉你，我没有亏心事，我犯胃的不吃，犯法的不做，我去呀，我是人情，我不去，我是本分，你们二位趁早另请高明。"龚王氏这套话也是投石问路，看看是不是胭脂病了，还是打官司把我咬出来了。

"龚大嫂子，您说得太对了。不错，您是没犯法。所以我们才跟您这么说，您去是人情，不去本分，这是您呐。我们是公事，我们把您请不走的话，我们回去都没法交代。你要是准犯了法呀，龚大嫂子，您认识这个吗？"哗楞，一伸手锁链出来了。"啊，干吗你？""您甭害怕，没锁您是吧？不然我们就不废这话了，亮链就锁，您不走成吗？因为您没犯罪，所以我们才跟您说那些好话。可您不跟我们走，我们回去公事交代不了。说您这有什么事，有地保了，别的我们不知道，您怎么也得走啊。""哎哟，你们怎么这样？""您还不懂这个吗，我们是公差，是公事，龚大嫂子，您放心到那照顾照顾，回头我们把您送回来。"

龚王氏一看呐，不去是不成了。"好吧，咱就这么办，你什么，你等着我呀，我得、我得换裤子，换双鞋的。""那行啊。"龚王氏转身进来，俩公差在门口一站，一使眼神，"我说，别让翘了。"他调坎儿，别让她跑了，"划不了。""唉，龚大嫂子，您等会儿，我们大老远地来一趟，我说，您这嫂子了，老嫂比母。""啊，小叔子是儿。""嗬，您是一空都不落呀。您别把我们撂到门口，哪么给我们来碗水喝。""哎哟，挑我的眼了，来吧，兄弟，进来。""好嘞。"两公差来到她这屋，在外间屋一坐，龚王氏给到了碗水，"你们先喝着，我到屋里头，换换衣裳。"龚王氏把这软帘撂下来，把合页门关上。俩公差在外边，一使眼神，"龚大嫂子，您快点啊，大老远的，是不是？""等着等着等着。""不是，时间耽误了，咱回去事更多了。""你等着，你忙嘛了？"嚷嚷半天，龚王氏从屋出来了，一看换了双鞋，换了副腿带，换了个褂子，梳了梳头，可是簪环首饰完全都摘了去了。"你看看，嚷嚷，嚷嚷。""是，我说您快点，我能跟你们一样？女人出去就是麻烦，不得拾掇拾掇，不得走动走动，敢情你们方便，我们出去还方便吗？再又说了，大老远的跟你们出去一趟，我不得准备俩钱吗？道上吃的喝的，能让你们花吗？""嗬，龚大嫂子，您是外场人，完了，什么话甭说了，这老嫂子我算认上了。""哎，走吧咱，等着啊，我锁门。"俩公差跟龚王氏出来，锁上门，把大门倒带锁好之后，龚王氏把这钥匙掖在腰串上了。张德胜跟李德彪俩人一递眼神，带着龚王氏就出了巷口了。"我说大兄弟。""哎，嫂子。""我说这么老远，咱怎么走哇？我可没出过远门。""您放心，咱坐车。"随后两公差到外面，给她截了一辆车来，"把式，给我们拉几步。""头儿，您多照顾。""放心，前面倒车去，来，嫂子，您上车吧。"龚王氏就上车了，俩公差跨车辕，赶车把式地下走。车轱辘响，出离了聊城县。

大道上前面有个村子，不早了。"怎么样？头儿，咱……""前面我们打尖，你走你的。""好嘞。"到前面村子里头，一家大饭馆的门口，车辆一打住，他们下了车了，把式就走了。"嫂子，咱这吃点嘛。"张德胜跟李德彪还想：她说带着钱请我们嘛。一进饭馆跑堂过来，"二位头儿，您里请。""哎哎哎，你这跑堂的可好，光看他们二位老爷了，你没看见奶奶？"张德胜一听，这龚王氏可真了不得。"哦，您几位一事？""你说呢？""哎哟嗬，奶奶，没看见您呐。"跑堂的心说：我们这还没叫过奶奶呢，出来位奶奶。"找个清静地方啊。"

"哎，您这屋。"让到里边雅座，坐下了。"兄弟，吃什么？说说。"跑堂的摆筷子，调羹、吃碟儿、酒盅都预备好了，放在这了。"您几位喝酒吗？""喝，哪能不喝呀？说。""我们来壶酒，给我们来个爆三样，来小碟的。""出手就不高，小碟儿干吗？大碟儿的，那够吃的吗？这么办吧，四凉四热，来八个酒菜。"嗬，张德胜李德彪一看这位龚王氏真大方，"嗬，龚大嫂子，您算好家伙的。""准备四个饭菜。"俩人那么一喝酒，一吃一喝，把嫂子一捧。心说这顿饭大发了，没四五两都过不去。吃完喝完之后，"嫂子，哎呀，您真外场。""那还用说吗？跟你们走，能让你们花什么吗？跑堂的，给我们算算多少钱？""哎，我候了吧。""别说便宜话，你才挣多少钱？""一共四两七。"张德胜跟李德彪一咧嘴，"四两七，不多，给五两。"张德胜跟李德彪一看，这龚大嫂子可真大方，就看她往怀里伸手，这摸那摸，这手打下边伸进去之后，打脖颈儿又出来了，"我说怎么着？龚大嫂子？""缺了德了，臭挨刀的，在家里头我换换衣裳，在外边穷跟我叨叨的什么？五十两银子我搁桌上，你那么一催我，我给忘了。"啊？哎哟我娘啊，四两七，心说：你忘了，这笔钱谁给呀？

# 第十一回

　　上回书说到，济南府的二位公差张德胜和李德彪，带着龚王氏，走到路途中，进饭馆去吃饭。龚王氏说，今儿这顿饭我请客，尽量吃，紧着这么一叫菜。张德胜和李德彪一看呐，这位龚大嫂子还真外场。好，吃完了一算账，四两多，给五两。嗬！真大方。大方？顺兜儿一掏钱，抓这抓那，哟，张德胜跟李德彪一看，要坏，"怎么着？龚大嫂子。""你看临出的时候，你们紧着跟我瞎搭咯什么，五十两银子搁桌上忘了。""噢好，我的龚大嫂子，您没带钱，这怎么办？""二位拆兑拆兑吧，大兄弟，你们先给了吧。""嗬，龚大嫂子，咱可不过这个。您要是没带钱倒不要紧，您少叫点啊，这一顿饭，您吃这么些个。""别说这个，说这个干吗？你们先给了，咱也不能折在这啊，胳膊折了褪袖儿里头。""不是，您这顿饭花这么些钱，咱还老远的路途了，下边怎么办？没钱了怎么办？""没钱咱再拆兑啊。"哦？李德彪一听啊，没钱再拆兑，可能她还有余力。"那好，给。"二位那么一凑啊，紧凑也不够五两。"得，龚大嫂子，您看了吗？可全在这了。"叫板嘛，到下一站再说呀。跑堂的叫过来之后，"过来，我说，我们嫂子说了，这顿饭呐给五两，剩下归你。""谢谢老爷您呐。""你先甭谢，今儿我们嫂子出来的慌促，这钱还没带着。"跑堂的一听，凉了，"我们哥俩也不能白吃，你们看了吗？都在这了，一共还四两多，剩多剩少给我们写账上，下次有什么事再说。"好吧，您呐。"饭馆跑堂的敢惹公差？钱拿走了。"走吧，嫂子，您看了吗？我们全光了。""走吧走吧，别说这个，叫人听见多寒碜。"龚王氏跟着俩公差出来以后，到前面再抓车。

书要简言，走到下一站了，天黑得住店，找了一家大栈房。一进店房，伙计就过来了。"二位头儿，您里请。""告诉你，给我们找一个上房，要三间连着的。""好的，您呐。"公差进店房要房子，那可不敢怠慢，要是得罪了他们，你们这个店房可就不好干了。有没有也得给拆兑去。如果有住着的房客的，也得搬出来，让他们住进去。来到屋里边，坐下以后，打点脸水来，洗洗脸，"说龚大嫂子，您吃什么？""吃什么？你们看着叫吧。""好，那就看看，伙计，你们这有什么吃的？我们还没吃饭呢。""老爷您说，您吃什么吧？太好的没有。""随便给我们掂配俩菜得了。""哎。"就这样叫了俩菜，来点酒，吃完了喝完了，这个账先不给，到临走时候再说，要是别人住店，先给店钱。这晚上住怎么住呢？"龚大嫂子，对不起，您这屋了，我们哥俩那屋里头。"要按当时社会，男女有别，住连房那可不方便，不过这是公差，那可没办法。不单晚上睡觉的时候，俩人还得留着一个，怕龚王氏走了，因为她是案中主要的人犯。这一宿过去了，龚王氏在那屋里睡觉，倒不像要逃跑的样子。

转天一早晨，出离店房，房钱可以不给，但这个饭钱呢？"我说嫂子，咱这饭钱可得给呀。""二位，别弄这个了，还看不出这意思，店房这么怕你们，饭钱不给也就这么着了。""好吧，行，您聪明。"说话领着龚王氏出来，跟伙计们打个招呼，"多少钱？给我们写账上吧。""好吧，您走哇，您多照应。"伙计敢说什么？回头跟账房一说，就算了吧。

就这样出来以后，抓了一辆车，到前面还得吃饭呀。到前面饭馆一进去，坐到这要几个菜，吃完了喝完了，俩公差心说：这回看你怎么拆兑。"龚大嫂子，这顿饭可省的多，伙计，给我们算算多少钱？""一共您吃了一两三。""哎，你先出去。龚大嫂子，不多，一两三。""是啊，二位你们看看，谁还有富余？""这可没有，前者我们可把钱都掏出来了，您还问我们有富余没有？我们没有了。""那怎么办？""您不是说有拆兑吗？""是啊，你看看，要不这么办，你们二位谁穿的衣裳多？先当两件，回头再说。""哦，拆兑我们呐！""那我怎么办呢？我钱忘带了，五十两银子搁桌上了，你们还埋怨我，这怎么说的？"张德胜跟李德彪一看，这个娘们可真厉害，趁早认头吧。可是一个子儿不给不行啊。俩人商量商量，跑小屋里，抽芯从里边脱两条裤子下来。一个人看着龚王氏，一个人拿着裤子进当铺。来到当铺跟人家商量商量，把这裤子当了。要不怎么办呢？一瞧这当铺，里边柜台老高的，轻易他还不来这。"掌柜的。""老爷你干什么？""当当。""这你还能当？给你写多少钱？""给我写三两。""老爷，您这裤子当三两当不了。""用俩钱，您多包涵，我告诉你，还准赎。""啊好，给写三两。"三两银子，给了张当票，这公差拿过回之后，"龚大嫂子，我们可把裤子当了，您瞧这当票了没有？下边咱省着点吧。""行啊。"从这出去以后，再往下走，吃饭时候，"龚大嫂子，咱吃什么？""行了，咱来碗烩豆腐得了。"头一顿饭花了五两，这会儿吃烩豆腐、烩饼了。

书要简言，就这一道上，把这张德胜和李德彪给涮的。好不容易，来到济南府的府衙了。一进衙门，"辛苦您呐。""哎哟，张头李头，辛苦辛苦，怎么着？""来了来了，嫂子，您进来吧。"龚王氏一进班房，"诸位，辛苦辛苦辛苦，给你们添麻烦了啊。"这些公差眼里头不揉沙子，嗬，一看龚王氏这个人，多开通。在那种社会年轻的一个小媳妇，要是这么开通的可太少。随后有头儿就把张德胜跟李德彪拽出去了，"二位，这道上遇上这个妇道，剩点嘛吧？""剩点嘛？看怎么了。""别亏心，剩多少？""哪个孙子要说瞎话，剩一张当票。""能吗？""长了你就知道了。"

"我说，别说了嘿，大人问了，怎么着？回来没有？""回来了。""走哇。"张德胜跟李德彪来到里边，喊了一声回事，"进来。""下役交差。""怎么样？""现在把龚王氏带来了。""哦，她在道上有什么事没有？""没有，家里就她一个人，临来的时候挺整咧，我们把地保找去了，跟地保这么一说，我们把她给诓来的。我们假说胭脂有病，叫她来看病来。看那样子她心惊啊。""好吧，吩咐下去，梆点升堂。""嗻，鼓吏，梆点二堂啊。"梆梆梆……三阵梆点，升坐二堂。吴公南岱转屏风入座之后，"来，带龚门王氏。"

吴南岱这等了好几天了，就等龚王氏。这个案子，杀人凶手是谁，龚王氏知道，所以龚王氏一到，马上升堂。张德胜跟李德彪下来之后，到班房，"龚大嫂子，走吧您呐。""哎，上哪去？""过堂了。"

"过……哎，我说大兄弟，这可不对。""怎么啦？""你不说胭脂病了，不叫我来照顾胭脂吗？到这过堂这么回事？""怎么回事，龚大嫂子，我问问您，您知道这是什么地方吗？""府衙啊。""对呀，那么您到这来，这是有尺寸的地方，我们随便领个人进去，行吗？家有家规，铺有铺规，何况我们这是府衙。我们这有府台爷啊，您是明白人，您要打算进去的话，得跟我们府台爷见个面。""见个面倒不要紧，你也别过堂啊。""您跟府台爷沾亲带故？""这不废话吗，我怎么会跟他沾亲带故？""还是嘛，凭一个四品皇堂，跟您见面，不在堂上见，您能上客厅？""也对，有理有理。"后面那公差心说：有理，嘿，你呀，倒霉，过堂还好得了吗？

张德胜跟李德彪带着龚王氏往里走，龚王氏心里可有点打鼓。哎哟，心说：别是因为胭脂把我的事说出来了，可是在聊城县她没说呀，在那没说，到这她能说出来？正在犹像当中，就听公差喊了，"报，龚王氏带到——""威——武——""上堂、上堂。"龚王氏可有点发颤，第一次经历这种场合。低头往上走，吴公南岱捋着颏下绦，用目观看，哼！一看龚王氏，就知道"佻脱善谑"。这四个字是聊斋原文上说的，所谓的"佻脱善谑"就是不庄重，懈怠，好说好笑的，满不在乎的这么个人，走起道来撇撇儿的。

"跪下跪下。""太爷在上，小妇人龚门王氏给太爷磕头。""你叫龚王氏？""是。""在哪住？""聊城县。""什么地方？""西乡。""你跟胭脂住对门，对吗？""对。""你家有什么人？""家里就是我丈夫。""你丈夫是干什么的？""他是个收买金首饰的小买卖人，都叫他喝杂银儿的。""你娘家在哪住？""娘家在南乡。""娘家是干什么的？""我爹是拔贡，我娘家有爹有娘。""我问你，你到胭脂那去，都给胭脂说些个什么？""哎哟，老大人，怎么您问我这个？不说胭脂有病吗？""嗨嗨嗨，朝上回！说！""说什么？我跟胭脂我们是对门街坊，有道是远亲不如近邻，近邻不如对门，我们姐俩不错，说闲话呗，那还短的了吗？""你怎么许的给胭脂保亲？""没有。""没有？杀死卞牛医的凶手是谁？说！"龚王氏一听，坏了，这丫头片子都招出来了。你招出来不要紧，我不承认，你哪找号去？当时龚王氏脑子里一动，就咬定了后槽牙，"老大人，您可别听她胡说，没这么回事！卞牛医被杀，

257

怎么会问我凶手是谁？我哪知道？""卞牛医被杀你知道吗？""哪能不知道，我们对门街坊，出这么大的事，还不知道？""凶手是谁，你不知道？哈哈……当然你不能说知道，来，提胭脂。"

有公差下去之后，到牢里边带胭脂。胭脂在这待了这几天，这脑子都大了，刚一进来时候，吃不下去，睡不着，后来自己那么一想，我光想我家的娘，我也走不了。另外，她想到鄂秀才，人家多冤呐，由哪来引得胭脂想鄂秀才冤呢？就因为吴南岱一问鄂秋隼，叫鄂秋隼说了几句话，让她听一听。一听跟那天晚上跳墙抢鞋的鄂秋隼，说话声音完全不一样，所以感觉对不起人家鄂秀才。在她脑子里头也想到了，杀人凶手龚王氏知道，因为她说了三日之内，把鄂秋隼给打发去，弹窗这人也说了，是听龚王氏说的，所以她对龚王氏有所怨恨。

今天带胭脂出来，跟着公差上堂。来到堂上，胭脂在侧面一跪，"大人在上，民女胭脂，给大人叩头。""胭脂，我问你，龚王氏怎么许的你，把鄂秋隼给你打发去，叫他叠指弹窗，说。"胭脂一偏脸，可就看见了龚王氏了，龚王氏一偏脸，也看见胭脂了。"哟，大妹妹，不说你病了吗？你没病啊，哎呀，小脸可瘦了。""嗨嗨嗨，哪那么些个废话！朝上回。""龚王氏，你还有什么说的吗？""我说什么您呐？我不知道，我哪知道？""你不知道？凶手是谁，你不知道？你许的保亲有没有？""没有，您别听她的。"胭脂这个恨，心说到这时候你都不承认了。吴南岱一看，"来，把胭脂带下去。""是。""胭脂姑娘，跟我们来。"有公差把胭脂带下去了。胭脂眼含着痛泪，就走下去了。

"龚王氏，我劝你，实话实说，免得你皮肉受苦。否则的话，哼，你是自找其祸。""哎呀，我的老大人，您怎么问我？您别听她的，她自个惹的祸，她逮什么说什么，你上这里拉扯我干吗？不错，我跟她是街坊邻居，我常上她那去，给她说个笑话什么的，可是她，谁知她哪勾来的野汉子？""抄手问事，谅尔不招，左右，把龚王氏给我扯下去。"两公差过去一提溜她，一个人逮着一只胳膊往下一拉，"哎、哎，别……""说不说？不准你信口雌黄，要实话实说，这是有王法的所在。""我的老大人，这还有王法？您看同您面，他们俩还摸索我呢，你们这干吗？"公差这个气呀，我们这给你上刑呢，这是摸索你呀？

吴南岱一瞧，这么问她，绝对不招。有道是礼度君子，法度小人呐。"扯下去，掌嘴二十！"公差把她拉下来之后，把一个脑箍就给她罩在头上了，用麻编的，这么一个网子似的，箍在脑袋上，揽住她的发髻，后边一个人一偏她这脖颈，两旁边两公差，一个人逮住一只胳膊，龚王氏跪在这，可就动不了了，掌刑的站她对面。掌嘴就打嘴巴呀。拿什么打？千层底儿，特制的，麻绳编的，纳的底儿。"大人验刑。"吴南岱这个签拿起来，往底下那么一扔，二十嘴巴算是打上了。"哎哟！"啪啪啪啪，还没等她说话呢，打，一二三四五六七八九十。哎哟哎哟，快！说打二十，实际是十六下，他滚着数啊，一二三四五六七八九十、一二三四五六七八二十。打到十下的时候，啪啪啪，龚王氏顺嘴角往下流血，一翻个这边，这边十下没打齐呀，"哎哟招了，说了说了。"她只要一招，那就得住刑。"跟大人回，她有供。""松刑。"慢慢地把她这脑箍给她松下来，有公差一提溜她，就给她提到公案前边，"说！""哎哟……这么狠呐，缺了大德了。""你骂谁？""我骂谁，谁打的，我不敢骂大人您呐。哎哟……"一摸这嘴巴，这个肿啊，"好，这回行了，甭吃饭了，胖了。""到这时候你还说笑话呢？说！""大人您叫我说什么？""还得打。""您别打了，我说。嗯，这丫头片子，我说哪了？"

　　"你跟她办了什么事？你说什么？""我其实上她家去说笑话，我们都是老娘儿们，怕什么的，说着说着笑话，我就出来了，出来了，她就不让我走。""为什么？""我说了半截儿，她恨不得还听，她非让我给说两句不行。""你为什么不说呢，什么意思？""嗨，老大人，您怎么不懂这个，到时候不得留个扣吗？"好，跟说书的学的，还留扣呢。

　　"她舍不得我走，其实不是舍不得我这人，她舍不得我给她说这个笑话。到了门口了，她送我，她说嫂子您明儿来呀，我一回头，我就看这臭丫片子，紧着往那巷口外边看，我心说看什么？我一瞧打巷口外边进了一个小伙儿，她眼珠都瞧直了。我心说，这是叫我给说笑话说的，人大心大，看见小白脸了，哼，这么瞧。""我问你，谁进来了？那小白脸是谁？""南乡中的秀才鄂秋隼。""你认识他？""我认识，我也见过。""他是什么人的后人？""他家里头是孝廉府，他父亲是孝廉。他走到这低着头，胭脂看见了，还瞧，我一想我叫他们两人见个面，那个傻小子还不知道了，我叫他抬抬头，我就那么一咳嗽。""你怎么咳嗽的？""我就掐着我的……这样，嗯哼。""你怎么的了你？""我这不是学嘛，他一听我这掐着脖子一咳嗽，他一抬头，一下看见了，胭脂也看见他了，两人一对眼光，哎哟，这个劲儿哟，这小鄂一低头，就跑过去了。他跑过去……哎老爷，会说的可不如会听的……哎哟哎哟哎哟。""你怎么了？""我疼啊，打得我。我说商量商量，您给我来碗茶喝行吗？""嘿，你想得倒不错，往下说，别废话。""是啊，人家走了不就完了吗？抻着脖儿瞪着眼，还紧着看人家后影，这干吗这是。我那挡着她了，我那么一闪身，我心说，让你看。我一瞧啊，嚯，俩眼都瞧直了。哎，老大人，会说可不如会听的，您说说，这怨我吗？""什么事怨你吗？""他对人家小白脸这样的话，我拿她开开心，那怨谁？不是她勾的吗？""你怎么拿她开心？""我虽有媒合之言，不过一语相戏而。""你念过书？""哎哟，我娘家爹是贡生，打小的时候，我也念过书，之乎者也矣焉哉，我也懂点。"

　　"你怎么一语相戏？往下讲。""是啊，我说妹妹，看人不许这么看，我拿手一挡她眼神，我要不挡还不眨么眼了还。我说你死皮臭虫——往肉里盯，干吗这是？我说你看嘛？她说不知给谁穿孝，我说给谁穿孝，我说你说呢？她说给爹妈穿孝，我说不对，我说他以妻服而未阕。""龚王氏，什么叫以妻服而未阕？""哎呀，老大人，这字眼您不懂？""废话，我问你。""不是给媳妇穿孝没穿满吗？""龚门王氏，鄂秋隼给谁穿孝，你知道不知道？""知道。""他给谁穿？""他给他爹穿。""呸！""哎哟，这怎么了？连啐带打的这是，这不是说了吗？""你许这样骂人吗？人家给他父亲穿孝，你怎么说给老婆穿孝？""老大人，我不跟您说了，我拿胭脂开心。我还跟她说了，我说人家说了，男的死了，女的披麻戴孝，跟死爹娘一样，女的死了，男的一天不穿，于理不合，我说得穿一百天，我说这孩子天生的情种。""什么叫情种？""我就说人家鄂秋隼重情，这您还不懂吗，还用问吗？""废话。你怎么许的给胭脂保媒呢？"

　　"我说看了半天你认得吗？她说我不认识，我说你不认识，问嫂子我，南乡中秀才鄂秋隼。我说就凭你这小模样，要寻那么个小伙儿，这辈子你没白来。我跟她这样说的，以妹丽质得配玉人，妹妹心愿无憾。就凭你这小模样，嗨，准行。我说有心气吗？我说有心气，嫂子我给你搭咯搭咯，臊得她脸通红，眼泪都下来了，拿手一推我，您去吧。我还不懂这个，那就是愿意了。"

"哦，龚王氏，那你又怎么给她看病呢？"龚王氏一听啊，这臭丫头片子都说了，一点都没留。一想嘴巴这么疼，不说也不行。说吧，一不做二不休，扳倒葫芦洒了油，干脆都给她撂下就完了。"对，是这么个事，后来我回家以后，我丈夫就派个人来，给我捎了几两银子，叫我给他拆洗棉裤棉袄，拆做完之后给他拿走，所以转天呢我就没上那去。我待了有五天了，活儿也做完了，也给人捎走了，那天我一出来，正碰见胭脂她母亲，她母亲拿着个碗去买东西，买酱豆腐去。说胭脂病了，我一听啊，早不病晚不病，单在这个时候病？所以我就想，她要不是因为小鄂病的，什么事都好说，她要因为这个病的，老大人，我跟您说实话，我没别的意思，我就拿她开心，我且拿她开心了。"

吴南岱一听，这个妇道，有失口德。太缺德了。"往下说。""后来，我锁上门就去了，我一看病得那样，我说你怎么了？她告诉我朝点凉。我说不对，我说我给你号号脉吧。""龚王氏，你懂得医道吗？""我懂什么医道？""为什么你给他号脉？你懂吗？""哎哟，我的老大人，您怎么土命人心实啊。""废话！""我这不跟胭脂开玩笑嘛，我赚傻丫头。我会什么？我说你这是什么病？你这是相思病。""什么叫相思病？""这还不懂吗？我就说你想鄂秋隼，说得她脸通红，我说你这病啊，吃黄了药铺不也好不了。她说怎么回事，我说想谁，除非把谁给找来，一见面就好了。"

"龚门王氏，我问你，你把谁打发去了？冒充鄂秋隼，抢走胭脂绣鞋，前去赴约，持刀杀人，说！"

# 第十二回

　　上回书说到，济南府官吴南岱，审问龚王氏，"冒充鄂秋隼，到胭脂家中，抢走绣鞋，杀人的凶手是谁？说！"龚王氏一听啊，鸟枪换炮，越玩越壮啊。我觉着说一点就完了，他越追越深。当时她一打沉儿，吴南岱就把这惊堂木一拍，吓得龚王氏一抖楞，"哎哟，老大人。""说！""是，这不说着了吗？您叫我说什么？""往下讲，是谁？"

　　"您听我打头说，我慢慢说，您问我是谁，我知道吗？""你不知道，看病的时候你跟胭脂怎么说的？""是啊，不还是这么说吗？我就是这么说的。""你说她这个相思病，想谁把谁找来，一见面就好了，你找的那人是谁？""我拿她开心，我给他找谁去？""你怎么拿她开心的？""我说你得想谁把谁找来，她说您给我保亲去，我说保亲来不及了。玉泉山的水甜——远水不解近渴。我说这么办吧，我说你等着，这两天啊，我叫鄂秋隼来，三天以里的晚上，我说你就别睡觉，你点着个灯，我说他来到这啊，弹窗户。""你告诉她怎么弹来着？""啊？""是不是你说的叠指弹窗？"哎哟，龚王氏一听，心说这丫头一点都没留。

　　吴南岱这个问法，叫官断十条路，给你一点就叫你唬着，你知道我掌握多少吗？就是这意思。所以必要的时候得点她一句。说完这句话之后，得拿眼看龚王氏，这叫"把色"，瞧她的眼神，看她脸上的神色，就知这人的心理活动。"是不是你说的叫他叠指弹窗？"她这么一颤，那就说对了，杀人凶手她知道，因此，瞪着眼就看着她，"说吧。"

　　"您听我说啊，我是告诉她叠指弹窗，我这么一说。""胭脂说什么了？"她说您给我保亲行，你要叫他深更半夜来，这事我可办不了，我怎么也不能办，我说你？好吧。这不拿她开心吗？老大人，说完我不就走了嘛。""走了以后，你让谁冒充鄂秋隼，到她家去的？说。"龚王氏一想：我要再说呀，可就得把宿介说出来了。宿介跟我两个人一块儿长大的。从小的时候，直盯长大我们两个有了夫妻的关系，海誓山盟，实指望我嫁给他，他也想娶我。可是没想到，爹妈不这么做啊，立逼着我嫁给龚老大了。现在我跟宿介两个人追念旧情，在这个事上，我要把宿介说出来，可不行啊。干脆，我呀，赵老二驮房檩——我就顶这吧。想到这，我说得慢，当时她想得快呀。"老大人，我走了以后，我就回家了，我是拿她开心，我知她把哪个野汉子勾去了。你还说我给打发过去的，我打发谁？没那个事。我打发这个干吗，没有的事了。"

"哼，龚王氏，你要说实话，你要不说实话，你自找皮肉受苦。""老大人您打死我，我也不知道啊，您想啊，我是个女的，胭脂也是个女的，我们都是姐儿们，老娘儿们家在一块儿说什么都行，我们逮嘛说嘛，可是我们说什么你也不知道，是吧，不过我们说什么也不能，我能打发个男的去到她祸祸她去，有那事吗？有我的嘛？我缺那德干吗？不过我这嘴好说就是了。"

她这一说，吴南岱一听，倒是有道理。除非她有贪图，要说这个女人为钱，她勾奸卖奸？不像。"那么龚门王氏，你说实话，这个人你知道不知道？""我真不知道，我哪知道她勾搭谁？怎么回事？我都不知道，反正我就知道他父亲被杀了，什么鄂秋隼了，这个那个的。"吴南岱心说：不对，跳墙到胭脂家中弹窗户这个人，也就说是假的鄂秋隼，已经跟胭脂说了，小生自那日门前经过得见小姐丽质，时刻挂怀，又闻龚大嫂子对我言讲，小姐为小生染病在床。吴南岱问她这句话是看着胭脂口供问的，"胭脂已经都说了，是你告诉他去的。""我没您呐。您想啊，我能办那缺德事吗，我派个男的到那去，与我有什么好处？对我没好处。给我多少钱，我也不办这缺德事。老大人，您，真是，哎哟真要命。"

吴南岱将着自己的胡须，想了又想，她说倒是有道理。"龚门王氏，我问你，你虽然没有告诉旁人，叫他冒充鄂秋隼，但是你这件事跟谁说了呢？""我谁也没说，我说什么？""就说胭脂对鄂秋隼钟情，胭脂有病，你许的胭脂把鄂秋隼三日之内给打发去，叫他叠指弹窗，这件事你跟谁说了？说。""我谁也没说。我说这干吗？""你有同院的吗？""没有。""你还上哪串门去？除去胭脂家，你还上哪去？""我哪都没去，我就上胭脂那，对门矢户的。我跟谁说这个？说这个干吗？这是我们姐俩的事，说个笑话呗。""哼哼哼……我问你，夫妻之间，无不可言之语，你怎么说不能跟人家说？难道说你丈夫跟你在一起，你也不说吗？""老大人，您说的倒是，两口子躺在一块儿，什么话都说，可是我爷们没在家，他出门了。他出门俩来月了，他外边做买卖去了，他一走就一月俩月的。家里就我一个人，您说我冲谁说？我冲茶壶说？"

"废话！"

吴南岱想：她不是成心地说，她无意中跟别人念叨，别人捡这便宜，也可能。"我问你，你跟谁念叨了？无意中说出去了，有没有？说！""我谁都没说，我不可能，您说我说这个干吗？"

吴南岱当时就不言语了，捋着自己的颏下绦，闭上眼了。龚王氏跪在这一看，心说：不管你说什么，反正我也不能把宿介说出来，我就没说。我没说，你非说我说了行吗？可是嘴巴虽然疼着吧，她脑袋想这件事，打算混过去。突然间就听吴南岱问，"龚门王氏。""哎哎哎。""我问你，你要说实话。""我说的都是实话，咱是灶王爷上天——有一句说一句。""你戏耍胭脂，跟胭脂说的这些个事，你认为胭脂相信吗？"龚王氏不知道这官这是怎么个问法，又聊起闲篇来了。"那个什么事相信不相信？""你许的保亲呐，你说胭脂相思病，非见鄂秋隼，她这病好不了啊，这事你认为她相信吗？说实话啊，给我说实话。"

这么一领龚王氏，可就把龚王氏给领到圈里头去了。"哦，您说，我琢磨她信不信啊，她……那谁知道？""你不知道？"吴南岱心说：这妇道可够滑的。"你不知道？你拿她开玩笑，她不信不是白开了？你说实话，当时你认为她信不信？""我说实话，她信。一个心眼的，土命人——心实，我说得她两眼发直，她信，所以我成心拿她开心。""对，有道理。"

"龚王氏！""啊，您怎么了？一惊一乍的。""你跟谁说了？说！""什么说了？""你把这件事跟谁念叨了？说！""谁都没念叨。""还得打。"其实不是打，这是吓唬。当时问案呐，有刑问、引问、诱问、质问、鬼问、神问……这都是官断十条的手段。这叫喝问，吓唬她。为什么不打呢？当堂不能动两回刑。动两次刑，这名字叫重茬，要打出口供来，没事；打不出口供来，出毛病了，这官得担责任。所以已经打过一次了，就不能再重茬了。

"我……谁都没说。"咬定牙关不说！"哎哟，我真没说呀，我跟谁念叨了，我谁都没念叨，您干吗非这么说呀？"一看她说不出什么来了，"收监。"给她上刑，马上有公差给她上了手铐子，把她带去下去。"哎哟。"真害怕，嘴巴都肿了，顺嘴角往外淌血，再打可就够呛了。所以把龚王氏带下去了，带到堂口的时候，吴南岱吩咐一声，"跟胭脂两押着。"别押一块儿，俩人押到一起这就麻烦了，不一定说什么了。"女禁卒，把这个入号，这是聊城县来的，跟胭脂一案。别押在一块儿啊，大人吩咐两押着。""哦，进来进来进来。"

龚王氏一进监牢，一看那个牢头，女的，脑门子拔仨火罐子，脖子底下嗑点红点儿，嚯，头发都蓬散着。"哟，大娘，给您添麻烦了。"啪！见面来个碰头好，这嘴巴给打的，"哎哟，这怎么了这是？那也打这也打，大娘，我这叫大娘也有错？""甭废话，一看你就不是好东西，来，这屋来。"开开牢门之后，往里头一推她。"我告诉你啊，不老实，你就尝尝我的厉害。""哎哎哎，好您呐。"龚王氏也没受过这个，这趟可真够呛。

吴南岱抖袖退堂，退堂之后，先休息，办点别的。直盯到晚上吃完晚饭了，把灯点亮一点，把这些口供拿出来之后，搁桌上看看，对照一下。瞧瞧胭脂的口供，看看鄂秋隼的口供，胭脂说的经过跟鄂秋隼说的经过也碰上了。再看看龚王氏的口供，看来看去就看到这一点，她许的胭脂，三日之内叫鄂秋隼到她家里去，而回来之后她任什么话没说，谁也没告诉。不可能，还得追龚王氏。

一夜晚无书，转天一早晨，脑子清楚啊，吃饱了喝足了，吩咐下去升堂。带龚王氏，这回把龚王氏带上来了。龚王氏昨天受了刑了，这一宿这嘴巴个疼啊，扯得浑身疼，这叫熬刑。"老大人，龚王氏给您磕头了，我可受不了了。""把刑具给她摘了。""龚王氏，受不了你就应该说喽。""您叫我说什么？""你把戏耍胭脂的事你跟谁说了？我没说你成心打发人去，你跟谁念叨了？""我没念叨。""不可能，你说实话吧。""怎么说不可能呢？""你认为胭脂相信，你认为胭脂傻。你是既笑他人愚，必显自己慧。""哎哟，您怎么这么说？"说这句话什么话？你既然笑别人傻，必然就显示自己聪明，你不可能不告诉别人。

说龚王氏这种人好显摆，你既然戏耍胭脂，你不可能不显你个人聪明。昨天问她那个话，就是这句话，你认为胭脂能相信吗？所以她说胭脂能信，哎，能信，就是你跟别人说了。"我、我没跟人家说，您呐那怎么办？""来，拉下去。"昨天熬她一夜刑，今天就憋着上堂拿刑具整她，认定她能说出去。公差过来，这回提溜下去之后，马上给她罩上一个脑箍，这刑可厉害。用一根绳拴她这左肘，左肘拴过去之后，打后边拉过去拴她右肘，她这两个胳膊往前来可就不行了。把她这俩手哇，用绳给拴上手腕，随后上来这个刑具叫"手械"，白话叫拶子。夹她这十个手指头，当中间有眼，这东西串上了，有一根麻绳，有的是用牛筋做的，两旁边有一个竹披儿，有个撅手，一撅的时候，夹她这十个手指头。龚王氏不知刑的厉害，好几个公差整她一个人啊，后边有人揪着她这个脑箍，两旁边有人拉她这拶子，那个绳给她拴着呢。"有招无招？""你叫我招什么？我说怎么些笔管是干吗？""废话，我问你，你戏耍胭脂这事跟谁说了？""我谁都没说……"这句话没落茬，马上这签扔下去了。吴公南岱拿着这签啊，往这一横，"嗖！"说怎么横起来了？扔这签的时候，那个掌刑的都得看着，签从签筒里头抽出之后，在这比画，这不能动刑。这签扔下去，但是扔下去的时候，看这官拿这签拿在什么地方？如果这签往桌上一撅，拿这紧底下，上刑的时候，这是二成刑，不能使劲大了；如果拿这当间儿，这是对成型；要拿这上边靠头上往下边一点，这是八成刑；拿过来不看往底下就撖，往死处勒，这是十成刑。所以也得看那人的体质，他禁得住刑禁不住刑。所以掌刑的里头有个头，那叫皂头，那个皂头专管这档。得看这人的体格，看受刑的人汗下来，是什么样的？汗珠子黄豆粒大小，那不要紧，他能挺刑；刚一受刑，他的汗呼啦一下都淌水了，不行这个；一看一淌水，哗，这汗都出来了，马上要晕过去，不管他什么案，这也得住刑。不然的话，当堂杖毙，那皂头也有责任。

所以这签一下来，横着下来的，拿着当中间，对成刑，给她上那手械。为什么不等她说完了，马上就扔签呢？准知道问不出来了。两旁边的公差拿过来一揽她，"嗨！啊——"一叫她，"说！"上刑还得问着，得吓唬着，旁边掌刑的头，"说！招不招！"你光上刑，你不问他也不行，就得到受不了时候，顺口答应他就都招了。"哎哟！哎哟我娘哎，说了说了。""跟大人回，有供。""松刑。"慢慢地把这手械给她拿下来，把脑箍一点点松，不上那脑箍不行啊，一下子血往上一撞的话，她脑出血麻烦了。所以把她拉上来之后，往那一放她，跟着就躺在地下。"起来。""哎哎哎。"

"说吧。"龚王氏低头一看这手哇，"哎哟我说，都瘪了，缺德的笔杆哎。""别废话，你跟谁说了？""我没告诉外人呐。""没告诉外人，你告诉谁了？说！""哎哟，哎哟。"龚王氏怎么光哭不说呢？她心里想了，宿介啊宿介，我可对不起你。我实指望不说你，昨儿把我嘴巴打肿了，顺嘴角往外淌血，今儿这手指头，拿那个缺德的笔管似的给我夹瘪了，我可受不了喽，"老大人，我没跟外人说。""废话，你告诉谁了？""我告诉我干哥哥了。"这句话说出之后，两旁边公差差点没乐出来。吴南岱不知道乐什么，公差那多坏，一听到说这干哥哥，就知道这个妇道不规矩。

"你干哥哥是谁？""姓宿叫宿介。""他是干什么的？""干什么的？东国名士。""什么？""东国名士。""说是谁出的主意，管他叫东国名士？你懂不懂这句话？""懂啊，山东一带有名的人，那是，名士。""他什么身份？""东昌府考的案首，头名秀才。""哎哟？"吴南岱一听真有这样人物，"多大岁数？""跟我同岁。""他在哪住？""跟我娘家住一墙之隔的街坊。""你怎么跟他说的？""那天他上我那去了，而我呢，我没打算说，我就笑，他问我你笑什么？我心说，我笑胭脂呗，他紧着问我，我说对门矢户的人，他说谁？我说我们那妹妹，他说胭脂啊？""他认得胭脂吗？""胭脂是当地的卞牛医的闺女，街坊邻居都知道，这小丫头长得不错，所以他哪能不知道？卞牛医门口挂着个牌子，谁不知道？""还说什么了？""他说你笑她干吗？老大人，您真聪明。""废话！""这是句话，我笑胭脂傻，显着我个人聪明，我就把这事说了。我说这胭脂怎么看鄂秋隼，我怎么许的保亲，她怎么为他病的，我怎么许的三天以里把他给打发去，就这么说，我说傻丫头还等着呢。""你说完这个他说什么了呢？""他说，你这话人家信吗？我是不信，我说你不信那是，他说你琢磨着，鄂秋隼要去了，到那一敲门一叫窗户，她爹出来了，那不麻烦吗？我说你多聪明啊，我说那么大闺女，能跟着爹娘在一块儿住？他说那不一屋睡也得住连房，我说去你的吧，胭脂在前院是南房，人家爹娘里院北房。"

　　吴南岱一听啊，宿介把地址给套去了，"还说什么了？""后面就没说嘛。""没说什么？不能吧？""是呢，他也没说什么，后来他也睡了，我也睡了。"公差一听，心说怎么样？没好事吧？龚王氏一想坏了，说走嘴了。

　　"龚王氏。""哎。""你跟宿介什么关系？""那个我不是说，干哥哥吗？""胡说。你刚才怎么说的？是否跟他通奸有染？""哎哟，臊死我了，老大人，我的……""别哭！""哎哟怎么了，老一惊一乍的。""你哭什么？"为什么龚王氏要哭？她不是遮羞脸儿，她有委屈。她想起自己与宿介的关系，不能够自己做主，被爹娘棒打鸳鸯两离分，所以她委屈。因此问到这时候，说她通奸，她心里难受，所以她哭了。说蒲松龄写的这段书，这也是一个重点，婚姻不能自主。父母之命，媒妁之言，明明她可以嫁给了宿介，宿介可以娶她，这是一对美鸳鸯，结果就把她嫁给龚老大了。所以提到她跟宿介的关系，她就哭起来了。

　　"说。""我跟您说吧，我呀，从小的时候就跟宿介在一块儿玩，他爹跟我爹也不错，我娘跟他娘也不错，我们通家之好，我们打三四岁在一块儿玩，四五岁还在一块儿玩，后来我们十来岁还在一块儿玩，十几岁时我们还在一块儿，谁也不说我们什么，就是这么个事。那还有什么呢？以后爹娘不允许我们成为夫妻，非叫我嫁给喝杂银儿的龚老大。""你与宿介青梅竹马，你们俩有什么约没有？""还叫怎么说，这不都说了嘛。打小时候在一块儿玩嘛？""儿童在一起玩耍有什么了？""是啊，顶十几岁不还在一块儿嘛，不是玩着玩着不好好玩了吗?""混账! 定亲了吗?""谁给定? 我们俩定了。他是非卿不娶,我非郎不嫁。""后来你怎么嫁给龚某人?""我不嫁行吗? 把我留到二十一岁了。我说什么呢,找个媒人来,叫我嫁龚老大,花轿来了,我不上轿。结果我去了,我一看得了,认命吧。怎么办呢? 人家龚老大挺老实的,算了吧,所以我就不想这个那个的。可是他不在家,出去买个东西什么的,都得我一个人。那天我在门口就看见宿介了,宿介在门口就埋怨我,你为什么跟我失信? 我们俩海誓山盟啊,你怎么不嫁给我,那意思你嫁给别人了。我说废话,这怨我吗? 我做得了主吗? 我一想你在门口跟我说话,别人看见多不方便。我说你进来吧,那么着,我爷们没在家呀,把他让进去了。让进去了,他也哭,我也哭。他有什么办法? 我有什么办法? 我们俩就哭。哭完了以后,后来就不哭了。他呢知道我爷们不在家,就偷偷地晚上上我那去。""都什么时候去?""我爷们不在家的时候,走到门口看见,一问没在家,晚上就去了。""难道说他家里不知道吗?""他家有个老管家,疼他,打小看着他长大的,瞒着他爹,偷偷地给他开门等门。可是那天他就去了,晚上去了以后,正是我给胭脂看病回来,我得说这个事。我就告诉他了,说笑话,我就随便一说吧,就说给他了。就这么个事。您说我这辈子多冤。"

　　"别说了,你跟他说完之后,宿介什么时候走的?""天不亮走的,大天亮走,出得去吗那个?"吴南岱心说:这个妇道哪那么些个废话。"宿介走了以后,又去了没有?"龚王氏一听啊,我要再说宿介去了,就得说宿介到我家中,把这鞋丢了。只要说他丢了鞋,那就说冒充鄂秋隼就是宿介。这些个事牵扯后边的人命,干脆我别说了,让他个人拆兑去。我要说啊,还不如他自个拆兑了。好,只顾龚王氏这么一想,惜惜乎屈死一个宿介。

# 第十三回

    上回书说到，龚王氏受刑以后，把宿介给招出来了。可是她说到，宿介走了，她再说宿介回来呢，就得说宿介把鞋丢到她家里了。这么一说，那么宿介冒充鄂秋隼抢走胭脂绣鞋这件事情，她就都说了。她想到这，不能往下说了，准得找宿介。如果济南府把宿介传来，他要招供，他自己比我会拆兑。对，我就别替他说这些事了，后边牵扯了人命官司，她想到这，她口供可就转了。

    吴南岱问，"宿介从你那什么时候走的？""天亮走的。""走了以后，又上你那去了没有？""他走了以后就没去。""一趟都没去？""一趟没去。""以后呢？卞牛医被杀了，他去了没有？""没有，始终就没见。""哦，好。你画供。"这样把口供拿下去，叫龚王氏画供。龚王氏画了供，按了箕斗。吴南岱看了看，"来，把龚王氏收下去，掐监入狱。""是，走，下来。"龚王氏一边跟公差走着一边想：得，宿介呀，那我可就顾不了你了，剩下的事都是你自个办的，你自个做的自个拆兑去吧。然后龚王氏就被带进监牢，继续把她收起来。

    咱们再说济南府的知府吴南岱，看了看口供之后，马上提笔就写票。什么票？捕票。这个票啊，有捕票、有签票、有拘票、有传票。这个传票啊，下去以后，什么时候过堂，什么时候你来，三堂不到算你输；拘票是当时跟着走；捕票是逮他；最厉害是签票，签票下去以后是脚踢手打，亮链就锁。所以下的是捕票。刚把那票写完之后，张德胜跟李德彪，主动的就过来，"下役张德胜，下役李德彪，给大人行礼，三次下东昌。""哦，你们知道？"那是准的，这个公差嘛也会当差，说这做官的也得会做，你老跟这些个部下绷着脸的，什么事都不好办。这样马上把这张捕票给他。"收发处领盘缠，东昌府挂号，聊城县捉拿宿介。你们要小心，宿介是案中杀人罪犯当中，主要的一个人，如果放跑了宿介，小心尔的狗腿。""下役知道。""去吧。"公事给他们之后，两公差下来继续办手续。一百里地多少钱？出差的费用，它有一定的规定。公差拿着这个东西以后，俩人把当票带好了，准备路途当中把裤子赎出来。张德胜跟李德彪，在班房里委托好了之后，这些公差说，"您放心走吧，家里有什么事，我们照顾。"他们俩就动身了。路途之中，去到当铺，把裤子赎出来，两人先套上，随后赶往东昌府。

来到东昌府，一进班房，公差一瞧，济南府这二位又来了，"二位上差，您请坐。"马上有人给他们倒茶。"给回一声吧，有公文当堂投递。"书要简言，东昌府的公差进去一回，东昌府的知府一听济南府又来人了，就知道这案子麻烦了，马上升堂，"传二位上差。"张德胜和李德彪跟着来到堂上，"下役给大人行礼。"随后把公事递上去。东昌府打开公事那么一瞧哇，心说：不愧济南府的吴南岱叫铁案如山，关于这一案在聊城县已经都定了案了，这一翻案又勾出好几个人来，马上给人家批票，盖上印，"二位上差，执公吧。"两位公差接了公事之后，打东昌出来，去到聊城。

一路上无书，来到聊城县。"几位，辛苦了。""哟，二位头儿您来了，请坐，请里边。""别耽误着了，赶紧往里回。""呃好您呐。"就知道来传人来了。有公差进去，告诉聊城县的知县沈步青，"跟老爷回，济南府来了二位上差，有公文当堂投递。""哎？这怎么着？不人都带走了吗？上回来了，怎么还来呀？""老爷您跟我们说不行啊，人家有公文啊。"公差心说这个官，这都哪轰来的？我们当差当了十几年了，还真没见过这样县官。马上找师爷，师爷不来，他一点主心骨没有。师爷来到了，这才升堂。上堂之后，"来，带济南府的两公差。"下边的公差心说，您这话都没法办，上差来到这，让我们带，我们带得了吗？赶紧下来，"二位上差，请您上堂。"张德胜跟李德彪来到堂上，行礼之后把公文递上去，沈步青接过来看了看，看了半天，这公文认识他，他不认识公文，他不认字，交给师爷看看，"上面写的什么？""跟老爷回，他要宿介。""我这哪有？""是啊，在南乡住，胭脂这案又招出人来了。"哦，那个二位上差，上回是领你们去的，这回你们是自个去呀，派人领着，还是在这等着？""这么办吧，您还派人领我们去，我们去找去。""那好极了，那谁？王头儿，领他们二位去一趟吧。"师爷把他这些票给他签好了字，盖上印，交给张德胜和李德彪，就这样下去了。就这个糊里糊涂的县官沈步青，你这案在这结了以后，现在又招出两个人来，你本身担什么罪名，他都不知道。

单说张德胜跟李德彪，随着聊城县的公差，出离衙门，一直去往南乡。来到南乡，到了更房找地保，"地保，济南府的二位上差。""哦，上差，几位头儿，您有什么事吗？""你们这个地方。有个姓宿的吗？""有。""就是投宿的宿？""对，他是孝廉府，您有什么事吗？""有个叫宿介的？""对，是秀才。好，这地方出名的主儿。""领我们去一趟吧，他在家吗？""不知道。""领我们去一趟吧。""好好好。"有地保领着二位，一直来到宿孝廉府的附近。"您看这个门了吗？"俩公差一瞧，磨砖对缝，起脊的门楼，这房子还挺讲究。"这就是吗？""对对对，这就是宿孝廉府。""你闪开。"地保闪在一边，张德胜和李德彪两个人一研究，犯罪人的心理，他心惊啊，一找到他，他就惊了。如果他不在家，你这一露头，他随后也会得到消息，就跑了。所以有上一次传龚王氏那个经验，两个人又研究出一个办法，就进去了。

"辛苦您呐，有人吗？门上谁在？"房门一开，出来一个老管家，"哦，二位，你们是县衙的？""哎，对了您呐。""有事吗？""您这公子爷宿先生在吗？叫宿介的。""噢，在在在在，您有什么事？""我们太爷呀，家里头办点喜事，知道宿先生有学问，他写得好，所以派我们来，请宿秀才到衙门去，给我们老爷写点东西。一会儿写完之后，让他回来，把他送回来。""好好，那您进来吧。""哎行您呐。"把俩公差让进门道以后，把门关上，"您二位等一等。"公差就在门道的春凳这等着。

翻回头来，咱们再说这宿介。宿介在他叔伯哥哥家里头待着的时候，他叔伯哥哥回来了，告诉他卞牛医被杀的事情。现场他哥哥看了，验尸的时候，怎么个情况都告诉宿介了。宿介听完之后，可就害怕了，说这怎么办呢？他唯恐把龚王氏招出之后，龚王氏再一咬他，到家里头一找他爹，这个事可就麻烦了。杀人凶手虽然不是他，但是由他引起呀，他哥哥安慰他，"你先别害怕，听听怎么着再说。"为什么不让他害怕呢？你现在事情出来了，害怕管什么用？你不得看事情的发展吗？不久就听胭脂那把鄂秋隼告了，鄂秋隼也在南乡住。他哥哥一给打听，把鄂秋隼带走了，后来一听，鄂秋隼招了，屈打成招。回来就告宿介了。宿介一听，鄂秋隼才冤呢！可现在顾己不为偏，只要我没事就完了。这才跟他哥哥回到他自己家中，见了宿介他的父亲宿孝廉。他哥哥说，"我的事完了，让我兄弟回来了。"暗地里嘱咐他兄弟宿介，哪都别去了，在家里忍着吧，他冤他冤去吧。就这样，宿介从此不敢到龚王氏家里去，哪都没去。有的时候他爹就把他找到眼前头了，给他出个题，他就得写篇文章。所以他的学问好，跟他爹的教育这有一定的影响。

今天，在内书房里头，正守着他爹做文章。老管家进来了，"嗯，员外爷。""什么事？""县衙来俩公差。"宿介拿着这管笔就一哆嗦，"干什么？老哥哥。""说太爷那家里头办点喜事，请您去给他们写点东西，知道您的学问大，写得好。""老哥哥你跟他说，你说我没工夫。""等会儿。"他父亲一听，"你拦这干什么？没出息。那是你的父母老师。出头露脸的时候你不去？去，给人家写去，到时候拿不出手去。""不，爹，给写那干吗？你给他写了也就白写了。""胡说。到这个时候，你怎么拿不出手去呢？那是当地的父母官，那是你们秀才的父母老师，怎么露脸的时候不干，怎么偷偷摸摸往王氏那跑的能耐大了？"宿介就一激灵，心说：爹，您哪知道，这里头有事。"怎么样？公子爷您给写去吧。""不，老哥哥。""去去去，这孩子，怎么了这是？赶紧写完，一会儿回来，听见没有？"宿介没办法了，把笔放下，跟老管家出来了。出了内书房之后，一摆手把老管家叫到跨院这边。"怎么着？公子爷。""老哥哥，你不知道。""什么？""他不是请我去给他写点什么。""干吗？""我惹了祸了。""哎哟，你惹什么祸了？是那时候去王氏家，叫人给逮着了？""不是不是，现在没法跟你说，老哥哥你帮帮忙，让他们俩先走，就说我没在家。""我跟人家说，您在家了。""哎呀，这可怎么办呢？""那这么办。"老管家也害怕，他惹了祸了，来的是官人，"您呀，您跟人见个面，您不见面，他缠上我，我也没有办法，他进来，回头找老爷子，更麻烦。您个见面，哪怕花俩钱呢。""我手里没钱。""我给你。"老管家赶紧出去，到他自个小屋里头拿了十两银子。"公子爷您先去跟他说说。""我给他十两银子行吗？""我哪知道？您跟他说说试试。""好吧。"宿介带着这十两银子可就出来了，不得不见个面，老管家领着他来到门道，"二位公差，我们公子爷来了。"

宿介从里边一出来，俩公差就等着宿介，跟他一照相，就见宿介这个模样：头戴着青缎子文生巾，顶镶美玉，身上穿了一件宝蓝缎子文生氅，杏黄的丝绦，双叠蝴蝶扣。大红中衣，白布高筒的袜子，青圈子夫子履，白粉底。往脸上看，面如冠玉，宽天庭，两道黑眉毛挺细，两只小眼睛，单眼皮长眼睫毛，通官鼻梁，元宝口，大耳朵。长得不难看，就这两只眼睛小点，挺潇洒的。一看这相貌，冲他这眼神，就知道这个主儿啊，干哥哥，没错了。

"您是宿先生吗？""二位头儿，在下宿介。""宿先生，您跟我们辛苦一趟吧，走一趟吧。""不，二位头儿，您回去替我说说，我现在确实没工夫。""对不起。"照了相了你就走不了了，李德彪稍许一打沉儿，说声对不起，一伸手便这帽子给打去了。后边这个张德胜锁链就出来了，哗楞嘎嘣，"我说，您……""别废话，跟我们辛苦一趟。""我说你叫我写文章也好，写东西写对联也好，怎么也好，有锁上去的吗？""告诉你实话，我们是济南府的。"坏了！心说不是当地的。老管家也吓坏了，"二位头儿，您倒是怎么回事？我们公子爷怎么了？""没得话说。"宿介在这时候就把这十两银子掏出来了，"二位头儿，我这有十两银子，你们带着自己买双鞋穿。"张德胜跟李德彪瞧瞧：你说这十两银子要不要？不要？不要白不要。怎么着？到手的钱能不要吗？上回还当裤子呢，这回不得找补找补。把十两银子接过来的。"好吧，你这不是这么亮嗖吗？什么话甭说了，告诉你，我们是济南府的，这一道上叫你受不了委屈。如果你要不这样的话，我们就不客气了。不走是不行，跟我们辛苦一趟。"宿介一听，这个更麻烦了。"您能告诉我两句，是怎么回事吗？""告诉你，龚王氏把你招出来了。""哎哟！"宿介赶紧往回打坠轱辘，想不去，那你走得了吗？

公差一看，这不动横的不行了，钱也到了手了，拿手一拖锁链，后面那个一推他，"甭废话了，走吧，干哥哥！"宿介不明白这句话，怎么管我叫干哥哥呢？拉拉拽拽，把宿介就带走了。带他可不跟带龚王氏似的，龚王氏是个女的。宿介一看，不走是不行了，脖项都拉秃皮了。"好好，你们别拉，我跟你们走。"出离了南乡，到外边抓了一辆车，带着宿介，就去往济南府，

一路上饥餐渴饮，晓行夜住，非止一天，就来到济南。到济南府把宿介就带进衙门，"进来。"一进班房一拉他，"坐那。"其他的公差一看，哦，这就是龚王氏说的那干哥哥，瞧那模样。"回进去吧。"张德胜李德彪往里一回，吴南岱一听逮来了，"在哪逮的？""在家，他家是孝廉府，有如此这般……""吩咐下去，升堂。"就等他了嘛。

梆点响过之后，升坐二堂。"来，带宿介。""是，宿介，过堂了。"宿介这时候就沉住气了，他不愧有点学问，事到如今跑也跑不了，赖也赖不过去。怎么办？就说遇上什么就得算什么。跟着走，来到二堂口，"报，宿介带到。""上堂。"宿介往堂上走，吴南岱仔细观看。就见这个宿介，发髻蓬松低着头，穿着文生氅、夫子履，迈着方步，项戴锁链往堂上走，可是没看清他的相貌。

"跪下跪下。""公祖大人在上，生员宿介，与公祖大人叩头。"宿介说着话，深施一礼，一揖到底，往前迈左腿跪右腿，随后把左腿撤回来之后，跪倒行礼，一低头。"大人验刑。""把他的刑具给挑了。"马上把锁链给他摘了。"你叫宿介？""是。""多大岁数？""二十二岁。""哪的人？""聊城县。""在哪住？""聊城县的南乡。""口称生员，你有什么功名？""东昌府考的秀才。""几等？""一等。""第几名？""案首。""抬起头来。""生员礼貌不周，不敢仰视公祖。"哼，吴南岱心说：这个小子，他都不说他有罪不敢抬头，他告诉礼貌不周，他不敢仰脸看我。"抬起头来，我恕你无罪。""谢公祖。"宿介说声谢公祖，把发髻往后一甩，一正脸，眼皮往下一耷拉。嗯？吴南岱一看他这个相貌就一惊，"把眼睁开。"宿介一撩眼皮，啪！这惊堂木摔的。

说怎么了这是？这是吓唬他？不是。这里边有一个原因，吴公南岱，他哥哥死了，留下一个孩子，是他的亲侄儿。这个小子不务正

道，到在外边是吃喝嫖赌，寻花问柳。不仅如此，而且在外边经常调戏良家妇女，这样一来就难免得惹了祸喽。有的老实人呐，叫别人一了事，吃个哑巴亏就算了。可是有的不吃亏的，就到这来告状，我不管你是谁。吴南岱知道这个事，就按一般的百姓来办，升堂，甚至堂上动刑。就他这侄子，不管怎么打，狗骨头不带改的。哎哟，吴南岱感觉对不起自己的哥哥，可是这个孩子实没有办法管了。今天，一看宿介，跟那他侄子的相貌长得一般无二，完全一样。真有一样的人，就是比他的个头稍许矮一点。宿介上堂一抬头，差一点没认错了人。可是声音不一样。心说：就他这种相貌，尤其是这两只眼睛，就长了这么双的眼睛。在那个社会来说，这叫桃花眼，宿介一抬头，就给吴南岱一个不好的印象，所以对他就一点耐心没有了。

吴南岱一拍惊堂木，"宿介，你与龚王氏，两个人怎么通奸有染，把所作所为从实招来。"宿介一听，龚王氏说了，他知道一点不招是过不去的。而且宿介对于吴南岱有所耳闻，但是没见过。今天宿介一看这铁案如山的吴南岱：年岁在五十多岁，长圆脸，不算甚胖，头戴乌纱双展，身穿红袍，前后补子，腰横玉带，脚底下有公案挡着看不清楚。往脸上看，眉清目秀，两只眼睛炯炯地放光，真吓人呐！通官鼻梁，阔口，三绺墨髯，飘洒胸前，是根根见肉。大耳垂轮，满脸的正气。

哦，这就是铁案如山。所以想到这，才往上回，"公祖大人，生员宿介与王氏，我们一墙之隔的街坊，两小无猜，青梅竹马，被家长识破之后，拆散我们的姻缘。强迫着王氏，嫁与西乡的龚某人，棒打鸳鸯两离分。我与王氏两人从小稚齿之交的关系。""王氏出嫁以后，你怎么跟她通奸？""只因为我路过西乡，发现王氏，我们互相埋怨，后来我追念旧情，有些事自己不能克制。""我再问你，王氏戏耍胭脂，你怎么样冒充鄂秋隼，到胭脂家去？""公祖大人，这我不知道。""什么？王氏戏耍胭脂没跟你说吗？""我确实是不知道，如果我要知道，您看我都说了，我应该说的全说。""哈哈哈，抄手问事，谅尔不招，把秀才给他革了。来，把宿介给我扯下去。"公差把他一提溜，把签拿过来，连看都不看，往底下一扔，十成刑，"给我重责二十！"宿介心说：我不卖两下也不行，说什么也不招。是犯罪的人都有这么一个侥幸的心理。把宿介按倒之后，把他胳膊一盘啊，一个人按着肩膀子，把中衣给他扒下来，立掌叠裆把腿那么一盘，一个人攥着脚脖子，腰上上去一个，板子抄起来之后，"大人验刑。""打！"连问都不问，连含糊都不含糊，这二十板给打的，宿介才知道这滋味不好受。宿介一看，"我愿招，我招了。""跟大人回，宿介他有供。""推上来。"有公差把宿介拉上来之后，"宿介，你怎么样冒充鄂秋隼？从实讲。""公祖大人，您容禀。"

# 第十四回

　　上回书说到，宿介在济南府的堂上受刑之后，被带到公案前，说："公祖大人您容禀。""讲。""我与王氏自幼青梅竹马，海誓山盟是实，王氏出嫁以后，嫁与龚某人，我与她互有往来是实。关于卞牛医被杀这一案，生员确实不知。""什么？""我真不知道。""来，钉枷收监，押下去。"

　　说宿介怎么不往下招了？宿介当时受刑的时候，这二十板实在受不了了，他不得不说我招了。停刑了，等把他押到公案前的时候，他脑子可就转了：我冒充鄂秋隼，抢走了胭脂绣鞋，这件事没有人看见，没有人知道，只有王氏知道。即便王氏她要都给我说了的话，我也不能承认。没有凭据，没有见证。如果我这个要承认以后，卞牛医被杀，我的嫌疑可就大了。这都是宿介有点学问，耍个小聪明的地方。

　　那么吴南岱为什么不往下问了？吴南岱一看呐，嘿，问不出什么来了，知道他的心理，所以不问了。钉枷收监，戴上手铐子押下去。说宿介怎么下去的？俩公差带他下去？下不去，二十板打得皮开肉绽，绝计站不起来，走不了道。如果说挨完打以后就这么下去了，那不符合实际了。拉下去的，拉了胯，拉下去之后送进监牢，交个牢头。"牢头，开门，把这个入号。""这是哪的？""聊城县的。""什么案子？""这叫宿介，花案儿，这是干哥哥。""过来！"他过不去了，架着他进监牢，就这模样，开开牢门，呼啦就给搋在里边了。为什么要这样呢？唯独当时衙门口的公差，对于这几种案子最恨不过：一个是花案儿，奸夫、调戏妇女、小偷小摸……就这个。说到里边也有受

278

捧的吗？有：土匪、劫皇纲的、杀赃官恶霸的，以至于捉奸的。像宿介这样的到里边还不挨打？小白脸在外边找便宜，进监牢了，先给你来个开锅烂。

咱先不说宿介，单说吴南岱。退堂之后，回去就研究他的口供，怎么看宿介也是杀人的凶犯。当时不能再问了，一堂不能动两次刑。这一次刑他都够受了，这两次刑一重茬，倘若宿介挺刑不过，立毙杖下，吴南岱担不起呀。叫他进监牢，挺刑有的时候你能挺，熬刑不好熬。就这一宿，这宿介伤口这疼啊，扯得浑身都疼。可是吴南岱在书房里头他没闲着，翻来覆去地就看他们的口供，再看那个尸格。龚王氏已经说出来了，把这件事情告诉了宿介，明明宿介就把胭脂住房的地方，这个住角给打听去了，用话给套走了。而且冒充鄂秋隼，到胭脂家去弹窗户，跟胭脂对话。他也提到了，小生自那日门前经过，得见小姐丽质，时刻挂怀，又闻龚大嫂子对我言讲，小姐为我染病在床……那就没错了，所以再也不看了。

蹲了宿介两天，这天升堂。升堂之后提宿介，有人去提宿介。这时候另外派人去，马上把胭脂给我提上来。有人就去把胭脂给带出来了，胭脂这几天也够呛，一个小姑娘家，没离开过自个的娘，现在到了济南府监牢里头了，尽管那个女禁卒怎么样照顾她，也不如在家里待着好受，小脸都瘦了。跟着公差来到堂上，"大人在上，民女胭脂给大人叩头。""胭脂姑娘，你现在可以到这堂的西南角，那个地方待一会儿。少时间我审问一个人，你要听一听，听听他说话的声音，看看这人的相貌，去吧。"公差告诉胭脂，"姑娘，您这边来。"把胭脂带到这二堂的西南角，胭脂就公差的侧面那站着。

这个时节，把宿介就押上来了。"宿介带到。""上堂。"俩公差架着他来到堂上，呼啦下子就跪在这了。"公祖大人在上，生员宿介与公祖大人叩头。""大人验刑。""把刑具给挑了，宿介。""有。""我劝你还是说实话吧，免去你的皮肉受苦，不然的话，你是以身试法，自找苦吃。""公祖大人，我该说的我都说了。""你怎么样冒充鄂秋隼到胭脂家去，诓开门户，抢走绣鞋，应该说了吧？""生员不知，确实我不知。""哈哈……先把宿介给我押下去。""着，下来。"俩公差一提他，就把宿介带到一边去了。"把胭脂姑娘带过来。""姑娘您过来。"

"给大人叩头。""我刚才问他的时候，你听见了吗？""听见了。""你看这个人，是不是那天晚上抢鞋的那个人？""跟老大人回，因为当时是晚上，屋里头没有灯，我也害怕，我看不清相貌，根本看不见。""个头高矮呢？""我也不敢认了。""那么听他说话的声音像不像？""老大人，像，就是这个声音。""哈……，你不要担心，来，把胭脂姑娘还带下去。告诉女禁卒，不要难为她。""是，姑娘您跟我来吧。"有两个公差，就把胭脂带进监牢，交给女禁卒浮押着。

"带宿介。"把宿介又给押上来了。"生员与公祖大人叩头。""宿介，我告诉你，龚门王氏已经都招了，到了现在你不招，你是自找皮肉受苦哇。""公祖大人，她如果怨恨我，我也没有办法。""哈哈哈，来，带龚王氏。""嗻。"有两个公差下去，到牢里边带龚王氏，女禁卒把牢门开开以后，把公差带进来了，"龚王氏，出来。"龚王氏这两天呐，胡思乱想，又想自个的家，又怕自个的丈夫回来，又想对不起胭脂，又想到宿介。"哎哎哎。""出来。""哟，大婶，我这两天给您添麻烦了。""少说废话，走走。""过来吧，过来。""哟，二位头儿，你们受累了。""走吧，你哪那么些废话？"带着龚王氏，就来到二堂口，"报，跟大人回，龚门王氏带到。""龚王氏带到——威——武——"龚王氏有点头发根子发爹，心说这场官司怎么样还不知道呢。跟着来到堂上，低头往上走，"大人在上，小妇人龚王氏给您磕头了。""龚王氏，抬一头来，看看认识他吗？""哎哟，干哥哥你来了。"宿介一听啊，噢，莫怪公差管我叫干哥哥，敢情是她这说的。可是王氏一看宿介受过刑的模样，不由得一阵心酸。"我告诉你啊，我说干哥哥，我可不愿意把你说出来。可实在没有办法，老大人那刑具太厉害，嘴巴也给我打肿了，顺着我这牙花子往外流血，你看我那手指头都夹瘪了，你看。没办法，我就说了，你呀，趁早说实话。""把龚王氏带下去。"就要龚王氏这么几句话，就把龚王氏带下去了。

吴南岱继续审问宿介，"宿介，说吧，别自找苦吃了。""公祖大人，我没得可招。她如果要说我什么的话，那有何为凭？""可恶！宿妓者绝无良士。"啊？宿介虽然有亏心，他没招供，但是他确实有文化，东国名士不假。吴南岱这句话呀，宿妓者绝无良士，那就说你好喜女色的，绝对没有好人。哪能这样说呀？宿介心里好不满，倒不是为了自己这场官司，铁案如山的吴南岱，当今万岁都知道您这个人，您怎么能说出这样的话？好女色者，难道说这里头一个好人没有吗？就算我宿介好色，也不见得我这个宿妓者就会杀人呐，难道说好喜女色的都能杀人吗？所以宿介虽然有这一肚子的话，他可不敢往上说呀。

　　吴南岱瞪眼看着他，他低着头，闭着眼，准备以身试法。"扯下去。"公差过去一拉他，宿介已经受过一次刑了，一咬牙，心说：我再搪你两下子。他心里有个想法是什么？我不能招出来抢鞋的事，我要招出来，那牵扯杀人，他一定怀疑是我。可是哪知道，这回摁倒当堂，这签那么一扔，当堂揭痂儿，又二十板，签数未盈，就受不了了。所谓"签数未盈"就是这二十板没打齐，在十来下上，"哎哟，招了招了招了。""跟大人回，他有供。""押上来。"跟拉死狗似的给拉上来了，一撒手就躺在地下了。"起来。"公差把他提溜起来，"说！"宿介心说：说吧，实在受不了了。反正我就这堆儿这块儿，我都撂到这，该怎么着怎么着，这也是我自作自受了。

　　"公祖大人，只因为我与王氏那天夜晚相会，王氏她自己笑，我说你笑什么？她就把怎么样给胭脂探病，戏耍胭脂，许的给胭脂保亲，许的胭脂，叫鄂秋隼在三日之内的夜晚，到她家去，叠指弹窗。当时她说完了这话以后，是生员我就起了得陇望蜀之心。如果我问她，胭脂在哪住啊，她准怀疑我……""等一等，你怎么问的她？当时你怎么想的？""当时我就想冒充鄂秋隼，去到胭脂家中……""找人家便宜？"宿介只能把头一低，哭，害臊。本不应当办出这种事情来嘛，你这么大的学问，他回的供词跟一般的百姓说的话都不一样。他能说出我"得陇望蜀"之心，这是个典，但是咱不解释他。以后说判的时候，咱们再解释这句话，咱不要耽误书的进展。

　　所以在吴南岱看来，他确实是有学问，不愧是头等头名的秀才，可是你怎么能办出这种事情？当时你怎么想的？因此问问他。"当时，我想问王氏，胭脂在哪屋里住，我不敢直接问，因为我就想冒充鄂秋隼到胭脂家中去。可是王氏，她非常聪明，我怕她知道了，我就用语言来套弄她。""你怎么说的？""我说你这话骗别人去，如果真是鄂秋隼到胭脂家里头去，她爹要从屋里出来呢？她说就你聪明，人家那么大姑娘，能跟爹娘在一屋睡吗？我说不住一个屋，也得住连房。她说去你的吧，胭脂住前院南房，她爹娘住里院北房，就这样我就明白了。"

"哼……哈……"怎么问着问着案，吴南岱他乐了？王氏招供的跟他说的话完全一样，能说不是你办的事吗？"宿介，你怎么到胭脂家中去的？说！""我转天走了之后，隔了一天，我就跟家里的老管家说，说我去一趟。""你家的老管家知道吗？""他知道这件事，我央及央及他给我等门，实际那天晚上，我没上王氏那去，我到胭脂家去了，也就在定更之后。""从哪进去的？""卞牛医他那个住宅，靠这个西面一点，有一条死胡同，这死胡同里边堆着一堆脏土和砖头瓦片的，我就蹬那堆土上的墙头。""跳墙头进去，里边是什么地方？""是北房的西北角，我就蹬着里边这窗台下去的，慢慢溜下去以后，我就奔前面南房了。那有一个二道门，我绕过去以后，我一看有灯亮，我就知道胭脂在那等着了。""你怎么弹的窗户？""我就按龚王氏说的这个，到灯亮那，我叠指弹窗。""当时屋里说话了没有？"吴南岱问到这，就把胭脂这个口供搁在公案上了，对着问，看他答的跟胭脂所说的一样不一样。

"里边问我谁？我说我。她说你是谁？我说我乃南乡中鄂秋隼，当时屋里就黑了，吓了我一跳。""嗯，往下讲。""我要走，我又听屋里说，她说鄂郎。她一叫鄂郎，我就稳住了。她说你前来做甚？我说自那日门前经过，得见小姐丽质，时刻挂怀，又闻龚大嫂子对我言讲，小姐为小生染病在床，因此深夜间不顾嫌疑，不顾奔迫，我逾垣而来，望小姐开绣户，小生有探贵恙。""哼，你这点学问都搁这用了。我问你，你这东国名士谁给你起的？""儒林一道，一些念书人，我也不知道，大家互相对我的爱称。""那么你说完这，胭脂说什么了？""胭脂说鄂郎，妾爱君所为长久，非为一夕尔，君果爱妾，请差媒人前来做媒，我父母不能不允。深更半夜私开门户，事关苟且，妾至死不从。""那么当时你说什么了？""当时我就说，我既读孔孟之书，必达周公之礼……"宿介就把当时跟胭脂所对答的话，一五一十，如此这般这么一段，完全回答上来。

吴南岱一看胭脂这口供，与宿介的口供完全吻合，只不过就是问问当时你心里怎么想的，就看透这个人，确实是个好色之辈。"宿介，我问你，那么当时你进到屋中，你拉着胭脂的袖子，往怀里夺的时候，你怎么把她撒开的？"吴南岱这个问法，也就是问胭脂所说的那句话，今天你如此这么样的猛浪，跟那天门前不一样，他当时怎么听的？"因为我拉着她，她夺，我可没想到这胭脂这么样玩命。夺着夺着，她就说君如此猛浪，非是那日门前经过之鄂郎矣。"吴南岱一听怎么样？那句"非同"他听成了"非是"了不是？

"我一害怕，我急忙撒手了，我琢磨她得喊哪，结果她哭了，她没喊，我走到门那，我又回去了。我说小姐你别哭，我说我走。""什么意思？""我看看她是不是看出假来，结果她说你快走吧，我一听她没看出假来，我说我多咱来呀？我这还是投石问路。她说你十天后再来吧。我心说倒是看出假了没有，我说你给我点东西，作为信物。她说我们女人之物，不能随便给男人，你走，你不走我喊了。我怕她喊，我就走了。""你怎么抢的她这鞋？""我走以后，我到门口我一回头，我看一个人影，就是胭脂，往里间屋了，我又回去了。""为什么你又回来？""因为我好容易来这一趟……""呸！"吴南岱这个气大了，心说：何物！说何物是什么意思？就是什么东西！一个秀才，你找人家便宜，人家姑娘深明大义，说了好些个道理，你还不知羞臊，还好容易去一趟。不然的话，后边判文说他无赖呢，"宁非无赖之尤"行不行？就是无赖尤。

"回去以后就抢人家鞋了，是吧？""起初不是打算抢鞋去的，我想找她的便宜。"宿介一想：我说了我就都说了，说句而今话，就是彻底坦白，我认了，爱怎么判怎么判吧。"所以我想找她的便宜，我没想到胭脂腿起来了，拿着脚那么一蹬，我一看不行了，我躲躲不开，拿手一抓挠，我的右手就抓住她的鞋带子，她把脚撒回去，鞋正到我手。所以我就想，刚才她说十天后来的事，我说小姐十天以后，以此鞋为信物，我是前来赴约。胭脂就把我叫住了，她说鄂郎，你回来，她那意思就是说，鞋到了我的手了，是要不回去了，叫我去派媒人前来提亲，不然要在外面胡说呀，她唯有一死而已。我说好吧，我就连声诺诺，我就出来了。出来到了墙根底下，我就用我这手绢把鞋裹上……"

"等一等。"说到这，吴南岱一伸手，就把那条雪青洋绉的手绢拿起来了，"宿介，这条绢帕吗？""是。""往下讲。""我裹好这只鞋，我就放到袍袖里，顺着原路，我跳墙出来的。一出了胡同口，我一想，我要奔南乡，一则说胭脂后边要是嚷，卞牛医出来准追上。二则说我回家这个时候，老管家可能还在睡觉，再叫不开门，路上再碰见旁人。斜对门就是龚王氏家，所以我就到王氏那去，我到那一叫她这个墙啊……"

"住口！宿介，十日之后，你怎么样前去赴约？怎么样杀死的卞牛医？最后你丢鞋弃凶逃走，从实讲，你别跟我兜圈。""公祖大人，杀人的凶手不是我。""什么？"吴南岱一听他又耍赖了，"不是你？这只鞋怎么掉在卞牛医的死尸身旁？""这鞋我丢了。""胡说八道，你能把这鞋丢了？""公祖大人，我确实是丢了，难道说王氏她没说吗？""王氏说什么？""我鞋丢她了。"吴南岱一听啊，不对。现在找杀人的凶手，就凭这只鞋。这个王氏非常的聪明，这个宿介也是个机灵鬼，如果你要把鞋丢了，王氏没个不说，她能不说吗？她不说等于你是杀人凶手。因为王氏跟你这层关系的话，你们是青梅竹马，毕竟还是有爱情的。既然她没说，现在你又咬王氏，我把王氏带上来之后，叫你们当场对质。那个时节你拿话一点她，王氏顺你这话那么一爬，你就把我转糊涂了。不是自己骄傲，凭我铁案如山，断案如神，我看不出来你？

"宿介，你怎么样杀人，你就说实话吧。""我确实丢了，公祖大人，您把王氏传来，您问问，我可以跟她当堂对质，我丢她家了。""不用问，不用问。你说实话，你怎么样杀人丢鞋，免去你的皮肉受苦。""您打死我也不能承认，因为不是我呀，我鞋丢了。""哈哈哈……宿介，我问问你，你这鞋丢哪了？""我丢王氏家了。""哈哈哈……"他说到这，吴南岱就明白了，他是咬王氏，叫王氏上堂以后，一领会他的鞋丢了，随后两人就转腰子了。"宿介，这么样说，我今天问你的话，你给我说实话，说良心话，假若说你这鞋要没丢，明白吗？""我确实丢了。""假比说你的鞋没丢，十天以后赴约你去不去？说实话。"宿介还不明白这什么意思，因为他想了，自己彻底都说了就完了，你爱怎么的怎么的，吴南岱不会把我断错了。因为他是断案如神的主。所以吴南岱拿话那么一领他呢，"您要问我，这个鞋假若说没丢，十天后去不去呀？""嗯，说实话。""我鞋丢了。""是，我为什么说假比，假若，假如你没丢，你去不去？宿介，抬起头来，说，假比鞋要是没丢的话，十天以后赴约去不去？""去，我还去，我说的是实话。""哈哈哈哈……，宿介呀宿介，就冲着你这句话，丢了你的脑袋都丢不了你的鞋，说实话吧你！"

# 第十五回


　　上回书说到，吴南岱审问宿介，宿介说我这鞋丢了，吴南岱根本不相信。最后说个比例，"假若你这鞋没丢，十天以后赴约你去不去，说良心话。"宿介回答说，"我这鞋如果没丢，我还去。"所以吴南岱一阵冷笑，"冲着你这个想法这句话呀，你丢了脑袋也丢不了鞋，你说实话吧。"哎呀，宿介一听：您怎么这么想啊。"我确实丢了。""不能丢，因为你们这种好色之人，得到了类乎这样的东西，你不能把它丢了。为什么？你还憋着赴约会了，你能丢吗？"

　　"不，您把王氏传来。""甭传了，说吧，今天不说，我就要动刑拷问。""公祖大人，生员我冤。""押下去。"就不问了，书不重赘，把他押下去之后，吴南岱回去了，晚上就研究这个口供啊，怎么看他也是杀人的凶手。

　　第二天又把宿介带上来了，宿介这一上堂，还问他，"你怎么杀人？怎么赴约？"宿介一直咬龚王氏，"您把龚王氏传来。"可是吴南岱就认为：像你这样的相貌，跟他那个侄子的模样，都是好色之徒。尤其你又比他学问大，你会耍花招啊，你要求我把龚王氏带上来，我就听你的？说句而今的话，叫你牵着我的鼻子走，能吗？我还看不出你来？我这是四品知府就白做了。你说吧，不说？打！好，又给来个当堂揭痂儿。宿介实在受不了了，连三次刑，"您别打了，我招了。""跟大人回，他有供。""哪怕尔不招！押上来。"有公差就把他押上来了。宿介这个哭啊。"不要哭，架起来。"有公差把他架起来，"说！"一边哭着自己一边想：铁案如山、断案如神的吴公老大人，您怎么这么认识我呢，我真冤！既然他认定了我是杀人的凶手，他这么大的威

286

望，我不承认怎么也不行了，他非我打死不行啊，这也是我自己好色的下场头，我情屈命不屈。招了吧，招了吧！可又一想：我招，我就得给他招符了，这个供要是招不符的话，他还饶不了我。宿介想了想，怎么招呢？因为他哥哥看到了卞牛医被杀的现场，验尸的情况，看完了回家告诉宿介，宿介脑子里有个印象，就按照他哥哥跟他描述现场的那种情况，给他回答这供，这也是宿介聪明的地方。

"跟公祖大人回，是我抢鞋以后，耗到十天后，第十一天的夜晚，我又到胭脂家去了。我走到院中，可巧正赶上卞牛医从屋中出来，手里提溜个夜壶，可能是倒夜起去。他拿我当贼了，他随后拿夜起砍了我了，他进了屋了，拿刀就追，我跑不了了，我就把刀夺过来了。夺过来之后，我端他一脚，我就剁他三刀。""剁在什么地方了？""剁他头上了，我也没看清剁在哪，反正是个头上。完事我把菜刀扔了，无意中把鞋跟手绢丢了，我跳墙跑了。公祖大人，请您明镜高悬。""把供词拿过来。"他招的供，师爷写的，录完这供，吴南岱把供要过来之后，仔细看了看，跟尸格对了对。尸格上有：其腹有端伤，臀部有蹾伤，涌泉穴有蹾伤，手掌有戗伤，正谷穴有磕伤，顶门三刀，刀刀入骨，仰面朝天，躺卧尘埃，舍此之外并无别的伤痕。

看完尸格，再看宿介的口供，他端了一脚，这都是宿介他哥哥在尸场里头看尸的情况，回来跟他说的。这个宿介小脑瓜多好啊，他要不招出这一脚来，揣在肚子上头了，吴南岱都不饶他，就认定是他了。他这一脚端在肚子上以后，他往后一倒退呢，噔噔噔，脚后跟走啊，涌泉穴有蹾伤，一个没站住，坐在地下了，臀部有蹾伤。脑后海这磕地下了，正谷穴有磕伤，手一按地没摁住，哧啦戗一下子，手掌有戗伤，拿菜刀剁他脑门子三刀，完全符上了。而且在现场看见，院里有摔碎的一个夜壶。"好，画供。"宿介把供画了，泪如涌泉，夺眶而出，冤哪。按上箕斗，拿过去之后，吴南岱冲宿介点了点头，"宿介啊宿介，这要说你不是杀人的凶手能成吗？哼哼。"宿介心说啊，你才瞎鬼了，我才冤了。怎么办？你认定我是杀人凶手了，我是没办法。"钉杻收监。"喊哩咔嚓，手铐脚镣脖锁三大件就给铐上了，俩公差就给架下去了。宿介这个哭哇，拉了跨了，给架进监牢。进监牢"咣"就给扔里头了，吴南岱退堂。

这段名字叫《胭脂》，蒲松龄老先生写这段子主要揭穿了济南府的知府铁案如山，断案如神的吴南岱，主观主义、官僚主义感情代替了政策，就是这么意思。因为他侄子是好色之辈，他就没法管，宿介一上来，一看这相貌跟他仿佛，把他恨侄子这份心情，都搁在宿介的身上。如果他能够客观一点，他会把杀人真正的凶犯追出来。他一个没耐心烦儿，自己太自信了，我铁案如山，我能断错了你？错了，他就错了嘛。

这样子，把宿介押下去之后，先退堂，回去整理整理案卷，转天一早晨升堂。升堂之后，先提鄂秋隼。把鄂秋隼从监牢里头提出来了，鄂秋隼现在大摇大摆的，来到堂上，"公祖大人在上，生员鄂秋隼与公祖大人叩头。""鄂秋隼，这场官司已经结了，你冤枉了。案情是这样子，你从胭脂门前经过，胭脂姑娘看见你了，从中有龚门王氏调情。那么她有病的时候呢，龚王氏戏耍胭脂，有宿介，你认得吗？""认识，知道，我们是邻居。""他有什么外号？""东国名士。""可是宿介的人品不端，与恭王氏私通。"鄂秋隼一听啊，好，这件事都闹到这来了，他们念书堆里头不断议论这件事情，装不知道吧。"王氏就把这个事情告诉宿介了，宿介冒充你的名字到胭脂家去，诓开了门户，抢走了绣鞋，十日之后赴约，杀死胭脂她爹卞牛医，丢鞋弃凶逃走。"鄂秋隼一听，哎哟，心说：宿介啊宿介，你怎么办出这种事来呀？只顾了你啊胡作非为，你对得起你的祖宗吗？你父亲是孝廉呐。当时鄂秋隼怎么想的，咱就不提了。

吴南岱告诉鄂秋隼，你冤枉了，把你的秀才给你补上，你可以具结完案回家了。鄂秋隼随后就具结了，具完结之后，吴南岱问，"你回去行吗？我再问你，你有个本族的哥哥吗？""嗯有。""他给你在这上告你知道吗？""不知道。""嗨！他怎么没给你送信呢？""没有。""他递这张呈状有他现在的住址，就住在咱们济南府，同顺客栈，你到那找一找他。如果他在那，你跟他一块儿回去，他要没在那回不去的话，你再回来，来，给他拿五两银子，作为盘缠，你去吧。"鄂秋隼具结之后，又给了五两银子，他千恩万谢，公差从堂上把他带下来，送出了衙门。

鄂秋隼走了，咱先不管他了。他找他哥哥去了，怎么样？回去的后文书，咱用的时候咱再说。咱再说这堂上，"带胭脂。"有人下去把胭脂带上来了，"给大人叩头。""胭脂姑娘，你知道抢你鞋杀人的罪犯是谁吗？""不知道。""是龚王氏的情夫。"哎哟，胭脂一听，龚大嫂子还这事？有如此这般这么一段……吴南岱就把案情跟胭脂说了，胭脂闹了个大红脸。最后教育胭脂说，"只顾你不招龚王氏，惜乎屈死一个鄂秋隼呐，人家多冤呢？""呜呜……"她这哭是怎么回事？这个哭啊，有愧、有气、有悲、有冤、有恨，不一样。能听得出来。如果她要是惭愧，她不敢撩眼皮，就是这种哭。她要是悲呢也听出来，要是泣呢没声，也有时候也有声，有时候也能听见。

所以胭脂这一哭，吴南岱也看出来了。"今后你要回去了，可不准再跟龚王氏来往了，听见没有？""我知道。""那就把宿介判成死罪，行文上去投文回来之后，秋后斩决，与你爹抵偿兑命。""多谢大人。""具结吧。"把甘给她，胭脂具结画供。"你自己回家可以吗？"胭脂一听啊，跟着把脸就扬起来了，愣了，"哎呀老大人，我一个十几岁的姑娘，根本没出过门。这一次来在这么老远，我怎么能够回家呀？这可怎么办呀？""不要哭。"可是来的时候，有两个公差带着她来的，回去的时候，绝不能派两个公差把她送回去，没这个道理。可她自己又走不了。"你往旁边跪，不要哭，我有办法。"

"提龚王氏。有公差下去提龚王氏。来到牢里头找着了女禁卒，把龚王氏提出来。龚王氏一出来，"哎哟，二位大兄弟，怎么了这是，还过堂？没完没了的，怎么了这是。""走吧走吧，别废话。"龚王氏虽然嘴里这么说，她心里也想：宿介怎么着都不知道，他自个拆兑干净没有？"龚王氏带到。""上来。""龚王氏给大人叩头。""龚王氏，现在这一案已经问得水落石出了。"这句话龚王氏一听：连杀人犯也找出来了。"噢，是啊。""宿介跟你的事情，已经弄清楚了，宿介冒充鄂秋隼抢走胭脂的鞋，十天以后持刀杀死卞牛医，丢鞋弃凶逃走。"说到这，龚王氏一听，我的娘啊，杀人凶手是宿介。"已经都承认了，画供招认了，明白吗？"他结案啊，必须跟案中人，把这案由都得跟她交代了，她得明白怎么回事。说到这，王氏这话可就到嗓子眼儿了，要说什么？不对，宿介他冤。可是到了嗓子眼儿了，她又咽了回去了。她为什么没替宿介喊冤呢？一想：我要给你喊冤呐，我又回不去了。回头龚老大回来一找，我们这家出这些事，他得把我休了，那我怎么回娘家？那个社会离婚这事是单方面的，只有男人写休书休女的，没有女人说跟男人离的。要不说那时候男女不平权呢。准要给休了以后，犯了七出之条了，休回娘家就没办法了，再寻谁，活人妻就没人要了。另外她跟宿介这码事也不好听，所以她就忍了，恨不得快点回家，这是一个原因。第二个原因，她不能不替宿介想，但是她要一替宿介想的时候，她也想到了，我跟你不错，因为咱两个小的时候青梅竹马，可是你有了我了，你又找人家胭脂的便宜去。你对得起我吗？许你无情啊，就许我不义。对了，你冤屈，活该了，所以她的话到嗓子眼儿她又咽回去了。"那个，是他啊，老大人。""你具结完案吧。"把甘结给她。具完结了。"龚王氏，你怎么办？""不都完了吗？""谁说的？你这个嘴，拿人家胭脂戏耍玩笑，你缺德。最起码的来说你缺口德，所以才造成了胭脂她的爹卞牛医被杀，明白吗？""是，我改了不行吗？""这就完了吗？认打认罚吧？说。""哎哟，老大人。不打了吗？把我嘴巴也打肿了，顺嘴角往下淌血，手指头也夹瘪了，行了吧，到现在还疼了，老大人管我这后半辈子，我盯进了棺材，我也不办这事了，您饶了我吧。""不行，应该还得打。""哎哟，别打了老大人，你别打了，我改了不行吗？你看我，这不行我一出那个门，我就来贴膏药把我嘴粘上，我吃饭时候我再揭下去，回头完事我再粘上。""废话，要不你认罚吧。""还罚什么？打了不罚，罚了不打。""别废话，认罚不认？""啊，我听听怎么吧。""把胭脂姑娘交付于你，你给她带回去，回去之后，把胭脂姑娘交给他的母亲，一路上一切让你担负。你要照顾她，不准让她吃了亏。回去以后交给他母亲，不准你跟胭脂家中再有往来，行吗？""这行这行，完了，我认罚了，您放心，我拿她当我亲妹妹，我怎么孝顺我娘，我怎么孝顺她还不行吗？我把她交给他母亲，就算完了，行吗？""胭脂。""有。""跟龚王氏一块儿走，道上不许跟她口角，谁也不许埋怨谁，去吧。""妹妹来，跟嫂子走，我错了。""不要提了。"就这样，龚王氏跟胭脂就下了堂了。

吴南岱抖袖退堂，龚王氏扶着这个胭脂，来到衙门口这，那个张德胜跟李德标，越看她自己越感觉没面子，想不到叫这个娘儿们把我们俩给涮了，"哎，龚大嫂子，您受惊了。""哎哟，大兄弟，给你们添麻烦了，几位，有工夫到我那串门去。"公差心说：我们敢去才怪呢，"您走了，回家吗？您有路费吗？不够给您带点。""够，还富裕。"李德彪过来了，"哎，龚大嫂子，来的时候您不告诉我，五十两银子放在桌上，您给忘了，一道没有，怎么现在你又有了呢？""是啊，来的时候，那五十两银子是来的时候花的，我给忘了，回去的路费，我这兜里还带着呢。""嗬，好！可叫我们当裤子，您真行。""回见吧，大兄弟。""不是外人对吧，老嫂比母。""对对，小叔子是儿，是吧。""行行，您走吧。"大伙这个笑啊。

单说龚王氏，带着胭脂姑娘，一路之上，一句大言不敢说。饥餐渴饮，晓行夜住，无微不至地照顾胭脂。坐着车辆好容易回到家，来到西乡，下了车，给了车钱，把车打发走，到了胭脂的门口，向前叫门。胭脂站在这就放声了，就哭了，可回家了，看见家门了。门那么一响，老太太想闺女，也想得着急，赶紧就跑出来了，"谁呀？""我呀大娘。""哦。"门这么一开，"哎哟，龚大嫂子，胭脂。""大娘您先等会儿，等着我，我有个交代啊，我从济南府把我大妹妹带回来的，济南府那个官说了，叫我把她交给您，一道上别让她吃了亏。大娘您看，我这大妹妹可回来了，这是您闺女，头上脚下不缺须儿，不短尾儿的。"旁人在路上走，站着就听她们说话，心说这妇道怎么那么说话？人嘛，缺须儿短尾儿那成蛐蛐了。"得了，回见吧您呐。""大嫂子，谢谢你啊。""不客气，不客气。"回头看看自个的家门，上着锁了，还放心点，可能爷们没回来。拿钥匙捅锁头进去，把街门一关，到了屋里边，她就躺下喽。还不躺下吗？自个也得掉几个眼泪。

胭脂回家见到娘，把门关上，回去看自己爹这口棺材，哭了一通。娘儿俩说说这些个经过，最后把这口材想办法超度超度搭出去，咱先不管她。

现在咱说谁，说说宿介的家里。宿介被锁，老管家亲眼得见，心想这可怎么办呢？案情究竟怎么回事，详细的情形老管家不知道，不敢跟主人说。就在这时候从外边噔噔噔跑进一人来，老管家一瞧，"嗬，您来得正好，我的大爷。"来的正是宿介他那叔伯哥哥，进门就问老管家，"小介呢？""被逮走了。""哎哟，我晚来一步。"什么原因？宿介的哥哥刚听说龚王氏被济南府带走了，这场官司在聊城县的情况，他哥哥摸透了，恐怕龚王氏被带走之后，把宿介咬出来，他来找宿介，那意思让他躲一躲，没想到迟了一步，已经锁走了。老管家把经过跟他这么一说，是这么一段，这可怎么办？不敢跟老爷子说呀，跟老太太老爷子一说，事情办不了，他们再着急，倒乱了套了，老管家到时候再受埋怨。因为这个，宿大爷跟老管家要了俩钱，把自个家安排安排，又跟老管家要了一骑马，去到济南府打听打听。打听完之后，是无从入手啊，跟着就翻回来了。等他回家了，一想这个事还得跟叔叔婶说。来到内宅跟叔婶说说吧，"叔、婶。""你从哪来？这正想找你了。""您找我？""小介说叫县官给找去了，给他写对联去，到现在没回来。""叔，我跟您说实话吧。"他就这么一说啊，这老爷子一听他知情，"说吧。"这老管家就在屋门口那站着，"我兄弟惹了祸了。""上人家王氏那去了？让人家本夫给堵上了？""不是那个事。""还有什么事？""准要是那个事还就好了。""还厉害？"有如此这般这么一段……"现在这个人已经叫济南府带走了，这个官司没完。我刚从那来，那正过着堂呢。""嗬！宝贝儿！多爱人！都是你宠的，你老护着他。从上回你就说，你给人家办事，什么办买卖了，买房子了，写账了，写合同了，你就找他，你试试，你有罪没有？一个是你，还有这老狗食，净跟我说好的，宠着他往外边办这个事去，你们呐，搁锅里熬巴熬巴都一个味的。"他这埋怨他，老太太急了，"你先别说这个了，我说，怎么办呢，老大，你给办办，叫他回来呀。""我还没给他接见了，叔啊、婶，事情到现在，您埋怨也没用了，我得打听打听这场官司怎么回事，咱们再说，现在进不去，我得麻烦您得给我准备俩钱，衙门口没钱办不了事。""我没钱！有俩钱都干这个？""我给！缺了德了，我就这么一个儿子。""瞧你养的好儿子，哼，还露脸了还。""儿子是我一个人的？我自个儿养得了吗？"嗬。这老两口了抬起来了。"得了，叔啊、婶啊，您别矫情了，您矫情有什么用呢？咱还得办这个事，衙门口冲南开，没钱什么事咱也办不了。我先去听听这场官司怎么回事，万一要给我兄弟接见，能把他接出来不更好吗？""我给钱，这怎么说的？"老太太给拿出二百两银子，交给宿大爷了，告诉老管家给鞴了一匹马，宿大爷把钱拿到手，牵着匹马出来，可没去济南府。想了个办法，就在附近打听打听，附近上哪打听？西乡啊，听听龚王氏家里头，再听听胭脂家里头，再听听鄂秋隼家里头。他就这么一转悠，好，龚王氏回来了，鄂秋隼回家了，胭脂也回家了，就宿介没回来。哎哟，这怎么回事？侧面那么一听，谁都有仁亲俩厚的，茶坊酒肆那么一打听，宿介被判处死刑。哎呀！他不是杀人凶手啊，卞牛医被杀的那天夜晚，我兄弟宿介跟我抵足而眠，我们俩在一块儿睡觉了，怎么铁案如山的吴南岱把他断冤了？不行，我得上告。

# 第十六回

上回书说到，宿介的叔伯哥哥，打听出来了，宿介现在被屈在济南府，打算给他上告。可是又一想，这哪告去呢？要是告的话，那就是告济南府。济南府的府官是铁案如山的吴南岱，谁能相信他把宿介给断冤了？那么说他要断冤了，就没地方告去了吗？有。进北京，三法司衙门，三法司衙门的主官，是刑部、都察院、大理寺。不过你要上那去，一者说路途，二者这呈状是否能递得上去？因为你告济南府的吴南岱，人家受理不受理呀？所以他很为难。在这个时候，他是有病乱投医，他还不敢跟宿介的父亲去商量，因为老爷子一肚子火呀，得有点头绪再说。想了想，跟谁去打听呢？就在这个时候，没过了两天，他进酒馆去喝酒，也是心腻呀。在酒馆里听说的，最近来了一位奉旨的钦差，这位钦差姓施，名叫施愚山，但是他不代管民词，是查办山东，给国家拔取人才的。

施愚山有个外号，叫爱才如命，他爱才可不是爱钱财的财，他是爱才学。书中暗表，施愚山这个人是实有其人的，是《聊斋志异》的作者蒲松龄的老师，所以蒲松龄老先生写这段的时候，他把施老师给写在里头了。他本身的官爵并不是什么钦差，是个侍读，那么现在咱就得说他是奉旨钦差查办山东，挑挑哪还有人才、贤士、能人，选走之后为国家效力，他是干这个来的。而且这秀才呢，每年有一次考试，这个名叫岁考，所以秀才里分三等，一等二等三等。到了三等秀才，十名以后就不能考举人了。通过岁考以后，一看你的文章，能够及格，或者根据你的程度，再给你升到二等或者头等，只有是在头等二等里的秀才就可以乡试，也就可以考举人。考中举人之后，开场的时候，可以进北京考两榜进士。那个时候经过会试再考进士，考中了进士以后，才能够有官爵，礼部里头候缺，到那时候给你派个官，最小的也是个七品县官。可是有一些有才学的人，现在还没考中了举人，或者是没考中进士的，施钦差要是发现之后，这个人他就可以提拔，但是他不管打官司的事。

他听到这个消息以后，回去他自己在想：如果施钦差能够知道我兄弟宿介，他满腹经纶，出口成章，这个东国名士，能够名副其实，真是海内奇才，他还是准管。但是有什么办法能够打动他？另外我兄弟冤这件事情，我能够证明。他这个学问的话，谁能证明？想到这，没有办法，转天早晨，他就找他的叔去了。

来到宿家，见宿介的爹，不管怎么说，人家是父子，"叔啊，婶啊。"不看见他啊，这老公母俩想他，恨不摸摸儿子的消息，倒是怎么样了，可是看见他又有气，"你干吗来了？""别那么说，你这干吗。老大，怎么样了？你有什么办法吗？"老太太心说：钱给你拿走了，我儿子什么时候出来呀？"您先别着急，我现在有一个办法，跟您说啊，我兄弟现在被济南府的府官给判冤了。""谁说的？""人家胭脂回来了，鄂秋隼回来了，龚王氏也回来了，我都打听了，把我兄弟问成死罪了。""啊？我说……""别哭！你听谁说的？""人家都回来了，人家老鄂家管家也说了，宿介是杀人凶手。婶啊，您先别着急，他不是啊。出事那天我兄弟跟我在家了，他绝不是杀人凶手。""你别说了，你还护着他。你知道济南府那官是谁吗？铁案如山的吴南岱，会把他断冤了？""叔啊，您也这么想啊？错了，您别认为他铁案如山，一点错没有，卞牛医被杀的那天夜晚，小介跟我在一个床上睡的，在一块儿睡觉呢，那人死了，能是他杀的吗？你铁案如山就一点错没有了？""你不管怎么说吧，怎么办吧？说。""我得给他上告。""哪告去？谁能告得动他？你说，你不告吴南岱吗？这你瞒不了我呀。""从您这就想吴南岱没错？""废话，小介是我的儿子，哎！该死，这叫自作孽不可活。""我的儿啊……""别哭了！""婶，您先别乱，您这一乱不好办了，我有个主意，您听听。"虽然宿孝廉说的都是气话，但是没个不疼啊。做老人都是这个，爱好的，疼不肖的。您别看他儿子不好，也恨也气，到时候是真疼。不过老爷子他是个一榜文举，他嘴里头说不出来，心里头焦心，也恨自己儿子，恨铁不成钢啊。

"我问你，你有什么想法？""最近来了一位奉旨钦差，姓施名叫施愚山，在咱们这呢，驻扎聊城县。""干吗？你干什么？""我想上他那告去。""你不是这里的事，人家施老先生能管这个吗？人家不管打官司杀人的事。""我知道。""你知道吗，你要上那告去？""叔啊，我兄弟的才学，您不是不知道，我想如果施老前辈，他要知道我兄弟宿介这点才学，他没个不管。因为什么能管？一者说他有奇才，再者一说他不是杀人凶手，即便他犯什么罪了，应该按律处罪，可以教育教育他。我敢担保我兄弟不是杀人凶手，这还有什么说的吗？""施钦差能知道他？""所以我才求您来，跟您商量嘛。""怎么说吧？商量什么吧？""您看有什么办法？能叫施钦差知道我兄弟这个人，谁能出来……哎，能不能把我兄弟的文章拿出去？""不行不行不行，即便拿出去，他知道他的才学，小介被屈含冤这个事情，施钦差不敢管。为什么呢？一则说他管不着，再者一说你等于告济南府的吴南岱。吴南岱断错了案，没人敢相信。""叔啊，不管怎么说，毕竟他是错了。您看有什么办法，能叫他知道我兄弟的学问吗？"这个时候，宿孝廉想了想："好吧，你去济南府这么办，你想办法给小介接见。见着他以后，问问他怎么回事，你就如此这般这么办……就把这张呈状拿出来了，是他做的。拿出之后我看看，回头你到施钦差公馆，给他上告，没准能告上。这一点世故就说到是灰热似土，还得说是亲爹嘛，哪能不管呢，这是事实嘛。所以宿大爷有了办法了，拿着银子鞴上马，老太太千嘱咐万叮咛，从这动身，去往济南府。

一路上饥餐渴饮，晓行夜住，非止一天，就来到了济南府。到了府衙的附近，翻回来找了一家店房住下。进到店房里边，叫伙计给找了一间房，把马匹交给他，叫伙计给饮饮溜溜喂喂，临完了，告诉伙计需要用的东西，叫他给准备了，把钱都交付他，伙计给安排好了之后，从店房里吃了点什么，把他准备探监所需要的一切一切都安排好了。所以这一切一切呀，后文书等到用上，他伸手就拿了。

宿大爷就来到了济南府的府衙，一进班房，"诸位头儿，您辛苦。""干什么？""我前来探监。""给谁探监？""宿介，我是聊城的。""宿介，你是他什么人？""我是他的哥哥。""你是他哥哥，宿介这场官司，现在不能接见，今儿也不是接见的日子，你先回去吧。"宿大爷一看懂了，"这有点小意思，您带着买包茶叶喝吧，给帮帮忙，我大老远来这一趟，府见府，三百五哇，您多帮忙吧，我这趟太远了。""你，嗨，这干什么。"一看呐，递过来十两银子，"不错，你这个人很外场，可有一节啊，这个牢里边，今儿不是接见的日子，你进不去。""您给搭把手，您看这点意思给他们不行吗？""来吧来吧。"这么样子就把他领进去了。说济南府的公差也要门包？ 也吃私？嘿嘿，在封建的时代，何官无私何水无鱼啊。所以没钱进不去的原因，就是那句话，六扇门的，衙门口冲南开，有理没钱进不来。所以说拿钱买道走，也就在这了。所以钱递过去之后，领着他就往里走，来到监牢，一看这大牢门，嚯，宿大爷也是头一次看这个东西，牢门上塑着个大老虎，这个东西是十龙九种之一名叫狴犴。张着个大虎嘴，犯了罪了，进了虎嘴了，再想出来可就费事了，最好是别犯法。

到这一叫这牢门，咣咣咣，"牢头。"牢门上有个小窗户，小窗户开了，"干什么？""聊城县来了个姓宿的，就里边押着那个宿介，他的哥哥，探监。打算看看宿介，行个方便吧。""干吗干吗干吗，前面哥儿几个都肥了，到我这拿唾沫粘。""别这么说，这给你的。"五两银子递过去了，钱接过来之后，这才把牢门开开。"你给宿介探监？你是他什么人？""我是他的哥哥，叔伯哥哥。""送什么东西了？""什么也没送来。""嘿，还真有这事啊，有探监不送东西的吗？没吃的？""我刚来，我想看看他，没得买，您行个方便吧。""今儿可不是接见日子啊，工夫别大了，说两句话就出来。""好好好。""三儿，你领这个，到后面七号牢，门口看看，说两句话让出来。""哎。"有小伙计领着宿大爷就进去了，来到后边宿介待的牢房的门口，"他就在这了，你看看吧。"

漆黑漆黑，有这么一点小灯亮。宿大爷扒着小窗户口，往里边瞧瞧。一看宿介在里边，发髻蓬松，形容憔悴，戴着缧械之刑，手铐脚镣脖锁，哎呀，这个难看，可以说不像个人样了。没敢叫他，回过头来，冲监牢的小伙计一摆手，"您干吗？""过来过来，这给你。"手里头拿着有二两银子，这小孩接这二两银子直哆嗦。说他哆嗦什么？他还不够这身份程度，他不敢接这钱啊。"您这干什么？""哎，我说兄弟，你那边给我站一会儿，有人来了，你咳嗽一声就行，我跟他说两句话，听见没有？这个拿着。""您快点、您快点啊。"小孩把这二两银子掖起来，就躲到一边去了。

宿大爷往牢里头叫了一声，"宿介，宿介。"宿介一听有人叫，抬起头来看看，看不清楚，蹚着镣就过来了，稀里哗啦。"谁呀？谁？""我。""哥哥，你来了。""别哭，别哭。"虽然不让他哭，可是宿大爷眼泪也下来了。"我问你这场官司怎么样？""铁案如山的吴南岱，把我给断冤了，说我是杀人凶手，哥哥，你知道我冤死了。""现在你脑子清楚吗？""干什么？""你能不能把你这场冤枉，按文章做，引经勾典，你做篇文章行吗？""我哪有那个心情啊。""我告诉你，聊城县来了一位钦差，驻扎聊城了，这个人姓施名叫施愚山，今年有七十来岁，你知道吗？""我听人说过，可是他不管这个，他是文华阁的。""你甭管了，就凭你这篇文章，要你的才学，我给你撞撞。如果他怜才恤士的话就许管了，我给你告去。那你……你写篇文章行不行？""我这没有笔呀，也没有纸啊？""那你甭管，我写我这有，你说我写行吗？你好好想想。""行行。""你快点。""我甭想了，你写吧。"说他怎么甭想了，出一个题作篇文章的话，他脑子一动就写下来了，就有这么大才学，说他自己的事，他这场官司要把它编成文章的话，那还不容易吗？所以他出口成章，他就说了，宿大爷在外边又写了。说怎么写的？那还不好办吗，掏出来圆珠笔，拿起来日记本……你等会儿吧，他那年头有圆珠笔吗，老圆珠笔。这不像话！有办法没有？有，所以我说告诉店房的伙计给他准备，探监应该用的一切一切，墨笔，一块墨。把墨笔搁在店房里边的时候，都给它泡开了，用一个笔袋，带着一块墨，带着几张纸。说进去了用的时候，把这块墨拿出来，吐点唾沫就行了，拿着笔膏一膏，把这纸呢，卷起一只角来，铺在腿上，大概其能看到模样，回去再誊去。就这样子，让宿介说一句，他写一句，有的字不明白的时候先空着，回头再问。这个时间可就快了，简而明，就写了这么一篇文章，内容就是他这场冤枉。随后又给他念了一念，宿介又点了一点，这就行了。把这张呈状叠好了以后，揣在怀里头。临走的时候，嘱咐宿介，"你忍耐一时，我给你上告，你千万自己保重，我走了啊。""我爹呢？""你就甭问了，我都安排好了。"宿大爷从里边出来的，这小孩给领出来，一共花了有十几两银子，就把这张呈状买出来了。

回归店房，算清了店饭账，从这动身就返回了聊城县。来到家之后，下了马，把马交给老管家，老管家问了问怎么回事，就不便跟他说了，一直就进到内宅。"叔、婶啊。""回来啦？""回来了。""怎么样了？看见他了吗？小子。""婶儿，我去看去了。""瘦了吧？他吃什么？"宿大爷心说：您就知道问这个，您知道他犯什么罪吗？"得了，婶啊，我告诉您放心，我兄弟虽然打了官司了，可是知府知道我兄弟那点才学，很爱惜他，没把他搁在监牢，把他搁到书房了，他吃的也不错，一天晚上给俩菜一个汤，嗯，就是没有酒。"宿孝廉在旁边听着没气死，"没这么好说话的官。""嗨嗨，叔啊，您这怎么了？""是吗？倒是怎么的，吃什么？""嗨，吃得不错，您放心吧。""怎么办了吧？说痛快的吧。"宿孝廉就问他，"您看看吧。"就把宿介作的这篇呈状拿出来了，交给宿孝廉。宿孝廉看了看，"瞧你螃蟹爬的这个字。""是呢，我没得誊呢，您瞧瞧。"宿孝廉看完之后自己心里说：小子，你这两下子真比我高，有的时候出的那个词，引的那个典的话，宿孝廉本身都想不出来。"可惜了这点才学，东国名士，这么大的才学，你都写了这玩意了，哼！""叔啊，您给写怎么样？您给誊下来。""我呀，我不伺候这个。"说愿意写吗？愿意写，自个窝火呀，我是他爹，孩子在外面寻花问柳，惹出人命案来，爹给他抄这个玩意？"我不给他抄！"宿大爷一看，怎么说都不行，"我来。"那怎么办呢。把笔墨纸搁在这，一个字一个字地往下抄，不对的时候再问吧。这个老爷子都有个自尊心，好面子，其实你给他抄一下子。搁谁也一样，自个的亲儿子，办的这什么事？我给他写这个？结果宿大爷写的，写完之后看了看，"不行，再重写，这个字不对。"应该怎么着，都指示完之后，写完了，"行了，你去吧，我听听怎么回事啊。""怎么着小子。""婶儿，您放心，很快我兄弟就回来，您就别着急了，多保重。"宿大爷出来以后，先到自己的家，看看自个家里老婆跟孩子，休息了一天，转过天来，就去施钦差公馆上告。

他得琢磨琢磨，这张呈子想什么办法，能让施钦差看见？你费这么大事，这张呈子都递不进去，前功尽弃。安排好了之后，自己就来到了施钦差公馆的附近，远远地就看见了，门口站着两个武职官，身上穿的是跨马服，箭袖袍，带着腰刀。刚往这一走，"站住，那边走去，别这边溜达。""二位老爷，您辛苦。""干什么？""我有事，前来求见钦差大人。""什么事？""我兄弟是个秀才，他写了篇文章，求钦差大人给指点指点。""里边这边。"这样就放他进去了。

　　前面那有个门房，到了门房一说，"你干什么？""头儿，我姓宿，我在本地南乡住，我有个兄弟叫宿介，是头等第一名的秀才，人称东国名士。"说到这，公差就高兴了，"他怎么没来呀？""我实话跟您说了吧，他现在被屈含冤。""怎么被屈含冤？""有如此这般……"大概其，没说详细，在济南府了。"你呀趁早上别处去，我告诉你个门路，进北京三法司衙门，明白吗？要不到刑部，这不管。""头儿，您听我说……""甭废话，不用废话，这不管打官司。""是啊，我知道。""知道嘛，你上这来？""因为我兄弟确实是冤枉。""哪冤都行，别上这来。""我求您让我把话说完了。""你说吧。""我兄弟确实是冤枉，他真有才学。我这有篇呈状，是我兄弟写的，您拿进去给钦差大人看看。""我没法给你往里递。"说到这，宿大爷一伸手，拿出一封银子来，这封银子是五十两。知道这个地方是什么地方，钦差手下的人，钱少了不行您呐，官大价码得涨，五十两就垫在这张呈子底下了。"头儿，您把这呈子您接过去，这篇文章您接过去您看看，要是行了您给我往里递，不行了我就走。"那个当公差的眼神多快，心眼多，瞧他一动就明白，打底下往上搂，就把这五十两银子就接过来了，右手一拿他这张呈状，左手这五十两银子一转弯，来个二仙传道就掖自己怀里了。拿手一掂知道这是五十两啊，"哎呀，我说您贵姓是？""我姓宿。""我说宿先生，您可真跟我这要忙儿。""我没办法您呐。""这不好递，我没法说呀，怎么说呢？""您给我想想办法，只要老大人看了，他要不管，我拨头就走行吗？跟您这样说行吗？您给他看了，只要他看了，不管，我拨头就走，绝不难为您。"办这个事，你得亮嗖一点，你紧着要条件可就不好办了。这头儿一听啊，"这倒行，我想想主意，这个玩意给您递上去，叫我们大人看看，如果他要不管，我给你，可不算我对不起你。"言外之意，这五十两银子我可不退了。"行行行行。"这公差拿着他这张呈状刚要走，宿大爷给他拦住了。"老爷。""您别叫老爷，这连舅舅都没有，您说吧怎么回事？""您可多修好积德，这张呈子你要给我递进去，我说好了这话，他要不管我就走，可是您给我递进去，您可就积了德了。""我说，咱说话可不许这么说呀，你哪有……咱不过这个，你这什么意思？""怎么了？""别给我弄这套，我懂。你说这话，我要给你递进去，我就积了德了，你那意思呢，我在里边绕个弯，我再给你拿出来，我告诉不管是吧？我要递不进去，绕个弯呢，我就缺德了。缺德事我不办，你放心。""我没那么说。""你那意思，就这意思。你放心吧，我告诉你，我对得起你。"言外之意呢，就是那五十两银子我不白拿，我一定给你递进去，他不管就不怨我了。

公差拿着这张呈状来到书房的门外，来回转悠半天，想怎么说呀。想好了主意，站在这喊声"回事"，"进来。""是。"一撩帘栊，来到里边，"下役给大人请安。""什么事？""门外来了一个人，他说他姓宿，他有个兄弟，叫什么名字来着？说有个外号叫东国名士，是头等头名的秀才，是个案首。说出口成章，满腹经纶，所以写这篇文章来，他递进来之后，请大人您给指点指点。""噢，拿来拿来。"施钦差一听，东国名士，好大的口气呀。"他那篇文章呢？我瞧瞧。""是。"公差双手就把这张呈状递过去，施钦差接过来，打开那么一瞧，"啊？"不由得勃然大怒！

# 第十七回

上回书说到，公差把这篇呈状，递给钦差大人之后，施钦差接过这篇呈状一看，不由得勃然大怒。转过脸来问公差，"他递给你这是什么？""跟老大人回，他说是文章。""他说是文章，你看了没有？""他是给钦差大人您看的，下役我没敢看，大人，他这是什么？""他这是呈状。""哎哟，他说是文章，他这么把呈状给我了？老大人，您瞧瞧这上面写的是什么？我给他拿出去。"为什么公差这样说呢？您看看上面写的是什么？我给他拿出去。因为宿介的哥哥说了，只要老大人看完这张呈状，就不怕他不管。所以这公差，但得能修点好啊，也就修点好了。

这个时节，施钦差可就不言语了，仔细看了看他这篇呈状，"我问你，这个人在哪了？""在前边门房了？""他给你的时候，没告诉你是呈状？""他说是文章呢，他说他兄弟是东国名士，是头名的秀才，他没说是呈状。""你说实话，他给你多少钱？""不，下役天胆不敢吃私。""哼，你把他叫进来，""嘁。"公差这个高兴啊，哟，心说没往下追我，还叫他进来，大概是有门儿，可能要管。说施钦差为什么不追了？他究竟贪污了没有？这个事，衙门口也好，宅门也好，递个门包，这是司空见惯的事。施钦差认为只要你不缺德，不损人，不害人，嗨，小而不言的，就是这么回事，睁一眼闭一眼就过去吧，主要我把这个事弄清楚了。

书中暗表，施钦差是不是想管？从心里来说是一点都没想管。为什么？这里有个原因，一则说他不是行政官，他不管打官司；二则一说，这个案呐，在济南府了。铁案如山的吴南岱，他能给断冤了？他

302

不敢相信。那么为什么要叫进来看看呢？他有个好奇心，第一个这篇文章做得确实是登峰造极了，但是这笔字不行，这里有个矛盾，既有这么好的才学，不能写这么一手墨笔字，这个字太普遍了，要问问这到底是怎么回事。第二个来说，他这篇呈状，有几个有利的地方。第一点，宿介说，上龚王氏那去的时候，鞋丢了，龚王氏知道，而且丢鞋后，他没敢再上龚王氏那去，胭脂那根本也没去。第二点，因为卞牛医被杀的那天夜晚，他跟他这个哥哥，两个人抵足而眠，没离开这个哥哥，可以做证明，所以在济南府把他屈打成招。施钦差看完他这篇呈状，心说这可能吗？好奇心，就打算把这个人叫进来，我问问。

这公差出来了，"我说先生，您这张呈状，我顶着雷了，给您递进去了，递进去可是递进去了，好，我们老大人这通闹啊，实没办法，您琢磨这官司能管吗？我们这不打这官司。你想想，您趁早上别处告去，我没法再跟您说了，我怕挨打。""既然是这样的话，您就把我这篇呈状给我得了。""他那个……老大人给留下了。""留下了？那咱回见吧。""哎，你别走哇。""不是不管吗？不管那就算了吧。我说，您请过来。"宿介的哥哥把公差请过来了，跟他一摆手，叫过来之后告诉他，"跟您说实在的，我今儿没带多少钱，就那封银子了。""哈哈，你呀，你没长毛，长毛比猴都鬼呀，你呀，进来吧。"宿介他哥哥看出来了，已经管了，呈子给留下了，还算敲我点。算了吧，不能再花了，就把他领进去。

"回事。""进来。""是。"一掀帘栊，把这宿大爷带到屋里头，低着头进来，一看上首椅子那坐着一个人，就知道那是施钦差，进门就跪下了，"老大人在上，草民给老大人磕头。""起来起来起来。""是，谢大人。""这篇呈状是你递的？""是。""你姓什么？""我姓宿。""这个宿介，是你什么人？""是我的叔伯兄弟。""哦，他在南乡住，他父亲是干什么的？""他父亲是一榜文举。""那么这篇呈状是谁写的？""跟老大人回，是我写的，是我兄弟作的。""怎么？""我去济南府接见了，在济南府监牢里边，他说我写，因为里边没有笔和纸，我就这么样给写下来了。""哦，你敢担保宿介不是杀人凶手？""跟老大人回，要说济南府的知府，铁案如山的吴公老大人，能把这按断错了，谁也不敢相信。但是，卞牛医被杀的是夜晚，我兄弟宿介跟我同床而眠，他怎么能是杀人凶手呢？另外，他丢这只鞋之后，他害怕没找到，他上我那去了，一直在我家里边，我敢以项上人头担保，老大人，请您明镜高悬。""哦，这就是了，这样吧，你先回去吧，回头我给你问问。""谢大人恩典！"说怎么谢得这么快呀？管了。钦差大人说我给你问问，就叫管了。这得分谁问？奉旨钦差，文华阁的大学士，他要给问问，那就叫管了。说他管得着管不着了？不打算管，要打算管他就管得着，他给一句话，这个事情就办了。了事了的是人，得分谁了，所以施钦差有那个地位，有那个权力。宿大爷就高兴喽，所以在这个时候，给钦差大人磕头谢恩。出离了钦差公馆，赶紧往家跑去，给他叔前去送信，告诉您放心，这官司人家受理了。

咱不说他，单说施钦差。看完了他这篇呈状，是真爱，所以就冲着宿介这点学问，要想问问济南府的吴公南岱，这个案子怎么问的，是否能重审？所以想了想，自己提笔写了一封书信，这就谈不到公文了，派一名心腹的公差，拿着这封书信，鞴上一匹快马，去到济南府，把这封书信投递吴公南岱。

有公差骑上马，带着这封信，由这去往济南府，一路上无书，很快地就到了济南府的府衙了。来到济南府府衙附近，"吁喴儿"，勒住丝缰，翻身下马，把马往门口一拴，"辛苦几位。""哦，您哪的？""驻扎聊城县钦差公馆。""哟，上差，您里边请。"让到了班房，给他倒茶，"您有什么事？""奉钦差大人之命，有书信投递，您给拿进去吧。"这就不能堂上投递喽，就递给公差了。公差拿着这封信，"您等一等啊，我给您送进去。""我回去吧。""您等一等。"马上有公差把这封信拿进去之后，喊了声"回事"，进到屋中，看见了吴南岱，"老大人，驻扎聊城县钦差公馆，派来一位上差，送了一封书信。大人您观看。"吴南岱接过这封信看了看，哦，知道，施愚山，施老钦差，驻扎聊城，他已经知道这个事情了。给我来信，想了想可能是在我济南府有高才之生。所以撕开信皮，抽出信瓤，然后打开那么一瞧哇，完全出乎自己意料呀。

嗯？嘿！写的是什么？那就问问这一案，要求吴公再重审一下。哼，吴南岱看完这封信，心里头好大不满。心说：施老先生，施老前辈，您管这干什么？换句话说，您管得着吗？从他这个想法就自信，那意思我能断错了案吗？真有这个事。你干什么？后边写着呢，调卷，要他这个案子的案卷，原被告的口供、验尸的尸格，一并交给这来人要捎走，施钦差要看看。他那官大压死人呐，你说不给？不敢。你给他？窝火。哼，奇怪，真有上那告状的？哎，就有这么告的，还就有这么管的？好，施愚山，老前辈啊，可不算我吴南岱不对。你不是调卷吗？我索性连案子都给你，你给我问去。我看你问来问去，你问不出第二个杀人的凶犯，你怎么给我往回送？

　　"来呀，把师爷请来。"有人去把师爷找来，"老大人，您把书办唤来，有啥个事？""师爷你看看，驻扎聊城县的施愚山施老先生，嘿嘿，给我来了封信。"师爷接过这封信一瞧，"哎吨，乖乖咙嘀咚，真有这个事，怎么到那里去告状？""哎，他就有这么告的，他还就有这么管的。""那么老大人，您老人家怎么办？给他吧，那叫他看看，看完之后，没有办法，杀人的罪犯还是宿介，他还得给你送回来吧。""不，我想连人都给他。""那好吗？那不合适，那你就跟他戗火。""我就是为这个，我不相信吴南岱能断错了案。""那老大人，你要给他的话，让他的公差捎走吧。""他不捎走，我也得让他捎走，把那案卷全部都拿过来。""好吧。"师爷把所有的案卷、凶器和物证，物证也就是手绢和那只绣鞋了，都准备好了。吩咐下去，"梆点。""嘛。"答应一声，告诉鼓吏，"梆点升二堂。"升坐二堂之后，把这些东西都带上了。随后，"监牢之中，提宿介。""是。"有公差答应一声，够奔监牢，叫牢门开开了，来到里边，"宿介。"一开宿介这个牢门，宿介从里边就出来了，稀里哗啦蹚着镣出来。这两天，伤稍许见点好，也不那么太疼了。"走吧，过堂了。"一说过堂了，宿介心里头明白：怎么呢，我这案已经结了，不可能再过了，现在给我过堂了，有可能我哥哥给我上告成了。所以他蹚着镣，跟着来到堂上，"公祖大人在上，生员宿介与公祖大人叩头。""大人验刑。""把他刑具给挑了，宿介。""有。""抬起头来。""是。"宿介一抬头，"我告诉你，你这一案，已经在这画供承认。可是你家里有人，在聊城县施钦差公馆为你上告。现在我把你的原案交付来人，到钦差公馆，如果本府要把你给断冤了，你要认为自己冤屈，见着钦差大人，你可想着喊冤！"这个话说得有点自傲，那意思不会把你断错。"你去吧。"吴公南岱跟聊城县那县官就不一样喽，那个县官跟鄂秋隼怎么说的？在我这怎么说，到那怎么说，说的不一样，那打得还厉害，他可不是那样人。"谢公祖。"宿介磕头谢恩。

"来，传上差。""是。"有公差下来，把钦差公馆那位上差传上堂来。"大人在上，下役钦差公馆的差人，给大人您磕头。""起来起来，现在我把这案交付于你。你来看一看，原被告的口供，验尸的尸格，物证：手绢一条，绣鞋一只，凶器：菜刀一把。"公差接过来，瞧瞧，数数，拿包袱把它包好了，背在身上。"人犯一名，宿介，带走吧。"公差一听：没告诉我带人犯呀？不过他交下来了，我可就不能不带走了。"姓什么你？""我姓宿。""叫什么？""叫宿介。""班头，您借我副上铐吧。"济南府的公差，借给他一副上铐，就给宿介铐上了。"跟大人您告假了。""你执公吧。"这个公差就把宿介从堂上带下来，来到下边，告诉门房的公差们，"给我们抓辆车。"有公差出去，到外边给他截了一辆车，就把宿介给搁在车上，他骑着马，押着宿介，是去往聊城县。

一路之上饥餐渴饮，晓行夜住，来到聊城县的钦差公馆了。这个时候，宿介下了车，他下了马，从里边喊出人来，把马匹接过去，把宿介带进去，搁在门道这，有人看着。这个公差往里头回，"回事。""进来。""给老大人您行礼，我这个案都带来了。""什么案呐？""您看。"把包袱打开之后，递上去了。"原被告的口供，验尸尸格，物证和凶器，还有人犯一名。""啊？人犯？""对，姓宿名叫宿介。""谁叫你把人给我带来的？""是济南府的府台爷交给我的，我就不敢不带了。"施钦差听完之后，倒吸一口冷气，明白了：吴南岱心中不满呐，这跟我呛着火了。"哎，这……"现在骑虎难下了，"这样吧，你先把这人犯宿介呀，送到县衙去，在那浮押着，先寄押一会儿。""是。"有公差下来，带着宿介出来，到外边抓了一辆车，搁在车上，就把他带到聊城县的县衙。来到县衙，跟公差说一下，"钦差公馆的，这有一名人犯，寄押在你们这，跟你们官说一声吧。""哎，好您了。"就把宿介带进去，送进监牢。交代完之后，这个上差可就回去了。

翻回头来，咱们再说这个施愚山，他老人家今天很后悔，不过这个东西搁这，不急于地看，休息休息，脑子清楚清楚。到了晚上，就打开这些个公文，看了看原被告的口供，又看了看那凶器。拿这个凶器杀人的，是什么样的凶器，能估计到这是哪一类的人。一瞧是一把普通人家做饭切菜用的菜刀。看了看那手绢，又瞧瞧这只鞋，看完这只鞋，就能估计到这个女人，是什么样的人，她能穿这样的鞋。再看看原被告的口供，胭脂的口供，胭脂她母亲的口供，龚王氏的口供，宿介的口供，鄂秋隼的口供，反复地看了好几次，是严槽合缝，一点漏洞没有。尤其宿介杀人这个过程，跟验尸的尸格，现场的情况这么一对照，没有漏洞。施钦差脑袋这汗可就下来了，当时就自问：我料想铁案如山、断案如神的吴南岱不会错断案。嗨！我怎么那么冒失？可是又看一看，宿介他作的这篇文章，实际是呈状，它的内容，跟他的口供又矛盾着，这倒是怎么回事呢？说施钦差，翻过来覆过去看了好几次，在聊斋原文上说他"反复凝思之"。也就说是来回地看，一边琢磨，看来看去看出漏洞来了，拿手一拍桌案，"此生冤也。"

　　说看到什么地方了？就看到宿介杀人这个口供、这个过程，跟现场的验尸那个情况。宿介说了，在我上她家赴约的时候，跳墙进去，正赶上卞牛医起夜，出来可能是倒夜起，拿他当贼，拿夜壶摔他一下子，所以他跑了。卞牛医到屋中去，拿刀追他，夺刀杀死卞牛医，丢鞋弃凶逃走。看到这，施钦差就看他夜起，嗯？破绽就在这了。宿介到了胭脂家前去赴约，这个时间，最早得定更以后，最晚不能超过二更天。为什么在这个时候，卞牛医深更半夜的他出来倒夜起？夜起说白话就是夜壶啊，要说晚上临睡的时候，你必须把它倒净了，那么在定更天，你能撒多少尿？你上外边倒去？不可能，不可能。说还得问一问宿介，听他说什么，所以心里头稍许地亮敞一些个，要不然的话，真崴了泥了，跟吴南岱怎么交代？所以当天的后半夜，也就睡了觉了。

　　一夜晚上无书，转天早晨起来，梳洗已毕，吃早点，想一想，在哪问呢？那就得钦差公馆喽。随后喊了一声二爷，"来呀。""嗻，伺候大人。""你呀，从前面叫两个人进来。"二爷出去到前面门房，叫来两名公差，"给老大人您行礼。""你二人上聊城县去一趟，跟聊城县说，就说本钦命，我要借他的堂威一用。""是。""随后把那人犯宿介，给我带到这来。""嗻。"两名公差出去，够奔聊城县。来到聊城县，一进他那班房，"几位，您辛苦。""哎哟上差，您来了，是提那个人吗？""对。另外跟你们官说一下，我们钦差大人要借你们聊城县的堂威一用。""好吧，我给您回一声。"有公差进去，跟聊城县县官沈步青去说，"跟老爷回，钦差公馆来了二位上差，说钦差大人说了，借咱的堂威一用，到钦差公馆。""什么？堂威？堂威怎么借啊？"公差一听，您什么都不懂，"请师爷。"这也请师爷？把师爷找来了，跟师爷一说，说借咱的堂威，就是升堂的这套公事，三班六房。"噢，那让他们去吧。""您得梆点升堂。"三阵梆点，县官升堂，把这些人集中了，皂班壮班快班三班，吏户礼兵刑工六房，集中以后，把这些个人都交给钦差公馆的公差，应该带的工具都得带去。随后把宿介从监牢里提出来了，这些人去钦差公馆临时当差，当然是高兴喽。

一路上无书，把宿介也带到钦差公馆了，这些人也到了，就在前面等候。有人往里回，"跟钦差大人您回，聊城县的堂威到，把宿介也带来了。""哦，这样，告诉他们，在花厅，给我升堂。""是。"公差答应一声，下来告诉聊城县的这班人马到花厅。大伙一块儿来到花厅，在花厅准备好了公案，桌椅，也就是说师爷录供的地方，这些一切都安排好之后，在这个时节，高声喊喝堂威，"威——武——"施钦差整理好自己的衣襟，往这花厅上走，自己心里可有个想法：嘿嘿，想不到老夫几十年没有问案过堂了，现在老了老了，我还要过回堂。

入座之后，压住人声。有人就把原被告的口供、凶器、物证，全都拿上来了。"来，带宿介。""嗻，宿介，上堂了。"宿介一瞧，这个地点不是衙门口，钦差公馆，跟着就来到堂上，稀里哗啦蹚着镣，来到了花厅，一走到堂前，"钦差大人在上，生员宿介，与钦差大人叩头。"哗楞，镣子一响跪下了。"免刑，宿介。""有。""抬起头来。""有罪，不敢仰视钦差。""恕你无罪。"

# 第十八回

　　上回书说到，施钦差在公馆升堂，审问宿介。把宿介带上堂来，叫宿介抬头，宿介说："有罪，不敢仰视钦差大人。""恕你无罪。"宿介把发髻往后一甩，说："谢钦差。"一正脸，把眼皮往下一耷拉，不敢仰视钦差。钦差大人先看他的相貌，看其外知其内，察其举动，知道他的心理活动。一看宿介这个相貌长得不俗，白面书生。重眉毛，不过这眼睛看不清楚，他撂着眼皮了，"你把眼皮撩起来。"宿介这么一睁眼。嘿嘿，施钦差一看，这孩子惹祸呀，这两只眼睛不好，它太恋人了。"低头。宿介，你是几等的秀才？""头等，案首。""你有什么外号？谁给你起的？叫东国名士。""呃，是山东的老前辈们错爱。""嗯，你有个哥哥吗？亲叔伯哥哥，他上我这递了张呈状，说这张呈状是你说的，他写的，可有此事？""有。""那么你还记得你这篇呈状是怎么说的吗？""我记得。""那你说说，我听听。"

　　施钦差这种问法，那就是说我管了你这一案，也就因为你这点才学，看看这张呈状是不是出于你的口，对照一下。结果宿介由头至尾这么一说，几乎百分之九十九完全相符，那就证实他是实有其才。

　　"宿介，你既然有这样的才学，为什么你要逾垣钻隙？而且到胭脂家中，抢走了绣鞋，又前去赴约，那么持刀杀死卞牛医，丢鞋弃凶逃走，这样的事情，也是像你这样的名士所为吗？从实招来。"钦差大人这个问法，就得符合这个原案啊，那么他冤的话，让他去翻供。宿介听到这以后，把发髻往后一甩，一正脸，这个眼泪就下来了。

　　"钦差大人，生员我冤！""有什么冤枉？只管朝上回，本钦命与你做主。""谢钦差！钦差老大人，我与王氏，青梅竹马海誓山盟是实。王氏出嫁以后，嫁与龚某人，我与她互有来往是实。王氏戏耍胭脂，把这个事情跟我说了，我起了得陇望蜀之心，逾垣够奔胭脂家中，诓开门户，抢走绣鞋，说明十日后前去赴约是实。但是，我出了那以后，我上王氏家去了，后来我把鞋丢了，王氏知道。而在济南府王氏她没说呀，可是吴公老大人认定我是杀人的凶手，说我的鞋丢不了哇，把我屈打成招。"

"把你屈打成招？那你怎么招的呢？为什么你就能招呢？""严刑拷打，连过三堂，皮开肉绽，使我寸步难行，挺刑不过，画供招认。杀人凶手不是我，我冤！""既不是你，屈打成招，你这个口供从哪来的？""钦差大人，是我的哥哥听说卞牛医被杀，那天早晨起来看到验尸场一些个情况，回来跟我说的。当时我被屈打成招，我就想了，如果我要招不符的话，铁案如山的吴公老大人，还不肯相信，还说我抵赖，所以莫若我情屈命不屈，我就给他说符了吧。""哦，那么你鞋丢在哪了？""我可能丢在王氏家的附近了。""那王氏知道吗？""她知道。""在济南府的堂上，你可曾跟王氏对质？""对质？只是把王氏带上来，说了两句话，她就下去了，关于丢鞋之事没有对质。""为什么你不向吴南岱要求，跟王氏对质丢鞋之事？""钦差大人，我要求了不是一次，可是他不把王氏带上来，跟我当堂对质，生员又有什么办法？""为什么？""吴公老大人他说，这只鞋你假若没丢，那十日之后赴约你去不去，你说实话，我就实话说了，我说假若没丢，十天以后我还去，他说就冲你这句话呀，你丢了脑袋都丢不了鞋，所以他认定了，我是杀人罪犯，我怎么要求王氏上堂？后来还说……""还说什么？""宿妓者绝无良士。"施钦差听完这句话，就哼了一声：铁案如山的吴南岱，你怎么以偏概全呢？"宿介。""有。""这样你就画供招认了？""我不招不行啊，实在挺刑不过，要求钦差大人与生员做主。""龚王氏在哪住？""她在西乡。""好，你往旁边跪。""来啊。""嘚。""你们谁认得龚王氏家？""跟钦差大人回，我认识。""你们去两个人，把龚王氏给我传来。""是。""越快越好，但是一路之上，不准拿人家要笑。""嘚。"聊城县的两名马快，从钦差公馆出来，一直够奔西乡。来到龚王氏家门口，向前一叫门，"开门。"

再说龚王氏，从济南府回来以后，到家了，把门一关，很少开门出去在门口站着了。以前没事就在门口站着，买个针头线脑，买个菜，打个油啊，这回她可害怕了。可是宿介冤了，她心里也不坦然呐，时时刻刻感觉自己有亏心呐，可又怕自己的丈夫回来。在屋里正做活呢儿，外面一叫门，她就一惊。"谁呀？""我，您呐。""找谁的？""这院姓龚吗？""啊，对。"说着龚王氏把门扦捅开，门那么一开，"那个您，哎哟嗬，怎么又来了？我说，您、您是？""龚大嫂子。""哎。""走吧，您呐。""哪去？""我们是钦差公馆。"说这公差怎么那么横呢？他不是聊城县的公差吗？临时在钦差大人那当差，这也有点借横。"我们钦差公馆，走吧，过堂去。""还过什么堂？""你自个知道，你还问我们干吗，看不见我们来哥俩嘛，别让我们费事啊，走。""我说，不完了吗？""完了？老爷庙还三天了，哪那么痛快的？快点快点。""哎哟，您等着我锁门啊。"王氏一边说一边想：八成是宿家上告了，本来嘛，谁也不能吃这个亏。进去拿着锁头，出来把家门锁上。"远吗？""不远您呐，跟我们走吧。""我可走不动。""走不动，龚大嫂子我背着你？""去，这什么话，你背着我干吗？等我老了吧。""哟嗬，龚大嫂子可不吃亏。""快点想法给我弄辆车，不坐车，姑奶奶不去。"两公差一看，龚王氏是这么个人。好了，俩人就嬉皮笑脸的，抓了一辆车来，"来吧，嫂子，您上车，我搀您一把？""用不着，等我老了，推不起，爬不动，你再孝顺我。""好，龚大嫂子，您这嘴可真厉害。""别说废话了，二位大兄弟，我打听打听，这官司怎么茬？""怎么茬？宿介在这了。"在这道上说着说着，龚王氏可就摸底了。这也就是聊城县的公差，水平低点，这要是钦差公馆的公差可就没有这事了。

把她带到钦差公馆的附近，从车中下来，一直把她带进去。龚王氏一进那门楼，哎哟，心说：怎么上过过堂来了。"这是？""钦差公馆，跟我们来。"一直往后走，够奔花厅。"报，跟钦差大人回，龚门王氏带到——上堂。"龚王氏一听这个声音就一惊，心说：我好容易在济南府逃出来，过堂的滋味又来了。被他们带进花厅之后，低着头往上走，她偷眼看见旁边跪了一个人，发髻蓬松，形容憔悴，衣服已经破烂不堪了，就知道这是宿介。

"老大人在上……""低头低头低头。"旁边的公差威吓，你别满世界乱看，低头。"哎，龚门王氏，给大人您磕头。"施钦差看了看龚王氏，瞧她外形这两步走啊，能估计到她是怎么一个妇道。"你姓什么？""姓龚您呐，龚门王氏。""抬起头来。""哎。"龚王氏这么一抬头，"哎哟，老爷子岁数不小了。""去！低头。哪那么些废话。"旁边的公差就不干了，

一看这位施钦差呀，龚王氏没想到他这么大的岁数了：有个七十多岁了。头戴乌纱双展，蟒袍玉带，脚下有公案挡着看不见，红扑扑的脸庞，皱纹堆垒，两道惨白的眉毛，两只眼睛虽然不那么黑了，可是烁烁放光，通官鼻梁，通红嘴唇，一部花白髯飘散胸前，挺精神，大耳垂纶，嚯，严肃。

"龚门王氏。""哎。""我问你，宿介上你那去，把鞋丢了，你知道不知道？""那个……""什么？说。"这时候宿介可沉不住气了，"王氏。""哎哟，干哥哥。"她叫了声干哥哥，施钦差心说：这个妇道，真是善谑佻脱。"我问你，我把鞋丢在你那了，你知道不知道？为什么在济南府你不说？济南府堂上，你不说我把鞋丢了，把我问成杀人的凶手，就这样你就走了吗？""嗯嗯……我告诉你，宿介，你怨谁？你怨我呀？谁叫你没事上胭脂那去的，我让你去的？许你无情，就许我无义，谁管你了，我说。""废话，你许这么惨害我吗？你不知人家告凶手，凭鞋告吗？""你自个作的。"

"哎哎哎，两个人不要口角，王氏，他鞋丢了，你说，你知道不知道？"从他们两个人一对质，就对质出来了，丢鞋的事她知道。"把宿介先带下去。"怕他们俩矫情啊，有人把宿介带下去。"王氏往上跪，说，怎么丢的鞋？""老大人，我跟您说啊，其实我跟胭脂，我们都是老娘儿们家，说个笑话，开个玩笑，我没有别的意思。回来他上我那去了，哼，说嘛呢，他问我你笑什么，我就告诉他了，谁想到这小子起了不好的心眼，把住角骗去了，结果他去了。""我问丢鞋的事你知道吗？""知道。""怎么丢的？""我哪知道他怎么丢的？""你不说知道吗？""您听我从头说啊，那天晚上我都睡觉了，他来了，二更多天了。来了以后，我心说你这时候你干吗来？他说他爹没睡觉，我说没睡觉你就别来了。后来呢，我说你在外面你认识谁了？我这一句

312

话，他这两只手啊，跟抽趾角疯似的，这抓那抓，我说你这是干吗？一会儿我就看他起来了，我就在旁边那站着。我看他找，找什么东西不知道，我一想我要一问他，他绝不告诉我。他要能告诉我啊，他就问我了，丢的什么东西，你看见没有？他不问我也不言语。待会儿找来找去，我一看还不言语，我就说，我说你找什么快找，等天亮了，你要找不着，可许姑奶奶我不承认。他一听我说这话，得了，姑奶奶，您给我吧，这我就放心了。我说你哪来的这东西？"

"我问你，你看见了吗？""没看见。""你这话是什么意思？""我是拿话诈他，他认为我拾起来了，我说你哪来的这东西？这东西怎么到你手了？你说实话，我给你。结果他就告诉我了，怎么冒充鄂秋隼，怎么上人家胭脂家去，怎么进去又抢鞋，定规十天后赴约。我一听啊，把我气坏了，我说小猴啊，你缺了德了你。你办这个事，人家胭脂是个姑娘，我们开玩笑，你跟这干吗？他说得了奶奶，你给我吧，我不去了。我说谁看见了？我说哪个王八蛋才看见了。他一听我没看见，一瞧我真没看见，我也跟他找，我们俩怎么找也没找着，您明白吗？是这么个茬。""鞋丢哪了？""不知道呢。""你找到没有？""我要找着，不就出不了事嘛，我的钦差大人。""你们都在哪找来着？""屋里头啊，床上床下，里屋外屋，院里头，都没有。""他什么时候走的？""快天亮了，四更半天都过了。""那么他走的时候，你知道吗？""我知道。""那么他走了以后，这几天当中你又找了吗？""找了，没有。""什么时候发现的卞牛医被杀呢？""他走了以后，压根就没来。回来我们一算那日子，从他走的那天起，到了十二天早晨，才知道卞牛医被杀，是头天夜里头，卞牛医被杀的。早晨起来那人都远去了，有菜刀啊，有他那手绢裹着这只鞋。我一看坏了，这是谁捡走了？那手绢是宿介的，那鞋是人家胭脂的。我打那我就不敢出门了，我害怕胭脂把我说出来，结果没说出我，还不错。后来到济南府了，她把我说出来了，好，这通给我打呀……"

"别往下讲了。那么到济南府，既然把你传去了，为什么宿介丢鞋的事，你在堂上不说呢？""老大人，原来我连宿介这个事我都不打算说，这是好看的事吗？可是济南府那位府台爷太厉害呀，一顿嘴巴打得我嘴角往下淌血，现在里头还有点肿呢。后来用的那不什么玩

313

意，一通笔管把我手指头也夹瘪了。我不得不说了，我就把宿介跟我的事都说了，可是说着说着呢，我一想，关于宿介丢鞋这个事，我要说了，那他冒充鄂秋隼到人家胭脂家的事就得说。后来牵扯着杀人呀，乱七八糟的事，我又说不好，宿介比我学问大得多，好，他是东国名士，我心说一定得逮他，把他逮着，叫他自个拆兑就完了。我说他走了就没来，丢鞋的事我就没说，谁知道他也没拆兑开呀？"

"哼，你是好意，反而害了他呀。""我哪知道。""结案的时候怎么结的？你怎么回来的？""回来的时候，后来不是问我认打认罚吗？我认罚了，叫我把胭脂带回来。""杀人的罪犯是谁？济南府官没告诉你吗？""他告诉我是宿介。""你为什么不替宿介喊冤？""老大人，到了现在就各扫门前雪了，那么休管他人瓦上霜，这也叫顾己不为偏。我就因为他，我嫁不了他，把我留到二十多岁，才把我嫁给喝杂银儿的龚老大。那么现在我打这场官司，我替他喊冤，他为什么有了我，又找胭脂去，许他无情啊，可就许我无义。我说顾己不为偏，我怕我爷们回来，就这么着，我没替他喊冤，没想到这件事又闹到这来了。"

她这么样一回，施钦差可就都明白了。"哦，龚王氏，那么你想一想，他这鞋丢在哪了，被什么人捡走了，什么人能知道赴约的事情呢？""那我可就不知道了。""把龚王氏带下去，带宿介。""是。"有人把龚王氏带下去，放在一边，把宿介带上来了。宿介上堂之后，"与钦差大人叩头。""宿介。""有。""你这鞋怎么丢的？""我也不知道。""你不知道？想一想。""真糊涂，我这鞋就搁袍袖里了。""你看看，这条手绢是你的吧？""是。""怎么跟那鞋搁在一块儿了？""是我从胭脂那抢走这只鞋出来，在胭脂那院里头，跳墙头的时候，我就用我这手绢把这只鞋裹上了。""那么当时你把鞋搁在哪了呢？""搁在我袍袖里。""哪只袖子？""左手，用右手搁在左手的袍袖里边。""当时你跳墙头的时候，你知道这只鞋还有没有了？""跳墙头的时候……有。""出来以后呢？""出来以后，我就出胡同了，我有心要回家，我又怕卞牛医出来追，万一胭脂一喊，他父亲出来，准追我，一追就追上了，所以我就往王氏那去了。在济南府我就说到这，吴公老大人就不往下问了，就给我拦住了。"

"等一等。在当时你上王氏那去，到王氏那去，你叫门啦？""是，已经二更多天了。""在你叫门的时候，你摸了没有？你袍袖里的这只鞋还有没有？""我净剩害怕了，我回头看看胭脂那大门，我怕出来人呐，我就没想到这只鞋。""那么开门进去以后，你注意了没有？袖子里有没有这只鞋？""开门以后那更慌了，进去到屋中……""什么时候发现没有的？""就是把衣服脱了，躺下说话的时候，她一说你上哪去了，你不定认识谁了，我可就想起胭脂那的事了，我又怕她看见这只鞋，所以我就顺手摸，摸着摸着就找不到了。""哦，那就说，你叫门的时候，这只鞋可能还有，你好好想一想。"说到这，宿介可就回想了：跳墙头出来那阶段，到龚王氏门前叫门的时候，这袍袖里的情况。"有，那个时候有。""叫门的时候还有，来到屋中到床这，发现没有了，那就说你这鞋丢了，就丢在叫门的这个地点和到屋里头这块地方，对吗？""嗯，有理，对。""那你想一想吧，你们两个人找的时候，都在哪找来着？""屋里头、床上床下、外间屋、院里边。""门道呢？""门道……没去。""我再问你，开开门进去时候，你有什么举动？""嗨！她一开门，我上里边一迈腿，我没想到龚王氏打了我一下子。""为什么打你？""可能她嗔着我去晚了吧。""打你哪了？"有的公差站在旁边不明白，心说：这位老爷子问案，怎么问得这么详细，打哪还问呢？因为施钦差，知道他这只鞋丢了，要看他这个举动，分析怎么打袍袖里把这只鞋甩出去的。所以宿介说："她打在我头上了，打头一下时我一惊，打第二下时我拿胳膊一招架，第三下还打，她一边骂着我，我就说，我说你打我干吗？她说你怎么这时候才来？我们俩说着就往里走着……"

"等一等，说着往里走着，大门呢？谁关的？""可能是她吧。""把他带下去，带龚王氏。"把宿介带下去了，把龚王氏带上来。龚王氏来到堂上，跪倒磕头，"给大人您磕头了。""龚王氏，我问你，宿介冒充鄂秋隼，到胭脂家去，抢鞋回来那天晚上，到你家去，你给他开的门呐？""啊啊，对。""开门的时候，你打他了？""哎哟，老大人，这事您也知道啊，缺德，甭问这小猴说的。""哎，我问你，是打他了吗？""啊，我打他了。""为什么打他？""他二更多天他才……说这干吗，多寒碜。""说说说。""让你说，你就说。""啊，我打他了。""你打他哪了？""我打在哪了？我哪打着他了，打他一下，拿胳膊一搪我，硌得我这胳膊挺疼的，回头我再……打他头了，就打那么两下，老大人您提这干吗？"当时打完了他，你们两个就进去了吗？这个门呢？谁关的？"门他呀……我想想……哎，对了，没关门，嗨！"没关门，转天早晨你发现了？这个门呢？"转天早晨不是他走了嘛，他先走的，当时那门敞着呢。"

"带宿介。"把宿介又带上来了。"宿介，你们两个当天晚上，往里走时候，这门没关吧？"你关了吗？"我哪关门了？没关。"那天是没关门。"那么转天早晨你走的时候呢？找鞋找不到了，你不就走了吗？你走的时候，大门是关着了，是插着了，还是敞着了？"宿介想了一想，"哎对，我竟顾丢这只鞋，找得慌促了，我就没有注意，那个门啊，没关。"哎，这一宿这门没关，施钦差想到这，这个案子出事，就出事在没关门上！

# 第十九回

　　上回书说到，施钦差审问宿介和龚王氏。发现他们这门没关呢，所以心说：出事就出事在这门上了。在这个时候，先把龚王氏带下去，问宿介："宿介。""有。""本钦命你说，你想一想，是不是你在进了门之后，没有想到龚王氏她打你，然后你一惊，她打你的时候，你拿这胳膊一招架，就在这个时候，你把鞋从袍袖里甩出去了，有可能吧？"宿介听到这一回想，"对对对，就在这个时候，她一打我，我一招架，胳膊这么一动，这鞋可能就甩出去了。""好，把宿介带下去，带龚王氏。"龚王氏上堂之后，施钦差问："龚门王氏。""有。""我问你，谁还上你家串门去呀？""没有啊。"龚王氏一听：怎么问到这来了，"哪有人上我家串门去？""那么你把宿介这些事跟谁说了？""谁也没说呀，老大人，我能跟谁说呀？"

　　嗯？施钦差心说：别人捡走这只鞋，他只知道手绢裹只鞋，他不知道赴约的事情啊。龚王氏不能跟别人说，这也情有可原。但是什么人，能够深更半夜到她那去，捡走这只鞋呢？把龚王氏带下去，带宿介上来，"宿介。""有。""你早晨起来，临走的时候这门没关？""没有。""那么你发现门道里，有没有这只鞋呢？你看了吗？""我看了，没有。""好。"把宿介又带下去，带龚王氏。不叫他们俩当场见面，恐怕他们俩说的，似乎在思想上好像有什么顾虑，可就耽误事了，那么一个一个地调开了问。

　　施钦差问龚王氏："我问问你，除去宿介者，还有谁上你家里去？""没有。""没有？类同宿介者，背后还有二人否？""哎呀，这个话，这叫什么话？我的钦差大人呐。""跟宿介一样的人呐，还有没有

317

第二一个啊？""跟宿介一样的？哪有第二一个啊？那除非是双棒儿。""不不不，类乎宿介跟你的情况，还有第二个没有？""我不懂您这话，老大人，哪有一样的人呐？"哎呀，施钦差很为难，捋了捋自己的胡须，我若大年岁，现在问的这个案子叫花案，我怎么说呢？看了看两旁边的公差，"你们谁懂本钦命的话？替我说。""是，跟大人回，我懂得。"这是聊城县公差。"啊，你说吧。""哎，龚王氏，老大人问了，除去了宿介，你背后还有第二个奸夫没有？""哎呀！可寒碜死我了，我的钦差大人，哪有这个事啊，没有。我就这么一个还不行吗？"

"不能。""我的老爷子。""胡说。""您怎么这么说呢？我怎么就不能呢？""淫乱之人岂得专私一个？"就是说像你这样的淫荡的妇人，不可能就私通一个。"不对，没这个事。老大人哪，我怎么会？我可不是那样的人哪。我跟宿介我们没办法，我们打小就在一块儿。后来我们两个人就海誓山盟，我要能嫁给他，什么事都没有了，这不是爹娘知道了，不让我嫁给他嘛，才把我嫁给龚老大吗？我不敢说那句话，我跟您说，我也是书香门第，我受过家教，我也懂得大门不出，二门不迈……"

"不要说了，既是那样的女人，为什么你还要与宿介私通呢？""这不没办法嘛，您说他找到我那去了，我们过去从小一块儿长大的，又有那么层关系，我推不出去了，这块年糕啊，我可不是那样的人。""你不知道你是有夫之妇吗？""我知道我是有夫之妇。""那你就不应该留宿介呀？""话谁都会说，老大人，不临到谁的头上，谁不知道怎么回事。我不是说，这事要换您呢……""胡说！"钦差一听，哪有这么比拟的？"搁谁谁也办不了，没有，绝对没有。"

"哼，抄手问事，谅尔不招。左右，看刑伺候。"哗，板子夹棍铁链子往堂上一拽，哎哟，这次龚王氏可吓坏了。因为她受过刑哪，她一看这也有那笔管，就是那拶子。"哎哟，我的钦差大人呐，您可别这样，我给您磕头了，哎哟我的亲人哪……""什么？""不是，我的钦差呀。"这个脑袋就磕在地砖上了，血都出来了，头戴都磕破了，顿首出血。

钦差一看，她确实是没有了。"不要磕头了。龚王氏，起来，那么可有托故而来者?""老大人,您别跟我拽文,我脑子都乱了。您这一拽文我都糊涂了,说白话得了。""可有借题到你家里去,跟你闲聊天的主?""哪有?没有。"钦差大人的问法,就说你这个鞋已经丢在门道了,什么样的人能到你家门道?在夜间捡走这个鞋和这条手绢。那就是说,必须找对于你抱有幻想的主儿,什么人借题调戏你,想在你身上找便宜,半夜上你门口溜达溜达,就得找这种人。所以说问她"可有托故而来者"。找一点题目啊,上你那串个门,说句土话蘑菇蘑菇。"没有,没有。""没有?你丈夫呢?""出门在外,总没回来。""除此之外,可有调戏过你的人啊?""调戏过我的人……""好好想想。""有,有有。""嗯,不可能没有这类的人嘛,什么人调戏过你?""有一个某甲。"原文说某甲、某乙,就没有给这人起个姓和名字,原因呢,是这两个人不值得给他个姓名,所以蒲松龄老先生就用某甲某乙来代替。

"那么,某甲怎么调戏你来着?""他呀,他是一个跑绸缎合儿的,那天哪拿着一匹缎子,从我门口走。""你在哪了?""我在门口站着。""一个妇道人家,你上门口干什么去?""我爷们不在家,有的时候我买个菜什么的,我就在门前等一等卖菜的,看看他们来了,好买点东西,门口站个街啊,瞧瞧这,看看那的,我心里还痛快痛快。他就过来了,他说龚大嫂子,哎哟,我说大兄弟。"

"住口,你认识他吗?""我不认得。""不认得,您怎么管他叫大兄弟呢?""嗨,人家管叫我嫂子,您说,我不得还一句吗?可不大兄弟呗。""他说什么了?""他说龚大嫂子,我龚大哥呢?我说你龚大哥没在家,出门做买卖去了。他说龚大嫂子,您有事吗?有事您言语。说您不认得我吧?我说面熟,不敢下笊篱。""哼!"施钦差听到这,哼了一下子,心说,这个妇道,惹祸就惹祸这嘴上了,"往下说。"

"他说我叫某甲,您要穿个衣裳,买个绸缎,您找我,我是跑合儿的。哪天我找您哪,我说你找我干吗?没什么事,我找您给我做点活儿。我说行啊,有什么活儿你拿来吧。他那么一说啊,我这么一答。我说你拿那什么?他把这匹缎子递给我了,我说这干吗?您给我做点活儿,我说做什么?我看出来了,我拿这话那么一挤着他,他也不知做什么好。顺怀里他掏出个玩意来,我一看什么?鼻烟壶,问他干吗？他说龚大嫂子，他说我有这个壶，我没这个套，您把这匹缎子给我做鼻烟壶套得了。哎呀，我说缺德！一匹缎子做鼻烟壶？我一听不像人话，再一看那小子脸上那神色，不是好东西，我过去给他个嘴巴，他把这匹缎子扔在这了，他拨头跑了，回头跟我要。老大人，我还给他？我说你过来，过来我还揍你。就这么着，走了。打那有的时候，门口一看见我，我一叫他，他就跑。我这匹缎子还在家里扔着呢。"

"哦，以后他又去了没有？""没有，以后他在门口过了两次，他见面就跑，他不敢理我了。""还有吗？还有调戏你的吗？""还有一个某乙。""他怎么调戏你来着？""他呀跟某甲认得，那天也是我在门口站着。""你怎么老上门口站着去？""有的时候卖菜的，我说买菜掌柜的，您给我点菜吧，熟悉熟悉还多给点，卖油掌柜的，哎，甫说他们，就门口倒马桶的来了，磕灰的，我说磕灰掌柜的。"施钦差心说：磕灰的还掌柜的，这个妇道真是的。

"就这么着，人熟是一宝嘛。正站着呢，某乙过来了，说龚大嫂子，我某甲大哥在您这做活儿，您给做了吗？我说你也认识他？我说你谁呀？合着您不认识我，我某乙，他是跑绸缎合儿的，我是跑房纤的，我们都不错。我说你拿的什么？他刚给他爹赎当回来，一个棉坎肩，一副棉套裤。他说我这正打算找您做点活儿呢，这是我给我爹刚赎回来的。我一听又这事，我也不好意思说别的，随便一说，做不做的，在哪呢？行啊，有什么活儿你拿来，只要我能做的，他就给我了。他说您看，我这棉坎肩还有套裤，我问你干吗？他说您受累给我改个棉袄，拿这套裤做袖子。缺德！我心说这拿我打岔，这不是开玩笑嘛。我说我不要，我没法做这个，拿走。他把坎肩接过去了，把套裤给我留下了，他说我送您穿吧。我一听不是好东西，我要打他，一下子没打着吓跑了，回头他跟我要，他跟我说那是他爹的，他给他爹赎的，您呐快给我吧，我说小子，上姑奶奶这说便宜话来，等着我爷们回来，我揍你，打那他也不敢来了。走到门口，一看见我就跑，这副套裤啊，还在我家里搁着呢，就这么俩人。"

"此外还有没有了？""还有……""好好想一想。""哎，还有一个。""什么人？""这个小子姓毛，叫毛大。""他是干什么的？""谁知道？是个无赖，哼哼唧唧的，嚯，长得那个凶样。""他怎么调戏过你吗？""那天也是，我在门口那站着。"施钦差心说：嘿，你就惹祸就惹在门口卖呆儿上了，"说什么了？"

　　"他打那边晃晃悠悠过来了，说龚大嫂子。我说你谁呀？您不认得我，嗬，龚大哥跟我不错，我姓毛，我叫毛大。我说我没听说过。龚大嫂子，我龚大哥呢？我说你龚大哥出门了，没在家。他说龚大嫂子，有人欺负您吗？我说谁欺负我干吗，我也不招人家不惹人家的。他说有人欺负您，您告诉我，我跟您说，什么毛大在这地方不敢说踩一脚四门乱颤，什么喝一声压动乾坤，什么脚面水怎么平蹚，谁要敢惹您，您告诉我，我找他。我说没人敢惹。我说有事你来吧。我这么一说，他也就过来了。他说甭说别的，龚大嫂子，我今年三十多岁了，您看我现在还没成家呢，还没娶媳妇呢，光棍难，光棍难，谁给光棍缝缝连连。他拿手一抈他这裤子，您看我这裤子破了，您给我缝缝吧。我一看这小子不是好东西，我啪就给他一个嘴巴，一下子打跑了。跑了以后，我看他这傻相啊，怪可笑的，我冲他笑。""你冲他笑什么？""我笑这小子混蛋，你看姑奶奶是什么样的人？我拿手招呼他，我说你来呀来呀。""嗯？你为什么叫他来呢？""我呀，我憋着揍他。""他说什么了？""他说这个，龚大嫂子，打是疼，骂是爱，嫂子您跟我有心思，您就拿脚踹。他过来了，我稳住了，拿这撇子我就捣他鼻梁子上了。一下子把鼻子给捣破了，捣得小子酸鼻喇汤儿。哎哟，他一捂鼻子，好嘞，他说你这臭娘儿们，稳住了打我。我说你过来呀，我给你缝裤子。他说不缝了，他走了。打那走到门口跟我嘀儿乎。""嘀儿乎？怎么嘀儿乎啊？""他一攥拳头，两只手冲我比画，他说哪天他让毛大爷逮着，你看看，一个手抓住一个，我问你给我缝不缝裤子？""哦，他比画的这两个拳头，他说的是谁？""谁知道？可是我有时候也琢磨，也许他说我跟宿介。""有几次了？""有这么两三回，后来就看不见他了。""还有吗？""想不起来了，没有了。反正门口也有小买卖的，短不了说个笑话什么的。""那么这些个人都在哪住啊？""哎哟，在哪住我可不知道，不过毛大在哪我知道。""嗯？你怎么知道的？""他跟我说的，他说龚大嫂子，西边咱有盘局。我也不懂这句话，后来我这一琢磨，我才知道，可能是赌局，说是他的。我就住在光棍台儿，有什么事您找我。谁听你那个干吗？大概是这么个事。"再想想，还有吗？""没有了。""画供。"龚王氏画供之后，"把龚王氏带下去。"

把龚王氏带下去以后，派人就把龚王氏和宿介，暂时羁押到聊城县的监牢。随后，问聊城县的公差马快等，"她所供的某甲、某乙、毛大，你们都听见了吗？""跟大人回，听见了。""你们谁认得这几个人？""我认得某甲，某乙见过面没说过话。跟大人回，我说实话，在酒馆里有时候喝酒，跟他搭咯过。""这个毛大呢？""毛大我们也见过，没跟他说过话。""好吧，命你们三个人，你们是马快班吗？""对。""谁是头儿？""我。""你，再找两个人。"找出来谁啊？当然这班头知道，王头李头又出来两个，随后，施钦差派自己手下的一个人，跟他们一共四个人，"给你们两天限，想办法把某甲、某乙和毛大，给我捉到，放跑这三个人，你们要小心啊，这是案中的主要嫌犯。""是。""退堂。"

在这个时候，他们这几个公差就凑到一块儿了。当然聊城县这三个公差，那得听钦差公馆的公差的。"头儿，老爷。""别这么叫，咱商量。""您看这事怎么办？""你们知道哪住吗？""这个某甲呀，就在东乡，我知道。某乙在哪不清楚，反正见过。这毛大不说的光棍台儿吗？也不太好找。""你们有什么办法没有？能当时把他们三个人一块儿抓住？""哎哟，老爷，这什么意思？""你想啊，钦差大人吩咐，这三个人是案中主要的嫌犯，倘若你逮一个，那些个人要一惊的话，就能跑了俩，打草惊蛇了，最好把他仨聚到一块儿。""要是那样的话，哎，某甲跟某乙他们都是拉房纤的，跑合儿的，可能家里有孩子有大人的，给他点便宜，他就能迷糊了。回头叫他们找找毛大，聚到一块儿，这毛大好要钱。"就商量到这，想了想，咱如此这般，这么这么这么办。"好嘞。"随后就叫聊城县的公差，出去照这样安排，回来化妆。

他们怎么化的装呢？一个作为买房子的，一个作为卖房子的。买房子这个主呢，是暴发户，卖房子这个主，是落了魄的财主。那么他们俩作为拉房纤的。一个说买房，一个说卖房，这俩人拉房纤的，成三破二，回头找他们一块儿出来，签这个字，好拿这个提成。商量好之后，化完装了，这个买房子的主穿了一件皮祆，戴了个皮毛帽子，可这个月份不对呀，穿得早点，热呀。那个呢，穿了个夹的，就这样一看，你一稀奇啊，可就把其他的事就都忘了。他们在街上这一走，没有不看的。其他那俩公差，化装成商人的模样，一块儿来找这某甲来。

到了某甲的门口啊，一叫门，"开开，某甲大哥在家吗？""谁呀？""我您呐。"一开门，不认得，面熟，姓什么都不知道。"哎哟嗬，您好，大哥，有事吗？""您不认得我了？我说这边这边，我告诉您。""那二位怎么回事？怎么这么些个看热闹的？"都看他穿的皮袍子了。"他呀，是买房的。""啊啊。""他买房，他卖房，那个急用钱，知道吗？我们哥俩，这位王大哥。""哦，王大哥您呐。""我们哥俩给跑这房纤，成三破二，这个成了，八千多两银子，给咱提成。可是他呢，起码要八个中人，将来怕打官司，就我们俩人，他不干……""算我一份，行吗？""嗬，来找你就是这个意思，咱凑个数就完了，完事咱们该怎么算就怎么算。""行行行。""还有一个，那谁，某乙在哪？""在这旁边不太远。""领我们来一趟。"哎，这个某甲就给领去了。领到某乙这来，某甲心说八千两，成三破二，这下大发了。来到这一叫门，某乙也出来了，"怎么着？大哥，这个怎么回事？""有这么这么一段……"某乙一听啊，这里有钱，"行行行行。""行了吧？我说王大爷。""怎么着？""我们这四个中人还不行吗？""是我买这房，我说不客气话，这叫卖冤家产。""别这么说，我怎么卖冤家产？我要没有债，我能卖房吗？够便宜的，八千两银子归您了。""你别说这个，我也怕打麻烦，四位不行，您呐，起码得给我找八个。""我上哪找八个去？""来来来。"公差把某甲某乙拽这边来了，"咱别找行家，你要找行家成三破二，你得给他拿多了，我说，找一个算数的，给他拿点就完，你们哥俩可以多拿几个。""对。""他们还等不了了，得快点。我想起一个人来，有一个总在街面上晃的那个，叫毛大的，认得吗？""毛大他不是这里事，那小子，直眉瞪眼的，他懂得跑房纤的事吗？他不懂，他不懂这个事，他也不是干这个的。""充个数就完，知道他在哪吗？""他总在赌场上。""走走，来一趟，行吗？你拿十个给他对付仨不就完了吗？""啊，行行行。"就这么着，领着去上赌场了。

　　书中暗表，就在聊城县偏僻的地方，有这么一个赌局。这个赌局里边的局头，您说他是官的吧，他是私的，你要说他是私的，官府里有时候那官人儿呢，上这来他也给点钱，就是这么个事。这个毛大成天在这，在这鬼混呐。谁赢了钱了，他去跟人吃喜儿，要点。没辙了，不知找谁好。局头出来，一骂他就走了，就这么块黏糕，还惹不得的，要不然他搅和。

　　今儿个他们上这来了，刚往这一走，赌局的外边呢，他有放哨的，叫他们行话叫"站道的"。"嗨嗨嗨嗨！某甲，谁你就往这领啊？""不是，我找人。""找谁？""找毛大。""等着，别过来。"前面这个伙计就进去了。这时候这毛大，正看人家耍钱赢钱了，跟人要钱呢，"大哥，吃个喜儿您呐，这回您可赢了。""得了毛大，你这干吗？我输了这么些钱，刚赢这一把，你就跟我要。""多少给点。"就听后面那局头喊上了，"毛大！你还让不让我干了？""头儿哎，我沾点，您这干吗？""出来！""怎么回事？你们别……"就在这么会儿工夫，门口那喊着了，"毛大。""干吗？""来，有人找你。""得了，我给您作个揖吧，您让我赚几个，干吗这个，打昨儿个我说，没落子这，今天……""真的呢，某甲找你，你出去看看。"毛大没办法了。"咱这么说啊，外边要不是某甲找我的话，回来兄弟，咱哥俩可有个说法。""嗨，你去看看。""你这干吗这是？我说我这正没辙了，你说怎么了？"毛大半信半疑地就出来了，出了前面这树林一看呐，某甲某乙在这了，后面怎么还一个穿皮衣裳的？"嗨，某甲。""兄弟，今儿你可得请客，今儿个喝你。过来，过来过来。""你甭喝我。""我告诉你，这位呀，暴发火眼的财主买房，那位呀，落了魄的财主卖房，这房子跑成了八千两，咱拿提成。""有我一份。""哎，找你就为这个，他得要几个中人，你看他也是，他也是，一共咱们五个人。拿下钱来，到时候咱五个人分。""好嘞。"这公差一看这毛大啊，嘿嘿，心说：这小子可得扎手。身高不足七尺，鸦黪黑一张脸，挺魁梧。绺着牛心发鬏，一脸的横肉丝，宽天庭，脑袋上净疤癞，大概是打群架打的。一个眼眉剩半拉，长个疤癞给去了半拉。两只大眼睛贼溜溜的，瘪鼻梁，大鼻头儿，翻鼻孔，厚嘴唇，一嘴的大牙板，俩大耳朵，连鬓络腮的短胡茬，上身穿着一件蓝布左大襟的棉袄，下身穿着青布的薄棉裤，脚下是缸靠的矮口袜子，扎着腿，青布实纳帮扳尖大靸鞋。走起道来，跟螃蟹一样横着爬。聊城县公差跟他一照面啊，一抖锁链，哗楞，把某甲某乙锁上了。毛大一瞧事情不好，啊！钦差公馆的公差一看，怎么着？你还想拒捕吗？

# 第二十回

　　上回书说到，聊城县的两名公差，锁上了某甲和某乙。毛大一看事情不好，啊！他那么一惊。钦差公馆的公差一看，怎么着？你还想拒捕吗？毛大一瞧事情不好，磨身形就跑。聊城县的公差是个马快，把皮帽子一甩啊，随后就追下去了，拿手刚一捎他，毛大一转身，横过去就是一腿，这一脚要在武术上来说叫"扁踹卧牛腿"。公差一看他腿起来了，往旁边那么一闪，一伸手抓住脖领子，往怀里那么一带他，好，这块头可真够重啊。底下给他一脚，他一个仰壳，一起来，后边一抓他脖领子，往怀里这么一搂他，拿这左手一推他后腰，就给他推到钦差公馆公差的对面去，这锁链可真快啊，哗楞咔嘣，往脖颈一套，一反手，右手就把这疙瘩他捎上了，往怀里一拽他，"走！""喳、喳、喳，哇呀呀……哎我说，某甲啊，这买房子有锁上买的吗？""少说废话，这场官司你打了吧。"

　　书中暗表，杀人的凶手是谁？咱得说一说了。这段书，必须把这杀人真正凶手说出来，后边钦差公馆过堂的时候，咱可就好说了。要不然的话，这里头怎么样审问？怎么样被审？不好交代。实际上就是毛大，毛大怎么杀的人呢？他调戏龚王氏，这是真的。对于龚王氏和宿介的事，他也有耳闻，因为这个他认为龚王氏是一个淫荡之妇。没事从西乡路过，他就上门口看看，短不了看见龚王氏在门前买东西。后来他就调戏龚王氏，龚王氏打了他了，他还不服这个劲儿，他还憋着找龚王氏的便宜。有的时候从赌局上回来，夜里头二三更天了，一进她这巷口啊，他是哼唧唧，唱的是南腔北调。

　　这一天，他回来的时候，喝得醉呛呛的。一进这东口，嗯嗯……

正没辙了。他走到龚王氏这门这，不由得往左边这么一偏脸，啊？没关门呐。毛大听说：这个娘儿们哎，她这是怎么回事啊？睡觉怎么不关门啊？这可该着杠着，毛大爷正没辙了，今儿我偷你一水吧。他慢慢地登阶石，迈门槛，他憋着偷龚王氏点东西，他有点穷急啊。黑乎乎的，一步一步地蹑足潜踪，刚走了没两步，嗯？他感觉着脚底下踩了一个东西，嗯？软了咕叽的，什么玩意？摸着黑，他捡起来之后，拿手这么一攥，这是什么？过了门道，借星光一瞧，是一条手绢，打个手绢一看呐，哟，里边裹着一只红段子小鞋。毛大心说：这是龚王氏的，她怎么把这个鞋搁在门到了？噢，是喽，这不定又勾引哪个情人了，把这东西搁在这了，憋着叫这情人到这来拿来。您说，这毛大他多糊涂，哪有这种事啊？因为在这男女的温柔乡当中，他不是这里的事。所以他想这只鞋到我手了，龚王氏啊，这回我问你，管缝我的裤子不管？鞋到我这了，你要不答应我的事，嘿，这只鞋跟这手绢在我手里，毛大爷饶得了你吗？

慢慢往里走，走到窗户根这，就听屋里边有人说话，"要找快找，到天亮找不着，可许姑奶奶我不承认。"再听屋里有一个男的说，"得了姑奶奶，您给我吧。""我问你，你哪来的这东西？这种东西怎么会到你手了？"毛大一听他找什么？是不是找这只鞋呀？再往下听，就听龚王氏说，"你告诉我实话。"宿介一五一十怎么去胭脂家中，怎么弹的窗户，胭脂说的什么，我说的什么，后来我怎么进去屋里头，以后怎么抢的鞋，以后怎么说，十天后以此鞋为信物，前来赴约。

他听到这，毛大可就不听了：哦，这只鞋是上胭脂那去的凭据。龚王氏，毛大爷不要你了。卞牛医这闺女胭脂，这个小姑娘比你强得多，十天后毛大爷我那来一趟吧。所以毛大在这溜出去了。

他算好这日子，到了十天以后，整是第十一天夜里，毛大哥就往胭脂那去了。他把这只手绢裹着的这只鞋，可就掖在自己怀里了，顺旁边这死胡同，跳墙头进去。他跳进来之后是里院啊，对于胭脂在哪屋住，他不详细，胭脂在前面南房。他一看，这个房子，他琢磨了胭脂可能在这屋里头，屋里头稍许有这么一点灯亮。卞牛医正起来，拿着夜壶啊，站那解小便，他到这叫这个门。

人家叫窗户时候是叠指弹窗，他呢，到这咣就给了一下子。卞牛医在屋里头，提着这个夜壶就听，这是谁呀？说是猫吧，没那么大声音。"谁呀？"像这个声音，毛大，你听听是女人说话吗？他是胭脂吗？你还不走？他现在净琢磨了，见着胭脂面，把这鞋递过去，仿佛两个人就能到一块儿了，他就没听出这个人，是男的是女的来。他说："我。""你是谁？"就这个他都没听出是男人说话来。毛大一想：我要说我是鄂秋隼，可是他听见宿介跟龚王氏说的时候，这个乎啊，那个也啊，人家是秀才呀，我不跩两句，这不像啊，不像那个秀才鄂秋隼啊，所以他也要拽两句。

里边问"你是谁？""我乃鄂了乎秋了乎隼乎。"卞牛医一听，哪那么几乎啊？这叫什么词？谁也听不明白这话。"你干吗的？"这还没听出是男人说话来，他脑子净惦着这只鞋了。"望小姐开门乎，我前来送鞋乎。"别的没听明白，卞牛医对这句听明白了，"望小姐开门乎，我前来送鞋乎。"老执鬼的卞牛医一听：好闺女呀，你真是人大心大，你怎么能办出这个事，深更半夜这是谁呀？可是想想自个闺女不会有这个事，怎么有人到这来叫窗户送鞋乎呢？好小子！上我卞家找便宜来。难道说你就不打听打听卞牛医，我是好惹的吗？老爷子生气，"你等着，我给你开门。"右手提着夜壶，左手去开门。毛大糊里糊涂地认为一开门，把鞋递进去，就能找便宜了。刚看门开了，他往屋中一迈腿，左手拿这个鞋呀，"望小姐开门乎，我前来送鞋乎。"卞牛医右手这夜壶就起来了，照着毛大这脑袋上，"我给你一夜壶！"就摔他脑袋上了。这个时候，毛大才知道，哟，走错屋了，转身形就跑。他上哪跑？他从墙头跳过来的，还想从墙头走啊。卞牛医一回手啊，就在外间屋那角上，锅台上面就是他那碗橱，他们家里头做饭用的东西他知道，一伸手就抄起把切菜刀，拿这把刀就追出去了。

这个时候卞老太太在屋里醒了，"干吗？别追。丢点东西丢点东西吧，嗨，别出去。"卞牛医的脾气多倔，他能吃这个，就追。毛大到墙根下了，想上墙头，卞牛医已经到他身后头，右手拿着这把厨刀可就举起来了，"我让你送鞋乎！"毛大一回头，左手一扶自个的后脑海，他那么一扬脸，一看菜刀过来了，坏了！他拿右手一托卞牛医这手腕，哎，这刀这么一落，把卞牛医手腕接住了。接住手腕之后，这时候毛大手里这鞋可就丢了，跟着左手过去，一掐他这刀把，把刀夺过来了。拉住了卞牛医的手没撒手，抬起他右脚来，照着卞牛医这小肚子，噔，就是一脚啊。这时候他一撒手，这一脚踹在小肚上了，卞牛医就噔噔噔噔倒退了好几步，咣，就坐地下了。手一按地没按住，哧啦，手戗了一下子，当，后脑海就磕地下了，在这时候怕他嚷，毛大拿这把菜刀，赶过去之后，没等卞牛医坐起来，照他顶门上腾腾腾就是三刀。啊！那么一叫，他把菜刀一扔，蹬窗台，上墙头，是逾垣逃跑。

所以在验尸的时候，验的是什么呢？其腹有踹伤，就是毛大踹的那脚。涌泉穴有蹾伤，卞牛医往后一倒退，拿脚后跟走的，噔噔噔，脚后跟这地方属于涌泉穴，所以蹾出伤来了。那个伤一出来它聚血呀，所以他血一聚住之后发紫青紫。他一个没站住，他坐地下了，臀部有蹾伤。手一按地没摁好，哧啦，往前一戳，手掌有戗伤。后脑海磕到地下了，咣，正谷穴有磕伤。赶过去之后，这菜刀在脑门这剁了三刀，是顶门三刀，是刀刀入骨。

毛大这个便宜没找上，走了之后，后来就听说，胭脂家里头出这件事，把鄂秋隼给告了，他就不敢从西乡走了。以后这件事他道听途说，也有耳闻，什么把龚王氏传去了，什么把宿介逮去了，他就不敢路过西乡了。

今天，毛大一看，公差把他锁上了，他可心惊。他又怀疑，是为这个事吗？拉拉拽拽，把他们三个人就带到钦差公馆。暂时押在一个小屋了。他们三个人是互相埋怨，"你们到底是怎么回事？这是买房吗？""谁知道，我哪知道，他找的我呀。""我找你，他们不说成三破二吗。""嗨嗨嗨嗨，别矫情了，矫情什么？老实待着。"他们三人分开，整押了一宿。

转过天来，钦差大人起来了，这才有人往里回。"回事。""进来。""给钦差大人您请安，某甲某乙毛大俱已拿到。""哦，怎么逮来的？"如此这般这么这么一段，公差那么一说，"三个人现在已经前面押着呢。""好，吩咐下去，升堂。"继续用聊城县这些堂威，就在花厅升堂。

升堂之后，"来，把某甲给我押上来。""是，某甲，走，过堂了。"某甲心说：麻烦了，昨天憋着成三破二了，没想到带到这来，这什么地方？他哪懂这个？走来走去一看，这不是衙门口啊，进了花厅了，"跪下跪下，某甲带到。"某甲撩眼皮一看，哎哟，这官岁数不小了，怎么穿的这衣裳，这还是个大官。"老爷在上，小人某甲，给老爷您磕头。"施钦差看了看这个某甲，哎，也是一个不务正业的商人。"你叫某甲？""我叫某甲。""多大了？""三十二了。""在哪住啊？""我就在西乡。""家有什么人呐？""一个老婆四个孩子，还有老娘。""以何为生？""原来我在绸缎庄学过买卖，后来出了号以后，自个儿给人家跑个合儿什么的，凑合着吃饭。""抬起头来。""哎。""哼，不务正业，你怎么样调戏民间的妇女来着？""啊？哎哟，跟大人回，我可不敢您呐，咱是规规矩矩的买卖人。""来，带龚门王氏。""是。"某甲一听带龚王氏，就想起自己那匹缎子来了，还那鼻烟壶。哎哟，是这么个事，她怎么到这把我告了，我的妈呀。他又有点害怕，龚王氏被带到堂上，"给钦差大人磕头。"某甲一听这是钦差呀，怎么我这个案子闹到这来了？闹这么大？"龚王氏，你认得他吗？"龚王氏一偏脸，"认得，某甲。""他怎么调戏你来着？""问他吧，哎，某甲，你不是让我给你做个壶套吗？调戏姑奶奶，告诉你，叫你知道姑奶奶的厉害！""嗨嗨嗨，哪那么些废话！某甲，你调戏过妇女没有？""哎哟，钦差老大人，您饶了我吧。我呀，无意中的我说那么两句笑话，我惹了祸了。""把龚王氏带下去。说实话，你怎么调戏来着？"龚王氏这个时候有点得意扬扬啊，她被公差带下去以后，某甲吓得面如死灰，一个劲磕头，"我走到门口了，我看她说了两句笑话。""为什么你要调戏龚王氏？""因为我听说……""说、说。""我说实话，因为我听说龚王氏她不怎么样，所以我看她，她看我，我让声龚大嫂子，管我叫大兄弟，我有点糊涂心，我正给人家拿着缎子去送货去，我也说来说去没什么词了，她说做什么活儿？我就把缎子给她了，我糊里糊涂的，她问我要做什么？我知道做什么？一匹红花缎子，您说做什么？我顺手一摸，就摸着我那鼻烟壶了，我说您给我做个壶套吧，她打了我了，缎子给我留下了，到现在我这账还没还上呢。钦差大人您饶了我吧，我下回不敢了，她要能把缎子给我才好了。""哼，还有，我问你怎么杀死的卞牛医？""啊？哎呀，钦差大人，那我可不敢您呐，我天胆也不敢，这都没有的事，您饶了我吧。"

吓得某甲一个劲磕头。这叫什么呢？这叫喝问，就是吓唬他。一看他这样不像杀人的罪犯，"先把他带去。"把他带下去之后，"带某乙。"

"某乙，过堂了。"某乙也是害怕呀，来到堂上一看，也不知道是什么官，"给大人您磕头。""带龚王氏。"把龚王氏带来当堂对质，龚王氏一看他，又把她这个得意劲儿拿出来了，"某乙，我说，还打算找姑奶奶便宜吗？"某乙就明白了，问他几句，把龚王氏带下去，一问这某乙。某乙一五一十说，"我那天给我爹去赎当去，我走到那了，我看见龚王氏了，我听说了龚王氏反正……""你听什么了？龚王氏怎么着？"借这个机会，施钦差也打算听听某乙能说出龚王氏她还和什么人接近。"说。""我听说反正龚王氏打做闺女的时候，就不大稳当。""那么你知道跟谁来往？""谁都知道，反正南乡的一个出了名的秀才，叫宿介。咱可没看见，听人说的。""还有谁？""那咱就不知道了。""除此之外，你在龚王氏家里还办了些什么？""我什么也没办哟，那咱可不敢您呐。""卞牛医被杀，你知道不知道？"这叫惊问，他要是杀人凶手他就惊了。"啊？卞牛医被杀听说了，知道。""你怎么样杀的？""哎呀，我说钦差大人，我可不敢您呐，我家里还老爹了，我可不敢，好，我外边惹祸，我爹不得歪了嘴您呐，您饶命吧。""押下去。"那就不问了。

"带毛大。龚王氏往旁边跪。"把毛大带上来了。毛大这一上堂，公差一喊，"毛大带到——上堂。"聊城县的公差这一威吓，"上堂。"毛大项带锁链往堂上那么一走啊，东瞧西看。施钦差上下一打量这毛大，绝非善类。"跪下跪下跪下。""太爷在上，小人毛大，与太爷您叩头。""把刑具给挑了。""毛大。""哎！""起头来。""好嘞。"啪！施钦差一摔这惊堂木，"低头。凶徒，我问你，你怎么调戏龚王氏？说！"毛大一听跑这去了？"没有您呐，咱是规规矩矩的安善良民，咱没调戏过人。""你认识她吗？"毛大一偏脸，龚王氏冲他一瞪眼，"不认识奶奶了？光棍难，光棍难，谁给光棍缝缝连连，对吧？你不叫我给你缝裤子吗？来吧，钦差大人在这了，怎么着？缝吗？"毛大一听这是钦差，"嘿，好臭娘儿们，你可真有两下子，这值当的吗？你缝了吗？你不是没缝吗？""哎哎哎，毛大，你调戏过她没有？""没有您呐，咱们规规矩矩。""哼，胡说，你没调戏过她，你问她没给你缝裤子?""哎，她不是没……说两句笑话您呐，咱规规矩矩的人，咱走到这……""不用说了，把龚王氏先带下去。""龚王氏，下来。"

龚王氏下去以后，施钦差就注意到毛大了，"毛大，你怎么样调戏龚王氏，而且你持刀杀死卞牛医？""啊？您呐，您认错人了，嘿嘿！""我问你，你家有什么人？""家里没人了，老爷庙旗杆独一根，就我一个人。""在哪住？""光棍台儿。""什么地方？""光棍台儿。"施钦差不明白什么叫光棍台儿，"这是什么地方？""跟大人回，这光棍台儿是一个店房，里边住的都是光棍，没家没业的主。""哦。"为什么要打听这个呢？后边判文上判毛大的时候有一句你"刁滑无籍"，你没有准户口，没有准地点，刁滑这么一个凶徒。

"你以何为业？""怎么着您呐？""你干什么的？指什么活着？""打八岔。"打八岔，有什么干什么。"哈哈哈，说实话吧，怎么持刀行凶，杀死卞牛医？""杀人不敢您呐。"一问他，就看毛大似乎一点都不害怕，没有走那脑子，"看起来抄手问事，谅尔不招哇。说实话，免去你的皮肉受苦。""您打死我，我也不知道您呐，嘿嘿，我就一个人，一天混饭吃。调戏龚王氏，说两句笑话，这是有的。""你为什么调戏她？""我听说这娘儿们不规矩。""怎么不规矩？""嗨，谁不知道？他跟南乡的秀才，俩人有来往，私通，打小时候做闺女时就不规矩。嘿，走到这她冲我乐，她冲我乐那怨我吗您呐？她要不冲我乐，我能说便宜话吗？""你在她家还干些什么？""什么也没干您呐。""毛大！你不承认，左右，看刑伺候！"哗楞，板子夹棍往这一拽，就见毛大脸上一转色，他一咬后槽牙：什么你也问不出去，谁也没看见，我也没干什么。"扯下去，与我重责二十。"把签拿过来，往底下这么一拽，十成刑，照死处擂，掌刑的那还客气？把他掫下来，噼里啪啦，就这二十板给打的，毛大是龇牙怪叫，"哎——呀——喝——""有招无招？说！"刑班一个劲问他，"没得可招，有什么可招？调戏龚王氏了，杀人不知道。"从他受刑的过程，施钦差都看出来了，十成有九成，他就是杀人的罪犯。

"推上来，毛大，你有招无招？""没得可招您呐，哎呀嗬，真狠呐，真打。调戏龚王氏这有，说两句笑话，嘿，什么这个那个的，杀人不知道您呐。""押下去，钉柙。"马上给带下去，羁押在聊城县的监牢之中，"退堂。"一概人犯完全都押去了。施钦差退堂之后，回来就分析他们的口供，怎么看这毛大爷也是杀人的凶犯。转过天来，又升堂，把这些人犯带来之后，先问龚王氏，"毛大都是什么时间从你那走？""毛大他什么时候啊，有的时候早饭以后，我在门口买线看见，有时候一早起来。""他在哪住？""反正他在西乡的西边，有时候总打西面过来，出东口，回来的时候，有时候进东口出西口。""他什么时候回来呢？""那可就没准了，有时候一早起来在门口过，有时候半夜了。""什么？什么时候？""半夜了。""半夜？几更天啊？""天快亮的时候也有啊，定更以后，二三更天的时候也有。""龚门王氏，我问你，白天你在门前站立，可以说买点东西，那么毛大半夜在门前走，你在屋中睡觉，你哪能看见？给我说！"

# 第二十一回

上回书说到，施钦差在公馆里升堂，审问龚王氏。龚王氏供出来毛大，每天路过西乡的时候，是早晨起来，或者午饭之后，有的时候就得半夜，定更多天，或者是四更多天。

施钦差一听啊，"我问你，白天你要看见人在门前路过，可以说你在门前站立或者是买点东西，难道说你夜晚也在门前站街吗？""那哪能够？""那你怎么知道毛大，深更半夜定更天以后，或者天亮之先，从你门前路过呢？说。""老大人，因为这毛大呀，他一过我这门口的时候，尤其是晚上，他穷唱，哼哼唧唧的，南腔北调，那可真是，穷小子爱唱，穷老婆爱哭，哎哟，我一听就是他。""他总唱吗？""哎，一过门口特别是黑下，他就唱，唱得这个难听，我一听就他那味儿，我明白。""你明白什么？""明白他那意思，他吓唬吓唬我。""他吓唬你什么？""他那意思仿佛宿介要在我这啊，他说那意思，毛大爷手抓住一个，问你管缝裤子不管。我一听就是他，我大门不开。所以我知道晚上他在那过，还不是一次了。""哦，来，把她带下去。"

把龚王氏带下去之后，施钦差根据龚王氏所供，可就明白了。那就是那天丢鞋的晚上，大门没关，毛大在门前路过，他捡走这只鞋，他怎么能够冒充鄂秋隼呢？再看一看宿介跟龚王氏的口供，更明白了，那就是龚王氏问宿介的时候，这只鞋从哪来的，宿介把这经过告诉龚王氏，隔窗有耳，让毛大听去了。所以有百分之九十几的把握来审问毛大。

因此吩咐一声，"把毛大给我押上来。"有公差带着毛大上堂，稀里哗啦蹚着镣上来。毛大往这一跪，施钦差一看他这个举动，跟他的眼神，断定他是杀人的罪犯。"小人毛大，给大人叩头。""大人验刑。""挑刑。"把他的刑具给他去掉。"毛大。""有。""你怎么样冒充鄂秋隼，你到了卞牛医家中，持刀杀死卞牛医，丢鞋弃凶逃走，从实讲，免得你的皮肉受苦。""嘿嘿，太爷，我说调戏龚王氏这是真的，嗨，这娘儿们不怎么样，说两句笑话。您要说什么，什么我跳墙了，冒充这个那个了，我杀人了，这都不敢您呐。咱是规规矩矩的老实人。""抄手问事，谅尔不招。左右，把他扯下去，重责二十。"有公差把他拉下去之后，这二十板给搧的。毛大这小子真能挺刑，打得龇牙怪叫，上一次受了一回刑了，这也叫当堂揭痂儿。

"哎呀——""有招无招？""嗯——没得可招您呐，冤枉，冤枉。""把他推上来。"二十板子打完了，把毛大推上来，俩人一提他。"毛大，你招不招？""凭什么拿我？啊，要说我是杀人的罪犯，有什么为凭？""毛大，你看看这个东西，认识吗？抬起头来。"施钦差就把这只手绢跟这只鞋拿在手，往高处一举，让他看看。毛大一看这鞋跟那手绢，当时一转眼睛，施钦差就察颜阅色，一看毛大脸上神色，他心惊讶：哎哟，这东西到这了。就证明他是杀人罪犯。

"你还有什么说的？""不知道您哪，我知道是哪的？""你不知道？哼，我劝你从实说了。""找不出凭据来，要说我杀人，谁看见了？谁逮着了？没凭没据，您打死我，我也不招。""哈哈哈哈……押下去。"喊咔，手铐脚镣脖锁，"退堂。"不问了，把一干人犯羁押到聊城县监牢之中。说怎么不问了？毛大已经供出来了。供出什么来了？您找不出凭据来，您连打死，我也不招。施钦差一看，嘿嘿，这已经说明了毛大就是杀人的罪犯。他说您打死我，我也不招，那意思他能挺刑，一看那五大三粗的，胳膊根挺粗，跟那某甲某乙不一样。二十板一堂，连过了两堂，挨了四十板了，到现在咬牙喊，这个那个，他就是不招，那意思我以身试法，你打个试试，你得有证据。什么叫证据呀？哪个叫凭据呀？这一下可要了施钦差的短了。你真得把证据拿出来，所以不能再问了，退堂。

退堂之后，施钦差回去休息一会儿。顶到晚上，自己在想，杀人罪犯肯定是毛大，但是，怎么能够让他招供？说礼度君子，法度小人，用刑，看这意思，他能挺，挺不过去再上非刑，倘若在堂上立毙杖下，死在刑下，他没供，施钦差可有责任呐，可担不起。他有供，他死在堂上，他有这个罪倒不要紧。所以睡不着觉，自己在想，想什么办法能够让他招认？这就跟治病一样，对症下药，一把钥匙捅一把锁，就得分析他的对手，毛大是怎么一个人？他想的是什么？怎么能够制服了他？看起来还得给他找证据。想了半天，到了三更时分，忽然间，心生一计，心里有点底了，可就睡了。

　　转天天亮，梳洗已毕，吃罢早点，这才告诉随从，"把聊城县的公差，给我叫进来两个来。""是。"有人出去工夫不大，把聊城县的公差叫进俩人来，来到里边，"给钦差大人您行礼。""我问问你们，你们当地的城隍庙在什么地方？""城隍庙离这，二里来地。""你们呐，到城隍庙去一趟，找城隍庙的住持，跟他说，就说我借他城隍庙的大殿一用。""是。""不要忙，借过来之后，要如此这般这么安排……来呀，你把前面的王头叫来，跟他们一块儿去。""是。"王头来到这以后，钦差又一遍吩咐，如此这般这么办，"你们去吧，安排好之后，前来告诉我。""是。"三个人就出去了，到了城隍庙，找城隍庙的道爷，跟住持一说，钦差大人借你的大殿一用，那哪能不成啊？甭说奉旨的钦差，当地的县官要是借他这庙，他也得借。里边要打扫干净，庙里庙外全打扫干净。公差应该要用的东西，一切一切就在大殿前后，都准备好了。里里外外全都安排了，随后公差回来交差，"跟钦差大人回，一切准备停当。""好，把所有的人犯，都给我带来。"就到聊城县监牢之中，把所有的人犯全都带来了。所有的人犯都是谁？某甲、某乙、宿介、龚门王氏、毛大。

　　把他们带来之后，钦差大人吩咐下去，"顺轿，打道城隍庙。"钦差大人穿好了自己的官服，出来上了轿了，把这些人犯带在轿后，前呼后拥，铜锣开道，引马跟马，前面有人给打着道，咣——咣——敲着锣，"百姓边上站。"老百姓都上边上去了。工夫不大就来到城隍庙。离着城隍庙附近的时候，就听里边乐器响，道爷嘛，都披着袈裟，从里边出来，打着响器，迎接钦差大人。一起跪倒，钦差大人在里边，靴子尖一点那轿底，轿子一打杵，撩起轿帘来，摆了摆手，

"起来。"钦差大人这才进庙。到庙里下了轿之后，就在大殿的前面，这个地方准备了公案，旁边有小桌，有个椅子，那是录供坐的地方。

钦差大人入座之后，赏给道士们二百两银子，以助香资，随后让他们去执公。钦差大人吩咐一声，把人犯带到公案前。有某甲、某乙、毛大、宿介、龚门王氏，全挨着个地跪倒，给钦差大人叩头。"某甲。""有。""某乙。""有。""毛大。""哎！""宿介。""有。""龚王氏。""哎。""我问问你们，你们说实话，杀人的罪犯是谁呀？啊哈……"大伙一听，怎么这么问啊？您不知是谁，问我们？谁能说呀？这说不知道，不知道，全说不知道。"告诉你们，本钦命昨夜晚偶得一梦，城隍爷给我托梦去了。说杀死卞牛医的凶手，不出你们这四五人之中，明白吗？"谁明白？谁也不言语。不过他这话里有话，不出这四五人之中。说四五人，这四人也就是某甲、某乙、毛大、宿介，那么五人呢，捎带着点龚王氏。底下问他们，"如果你们谁是杀人的罪犯，现在招出来，本钦命还能够法外施仁，说。"这五人呐，哑口无言。谁说呀？"好。"钦差看完这个情况，吩咐一声，"把他们的头发都给打开。""是。"一个个头发都给打开了，打开之后，叫他们把上衣都脱了，把膀子露出来，括发赤其背。

"某甲，把衣裳脱了。"某甲赶紧地把上衣脱了，露了个光膀子，某乙也照样。"毛大，快点。""我这也脱？""你怎么了，快点。""哎好。"毛大抬起胳膊，也脱他这上衣啊，嚯，一瞧这块儿，双肩抱拢，脯子肉在那翻翻着，跟小鬼脸似的，胸口一把抓不透的护心毛，一身横肉，他胳膊那么一动啊，那跟老鼠拱小皮球相似。这小子，莫怪他能挺刑。到了宿介这，宿介自己就把头发打开了，也把他的文生氅跟里边小衣裳全都脱去了。到龚王氏这，公差告诉脱，"哎哟，我还得脱？""别废话。"马上把头发她也打开，把上衣脱了，露着个兜肚。

钦差大人又吩咐，"告诉你们，城隍爷说了，谁是杀人的罪犯，把你们送进大殿，自有神明给你们写到你的后背上。来，听我的吩咐，你们俩带着某甲先走，随后带某乙，带宿介，下面不是毛大吗？没让带毛大，带宿介。宿介带进去之后，带龚王氏，俩公差押着一个，最后有俩公差看着毛大。五人排成一溜，往大殿里头走，大殿那门关得挺严，有公差看他们过来，把这门给他开开一扇。某甲一进去呀，哎哟，里边挂着这是什么？仿佛像毛毯。您看电影院没有？开电影里边挂那个绒幛子，跟那意思差不多。撩起这幛子一进去，哎哟，里边漆黑，对面不见人，伸手不见掌。某甲俩眼可就发了花了，什么也看不见。有公差抓住他这两手腕，"过来，这大殿里边是洁净地方，手最脏，得净净手，听见没有？""哎哎。"忽然间手腕叫人给抓住了，把他这两只手往下那么一按，这是什么地方？哦，慢慢地自己有所体会，这是个盆呐，盆里头好像有多半盆水。"不要洗手，沾一下就净了手了，听见没有？不许满世界乱摸。"某甲把两只手岔着，公差把他手腕给他摆在左右。"不许动啊，走。"有俩公差，推着某甲往前走。随后就是某乙，也如是。到了宿介这，宿介的脑子里可有所思，宿介心说：这不定又是什么招啊。黑乎乎的，他把手泅到盆里头，感觉这盆里头不是水，这是什么？"来来来，过来。"把他两手腕摆在左右了。待到龚王氏这，龚王氏也照样，龚王氏心里这个跳啊，腾腾腾。"这边这边。"随后到毛大这，"过来。"毛大也把手泅到这了，把他的两手摆在一边，俩人抓住他胳膊的小臂和他这肩头，也把他推到里边。一个一个地面冲墙，公差拿手一扶他的后脑海，就把某甲这前额啊，推到墙壁上了，"别动，脑袋顶墙，背冲外，站好了。"一个一个的，最后是毛大。"脑袋顶墙。"一下子把他脑门就贴在墙上了。相隔一个人约有二尺远，这两只手全岔着。"告诉你们，不许动啊，自己报自己的姓名，和你的罪名，你都干些什么？某甲，从你这开始说吧。"说完这话，公差的脚步声噔噔噔往后退，显见能听得出来，公差似乎出离大殿了。

这五个人脑袋顶墙背冲外，两个手左右分开，全岔着。五个人各有内心的活动。这里头有相信这件事的，有不信的，还有半信半疑的。这里头相信的是某甲和某乙、龚门王氏，他们平常脑子里头知识有限，哎哟，城隍爷真灵啊，一听有这个事，城隍爷给钦差托梦，城隍爷下来要给后背写上，反正我不是杀人凶手，我做这点事，也许城隍爷给你写得上，爱怎么地怎么地吧。这是他们的心理。这里头不相信的是宿介，这就说他念书有学问，有知识就沾光了。心说这里不定怎么回事，钦差大人用的什么手段，找出真正杀人凶手。实际这里边，官断十条路，这十条路当中有刑问、质问、神问、鬼问、喝问……多少种的问法。宿介知道钦差，这是一个手段，但是他只知其一，不知其二，究竟用的什么办法？他猜不透。这里半信半疑的是毛大，毛大他是真正的杀人的凶手，要说城隍爷不能给写上，我是杀人的罪犯，怎么给钦差托梦？能吗？万一要没这个事，我可就上当了。可是为什么推到这来？没准城隍爷显灵就许写上。所以他们个人有个人的想法。

开始让某甲第一个，"某甲，你说。不许动啊，跟城隍爷说，你姓什么叫什么？你都犯了什么罪？听见没有？随后城隍爷就给你们写后背上？谁是杀人凶手？城隍爷一定给你们写在后背上，谁不是，你也甭害怕，不会给你写上的。说吧。""哎。"这个某甲脑袋顶着墙，他就说了，"城隍爷在上，小人某甲，我呀是跑绸缎合儿的，我调戏过龚王氏，到现在我那匹缎子她留下也没给我，我这钱还没还上呢。我家里有老婆有孩子，我天胆不敢杀人，城隍爷，我要是杀人的凶手，您就给我写上。""行了行了。某乙，你的。""哎，城隍爷在上，小人某乙，我是个跑房纤的，我给我爹赎棉坎肩跟棉套裤去，我看见龚王氏了，我不应该啊，我跟她说了笑话，那套裤也没了，到现在我爹没的穿。你要说卞牛医死了、被杀了这事，我可不敢杀人，城隍爷您饶了我吧。""别说了，宿介。""是，城隍在上，小人宿介，我与龚王氏两小无猜、青梅竹马、海誓山盟是实，王氏出嫁以后，我与她通奸有染是实，我冒充鄂秋隼去到胭脂家中，诓开门户，抢走绣鞋定约是实，但是我这只鞋丢了，丢在王氏家中，丢鞋未敢再往，杀人不是小人，城隍公断。""龚王氏该你的了。""哎，城隍爷您在上，小妇人龚门王氏，我跟宿介，我们从小的时候，后来他非我不娶，我是非他不嫁。可是爹娘不乐意，就把我嫁给这个倒了霉的龚老大了，我可就认了命喽。可是没想到，这个宿介在我门口过，他埋怨我，我也没法办，我也埋怨他，我们俩打那可又有来往了。我可不应该上胭脂那去，人家是个小姑娘，我跟人家胡说八道，胭脂看见鄂秋隼了，对鄂秋隼钟情，我拿胭脂开心喽，我许给胭脂呀，叫鄂秋隼去，我们这个事可就告诉宿介了，这个倒了霉的宿介，冒充鄂秋隼上人家去，后来他上我家来，把这鞋丢了，真丢了，他找我也找，没找着。十天以后，胭脂她爹叫人给杀了，杀人凶手是谁呀，城隍爷，我可不知道，是谁您能给谁写上吧。"

"这别说，毛大该你的了。"书中暗表，毛大这个凶徒他粗中有细，叫他站着，脑门顶墙，他就琢磨了：我是杀人的凶手，城隍爷真要下来，万一有什么事，给我写上，这不麻烦。我才不信这个，一转身，他面冲外，他后背贴着墙。心说：城隍爷，我看你怎么写。你只要到我眼前一来，我能看你个影，我拿拳头可就捣你。我不管你是城隍爷还是判官，我捣不死你才怪。你要想给我写上，除非你钻到墙里头去，所以他后背就倚着墙了，贴得紧紧的。等这几个人一跟城隍爷报自己的姓名和罪状的时候，毛大可就听出来了，人家脸冲墙啊，他有回音啊，一说话嗡嗡的。他脸冲外了，公差在那边站着，倘若他脸冲外，一说话的声音不对，这个空气敞啊，音出去敞。他把两手捂着自己的脸，这就是粗中有细的地方。

"城隍爷在上，小人毛大。我调戏过龚王氏这是真的。杀人啊，我……"这个话还想往下说，"别说了，城隍爷给你们写上了。"哟，说完这话唰就亮了。有人带着某甲往外走，"出来，出来。"头一个某甲，二一个某乙，三一个就是宿介，第四一个是龚王氏，最后这个是毛大。他们都往外走，最后这毛大心说：写上了？什么时候写的？看看自己的前胸，什么也没有，要写就写在后背上了。他无意中他这两只手就往后背上，拿手这么摸，去划拉。意思你要给我写上，我也给你划拉下去。他打底下往上掏啊，俩手这么一划拉。他又怕啊，脖子后头这还有，他又顺上面往下划拉，横划拉竖划拉，可就到大殿的门这了。

"过来过来，快过来。"把他们都带在公案前面。"跪好了没有？脸冲外。"钦差大人吩咐，叫他们转过脸去，"我看看谁是杀人的罪犯？某甲，转身。"某甲那么一转身，钦差看了看，"往旁边跪，某乙。"某乙转身，"好，你也往旁边跪，宿介。"宿介还没等告诉他了，他自己都转过去了。宿介低头看看自己这两只手，心中已经明白了，"您看吧。"一看也没有。"龚王氏。""哎。"龚王氏那么一转身，"钦差大人，您看吧，反正我没杀过人。""好，你往旁边跪。毛大，该你的了，你把身转过去。"毛大心说：他们四个人都没有，难道说真给我写什么了吗？"毛大你转过去。""钦差大人，他们没有啊，我这也没有。""你转过去，本钦命瞧瞧。""转过去！转过去！快点。"公差那么威吓他。俩人一拉，他那么一转身，钦差大人手拍惊堂木，啪！"大胆的杀人凶徒，你还敢抵赖？"

# 第二十二回

　　上回书说到，毛大转过脸之后，施钦差一看他的后背，啪的一声，一拍惊堂木，"胆大的杀人凶徒，你还敢抵赖吗？"说是不是城隍爷给毛大写在后背上了？万无此理啊。这就是官断十条路的一种手段。这叫"鬼问"。您听过这出戏没有？《夜审潘洪》，假扮的阴曹地府，就是一种鬼问。但是施钦差这个并不是假扮阴曹地府，他把这个城隍爷大殿周围都挡严了，一点空隙不漏，使殿里边漆黑。最后，把墙这个地方腾空了，刷了一些个白粉，也就白石灰这类的东西。里边预备上一个盆，盆里头搁了多半盆水，倒点子黑烟子，稍许点了一点墨。让他们进来之后，两只手就往那黑水里这么一泅。他们这两只手往旁边参着，叫他们脸冲墙，脑门顶墙，墙上有白灰，就在他脑门这，有这白灰的印子。毛大，先是脸冲墙，脑门上有白灰，后来脸冲外，后背贴着墙了，所以他后背有白灰。临出来的时候呢，他害怕，他拿这两只手往后边一胡噜，划拉得后背有黑印子。在里边报自己的罪状的时候，他拿两只手捂着脸了，他怕没有墙的回音，所以在脸上有俩黑手印子。别人身上都干净，因为那两只手没上别处摸。毛大这一转脸，从前脸来看，就看出他脸上黑手印子，再一转脸呢，后背又是白的又是黑的，所以施钦差断定了他是杀人的凶手。因此一拍惊堂木，"说，你个杀人的凶徒，你还能抵赖？"

　　毛大一听。"怎么着？写上了？""哈哈……"施钦差哈哈一笑，就把这个原因，跟毛大讲了，"你要没有亏心，为什么你脸上跟你的身上见这么些黑道子？你说！"毛大一听啊，就这个？"这不叫凭据！""这不叫凭证，何为凭证？""要说我是杀死卞牛医的凶手，谁看见了？

谁逮着我了？抓到没有？""刁徒！来，把他扯下去，与我重责二十。"已然他受过两次刑了，臀部有伤。当时公差把他拉下来之后，这二十板子给他擂的。"哎呀——"毛大咬住了后槽牙，说什么也不招啊。一边打着，那个公差的头儿，也就是皂头。一边在问，"招不招？说，有招无招？""没的招。"打完之后把他拉上来了，"毛大，你有供无供？你招不招？""钦差大人，没的可招，这不叫凭证。"嗬！施钦差若大年岁，可没生过这么大的气，历来是脑子清楚的。今天看见毛大这样刁滑，真气坏了，我就没见过你这么样刁滑的凶徒。还有什么办法？能叫他招供？

施钦差想啊，看起来还是礼度君子，法度小人。刚才这种问法是一种理，但是这个道理摆在这，明明是他，他不招。也罢，我当堂给你来个重茬，即便你死在刑下，我若大年岁，也不会给你抵偿。"把他给我夹起来。"聊城县的公差往下一提溜他，跟抓疯狗似的，就给他弄下来了。弄下来之后，喊哩咔嚓那么一整治。说什么叫夹起来？聊斋原文上说是"三木"，说白话这叫夹棍。夹棍是怎么个刑法？把毛大拉下来之后，把他的裤子给他往上抹，露出两个磕膝盖来，下边给他盘上两挂铁链子，这个铁链子盘成螺旋式，让他的磕膝盖跪在铁链上，这名叫"跪铁锁"。随后给他上一个脑箍，过去不有这么句话，嚯，您可上脑箍了，就是这个脑箍。用麻绳编的这么一个网子似的，给他罩在头上，勒住他头上的血管，把他的发髻给他打出来，打脑箍上面这个眼啊，跟一根绳子缠在一块儿，后面有个木架给他吊起来。在这个时候，踝子骨这个地方，有这么三块板，怎么叫"三木"呢？宽约有三寸多宽，长有一尺多长，当中间侧面有眼，这眼上穿的是牛筋，在这两个脚脖子的当中间有一块木头，在两个踝子骨的侧面呢，一边一块，整夹他的两个踝子骨。在牛筋的这头，横着有这么一块竹板，在牛筋上穿着呢，两公差攦着，这个名字叫夹棍。在底下呢，也可能给他垫块砖。说不有这么一句话吗？说他给他垫砖了，就这底下脚脖子下边，这脚面的地方给他垫砖。都预备好了，在磕膝盖这个地方给他上去个杠子，这杠子的两头儿富裕得多，六七尺长。在杠子两头儿这个地方，下面站着公差还没上去呢。这刑都准备好了，把他俩手给他绷起来，夹他这踝子骨。

最后，"请大人您验刑。""毛大，你有招无招？"毛大一想啊：嘿嘿，我宁死也不给你招，说什么也不招，你爱怎么地怎么地，"没的可招。""嗖。"钦差大人把签拿过来，往底下一扔，一抖袖说声嗖，一声嗖，两旁边俩公差啪就跳上去了，跳到杠子上了，啊！一压这杠子，这名叫"压饸饹"。后面攥夹棍两头的俩公差这么一拉这竹板，啊——。这踝子骨嘎巴嘎巴直响啊，"说！说不说？"这得试着劲儿，劲大劲小，得给他思想留着活动的时间，好叫他招供。一个劲儿勒，一个喘不上来气，死过去了。"说！招不招？""哎呀——招、招了。""跟大人回，他有供。""松刑。"说声松刑，得一点点松，愣一松，当时一放下来，脑箍一摘躺下了，血管一破，死了。慢慢一点点松开之后，啪！一盆凉水就泼过去了，有公差拉着他，已经动不了了。拉在公案前边，拿手一提溜他，"说。"

"说，怎么杀的卞牛医？""那天晚上，我从龚王氏那过，我看那敞门，我一想偷她一水，没想到门道捡了个手绢，裹那只鞋，我琢磨王氏是给情人的。我到里头，想找王氏便宜。我正听见，宿介说丢鞋的事。冒充鄂秋隼，十天后前去赴约，我就去了。""你从哪去的？""旁边胡同那墙头跳进去的，跳进去之后，我琢磨她在北屋呢，一叫门，里边问我谁？我说我，他说你是谁？我一想，人家说话都这个乎那个也的，我说我乃鄂了乎秋了乎隼乎，他说你干什么？我说我前来送鞋乎，小姐开门乎。""他给你开门了？""门是开了，从里边撺出来，给了我一夜壶，啪，就撺我脑袋上了。哎哟亲娘大人，我知是走错屋了，我走就完了。这老家伙他拿刀追我，到墙根下，我一看刀起来了，我抓住他手腕一夺刀，给他一脚，把他踹到那边去了。他那喊啊，我怕他喊，我赶过去，脑门上剁他三刀，我那鞋也丢了，我跳墙就跑了，这是我、我办事。钦差大人，完了，就这回，下回不敢了，您饶了我吧。""哼哼哼哈……刁徒！"钦差大人看了看他的口供，"这要说你不是杀人的罪犯行吗？画供。"公差把供笔接过来之后，攥着他手，画了个十字按了箕斗，"钉栊收监。"咔咔咔，手铐子脚镣子脖锁就给砸上了。"来，押下去，送进死囚牢。"有公差就把毛大送进聊城县死牢之中，随后把一干人犯都带走，寄押到聊城县监牢之中。"顺轿，打道回府。"钦差大人上轿，这个庙里边一切善后，就有地保跟公差跟老道他们去收拾了。

钦差回到公馆，先休息，哎呀，可把施钦差给气坏了，哪有这样的凶徒。当天休息了一天，转过天来写了一封书信，把公差叫进来，"命你把这封书信，火速送到济南府。"说这封信给谁写的？济南府的知府铁案如山、断案如神的吴南岱。

公差骑着马，一路上饥餐渴饮，晓行夜住，来到济南府。到了济南府，甩蹬离鞍翻身下马，马往门口一拴，进去道了声"辛苦"，"您哪的？""驻扎聊城县钦差公馆的。""哦，上差，您请坐。""钦差大人之命，有封书信投递。""好，您先等一等，您把信给我，给他倒茶。"有公差拿着这信就进去了。

"回事。""进来。""嗻。""给大人行礼。""什么事？""驻扎聊城县施钦差公馆，派来一位上差，送了封书信。""拿过来。"吴南岱接这封书信，心说：哈哈，施老前辈，大概胭脂这一案呐，你呀又没法办了，问来问去，问不出第二个凶手，还是宿介，我看你跟我怎么说？打个这封书信，一看，呀！面如死灰，浑身颤抖，体似筛糠。因为什么？他不是一般的知府和知县呐，连当时的皇帝都知道，铁案如山，断案如神的吴南岱，你给人家断错了案，这是什么案？人命，人命关天呐。唯独这衙门口断案和治病的先生，那时候不叫大夫，叫先生或者叫医生，这两种工作不能出残品，它不跟工厂似的，说我弄错了或者没做好，我打上二等品，打上残品，这个处理吧。这不行，你要给人家治错了，吃错了药了，人命。判案给人判错了，屈死一个人呐。为什么七品县令叫父母官呢，就是说你这个县官，你得有做父母的心肠，有疼儿女的心。你作为知府的话，你把一个案子给人断错了，屈死一个宿介，尤其他铁案如山的官，所以他浑身颤抖，体似筛糠。

问问公差，"来人在哪了？""在前面班房了。""你把他带进来。""是。""上差，您请进来，我们大人让您进去。""好。"公差来到里边，给吴公行礼，"免礼吧。施钦差跟你怎么吩咐？""叫我给您送封信来，您是不是有回信呐，我给捎回去。""你稍微等一等。来，给他准备酒饭，休息片刻。""是，谢大人。"上差下去之后，有公差给他准备饭菜。吴南岱想一想，我写封书信不行啊，这不是给人写书信请罪的事，得亲身去呀。马上安排一切，把衙门里的事安排安排，托付托付师爷和二府，自己整理整理衣襟，告诉外边，"给我准备车辆。"下边人一听，怎么出去坐车了？不敢坐轿了。坐车有公差陪着，跟着上差，一块儿去往聊城县。

这一路上无书，来到聊城县的时候，到了钦差公馆，远远地就下车了。不敢在门前下车，这是个礼呀。下车之后，步行走到钦差公馆，在门道这等着，"报，请您跟钦差大人回，卑职济南知府吴南岱，前来求见。""老大人，您等一等。"有人给回进去了，"钦差大人，济南府的吴公前来求见。"施钦差一听他来了，"啊？好好，有请有请。"说声有请，公差出来告诉，"老大人，我们钦差大人有请。""不敢当。"说话往里走，走到二门这，自己把乌纱就摘下来了，拿手托着。施钦差从屋中出来，站在屋门外，前来迎接。"哎呀，吴公，你这是为何？"吴南岱双腿就跪下了，"老前辈，卑职前来请罪。""快快起来起来，正冠正冠，哪里话，屋里坐。"

来到屋中让座，吴南岱不敢坐。"坐下吧，吴公。"就这样还称吴公，越称他吴公，他越难受，他越惭愧。结果坐下了，"来，给他倒茶。""钦差大人，卑职不称其职，请钦差大人，您请旨降罪。""哎呀，哪里哪里。我本不想惊动你，让你来，不过告诉你啊，这个案的凶手不是宿介，是毛大。来来来。"把这个案卷、他们的口供拿来，就给吴南岱看一看。"你看看吧。"吴南岱接过这个东西来，放在茶几上，哆里哆嗦这两只手啊，越看自己越后怕，越看越后怕。要不是在钦差大人面前呐，自己可以反正抽自己俩嘴巴。我这是怎么问的？我怎么就没看出来宿介冤呢？就在这个时候，施钦差问了，"吴公。""钦差老大人。""我来问问你，当时你审问宿介的时候，你怎么就看不出他冤呢？""是这……唉！钦差大人，我现在明白了。"是人都这样，当时犯错时不懂，事后后悔了，他明白了，这叫吃一堑长一智。"你说说吧。""因为宿介一上堂，卑职对他就没有耐心了。前者家兄留下一犬子，他在外面胡作非为，乃是个酒色之徒，屡教不改，他的相貌与宿介相同，我一看这宿介他的五官，我就把我恨我侄儿的心就搁在他的身上了。""那么他要求与龚王氏对质的时候，为什么你不使他们当堂对质呢？你懂得察颜阅色，究情问理呀。""话虽如此，我认为……""你认为你铁案如山？""我认为宿介说的不是实话，我恐怕上了他的圈套。""可是你问鄂秋隼的时候，怎么能问出个宿介来呢？怎么能问出个龚王氏来呢？""是这……唉，钦差老大人，卑职如果把问鄂秋隼那种耐心，拿出一点点来，我就能把第二个凶手问出来，确实我有罪。""吴公啊，这是人命，不可儿戏，尤其你这断案如神，更不应该。""是是是。"还有什么说的？吴南岱自己犯了严重的主观主义，用感情看这个问题，他没有看清了宿介冤。就是他自己说的那句话，要把问鄂秋隼那个耐心呐，搁到宿介身上十分之一，他也就问出来了。现在接受了这次经验教训，很后怕，事后让吴南岱先回去了。官复原任，你不用摘帽子，告诉告诉他，这样他还得感激施钦差。

吴南岱回去不提，单说施钦差，把这件事情了却完了。最后，把这些人犯又都带到了公馆。带某甲，某甲上来之后，问某甲，"你身为一个小商人，不应该奉公守法吗？为什么调戏人家妇女？给自己惹下了杀身大祸，差一点你回不了家啊，今后你可应该守法，应该本分吧。""是，钦差大人，我再也不敢了。"具结完案，取保释放。"把他带下去。"有公差带着他下去取保去了。某乙上来，又给教育几句，把某乙也放了。

"带龚王氏。"把龚王氏带上来，"给钦差大人您磕头。""龚王氏，你与宿介，青梅竹马，两小无猜，海誓山盟，情有可原。但是，你嫁与龚某人之后，乃是有夫之妇，不应该与宿介再有来往，这叫通奸呐，你懂吗？""我懂啦，我这回可懂了，那回不懂这回也懂了您呐。""别说废话了，你最不应该的，戏耍胭脂姑娘，人家是一个处女，你跟人家随便乱说，毁害了人家的身心，你惹祸就惹祸你这个嘴上喽。""我改了，这回我可改了。""放你回去以后，你要好好地跟你的丈夫去过日子，不准再胡作非为了。""哎哎哎，您放心吧，这一回我就改了，下半辈也再不犯了。""好，送她出去吧，具结。"具完结之后，把龚王氏送出去了，龚王氏自己坐车就回家了。

"带宿介。"把宿介带上来，宿介一上堂，施钦差看这个小伙子，又可爱，是又可恨。可爱的是他这点才学，聪明；可恨的他不务正道。"与钦差大人叩头。""宿介。""有。""你身为秀才当中的案首，又有东国名士之美称，啊，你怎么办出这种事来？""钦差大人，生员

347

罪该万死。""与龚王氏之事情有可原，万不应该，去到胭脂家中，逾垣钻隙，抢走绣履，这是你秀才的所为吗？在济南府，惜乎要了你的命啊，你说你冤枉，人家鄂秋隼冤了，你再冤谁能信呢？"宿介痛哭流涕，"哼，哎，把他扯下去。"公差往下一拉他，宿介一看完了，今儿个不给我打废了啊？都完了以后，我犯这个罪的话，坐几年牢不新鲜。咬着牙被拉下来之后，就认了，自己就趴下了。"不用，把他拉起来。"怎么趴下了？恨自己喽，看起来真有悔改之心。"与我……打十板手简。"把签拿过来，往底下一蹲，往下那么一扔，二成刑。打手板儿，在衙门里动刑可没这刑啊，最轻的是打板子，这打手简子。公差就把他手逮过来了，没有手板啊，就拿一个鞋底子，就是打女人刑，用的那个千层底儿。手板二成刑，轻轻地对付十下。为什么要轻轻地打他十下手板？因为在判文上有一句话是"稍宽笞扑，折其已受之刑"，那就说他在济南府已经受过刑了，惜惜乎没把你打死。所以今天怎么办？轻轻地打你十下手板，就跟那个折了，抵消了，折其以受之刑嘛。所以今天跟宿介说明白这个事情，"因为你在济南府冤枉了，但是你犯这个罪的话，应该还得打。本应当让你坐牢，本钦命念你确有其才，所以把你的功名给你一撸到底，将成青衣，不许你赶考了。得了，本钦命恩施格外，可以重新开辟自新之路。"

"谢钦差。"宿介一听，没美死啊，别看挨着打了，因为秀才革了，就永远不能进考场了，没有前途了，这样子还可以进考场，"姑将青衣"，青衣是秀才以下，童生以上的，穿着青衣服的，这么一个念书人，那都知道他还不够个秀才，可以重新进考场，再考考秀才、考举人、考进士，将而还能做官，这样施钦差就没有耽误他的功名，所以宿介感恩匪浅，最后让宿介具结。宿介具结之后，把宿介释放回家了。把毛大判成死罪，斩立决。一般的人犯应该秋后斩决，这个马上推出去砍。然后施钦差看了看这些个口供，这些个案卷，仔细一瞧这胭脂和鄂秋隼的事情，哈哈一笑，施钦差要展其才，做一件好事。

# 第二十三回

上回书说到，施钦差把卞牛医被杀这一案，审问清楚之后，一干人犯都做了处理。最后得圆这案呐，看了看他这个口供，瞧瞧这些个经过。随后派公差，"你们去两个人，把西乡的卞胭脂给我传来。再去个人，到南乡把鄂秋隼也给我传来。你们快去。""是。"有公差分头去办理这件事。

咱们先说一个，有两个公差来到了西乡，到了胭脂门口，向前一叫门，"开门您呐，有人吗？""哦哦，谁呀？""我您呐。"门扢一响，门分左右，开门的正是老太太。一看两个公差来了，"官司不完了吗？还有什么事啊？""老太太，我们是钦差大人派来的，传胭脂姑娘，到那去过堂。""都完了，怎么还过堂啊？""因为这个案子又问出真正的凶手来了，所以还得让胭脂姑娘去一趟。您甭担心，没什么事。到那把这事说明白了，具个结就把她送回来。""哎哎，好，你们等一等啊。"老太太转身往里走，正赶上胭脂在门后头听着呢，"娘啊，谁呀？是不是又过堂？""说是钦差那来的，又问出杀人的凶手来了。"胭脂一听，怎么这么乱啊？不得不出来，"二位公差，有什么事啊？""您是胭脂姑娘吗？我们是钦差公馆的。老大人把案审问清楚了，让您去圆案，没别的事。您跟着辛苦一趟吧，一会儿就回来。""好吧。"胭脂姑娘来到里边，跟老太太说了说，母女俩得安排安排，修饰修饰自己呀，胭脂就出来了。跟着两个公差，出了西乡口，公差在外面给她叫了一辆车，带着胭脂姑娘就来到钦差公馆。

到了公馆附近下车之后，把车打发走了，两公差带着胭脂，一直就进来了。来到里边喊了声"回事"，"进来。""给大人行礼，卞胭脂姑娘带到。""让她进来。""是，姑娘，进来。"胭脂心说这是哪？怎么又出了钦差了？官司不完了吗？可想着低头往里走，不敢抬头。来到屋中，一看在上首一把太师椅上坐着一个人，只能看到脚底下。"大人在上，民女卟胭脂，给大人磕头。""起来。"胭脂站起身形，钦差大人上下打量打量这个姑娘：年岁也就在十七八岁，抿着顶，没开脸，黢青的头发，梳着个大鬓髻，簪环首饰一概没有。清水脸，没擦粉，五官长得非常的俊俏。穿着一身灰呀，灰粗布的面，白粗布的里子，夹裤夹袄，脚下穿着白鞋白袜子白腿带子。低着头站在这。

"胭脂姑娘。""老大人。""你父亲被杀这一案，在济南府已经审问了。不过现在，宿介家中有人在本钦命这上告，把这个案子又重审了。杀人真正的罪犯不是宿介，是本里中一个无赖之尤，姓毛叫毛大。原因呢，是宿介把鞋丢了，叫毛大捡去了。他知道这件事，到那又冒充鄂秋隼，他走错屋了，所以你爹拿他当贼，他夺刀把你爹给杀了。现在找你来啊，就是把这案跟你说明白了，给我具结完案。把毛大处决死罪。""谢钦差。"

把甘结给她，叫她具了结了，就在这个时候外边喊，"回事。""进来。""跟大人回，鄂秋隼带到。""哦，胭脂姑娘往旁边站，让他进来。""是，进来。"鄂秋隼低头往里走，钦差大人这是第一次看见鄂秋隼，哦，一看他这个举动，是一个懦弱的书生。"大人在上，生员鄂秋隼，与大人叩头。""起来起来起来。"鄂秋隼站起身形，"谢钦差大人。""抬起头来，我看看你。""是。"鄂秋隼一抬头，钦差看看鄂秋隼：年岁也在十七八岁，头戴青粗布文生巾，顶镶美玉，身穿灰色布的文生氅，白粗布的护领，白粗布的水袖，腰系着白色的丝绦，脚下穿着青粗布的夫子履，白粉底，白布的高筒袜子，青中衣。往脸上看，眉清目秀，鼻直口方，大耳垂纶，好五官。莫怪胭脂看见他钟情呢。

"鄂秋隼呐，今天把你找来，不为别的事，就为这个案子，跟你说明真正的杀人凶犯，不是宿介，是本里中一个无赖之尤，姓毛叫毛大。"鄂秋隼一听，嚯，这官司可真够乱乎，可是有我的什么呢？"事情怎么引起的呢，就是你从西乡这一过，嘿嘿，就出了这么大的事。告诉明白你了，你受冤了，你也具结。""是。"

就在鄂秋隼具结的时候，施钦差看了看胭脂姑娘，瞧了瞧鄂秋隼，心机一动，"哈哈哈，鄂秋隼。""有。""你家中还有什么人呢？""家严已经去世，只有家慈与我。""哦，母子二人。你定亲了吗？"嚯，这句话问的，鄂秋隼臊了个大红脸，不止他害臊，胭脂也把头低下了，替他害臊。那个时候封建，男孩，你要问他多大，他害臊。女孩，你问她，她更害臊了。实际上叫年已及笄，十六岁的姑娘就应该说婆家了，社会不同嘛。所以这时候问到鄂秋隼了，胭脂就把头低下了，替他害臊。鄂秋隼一摇头，表示呢没有定亲。"好，这样吧，本钦命有意，把卞胭脂姑娘许配与你，你可愿意啊？"就这句话说完之后，胭脂眼泪呼啦就下来了，心中是万分感激，可是又害臊。心说：钦差大人，您可做了好事了。说这值当的吗？您别说不值当的，他那个年头不对，那个年头男女瓜李之嫌，授受不亲，在一块儿站立赶紧就臊得要命，说找婆家，她臊得哭啊。胭脂感激，她也哭，把头一低，眼泪就下来了，眼泪汪汪的，赶紧拿手绢揾揾自个的脸。

可是万没想到，鄂秋隼听完这句话，一种严肃的面孔，"回钦差大人，生员奈难从命。"啊？施钦差心说我奉旨钦差，我说完之后，你都不听？"为什么？""我不能要这无耻的丫头。"哎哟，谁都有个自尊心呐，胭脂一听这句话，一下子就放声了，哭啊。"姑娘，不要哭。鄂秋隼，信口雌黄，何言之，胭脂姑娘无耻？"哎呀，钦差都受不了了，胭脂哭得这惨呐。"不要哭，听见没有？""是。"说怎么哭啊？当着面骂我，无耻是什么？你不要脸。一个姑娘人家，你叫人说不要脸，怎么了？是死是活呀？钦差一看，鄂秋隼同着她说这话，你失口德，但当时没有这样说他。"我问你，何言之无耻？""钦差大人，您息怒。""说，有话你只管说。""您想，一则说她是兽医之女，再者说他父亲被杀，什么弹窗户吧，什么跳墙吧，什么抢鞋吧，什么又赴约吧，这多难听，这些事……""住口。还有别的吗？""这还不行吗？""听我讲，胭脂姑娘，虽是兽医之女，颇读诗书，执恭达理。如果说他父亲被杀，出的这些个事情，为什么呢？就因为你从西乡胭脂门前经过，胭脂看见你了，当中有龚门王氏，其中作怪呀。不错，人家姑娘对你有爱慕之意。自古嫦娥爱少年，才子喜风流。一个姑娘人家心里所想，不算人家无耻。可是你走之后，龚王氏当中作怪，她与宿介私通，想必你也有耳闻吧。而是宿介冒充你的名字，逾垣够奔胭脂家中，前去弹她的窗户。"说到这，施钦差就把那个口供拿出来，搁在桌上看着问他，"你看，弹窗户时候怎么说的呢，而宿介冒充你，胭脂姑娘在屋中问，你是谁？他说我南乡中鄂秋隼，你前来做甚？他说自那日门前经过，得见小姐丽质，时刻挂怀，又闻龚大嫂子所讲，小姐为我染病在床，因此深夜之间不顾嫌疑，不顾奔波，逾垣而来，有探贵恙。可是胭脂姑娘说什么？妾爱君所为长久，非为一夕尔，君果爱妾，请速差媒人前来做媒，我父母不能不允，深更半夜，私开门户，事关苟且，我至死不从。鄂秋隼哪，这能说人家无耻吗？"

"嗯……那么……""你说。不错，最后她开门了。她开开门了，她给谁开的门呢？她是给你开的门。可是进来的不是你，如果是你，你也不会去，即便去了开个门，也不会有轨外的行为吧。而是假的鄂秋隼是宿介，宿介这种行动，他感悦惊龙。而胭脂，连手都让他摸着，又该怎么样呢？他抢走了胭脂的绣鞋，跟人家定规十天后赴约。那么胭脂又说什么呢？妾身下体之物已入君手，但妾已许君，君持得此鞋，对于我的婚姻之事不闻不问，在外任意胡言，妾身唯有一死而已。鄂秋隼啊，当时胭脂姑娘可没有看出是假的鄂秋隼，这些话可是冲着你说的，那么胭脂姑娘，身守如玉，一块洁白的美玉，能说人家无耻吗？至于她父亲被杀，是毛大出现以后，憋着去找便宜，走错了屋了。我再问你，一个人爱一个人，能算错吗？嗯？你说。如果她对你这样的痴情，要跟你结为夫妻，将而是你的福气。换句话说，鄂秋隼啊，你当着她的面，当着本钦命的面，你就出口不逊，有伤口德，如今你要不要她，谁能要她？别人要，当然有的是人要，要完之后，因为你，别人可就可以揭短呐，你要是能跟她成为夫妻，白首相携，将来是一对美姻缘，任何人可不能说别的。秋隼哪，你应该想，固然，或者找你所想的，门当户对的，未必能像胭脂姑娘，对你这样钟情，你说呢？"胭脂在旁边扑通就跪下了：这些话都替我说了，可是我说不出口，钦差大人哪，哎呀，如果他要不能答应这门亲事，我只有一死而已，我就怕人家小瞧我这兽医之女。

"胭脂姑娘，不必哭。鄂秋隼，你有理你说。你如果问得本钦命闭口无言，那就作罢。"鄂秋隼一想啊，钦差大人说的句句都是理。

但则一件，这我怎么说呢？意思就是还是不愿意。说了归其，为什么不愿意？胭脂的好，他也知道，本人他也见到了，钦差说的话，他也能想得通。但则一件，出身兽医之女，这可厉害呀。怎么厉害呀？好，家庭的出身，他生活条件环境习惯不一样，有的时候就被这些个有钱的人歧视。那么鄂秋隼毕竟在这些生活当中，还没有体验，就知道读书死，死读书，故此鄂秋隼不能答应这门亲事。随后说，"启禀钦差大人，生员家中还有高堂，终身大事，我自己奈难做主啊。"这个话可厉害，因为在封建时代，自己的婚姻事由父母做主，叫父母之命当先，媒妁之言在后。那意思您别看您是钦差，你多横，你是媒人，我有老娘。

说钦差听完了他这说法，哪能不懂啊，"哈哈哈，好吧，你呀，先回去吧，本钦命自有主张。""谢钦差。"鄂秋隼磕头谢恩之后，他就出来了，出离了钦差公馆紧着往家走。鄂秋隼一边走着一边想，心说：胭脂姑娘，确实还是个好姑娘。钦差大人说的这些话，是句句实情。但则一件，毕竟她还是个兽医之女。鄂秋隼心中矛盾着往回走，来到家中，见到自己的母亲，就把这件事情跟母亲说了，可没说保亲的事，就说这个案子是怎么回事，现在没有我的事情了。他为什么不跟母亲说呢？一者说他害臊，二者说钦差大人这事如果完了也就完了，我也就不想了，钦差大人不完，必定派人找我的娘，所以他就不说了。

花开两朵，各表一枝，咱们说说钦差大人这。把鄂秋隼打发走了之后，一看胭脂跪在地下，哭得抬不起头来。"胭脂姑娘，不要哭，起来。""是。"真起不来了，一个是内心感激，另外一个是惭愧。就这样下去，自己没法活。扶着两个磕膝盖，慢慢地站起来。"我告诉你，放心吧，这门亲哪，我保了，一定把你许配鄂秋隼，明白吗？""多谢钦差大人。""好，你放心，回去跟你母亲说，关于这门亲事，本钦命自有办法，来呀。""嗻。""你们两个人到外边给她雇车，把胭脂姑娘送回家去。""嗻，姑娘，您跟我们走吧，还不谢过钦差？""多谢钦差大人。"这时候胭脂又跪倒行了个礼。"不用了，去吧。"胭脂姑娘跟公差出来之后，低着头，眼里含着眼泪，公差领她出来，对她万分同情啊。出离了公馆，到外边给她抓车的时候，公差让她上车，跟她说了两句话，"姑娘你放心，这是奉旨钦差，说话得算，这门亲事一定保成了，你就放心吧。不但亲事成了，这回连嫁妆都得有，你放心。"哎呀，胭脂一听，心里头怦怦怦直跳，美的。可是不能说出来，上车回家了。来到家叫开了门，见着自个的娘，这件事也不好意思跟娘说。

翻回头来，咱们再说说施钦差。事情已经到现在了，怎么办？还敞一个口，还没给他解决呢。谁啊？聊城县的县官沈步青，随后派人去，"把聊城县的知县给我提溜来。""嘞。"公差一听，这回老爷子可火了，这县官根本就不怎么样啊。有公差骑上马，骑着马就去了。来到县衙门口下马，"吁咳儿。"甩蹬离鞍，翻身下马，把马往门口一拴，"我说——""哟，上差。""告诉你们那官，马上到公馆，钦差大人叫他去，快点。""是。"噔噔噔公差往里走，一拉门就闯进来，"跟老爷回！""怎、怎么回事？"这沈步青在里头坐着，脑子里是空的。他自己犯的什么罪，他都不知道。这公差没喊声回事就闯进来了，吓得他都磕巴了，"怎、怎么回事？""钦差公馆来了一位上差，叫您马上到钦差公馆，不得违误。""嗬，这县官这么不好当啊，还有这事？请师爷。"这也请师爷？有公差把师爷找来了，"大老爷您找书办，有什么吩咐？""钦差公馆叫我去，你说咱去不去？""啊？那不去哪成啊？您赶紧换官服去吧。""好，这真不好干这个。顺轿。"外面给他备好轿之后，有公差陪着他，他出来上轿，就够奔钦差公馆了。

来到钦差公馆附近，相隔约有两丈多远，这轿子就得放平。撩轿帘一下轿，"在哪了？""前面就是。""你怎么把我撂这，搭门口去啊。""跟老爷回，那可不成，那是钦差公馆，咱不敢门口下轿啊。""哦，还这个，行了。"他一步一步往前走，来到公馆的门口一看，门口这俩武职官挎着刀，穿着跨马服箭袖袍，挺神气的。"哦，二位老爷，钦差在那屋了？"公差心说：您这是什么官？这个时候沈步青来到里边跟公差说，"您给回一声，就说卑职聊城县，前来参见钦差。""等着吧。"有人说声等着，一会儿工夫叫他进去，他就跟进来了。

来到了书房门外，"钦差大人说了，让你进去。""是。"有人打帘栊，他就走进来了。"钦差大人在上，卑职聊城县，给钦差大人叩头。"钦差看了看他，还跟他客气客气，"贵县，免礼吧""谢钦差。"

"请坐。"说干吗这么客气？因为钦差穿着便服了，所以这得按私人关系说，要穿着官衣，就有上下级之分。所以让他坐下，您再听听这知县，"谢座。"扑噔，一屁股就排到这了。说这怎么了？不懂得这些礼节啊，他也不懂得客气，他就坐下了。钦差看看他，就乐了，一瞧他这相貌：长方脸，窄天庭，两道八字眉，一双三角眼，瘪鼻梁，小鼻头，两薄片儿嘴唇，三撇狗蝇胡子，左边七根，右边八根，下面六根半，俩肉蓉耳朵。乌纱双展，身穿蓝袍，前后补子，腰横玉带，足下蹬着半高靿的青缎粉底官靴。坐那没有坐相，站那没站相这么个人。

"贵县。""钦差老大人。""官印怎么称呼啊？""啊，印呐，印在衙门里了？"什么？我问你姓什么？"姓沈。""台甫？""我没抬过土，过去家里我也大少爷。""哼！你什么出身？""没出身。""你什么底子？""千层底儿。""你过去干过什么？""钦差大人，我过去家大业大，有的是钱，一把天火烧得任嘛没有，剩俩钱，我干什么都不行，我买个官做。""哈哈哈哈……"施钦差心说：你这样的也当父母官！莫怪得把鄂秋隼给断冤了。"混账，撤座！"旁边那一撤他座，咕叽，他就趴下了，"哎，说着好好的话，怎么又火了？""你身为一任之父母，你连官都不懂啊？我问你，胭脂与鄂秋隼一案，你怎么断的？""杀人的凶犯，就是鄂秋隼，他都招了。""胡说。这一案人家鄂家上告在济南府了，从济南府又到这，杀人的凶手是毛大，你随便妄动刑具，草菅人命。"说到这啊，这个钦差真有意，摘了他的帽子，把他的官给革了。又一想，还不能这样办。有两个原因，第一个原因，捐班出身的官，类乎像沈步青这样的，当时不是他一个呀；第二个原因，还得用他给胭脂和鄂秋隼这件事情做媒。所以说，"沈步青。""卑职在。""你认打呀，还是认罚呢？""钦差老大人，那么认打怎么说，认罚怎么讲？""认打好办，马上摘掉你的乌纱，革去你的官职。"说到这，沈步青往下一跪，跟趴在这一样，两手一捂他的乌纱帽，"哎呀，我的亲爹。""什么？""钦差呀，您可别摘我的帽子，我刚做了一年多，还不够本呢，您再叫我干些日子。""不像话。要么你就认罚？""要认罚怎么说？"

# 第二十四回

　　上回书说到，施钦差对聊城县的知县沈步青说，"不然你就认罚吧？""钦差大人，认罚怎么说呢？""认罚啊，我把胭脂姑娘许配南乡中的秀才鄂秋隼，叫你为媒。无论如何，你把这门亲给我保上。如果这门亲说不成，我就摘去你的乌纱帽。""那行，钦差大人您放心，这门亲我一定能够保上。""如果鄂秋隼的母亲，要是不答应，你又该怎么办呢？""回钦差大人，如果老太太要不答应的话，我给他磕头，我认干娘。""岂有此理。如果保上以后，罚你五百两银子，给胭脂来作陪嫁。""哎呀，还罚钱呐，钦差大人，我还不够本呢。""胡说！不然摘你的乌纱。""哎别，行行，我认罚。""我马上要听你的信儿，你去吧。""卑职遵命。"沈步青站起来就走了，"哎哎哎，你上哪去啊？""我走。""你上里间屋跑什么？""走错屋了。"晕头转向了，疼他这五百两银子。

　　沈步青从里边出来，一摆手把轿子叫过来了，上轿。公差抬起轿子就走啊，"哎，我说几位抬轿的，咱上哪？""回衙门。""别，你们知道那个南乡鄂家在哪住？""咱到那一打听就行了。""走，上鄂家去。"公差一听上鄂家去，不知什么事啊，就抬着他奔了南乡了。来到南乡附近，有公差跟这一打听，那还不知道吗？到了鄂孝廉府的门前，轿底放平，撩轿帘，撤轿。沈步青下了轿之后看了看，嚯，这门楼还不小了，公差往里喊了声，"有人吗？回事。"鄂家管家出来了。"哟，班头您？""我们太爷到。""噢噢是。""给回一声吧。"管家往里跑啊，"跟老太太回，县太爷来了。"哎哟，鄂老太太一听啊：我儿子招谁惹谁了？官司不完了吗？怎么县官还上我们家来，这是怎么回事啊？有上家里过堂的吗？

根本不应该来嘛，为什么呢？在当时啊，有这么个说法，君不入臣府，官不进民宅。皇帝不能上大臣家里去，做官的不能上老百姓家里去。怎么这个县官上我们家来了？但是不让他进来也不行。老太太还得整理整理自己的头发，掸掸自个儿身上的衣服，从屋里出来迎接。鄂秋隼听见了，自己一害怕，就藏到书房去了，准知道是为这门亲事来的。老太太出来，来到二门这，就看从外边走进这位县官，大摇大摆地过来。"哎哟，不知道父母太爷驾到，小妇人未曾远迎，当面恕罪。""老太太，您可别这么说，老太太，我前来有事。""请吧，请吧。"就把县官让到内宅去。来到内书房，到了屋中，"您请坐。""老太太你也请坐。""太爷面前，小妇人不敢落座。""您可千万别客气，我都吓晕了。"老太太一听他怎么吓晕了？

"太爷，您有什么吩咐吗？""老太太，鄂秋隼是您的少爷吗？""对对对，是犬子。""咱这么说吧，我呀，不会说瞎话。我是奉钦差大人之命，到这前来提亲。"老太太一听，怎么县官管保亲呢？"噢，您给谁提亲呐？""给您的少爷，鄂秀才。""是是。谁呢？说谁呢？""就是西乡住的卞牛医那姑娘，胭脂。"老太太一听就打官司那主啊，"哎哟，怎么……""不，老太太。这门亲您答应也得答应，不答应也得答应。怎么说呢，这是钦差大人说的，这姑娘不错。我没保过亲，反正我也看见胭脂了，胭脂长得那小模样那就甭说了，过日子还是一把好手，我一看胭脂那个意思的话，比当初我娘强得多。"这都不像话，他不会保亲，说不出整话来。

老太太一看，"太爷您要看不错，胭脂家里边还有什么人？""就一个老娘，嗬，人家别看是个兽医的闺女啊，姑娘过了门，您就知道了，准保是个好儿媳妇。知三从晓四德，连五德都知道。老太太，您要不答应这门亲，我可歪嘴了，我说话我就死这。"老太太一看县官这意思，不管怎么说，一个民子百姓还敢得罪县官吗？就算不愿意的话，也得答应。"好吧，既是父母太爷，您来成全我们，小妇人焉敢不从命。""怎么着，您答应了？""好，就这样吧，我听听您的吩咐，好吧？""您算对了，没错，您答应这个事就算行了。""以后怎么办？是我们择日子，还需要给姑娘什么？""哎呀，坏、坏了。""怎么又坏了？”“您这一答应，您可把我给害了。”“太爷，不是您说的吗？叫我点头，这门亲事怎么还把您害了？”“钦差大人罚我五百两，给胭脂作陪嫁，本县都没赚多少钱，这哪有五百两银子。你要不答应，他饶不了我，他要摘我的帽子。你答应吧，我吃火挨板子——里外发烧。”“太爷，您也不必为难，小妇人我给五百两行吗？”“哎呀，重生父母，再造爹娘。”说话这沈步青给老太太跪下了。老太太一看这官啊，可太不值钱了，五百两银子，父母官就给我磕头啊，“我可不敢当，您快起来，您快起来。”“那算行了。那个钱您什么时候给？”“我说话就给，您看还需要什么？”“这我就不知道。我回去说去，钱您先别给我，您给了我以后，回头我再给丢了，更麻烦。我还告诉钦差大人，您答应这门亲事了，这就好办了。”“那您多帮忙。”“好，我跟您告假。”说话县官就走了。

县官走了以后，老太太就把儿子叫过来，“秋隼。”“娘。”“过来。”“有什么事情？”“刚才是不是父母官来了？”“对。”“他怎么跑这提亲来？这到底是怎么回事？”“娘，刚才钦差大人叫我去了以后，当面钦差大人说了，这个胭脂姑娘也在场，他有如此这般这么一段……”鄂秋隼就把施钦差说的这套理，跟老娘说了。这个意思就说胭脂姑娘不坏，就是个兽医之女，除去了这一点，这姑娘还真好。不过叫年轻的秀才鄂秋隼，说得太甚了，他还说不出口来。老太太一听，自己的儿子愿意了，也就点头了。“好吧。”以后怎么给胭脂准备嫁妆什么的，她家里没钱喽，做衣裳啊，打首饰啊，老太太就有想法了。

再说沈步青，坐着轿就回来了。回到钦差公馆，下轿自己高兴，这门亲不但保上了，乌纱也保住了，而且他还没拿钱，老太太给五百两。所以挺高兴，大摇大摆他往里走。“什么意思？”“我跟钦差大人说说，亲保成了。”公差听完之后不太明白，什么亲保成了？“您等着吧，回事。”“进来。”“给钦差大人行礼，聊城县到。”“让他进来。”进屋了，“钦差大人在上，卑职给钦差大人叩头，我交差。”“起来起来起来，怎么样啊？去了吗？”“去了，钦差大人，您吩咐我不敢怠慢，我到了南乡，见着老太太。”“鄂老太太怎么说？”钦差大人也愿意听一听，这位鄂老太太，她有什么反应。刚才鄂秋隼不是说了吗？

恐怕他母亲不答应，所以问县官她怎么说。

　　"我刚一提呀，好像她不太愿意。嘿，跟钦差大人回，我就告诉了，这胭脂怎么怎么好，这胭脂，好，您别看她是兽医的闺女，我见过，我说胭脂过日子一把好手，炕上一把剪子，下地一把铲子，那是比我娘都强得多呀。"钦差要笑没笑出来呀，心说：真不称其职呀，这哪是父母官哪？"最后呢？""她点头了，答应了。""那么说这位鄂老夫人通情达理呀。""哎，看怎么了，我一说罚我五百两，人家老太太说，甭你给，我给了。嗬，我就马上磕头谢恩了，人家太厚道了。""好，人家鄂老太太给了五百两银子，再加上你这五百两就一千了。""哎呀，还要我这五百，人家给我的。""胡说，你保亲还能赚五百两银子吗？罚你是罚你的。""嗨，这好，没逃开我说。""那胭脂姑娘家里头呢？""我还没去呢，我马上就去。""你去吧，我听你的信儿。"这个时候，沈步青从里边出来了，一边走着一边想，嗨，这怎么说的，想着想着，自己给自个儿嘴巴。公差心说：你怎么自个儿打自个儿啊？我这倒霉嘴，人家鄂老太太给五百两银子，我怎么说出来了？结果我还得花五百两，这都没有的事。他说着说着从里边出来，他自个儿溜达走了，那抬轿的车轿班一看，"跟太爷回，您哪去？""我上……我忘坐轿了，把轿子给我搭过来。"说话他上了轿了，"咱回去吗？""不能回去，这门亲还没保完了。上西乡，拜访下老太太。"这县官这通忙啊，坐着轿子又来到西乡。这个地方他可熟悉，为什么呢？卞牛医被杀的时候，他在这验过尸。

　　他下了轿一看，我又来这门口了。公差向前给他叫门，"开门您呐。"连叫了几声，门扦一响，门分两扇，开门的是老太太。哟，老太太也这么想：我们这个官司不完了吗？怎么官也来了。"您这是？""太爷到。""噢，县太爷，贫婆给您行礼。""别介，咱有话屋里说去。"嘿，这县官上我们家干吗来呢？把他让进来吧，就来到里边。到了屋中，"太爷您请坐，您有什么吩咐吗？""老太太，您那姑娘胭脂呢？""她在家，还过堂吗？""不不不，完了完了。哎，我上这来，跟您先说说。这个当初哇，老爷子叫人给杀了，是我在这验的尸。可是这件事呢，把这个鄂秋隼给断冤了的话，这也不能怨我。可是不怨我，也不能怨他，可也不能怨您。他这事大小劲赶的，您知道吗？可

359

这鄂秋隼他答应了，答应可是……哎哟，我说了半天，我干吗来了？"
"太爷，您要说什么？我不知道。已经把姑娘带到钦差公馆去，告诉
我们姑娘，事情都完了。""完了是完了，我这没完啊。""太爷，您这
没完，您有什么吩咐啊？哎，我这老头子也死了，家里头就剩我
们……唉，孤女寡母了，太爷，老身我都糊涂了。""您别糊涂，您要
糊涂我更糊涂了。""干脆，您有什么事您就说吧。""可是我这个县
官，可真不好当。""怎么？""不但管打官司告状，我还管保媒。""保
媒？哦，您给谁保媒？""给您的闺女。"老太太一听，给我闺女保亲。
"噢，太爷。您说的是谁家？""我要一说，您就知道了。您姑娘告的
南乡中的秀才鄂秋隼，人家家是孝廉府，人家老太太，慈眉善目的，
佛儿心呐。"卞老太太一听啊，对于鄂秋隼这场官司的事，她知道，
鄂秋隼人家是秀才，胭脂姑娘没个不跟母亲说，这场经过究竟是怎么
回事啊，闹得父亲被杀，自己打了这么些日子官司，哪能不告诉母
亲。所以老太太知道南乡中的秀才鄂秋隼，孝廉的儿子，人家这场官
司冤了。今天这县官提到这了，所以心里头有个数。

　　"那么人家愿意吗？"胭脂姑娘藏在里间屋了，知道这个是钦差大
人派来的，这门亲事结果如何，还不知晓，所以心里头紧张，怦怦怦
直跳啊。就听这县官说了，"我呀，刚从南乡来，人家鄂老太太，那
可真善敬，慈眉善目的。我这一说呀，人家就愿意了。不但愿意，人
家还给五百两银子陪嫁。不但她给五百两银子，给胭脂姑娘做陪嫁，
那么钦差大人还要罚我五百两银子，给胭脂做陪嫁。老太太，可是这
个，我这五百两银子，您还要吗？"可是卞老太太一听啊，搁在一块
儿一千两，因为她这个家里边，现在不说一贫如洗吧，可是卞牛医死
了之后，根本没有什么收入了。一听这个，就没有听明白沈步青的意
图。他是拿话领老太太，恨不得老太太说，我就不要了，谢太爷，不
就完了吗？省了吗？老太太没领会明白，跟着就跪下了，"我多谢太
爷您的栽培。"沈步青一听啊，"哦，没逃开，您实受了。"

　　沈步青从卞老太太这出来，又回到钦差公馆，跟钦差大人把这个
事情说明白了。那么钦差听了听，那就等他们择日子了，择出日子再
办喜事。但是这个案子必须把它结束，之后才能够叫他们办这棚喜
事，把胭脂迎娶过门。于是钦差大人提笔就出了一个判词，这个判文

360

一共是583个字，108句，里边包含着大小的典故17个，不算解释词。因为我的文化很低，难免有错误的地方，希望各位听众您给我指正。下边我就背一背这个判文：

宿介：蹈盆成括杀身之道，成登徒子好色之名。只缘两小无猜，遂野鹜如家鸡之恋。为因一言有漏，致得陇兴望蜀之心。将仲子而逾墙，便如鸟堕，冒刘郎而入洞，竟赚门开。感帨惊尨，鼠有皮胡若此。攀花折树，士无行其谓何。幸而听病燕之娇啼，犹为玉惜，怜弱柳之憔悴，未似莺狂。而释幺凤于罗中，尚有文人之意，乃劫香盟于袜底，宁非无赖之尤。蝴蝶过墙，隔窗有耳，莲花瓣卸，堕地无踪。假中之假以生，冤外之冤谁信。天降祸起，梏械至于垂亡，自作孽盈，断头几于不续。彼逾墙钻隙，固有玷夫儒冠，而僵李代桃，诚难消其冤气。是宜稍宽笞扑，折其已受之刑，姑降青衣，开彼自新之路。

若毛大者：刁猾无籍，市井凶徒。被邻女之投梭，淫心不死，伺狂童之入巷，贼智忽生。开户迎风，喜得履张生之迹，求浆值酒，妄思偷韩掾之香。何意魄夺自天，魂摄于鬼。浪乘槎木，直入广寒之宫，径泛渔舟，错认桃源之路。遂使情火息焰，欲海生波。刀横直前，投鼠无他顾之意，寇穷安往，急兔起反噬之心。越壁入人家，止期张有冠而李借，夺兵遗绣履，遂教鱼脱网而鸿罹。风流道乃生此恶魔，温柔乡何有此鬼蜮哉。即断首领，以快人心。

胭脂：身犹未字，岁已及笄。以月殿之仙人，自应有郎似玉，原霓裳之旧队，何愁贮屋无金。而乃感关雎而念好逑，竟绕春婆之梦，怨摽梅而思吉士，遂离倩女之魂。为因一线缠萦，致使群魔交至。争妇女之颜色，恐失胭脂，惹鸳鸯之纷飞，并名秋隼。莲钩摘去，难保一瓣之香，铁限敲来，几破连城之玉。嵌红豆于骰子，相思骨竟作厉阶，丧乔木于斧斤，可憎才真成祸水。藏荔自守，幸白璧之无瑕，缧绁苦争，喜锦衾之可覆。嘉其入门之拒，犹洁白之情人，遂其掷果之心，亦风流之雅事。仰彼邑令，作尔冰人。

　　这个判词一共是583个字，108句，大小典故是17个，我解释不见得准确。希望各位听众您多提宝贵意见，多指正。

　　开始说宿介："蹈盆成括"，盆成括是个人啊，复姓盆成，单字名括，他是孟子的徒弟，因为盆成括这个人小有才学，自己好高骛远，很骄傲。后来孟子就说他要是不做官呐，他还能够多活几年，如果要是做了官，恐怕这个人没有好下场。后来就有他的徒弟告诉孟子说，"老师啊，我们师兄盆成括在齐国做了大夫了。"孟子一听，"他呀，自找杀身之祸。"因此，施钦差判宿介说你蹈盆成括，自取杀身之道。蹈是你踩着盆成括这道走，自个找死啊。

　　说他"成登徒子好色之名"。他能够称为登徒子好色之名。登徒子也是个人，复姓登徒，这个子啊，是当时的男子尊称。登徒子是战国时期楚国的一个大夫官，他在楚襄王面前批评宋玉好色，楚襄王就问宋玉，宋玉就做了一篇《登徒子好色赋》。因为登徒子他的老婆长得很丑很丑的，但是他有五个儿子，所以宋玉就反问："您看，究竟谁好色。"后来别人就说，登徒子好色不嫌女丑，把登徒子作为好色的代表了。今天这判文说宿介，你这种好色是个女人，你就有这种想法，所以称你为登徒子好色之名。

　　"只缘两小无猜。"两小无猜说的是宿介跟龚王氏，你们两个人的姻缘，是俩人从小，在一起玩耍，孩童厮守，稚齿之交。后来长大了，人家都知道你们小时候一块儿长起来的，对于你们并不怀疑，所以你们才产生了青梅竹马的关系。说大家不猜疑，因此说两小无猜。

　　"遂野鹜如家鸡之恋。"这个野鹜如家鸡之恋，是弃家鸡恋野鹜，这么一个比喻。就说宿介你弃了家鸡，家鸡是他的功课、文章，你把你的功课文章你都丢弃了以后，你去恋着龚王氏，恋野鹜，你把你的前程都耽误了，遂野鹜如家鸡之恋。

　　"为因一言有漏。"这个一言有漏，说的是龚王氏与宿介在一起的时候，龚王氏这么一笑，宿介就问她，"你笑什么？"我笑对门十户那胭脂。""怎么了？""有如此这般这么一段……"就这一句话，一言有漏。

致使宿介起了"得陇望蜀之心"。这个得陇望蜀，陇是个地方，是现在的甘肃，蜀是四川。当时这个典故，是在东汉，汉光武派大将军岑彭去攻打陇右。那个时候他把陇右已经攻平了，拿下来了，又命他去攻蜀，打四川，随后刘秀给岑彭去一封信。这封信上说：人苦不知足，既得陇，复望蜀。意思是你攻克陇右以后，再去攻打四川。后来就变成得陇望蜀，意思是得寸进尺，贪得无厌。在这说宿介，你得了龚王氏以后，你还打胭脂的主意，致使你起下了得陇望蜀之心，你不应该啊。

下面咱说"将仲子而逾墙，便如鸟堕；冒刘郎而至洞口，竟赚门开"。冒刘郎而至洞口，竟赚门开，这个典故是刘晨阮肇返天台。

# 第二十五回

上回书说到，施钦差在判文中判宿介："将仲子而逾墙，便如鸟堕。冒刘郎而入洞，竟赚门开。"要按宿介这个事情来说，怎么是冒刘郎，不应该说冒鄂郎吗？不，这个冒刘郎而入洞，是用了一个典故来比喻宿介的罪行，这是刘晨阮肇返天台的这么一段故事。

这个典故，出在《神仙传》上。后汉时期，刘晨和阮肇是两个人，年岁不大，都在十四五岁、十五六岁，他们俩是表兄弟，家住在剡溪，刘家庄和阮家庄，这两个庄子紧挨着。两人去采药，到了天台山，走到这又渴又饿，哎哟，渴得这个难受啊，敢情这没有水喝啊，这个渴上来比饿还难受。上哪寻点水喝去呢？走来走去，听见有水响，嗯？一看呐从那山上流下的水。两人看见可高兴了，从心里这个喜欢呐。刘晨跟阮肇就蹲在水边上，用手把水捧起来，刚要喝，就听有人说话了，"别喝，那个水啊，脏。"两人一抬头，一看在山上边站着两个女的，哎哟，这种装束不是仙女吗？曪，好俊俏了，体态苗条，千娇百媚，万种风流。"您、您是？"这两个女人在那浣纱呢，随后又说，"刘阮二郎何来玩也。""我们渴了。又渴又饿，想喝点水。""那个……这样吧，你们过来吧。"旁边呢有小桥，刘晨跟阮肇就踩着小桥就走过来了，这两个仙女就把他们领到一个山洞。进了这洞往里走，里边很宽阔，一切设备都有。"我们饿，我们渴。""行啊，你们等一等。"工夫不大，拿一个托盘啊，给他托来两个大蜜桃。刘晨跟阮肇一瞧哇，曪，这两个大蜜桃，这么大个儿？说有多大个儿？上秤这一个桃总有二斤来重。曪，把这桃拿在手了，俩人看了又看，一人抱着一个桃。您说他这桃在哪长着来着，那么大个儿，那么好看？最奇怪的那么大的桃哇，还没毛，不知这桃毛都谁给蹭没了？抱着吃吧，一咬哇一兜水啊，又解渴，还又解饱。两个人吃完了，两个仙女跟他们又说又笑，书要简言，就在洞中跟他们成为夫妻，一住七天。后来两人私会到一块儿啊，说咱在这待着，家里头乱了，找不着人了，咱是不是回家去看看呐，可是又不敢说，人家对咱不错。又一回想也奇怪，吃完这两个桃，始终也没有吃饭，也没有喝水，也不感觉饿了，两人在这就哭了。这两个仙女就来了，"怎么？哭什么？""我们离家好几天了，家里不知道。回来找我们找不着了，这怎么办呢？我们能不能回家看看？""那有什么？可以回去。这么样吧，送你们回去，好吧？""好，谢谢。那我们要回来呢？""你们先来。"两个仙女送他们俩出这个洞，到了洞外边以后，就告诉他们俩了，"回来的时候，如果这洞门要是关着，你就叫门。拿手一指这刘晨，你说开门，我是刘晨，洞门自己就开了，懂吗？""哦哦，懂了。"这个话并没有冲着阮肇去说，随后送他们俩过这小桥。刚走到这小桥这，刘晨跟阮肇脚下一个没踩住，咕隆下子，哟，掉水里了，跟着仙女就把他们拉上来了。上来之后，送他们过了河了，"走吧，顺着这道一直走，不远呐就能看见家了，想回来你们就回来。"

刘晨跟阮肇等回到家里一看，啊？这怎么回事？怎么都变了样了？原来没有树的地方，这怎么出来这么些个大树？没有房子的地方也盖房了？有房地也没了。这不是咱家吧？咱们这边看看。刘晨跟阮肇又到了阮家庄，再瞧瞧也不对。往回走，一瞧这道路对呀？怎么景致不对呢了？哎，就在这个时候，从前面来了一位老爷子，手拄着拐杖，看这年岁总有个八十来岁，有点驼背了，咱跟他打听打听，"老爷爷。""哦哦，你们这两个小伙子找谁呀？""跟您打听打听，这是刘家庄、阮家庄吗？""对对，你们找谁呀？""您知道刘晨跟阮肇他们家在哪住吗？""嘟！我再嘟你一下子，揍你！""您这怎么了？""你再说？""我没说什么。""你说什么来着？""我说刘晨跟阮肇他的家在哪住……"这话还没说完了，"你再说我拿这拐杖，我打你。""怎么了？""刘阮老二位，是我上三辈的老祖先，随便信口雌黄。"刘晨阮肇一听啊，哦，灵机一动，明白了。走，阮肇一扽刘晨，俩人转身就出来，"回去回去回去。"俩人互相看了看，点点头，顺着小桥这就回来了。

回来以后，到了洞口了，阮肇抢行了一步，临走的时候告诉让你去叫门，我试试看叫得开，叫不开。"开门，开开，阮肇回来了，开开，开开。"嗬，就把这洞门给砸的，手都疼了，说什么也没人给开。刘晨在旁边笑，"哼哼，你叫啊，大概还是非得我不可，要提我刘晨，洞门自己开。""哦，你先别叫。"刘晨要叫门，阮肇一想，你先别叫，我冒充你，我看叫得开叫不开。一抬手照着洞门上，"开门吧，我是刘晨。"这句话刚说完，就听吱嘎咕噜咕噜，这洞门自己就开了。随后从里边站着的两个仙女就说，"你呀，你是冒刘郎而入洞，竟赚门开。"所以这个典是刘晨阮肇返天台。说他在洞里头待了七天，为什么回家，那位老爷子说是上三辈的老祖先呢？这个典在《神仙传》上，这里头就有点神话喽，洞中方七日，世上几千年，刘晨阮肇成了仙了。

今天施钦差说宿介，你呀，冒充鄂秋隼到胭脂家去，所以你是冒刘郎而入洞，竟赚门开。你把人家给骗了。可是头里还有一句话了，"将仲子而逾墙，便如鸟堕，冒刘郎而入洞，竟赚门开"。"将仲子"是《诗经》上的一句话，"将仲子兮，无逾我里，无折我树杞。岂敢爱之？畏我父母。仲可怀也，父母之言亦可畏也。"意思就是说，仲子哥啊，你听我说，别翻越我家门户，别折了我种的杞树。不是舍不得杞树，我是害怕我的父母。仲子哥实在让我牵挂，但父母的话也让我害怕。你找这个女人去追求她，你别碰我的树，留神，也就表示女人拒绝男子追求的意思。说宿介，你效法将仲子跳墙而逾园，到了胭脂家里去。"冒刘郎而入洞，竟赚门开。"你把胭脂给骗了，你说你是鄂秋隼。

下面的判词是"感悦惊龙"。这句话是说宿介冒充鄂秋隼，诓开了胭脂的门户，胭脂一给他开门，宿介闯进去之后，往前一扑，就抓住了胭脂的两只胳膊，胭脂这手往后一撒，他就逮着这两个袖子，说这两个袖子为悦。这个"悦"字，就是女人的配巾，搁在这代替胭脂的袖子。说你抓住人家袖子以后"惊龙"，《诗经》有一句话，"无感我悦兮，无使龙也吠"。就是你别动我的佩巾，你别惹得那个狗叫唤。那么他就跟一个疯狗似的，抓住了胭脂这两个袖子，"你过来。"胭脂说："你撒开。"

下边这句就问他，"鼠有皮胡若此？"《诗经》上说："相鼠有皮，人而无仪。人而无仪，不死何为。"也就是说一个小小的老鼠它都有皮。宿介呀，你怎么没羞没臊呢？一点脸皮都不要呢？你都不如一个老鼠哇。那么你跟疯狗一样，过去拉着胭脂的袖子，你把念书人的品行都丢了，你倒是为什么？所以说他"鼠有皮胡若此？"

"攀花折树"就是掐花，去掐草。采花问柳，这不是你秀才所为，没有脸皮呀。"士无行其谓何？"你没有品行，丢了你秀才的品德，你倒是为什么？

"幸而听病燕之娇啼，犹为玉惜；怜弱柳之憔悴，未似莺狂。"这个书又说回来了，他拉住了胭脂袖子一争一夺，胭脂说了，君今日如此猛浪，非同那日门前经过之鄂郎矣。宿认为胭脂看出假来了，急忙就撒手了，胭脂蹬噔噔往后一退，就摔那了，坐了个屁股蹲儿，摔得挺疼，捂着脸可就哭了。在这时候，宿介如果他要扑过去，实行无礼，完全可能。但是他听胭脂这一哭，好像一个有病的小燕，"幸而听病燕之娇啼"，还比较怜惜。"怜弱柳之憔悴，未似莺狂。"爱惜娇嫩的柳树叶子，所以"未似莺狂"。你就不像一个黄莺一样，过去伸出两个爪子去抓它。他怜惜胭脂身体软弱，一个弱弱的少女。

在这个时候，"而释幺凤于罗中，尚有文人之意"。这幺凤是一种鸟，这种鸟出产在四川，体积非常的小，有多大个儿呢？跟指头肚大小，这么大个小东西。可是这种鸟呢，又名叫桐花凤，因为它好喜这个桐花，羽毛非常的好看，五光十色。它好闻这香味，女人的头油的香味啊，或者家里焚的香啊，就能把它引来。到十二月份，这种鸟就来了，有的时候幺凤鸟啊，落在女人的头上，它吸那个头油，被女人发现了，轻轻地一抬手，就把这种桐花凤抓在手心了，可是别使劲，如果你要使劲，往手心那么一攥，这东西跟着就死了。慢慢地拿手把它夹出来以后，用她头上的簪子把它插上，搁在头上以后，拿太阳或者灯光那么一照，嗬，五光十色的小羽毛，好看极了。在这用幺凤比喻胭脂。宿介没有对胭脂姑娘，前去施展莺狂，他转身走了，他说这么两句话。"小姐你别哭，我走我走。""你快走吧。""我什么时候来？""你十天后再来吧。"胭脂恨不得他快走就完了，随便那么一说。

"你给我点表记。""我们女人之物，不能随便给你们男子，你快走，你要不走我喊。""好好，我走。"所以他一转身出来了。胭脂看他出去了，害怕，这时候站起来，慢慢地往里间屋走。这一点就说"而释幺凤于罗中"，等于宿介一伸手，抓住了幺凤鸟，胭脂已经到他的手心里了，他一张手，幺凤就飞了，胭脂就走到里间屋了。所以说宿介这点你是"而释幺凤于罗中，尚有文人之意"。你还有点念书人的意思。

但是不应该呀，"乃劫香盟于袜底，宁非无赖之尤"。反而你又回来了，来到里间屋往胭脂这一扑，胭脂一看事情不好，仰面往床上那么一躺，抬起两只脚往外踹他，这时候宿介一伸手，他想抓住这两条腿，他也不知所措了。胭脂穿这双鞋，是软帮软底红缎子绣花的睡鞋，上面有四根带，这带开了，那么宿介的右手就抓住了胭脂左脚的鞋带子，胭脂往后一撤这个脚，就把这只鞋闹到手了。说"乃劫香盟于袜底"，他说十日后以此鞋为信物，我前来赴约，所谓袜底就是这只鞋。这点你不应该呀，你既然把幺凤鸟放了，把胭脂放到屋去了，你尚有文人之意，可是"乃劫香盟于袜底，宁非无赖之尤"。现在你这种行为，你说你不是个无赖，行吗？说句土话就是无赖尤啊，无赖尤是什么？流氓啊。你是秀才，你是文人，你还非得不做非礼不为，什么非礼不视非礼不听，你这是什么行为？你流氓的行为，下贱！"宁非无赖之尤"。

"蝴蝶过墙，隔窗有耳。"蝴蝶过墙，这是王驾诗上有几句，"雨前初见花间蕊，雨后兼无叶底花。蜂蝶纷纷过墙去，却疑春色在邻家。"就是让蝴蝶去采花，打这墙飞到那边去，他跳墙往胭脂那去，所以"蝴蝶过墙"。他从胭脂那回来以后，这也算蝴蝶过墙了。到龚王氏这叫开门，龚王氏把他让到屋去以后，两人这一说，外面有个毛大听着呢，"隔窗有耳"。可是龚王氏问他，你丢什么东西快找，到天亮找不着，可许姑奶奶我不承认。得了，姑奶奶，您给我吧。你哪来这东西？这种东西怎么会到你手？宿介就把冒充鄂秋隼，抢走胭脂绣鞋，定约的事一五一十地一说。

"莲花卸瓣，堕地无踪。"龚王氏说："臭挨刀的，缺德，你瞧你办个事。""你把鞋给我吧。""谁看见了？哪个王八蛋才看见了。""你没瞧见?""我诈你。"这才知道这只鞋没了。所谓"莲花卸瓣",就这一只鞋,"堕地无踪"。这个字搁这念堕,前面那个是"便如鸟堕",念缀。这两个字在原文上来看繁体是一样,但是搁在前面应该念坠。怎么叫坠,怎么叫堕?我解释不一定正确:因为他跳墙下来是便如鸟坠,他自己知道,他上面下来的,如果别人看见,也能看得见他。那么这个堕,他不知道怎么丢的。咱说个比喻,我出去到集市上买条鲤鱼,这条鲤鱼大约有二斤多重,来个绳给我拴在鱼嘴上,我背着手往回里溜达,正走到半路,碰见一个朋友,"刘立福,你哪去啊?""我买条鱼。""什么鱼?""您看。"一回手把着鲤鱼拿过来了,拿过之后,这个绳已经都糟了,看着他鱼都掉地下了,这叫坠,瞪着眼看着。再翻回来说,我背着手提这条鱼,碰见朋友了,"刘立福你干吗去了?买的什么?""我买条鱼。""我看看。""哎,我手里鱼哪去了?"不知道什么时候丢的,这为堕。要说这人堕落了,他怎么堕落的,他自己不知道。所以说"莲花瓣卸,堕地无踪"。什么时候丢的鞋不知道。

因为你莲花瓣卸,堕地无踪,找鞋鞋丢了,什么时候丢的你都不知道,才造成了"假中之假以生,冤外之冤谁信?"宿介冒充鄂秋隼到胭脂家去,你这个鄂秋隼不是真的,是假的。胭脂问"你谁?""我。""你是谁?""小生乃南乡中鄂秋隼。"假的,不是真的。可是毛大捡这鞋走了以后,十天以后前去赴约,前去叫错门了,跑着卞牛医这屋来了,咣咣一叫门,"谁?""我。""你谁?""我乃鄂了乎秋了乎隼乎。"这又是个假的。因此你鞋丢了,隔窗有耳,造成了"假中之假以生",假中之假是有了,可是"冤外之冤谁信?"宿介,人家鄂秋隼冤了,在家里待着好好的,给锁走了,到了聊城县,说他什么抢鞋吧,定约会吧,赴约吧,杀人吧,什么都不知道,就屈打成招,他冤了。到了济南府龚王氏把你招出来了,你不承认你是杀人凶手,你说你不是杀人凶手,你的冤谁信呢?有人信吗?没人信。在济南府,宿介都说出这话来了,"如果我所作所为,公祖大人判处我死刑,我罪该如此,我自己做的自己受,如果说我是杀人凶手,就是您不判我罪的话,我也冤。"就这个都不行。没有人信,冤外之冤谁信?

"天降祸起,梏械至于垂亡。"就是说因为你这种行为,这种做法,所以祸从天降。梏械至于垂亡,残酷的刑具,在济南府几次当堂二十板，回去重茬，差一点没把你打死。宿介，你瞧你自己做的。

"自作孽盈，断头几于不续。"天作孽犹可为，自作孽不可活，你自己做的。差一点这口刀砍到你的脖项，把你脑袋给砍下来之后，再想给你接上啊，怎么接也接不上了，断头几于不续。

"彼逾墙钻隙，固有玷夫儒冠。"就说宿介你这种跳墙钻缝，所谓钻缝，就是说你跳墙去，只要为了女色，你有个空隙你就往里钻。你这种行为造成什么呢？"有玷夫儒冠。"儒冠是文人墨客书生秀才的帽子，是个秀才戴头巾，有个帽正，长方的，一个白玉的。如果戴上这个方巾，镶上这个帽正，在外面一走别人就能看出来，不是秀才便是举人，不够秀才的身份不能戴。宿介这种行为，你把秀才的名誉都给玷了。有人提起来了，山东那个地方可出才子啊，别人就知道宿介这个事，就许这样答复，"嗨，别提山东了，山东那块念书的名士又怎么样？跳墙钻狗洞子，寻花问柳。"实际就是宿介自己，你是个害群之马呀，所以说他"有玷夫儒冠"。

下边是"而僵李代桃，诚难消其冤气。是宜稍宽笞扑，折其已受之刑"。

# 第二十六回

现在咱们说"而僵李代桃，诚难消其冤气"。而僵李代桃，这是李花替了桃花死。"种桃露井上，李树生桃旁。虫来食桃根，李树代桃僵。"说李树代桃僵，就说是宿介替了毛大死。本应当毛大是杀人的罪犯，可是宿介在济南府被屈打成招，差一点你替他死了，替他挨了刀。你再怎么说，也没有办法能够消除你的怨气。到了现在，对他应该怎么办呢？

"是宜稍宽笞扑，折其已受之刑。"本应当对他还得判罪，或者还得重打，所以现在不然了，就轻轻地打你几下手板。为什么要轻轻地打你几下手板呢？在济南府你已经受过这种惨刑了，所以把这个就折半了，"折其已受之刑"。

最后对宿介的判处，那就说"姑降青衣"，把功名落到了青衣，秀才以下，在童生以上。说这种身份，不许可穿秀才的服制。说秀才穿什么？蓝衫。到了他这了，青衣，只许穿青的。如果他穿着青衣跟秀才在一块儿，就知道这个不够秀才的身份。到这个时候就不允许你再考了。但是还许可他考，"开辟自新之路"。为什么还许可他进考场？因为他确实有才学，他还是东国名士，这就是施钦差格外恩施的地方。

下面判的是毛大："若毛大者。"像毛大这样的人。"刁猾无籍，市井凶徒。"刁猾无籍，说这个人怎么那么刁钻狡猾啊。这个毛大，在过堂的时候，明明你是个杀人的罪犯，这些个证据，以至证明都给你说明白了，他愣是不招，他不承认是杀人凶手，说你"刁猾无籍"。这个"籍"是籍贯，就说你没有户口，住在光棍台儿。说句白话，你哪轰得来的？这么一个流氓，就是这么一句话。"市井凶徒"，当时街面上，那个时候有市还就又有井，就说这趟街上，街面这么一个凶恶之徒。

"被邻女之投梭，淫心不死。"这是一个小小的典故。晋朝有一个才子，叫谢鲲。这个谢鲲很有学问，他邻居家有一个姑娘，姓高，家里头孤儿寡女，以织布来维持生活。可是这高氏女长得十分的美貌，这谢鲲知道。有一天，走到她的门前，她的门敞着呢，她们家是个小家，又没有门道，这个姑娘就在院里头，有个织布机，在那织布呢。这个谢鲲一步就迈进来了，一看周围没人呐，壮壮胆量他就进来了。进来之后，"啊，小姐，小生这厢有礼了。"你行礼不要紧，但是眼神态度非常的轻浮。不但如此啊，当时应该说瓜田不纳履，李下不正冠，这是男女之嫌疑。走到瓜地里头，你不许提鞋，走到李子树底下，你不能正帽子。如若不然，有人怀疑你，你一提鞋，这干吗？偷瓜是怎么的？那一扶帽子，大概你要偷李子。那就说一男一女站在一块儿，就这种嫌疑叫瓜李之嫌。你跑人家院里去了，站人家眼前给人家行礼，拿眼睛不正视，斜着看人家，这女的还不明白吗？明明知道他是邻居家的才子谢鲲，你更不应该有这行为。冲他微乎一笑，他呢就认为这女的跟他有意了。没想到这高氏女把这布梭子线掐断之后，啪！就朝他戳去了，整戳到门牙上，把门牙给戳下俩去，呼啦血就下来了。哎哟，这个谢鲲才明白，坏了，自己做错事了，人家敢情不是那样的女人，磨身形就跑了。这个高氏女笑他无知，可惜你这个才子，随后就追出来了。他跑出去以后，他要回头看看，这是一般的规律。他一回头，这高氏女站在门前，冲他一阵讥笑，冲他摆手，那意思你过来？你过来，今天我还砍你。谢鲲吓得就跑了，连连作揖，那意思我有罪，我错了。谢鲲被高氏女投了这一梭，织布那梭子打了你了，再看见人家姓高的这个姑娘，磨头就跑，低头臊个大红脸走了。可是毛大你呢？"被邻女之投梭，淫心不死。"这是从哪点说的？就说毛大调戏龚王氏。在龚王氏的门前说："龚大嫂子，您看光棍难，光棍难，谁给光棍缝缝连连，我这裤子破了，龚大嫂子您给我缝缝行吗？"可那种举动非常难看，往前那么一凑合，龚王氏啪给了一个嘴巴，他一捂嘴他跑了，走了好几步，回头那么一瞧，龚王氏看他也可笑，冲他微乎一笑，"你过来，我给你缝啊。"哎，这毛大说什么呢，"哟嗬，好嘞，打是疼骂是爱，要有心事你就拿脚踹。"他哈巴哈巴他又过来了。哨，叫龚王氏给了一拳头，搗他鼻梁骨上了。人家谢鲲挨了一梭子，从那一见高氏就跑。可是你呢，去而复返，"被邻女之投梭"，龚王氏打了你一个嘴巴，你"淫心不死"，你又回来了。你这是怎么回事？说毛大他的淫心不死，拿谢鲲来对比他，人家一个有才学的谢鲲都死了心了，都不敢再这样做了，你呢，被"邻女之投梭，淫心不死"。

下面是："伺狂童之入巷，贼智忽生。"这个"伺"搁这意思，当伺机等候讲。那么毛大一进的西乡口，他就憋着逮这个宿介，如果我要逮住宿介跟龚王氏，我一个手抓住一个，问问龚王氏，你还说什么？我这裤子你管缝不管缝？所以他哼哼唧唧地就进了巷子，往左边这么一偏头，哟，一看王氏这大门啊，半开着一扇，她怎么没关门呢？竟顾着睡觉了，你可是忘了关门了。毛大爷这两天没辙，我偷你一水吧。所以说他"贼智忽生"，做贼的这种非智他又产生了。

下边接着说，他是"开户迎风，喜得履张生之迹"。开户迎风，拿手一推这个门，忽然间从里边刮出来这个风来了，所以开户迎风。"待月西厢下，迎风户半开。拂墙花影动，疑是玉人来。"所以他往里头走，开个门往里一迈步，一脚踩着什么东西了。软软乎乎的。猫腰捡起来之后一瞧，一条手绢，打开这手绢，一看里边有一只绣鞋。他心说：这是王氏给哪个情人的，莫怪这门没关了，她是等情人呢。他一看得这只鞋。他捡了这鞋以后，他高兴了，这只鞋到我手了，我"喜得履张生之迹"，他要走张君瑞那道路去戏莺莺。可是你不是张君瑞。张君瑞是什么样的人？你这毛大不是这里事啊。所以他进去了，来到这窗户根儿，他听了听，屋里正说话。

"求浆值酒，妄思偷韩掾之香。"实指望他逮着这鞋跟手绢，他找龚王氏的便宜。没想到，屋里边说的什么呢？这只鞋是从胭脂那抢来的，十日后要冒充鄂秋隼，到胭脂家前去赴约。哦，这么回事啊，十天以后，宿介你别去了，毛大爷来一趟吧。所以"求浆值酒"，这个浆就是茶水的意思，我打算到这来喝点水，偷龚王氏一水，没想到你给我预备酒了，酒就是胭脂。这个典故是《神仙传》上的"裴航求浆"。

裴航去赶考去，路过这个地方叫蓝桥驿，感觉口渴，渴得厉害，哎呀，怎么那么渴啊？也没有卖水的。一看道旁边有一个门，门口站着位老太婆，裴航就走过去了，"老妈妈，小生这厢施礼。""啊，先生免礼吧，你有什么事啊？""我是赶考的举子，路过您贵宝地，口干舌燥，想跟老妈妈求碗浆吃，您是否能赏赐？""行啊，您等一等吧。"老太婆进去之后，工夫不大，从里边端了一碗水出来，就给他了。他喝完之后，"多谢妈妈。"裴航走了。走了以后，赶考没中，下一次赶考时候又路过这了，怎么又渴了？想起来了，在前三年我刚好路过这，口渴，跟人家寻过水。现在这关着门了，那位老太太是不是还在这住？又过去叫门，轻轻地一拍门，这叫"蓝桥叩小关"。里边门扦一响，门开了，老太婆出来了，"先生，您找谁啊？""老妈妈，您不认得我了？在下姓裴名航，我是赶考的举子，三年前曾在您这求过一次浆。可是这一次我又渴了，我二次前来求浆。老妈妈，您能否赏赐？""哦，我想起来了，好好，那您进来吧。"裴航就跟进来了，进来之后一看，是个三合院，三面房子，迎面是上房，老太太说，"您请进吧。"前面挂着帘栊了，能叫老太太给掀帘子吗？裴航年轻，抢行一步，把帘栊掀起来，让老太太先进去，这是礼节。他那么一掀帘子，哎哟，跟着把帘子撂下了，原因呢，就在上里间屋门口，站着一个如花似玉的大姑娘。男女有别。"请进吧，先生。""不，您……""哦，进去进去。"这时候老太太掀起帘栊，把裴航让进去了，给裴航倒完了水之后，裴航喝完了，"多谢妈妈。"坐在这说两句闲话，就问问老妈妈，"您贵姓啊？"老太太说："我姓樊。""您府上有什么人？""只有我们母女二人。""令爱千金，今年多大岁数？青春几何？""还小，十七岁。""可曾许字人家？""尚未婚配。""小生姓裴名航，今年十九岁。我家住哪怎么回事……我有心……"那意思就是说，有心给她做个女婿，这话说到这，脸那么一红，老太太就给拦回去了。"得了，您甭说了，这件事倒好办。不过我女儿有一件心愿，恐怕您办不到。""什么心愿？""我女儿有个玉臼，缺少玉杵。"说什么叫玉臼？这么说吧，您要到药铺去买草药，说我来点砂仁，药铺卖药的，他得拿铜罐，有个铜槌，把砂仁给捣了，捣碎了以后，好熬药啊，捣药的那个罐就为臼，那个槌为杵。说她有个玉的臼，研药的那么一个药盆，就是没那玉杵，配不上。如果裴先生你要能把这玉杵找来，跟这玉臼能配成套的话，我就把女儿许配与你。"哦，您能否把这玉臼拿出来，我看看。""可以。"老太太又把这个东西拿出来了。裴航看了看，瞧瞧深浅宽窄高矮，看完之后，"老妈妈，您有限期吗？""没有，任何人都行。只要能跟那玉臼配成一套的话，那就把我的女儿许配他。""啊，令爱千金，芳名怎么称呼？""名唤云英。""好吧，那我跟您告辞了。"裴航可就走了，走了以后，就大小古玩铺、古玩摊，他那么一找啊，书要简言，还真看见了。瞧了瞧这玉杵啊，估计是尺寸差不多，"多少钱？""纹银一千两。"说怎么这么大价？古玩玉器就是，你不爱它一分钱不值，你爱上了多少钱也得要。这个行业是一年不卖钱，是卖钱吃三年。说裴航还价的话，他告诉你了，九百九十九两九都不卖。没有办法，说裴航想尽了办法，拿了一千两银子买这玉杵。说你这说书的，随便一说吧，你说它一万也可以，不然，有诗证明，"千金觅玉杵，殷勤手自将。云英如有意，亲为捣玄霜。"所以说一千两买了这玉杵之后，他就去了。来到这儿，跟老妈妈一见面，"您看，我把玉杵买来了，您瞧行不行？""您等一等。"打开一瞧啊，"这样吧，我拿进去之后，给我的闺女看，如果她要是拿出玉臼来，冲着我一笑，那就算成了。她要一摇头，口字旁加个欠字，吹了。"嗬，裴航一看，这玉杵还不一定适不合适？"好吧。"老太太就进屋了，工夫不大，出来了，"先生，给您道喜。"裴航从这，磕头认了岳母，在此入赘招亲。可是这个生活怎么过呢？除去了每天三餐，安歇睡觉，其他的时间，这云英拿这玉杵跟那玉臼去捣药。给他经卷，叫裴航去念经，裴航去捣药，云英去念经。最后，头一料丹药捣好了，搁在炉里头，把它封起来了。七七四十九天，老太太把它拆封之后，把这料丹药吃下去了，老太太就走了，从此就不见了。第二料丹药捣好之后，又封起来了。七七四十九天过后，老太太突然间回来了，把封条揭了，开封，把丹药拿出来，给他们二人，一个姑爷，一个闺女，一人一半。吃下去以后，老太太左手拉着姑爷，右手拉着闺女，来到院中，一跺脚是腾空而起，成了。成什么？成仙了，这叫"裴航求浆"，这是《神仙传》上的一段神话故事。

说毛大这"求浆值酒，妄思偷韩掾之香"。你打算找龚王氏的便宜，嗨，你也像裴航似的，来个云英，哪有这个事？你是妄思偷韩掾之香。"韩掾之香"又是一个小的故事。这个典故出在《世说新语》，晋朝有一员武将，姓贾，名叫贾充，非常得宠。贾充手下有一个书吏，这位姓韩，名叫韩寿。这个年轻小伙子，长得十分的俊俏，当时都叫他韩掾客，掾就是书办幕僚的意思，贾充也非常喜欢他。贾充有个闺女，他的女儿名叫贾午，在后边绣楼上。时间一长了，贾午就爱上韩寿了。但是在那种社会不允许他们直接交谈，难免有的时候，或者家里有点什么喜寿事。那么韩寿跟着将军不断地往里边去，跟小姐见过面，从这他们互相都有一个印象。后来贾充就出差了，离开那么一个阶段，韩寿自己在书房里正在写作，忽然间门开了。"韩先生。""噢。"一看是小姐贾午的一个丫鬟，"有什么事吗？小姐让我请您那有点事，跟您领教。"韩寿一听，这心里怦怦怦直蹦。将军没在家，这哪成？

韩寿壮壮胆量，就跟丫头奔了小姐的绣楼了。来到绣楼，见了小姐之后，两人对坐无语，丫头就闪出去了。书要简言，从这两个人就海誓山盟，有了夫妻之情，韩寿不说三天两头，几乎每天到小姐这来。有这么十几天，忽然间将军要回来，预先家里得到消息。这样一来，韩寿再想往小姐楼中去，就去不了了。两个人有点难舍难离，这怎么办？这么着，今后咱们的终身是就听其自然了，听天由命，这位小姐真爱他，舍不了他，就把箱子打开了，从箱子里边拿出这么一个小瓷瓶来，这个瓷瓶盖上面有一个红绸子，用塞儿塞着。"这是什么？""你把你的手绢拿出来。"韩寿就拿出手绢，小姐拿着瓷瓶告诉他，里边装的是异宝香，说句现在的话就是香料。说这种香是哪来的？是从外国进贡来的。因为皇帝爱惜将军贾充，无可封赏，就把这异宝香就赐给他了。他最喜爱女儿贾午，所以就给了闺女，叫她保存着。这种香料，如果要弹在你身上，一丁点儿也就一厘，能香十来天。要是多弹一点的话，说几个月香味也下不去。嗬，这香味这个好闻呐，这东西叫异宝香。小姐没有什么可给了，你把手绢拿出来，把瓶盖打开以后，就把小瓷瓶那么一倒，倒了有二两五。"你要把它包好了，揣在身上，您好好保存，回去把它装起来。"这样两人就分了手了。不久，贾将军回府了，韩寿出来迎接，"将军，您回府了。"
"韩先生。"随后来到屋中，坐下之后，"我出门以后，家里怎么样？"
"还很好。"说着说着话，贾充一闻，异宝香味。心说这个味怎么会在
这屋？仔细分辨，不对，在韩寿身上了。心说：这个东西在我闺女
那，出不来。贾充说了几句话，就让韩寿走了，慢慢地自己进入内
宅，告诉内宅的妈妈，"去到楼上，把小春给我叫来。"小春就是小姐
的丫鬟。工夫不大，丫鬟就来了，"老爷，我给您行礼了。""我问你，
这些天我没在家，谁到小姐那去了？""没有人去。""小姐到哪去了？"
"小姐没下楼。""是吗？""是。""嗯，你们都出去。"把下人婆子们都
打发出去了，"你过来。""老爷，您有什么事？""告诉我实话，谁上
小姐楼上去了？不说实话，今天我打死你。"小丫鬟一看老爷真急了，
吓得咕叽就跪下了，"老爷，我不知道规矩，我是个当丫鬟的，您说
我怎么办？""说，谁去了？""嗯，韩搽客。"她就说韩寿韩先生。"怎
么回事？""有如此这般这么一段……""原来如此，我告诉你，这件
事不准你跟任何人说，也不许告诉小姐，听见没有，回到你的房中，
先去洗洗脸，把眼泪擦干净了，如果你要跟小姐说了，我要你的命。"
"哎哎。"小丫头就走了，琢磨老爷饶不了她，也饶不了小姐。敢情没
有，贾充自己在想：这个事最后的结果是什么？要不说他聪明，隔了
一天，就把韩寿找过来了，"韩先生。""将军。""你今年多大了？"
"二十一岁。""你可曾定亲了？"韩寿脸这么一红，"没有。""我有意
将小女许配与你，你意下如何？"韩寿一听，跟着就站起来了，"将
军，书吏天胆不敢以小犯上。"贾充心说：你别来这套了！我闺女早
归了你了。不然异宝香怎么到你身上的？你答应了，咱心照不宣了。
最后把闺女就嫁给了韩搽客，他们成为一对美鸳鸯。

今天的判文上，说毛大你"妄思偷韩搽之香"。你要妄想打算学
韩搽客，跟韩寿一样，你也来点异宝香，瞧瞧你那脑袋。"何意魄夺
自天"，这个典故说的是西楚霸王自刎乌江丧。

# 第二十七回

下面咱说判毛大，这句原文是"何意魄夺自天"。这句话拉出一个典故，是霸王被困乌江。十面埋伏困住了霸王的八千子弟兵，霸王一看这怎么办？一瞧瞧他这个阵势，斗杀四门，一声令下，"三军的，随某杀出东门。"这一下往东门一杀呀，杀得个人困马乏，败回来之后，霸王勒住丝缰，别枪推髯观瞧，呀！八千子弟兵，还剩一半。"三军的，你看孤家勇也不勇？"大家都知道霸王的个性，谁敢说他不勇？"大王勇不可敌。""因何大败而归？""想必是战他不过。""呸！三军的，随我杀出北门。"往北边一杀，这一阵打过之后，又败回来了，霸王这时候别枪推髯观看，呀，还有个七八百人，怎么就打不出去呢？"三军的，你看孤家勇也不勇？""大王勇不可敌。""因何大败而归？""想必是战他不过。""三军的，随某杀出西门。"这会儿打西门，到西门杀了一阵又败回来了。四面杀了三面了，都杀成血人了。霸王这个时候再一看哪，好，还剩了二百多人，今天怎么了？"三军的，这是如何？""大败而归。""因何大败而归？""想必是战他不过。""你看孤家勇也不勇？""大王勇不可敌。"霸王不服这个劲啊，"三军的，随某杀出南门。"这一阵打回来之后，霸王勒马别抢推髯观瞧，呀！还剩六个人。"三军的，你看孤家勇也不勇？""你爱勇不勇。"还勇啊？再勇我们都完了。一直败到乌江，霸王翻身下马之后，"乌骓呀乌骓，你随某家南征北战，东挡西杀，如今只落得单人匹马，去吧，去吧。"就在这个时节，忽然间一听，啊？咕噜噜噜噜，天鼓响了，是天鼓是战鼓啊？霸王就认为这是天鼓。啊，我该归天了。因此，霸王伸手把宝剑拉出来，往自己脖项那么一搁，"此乃天夺我魄。"霸王自刎乌江丧。

那位说不对，不是来了摇荡荡一只打鱼的小舟，说："船家，把孤家渡过江去。"船家闻听说："我的船是渔船，不能渡人。"霸王言道："你把孤家渡过江去，我是多把银两。"船家闻听说："我的船小，能渡你的枪马，不能渡你的人，你的人高马大枪沉，渡人难渡枪马。"霸王闻听说："这有何难，先把孤家的枪马渡过江去，再渡孤家，不为迟晚。"船家闻听，将船拢岸，将枪抬在船上，把马拉到舟中，一篙支开，船行半江之中，高声喝喊："霸王听真，你当我是何人，我乃韩元帅帐下一员大将，特来诓你的枪马，看你身为大将，无枪无马，你怎样应战？"霸王闻听，顿足说道："我乃浑人也。"那是说相声说的《八扇屏》里的，他不可能那样。在这个时候霸王听了天鼓响了，自己知道不行了，应该归天了，自刎了。毛大，西楚霸王，他知道他应该死了，你怎么就拗天而行呢？明明你是杀人凶手，你都不承认，你还想抵赖呀，行吗那个？霸王都知道自己应该死了，你怎么该死，你不能够承认呢，你都不认命呢？他也没法跟霸王比，所以说他何意魄夺自天，你拗天而行，"魂摄于鬼"，你呀这样做，是鬼催的你。

"浪乘槎木，直入广寒之宫。径泛渔舟，错认桃源之路。"这说的是毛大，跳胭脂家的墙，这是直入广寒之宫，这个典故是汉张骞游广寒宫。汉张骞他听人说，这个海跟天河连着，究竟这水是从哪流来的呢？他看见有一些个浮槎在水上漂着，随着这个水流就漂下去了。他带好了干粮，一下子跳到浮槎上去了，跳上去以后，随着波浪滚滚而下，我倒看看到哪算到了头了。漂来漂去，大约有十来天。这是什么地方？这地方有城啊，还有人。他看倒有一个门，进去一瞧，有好些个女人，都在那织丝绸呢。再一瞧那边，还有一个年轻的小伙牵着个牛，在这饮牛。一会儿这小伙就走过来了，"你是谁呀？你怎么到这了？"张骞说我怎么怎么回事……"我叫张骞，哎呀，这是哪啊？""广寒宫。"到了月宫了，看见牛郎织女了，这是个神话的传说。就说毛大，你上胭脂家去，等于汉张骞跳在浮槎上，连打听都没打听，就到了广寒宫了。你跳在胭脂家中，到院里头了，你很痛快的，自个一跳墙就过来了。

可是"径泛渔舟，错认了桃源之路"。怎么错认桃源之路？你走错屋了。你没上胭脂屋去，你跑到北房卞牛医屋去了，就错认了桃源之路。这是陶渊明，陶潜，他作的《桃花源记》。传说晋朝，武陵那个地方有一个渔夫，这一天驾着打鱼的小舟，顺着溪流，无意中来到一个山里边了。到山里边一瞧，这什么地方？怎么这些个树木，这些个桃花啊？怎么这么好啊。可再想出去呢，找不着道了。可就发现那里边有人探头探脑的，似乎看见他了，可他也不敢言语，里边人呢看他也害怕。这些人穿的衣服都非常的褴褛，脸上的胡子头发那个长啊，时间一长了，这些人慢慢地就凑合到他眼前头说，"先生，您是从外边来吗？哦，我跟您打听点事。""什么事啊？""秦始皇抓人，他抓夫修万里长城，他还抓吗？他还逮吗？"这个渔翁一听，这是多少年的事了。当时脑子一动就明白了，转身又出来了。他回来以后就跟大伙说，怎么来怎么去，这个桃源里边一些人，这些个人都是多少年前的了，这是地仙呐。是吗？带我们去一趟吧，我们去看看去。好多人跟他就去了，到这怎么找也找不着桃源了。在哪啊？是这啊，所以有人说你呀是错认桃源之路。这个典说毛大，他走错屋了，你上胭脂那屋去没去了，你走错路了，跑到卞牛医屋去了，你是直入广寒之宫，径泛渔舟，错认桃源之路。

你到这一叫门呐，"鄂了乎秋了乎隼乎。""你干什么？""望小姐开门乎，我前来送鞋乎。"卞牛医从屋中出来，手里提着夜壶，一下子摔在毛大的脑袋上了，啪！"我给你一夜壶。"像毛大来的那种心气，那种心情给砸回去了，才明白，这叫"遂使情火息焰"。

卞牛医拿菜刀一追他，他到墙根下了，想上墙，上不去了，刀起来了，"刀横直前。"在这个时候毛大夺了他的刀了，杀了他。可是卞牛医你杀毛大不要紧呐，你可小心一点。他急了他会打你呀，他会剁你呀。

"投鼠无他顾之意。"这个典是列国的闵子骞。闵子骞是孔子的门徒，曲艺里有段《鞭打芦花》，那是后来的事了。他小时候上学，每天早晨家里给他准备点吃的，弄点蒸饼啊，就搁在那条案头上，他晚上睡觉时，就把书包搁在枕头旁边，他爱惜他自己的书本和笔墨，连砚台带笔墨都搁这了。他睡着睡觉啊，听见有动静。闵子骞那么一抬头，哎哟，他先看他这蒸饼，就看老鼠在那偷吃他的蒸饼呢。闵子骞一着急，心说：那蒸饼是我的，你给我偷吃了，那哪行啊？他抓什么也抓不着，就把那砚台拿起来了，一砍这老鼠，啪嚓一下子，就把那大掸瓶给砍了。他父亲母亲都醒了，"怎么回事？""爹，那老鼠偷我蒸饼，我拿砚台砍它。""嘻，你这孩子，你投鼠不知忌器，你砍老鼠不要紧，你留神我那大掸瓶啊。"那这典就说卞牛医，你拿刀，你去剁毛大，你可小心你自己啊。投鼠无他顾之意，你只顾了杀他，你就不顾你自己了吗？

"寇穷安往，急兔起反噬之心。"你应该明白，穷寇莫追。这个贼啊，偷点偷点吧，去去吧，丢点东西不要紧。有时候这人想不开呀，你又没有办法制服他，你说你央求他，他没有善心，干脆你要什么，我给你点完了走。可你要这么想没事了，你追他，急兔起反噬之心，那个兔子急了，它回来都咬你一口啊，那哪成啊？

"越壁入人家，止期张有冠而李借。"这点说毛大，跳墙头到人家去了。这么一来，闹成了张冠李借。说句好懂的话，就是张三的帽子给李四戴上了，你杀完人，就害了宿介了，把这凶手就挪到宿介身上了，所以张冠李戴嘛。

"夺兵遗绣履，遂教鱼脱网而鸿罹。"毛大夺了菜刀了，杀了卞牛医了，你把那只绣鞋丢了，这时候遂教鱼脱网而鸿罹。这个渔网下去以后，没逮着鱼，而把鸿给逮着了。这个鸿是逮鱼的鱼鹰，你把鸿给逮住了。这就是说让毛大跑了，而把宿介给逮住了。所以遂教鱼脱网而鸿罹。

"风流道乃生此恶魔。"风流道，男女情场当中，风流才子一道上，生出这样的恶魔。说毛大你是个魔鬼，说这个道路上是哪些人走的？唐伯虎啊、张君瑞啊，人家说出话来跟你都不一样啊，"小生姓张名珙字君瑞，今年二十三岁，尚未娶妻哟……啊哈哈"你是什么东西？"鄂了乎秋了乎隼了乎"。这行吗？你是个魔鬼！

"温柔乡何有此鬼蜮哉"。温柔乡当中，也就说在男女谈情说爱当中，没有你这样的鬼蜮。鬼蜮是什么东西？这个东西出在南方，是一种水里的暗害人的东西，又名叫"射影"。据传说啊，当然是不科学了，说含沙射影就是这个东西。你要在水边路过，要是叫它看见，它剺了你的肉，这一下肉就烂了，慢慢地一点一点地越烂越多，越来越大，这人就没治了。不是刺痒吗，如果拿水一烫，这肉就可以整个都烫下去。如果你走到水边上，它发现你的影子，从底下上来剿你的影子一下，哟，你身上感觉这怎么回事？你就能受伤。当然了剿了影子，人能不能受伤？这是实际不科学的，就是个传说。毕竟这个东西使你受了伤了，你不知道是怎么伤的，说鬼蜮这种东西又叫射影，是暗害人的东西。就是说毛大你呀，在温柔乡当中没有你这样暗害人的东西，含沙射影。

对他怎么办呢？最后是"即断首领，以快人心"。犯了死罪了，一般的情况，是把文行上去之后，等符文批回来秋决，就是到秋天那时候再斩。可是对他呢，不等了，马上推出去，立时斩首，就把毛大判处死罪了。

下边判胭脂："胭脂：身犹未字，岁已及笄。"说胭脂姑娘你呀，身犹未字，岁已及笄。你现在长这么大了，还没有定亲呢，身犹未字。岁已及笄呢，在封建时代，十六岁的姑娘叫年已及笄。这个及笄是个东西，说白话叫髢髢。河南坠子里边有这么一个段，叫《借髢髢》，我还记得有这么两句唱，"不借不借不借嘞，偏借偏借偏借嘞。"这个髢髢是什么东西？是一个头簪，一个凤凰叼着一挂珠子，一般都是珍珠的，或者假珠子的，插在头上，显得特别这么好看。但是一般的姑娘不能随便戴，必须定了亲以后，有了婆家了，有了主儿了，戴上这个。倘若有亲友或者媒婆打算到来，给这姑娘说亲，一看她戴上这个东西了，就不言语了，知道人家已经有了丈夫了，或者是定亲了。说胭脂姑娘你呀，现在虽然没有定亲，但是你的岁数到了，十六岁了，岁已及笄。

"以月殿之仙人"，你不亚如月宫的嫦娥啊，"自应有郎似玉"。当然很应当有一个如意的郎君，来配你这玉人。作为玉人，就是你这个人，很洁净，很漂亮，跟一块美玉相似。

"原霓裳之旧队。"你不亚如霓裳队中的仙女。据神话的传说，王母娘娘驾下有一支叫霓裳队的乐队，这支乐队都是由仙女组成，嗬，演奏的这种古乐好听极了，说这个队就叫霓裳队。我记得以前仿佛结婚了、出殡了，有这么种音乐队，他起的名字就叫"霓裳音乐队"，就是从这个典来的。说胭脂姑娘，你不亚如王母娘娘驾下霓裳队里的仙女，又不亚如月殿的嫦娥一样。

"何愁贮屋无金？"你发什么愁呢？你不用发愁，有人制作一个金的房屋，把你藏在里头。这个典故，是汉武帝刘彻。刘彻在小的时候，他姑妈非常爱他，姑妈抱着他，跟他说笑话。刘彻有个表妹，叫阿娇。她姑妈一时高兴，就跟刘彻说，"你看，你表妹好不好？你爱不爱？"小孩很幼稚，当然太大岁数，如果十五六了，大人不可能跟他这样说，因为他们还是小孩，所以他姑妈说，"你的表妹好不好？如果你要爱她，将来我把这阿娇许配你，给你做媳妇。"刘彻就说这样一句话，"姑妈，你要真把表妹给我的话，将来我打造一个金屋子，我把她藏起来。"到后来刘彻做了皇帝，就真把她接到宫里，封为皇后，就是陈皇后，这叫金屋藏娇。这个典故就说胭脂，你不用发愁，有人打一个真金的房屋，把你接去，让你去住。

"而乃感关雎而念好逑。"在《诗经》上有句话，"关关雎鸠，在河之洲。窈窕淑女，君子好逑。"说是怎么讲？在天津市那地方有个北大官，北大官叫关上关下，这叫关关。那个地方有个赌局，大伙都那耍钱，抓赌的来了，一下叫人给抓走了，这叫关关局纠（雎鸠）。这些赌徒怎么办？一看不行，在哪耍钱都不行？推牌九、打扑克、打麻将都不行了，就弄个船跑河里去了，在河里不敢用别的耍，弄几个骰子在那掷骰子，这叫在河掷舟（之洲）。有个姓姚叫姚条，输大发劲了没辙了，得了，我老婆给你吧，赌老婆的，这叫姚条输女（窈窕淑女）。说君子好逑呢，君子人好打篮球，学生踢足球，小孩弹球。这说相声说的，哪有这事？

"关关雎鸠"，这个雎鸠是个水鸟，关关是一雌一雄它们求配偶在一起叫的声音，一次一雄在里头叫，关关雎鸠。"关关雎鸠，在河之洲，窈窕淑女，君子好逑。"那就说胭脂，你如花似玉，不亚如霓裳队，不亚如月宫嫦娥，自然有君子好逑，一个水鸟，它们自己在叫，它都知道要求对象，要搞对象，你发的什么愁呢？所以说你不用发愁，自然有金屋藏娇。

"而乃感关雎而念好逑，竟绕春婆之梦。"这个春婆梦，说的是苏轼，就是苏东坡。苏东坡被贬居昌化的时候，他过去很富，现在回来了，他看见一个七十多岁的老太婆，这个老太婆认识他。拿眼一看他，他一看这位老太婆，"哈哈，老奶奶。""苏轼啊，你回来了，你呀，这一场富贵，不雅如一场春梦啊。"你趁多少钱，事情过去全完了，跟做一场梦一样。苏东坡是才子，点了点头，回想起来他就管这件事叫春婆梦，我做了一场春婆梦。就说胭脂你想鄂秋隼，差一点想了一场空，跟做一场春婆梦一样。

"怨摽梅而思吉士。"摽梅吉士。这个梅子熟了以后，不用摘，它自己就落下来了。"摽有梅，其实七兮。求我庶士，迨其吉兮。"这是《诗经》上一句话。就说你这个女人，要看见梅子熟了以后，自己落下了，自己年龄已经到了，应该找个对象。说看见梅子你受到影响，梅子熟了，自己落下来了，我已经及笄了，那么我多咱有个丈夫呢？说胭脂你仿佛在想你自己的年岁到了，要找一个如意的丈夫。

"遂离倩女之魂。"说胭脂不亚如倩女离魂，这个典故是神话的故事，这本书叫《离魂记》。这个故事是在清河，有一个人姓张，名叫张镒。夫妻两个有一个闺女，没有儿子，他的姑娘名叫倩女。他有个外甥，张镒的外甥姓王，名叫王宙。王宙父母都死了，就跟着舅父舅母在一起生活，这孩子非常好。张镒家里颇称小康之家，有管家、有女仆。那么王宙跟倩女是表兄妹，两人每天在一起，除去了玩耍，还要学字，还要念书，感情很好，一点一点地就长起来了，当然了他们两人并非是像龚王氏跟宿介的情况。

后来王宙十二岁中童生，中童生之后，这天正赶上张镒他的生日，那么全家就坐在一块儿喽。这个张镒再喝两盅酒，看看王宙，十分喜欢，再看看自个的闺女，酒言酒语地又说了，"哎，小宙啊，你看你表妹，你喜欢不喜欢呢？"这句话说得自个闺女脸通红，把头一低。老太太心说：你这个人真是的，哪有同着孩子说这个的？虽然十二岁，他俩又是成天在一块儿，也不应该同着孩子说这话。就在这个时候，倩女一低头，脸通红，微乎撩了一下眼皮，看了一眼王宙，转身形就走了。她奔了里间屋，藏到套间去了，自己不由得掉泪。王宙这个时候也没言语，站起来开个房门，就跑到前面书房去了。

老太太说："你喝多了？啊？哪有同着孩子说这个的？你心里有不是的，你是醉话吗？""哈哈哈……"张镒这句话说出去，哈哈一笑，哪知道惹出一场风波。

# 第二十八回

　　上回书说到，"倩女离魂"这个典故。张镒看见王宙中了童生之后，对王宙说，"你如果喜欢你的表妹倩女，你好好念书，中了秀才了，我就把你的表妹许配与你。"哪知道这两个孩子有心呐，从这起啊，两人避免未过门夫妻的嫌疑。没有这句话以先，两人经常在一起说说笑笑啊，研究个文章啊，说个对联啊，从这两人就不见面了。有的时候王宙到上房去了，一下子碰见了，稍许敷衍两句话，跟舅父舅母说说，马上就躲开，要不然倩女就躲里间屋去了。

　　王宙闭门塞豆，搜索枯肠，用心攻读。书要简言，十七岁，王宙中了个头名秀才。这个秀才中了以后，自己可高兴了。当然中了个秀才是高兴，含义是什么呢？我表妹归我了，那是我的妻子。如果这秀才不中，等于这门亲没定。回家以后，烧香磕头，那么给祖先磕头，给舅父舅母磕头，中了功名，这是当时一种风俗习惯吧，也是一种规矩。对于亲事就不谈了，王宙心里也踏实了，倩女心里也有个数。

　　事情过去有个半年吧，突然间来了两位朋友，是张镒的朋友，迎接进来了。到了书房，分宾主落座，前去说闲话。王宙也有一个习惯，就是家里头来了人，他总要站在他舅父张镒的身旁垂手侍立，表示尊敬。就听他的朋友提了，"张兄，我们这次来，不是为了别的事，令爱千金今年有多大了？""十七了。""我想为她说门亲。"王宙心说呀：您甭说了，我表妹早归了我了，已经定亲了。可是没想到张镒说，"谁家啊？"一说是邻县县令之子，县官的儿子某人。"好吧。"问来问去，说这人怎么好，怎么来怎么去，都说完了，咱商量商量，我们研究研究，过几天听信，这个事情就完了。王宙知道，这是托词，把他们打发走了，也就完了，不好意思把他们驳了。而且呢，自己这样的亲戚，又不好跟别人说明，这个事情就过去了。

事隔那么两个月，正逢是夏天。这天早晨起来，王宙就听见外面人声嘈杂，他自己在前面书房了，这是干吗呢？起来一看，嚯，这么些人呐，有的拿着杉篙的，有的拿着芦席的，那位直嚷，"张师傅，您把那弯针递给我。""好嘞，您接这个。""表少爷，您这干吗了？"管家得让让他，"啊，老李啊，这干吗呢？""搭棚。""什么事啊？""您不知道？小姐换帖啊，定亲啊。"噢，王宙心说：是不是给我做龙凤大帖啊，"这是给谁定亲啊？""离这不远，王县令王县官的少爷，您到里边看看去。"王宙当时脸一红，跟着就沉不住气了。"行了行了，我一会儿去。"

王宙回到书房，心说：这怎么回事？舅舅、舅妈，难道说您说了不算吗？就是上次来提亲那二位？说成了？嗯？也许您忘了？因为我舅舅当初告诉我，你中了秀才以后，把你的表妹许配你啊。这怎么问呢？如果我爹娘要是活着，这就好办喽，请老人去问问。我自己不好说啊，何况我还是舅父舅母把我养大成人的。自己拾掇拾掇，换衣裳，洗洗脸，进内宅，我给舅父舅母前去道喜。那个时节看见我，您还不明白吗？也就说给您提个醒，王宙就去了。

"啊，舅父，舅妈，给您道喜啊，听说我表妹定亲了？""啊，你不喜欢吗？"他舅妈也说，"是啊，这不是好事吗？""行啊，我先了却一件心事。你表妹出嫁以后，我就想办法给你说个家下，合适的，成全你是一家人家嘛。"王宙这心里头苦不可言呐，"舅父，舅母，您多成全吧。"说完这话就慢慢往回退，"回头你看看，来亲朋你给照顾照顾。""哎哎哎。"王宙就出来了，什么？还让我照顾照顾？我的媳妇没了，这倒是怎么回事呢？

回到书房，自己来回地这么转悠，越想越不是滋味。唉！既在矮檐下，怎敢不低头。我舅父跟我说完之后，言而无信，看不起我呀，我没出息。今天如果我考了不中，您这样做，我绝没有怨言。我不但中了秀才，而且我中了个案首。我这头名秀才是对不起我表妹？是对不起舅父舅母啊？哎呀，谁能替我说个公理呀？年头不对，封建时代，那时候有这样一句话，有不对的儿女，没有不对的爹娘。要是现在行了，就可以直接问问，"舅舅，这怎么回事？您当时怎么说的？"他那个封建社会，他受压制。哎呀！真没法喘这口气。后来，越琢磨这地方越不能待了。怎么？待长了以后，您这换帖还好，花轿来了，把我表妹迎娶走了，我能看着？男子汉大丈夫，这也算夺妻之恨吧。唉，怎么办呢？走，不能待了。大丈夫立志于四方，我非在人家眼皮底下苟且偷生吗？上哪去呢？想起来了。过河啊，河那边还有个老朋友，也就说从小一块儿上学，人家在那自己开了个小买卖，我先他那去，再做下一步的打算。

直耗盯晚上，要是白天这么样走了，让家人知道了，我舅父舅母一定也知道，绝不让我走。我又没法说，说出这话来，一问我没有礼，或者我没出息。这个礼不是道理的理，而是礼貌的礼。夜晚走，可到了夜晚了，定更多天了，看了看都睡觉了，正逢是夏天，他把前面书房的窗户敞开，隔着窗户，偷偷地往里院看看，二道门那有一个月亮门，隔着月亮门呢，有个影壁，从那个空档正看里边厢房，他表妹那个住房的窗户。一看那屋没黑灯，也在没有睡啊。有心进去问问表妹，"你怎么不跟你爹娘说一声呢？你也忘了？"绝不会忘，这怎么办？我走了，糊里糊涂没人知道，起码让表妹知道我因为什么走的吧。这看看，那瞧瞧，心生一计。那有张瑶琴，因为他们俩从小的时候，没事就玩这个东西，他就自己净了净手，焚香，把瑶琴搁在桌上了，正靠窗口，他抚了一段琴，这个琴曲叫《离别曲》。慢慢地音律就出去，越听越远，虽然声音不大，夜静了，里边能听见。他抚完这段琴以后，一看里边窗户，倩女那个人影在窗户纸上来回摇摇。唉，真没办法，男女有别，我绝不能进去。走吧！自己就把自己屋中一点积蓄，扠了一个小包袱，其他的什么东西都没带，往身上那么一背，轻轻地把屋里的灯吹了，推开了房门，慢慢到门道，把门闩一点点落下了，门扦轻轻地捅开，开开大门，撒腿，噔噔噔，就跑到了河边了。

来到河边，一看有灯亮，是一只小船，"船家，船家。""哎。"说话的这个渔翁是个老爷子。"什么事啊？""跟您求点事吧。""什么事？您说。"借着月光，这老爷子上下一打量王宙，是个年轻的书生，身背后背着一个小包袱，"您有什么事？""我有点急事，我得过河。您能不能把我摆过去?""对不起啊,我是渔船,我要一摆您,耽误我的事了。""您打鱼赚多少钱,我给多少钱不行吗?""既是这样,咱也不能走。""怎么呢?""风大流大,我这个船小,现在不能过去。""什么时候能过去?""怎么也得天亮,变了风,等这流小了。""我能不能在您船上先待一会儿啊?我告诉您,我是逃难的。"一边说着一边回头看,唯恐家里人知道,管家再出来追。"你上船待会儿,行行,你上来吧。"这老爷子就把这跳板给搭上了,王宙可就弃岸登舟。

上船之后,"老人家,您把这跳板先撤了。""哎哎。"撤了跳板,下了锚。"您在里边吧,怎么回事啊?""我是逃难的,我怕后边有人追,恐怕后边有人追我,追上就麻烦了。我在您的船里头藏一藏吧,待会儿能过河的时候,您再开船。""哦哦。"这个船家岁数不小了,看看王宙,确实是个规矩人。"你就在里边待着吧。""还有一节,岸上万一有人问您,看见一个书生没有,您可千万别告诉他,我求求您。""行行行。"这有个老爷子就在船头那坐着,王宙就在舱里边。哎呀,等来等去,"怎么还不能开船呀?""不行,这个流过不去。"已经快三更了,王宙在舱里面,就听岸上有人说话,"这位老大爷,您可看见一个年轻的书生,在这路过吗?""啊?""有一个年轻的书生,也就有十七八岁,穿着青袍或者是蓝袍的不知道,这么长着长圆脸……""哦哦哦。"王宙一听啊,坏了!表妹来了,谁知道后边还有谁啊,害怕。老爷子看了看这个姑娘,披头散发的,也是慌里慌张的,但是挺规矩这么一个姑娘。又看了看王宙,王宙一个劲摆手,老爷子看不清。"哎哟,我的老爷爷,您可说呀,有没有这么个人?您看见没有?""啊啊,我说先生,是个女的,咱告诉她吗?"王宙一听,嗨,你不说出来了嘛。

"表哥,表哥,你怎么不言语啊?"王宙没办法不出来了,一看就是倩女一个人。"老伯,您给她搭跳板,让她上船。""哦,让她上来,好好。"把跳板搭上了,倩女就上了船了。"赶紧撤跳板,老伯,如果再有人问,不管是谁,您可别问我了,您可说不知道。""哦哦哦。"倩女就进了舱了,"表哥呀,你好狠的心呐,扔下我你就不管了。""表妹,我怎么能待下去,我不是成心扔下你,你可不知道我的难处。我如果不中秀才,这还好,我中了个秀才案首,怎么给你另行择配,

388

你说，我舅父舅母是不是看不起我，我不能在这苟且偷安了，我得走。""你走你带着我。""那成什么体统？叫人家问着我。""你要知道，好马不鞴双鞍鞯，烈女不嫁二夫男。我活着是你的人，死了是你的鬼。我能改嫁旁人吗？你为什么不走啊？""我这不走了吗？""你怎么在船上不过河呢？是不是等着我呢？""不是不是，我不是那意思，我当然舍不了你。不过风大流大，恐怕有危险，得等天亮才能走呢。"

话刚说到这，听外边有人说话了，"先生，姑娘，坐稳喽，咱开船了。""啊？您不说天亮再开船，现在怎么样？""你放心吧，你们俩说的话，我都听见了。咱慢慢地开船，我成全你们这一对有情之人。"嗬，这老爷子做了件好事，慢慢地起了锚，一点一点地就算开着船了，船行到对岸，王宙跟倩女给船钱，这老爷子还一个劲地不要，最后还是给了不少，千恩万谢，弃舟登岸。

书要简言，不久天亮了，雇了辆车，就找到他的朋友。他的朋友也姓王，到这一下车啊，打听打听是在这门住，一叫门，他朋友出来了，"哎哟，贤弟，你从哪来？""我从家里来。""哦，进来吧，这位？""到里边我给你引见。"他们一起来到屋中，王大哥就把自己老婆找出来，因为他带着女眷来的，互相介绍完了之后，问了问经过。王宙没有隐瞒，把自己的来意，和他现在所受的这些个经过，跟这位兄长都说了，要求这位王兄助我一臂之力。"噢，原来如此。"所以王大哥听了听，"这么办吧，呃，你先待在这，我慢慢给你想办法。"

现在王宙跟他这位朋友在一个房里住，让倩女跟这位王大嫂在一起。连住了两三天，越说这话越多，事越说越明朗。后来他们研究研究，在旁边邻居家有一所空房，这一个小院就这么两三间，把房给他租过来了，让王宙跟倩女在这个地方就拜堂成亲了。王宙还不好意思的，"这有什么？父母之命啊，你舅舅不是答应你了嘛。"他们就成为夫妻，生活的来源就有王兄他们夫妻供给。时间长了，王宙不落忍呐，指亲不富，看嘴不饱，哪能依靠人家呢？这位王大哥呢，家里头开了一个小小的油盐店，王宙要求自己干点什么，就叫王宙到油盐店去当管账的先生。每天呐，上了门了，他就得回家，别人都住在柜上了。

书要简短，在这一待五年，这叫有书则长，无书则短。五年之久，倩女生了两个小子，大的四岁了，小的两岁。这叫接年的双子。嗬，这俩胖小子真爱人啊。这一天，王宙从柜上回来了，因为没有什么事，回来得早一点，一个女人弄两个孩子不易呀。来到家里，一叫门，"开门呐，开门!"这通叫，怎么也叫不开了。咣咣咣，这晌午头睡觉了不是，也应该起来了，他连邻居都砸起来了。好几家邻居都出来，"王先生，您回来了，怎么回事？家里没人是怎么着?""不对啊，没人应该锁门呐，它里边插着呢，怎么没人呢，怎么不开门呢？开门呐! 倩女。""这么办吧，我给您搬个梯子来，您进去看看。"邻居给搬了个梯子，王宙就上去了。上墙头，把梯子有人顺过去之后，接到这边，把梯子再顺下来，从墙头上下来，蹬着梯子下来了。你不能自己进屋，有这么些个邻居在关心你，先得开开街门，把人家让进来呀，这也叫礼节。开开门之后，邻居都进来了，连王大哥呀，王大嫂他们夫妻俩，都闯进来了。

　　来到屋中，一看那睡觉了，娘三个躺这睡得这个着啊，说小孩睡着了以后，你推都推不醒。可是倩女你是两个孩子的母亲了，你这干吗，那么叫叫不起你。"起! 怎么了你?""啊?""这么叫门你听不见?""哎哟，你们都来了。"似乎刚睡醒。没事了，大伙一看没事都走吧，"别埋怨了，别埋怨了，王大哥，别埋怨了，睡着了，睡午觉呢。""对不起了，对不起了。"邻居就把梯子抱走之后，王宙就把街门关上了，回来还不满意，叫人家一猜想，这到底是怎么回事，叫门叫不开？"我没说你什么，你哭什么呢？嗨，我也是着急，你别生气。"由爱而生畏，夫妻感情好，不是谁怕谁，他认为她委屈了。"不是，我不是嗔着你说我。""那你哭什么?""我醒不了了，我做了个梦，跟真事一样。""什么事?""我爹妈找我，说咱回去了，爹妈埋怨，可是咱们已经成为夫妻。咱出来这么几年了，爹娘怎么样也不知道，咱怎么样他们也不知道，这多咱是个头啊。""哦，不要紧，事已至此，咱们回去，就算是舅父舅母责备的话，我也应该受责。何况还有俩孩子呢，不得看孙子吗?""我可真没这胆。""有办法，咱俩一块儿回去啊，你先别回家，我带着这俩孩子，我先回家，给你探探风。我先去那头一个挨刀的，说什么都好，我跪在那央告，如果能容恕的话，我再回来接你，不能容恕，咱们再回来。"商量好之后，跟王大哥那么一研究，那走吧。

剪断接说，带着这两个孩子，把自己的钱带着点，其他东西没带，还准备再回来。坐着车辆雇船只，他们俩带着孩子上船了。上船之后，开船了，到了对岸，就跟船家说，"我们呐，这船先不退，让她在船上等着，我们可以多给你钱。""行行。""你等着吧。""你把谁带走啊？""我把这大的领回去，小的呢你先看着，回家以后问问怎么回事，能够接你回去的话，把你接回去。"王宙带着大儿子就回家了，来到家门口啊，一叫门，管家出来开门了，"谁啊？""我。""哎哟嗬，表少爷，您回来了！哪去了您呐？"王宙一看家里对他这种态度的话，心里还高兴。"老爷子跟老太太好啊？""好好好，正想您了，这是谁？""我的孩子。""成家了？"王宙心说：我表妹跟我走了，能不成家吗？都五年了。来到里边，这个管家就喊了，"员外爷，老太太，您看谁来了？""谁啊？哎哟，小宙，这么大了，呜……""您别哭了。"见面一句话没说，就剩哭了。"这是谁呀？""来吧。"把孩子叫过来了，"叫姥爷，叫姥姥。""姥爷，姥姥。""啊，别这么叫，别这么叫，应该叫奶奶，叫爷爷。""不，叫姥姥。""成家啦？"这一问王宙心里好难受：这不等于寒碜我嘛，表妹跟我走了五年了，孩子都有了，能不成家吗？"谁给保的？你的媳妇怎么样啊？""啊？舅父，娘啊，您怎么这么说啊，我表妹跟我走了。""啊？你表妹跟你去了？不对，不对。你表妹在家了。""哪有那个事啊，她跟我生俩孩子了。""她疯了，你走了，当初都是这老挨刀的，喝两盅酒，说完之后他忘了。也怨我，嗨，我也忘了。他说你中了秀才，把闺女给你，哪想到把这个事忘了。你这一走才明白，你走了，这怎么说，我们再捆磨起来，把姑娘给挤对疯了，这门亲事也吹了，完了，你看看，蛋也打了鸡也飞了。""不对不对不对。舅妈您弄错了，我表妹是跟我去了。""这家里疯了，没那个事啊，你看看去，就在跨院锁着呢。"

王宙一听奇怪，来到跨院了，空房里头，那窗户门啊，窗纸都下来了，隔着窟窿往里一看，哎呀！谁说不是？蓬头垢面，真有个疯子。敞胸露怀，一个姑娘家，哎呀，戴着锁链子锁着她手，要不然她出来了，底下拿大石锁坠着。这奇怪，"我跟您说呀，我的爹娘。"这时候叫爹娘了，"您闺女，我的妻子，倩女在船上，我们有这么一段……""不对。"那老妈说话了，"我说我的表少爷，跟你走的那个是小姐吗？不是吧？""不是，那还有谁？""我看是黄鼠狼。""哪有黄鼠狼啊，胡说八道的。这么办吧，您跟我去。""我怎么跟你去啊？告诉把式套车，到船上看看去。有没有？如果船上没有了，那是妖怪。如果船上有，你把他接来，我看看这怎么回事。快点快点，这孩子呢，交给姥姥。"把车辆准备好了，来到了河边，王宙上船，管家就在河边瞧着，一看呐，他们家的小姐从舱里头出来了，啊？这俩人谁真谁假呀？

# 第二十九回

　　上回书说到，王宙坐着车辆，带着管家，就来到河边，去接倩女，看看船上这倩女还有没有了。结果他弃岸登舟之后，一看这倩女抱着孩子，还在舱里头了。倩女就问了，"怎么样了？爹娘说什么了？""哎呀，我问你，你……""怎么啦？""你倒是谁呀？"倩女一听啊：这都新鲜。我跟你过了五年了，生了两个孩子，你不知我是谁？"怎么？你疯了？""我没疯，我回家以后，有如此这般这么一段……"王宙说完，就看这倩女，她也两只眼睛发直，"哪有这事？我明明是跟你走了嘛。""那你跟我回家吧。""走。"所以抱着孩子，从舱里头就出来了，王宙给她提着包袱，马上给了船钱，弃舟登岸。把赶车的把式跟管家可都吓坏了，呀，家里有个疯子，怎么这小姐在这呢？

　　管家过来行礼，"小姐，您刚起步？还没睡？您吃完了吗？"吓得胡说八道啊。"好，管家们，你们好。"倩女感觉着自己有点惭愧，或者害羞，那意思不应该当初一日，深更半夜跑了。"小姐您上车吧。"说话他们就上车了，车走轱辘响，来到了门口一下车，跟他们都往里走，管家噔噔噔往里跑，"员外爷，老太太，小姐回来了。""啊？真的？""您看呐。"王宙抱着孩子，倩女从后面就过来了，"爹，娘，孩儿不孝，给您磕头了。""哎呀，我的闺女，你、你快来，你、你是谁呀？""我是您闺女，您不认识了？""儿啊。"老爷子也说，"你这倒是怎么回事？""怎么了？爹娘啊，想当初我为什么走的……"倩女就把这经过说了，当时心里头怎么回事，"你甭说了，家里头还有个疯子呢。你疯了，你这倒……""不对不对，我是跟他走了。""那么家里这是谁呢？""我看看去。"别人一听，这谁真谁假呀？两人一见面，别再出了意外。王宙想了想，叫她们俩见个面好，一见面就看出谁真谁假来了。"在哪了？"把孩子交给老太太，倩女、王宙，家里所有的人，都跟着来到跨院，"就在那屋里头。"把门给她打开，老爷子说："把那个锁给她开开。""那是疯子。"倩女说："不要紧，开开。"把锁链给她开开以后，这疯子就出来了。

疯子一出来，这倩女一看，唰，她俩就往一块儿撞。这通撞啊，别人可就吓坏了，一下子疯子就把倩女给砸在底下了。"你看怎么样？她疯子，这要把小姐……哟嗬。"怎么啦？再一看跟王宙走的这个倩女啊，没有了。就剩下地下躺着那疯子，躺在这直哎哟，"哎哟，哎哟。"一说话的声音，就是跟王宙走的那个倩女，再一看她也不疯了。丫头跟婆子们把她扶起来，她所说的都是跟王宙走的这些个事，在家里头疯了的这些个过程，她是一概不知。

说这倒是怎么回事啊？你要回忆，这段原文上面所说的这句话，您就不纳闷了。说胭脂"遂离倩女之魂"。胭脂想鄂秋隼，跟她这件婚姻事，倒是成与否？倒是怎么回事？所以她跟倩女离魂相似，这是倩女离魂。家里这个倩女是真的，疯了。那么跟王宙走的那个呢，是她那个魂，是她灵魂。所以在外边待了五年，生了两个孩子，她回来了以后，灵魂又附了体了，就合二而一了。

说你别说了，这什么乱七八糟的，迷信，这胡说八道。魂跟人家走了，家里搁着一个肉体也疯了，有这事吗？是啊，就算有她魂灵跟人家走了，还生俩孩子，行吗？嘿，他原文中他不就有嘛，这个小说叫《离魂记》。说这倒是怎么回事啊？这是一个神话的故事，人们的愿望，在当时那种社会婚姻不自由，自己的终身事，不能够自己做主，找自己中意的伴侣。父母之命，媒妁之言，最后给你找一个什么样的，你得去。对于一个女人来说，叫嫁饥随饥，嫁叟随叟。有说是嫁鸡随鸡，嫁狗随狗的。怎么说都行吧，我认为是嫁个饥寒的，忍饥挨饿，嫁一个老头老叟，你也得认命，所以说女人没有地位嘛。说倩女跟王宙，他们一对洁白的情侣，在这时候，父亲不就给她找了个主了，她不愿意，自己一着急，所以魂灵出去了，跟他走了，实际没有那个事，那可能吗？大家看完这个，希望倩女能嫁给王宙，生两个孩子，这个就不能当真的听了，只是一个寓言。

拉回来，咱们还说这判文，说胭脂："为因一线缠萦，致使群魔交至。争妇女之颜色，恐失胭脂。"说一线缠萦，是哪条线呢？就是胭脂姑娘发现了鄂秋隼之后，对他爱慕，龚王氏许的给她保亲，后来为这件事她又闹病，龚王氏许的叫鄂秋隼到这来，哎哟，这脑子这个乱啊，她脑子这么一想一乱啊，这一线把她缠绕住了。

"致使群魔交至"，这个指的是宿介和毛大，一群魔鬼交替着到她家来。

说这群魔鬼到她家来干什么？"争妇女之颜色。"说到这，咱可以说个例子，譬如说青年的男女，在一起相识了，慢慢地互相在工作上学习上都有了帮助，在生活方面互相也有个帮助，一点一点地思想就走到一块儿，有一个志同道合共同的理想，慢慢地有感情。当中产生了爱情，逐步地来形成了对象，作为伴侣，这为情，说这种爱情不是金钱换来的。再说一个例子，有女人修饰挺耀眼，在街上一走，后边俩淘气的年轻小伙子，嘿，二哥，瞧这个没有，多漂亮，她要寻我呀……凭什么寻你呀，人家认识你吗？这叫颜色，这叫色。就爱这女人漂亮，你们思想是什么？家庭个人的学历，而且的个人的愿望根本谈不到。那么毛大与宿介，就知道胭脂长得好漂亮，憋着到这来找便宜来了。他争这个，不是正义的。所以魔鬼他们到这来争妇女之颜色。

"恐失胭脂"。这四个字写出来，看是不是恐怕把胭脂姑娘给丢了啊？不是这样子。这个胭脂，在最早的时候，没有胭脂，口红也没有。在蒙古那个地方，有一种草，在山上生的完全是这种草，叫茜草。茜草碾碎了以后，形成了红色的粉面，其性最苦。当时这些个妇女们，也是自己的终身不自由，有的时候岁数大了，成年了，要想一想自己终身的事，难免被别人看她一眼，她就恐怕人家看破她的心事，她就脸上有点发烧。脸上一发烧，颧骨就红了。有的时候自己也恨自己，我干吗想这些事，让人家看着怪没出息的。其实这是社交公开的事，那个时候不行啊，封建啊，她就咬自己的嘴唇。后来她们发现了茜草，这个东西好，把它碾成了粉面以后，轻轻地抹在这个女人的颧骨上，有那么一点红，甚至一直抹到嘴唇上。那么再有想自己的终身事的时候，她脸上虽然有点发烧，看不出来，还显得这个女人她特别漂亮。也有时候自己坐到屋中，那么一想，一咬这嘴唇的时候，发苦，噢，就提醒她了，我可别这样，会让人笑话。所以就把茜草山中的茜草，作为她们女人的脸面，这是她们的尊严。后来外国发现了这个东西，要想办法抢夺茜草地，说什么也不能让他夺走，这是我们的脸，如果被夺走就麻烦了，后来管这个东西就叫"胭脂"。以后女人擦的胭脂的来历是这样子。那时候还没有口红了，有人用棉花做的红胭脂片来擦口红。这里说是群魔交至，争妇女之颜色，恐失胭脂。胭脂姑娘自己，恐怕把自己的名誉丢失了，是这么一句话。

"惹鸷鸟之纷飞，并名秋隼。"鸷鸟，这种鸟是凶恶的鸟，黄鹰啊，老雕啊，这一类的东西，说招惹了这么一群凶恶的鸟到这来，纷飞到胭脂的窗户外头，干什么呢？一弹窗户，"谁？你是谁？""小生南乡中鄂秋隼。"他不能说他是宿介。毛大来到这，找错屋了，他也说他是"鄂了乎秋了乎隼乎"。也说是鄂秋隼，所以说并名秋隼。

"莲钩摘去，难保一瓣之香。"莲钩在这比喻就是胭脂那只鞋，宿介到屋中，抢走了胭脂一只鞋，这鞋抢走了，难保一瓣之香。所以这一瓣之香，也就是胭脂跟宿介说的那两句话，鞋到他手了，"如果你拿着我的鞋到外边，你不给我提亲来，胡说八道，任意胡言，妾身唯有一死而已，我很难保住我个人的名誉，因为我的鞋到你手了，我这还剩一只，这难保一瓣之香。

"铁限敲来，几破连城之玉。"铁限，这个线不是绒线毛线的线，限制的限，怎么叫铁限？古老的时候，盖房大门，门后都有门闩，这个门闩哪，是挡大门的，最早叫闩限。怕小偷把它给毁了，以后就在门闩上包了一层铁叶子，这叫铁门限，后来就叫门闩。搁这来解释呢，就是一个铁棒。按武术来说，齐眉者为棍，挂胸者为棒。也就是说不长不短的，这么个东西。铁限敲来，拿这铁棒敲什么呢，连城玉，差一差没把连城玉给敲破了，比作胭脂。

咱们说说连城玉，这个典故出在列国。中国在那个时代是分裂的，分七大国，若干小国，秦齐楚魏韩燕赵。在赵国当时的大王是赵惠文王，赵惠文王驾下有一个宦者令，也就是内侍，说白了就是老公公。官封宦者令，他能干预内政。这个人姓缪，名叫缪贤，很有个阅历，在国家大事上有一套。当时像他们这样的人，也就说公公喽，各有爱好，各有所长。有的好玩鸟的，有的好玩昆虫的，什么蛐蛐啊、蝈蝈啊、油葫芦啊，有的好玩点珠宝、玉器、字画。缪贤就好字画、古玩、玉器这类的东西。

这天没事，他溜达出来了，走到这个市上啊，路过这闲看，看什么好，买点什么。"我说缪老爷，您怎么啦？没得罪您，您怎么漫门过啊？"缪贤一回头，一看，润宝斋古玩铺。"我干吗，我上你那干吗去？""您进来喝碗茶不行吗？""你小子没安好心，我进去喝碗茶，又憋着坑我几个。""瞧您说的，您进来，您进来。"就给让进来了。缪贤之前不断地在这买点东西什么的，进来又倒茶，又客气，又打手巾。"怎么您总没照顾我？""你这有什么可照顾的？这堆破烂。""好，您呐，我这么大珠宝店，我这破烂啊？您瞧瞧，真的一样您都没有可要的吗？您瞧这个。"说着掌柜的到里边，就拿出一小匣来，一个包一个包的，这个包外边是粉红色的布，里边是紫缎子，紫色的缎子绷着小匣呢，跟夹被相似，大小呢，也就五寸见方，里边有垫，放着珠宝，这东西叫"浮子"。打开一看，"您看这翠马镫了没有？这几个怎么样？您挑俩？""这叫什么玩意？""翡翠呀。""得了，我扔的那个都比你这好。我不是跟你说，你到我那看去，祖母绿的还有四个。""哎哟，缪老爷，您可真不好伺候，您看这珠子行不行？""这珠子？还没我家扔的那个大了，我家里最小的都跟黄豆粒大小，你的多重？""你还这不行，这钻石行不行啊？您看。""这多大这个？""两克拉三五。""我最小的五克拉七。""哎哟，我的缪老爷，您这主儿，您说我怎么办？""一堆破烂。"

说了半天，他要走，古玩铺掌柜的不让走，"这么办吧，您帮我的忙啊，我卖您点，您看这点新玩意。"从后边拿过一个手巾包来，这个手巾包裹了一层又一层，摆在眼前，都打开这么一看呐，大约有七寸见方，这么一块白玉，嚯，透体玲珑啊，真好。缪贤一看，就看这色好，这水头好，真有意思。"这玩意，不过不叫个玩意，这叫什么玩意？摆在桌这么一个东西？搁在箱子干吗用？这干吗？""这东西真好，压在我手压了半年了。您说我舍得把它改了。我真磨了，改了它吧，不够工钱，也把东西毁了。所以我这么摞着，我正在犹豫，您来了，您乐意拓个什么玩意拓个什么玩意，您拿走，行吗？哪怕您让我沾几个，我不赚钱都干，行吗？""多少钱？""我买的时候花了五百五十两，这个呢，您叫我沾几个，您给我六百，拿走。""胡说八道，我六百两银子买这个？""老爷，您不在乎，我们孩子大人可就跟着沾光了。哎，就没这事，缪老爷，我跟您寻几百两银子，我叫几声老爷，您不也得给我吗？得了。"说着给裹起来了，"得了，您拿走。""那么三百两吧。""您不能让我赔钱吧，怎么也得……""嗨，这小子，行行。""你先拿走行吗？"说着说着缪贤拿着这东西，他给推出来了，"缪老爷，您慢点走啊，我不送您呐。"多少钱给了吗？给钱干吗？回头上家拿去，缪贤托着这东西回来了。

　　刚回家，坐在这工夫不大，他底下家人进来了。"老爷，润宝斋古玩铺掌柜的开了个条来，（就是账单），开五百两，说您买了块白玉。""行了行了，给他开去，去到账房拿五百两银子给他吧。"五百两银子给了，来人走了以后，缪贤打开这个包，搁在八仙桌上，这叫什么玩意？这小子真能蒙事。叫几声好听的，拿我五百两走。拿手这么一扑噜，轱辘那边去了，拿手又一扑噜，翻了俩个，到这边来了。你说，剌开它，拓对小狗，来对小猫，小狮子？不够工夫眼儿钱，不过这东西还真好。来回这么乱扑噜，这五百两糟的。

　　正说到这，帘栊一起，从外边走进一个人。缪贤抬头观看：见此人有四十上下，中等的身材，面如冠玉，眉清目秀，鼻直口方，大耳垂轮，三缕墨髯飘散胸前，根根见肉。头戴青色方巾，身穿一件青色的蓝衫，腰中系丝绦，红中衣，白布高袜，脚下穿着夫子履鞋。"公公，我听说您买了块玉？""啊，蔺先生，你来了。"进来的这个主儿，是缪贤府中的一个舍人，此人姓蔺，名叫蔺相如。什么是舍人？就是给他家里写字的。"您看看，今儿个在古玩铺有这么一段……五百两银子，这小子真能白话，坑了我五百两，买了块笨玉来。"蔺相如走过来瞧了瞧，看了看，拿手摸了摸，"公公，您吉祥。""哎，蔺先生，咱可不过这个，我上了当了，花了五百两，买了这玩意，你还说我吉祥，我有什么可吉祥的？"不过在那个时候啊，对这个老公公来说，不许道好，问好道喜不行，您吉祥。"我有什么吉祥的？""您说这是什么玉啊？""笨玉一块，不过就是好看，这个色儿挺好的，没瑕儿。"

"不，这是楚国的镇国之宝，和氏璧。""啊？和氏璧，能吗？"

"我可以跟您说一说，此璧的来历，是出在楚国的荆山。在荆山下，有一打柴的樵夫，姓卞，名叫卞和。他发现在荆山的半山腰，一个小山峰上，上面顶了一块顽石，这个顽石上面落了一只彩凤，每天在叫。后来这个彩凤遇难，来了个大鹏金翅鸟，把彩凤救走了，用膀子一扇，把这块顽石给扇下来了。有人告诉他，彩凤不落无宝之地，这块石是宝，这块顽石下来以后，就剩得不大了。卞和为此事，三次进宝，被刖去了双足，最后开出来这块璧，因为是卞和，他得的这块璧，所以叫和氏之璧。那个时候封卞和为爬子大夫，因为他双脚没了。那么这块璧，归于楚国，镇国库之宝。以后，封与朝阳相国了，相国在赤水宴客，无意中把这块璧丢失了，不知道怎么会落到公公您的手中？"

"我在古玩铺买来的，是它吗？""此璧如果屋中漆黑，它自己发光，所以又名夜光之璧。而且能够冬暖夏凉，百步之内，蚊蝇不见，能够避尘，您看您桌上还有土吗？""哦？"缪贤这么一试啊，果不其然。"哎呀，蔺先生，高才高才。""哈哈哈，五百两银子，您把镇国库之宝得到手了，您是不是吉祥啊？""蔺先生，这事可别说出去，要叫大王知道，他是非要不可，我这块璧可就没了。""那是自然。"这个时候他就打了一个宝橱，把这块璧收藏起来，搁在他家那个珠宝库里头了，单另有个小屋，里面搁的都是古玩玉器，每天回来还要看看。

这几天进朝房，他特别高兴，就有一位大人过来了，"公公，您有什么高兴的事，这两天怎么喜笑颜开的？""哈哈哈，我说张大人，我跟您说说，您过来您过来，我啊，五百两银子，把楚国镇国库之宝和氏璧闹到手了。""是吗？""有如此这般这么一段……我跟您说啊，您可别跟别人说，千万别告诉别人，听见没有？""哦哦哦。那是那是。"张大人听完之后，真有这个事？太便宜了。他爱珠宝爱的，得这么档俏档儿。"刘大人。""怎么？""我告诉您件事，缪贤缪公公有如此这般这么一段……五百两银子把和氏璧买到手了？楚国镇国库……哎哎，别告诉别人啊，人家不让说。"刘大人听完之后跟孙大人说，"有这么一段……我告诉你，别告诉别人呐。"孙大人回家谁也没说，跟自己的夫人说了，"别告诉别人，别跟别人说。"夫人回娘家，跟自己的娘家兄弟说了，娘家兄弟回去跟自个儿老婆说了，老婆回去跟娘家爹说了。哎哟，别告诉别人，你那干吗呢？

有向灯有向火的，这件事叫内侍知道了，知道以后，就到了赵惠文王的驾前，"奴婢启奏大王，奴婢听说缪公公，花了纹银五百两，把楚国镇国库之宝和氏璧买到手了。""啊？能有这个事？""哎，都这么说，大概是真的，他可好玩古玩呐。""嗯嗯，好吧。"听完了以后，转过天来，把缪贤叫进来，赵惠文王问他，"缪贤，寡人听说，你五百两银子，把楚国的镇国库之宝和氏璧得到手中，可有此事？"缪贤一听：我的妈呀，谁给我说出去的？不是你自个儿说的嘛。他可不敢不承认，"奴婢启奏大王，有这个事。我是在哪哪买的……""啊，你把它拿来给寡人一观。""奴婢启奏大王，这个东西我不慎摔在阶石上，已经摔得粉碎。""啊？一个镇国库之宝，无价之宝，哪能那么摔呀？""奴婢启奏大王，因为这个东西到我手的时候，并不知道它是无价之宝，和氏璧。我无意中摔完之后，才知道它是和氏璧，所以已经晚了。""那……好吧。"赵惠文王欲言而又止，缪贤就走了。自己后怕，出了身汗：哎哟，亏得我给搪过去了，要不搪过去啊，嘿嘿，这块璧就归他了。

回来这件事谁也没说，他要跟蔺相如说，蔺相如预先就提醒他做准备了。他自己认为机灵，谁也没说。当天晚上安歇睡觉，大约在四更时分，就听大门外，咣咣咣砸门声山响。家人不能不出来，一开门之后，就听外边有人高喝一声，"大王到！"

# 第三十回

上回书说到，缪贤回府之后，大约在夜间四更前后，忽然间，外边砸门，叮咣叮咣这通砸。家人都起来了，这是谁呀？"开门，大王到。"啊？把门那么一开，呼啦进来好多的武士，赵惠文王忽然来到缪贤的家中。

早有人往里报，噔噔噔噔，"报！""怎么回事？你们这是干吗？睡得着着的。""大王到。"啊？缪贤一听这都新鲜：怎么大王上我家来了？因为当时君不能进臣府啊。过去有这么一说，君不入臣府，官不进民宅，父不进子宅。说大王怎么跑我这来？这可不能怠慢。马上这通忙啊，把自个儿的衣襟弄好之后，穿好他的官衣，他不能便服去迎接，就跑出来了。

来到门道这一看，赵惠文王进来了，缪贤跟着就跪倒了，"不知大王驾到，奴婢未曾远迎，大王您恕罪。""缪贤呐，少礼吧，寡人行围射猎，路过你的门前，感觉口干舌燥，实在难忍呐，到你这喝杯茶。""大王您请。"赵惠文王跟就来到里面，缪贤陪着，就到了客厅了。到了客厅里头，赵惠文王坐这了，看了看两旁边的武士，一使眼神，言外之意"搜"。这些武士就在缪贤的府中，抓住他家的管家，问问你们家的主人藏珠宝的地方，盛古玩地方，在什么地方？谁敢不说呀？他家里头单另有这么间小屋，作为他的珠宝库。到这门锁着呢，咔咔，拿刀背把门锁砸了，进去一找啊，已经告诉他的尺寸大小了，哎，就把这锦匣找出来了。一个锦匣，拿手托着，来到前面客厅。"启奏大王，和氏璧在此。"赵惠文王打开锦匣看了看，随后裹上了，一摆手，"回宫。"不理这缪贤了，一句话都没有就走了，把和氏璧给搜走了。瞧这招，你不说摔了吗？要问问你摔碎那渣子哪去了？所以欲言又止，他不说了，准知这是瞎话，来个突然袭击，拿走了。

缪贤跪在那就没起来啊，"哎哟我的娘啊，可要了命了，这可怎么办？"怎么啦？蒙王不赦之罪，这叫欺君呐，活不了啊。起身出来，到外边，家里人都乱了。缪贤把家人集中到一块儿，"诸位啊，老少们，你们都走吧。""老爷您、您看这事怎么办？""我有欺君不赦之罪，活不了了。你们是有亲的投亲，有友的投友，有家的赶紧回家。愿意拿什么拿什么，我府上东西全不要了，随便拿，快快，逃命去吧。如果不走的话，跟着我挨一刀之苦，快去吧。"大伙一听啊，瓦解冰消，呼呼呼都乱了。

正在乱的时候，突然间有人呐喊一声，"且——慢呐——"从人群中闪出一人，缪贤仔细一看，正是蔺相如。"啊？蔺先生，你因何拦阻？""公公，走不得，大家都别走，千万别动。""哎呀，逃命去吧，不成了这个我说。""公公，为什么？""我有蒙王不赦之罪，大王到我家来，把和氏璧拿走了。我告诉他摔了，白天有这么这么一段……我回来我也没得说。谁想到，今儿个夜晚来了，给我搜走了。""噢，原来如此。""你还如此了还，这都什么时候了，你也逃命去吧。""不用，哪位都别走。公公，我问问，您把大伙都散了，您怎么办呢？""我万无生理啊，我也活不了了，蝼蚁尚且贪生，何况人乎？""不，我听听，您打算怎么办？"这么一挤对这缪贤，缪贤就把蔺相如叫到一边去，小声跟他说："蔺先生，我跟你说实话。大伙都走，我也不在这，我也走啊，我这个家就不要了。要不然不灭门九族就好事。""您上哪去呢？投奔何方？""我到燕国。"那时候燕国在北京，赵国在邯郸了。"您上燕国，投奔何人？""找燕王去。""那燕王跟您有什么交情？""你不知道哇，想当初我跟大王去跟燕王赴会的时候，燕王背地里拉着我的手，跟我要交朋友，很要好。""公公，您错了，想当初咱们赵强燕弱，那个时节他跟您要好，他是为买咱们大王的账。现在您得罪了赵王，您投奔燕国去，正好把您给送了礼呀，那您是飞蛾投火。""哦，那么依你之见呢？""莫若您呐负荆请罪，把您捆绑起来，您进宫自己去请罪。""那也活不了哇？""不但不能降罪，说不定还能给您点什么。""能有这种事？蔺先生。""我蔺相如以项上人头担保。"缪贤一看蔺相如说得很恳切，而且这块和氏璧是他给认出来的，所以就相信了，随后说："其他人都不要走了，蔺先生你就受累吧。"缪贤把衣裳一脱，找根绳子，一倒背手，叫蔺相如把他捆上了。随后家里准备车辆，天亮之后，坐着车辆来到午朝门下车，自己上殿请罪。

来到殿上，赵惠文王在那坐着了。书中暗表，当时那种社会可没有坐具，说椅子、凳子都没有，是席地而坐。这种坐法分三种：一种是盘坐，一种是骑坐，还有一种是跪坐，盘坐就是盘着腿，跪坐就是跪下，你看现在日本人的生活，骑坐是两条腿伸直了，地下铺的毯子。这个时候缪贤进来就跪在这了，"奴婢罪该万死，有蒙君不赦之罪，请大王降罪。"赵惠文王站起身形，"缪公公平身，你何罪之有啊？来，松绑。"缪贤一看心说：蔺先生，你真灵，还真有这个事。"哈哈哈，缪贤呐，本来嘛，你喜欢的物儿你是不易割舍啊，哪那么你就舍得给我了，不能怨你。换句话说，这和氏璧给了寡人我，别人要我也不给。"缪贤一听啊：完了归你了，你是不给我了。"我也不白要你的，来，把珠宝搭上来。"有人把珠宝搭上不少来，"你随便挑，你看看你喜欢什么，你拿走几样，我换你的。"缪贤心说：我还要啊？你不把我宰了就好事啊，"多谢大王！奴婢不敢。"那意思您给我存着吧。这件事就算过去了，缪贤回家以后就问蔺相如，"蔺先生。""怎么样？""有这么这么一段……果不其然，应验了，跟您说的一样，那你怎么知道大王不降罪呢？""哈哈，公公，您说您蒙王不赦，君子不夺人之爱，深更半夜，一国之主，大王上您家来，这件事他也不体面呢，何况素常素往地他还很爱惜下臣，你想能降罪吗？""哎呀，高才高才。"

从这说，这块和氏璧就归了赵国，镇国库之宝，俗称叫赵国之璧，也叫赵璧。事情很快，没有多久的时间，忽然间西秦，也就是秦国派了一位使臣，来拜谒赵惠文王。上殿之后，行完了见王之礼，最后递上个国书来。赵王接过他这国书一看哪，几个字，"寡人慕和氏璧有日矣，未得一见，今闻君王得之，寡人不敢轻请，愿以西阳十五城奉筹，为君王许志。"这个意思就说，我羡慕和氏璧不是一天了，根本没看见过，现在听说了，赵王你得去了，我呀不敢轻易地跟你

403

要。怎么办呢？我愿意拿十五连城给你，希望你把这和氏璧给我，那意思十五连城换赵璧。从这说，这块和氏璧就有了价了，原来是无价之宝，说现在和氏璧值多少呢？价值连城。平常有这么一句话，嗬，您这可价值连城，就是这个典故。

这个典故咱就不细说了，也不往下说了。咱就为解释"铁限敲来，几破连城之玉"。拿胭脂姑娘比作连城之玉，也就是这块和氏璧。毛大与宿介那铁限梆梆梆梆，差点没把和氏璧给敲碎了。把胭脂比作和氏璧，是钦差对于胭脂的赞美，就说到这个份上，铁限敲来，几破连城之玉。

"嵌红豆于骰子，相思骨竟作厉阶。"嵌红豆于骰子，古时候，这个人呐，有伤心事的时候，流下了眼泪，所以眼泪能哭出血来，这叫什么？血泪斑斑，说这个眼泪为相思泪。所以有的说，红豆作为相思子，就仿佛这有血泪事的主哭的眼泪。这个骰子，叫白了就是"色子"，打牌耍钱掷的骰子。过去是木头的，后来骨头的。骰子上一二三四五六，分这么六个面。"幺"原来是个白的，不是红的。他拿红豆镶在骰子里边，镶在幺上就变成了个红幺，所以管这个红豆叫相思子。有的妇人或者是一对情侣，拿这几个骰子镶上红豆之后，拿去问卜，问问吉凶，也可以说在一个妇女或者要嫁丈夫，或者正在说亲，成与不成，她关上门，拿着几个骰子的话，骰子的骨头，它作为相思子，往里头一支，看出几个幺，就问这个事成与不成。说胭脂嵌红豆于骰子，嵌是镶嵌的嵌，在那骰子上头，相思骨，所以骰子的骨头，相思骨竟作厉阶。就因为你为了鄂秋隼跟你的婚姻，是你脑袋里头绕来绕去形成一条线，这种相思骨给你造成了祸端，以致她父亲被杀。

"丧乔木于斧斤，可憎才真成祸水。"乔木说的是卞牛医，这种乔木，这个树和树枝树干，很明显能划分出来，类乎说松柏杨柳，这个树干就为乔木，树枝为梓木，说梓木跟乔木比喻父子，乔木指的就是卞牛医。卞牛医被毛大给杀死了，丧乔木于斧斤。可憎才真成祸水，这个憎是爱的反义词，就是讨厌、厌恶的意思。实际这个可憎才是个郎才，是恨那个郎才嘛？不是，在那个社会，管自己心爱的人叫讨厌的家伙。咱说一个生活当中的小常识，有的这个男人跟女人开玩笑，实际对女人爱惜他，"去，缺德，讨厌。"就是这意思。可是这个胭脂呢，说鄂秋隼，这个讨厌鬼。可是为了他，怎么样呢？造成一个祸水，父亲被杀了。

怎么叫"祸水"？祸水的典故是赵飞燕。汉朝汉成帝的妃子赵飞燕，据说汉朝是以火德王，所以赵飞燕她误国，说她是祸水，水能克火，也就是说为了这件事，惹了一场杀身的大祸。

"葳蕤自守，幸白璧之无瑕。"葳蕤是一种草，这种草叫葳蕤草，极为美丽，也叫女草，在这种草上开的这个小花，似开不开，正在娇艳的时候。比作胭脂，你能够自守，任何人来没有玷污你。说葳蕤自守，幸白璧之无瑕。幸运的是你这块白玉一点黵儿都没有，一点黑点都没有，把胭脂就捧到这个程度，实际胭脂也是这么个好姑娘。

"缧绁苦争，喜锦衾之可覆。"缧绁是手铐脚镣脖锁，三大件刑具，宿介跟毛大带着苦争。苦争什么？就争妇女之颜色。就为了胭脂，"喜锦衾之可覆。"所喜的这件事情叫胭脂来说，一重锦被把自己遮盖起来之后，一点没让你们给玷污了。

"嘉其入门之拒。"嘉是嘉奖，就说赞美着胭脂入门之拒，宿介借来叫门，来叫窗户。胭脂说什么？"深更半夜，私开门户，事关苟且，我至死不从。"拒，挡他，不管怎么样，谁来了，我这个门不给你开，而且我都拒绝了。

"犹洁白之情人。"胭脂与鄂秋隼，是一对洁白的情人，白玉无瑕。说他们两个一对洁白的情好，而且不像鄂秋隼初次见钦差说那句话，我不要这无耻的丫头，岂有此理，没这个事。

"遂其掷果之心，亦风流之雅事。"即便胭脂有掷果之心，这也是风流道的雅事。何为掷果之心？这个说的是自古来，潘岳和宋玉是中国古时代的美男子，潘岳号安仁。他有的时候坐车在洛阳街上一走的时候，有些个妇女就拿篮子，挎什么苹果、橘子、桃啊，就往车上扔，所谓掷果，每回出去以后，都拉一车水果回来。说这种作风，这些妇女谁也不笑话谁，认为很自然的。说胭脂达到你掷果之心愿，这也算是风流道的文雅之事，不是这么像他们说那无耻。

最后怎么办呢？"仰彼邑令，作尔冰人。"在当时社会上，官府里由上级到下级给了文件了，或者给了命令，这为仰。就是说钦差派当时聊城县的县官前去做冰人，冰搁这当媒人解释。叫他去做媒，保胭脂这门亲。说到这，判词就算解释完了。

那么这个判词，施钦差公布于众。哎哟，整个的聊城县呐，全轰动的。咱们再说说这个胭脂，对于鄂秋隼，确实是有爱慕之意。可是担心呐，鄂秋隼能够要我吗？尤其她父亲被杀，她屈枉了鄂秀才，感觉对他更惭愧，可是更爱他。

话分两头，咱们再说鄂秋隼呢，看见了胭脂这些个过程，对于胭脂来说也有一种好感，这种好感还不是一般的。但是思想有一种压力，一者说胭脂姑娘虽好，出生在一个兽医家中，他是卞牛医的姑娘，兽医之女。第二者说出衙门进衙门，打这场官司，跪起八拜，倘若我把胭脂娶过来，叫别人不耻笑？人家揭我的短处呢？正在心中矛盾重重，忽然间来了好多同学的，"哎呀，鄂贤弟，鄂秀才，恭喜恭喜。""我有什么喜事？""你来吧。"大伙把他拽出去，"干吗？""你看看。"一看外边贴的这个判文。"你瞧瞧。"鄂秀才看见判文之后，对胭脂如此的夸奖，心里头心平气和，再也没有顾虑了。一对有情之人，择吉期选良辰迎娶过门，终成眷属。这段《胭脂》和判文说到这算全始全终。

# 后　记

　　评书《评书聊斋》取材于中国古典文学名著《聊斋志异》，陈（士和）派评书以演说《聊斋志异》为主，形成了独具特色的风格，细节翔实，包含了丰富的历史地理、婚丧礼仪、社会常识、人情道理等知识，"包袱儿"运用得当，并引入"书外书"来制造悬念，夹叙夹议，入情入理，着重于挖掘原作的故事隐喻现实人生，赞颂真善美，鞭挞假恶丑，具有较强烈的通俗性和现实主义精神。

　　《胭脂》是《聊斋志异》中的名篇，是陈派评书代表性书目。我师祖父刘健英先生在陈老的基础上又有自己的发挥。刘立福先生是继承陈老艺术最多的，又吸收了健英师爷的创作，通过多年的积累传承，形成了自己的演说风格。1953年先师应邀到沈阳演出，临别时观众特烦演说《胭脂》，而且不少观众是拿着书，对照着听。1987年，青岛电台的资深曲艺编辑张玉林先生找先师录音，第一个目录要的就是《胭脂》。此次整理是以1987年9月录制的30回录音为蓝本，结合先师历次演出的精华进行对照整理，完整反映先师盛年时的风貌和陈派评书的特色。

　　《素秋》是《聊斋志异》名篇，也是陈派评书的经典书目，最能反映蒲留仙的创作初衷。是先师非常喜爱的一个段子，1957年参加天津市第一届曲艺杂技汇演时就截取了其中的"传韩荃"片段，表演到韩侍郎命差役将自己的儿子韩荃押赴归案的时候，既让听众意想不到，又觉得大快人心，却又替年迈的韩侍郎秉公执法感到隐隐的酸痛。这就是"陈派评书"的魅力。

　　《王成》是先师把自己青年时代在北京金市做行市的生活巧妙地

改编为王成卖葛布的情节。主要刻画了王成由懒而勤的转变过程，中间穿插北京方言土语、民风民俗等内容。在整理中谨慎删节了一些重复情节，尽量保留原始语汇。

系统整理先师刘立福先生代表作品文本，是我们作为晚辈后学的一桩夙愿。编辑中得到了周春玲、赵健、杨光彤、黄利春的支持，还得到了贾柠砜、纪玉新、刘怡然、孙畅、张晗、汪莘杭的帮助。为了诠释给读者原汁原味的评书，我们保留了作品表演中的口语化和每回书目的"驳口"，因此也增加了整理难度。评书的口头文学，记录成文字后，抑扬顿挫、迟疾起伏不易表现，一些语言文字没有更多时间考量甄别，有些倒口（学方言）的地方缺乏表现方法，没有标注出来，还有一些俗语、口语、术语，可能用字不准。当初为陈老记录下的十三段半的文本，包括后来白花文艺出版社和中国曲艺出版社陆续出版过几十段《聊斋》文本，最大的问题是以故事为主线，对于评书的演绎部分删减过多，不得不说是一种遗憾。出版展现原貌的陈派《聊斋》评书文本，是天津文化界何迟同志和刘瑞森同志未了的遗愿，也是评书爱好者的心愿，更是我们的夙愿，陈派评书没有文本的记录（所谓"册子""梁子"），全部是口传心授。文本中难免谬误百出，敬请读者见谅，再次向热爱评书广大读者表示感谢！

蒋功臣

2024年7月